如 何 阅 读 中 国 文 学

如何阅读中国诗歌

作品导读

蔡宗齐 编

鲁竹 译

生活·讀書·新知 三联书店

图书在版编目（CIP）数据

如何阅读中国诗歌·作品导读 / （美）蔡宗齐编；
鲁竹译. —北京：生活·读书·新知三联书店，2023.3
（如何阅读中国文学）
书名原文：How to Read Chinese Poetry: A Guided Anthology
ISBN 978-7-108-07548-2

Ⅰ.①如…　Ⅱ.①蔡…②鲁…　Ⅲ.①古典诗歌－诗
歌欣赏－中国　Ⅳ.①I207.22

中国版本图书馆 CIP 数据核字 (2022) 第 249694 号

特邀编辑　苑　琛
责任编辑　钟　韵
装帧设计　鲁明静
责任校对　张国荣
责任印制　卢　岳
出版发行　生活·讀書·新知 三联书店
　　　　　（北京市东城区美术馆东街 22 号　100010）
网　　址　www.sdxjpc.com
图　　字　01-2019-1199
经　　销　新华书店
制　　作　北京金舵手世纪图文设计有限公司
印　　刷　北京隆昌伟业印刷有限公司
版　　次　2023 年 3 月北京第 1 版
　　　　　2023 年 3 月北京第 1 次印刷
开　　本　635 毫米 × 965 毫米　1/16　印张 30.5
字　　数　426 千字
印　　数　0,001 − 5,000 册
定　　价　78.00 元
（印装查询：01064002715；邮购查询：01084010542）

"如何阅读中国文学"系列丛书总序

天下学问一家

蔡宗齐

在"如何阅读中国文学"系列丛书面世之际，借此总序，谨向广大读者介绍此套丛书的缘起、特色与愿景。

此套丛书缘起于2008年美国哥伦比亚大学出版社推出的 *How to Read Chinese Poetry: A Guided Anthology* 一书。此书突破了当时英语世界编写中国文学选集的体例，将英文译诗、中文原文、拼音注音、声律标注、诗体总述、146首名篇的细读分析融为一体，成功地跨越了一直阻碍英语世界中国诗歌教学发展的多重障碍，即将学术研究与教学、英文翻译与原文、文学与语言教学、诗歌意义与声音截然分开而造成的四道鸿沟。此书问世后，在美国学界和大众读者中获得良好反响，至今仍为读者所推崇。我们新近在国内外各大平台推出的"如何读中国诗歌"英文播客节目，就是在此书的基础上制作的。

2017年，在北京大学袁行霈教授的大力推动之下，国家汉办决定提供经费资助，支持袁先生与我携手为美国哥伦比亚大学出版社编撰"如何阅读中国文学"丛书，将涵盖范围从诗歌扩展到中国文学其他领域。丛书共有十部，其中包括六部文学导读集，另外四部是与之配套的中文导读教本，主要用于语言教学。十部书的命名则遵循"如何用中文阅读＋文体名"的格式。英文文学导读集有幸邀请到国内外专家学者参与编写，而中文导读教本的编写则主要由国内著名学者主持。北京师范大学郭英德教授、北京大学刘玉才教授、北京大学潘建国教授分别担任戏剧、散文、小说三本的主编。

这套丛书的独特之处在于微观与宏观研究的创新，以及这两种研究的完美结合。从微观角度而言，各卷强调文本细读的重要性，而这正是在海外传播中国文学的关键切入点。面对缺乏背景知识的西方读者群体，中国文学故事讲述者必须从具体作品入手，结合字句音韵，引导读者细细咀嚼欣赏。宏观叙述对国外读者也同样重要，否则就见树而不见林了。诗歌卷两部导读集都采用作品细读与诗史结合的方式，勾勒出每种诗体的发展脉络，同时也注重诗歌的音韵格律，采用罗马拼音标出唐宋诗词中的入声字，向英语世界读者展现古典诗歌的音律之美。丛书其他几卷也运用了适合各自文体的细读方法，对大量作品进行了深入浅出的分析，同时又采用中西跨文化研究视角，梳理各自文体历史演变的脉络。

这套中文丛书虽脱胎于英文丛书，但又糅合了中西汉学界各家之言。其中五部以英文版的译文为主体，而文论一部将以中文版首发。丛书中文版编撰有幸得到国内十几位一流学者鼎力相助。例如，两部诗歌选集皆喜获国内同道赐稿，其中《如何阅读中国诗歌·作品导读》增加了葛晓音教授撰写的《唐代七言歌行》、蒋寅教授撰写的《清代七绝》两章，因而变得更加丰富多彩。另一部《如何阅读中国诗歌·诗歌文化》则依赖国内学者的支持，将历史朝代覆盖面从先秦到唐末一直扩展至民国初年，从而更加完整地展现了中国诗歌文化的全貌。此书先秦到唐部分包括袁行霈先生《陶渊明：中国文化一个符号》和陈引驰教授《诗与佛教思想——王维与寒山》两章，而唐代以后部分共有九章，其中八章分别为沈松勤、周裕锴、钱志熙、张宏生、张健、左东岭、蒋寅、胡晓明教授所撰写。这部书堪称国内外学者真诚合作的硕果。国外汉学家和国内学者，使用不同的语言，面向不同的读者，在不同的文化语境中研究中国诗歌，他们的研究视角、议题选择，乃至行文风格，自然各有不少独特之处。大家之作收入一书，开展深度对话交流，实乃中西合璧，相映生辉，两全其美。

此套丛书得以问世，实乃海内外学者携手开拓中国文学文化研究新路径的可喜尝试。在当下全球新冠肺炎疫情阴霾笼罩，世界两极化的纷乱局面之中，所幸还有文学这座桥梁，能够拉近不同语言文化背景群体之间的心理与情感距离。我始终相信，只要每位学者、同道、读者齐心协力，求同存异，终能实现"天下学问一家"的美好愿景。北京三联书店为我们追求这一愿景提供了极好的平台。必须一提的是，三联书店资深编辑冯金红女士亲自为《如何阅读中国诗歌·诗歌文化》设计富有创意的编撰体例，而每一卷的编辑出版，无不饱含三联编辑们的辛勤付出。为此，我谨代表丛书的所有参与者对出版团队致以衷心的感谢。

2022年3月

目 录

本书符号说明

| 仄声字

— 平声字

△ 押平声韵

▲ 押仄声韵

X 平仄类型

。 单音节词和双音节复合词之间的轻微停顿

绪 论

中国诗歌的主要特点

蔡宗齐

诗歌在中国文学和文化中享有至高无上的地位。编纂于公元前600年左右的《诗经》是中国现存最早的诗集，孔子视其教育规划的重要组成部分。孔子认为精通《诗经》是任何人被委任邦国事务的先决条件。在随后的朝代中，诗歌的地位稳步上升。学者们不仅孜孜不倦地把《诗经》作为儒家经典加以研究，而且致力于以越来越多样化、复杂化的形式来写诗，诗歌创作成为他们自我表达、社会批评乃至仕途升迁之不可或缺的媒介。优秀的诗歌经常为他们赢得社会声望，以及进入官场的机会。普通百姓也同样会创作、吟诵、演唱诗歌，其口头传统对中国所有主要诗体的兴起都起到了推动作用。

本书追溯了这个伟大诗歌传统的演变，所介绍的近200首名篇佳作创作于近3000年的漫长时期。当我们通读这些作品后，会对中国诗歌的主要方面有所了解。笔者将着重介绍这些方面，为我们深入诗歌文本做好准备。

主 题

中国诗歌大致可分为十一个主题，检视这些主题是了解中国诗歌简单而快捷的方法，这些主题也是不断发展演变的中国诗学经典的核心。

恋爱与求偶是《诗经·国风》中一个突出的主题。《国风》中的很多诗是真正的爱欲情歌，毫不掩饰地描述一次次幽会或风流韵事。在这些歌曲中，女性很少表现出压抑的迹象，事实上，她们经常是一段秘密恋情的大胆而机智的发起者。除了元曲，这种豪放任性的女子在后来的文人创作中再也看不到了。在大多数文人的作品中，女性通常陷入两种相当固定的类型：美女和弃妇。

"美女"的形象展示了文人如何将女人重新定义为一种抽象的、静态的欲望对象，以作为精神上的满足或感官上的愉悦，抑或两者兼而有之。在第一位著名的文人诗人屈原所作的《离骚》中，我们可以看到女性美被明显地转换为一种伦理美德的象征。这种对女性美的寓托手法在后来的诗歌创作和批评中一直占有显著地位。同时，美丽的女性往往呈现为男性诗人凝视之下的触手可及、令人愉悦的客体。男性诗人用诱人而优雅的辞藻来描绘她，试图以一种"文雅"的方式来表现他的情欲幻想。这种对无论真实的还是想象中的爱欲的审美化，是无数关于宫女和歌伎之诗的显著特征。在许多批评家看来，梁朝诗人所写的一些宫体诗，也意在传达佛教关于人类存在虚幻本质的信仰，即使这不是其唯一目的。在这些诗歌中，寓言和肉欲、神圣和世俗，似乎都交织在一起。

"弃妇"的形象常常涉及文人诗人扮演女性角色的主题。诚然，许多关于这一主题的无名氏的乐府诗和词给我们的印象，都是现实世界中被遗弃妇女真实的自我表达。然而，如果是一个男性诗人创作的一首关于弃妇之诗，很可能是他对自己的含蓄悲叹。通过运用弃妇这一角色，诗人希望能接触已疏远了自己的主公，从而增加诗作者重获主公好感的机会。

"颂美和讽谏"可能是上古时期一个重要的诗歌主题，但在汉代以后就不再那么突出了。《诗经》的《大雅》和《颂》，大部分内容都是对神话或者历史中王朝创立者的颂扬。这些诗歌除了对王朝缔造者的赞颂外，还常常包含一些讽谏性的段落，通常是对周人的普遍警告，而非针对某一特定统治者的明确告诫。颂美和讽谏的主题在汉代大赋中达到顶峰。在班固和张衡关于汉代都城的鸿篇巨制的赋作中，我们可以看到颂美传统的深刻转变。如果说《诗经》中的"雅颂"是通过列举古代君主的英雄事迹来颂扬他们，那么这些著名的汉赋作品则以百科全书式地展示帝国的辉煌显赫来赞颂汉代的当朝皇帝。讽谏传统在汉大赋中的转化也同样深刻。例如，在司马相如的《上林赋》中，我们可以看到，作者通过讲述一个奢华的宫廷游猎故事，婉转地讽谏皇帝对畋猎的沉迷。亡是公与天子为故事中两个关键人物，影射了作者及其潜在的读者或听众，即汉武帝。这篇讽谏之作与《诗经》中普遍的、不面对具体君主的讽谏相去甚远。

魏晋南北朝时期，有关文人生活的新主题兴起并逐渐成为中心。这些主题反映了文人生活的三个世界：文化与政治世界、自然世界、想象世界。

"游子"是关于文化和政治世界的永恒主题。它包含一系列广泛的、令人沮丧的话题和母题：游宦羁旅的艰辛困苦、政治上主公的不可信赖、朝堂政事的尔虞我诈、饥馑与剥削的景象、持续不断的边境战事、不眠之人的长久自省、与挚爱亲朋的分离，而最重要的，是一个士大夫连绵不绝的乡愁。无论是作为真正的自我表达，还是作为纯粹的文学练习，诗人们总是惯于把自己塑造为一个孤独、厌世、永远渴望故乡的游子。当然，在文化与政治的真实世界中并不都是艰辛和痛苦。"咏物诗"就反映了一些与朝廷关系密切的文人诗人悠闲的生活方式。

相比之下，自然世界为"山水"和"归隐与田园"这两个主题提供了背景，其特征为自发的喜悦和精神上的满足。对谢灵运、谢朓以及其他深陷仕途生涯痛苦的诗人们而言，登山临水成为他们怡悦的逃避烦恼的方式，也为他们提供了观赏宫女或文化对象所无法提供的精神乐趣。而对像陶潜这样的高傲旷达的诗人来说，只有在宁静的田园中才有望从腐败的官场解脱出来，并与自然的永恒过程"道"超然合一。合而观之，"二谢"的山水诗和陶潜的田园诗标志着一个划时代的发现——自然本身开始成为诗歌的主要题材。

想象世界是另外两个重要主题"游仙"和"追忆"的领域。"游仙诗"最早出现于古代巫曲中，长期受到文人诗人的青睐，使他们能够幻想独自远离红尘俗世，进入一个永生的极乐世界。这也为他们提供了一个有效的手段来嘲笑所有世俗的牵绊。"咏史诗"同样提供了一种想象中的心灵飞翔，但囿于历史时间与地点的范围内，它们常常对无法挽回的损失进行忧郁的沉思，诸如一个所爱之人的离世，一支强大军队的毁灭，或者一个帝国的覆亡，这仅是其中的一些例子。咏史诗往往以一种沉郁的悲悼作结，哀叹无论恢宏还是渺小的一切事物都会瞬息幻灭，人类所有的努力终属徒劳。然而，并非所有对历史的反思都是消极悲观的，有些诗人，比如陶潜，就通过回望过去，找到了精神上的同伴以及在逆境中可以效仿的高尚榜样。

这些以文人为中心的主题，自魏晋南北朝时就已牢固地确立起来，直至20世纪，在诗歌经典中都一直占据着主导地位。六朝之后，中国诗人的创造活力似乎转向了对这些主题的拓展和深化，而不是寻找新的主题。例如，山水诗和田园诗在唐宋时臻于鼎盛。再如，新乐府运动的领袖白居易和元稹使"民生疾苦与不公"的主题达到了一个新的高度。唐宋两代的诗人们在重温旧主题时，展现出非凡的创新性与成熟度，融文化、自然与想象于一体。再比如，在杜甫的五言律诗中，自然和人巧妙地被融合在一个宏大的宇宙图景之中。在杜甫和李商隐最好的七言律诗中，当时的政治、王朝历史、传说故事以及个人经验可以天衣无缝地交织为精美绚丽的织锦。

文人主题的主导地位不可避免地导致了那些被视为与文人雅趣相对立的主题的边缘化甚至被排斥。例如，大多数文人诗人都试图通过寓言或审美的方式来净化情色歌曲。情色主题因此被压制，这对中国诗歌传统造成了不小的损失。也因此，中国诗歌缺少了必要的喜剧性调剂，也失去了将滑稽猥辞转化为社会和宗教讽刺的机会，一如杰弗里·乔叟（Geoffrey Chaucer）在《坎特伯雷故事集》（*The Canterbury Tales*）和约翰·多恩（John Donne）在他的玄学诗中令人叹服的做法。直到元代，中国文人被剥夺了特权，失去作为道德捍卫者和高雅品位卫护者的角色，他们才开始在元散曲与杂剧中接受情色主题，这是很多文人赖以为生的两种新兴的流行娱乐体裁。除了喜剧的调剂以外，粗俗泼辣的言语还能让元代的文人作家们嘲弄自己破灭的仕途梦，从而驱散他们在蒙古统治者高压下的绝望。事实上，一首喧闹的爱情诗往往掩盖了这种自嘲令人心碎的沉痛。

　　文人的统治地位也意味着女性诗人实际上被排除在经典之外。大多数主要的诗选都只有数量很少的女诗人，她们通常是来自皇家的妃嫔，或是某些著名文人的夫人，以及歌伎。这些女诗人被置于那些诗集的最后，仅仅成为男性文人诗人的附庸。正如我已提及的，男性诗人甚至借用了女性的声音，因此当女诗人们寻求自我表达时，她们不得不寻找巧妙的方法以避开那些声音。一些很有天赋的女诗人奋起迎接这个挑战，并成功地创造了她们自己真实有效的声音。以李清照为例，她在词中以最强烈的抒情力度和最精湛的技艺来表达自己的个人情感，这为她在中国诗歌的殿堂中博得了突出的地位，否则这个殿堂中就只有男性的牌位了。

体　裁

　　在一个更为抽象的层面上，中国诗歌史可以从其主要体裁及体式的演变来理解，这在本书中已有广泛的考察。中国诗歌有五种主要体裁：诗、骚、赋、词和曲。传统上，每一种体裁都以其占统治地位的历史时期来冠名：楚辞、汉赋、唐诗、宋词、元曲。这样的标签可能会给人以错误的印象，即这些体裁是以线性发展的方式来一种取代另一种。实际上，这五种体裁都一直在被使用，甚至在见证了它们鼎盛的王朝之后，仍然蓬勃发展。除了骚体诗，这些体裁的影响力一直持续到20世纪。

这五种体裁都各自有其独特的体式谱系。诗的体式谱系在所有体裁之中最为复杂。由于几乎不间断地发展演变了大约2500多年，诗歌的总体数量不断扩大，需要不断重组。以《诗经》为代表的四言诗是最古老的诗体形式。《诗经》按来源与功能分为风、雅、颂三部分。在汉代，四言诗彻底衰落，逐渐成为宫廷颂赞诗的一个小分支。这为五言诗的迅速崛起留出了空间。这种新的诗体出现于东汉末年，并在魏晋南北朝迅速取得统治地位。逮至6世纪，诗歌的总量已经变得非常庞大，以至于梁朝的昭明太子萧统几乎全部按照主题将之划分为24类。然而，这种新的主题划分法并没有流行开来。初唐时期格律诗兴起，并迅猛增长。不久，格律诗不仅纯粹在数量上，在重要性上，也可以与非格律的古体诗相抗衡了。这就产生了一个宽泛的二分法：古诗（或曰"古体诗"）和近体诗，前者包括所有早期的非格律诗——五言古诗、杂言乐府诗及其他；后者则包含两种体式——律诗和绝句。这两个新的诗体形式又依次以每行的字数划分出五言和七言。这种复杂的、多层级的分类体系广泛地应用于明清诗选中。

另外四种体裁的谱系要简单明了得多。严格地说，"骚"没有细分出不同的体式：后世的骚体诗均以楚辞为蓝本，其特点是大量使用停顿词"兮"字。"赋"通常按照篇幅和题材划分为大赋与小赋，大赋以百科全书式地描写汉帝国之恢宏富丽而闻名，小赋则以篇幅短小和浓郁的抒情色彩著称，当然还有其他更精细的划分方式，以容纳汉代之后所创作的丰富多样的赋。"词"一般按照长度分为小令和慢词。"曲"则往往根据其与不同时代和地区的戏剧传统之关联来划分与归类。元散曲是"曲"著名的体式之一。

口头传统与文人传统

诗歌的主要体裁和体式的演变是一个耐人寻味的故事，反映了民间口头传统与文人传统之间的持续互动，或用现代文学批评的说法，是口头性和书面性（orality and literacy）之间的持续互动。我们可以说出至少四种主要的口头性文学形式：汉代以前的诗骚、汉代的乐府、晚唐至北宋初年的词，以及元曲。很明显，这四种口头性文学的共同标志是，每一种新诗体都诞生于民间口头传统，随后获得文人诗人的青睐，并最终占据了文坛的中心位置。在每一种诗体初兴之际，文人诗人们都满腔热情地收集、保存和润饰民间歌谣，并在宫廷中或文人雅集时表演。与此同时，文人也不遗余力地在自己的创作中模仿这些歌谣，包括它们朴实无华的语言以及基于音乐的韵律。他们经常改编基于音乐的韵律或重构现有的语义节奏以贴合曲调，彼此竞胜，争妍斗奇。正是在这种深入全面与民间口头传统的交汇中，中国诗歌的五种主要体裁诞生了。

通常而言，中国诗歌体裁的发展是一个漫长的过程，文人对口头传统进行模仿、吸收，并最终将其转化为纯文学传统。这种从口头性到书面性的稳步发展，其特点是口头表演的逐渐消失，民间主题的寓言化挪用，放弃简单的语言而采用优雅的措辞，以及过度使用典故等。如果我们追溯从汉乐府到晚唐律诗，或者从早期小令到后期咏物慢词的发展历程，可以看到一条清晰的从口头性到书面性的内部共性（intra-generic）之轨迹。有趣的是，对文本性（措辞）和互文性（典故）的执着追求，往往标志着彻底的"文人化"体裁最后的辉煌，也预示着一种新的民间口头文学体裁的迅速崛起。宋词和元曲的兴盛正集中体现了这种从书面性回归口头性的转变。

我们可以把口头性和书面性视为中国诗歌创造力的对立而又互补的两极。二者之间这种持续的相互作用就像阴阳动态一样，口头性是可以一次又一次挖掘的创造力源泉，而书面性则将口头性的丰富潜力最大限度地发挥出来。口头性和书面性的消长变化不是一种守旧的循环，而是动态的向前运动。鉴于口头性在革新中国诗歌传统中的关键作用，20世纪初，一些激进的文化改革鼓吹者转向民间口头文学——从《诗经》中的《风》到少数民族现存的口头传统——为他们的诗学革命寻找灵感，也就不足为奇了。

韵　律

聆听所选诗歌的录音资料，我们可以注意到汉语韵律的几个显著特征。首先，汉语的押韵似乎比英语简单一些。英语押韵要求重音音节中的元音和随后的辅音相同（例如pan和can），而汉语押韵通常只需要韵母相同。汉语中的辅音结尾比英语中的少得多：汉语的辅音结尾最明显的是n和ng，以及在上古、中古汉语中以不送气的p、t、k结尾的入声字。汉语中的押韵并不需要韵母完全相同，有时候语音相似的韵母就足够了。

同英语诗歌一样，在汉语诗歌中尾韵是最重要的押韵方式。押韵的方式从一个体裁到另一个体裁变化极大。诗、骚、赋通常在偶数行押韵，通常一首诗的大部分（如果不是全部的话）会使用相同的韵脚（很可能是由于有大量的同音异义字）。在律诗中不能换韵，且要求押平声韵。不过，在词和曲这两种体裁中，整首作品经常换两个或更多的韵，并且押韵的频率不可预测，有时几乎句句押韵，有时又会间隔好几句押韵。此外，词、曲中的韵脚可以是平声字，也可以是仄声字，或两者通押。这些押韵特点都代表了对根深蒂固之押韵习惯的彻底突破，可能受到了中亚新音乐的影响。

汉语的声律，要求在规定数量的音节或汉字的诗行之间，平声和仄声这两大类声调有序地相互交替。因此它被一些人认为是"平仄音节型"（tonal-syllabic）。平声包括现代汉语的一声和二声，仄声包括现代汉语的三声和四声，加上中古汉语的入声字。本书个别章节详细阐述了近体诗以及词、曲声调交替的复杂规则（第8、13、14、17章）。

不过，如果把平仄规则当作中国诗歌韵律的决定性特征，那就大错特错了。约在《诗经》之后一千多年的初唐，格律诗的地位才牢固地确立起来，并且即使格律诗在后世赢得了声望和人气，它的前辈，非格律的古体诗也继续蓬勃发展。如果仅仅从声律规则的角度来讨论中国诗歌的韵律，那么就会排除大部分的中国诗歌。

为了全面了解中国诗歌的韵律，我们还需要考虑可以称之为"语义节奏"（semantic rhythm）的概念，它是一行诗中句法单位之间可预测的停顿模式。虽然英语也有发声和无声的交替，但这种交替并不代表一个既定的诗歌节奏，因为英语单词由数量不等的音节组成，单词之间的停顿不可预测。然而，在中国诗歌中，语义节奏至关重要。汉字均为单音节，一句之中，一个汉字可以作为一个单纯词独立发挥作用，也可以作为双音节复合词的一部分发挥作用。因此，典型的汉语诗句表现出可预测的语义节奏，其特征是单音字和双音词的各种可能组合。由于这种句法的断句始终可以预测，每一种主要的诗歌体裁与体式都展示出自身既定的一种或多种语义节奏。在诗人和读者的意识里，所有这些诗性的节奏可能比任何明确的韵律规则都更为根深蒂固。这不仅使声音的强化体验成为可能，而且使诗意的再创造成为可能。语义节奏对于汉语诗歌的声音与意义的重要性，我们将在最后一章详细讨论。

结　构

通过阅读本书的近200首诗，我们可以发现中国诗歌的两个相互竞争又互为补充的结构原则：时间逻辑和类比联想。时间逻辑结构原则显著地运用在《诗经》的《颂》和《大雅》之中，即中国传统批评中被称为"赋"的手法。《诗经》里"赋"的手法是一种连续的扩展叙事或描写，即使不是整首诗，也横跨了一首诗的大部分段落。这样一种连续的叙事或描写，对事件或事物的叙述被安排得非常整齐。因此，"赋"后来成为一种新诗体的名称并非偶然，尤以其宏大的叙述／描写手法著称。大赋的结构在事件被重述时，往往采取时间逻辑，而在物体和场所被详尽描写时，往往采用时空逻辑。作为一种整体结构原则，"赋"的灵活运用不仅显著体现在以之命名的体裁中，而且在其直系后裔乐府诗以及可说是远房后代的词中也清晰可见。本书中的很多乐府诗和词都表现出持续的时间逻辑之赋体结构。

类比联想结构原则在《诗经》中甚至表现得更为突出，尤其是在《风》中。在本书中，我们经常会遇到二元结构模块：自然描写的两行诗与抒情的两行或更多行诗句，纯粹是在类比联想的基础上结合在一起。在中国传统的文学批评中，这些诗句的二元组合被叫作"比兴"，有时候分别叫作"比"（类比模式）和"兴"（联想模式）。与其同类术语"赋"不同，"比兴"并没有演变成一种体裁的名称，也没有扩展为一个表示整体结构的原则。当传统的中国批评家们运用这个术语的时候，他们仅仅是想着不相干句群的二元组合。

在我看来，"比兴"一词可以被有效地重新定义为描述中国诗歌中自然风光（景）和抒发情感（情）的惯常二元组合，这两部分在长度上通常十分平衡，且由于类似和相关而有交相强化的效果。这样一种二元结构似乎是模仿旧有的比兴手法，尽管这两部分扭合在一起的力度较小。无论如何，这种二元结构意味着比兴结构向整体结构原则的转换。在词与曲中，自然与情感的结合经常被彻底重构。一些词、曲作品中的情与景就像在诗中一样平衡，而在另一些作品中情与景却刻意地、戏剧性地不对称，这两种方式形成鲜明的对照。在一首词、曲作品中，我们可以看到自然描写被限制在最低限度，而情感表达则充斥了这首诗的其余部分。在另一首作品中，我们也许会观察到自然意象占据了优势，同时情感表达减少到一两行诗句。尽管如此，这种自然意象与情感的非对称组合仍可认为是比兴结构，虽然是一种变异很大的结构。

如果我们将"赋"和"比兴"结构绘制在坐标轴的纵横两端，我们会发现这本诗选中很少有诗歌是严格地按照一条轴线排列的。可以看出，大多数都处于两者之间。一般来说，一首总体为赋结构的诗歌也倾向于包含类比联想模块在内，尤其是那些有抒情倾向的诗人之作。屈原的《离骚》也许是这种混合最早的著名例子。反之，总体上为比兴结构的一首诗通常以小型的叙述或描写为特征，有时流畅地融合在一起，有时它们之间又突然中断。

在强调中国诗歌的主要方面后，我将就此搁笔，让读者在伟大的中国诗歌的世界里开始他们自己的发现之旅。

先秦

第1章

四言诗：《诗经》

倪豪士（William H. Nienhauser Jr.）

《诗经》为中国诗歌的源头，收入这本诗集的三百多首作品是现存最早的汉语诗歌。如今所用的《诗经》版本由汉代某毛姓学者编辑，这些诗歌分为三部分（有时被视为三种诗歌亚类），按照其大致的时间顺序排列为：《颂》、《雅》（分为《大雅》《小雅》），以及《风》。《颂》又分为三部分：《鲁颂》（产生于春秋后期）、《周颂》（可追溯至西周初年的最早的诗歌），以及效仿商代诗歌的《商颂》（写于西周晚期）。《大雅》主要记述周王朝及其对商朝的征服，《小雅》则经常述及周王朝治下的各诸侯国。《风》，有时又称作《国风》，分为十五个部分，其中十三个是北方的国家或地区，两个被认为是周王朝统治下的南方地区的歌曲集（叫作《周南》《召南》）。这些诗歌的题材和主题相对广泛，从文化英雄的王朝之歌到战斗或勇士们的凯歌，还有宫廷礼仪或祭祀、狩猎和宴会。超过一半以上的诗歌是情诗，多见于《国风》。长期以来《国风》被大多数读者视作最为有趣的文本，因而这也是本章的关注重点。不过，撇开《诗经》的主题不论，学者们已经确认了三个基本的表现模式：赋（阐述）、比（比喻）、兴（情感意象）。尽管我们缺乏有关创作条件的佐证，但从诗歌本身看似乎显而易见的是，《雅》《颂》很可能创作于宫廷，而《风》原本是民间歌谣，后被规范化（无论是韵律还是内容），以便在宫廷表演。

这些民歌创作于儒家道德观念确立之前的社会环境。正如《周礼》告诉我们的，那时未婚年轻男女之间的私情往来不仅被允许而且被鼓励。相应地，这也导致很多恋爱事件以失望乃至绝望告终，尤其对于身陷其中的年轻女性而言。《风》中的很多首诗都明显是那些被抛弃的恋人发出的悲叹。

这类歌曲的部分韵律很可能是这些年轻男女自己创造的，也许部分取决于与某些情感意象（兴）关联的流行曲调。例如，"山有某某"通常用在一些离别的歌曲里。但是，这方面的标准无疑是由宫廷乐师建立的。乐师们帮助塑造了这些歌曲，直至公元前6世纪晚期这些歌曲才最终定型。孔子将原本的三千多首诗歌删选为三百多首，很可能是同一首诗因地域和时代的差异而有大量不同的版本。

由宫廷乐师所完善的标准包括四字一行、四行一章、各种不同程式、大体上的2+2节奏、偶数行押韵，以及多种修辞的运用，包括暗喻、明喻、借代、双关、拟声、谐音和重章叠唱、双声与双关语。对偶句，尤其是习惯用语如"山有某某""隰有某某"十分常见。❶ 尽管没有固定的句法规则，在后世许多中国诗歌中清晰可辨的话题-评语的模式在《诗经》中同样显而易见：它始于《桃夭》的"桃之夭夭"，彰显于《载驱》的"载驱薄薄"。最后，有人认为这三百多首诗歌的顺序很可能有某种意义。这些意义是否存在，或是否可以从现存的文本中看出这些意义，都很难判定。不过，显然将一首诗放在另一首诗的语境中阅读会颇有助益，而且往往是相邻的文本。

本章从《诗经》的三个部分各选取一些作品以为示例。虽然这些诗歌

---

❶ 如"山有榛，隰有苓"（《邶风·简兮》），"山有扶苏，隰有荷华"（《郑风·山有扶苏》），"山有枢，隰有榆"（《唐风·山有枢》），"山有苞栎，隰有六驳"（《秦风·晨风》），"南山有台，北山有莱"（《小雅·南山有台》），"山有蕨薇，隰有杞桋"（《小雅·四月》）。

的诗句很早就被论者用来表达某种政治观点，并且这种阐释方法最后发展到将诗歌与早期历史背景等同化，但我还是主要聚焦于文学的诠释。

这些诠释，尽管有或新或旧的解诗者的指引，《诗经》中相对应的一些诗也提供了信息，但还是仅仅代表了阅读的很多种可能性之一。与早期希腊诗歌类型不同，希腊诗歌由音乐伴奏（抒情诗）、主题内容（抑扬格）、韵律（哀歌）所定义，《风》《雅》《颂》却是不太确定的标签。甚至这本诗集中诗歌的起源仍然存在争议，一些学者否认他们的口头来源。《诗经》留给现代读者许多想象空间，因此当我们在一首特定的诗中看到舞蹈或者求爱仪式时（这反映了一种持续的民间传统，与之类似的传统在后世产生了《山歌》❶），其他现代读者或许更喜欢另外的阅读可能性。这也正是这本诗集伟大之处的一部分。

很多文本，尤其是爱情歌曲，几乎不怎么需要阐释。不过，三百多首诗在千百年来口头和书面的传播过程中，有些诗句甚至整个章节都已丢失或被重新编排了。可以确认的是，这种情况并没有像同一时期的希腊诗歌之断篇残简那般严重，希腊诗歌有令人困惑的小片段，例如阿尔基洛科斯（Archilochus）的片段（编号107）：

> 我希望那个多吉星
> 将使他们很多人衰弱
> 以它刺穿的光芒。❷

"他们很多人"指代的是什么并不清楚，但是诗人对他们的敌意却很

---

❶ 《山歌》是明代冯梦龙所编的江南地区的民歌集。

❷ Barbara Hughes Fowler, trans., *Archaic Greek Poetry: An Anthology*, Madison: University of Wisconsin Press, 1992, p. 53.

清晰，使得此诗即使面对现代读者也能引起共鸣。类似的还有阿尔克曼（Alkman）的片段（编号82）：

> 女孩沉落，
>
> 无助地，
>
> 像鸟置身于
>
> 盘旋的老鹰之下一般。❶

这里的语境是什么呢？由于没有更多诗句或者注释，我们很难说这里的语境是什么，但是盘旋的老鹰这一险恶意象以及年轻女孩的脆弱无助，仍然跨越时间吸引着我们。《诗经》中的很多诗歌同样也缺少语境，使读者感到迷惑。其中一首就是《株林》：

> 胡为乎株林？从夏南？匪适株林，从夏南。
>
> 驾我乘马，说于株野。乘我乘驹，朝食于株。❷

正如对于阿尔基洛科斯和阿尔克曼的片段一样，读者也试图寻求这首诗的语境。尽管这首诗可能是单纯的关于一个焦急追求者的恋爱之歌，有关历史人物夏南的文献记载却使得多数读者认定，此诗的背景为夏南的母亲夏姬和陈灵公的风流韵事，就像《左传》中所描绘的那样。从中我们得知，陈灵公与夏南的母亲私通一段时间后，在诸人一起饮酒之际侮辱夏南。宴会过后，夏南用箭射杀了陈灵公。据说，此诗是为讽刺陈灵公的丑行而作，驱驾前往株地的正是陈灵公。他已经驾了一整夜的车，看上去很急躁，

---

❶ Barbara Hughes Fowler, *Archaic Greek Poetry,* p. 106.

❷ 《毛诗传笺》卷七，北京：中华书局，2018年，第180页。

而且小树林也与色情的联想有关（那里面的罗曼史很常见）。竞跑的小马驹，甚至是"朝食"都只强化了他不正当的行为，哪怕他试图为之找借口。最后一章通俗的风格与轻快的节奏，使得句子读起来一气呵成，暗示着陈灵公的急迫和他卑劣的本性。

这种阐释方式尽管令人着迷，但《诗经》中绝大部分的诗歌或会自己给出历史背景，或是不需要语境，正如我们在《桃夭》里看到的。

> 桃之夭夭，灼灼其华。之子于归，宜其室家。
> 桃之夭夭，有蕡其实。之子于归，宜其家室。
> 桃之夭夭，其叶蓁蓁。之子于归，宜其家人。❶

这首祝婚诗将新娘与桃树相比拟：她像桃花一样，含苞待放，柔嫩、生动而明艳。在传统中国，桃树本身暗示着女性的生育能力，不过这里的重点是新娘非常宜于将要和她一起生活的丈夫及其整个家庭。花朵指代她美丽的面容，这让她能够吸引丈夫，因此在第一章的最后一句才先说"室"后说"家"。第二章暗示她的身体能够生育很多孩子，此为其公婆的关注重点，这里以家室借喻公婆。到第三章，重点从桃树的花朵和果实转向了叶子，暗示从春到秋的季节流转（类似的有《氓》或《摽有梅》）❷。叶子的茂盛，以及第十句结构的轻微改写（这里叠音形容词"蓁蓁"在名词"叶"之后），暗示这个新娘将要生很多孩子，为这个家庭开枝散叶。繁茂的叶子也预示着这对夫妇感情和睦，一如同样的句子在另一首诗《杕杜》以及

---

❶ 《毛诗传笺》卷一，第10页。
❷ 《诗·卫风·氓》："桑之未落，其叶沃若。……桑之落矣，其黄而陨。"《诗·召南·摽有梅》："摽有梅，其实七兮。……摽有梅，其实三兮。……摽有梅，顷筐塈之。"都有通过树叶的掉落表现时间流逝的诗句。

随后的同题之作中那样。❶ 诗的韵律（四音步）与押韵的格式（xaxa/xbxb/xcxc）也都非常完美、规则，凸显了诗歌在最后一行所表达的主题：新娘"宜其家人"。就像对句"桃之夭夭，灼灼其华"一样，这种结构上的均衡内置于诗中。类似的诗有《隰桑》：

> 隰桑有阿，其叶有难。既见君子，其乐如何！
> 隰桑有阿，其叶有沃。既见君子，云何不乐？
> 隰桑有阿，其叶有幽。既见君子，德音孔胶。
> 心乎爱矣，遐不谓矣。中心藏之，何日忘之？❷

　　尽管关于桑树及其叶子的视觉形象与《桃夭》中的相类似，不过这里的人物可以看成是一位非常敬慕其君主的臣子，或是一名年轻女子在称赞她的意中人。这种模棱两可（臣属对于君主或者女性对于男性恋人）在后世的诗歌中十分常见，关键在于"君子"一词，其字面意思为君主，但也可以用来指称贵族男子，即丈夫、恋人，或某位令人敬佩之人。事实上，以称颂君子为中心的诗歌，往往因亚类的不同，而对君子的阐释有所不同：《雅》中的诗歌提到的君子均指"君主"（比较《出车》或者《蓼萧》❸），与之相对照的是《风》中被视为恋爱诗歌的作品，其中的"君子"被释作"贵族男子"（《草虫》❹）。在《隰桑》中，两种释义可能都适用。

---

❶ 《诗·唐风·杕杜》："有杕之杜，其叶湑湑。"《诗·小雅·杕杜》："有杕之杜，其叶萋萋。"
❷ 《毛诗传笺》卷十五，第343页。
❸ 《诗·小雅·出车》："喓喓草虫，趯趯阜螽。未见君子，忧心忡忡。既见君子，我心则降。赫赫南仲，薄伐西戎。"一般认为此诗为慰劳南仲还师之作，"君子"即南仲。《诗·小雅·蓼萧》："蓼彼萧斯，零露湑兮。既见君子，我心写兮。燕笑语兮，是以有誉处兮。"一般认为这是诸侯在宴会中祝颂周王之诗，"君子"指周王。
❹ 《诗·召南·草虫》："喓喓草虫，趯趯阜螽，未见君子，忧心忡忡。亦既见止，亦既觏止，我心则降。"通常认为这是首思妇诗，"君子"即其思念之人。

除《桃夭》讲婚姻，以及《隰桑》中人物和她的"君子"之间的更为非正式的关系，我们在《诗经》中还发现了更直接描绘求爱的诗歌，正如以下的这首《将仲子》。此诗位列《郑风》第二首，也是三百多首诗中最广为人知的一首。

> 将仲子兮，无逾我里，无折我树杞。
>
> 岂敢爱之？畏我父母。
>
> 仲可怀也，父母之言，亦可畏也。
>
> 将仲子兮，无逾我墙，无折我树桑。
>
> 岂敢爱之？畏我诸兄。
>
> 仲可怀也，诸兄之言，亦可畏也。
>
> 将仲子兮，无逾我园，无折我树檀。
>
> 岂敢爱之？畏人之多言。
>
> 仲可怀也，人之多言，亦可畏也。❶

之前检视的诗歌所表现的心情主要是欢乐、期待，然而，这首诗的情绪却是期待、焦虑。尽管抒情女主人公可能暗自欢迎恋人接近，但她担心家人与乡人对她恋爱事件的反应。在第一章的第1—3句，仲子作为歌者的恋人，被警告要保持距离，但是当抒情女主人公试图对他（也可能对她自己）解释为什么要阻止他时（4—8行），仲子趁机进一步接近，于是在第二章的第2句里他已经从小村庄的边缘进到了女孩家附近的院墙。

每一章中的第1句都是触犯（跨越和突破）的图景，被第1—5句和第7句韵脚尖锐的辅音结尾（在构拟的上古发音中的-eg）所强化，似乎是歌者太专注于解释她不让恋人接近的动机，以至于忘记了换韵。如果我们想

---

❶ 《毛诗传笺》卷四，第107页。

象一下这首诗的表演，歌者有可能延长第1句（一个元音结尾语气词）、第6句和第8句（两个-er韵脚都跟着元音结尾语气词）诗句最后的音节。比较这些拉长的最后音节和此前的短促仄声字，辅音韵的诗句暗示着仲子的踟蹰（在音节结尾处停止），接着滑向元音结尾，越来越靠近其恋人。通过歌者视角的变化，这种效果可能会增强：在第1—3句，她的视线俯瞰整个小村庄，随后在第5—8句她好像掉头望向她的家人。就这一点而言，表演者甚至可能编排她的动作来表明这些变化，开始时她面对着观众，然后在这章的最后几行诗句中慢慢地转过去，背对他们。

不过，这都是想象的。歌者没有告诉我们她看见了什么，而我们读者（或最初的听者）只是间接地通过她对仲子的警告将场景联系了起来：在远处，有小村庄的墙和杞树；近一点，是她家院子周围的墙和桑树；以及最后的前景，她家花园边上的檀木。

如上所述，第二章开始，仲子已经在她家的院墙外。传统的阐释者充分发挥了三种树的重要意义，不过这些形象的预期效果也许只是简单地暗示仲子的狂热，因为越接近抒情女主人公，树就越大，也就有更多的障碍：从柔软的杞树到茂密的桑树再到坚硬的檀木。随着仲子与歌者之间距离的缩短，他造访的影响也扩大了，除了父母外（第二章）扩展到女歌者的所有兄弟（第三章）。押韵的密度（或曰频率）依然很大，限制了行动，从而保持悬念：仲子有没有见到女歌者？从第一章的单调韵脚aaaxbxb到第二章稍许活泼的xccxcbxb，预期的效果可能暗示着歌者反复遐想的终结。

然而第三章里仲子更为接近抒情女主人公（和读者）。也许因为我们只能从其恋人的眼中看到他，没有任何仲子外貌的描述，更重要的是他在逐步地接近。这里的"他"并非是像《桃夭》里那样的结婚对象，而是一个积极奋勇的追求者，其关注点主要是性。现在他可能离抒情女主人公只有几十米远了。在这一情景中，她不再只谈到想保护自己免受私情伤害的家人（父亲、母亲或兄弟），而是谈到可能会对她有流言蜚语的邻居。通过这种从家庭到外人的强调重点的变化，她暗示"可怀"的仲子肯定不会辜负他这一称呼。他们将成为《孟子》所描绘的那种夫妻，"逾墙相从"（《孟子·滕文公下》），因而被父母乡人轻视。❶他们似乎不可避免地会做爱。诗中的树木并不像《桃夭》那样繁茂和多姿，有被损坏的危险，而抒情女主人公亦如是。

《诗经》中这种递进被称为重章叠唱。在《将仲子》中有两种重复（复调）：仲子越过障碍和树枝接近其所爱，与之对应的，则是那些反对他求爱之人的图像在歌者心目中不断地扩大。结果是一种交叉的紧张（在相似段落中词的顺序都是倒置的a-b-b-a）：仲子愈发接近，其影响愈超出抒情女主人公的控制，或者在她想象中脱离了她的控制，使她心中的各种情感交织在一起，与她歌中的交叉重复互相呼应。

如果我们假设，和任何口头歌曲一样，这首歌在每次演唱时都会以不同方式表演，我们还可以想象很可能会有更长版本的《将仲子》，仲子也许会涉过一些小溪或者一步步走近门槛。此外，我们还可以想象歌者重新设计了虚拟中的家具（那些需要跳过或跨过的，以及需要小心的易碎饰品）来适应彼时彼地和观众。

关于《将仲子》的任何讨论，如果没有和《汝坟》加以比较，都将是不完整的，后者同样唤起了大多数年轻情侣对父母的敬畏和尊重。

> 遵彼汝坟，伐其条枚。未见君子，惄如调饥。
> 遵彼汝坟，伐其条肄。既见君子，不我遐弃。
> 鲂鱼赪尾，王室如毁。虽则如毁，父母孔迩。❷

---

❶ 《孟子·滕文公下》："逾墙相从，则父母国人皆贱之。"
❷ 《毛诗传笺》卷一，第14—15页。

传统上，《汝坟》的最后一章被读作"兴"，自第9句的"鲂鱼赪尾"而来。"王室"的字面意思是王的屋子，通常理解为以部分指代整体，指的是王朝，"如毁"即是在某种危机之中。最后两行于是被视作妻子敦促其正在为王室服役的丈夫，为了父母而返家（同时也意味着回到她身边）。这句诗也有另外一种恰恰相反的阐释方式，即敦促丈夫为暴虐的王室服役，以便他的父母能得到很好的照顾。但是作为一首《风》诗，诗作极易被当作一首妻子所唱的恋歌，其夫君一直为国远役，如今已归来。这很符合第1、2句和第5、6句所说的采集植物的意象，它通常与男女关系有关。不过，第9句里红色尾巴的鲂鱼这一意象在两种阅读中都有问题。闻一多认为，鱼在《诗经》里是情人的象征。因此这首诗里的恋人在与妻子长久分离之后必定十分热切。"饥"在这些诗里同样也经常被等同于性的欲求。虽然一些西方学者也对这首诗有情色的读法，但是闻一多将"王室"解作宫廷成员的转喻（即与宫廷有关的另外两个并列词，"宗室"和"王孙"）看起来似乎最合理。于是第10—12句可以读作：宗室王孙如毁，虽则他如毁，父母孔迩。

兹引以下大致同时期（公元前13或前14世纪）的埃及恋歌以支持闻一多对诗歌的总体解读：

> 爱人，我多么想滑下池塘，
> 与你在河边共浴。
> 为了你我将穿上新的，
> 以细薄亚麻布制成的，高档的孟菲斯泳衣，
> ——来呀，看看它在水中的样子！
>
> 我能不能哄你跟我一起下水，
> 让清凉慢慢地环绕在我们周围？

然后我潜到更深的地方，

带着你湿漉漉地上来，

让我抓的小红鱼，

充满你的眼睛。

我就会站在浅滩上说：

"看看我的鱼，亲爱的，

它在我手里多么好。"

我的手指如何抚摸它，

滑下它的两侧……

但我会说得柔和，

眼睛因你的眼神而明亮：

一份礼物，爱是无言的沉默。

走近细看，

全都是我。❶

　　男性并不总是被描绘成《将仲子》里那般富有侵略性的，或像《汝坟》里那样长期离家在外的侍臣。有时他们只是驻足等待其伴侣，一如《静女》里那个年轻人。

　　　静女其姝，俟我于城隅。爱而不见，搔首踟蹰。

　　　静女其娈，贻我彤管。彤管有炜，说怿女美。

　　　自牧归荑，洵美且异。匪女之为美，美人之贻。❷

---

❶　"[Love, how I'd love to slip down to the pond]", trans. John L. Foster, in *The Norton Anthology of World Masterpieces*, vol.1, *Beginnings to 1650*, ed. Maynard Mack, New York: Norton, 1995, p. 58.

❷　《毛诗传笺》卷二，第61—62页。

以实际时间而论,《静女》这首诗呈现给我们的仅有几分钟的恋情,但它暗示出来的却多得多。第一章展示了各种内容:我们看到了两个角色,他们的恋爱关系(至少在某种程度上)以及他们的位置,我们和年轻人一起等待女孩出现。和他一起,我们望向墙角,似乎他知道她在那里(因为他似乎确信她正藏在那里)。她对于见他十分谨慎,即使在这种偏僻的地方(城隅)。当然,她被描绘成"腼腆的女孩"或曰"安静的女孩",但是第三章说明他们已经是恋人,那么她的隐藏可能只是单纯地顽皮。第一章的最后一句"搔首踟蹰",放慢了行动(第一章四行诗中的三句押韵 aaxa 增强了这一停滞感),并且成为抒情主人公在随后的第二和第三章中沉思冥想的背景。读者和这个年轻人一起内省。静女没有出现,在第二章,男人的思绪回到从前,上一次见到她的时候。他细细端详那个女孩赠予他的彤管,在其手中这个自然物鲜明的色彩象征着女孩的爱意,同时也让女孩在读者面前鲜活起来。在这一章变换了的押韵格式(bbcc)强调了女孩与礼物之间的对应关系。

在第三章,抒情主人公短暂回忆起另一件礼物——他的恋人自野外带回来的荑草,也许是来自以前的约会地点。这时候,读者已经准备好将爱情信物与恋人做第二次的比较。这一次爱情信物是荑草。这个信物的平凡特质——甚至没有鲜艳的色彩——清楚地表明在最后五句重复使用的形容词"美"(一共用了4次!)含蓄地指向了女孩。在这最后几行诗中,"美"也两次着重使用为韵脚,由此形成的 cc/cdcd 模式与抒情主人公的遐想相联结。在最后两行诗中,年轻人对心爱之人的急切心情致使他直接对着荑草说话。这种修辞手法叫作呼告,是将诗节编织在一起的一条线索,另一条联结诗节的线索是三个美丽的"事物":女孩、彤管、荑草。以这种方式阅读,这首诗在第一章以一种阐述(赋)开始,随后以一系列比喻(比)行至悬而未决的结尾。年轻人的思绪循环,以及礼物与女孩之间的隐喻联结,都被另一个修辞手法所突出强调,即连接第6句与第7句的重复的"彤管"

一词，第11句与第12句之间则重复了两个"美"字（在汉语修辞中叫作连珠，英语称作重复法）。

　　尽管此前介绍的诗歌表明，整体而言四言体是《诗经》的标准节奏（超过91%的诗句是四言，大约6%为五言，其余3%大部分是三言），但是也有少数诗歌以长度不等的诗句写成，例如《江有汜》是三言，而《行露》是五言。《行露》有一点不同，其中有七行四言诗。严格地说，《诗经》中没有一首单独的五言诗，而《江有汜》则明显是一首三言诗。两首诗均出自《风》的第二部分《召南》（来自召公统治区域的南方乐曲），而且《召南》和与之成对的《周南》（周公统治区域的南方乐曲）两者很可能有某种不同于其他国风的音乐基础。❶对现代读者而言，当然只剩下文本了：

> 江有汜，之子归。不我以。不我以，其后也悔。
> 江有渚，之子归。不我与。不我与，其后也处。
> 江有沱，之子归。不我过。不我过，其啸也歌。❷

　　这首诗的第一句，连同它的变体（第6句和第11句）被认为是"兴"。它同时也有"比"的功能，将经常离家在外的恋人与"江（即长江的古称）有汜"联系起来，长江的一些支流分流出去后又汇合至主流中。也许这个任性的恋人是一个商人。诗的每一章都是三言体，直到最后一句回到四言。不过即使最后一句还是在语气助词"也"那里断开，产生了3∶1的节奏，最后一个音节构成了一种感叹："其后也……悔！"等等。如果每一章最后一句的格律都被如此标出，在表演这首诗的时候便会比较容易控制听众。听者会同情抒情主人公并希望她那不忠的伴侣受到某种惩罚。如果歌

---

❶　"南"的含义，参看陈志的详细讨论，Chen Zhi, *From Standardization to Localization: Reconsidering the Section Divisions of the Book of Songs*, Ph. D. diss., University of Wisconsin, 1999, pp. 283-284。

❷　《毛诗传笺》卷一，第28—29页。

者强调"也"（作为语气助词通常是不会被强调的），如果他（她）在向听众揭破不忠伴侣的下场之前长时间地停留在这个词上，诗意的正义力量会随着这种停顿而增强。第三章的最后一句诗从而也揭示了最终的惊喜：不忠恋人的痛苦将成为一首歌的情节——就是这首诗歌。尽管诗的情感使读者感到沉重，但是几乎句句押韵（axaaa, bxbbb, cxccc）的效果舒缓了情绪，并且为几乎是嘲弄的结句做好了心理准备。

结构上，这里也是一种重章叠唱。在第一章，虽然长江的一些支流与主河道分开了，它们复又汇合。相比之下，恋人似乎永远地离开了。他最初的感情只是后悔。在第二章，洲渚间的很多河道暗指恋人追逐着不止一个恋爱对象。正因为此，他甚至不肯最后约会一次，以减少分离的痛苦。抒情主人公告诉我们，这将导致他会比离开她更痛苦。终于，在最后一章中，江水已经汇入了其他的河流（就像沱江汇入长江一样），他甚至不肯在离开前顺便看一眼从前的恋人。其结果是，有一天极度的痛苦会使他悲叹、懊悔，而抒情主人公承诺会把它谱成一首歌。他越是表现出对她的冷漠，她越相信他最终会受苦。这种解读的力量存在于两相对比之中，即在每一章前四句诗的现实和最后一句歌者的幻想之间。

这首诗还可以解作新娘的年轻女性亲属对于新娘丢下她径自出嫁的悲叹（每一章的第2句"之子归"可以作女子出嫁解，一如《桃夭》的"之子于归"）。家族内的几个年轻女子随新娘一起出嫁是当时的常规做法，她们将成为丈夫的媵妾。毫无疑问，如此解读这首诗的部分原因是此诗紧跟在相关的《小星》之后：

> 嘒彼小星，三五在东。肃肃宵征，夙夜在公。寔命不同。
> 嘒彼小星，维参与昴。肃肃宵征，抱衾与裯。寔命不犹。❶

---

❶《毛诗传笺》卷一，第27—28页。

此诗的起始句是"兴"也是"比",将级别较低的宫中女子比作星星。随着黎明的曙光渐渐明亮（这也许象征着君王所宠幸之人的醒来），三五个小星星的光芒越来越黯淡。为什么不是三四个？答案是，三星与五星为古代中国的星座，相当于我们的猎户星座和昴宿星团，在冬日清晨的天空中，它们是肉眼可见时间最长的。这个不同寻常的转喻使得第一章接续到第二章，第二章的比喻开始变得明晰。此诗的主题近似于中国古语所说的"饥者歌其食，劳者歌其事"❶之义。抒情主人公在这里哀叹自己低贱的地位，不能像嫡配夫人那样整晚服侍主君。她和她宫中的同伴，行色匆匆。这些女性肩负着被单和床帐的景象既使人想起天空的华盖（在女性的外表上），又暗示着宫中女性自身的层级结构（她们内在的艰辛）。除了每一章"额外"的第 5 句，此诗的韵律十分规则，也许是为了强调每章最后一句的哀叹，这种强调由 ababb 和 acacc 的押韵格式而得以加强。

此诗还有第二种相对常见的解读，即将抒情主人公视为朝廷的低层小官吏（"士"的一员，或曰低阶贵族），为了黎明的准时觐见而匆忙赶路，他自己的星光被朝廷更高级别的要员所遮蔽。实际上，很多传统诗歌都被各种不同的解读视作政治的或爱情的诗歌。然而，被单和床帐在这里证明着爱情，并且整首诗与萨福（前 7 世纪晚期—前 6 世纪早期）的第 34 号残篇十分相似❷：明月升起，群星失色，用它圆满的光辉，把世界锻成白银。❸

尽管这里的古希腊残篇同样没有给出语境，某些中心女性形象（月亮）与其从属女子（星星）的并置和《小星》中的情况并无二致。这样的女性可被视作在从事"公侯之事"，这在《采蘩》中也十分明显。

---

❶ 何休《春秋公羊传注疏》："男女有所怨恨，相从而歌。饥者歌其食，劳者歌其事。"

❷ Fowler, *Archaic Greek Poetry*, p. 133.

❸ 这里的译文引自田晓菲编译《"萨福"：一个欧美文学传统的生成》，北京：生活·读书·新知三联书店，2019 年，第 74 页。

于以采蘩？于沼于沚。于以用之？公侯之事。

于以采蘩？于涧之中。于以用之？公侯之宫。

被之僮僮，夙夜在公。被之祁祁，薄言还归。 ❶

蘩，品种繁多，其中有的也被称为艾草或者青蒿，是一种装饰性的芬芳植物（在当代用于花环上）。其变种白蒿既用于祭祀，也是蚕的食物，使得传统的阐释者或将此诗当作一位正在为其君主的先祖准备祭品的宫廷女子之悲叹，或解读为一个农家女孩正在采集这种植物以制丝。由于"被"（读作bì）这个词在最后一章用了两次，而"被"又是一种用头发编织成的假髻，用于特定的礼仪，笔者认同前一种阐释。

宫中女子的职责是繁重的，她要去各种偏僻的地方。她问哪里能采到植物，不是真正的自问，而是在听众面前突出她的艰辛。虽然她的行程从附近的池沼延伸到河边的洲沚，然后去到山涧之中，看起来不太艰难，但最后一章揭示了她所付出的代价。通过刻画她的发髻，借以指代女子的日夜操劳，结果就像她垂落的发髻所暗示的那样，精疲力竭。她的动作已经在前两章隔句押韵的诗行中显示出来：xaxa/xbxb。最后一章两两押韵的韵律（ccdd）使歌曲的步调松弛下来，并使得抒情主人公在急忙返回之际，有片刻反思她凌乱的头饰。

采蘩显然是女子的工作，我们也在《出车》的最后一章读到过。这一章描绘了王师凯旋，人们准备以献祭来庆祝胜利的情景：

春日迟迟，卉木萋萋，仓庚喈喈，采蘩祁祁。

执讯获丑，薄言还归。赫赫南仲，狁于夷。 ❷

---

❶ 《毛诗传笺》卷一，第17—18页。

❷ 《毛诗传笺》卷九，第221—222页。

黄鹂鸟象征着从为国征战的戎马生涯中回归家庭生活，一如《东山》❶诗所述。另一首有关采摘的诗歌是《葛覃》：

> 葛之覃兮，施于中谷。维叶萋萋，黄鸟于飞，集于灌木，其鸣喈喈。
> 葛之覃兮，施于中谷。维叶莫莫。是刈是濩，为絺为绤，服之无斁。
> 言告师氏，言告言归。薄污我私，薄澣我衣。害澣害否，归宁父母。❷

　　此诗比我们已探讨过的任何一首诗都更加支离和晦涩。那些周代人十分熟稔的意象于我们而言已变得陌生。自然地，这也十分吸引读者，并由此带来不同的阐释，千百年来众说纷纭。然而，鉴于特定的文本背景，我们还是可以看出这是一首新娘之歌，按照传统，她婚后三天可以回娘家探望父母，此刻她正兴奋地准备着。理解这首诗的关键在于"兴"——葛之覃兮，施于中谷。当周代的贵族新郎亲迎新娘之时，会将葛覃用于庆祝仪式。❸在这场仪式中，新娘的母亲会收到几双葛覃所制的凉鞋，然后要女儿穿上（象征着夫妻关系）。因此，母亲要教给女儿如何才能举止合乎礼节，并接受女儿的礼敬，最后将女儿的手交于新郎手中，新郎再带领他的新娘离开房间。

　　葛藤本身会长出很多狭长多籽的豆荚，这象征着生育（"籽"同时有"种子"和"孩子"的意义），它的纤维很耐用，象征着妻子和丈夫之间牢固的联结。在这首诗中，情感的形象也意在暗示（即"比"）婚姻的初步成

---

❶ 《诗·豳风·东山》："我徂东山，慆慆不归。我来自东，零雨其濛。……仓庚于飞，熠耀其羽。"诗写周公东征，三年后凯旋。

❷ 《毛诗传笺》卷一，第5—6页。

❸ 参看周策纵的出色研究《分娩神话与古代中医：有关吴氏传统的研究》，芮效卫（David T. Roy）、钱存训编《古代中国：早期文明研究》，香港：香港中文大学出版社，1978年，第43—89页，特别是第47—53页。

功，在最初几天这种结合逐步增强，就像葛藤在逐渐延长。葛藤也暗示着新娘和新家庭的联结，《葛藟》中此意同样明显。❶尽管《葛藟》中描绘的主人公与公婆的关系本质上与《葛覃》中的不一样，但以葛藤的意象作为新娘和公婆之间新的纽带是相同的。《葛覃》的第3句强调新娘已经成功地融入新的家庭，繁茂的叶子呼应着早在《桃夭》中出现过的相同意象（以及相同的意义）。

飞翔的鸟儿（第4句）经常用来与人的外表进行比较，尤其是在典礼的情境中（例如《振鹭》）。这些飞翔的黄鸟（很可能是黄雀）可能象征着新娘加入了新郎家庭的族群。热闹的婚礼过后，他们安顿下来，家庭十分和睦，一如鸟儿在和鸣。

第二章的第1—3句重申了婚姻的和美，以重复的押韵格式来呼应（xabbab，xaccac）。但是在第10句后，转到了以葛藤制衣，这很可能也是婚礼的一种仪式。无论细葛布还是粗葛布，抒情主人公不戴头饰却乐意穿着，也许在某种程度上类似于我们在婚礼上交换的誓言："无论是顺境或逆境，富裕或贫穷，健康或疾病，爱你珍惜你，不离不弃，至死方休。"

最后一章有一种前两章没有的紧迫性。第13句"师氏"即为少女的保姆，通常指负责教导贵族女性的周朝官员。但是在这里，对于诗中的普通年轻女孩而言，它指代女仆——相当于"君子"可同时指代"君主"和"贵族男子"。第13—17句都包含了重复，反映着抒情主人公兴奋的心态，一种我们都会有的即将踏上旅程的心态，尤其这是回到父母家的旅程。主人公在新家感觉非常舒心，可以和保姆闲散地戏谑道："害澣害否？"——她想带回家给父母的，正是这种舒心。

虽然《葛覃》和《采蘩》在采摘植物方面有共同的母题，但和《采

---

❶《诗·王风·葛藟》："绵绵葛藟，在河之浒。终远兄弟，谓他人父。谓他人父，亦莫我顾。"诗写乱世中人的流离失所，首二句以"绵绵葛藟"比喻家族。

蘩》最为神似的还是《采蘋》：

> 于以采蘋？南涧之滨。于以采藻？于彼行潦。
> 于以盛之？维筐及筥。于以湘之？维锜及釜。
> 于以奠之？宗室牖下。谁其尸之？有齐季女。❶

　　这首诗同样与婚礼仪式密切相关（据《礼记·昏义》）。举行婚礼前三个月，准新娘会在家族的祖庙中接受教导，学习如何以妻子的身份在新环境中谈吐和行事。课程结束时要献上鱼、蘋和藻等祭品。诗中的一问一答表现了女孩在祖庙中所作的颇为正式的教义问答（也许反映在均衡的押韵格式中 aabb/xcxc/xdxd）。第一章描绘了准新娘应该去哪儿采集植物供品，第二章讲怎样准备祭祀，第三章则是在哪儿安放祭品。倒数第2句的"尸"指的是在祭祀中扮演祖先之人：这里指的是这名即将结婚的年轻女子。诗歌似乎不是由她唱的，却是关于她的，也许是由那些经常采蘩或采摘其他植物的妇女唱的。

　　祭祀是《颂》里很常见的主题，正如《振鹭》所示：

> 振鹭于飞，于彼西雍。我客戾止，亦有斯容。
> 在彼无恶，在此无斁。庶几夙夜。以永终誉。❷

　　周天子邀请前代（夏、商）的后裔子孙赴宴，来祭祀他们的祖先（包括周的先祖）。有人认为，白鹭是用来隐喻商朝的，因为商朝以白色为尚。

---

❶ 《毛诗传笺》卷一，第20—21页。
❷ 《毛诗传笺》卷十九，第461—462页。

白鹭是优雅的鸟儿，它在《有駜》❶中也被用来隐喻朝臣。在《诗经》中，以飞鸟比照人类活动是十分常见的手法（例如《鸿雁》❷）。在这首献祭的颂诗中，我们可以想象也许有两列祈祷者：一列是夏的后裔，另一列是商的子孙，这样的行列令人想起白鹭飞翔时的队形。在第一章设定的场景之后，第二章给予了希望，祈祷者会勤勉，也会被祖先的神灵所接纳。以这种方式，歌曲认为两者的祖先都将不朽。押韵的方式（xaxa，bbbb）令人瞩目，似乎表明（见第二章）在这一重复而庄严的时刻，可能回响着钟声或鼓声。

《绵》是《大雅》一系列描述周王朝建立，尤其是歌颂其开国之君周文王丰功伟绩的诗歌之一，也是我们最后要讨论的诗歌。

> 绵绵瓜瓞，民之初生。自土沮漆。古公亶父，陶复陶穴，未有家室。
>
> 古公亶父，来朝走马，率西水浒，至于岐下。爰及姜女，聿来胥宇。
>
> 周原膴膴，堇荼如饴。爰始爰谋，爰契我龟。曰止曰时，筑室于兹。
>
> 乃慰乃止，乃左乃右，乃疆乃理，乃宣乃亩。自西徂东，周爰执事。
>
> 乃召司空，乃召司徒，俾立室家。其绳则直，缩版以载，作庙翼翼。
>
> 捄之陾陾，度之薨薨，筑之登登，削屡冯冯。百堵皆兴，鼛鼓

---

❶ 《诗·鲁颂·有駜》："振振鹭，鹭于下。"此为颂祷鲁僖公与群臣宴会之诗。

❷ 《诗·小雅·鸿雁》："鸿雁于飞，肃肃其羽。之子于征，劬劳于野。爰及矜人，哀此鳏寡。"此诗描写了周王派遣使臣救济难民的情形，诗中以鸿雁飞翔比拟使臣奔走于野。

弗胜。

乃立皋门，皋门有伉。乃立应门，应门将将。乃立冢土，戎丑攸行。

肆不殄厥愠，亦不陨厥问。柞棫拔矣，行道兑矣。混夷駾矣，维其喙矣。

虞芮质厥成，文王蹶厥生。予曰有疏附，予曰有先后，予曰有奔奏，予曰有御侮。❶

虽然这首诗的风格主要是赋，却以兴句为起始，暗示周人"绵绵"的历史，一如《大雅》诸诗中所述的那样。此诗记叙了周文王的祖父古公亶父。关于他的生平及统治最详细的记载可以参看司马迁的《史记·周本纪》：

古公亶父复修后稷、公刘之业，积德行义，国人皆戴之。薰育戎狄攻之，欲得财物，予之。已复攻，欲得地与民。民皆怒，欲战。古公曰："有民立君，将以利之。今戎狄所为攻战，以吾地与民。民之在我，与其在彼，何异？民欲以我故战，杀人父子而君之，予不忍为。"乃与私属遂去豳，度漆、沮，逾梁山，止于岐下。豳人举国扶老携弱，尽复归古公于岐下。及他旁国闻古公仁，亦多归之。于是古公乃贬戎狄之俗，而营筑城郭室屋，而邑别居之。作五官有司。民皆歌乐之，颂其德。❷

由此可见，亶父是周人的首领，他破除野蛮的风俗，带领人民远离戎

❶《毛诗传笺》卷十六，第359—362页。
❷《史记》卷四，北京：中华书局，1959年，第113—114页。

狄，迁徙到现在的陕西南部。《史记》为此诗提供了生动的说明，还需额外说明的，或许是诗第29—33句描绘了周代早期通过以绳墨立基、竖立木板，夯土于其间来筑墙的情景。

尽管并非文学性很高的作品，但《绵》这首长诗表现出对声音模式的密切关注，几乎句句押韵。第三章至第五章，可说是叙述了古公亶父为建立新首都所做的各种准备，其诗句因用了同一韵部的韵脚字而紧密相连。第六章的韵脚也经过了巧妙的挑选，其中回荡着施工的声响，每个字的尾音都是响亮的鼻音 -ng。

在最后一节，焦点突然从亶父转到他的孙子文王。这部分可能是后来添加的，旨在使《绵》这首诗融入《大雅》中关于文王的史诗性叙述，《大雅》的大部分都是关于文王的诗篇。

＊　　＊　　＊

以上诗选应该为这部经典诗集及其韵律形式做了一个很好的介绍。它多样的主题甚至语言影响塑造了后世无数的作品。同时，直至现代，它还是典故的源泉。因其意象的单纯之美与其信息的复杂性（通常是隐晦含糊的）并置，《诗经》中的很多诗篇对于现代读者而言，仍然保持着"反常"的生命力。

早期周代诗人们发现的四言诗句如此自然，可能代表了那个时代的言语或音乐模式。这种韵律自公元前6世纪开始衰落。到汉代，当新的五言诗越来越受欢迎，四言诗呈现为一种古旧的语调。自汉代始，四言主要用于颂圣及正式的文体。

最后，必须注意的是，虽然本章的阐释与大多数现代学者发表的研究成果相类似，试图将这些诗歌读作被宫廷乐师编辑整理过的民间歌谣，但遮蔽了传统上将《诗经》作为一系列讽喻作品集的阐释方式。自从公元前

1000 年中期被最初写下来，直至宋代初期，将这些诗歌当作讽喻来读，或试图将之置于先秦复杂的历史语境中，就主导了对这三百多首诗歌的理解。这种传统阐释通常非常明晰。举例而言，汉代的"小序"并没有把《将仲子》读作一首恋爱之诗，而是当作对郑庄公未能约束其母的批评。这种相关性对于我们现代读者而言似乎过于牵强，尽管如此，它却被绝大多数的传统读者所接受，11 世纪的宋代学者才开始更多讨论这些诗歌的字面阐释。不过，直至现代，仍然有一些读者继续将《诗经》这三百多首作品当作政治诗歌来理解。在随后的章节中我们将会看到，几千年来将《诗经》中的恋情诗当作有政治动机作品的阅读接受史，影响了许多世纪以来所有体裁的无数传统诗歌的众多读者以及作者。

推荐阅读

- 陈子展，《诗经直解》，上海：复旦大学出版社，1983 年。

- 陈子展，《雅颂选译》（增订本），上海：上海古籍出版社，1986 年。

- 周啸天主编，《诗经楚辞鉴赏辞典》，成都：四川辞书出版社，1990 年。

- 张树波编著，《国风集说》，石家庄：河北人民出版社，1993 年。

- 夏传才，《诗经研究史概要》，台北：万卷楼图书有限公司，1993 年。

- 向熹编，《诗经词典》（修订版），成都：四川人民出版社，1997 年。

- 《毛诗传笺》，北京：中华书局，2018 年。

- Allen, Joseph R, "Postface: A Literary History of the Shijing," in *The Book of Songs: The Ancient Chinese Classic of Poetry*, translated by Arthur Waley, edited by Joseph R. Allen, New York: Grove Press, 1996, pp. 336-383.

- Loewe, Michael, *Shih ching*, in *Early Chinese Texts: A Bibliographic Guide*, edited by Michael Loewe, Berkeley: Society for the Study of Early China and the Institute of East Asian Studies, University of

California, 1993, pp. 414-423.

• Owen, Stephen, "The Classic of Poetry, " in *An Anthology of Chinese Literature: Beginnings to 1911*, translated and edited by Stephen Owen, New York: Norton, 1996, pp. 10-74.

• Riegel, Jeffrey, "Eros, Introversion, and the Beginnings of Shijing Commentary, " in *Harvard Journal of Asiatic Studies* 57, no. 1, 1997, pp. 143-177.

• Saussy, Haun, *The Problem of a Chinese Aesthetic*, Stanford, Calif.: Stanford University Press, 1993.

• Schaberg, David, "Song and the Historical Imagination in Early China, " in *Harvard Journal of Asiatic Studies* 59, no. 2, 1999, pp. 305-361.

• Van Zoeren, Steven, *Poetry and Personality: Reading Exegesis, and Hermeneutics in Traditional China*, Stanford, Calif.: Stanford University Press, 1991.

• Wang, C. H., *From Ritual to Allegory: Seven Essays in Early Chinese Poetry*, Hong Kong: Chinese University of Hong Kong Press, 1988.

第2章

骚体诗：楚辞

吴伏生

楚辞为战国时期兴盛于楚国的一种诗体，收录于汉代王逸编辑的文集《楚辞章句》之中。该文集包含近六十首诗作，可分为两组。据王逸及其他中国学者的说法，第一组为楚国政治家、贵族屈原所撰写与汇编的早期诗歌（需要指出的是，这些作品的作者归属存在着巨大争议）；第二组则是后世诗人（包括王逸自己）模仿早期诗歌之作。这部文集中最重要的作品是《离骚》，应该是屈原所作，它代表着这个诗体的最高成就。题目中的第二个字"骚"也经常用来指称所有楚辞的篇目以及任何以楚辞体式所写的作品。

作为南方楚文化的产物，楚辞在内容与形式方面都展现出与《诗经》巨大的差异。内容上，巫术的影响尤为显著，因为这一文体的很多早期诗歌，特别是《九歌》，明显描绘了巫术的仪式和表演。这一特点也体现在《离骚》这首长诗中，虽然在结构和语气上这首诗都带有明显的自传风格，在中国诗歌中前所未有。在形式上，楚辞采取了一种比《诗经》更长的诗行体式。以下示例出自《离骚》：

帝高阳之苗裔兮，朕皇考曰伯庸。

摄提贞于孟陬兮，惟庚寅吾以降。

　　这四句诗的长度在六个字与七个字之间交替重复。这是《离骚》中的主要体式，尽管也有不少例外。不过，在其他诗中，诗句也可能更短或更长。楚辞另一个显著的形式特征是重复使用"兮"字。虽然这种用法也出现在《诗经》和其他早期文本之中，但并不多见。在楚辞中，尽管"兮"字在不同诗行中的位置不尽相同，但它却无所不在，成为一种标志。如以上例句表明，《离骚》中"兮"字出现于奇数句的末尾，但在《九歌》中，它位于每一句的句中，如以下《湘君》中的两行诗句所示：

君不行兮夷犹，蹇谁留兮中洲？

　　"兮"字的功能被认为主要是音乐性的，因为作为一个字，它只表示一个延缓，类似现代汉语里"啊"这样的声音，除此之外并没有什么意义。像《诗经》及后世的诗歌一样，楚辞的押韵也是在偶数句的最后一个字。例如，《离骚》起始段落的韵脚字是"yōng"和"jiàng"，在上古汉语里分别读作"ʎiwoŋ"和"ɣeuŋ"。在一些短篇中，诗人会使用一个韵脚贯穿始终，但在《离骚》中韵脚变换了多次。

　　汉初，由于王朝的早期统治者们来自楚地，楚辞引起了人们极大的兴趣。汉朝开国皇帝汉高祖刘邦用楚辞的体式创作了著名的《大风歌》。汉朝另一位强力君主汉武帝同样也曾用这一体式作过诗。皇室的几位王子都积极地参与楚辞的研究、编辑与创作。例如，淮南王刘安撰写了第一篇《离骚》评注。从汉初起，对楚辞的批评就歧见迭出，多数批评家强调它与《诗经》传统一脉相承，赞扬屈原对楚国坚定不移的忠诚，而另一些人却对之表示不安。《汉书》作者班固指责屈原骄傲、露才扬己，其诗歌语言充满了"虚无之语"。❶中国有史以来最伟大的文学批评著作《文心雕龙》的作者刘勰列举了《离骚》符合与偏离经典的几个特征，称之为"奇文"。他也批评屈原自杀的决定为"狷狭之志"❷。然而，纵观中国文学史，楚辞及其主要作者屈原已被证明是一个不朽的存在，具有持久的影响力。最终，屈原成为中国的民族英雄，而"诗骚"（《诗经》与楚辞主要的代表《离骚》）则代表了中国诗歌传统的基石。

本章将介绍《九歌》中的两首以及《离骚》的节选。

通常认为，《九歌》是巫术仪式上所演奏的歌曲。这一组实际上有十一首歌曲，除两首之外，其余的每首都献给一个特别的神灵。这些歌曲被认为是由屈原编辑整理并修改润色的。楚国位于长江沿岸，以巫术活动闻名。班固曾经注意到楚人"信巫鬼、重淫祀"❸。"巫"字起初指那种通过舞蹈与歌唱召唤神灵与鬼魂的人。巫师声称他们拥有与超自然生灵交流的能力。巫师也宣称，他们要经常离开自己的肉身去与这些生灵会面，或是上天或是入地。因此在《九歌》中，远游或飞翔是一个反复出现的母题。

湘　君

君不行兮夷犹，蹇谁留兮中洲？美要眇兮宜修，沛吾乘兮桂舟。
令沅湘兮无波，使江水兮安流。望夫君兮未来，吹参差兮谁思？
驾飞龙兮北征，邅吾道兮洞庭。薛荔柏兮蕙绸，荪桡兮兰旌。
望涔阳兮极浦，横大江兮扬灵。扬灵兮未极，女婵媛兮为余太息。
横流涕兮潺湲，隐思君兮陫侧。桂棹兮兰枻，斲冰兮积雪。

---

❶ 洪兴祖撰，《楚辞补注》，北京：中华书局，1983年，第49页。除非注明，否则所有的楚辞引文均出该版本。
❷ 范文澜，《文心雕龙注》，北京：人民文学出版社，1958年，第46—47页。
❸ 《汉书》卷二十八下《地理志》卷八下，北京：中华书局，1962年，第1666页。

采薜荔兮水中，搴芙蓉兮木末❶。心不同兮媒劳，恩不甚兮轻绝。
石濑兮浅浅，飞龙兮翩翩。交不忠兮怨长，期不信兮告余以不闲。
鼌骋骛兮江皋，夕弭节兮北渚。鸟次兮屋上，水周兮堂下。
捐余玦兮江中，遗余佩兮醴浦。采芳洲兮杜若，将以遗兮下女。
时不可兮再得，聊逍遥兮容与。❷

　　《九歌》有很多不确定和歧义之处。作为这组诗中最美的篇章之一，这首诗的题目便具有这种不确定与歧义。汉语中"君"字在性别指向方面并不固定，这首诗既可以读作对男性神灵的，亦可读作对女性神灵的呼唤。此处我采用的观点是，这首诗与下一首《湘夫人》，是楚国境内最大河流湘水的两位神祇之间的对话。作为巫术仪式的一部分，它们分别由两位相互追寻的女巫与男巫演唱。❸

　　这首诗的几个重要特点被屈原在《离骚》中进一步发扬光大。首先，诗歌的中心主旨是追寻爱情。这种追寻以一种奇特的巫术风格进行：主角驾乘着超自然的生灵，在天地之间驰骋，对自然界发号施令。然而，这种追寻因其夫君违背了诺言而失败。❹这种失败造成了一种深刻的、贯穿整首诗的惆怅忧伤，这也使得她与所爱之神暂时疏远。不过，尽管万分失望，她最终还是对他忠贞不渝。我们将要看到，屈原把这个母题也运用到《离骚》之中，并使之成为他与君主及国家之间关系的中心隐喻。同样值得注

---

❶　薜荔生长于陆地，芙蓉长于水中，因此抒情主人公在说她寻求自己的主公注定是徒劳。

❷　《楚辞补注》，第59—64页。

❸　大多数中国学者同意这个观点。还有一些人认为这两首诗是关于尧的两个女儿，尧将女儿嫁给了继承人舜。据传，当她们听说丈夫舜去世的消息时，便自沉于湘江。持此观点的大卫·霍克斯（David Hawkes）陈述道："这两首歌的歌词自始至终均由一个男巫亲自演唱，他正作势要乘舟去女神出没的岛上寻求她们。"参见 David Hawkes, *Songs of the South*, p. 106。

❹　大卫·霍克斯在其文《追求女神》（"The Quest of the Goddess"）中探讨了这一主题。见 Cyril Birch, ed., *Studies in Chinese Literary Genres*, Berkeley: University of California Press, 1974, pp. 42-68。

意的是这首诗中对香草植物意象的运用。美丽的花卉是巫术仪式中重要的组成部分，它们代表着宗教仪式的真诚、美好与庄严。不过，在屈原笔下，这个特点被赋予了道德的维度，在《离骚》中成为其象征主义的重要部分。

《湘君》的姊妹篇《湘夫人》展现了许多类似的特征。它的主旨也是追寻同为神祇的恋人。在这一部分，对想象中幽会的描写非常不同，而且用于描绘这一幽会的香草意象也大量增加。另一个类似之处在于作品的最后一部分与《湘君》的结尾处几乎完全重合。这使得一些批评家认为，与两首诗中由单个巫师表演的主体部分不同，这部分应该是由合唱团来演唱的。

湘夫人

帝子降兮北渚，目眇眇兮愁予。袅袅兮秋风，洞庭波兮木叶下。
登❶白薠兮骋望，与佳期兮夕张。鸟何❷萃兮蘋中，罾何为兮木上？❸
沅有芷兮澧有兰，思公子兮未敢言。荒忽兮远望，观流水兮潺湲。
麋何食兮庭中？蛟何为兮水裔？朝驰余马兮江皋，夕济兮西澨。
闻佳人兮召予，将腾驾兮偕逝。筑室兮水中，葺之兮荷盖。
荪壁兮紫坛，播芳椒兮成堂。桂栋兮兰橑，辛夷楣兮药房。
罔薜荔兮为帷，擗蕙櫋兮既张。白玉兮为镇，疏石兰兮为芳。
芷葺兮荷屋，缭之兮杜衡。合百草兮实庭，建芳馨兮庑门。
九嶷❹缤兮并迎，灵之来兮如云。捐余袂兮江中，遗余褋兮澧浦。❺

---

❶ 《楚辞补注》无"登"字，但其他版本中有。

❷ 《楚辞补注》无"何"字，但其他版本中有。

❸ 比较一下《湘君》中的第21、22行。

❹ 九嶷山是安葬舜的地方。

❺ 马茂元认为这些是湘水女神献给湘水之神的爱情信物。他引用了古代文本中的一些例子，并进一步主张恋人之间交换服饰乃是古老的习俗。参见马茂元选注，《楚辞选》，北京：人民文学出版社，1998年，第63页。

搴汀洲兮杜若，将以遗兮远者。时不可兮骤得，聊逍遥兮容与。❶

　　如上所述，在《离骚》中，屈原挪用了这两首诗中的一些重要特征，特别是对爱情的追寻以及香草意象的中心母题，并将它们转换为诗中象征主义的组成部分。大致而言，《离骚》所采用的自传体口吻出自屈原本人，那么，在我们将注意力转向这首长诗之前，简要考察一下他的生平是有益的。

　　我们所了解的关于屈原的很多内容都存在着争议。❷根据司马迁《史记》中颇有争议的传记记载，屈原是楚国王室成员之一，曾在楚怀王治下担任高官。他学识渊博，是位富有才华的政治家和外交家。起初他颇得楚怀王的信任，但随后楚怀王听信了朝廷中屈原政敌对他恶毒的诽谤和指控，屈原便失了宠。楚怀王去世后，他的继任者楚顷襄王继续迫害屈原，最终流放了他。屈原在流放中度过了几年，最后自沉于汨罗江。❸

　　《离骚》最显著的特点是它围绕着一个抒情主人公展开，这位主人公的经历和沉思主导全诗，并构成了这首原本曲折、复杂诗篇的基本结构。抒情主人公融合了巫术、上古历史以及屈原那个时代的历史事件与哲学思想，形成一种独特的象征手法，为诗人的自我表达提供了一个有效途径。

帝高阳❹之苗裔兮，朕皇考曰伯庸。

摄提贞于孟陬兮，惟庚寅❺吾以降。

---

❶《楚辞补注》，第64—68页。

❷ 大卫·霍克斯探讨了早期文本中关于屈原的各种叙述中的矛盾之处，见 *Songs of the South*, pp. 51-66。

❸《史记》卷八十四，第2481—2491页。

❹ 高阳，也被称为颛顼，是传说中的"五帝"之一，屈原的祖先据说是他的后裔。

❺ 庚寅，古代中国的日历计算系统中为每个月的第27天。

皇览揆余初度兮，肇锡余以嘉名。

名余曰正则兮，字余曰灵均❶。

　　这部分在为整首诗定下基调方面至关重要。通过一开始就告诉读者他的家庭背景，诗人牢固地将自己树立为诗歌的中心。他告知读者，随之而来的将会是关于他，一个来自楚国显赫家族的贵族后裔的故事。这种夸张的姿态在屈原的时代可谓史无前例（后来成为普遍的方式）。《诗经》中的大部分诗歌是匿名的。在少数篇章中作者的身份可以确认，但没有一篇将诗人确立为诗歌的中心。为此，屈原被称为中国的第一位诗人。❷值得注意的是，第一人称代词（朕、吾、余）在这8句诗里出现了6次。在代词常被省略的中国诗歌中，于十分有限的空间里如此频繁地运用第一人称代词是颇不寻常的。屈原正煞费苦心地将听众的注意力吸引到自己身上。

纷吾既有此内美兮，又重之以修能。

扈江离与辟芷兮，纫秋兰以为佩。

汩余若将不及兮，恐年岁之不吾与。

朝搴阰之木兰兮，夕揽洲之宿莽。

日月忽其不淹兮，春与秋其代序。

惟草木之零落兮，恐美人之迟暮。

不抚壮而弃秽兮，何不改乎此度？

乘骐骥以驰骋兮，来吾道夫先路！

　　在介绍了自己的贵族家庭背景之后，屈原在这部分以自己的道德修身

---

❶　根据《史记》记载，屈原名平，字原，"正则"与"灵均"是对他真正名和字的说明。

❷　David Hawkes, *Songs of the South*, p. 27.

强化这一背景。此处所描述的语境是时光飞逝，给诗人时不我待的沉痛感，因他无力运用自己的道德素养为受到蒙蔽的君王服务。

这一部分介绍了整首诗中阐述的几个主题。首先，楚辞最经久不衰的标识是"香草美人"的修辞传统。屈原清楚地表明，江离、秋兰、稀有的木兰以及其他用于装饰自己的芬芳植物，其目的都在于补充"内美"，从而确立其象征意义。换言之，美丽的花草是个人美好品质的客观对应物，而采集和佩戴它们的行为就自然被理解为一种道德修身的象征或隐喻。

对"美人"的解释引发了诸多争议。在古代汉语里，这个短语在性别上并不明确，一些学者认为是指楚怀王，而另一些学者则认为是指诗人自己。在文本层面上，这两种解读似乎都可行。这种歧义是《离骚》隐喻性质的特征，就像在这一段里的"香草美人"，它的很多段落都清楚地要求在另一层面上的理解。批评家们一直热衷于证明这种用法与《诗经》的承继关系。他们将这种修辞手法看作是与《诗经》"比兴"传统相同的方式。鉴于这个议题对于我们理解诗中的隐喻和象征的框架十分重要，因此有必要就此问题稍作详细考量。

"比"通常指对两种事物或情境之间明确的比较，"兴"则指在读者心中唤起某些联想的形象或情境。"比"和"兴"都关系到两种事物之间的比较，但是前者中两种事物的联系更为明显，而在后者中事物的关联更加微妙。然而，"比""兴"之间的界限有时很难分清。在《诗经》中，物体或情境被简单地并置。它们之间的任何联系都是由其相似性所引发，并且文本并没有试图以某种方式来指导我们的阐释。但是，在《离骚》的前述部分以及其他段落，诗人明确地告知读者，一个特定的物体与情境是为了与另外一个相比较。如果说"兴"是《诗经》中占主导地位的修辞手法，那么《离骚》所采用的主要手法就是"比"。

很早以来，批评家们就将"香草美人"的修辞比喻视为《离骚》中主要的象征手法，并以此作为对这首诗进行隐喻解读的指导。例如，王逸声称《离骚》"引类譬喻，故善鸟香草，以配忠贞；恶禽臭物，以比谗佞；灵修美人，以媲于君；……虬龙鸾凤，以托君子；飘风云霓，以为小人"❶。这种象征性的表达方式对中国诗歌的创作与诠释均产生了巨大影响。

在这部分的末尾，诗人将自己当作向导，为其君王"导夫先路"。这使我们为诗中众多的远游做好准备，因为诗人将带领我们去追求他的理想：

> 昔三后❷之纯粹兮，固众芳之所在。杂申椒与菌桂兮，岂惟纫夫蕙茝！彼尧舜之耿介兮，既遵道而得路。何桀纣之昌披兮，夫唯捷径以窘步。惟夫党人之偷乐兮，路幽昧以险隘。岂余身之惮殃兮，恐皇舆之败绩！忽奔走以先后兮，及前王之踵武。荃不察余之中情兮，反信谗而齌怒。余固知謇謇之为患兮，忍而不能舍也。指九天以为正兮，夫惟灵修之故也。曰黄昏以为期兮，羌中道而改路！初既与余成言兮，后悔遁而有他。余既不难夫离别兮，伤灵修之数化。

然而，由于君王"荃不察余之中情"，诗人被剥夺了引领君主的机会。不仅如此，他还"反信谗而齌怒"于诗人。为了劝说君主改变道路，屈原回顾历史。他援引过去正面与反面的例子，以便君王能从中汲取教训。此类历史典故后来被批评家们所认可。例如，刘勰便挑选出它们，并赞扬它们与经典一脉相承。在这一段，诗人也提供了他与楚怀王关系的一些信息，楚怀王被冠之以不同的称呼，"荃"和"灵修"。"荃"是一种香草，"灵"在楚辞中则经常用来指称与巫术或巫师有关的事。我们将在此诗中看到，屈原的象征主义在很大程度上借用了这两方面的素材：

---

❶ 《楚辞补注》，第2—3页。
❷ 笺注者对"三后"是谁有不同意见。多数人采用王逸的观点，"三后"指夏禹、商汤、周文王。

余既滋兰之九畹兮，又树蕙之百亩。

畦留夷与揭车兮，杂杜衡与芳芷。

冀枝叶之峻茂兮，愿俟时乎吾将刈。

虽萎绝其亦何伤兮，哀众芳之芜秽。

众皆竞进以贪婪兮，凭不厌乎求索。

羌内恕己以量人兮，各兴心而嫉妒。

忽驰骛以追逐兮，非余心之所急。

老冉冉其将至兮，恐修名之不立。

朝饮木兰之坠露兮，夕餐秋菊之落英。

苟余情其信姱以练要兮，长顑颔亦何伤。

擥木根以结茞兮，贯薜荔之落蕊。

矫菌桂以纫蕙兮，索胡绳之纚纚。

謇吾法夫前修兮，非世俗之所服。

虽不周于今之人兮，愿依彭咸之遗则。

　　这一部分结合此前介绍过的香草象征方式，继续发展道德修身的主题，但有所出新。在这部分提及的各式各样的花草似乎代表的不仅是诗人自身，还有他从前的同僚。尽管诗人持续地努力"培育"它们，最终它们大部分都令他失望，使他"哀众芳之芜秽"。但是诗人并没有被它们可耻的转变所打倒，他悉心照料着芬芳花朵，奋发向前。这部分再次出现时光飞逝、不可挽回的主题，但这一次诗人为我们详细说明了引起他恐慌的是他担忧"修名之不立"。这使他重申了为君王"导夫先路"以及为国效力的愿望，因为在古代中国，这被认为是名垂后世的最好方法之一。但是随即在几行诗句之后，诗人与周围世界的疏远使得他思索另一个根本的选择：把所有这一切抛诸脑后。诗句中提及的彭咸由于既是历史人物又是巫师的双重身份而模糊不清。主流观点是王逸提出的，认为彭咸是商代正直的大夫，他对君王的忠诚谏议被忽视后，便投水而死以示抗议。另一种观点认为彭咸是古代的一个大巫师，提及他暗示着屈原也想成为一个巫师，将世界抛诸身后。屈原提到彭咸可能是给读者的一个信号，即他也将会自裁以示抗议，但是彭咸的双重身份说明了诗歌中的历史和巫术文化之间的紧密联系。当我们跟随诗人进入历史的过去与神奇的天堂时，将进一步说明这一点。

> 长太息以掩涕兮，哀民生之多艰。
>
> 余虽好修姱以靰羁兮，謇朝谇而夕替。
>
> 既替余以蕙纕兮，又申之以揽茝。
>
> 亦余心之所善兮，虽九死其犹未悔。
>
> 怨灵修之浩荡兮，终不察夫民心。
>
> 众女嫉余之蛾眉兮，谣诼谓余以善淫。
>
> 固时俗之工巧兮，偭规矩而改错。
>
> 背绳墨以追曲兮，竞周容以为度。
>
> 忳郁邑余侘傺兮，吾独穷困乎此时也。
>
> 宁溘死以流亡兮，余不忍为此态也。

这一部分起始两句呈现出一位为普通百姓的苦难深感悲痛的士人形象。正是这一形象使得屈原成为漫长历史中充满人类苦难的中国的民族英雄。在这部分里，诗人明确地将自己比作一个女子，此女由于其他女子嫉妒其出众的美貌而横遭诽谤。这是将美（在此前的段落里以各种花朵来代表）比作德行的又一实例。在中国文化中，将臣子比作妻子是一个古老的传统：一个臣子之于君主就如同一个妻子之于丈夫。因此屈原有意地改变性别身份并不新鲜，新鲜的是他努力从总体上使之成为其象征主义不可或缺的一部分。确实，可以看到，《离骚》对双重身份所引起的歧义表现出浓厚的兴趣。我们已经在诗人以"美人""灵修"暗指他的君王中看到了这一点，在彭咸的历史与巫术双重层面上也可看到这一点。我们还会在随后的段落中看到更多这样的例子。

在这部分里，屈原继续强调他与社会的疏离。他也重申了自己的决心，要遵循自己的原则，不损害自己的正直，即使这意味着他会牺牲自己的生命。然而，在诗句中，屈原针对自己的困境似乎又指出了另一种不太激进的解决方案，即如果他无法帮助君王（"进"字经常用来指代仕途），他"退"（归隐）下来也无妨，这样他就可以追求所爱，培养美与德行，成为一名隐士——"进不入以离尤兮，退将复修吾初服"。

到目前为止，诗中几乎没有什么动作。我们至此所看到的是诗人的长篇申述或独白。不过，从这一部分开始，诗人变得越来越躁动不安，试图决定下一步怎么走。我们发现他"延伫乎吾将反。回朕车以复路兮，及行迷之未远"。在某一时刻，他突然"反顾"，让自己"游目"，并且"将往观乎四荒"。诗人向我们发出信号，将会有更多戏剧性段落紧随其后。

女媭之婵媛兮❶，申申其詈予，曰："鲧婞直以亡身兮，终然夭乎羽之野❷。汝何博謇而好修兮，纷独有此姱节？薋菉葹以盈室兮，判独离而不服。"众不可户说兮，孰云察余之中情？世并举而好朋兮，夫何茕独而不予听？

这一段进一步发展和强调了诗中一个主题：诗人与社会的疏离。然

---

❶ 游国恩及其他学者主张：女媭是对女子常见的指称。长期以来，关于"女媭"的身份争议不断。虽然没有提供任何证据，但王逸声称该女是屈原的姐姐。见游国恩《离骚纂义》，北京：中华书局，1980年，第188页。

❷ 鲧是夏朝建立者禹的父亲。他被舜委派治理水患，失败后被舜处死。大多数笺注者都将这个故事视为出处。然而马茂元指出了另一个看似更加切题的出处。《韩非子》："尧欲传天下于舜。鲧谏曰：'不祥哉！孰以天下而传之于匹夫乎？'尧不听，举兵而诛杀鲧于羽山之郊。"见马茂元选注《楚辞选》。

而，由于这一段出自一位富有同情心的女子之口，使我们得以从另一个角度来看待这种疏离。它表明，不仅他的君王和政敌不理解他，甚至那些明显关心诗人福祉的人也对他的原则心存疑虑。女嬃劝屈原顺应社会潮流，这个忠告与司马迁记录在诗人传记里那位渔夫的建议十分相似。在另一个层面上，引入另一个角色的话语也暂时打断了诗人冗长的独白，带来了某种戏剧性元素，减轻了诗歌的单调感。女嬃试图与诗人进行交流，但这种可能性并没有实现，因为我们将看到，诗人并没有回答女嬃的质询和担忧，而是将注意力转向其他方面。女嬃从此便在诗中消失了。

在随后的一部分，诗人似乎意识到对时人解释自己的处境是如此艰难，为此，他直接将自己的处境告知了古代最受尊崇的贤明君主之一——舜。诗人告诉舜，与过去正义得到奖赏而罪恶得到惩罚的时代不同，他自己的时代完全混乱无序。于是，诗人"驷玉虬以乘鹥兮，溘埃风余上征"。随之而来的是诗中的第一次天堂之行，是诗中最为奇幻的章节之一。

> 朝发轫于苍梧兮，夕余至乎悬圃。❶
> 欲少留此灵琐兮，日忽忽其将暮。
> 吾令羲和❷弭节兮，望崦嵫❸而勿迫。
> 路漫漫其修远兮，吾将上下而求索。
> 饮余马于咸池❹兮，总余辔乎扶桑❺。
> 折若木❻以拂日兮，聊逍遥以相羊。

---

❶ 苍梧为舜所葬之地。悬圃据说在遥远西部的昆仑山上。
❷ 羲和为驾驭太阳之车的神。
❸ 崦嵫山为最西边的太阳落入之山。
❹ 咸池为西方天空中的一处星群。据说太阳在沉落之前会在那里沐浴。
❺ 扶桑为最东边生长的树，清晨太阳初升时照进扶桑。
❻ 若木为生长于最西边的昆仑山上的一种树。

前望舒❶使先驱兮，后飞廉❷使奔属。

鸾❸皇为余先戒兮，雷师告余以未具。

吾令凤鸟飞腾兮，继之以日夜。

飘风屯其相离兮，帅云霓而来御。

纷总总其离合兮，斑陆离其上下。

吾令帝阍开关兮，倚阊阖而望予。

时暧暧其将罢兮，结幽兰而延伫。

　　前面已经提到，精神之旅与想象之旅（或者用大卫·霍克斯的术语"飞翔"）是巫术仪式极其重要的组成部分。为寻求超自然领域的帮助（寻求爱情、治愈疾病、召唤死者、得到神灵祝福等方面），巫师们经常从事表演，离开自己的肉身与神灵相会。《湘君》《湘夫人》便描绘了这种行程。实际上，《离骚》的这一段与其他段落乃是对那些早期模式的进一步发展。由于某种原因，这种飞翔经常以受挫和忧郁告终，为此，它们与屈原之诗便有着主题上的密切关系，即"离骚"或"遭遇忧患"。一如我们所见，屈原利用了这个联系，并以之强调本人的孤独以及完全与世界疏离这一主题。

　　这一段中丰赡的风格、奇幻的意象以及出色的想象力，在当时的中国诗歌中是空前的。相形之下，《诗经》中的作品便显得冷静而节制。很多批评家，例如王逸，试图通过寓言式的解读来淡化这首诗的上述特征。其他人则认为这一风格颇可訾议。例如，刘勰便指责这样的写作是"诡异之辞"，认为它"异乎经典"。不过，这首诗代表了楚辞最持久的影响力，以

---

❶ 望舒为驾驭月亮之车的神。

❷ 飞廉为风神。

❸ 鸾，一种看起来像凤凰有着灿烂色彩的神异的鸟。

及对中国诗歌最大的贡献。

诗人对自己未能进入天堂并不感到畏难，而是继续他的追寻，不过现在他所寻求的是不一样的东西：

> 世溷浊而不分兮，好蔽美而嫉妒。
>
> 朝吾将济于白水兮，登阆风❶而绁马。
>
> 忽反顾以流涕兮，哀高丘之无女。
>
> 溘吾游此春宫❷兮，折琼枝以继佩。
>
> 及荣华之未落兮，相下女之可诒。
>
> 吾令丰隆❸乘云兮，求宓妃❹之所在。
>
> 解佩纕以结言兮，吾令蹇修❺以为理。
>
> 纷总总其离合兮，忽纬繣其难迁。
>
> 夕归次于穷石❻兮，朝濯发乎洧盘。
>
> 保厥美以骄傲兮，日康娱以淫游。
>
> 虽信美而无礼兮，来违弃而改求。

诗人在天堂的挫败令他将注意力转到现实世界，但是他发现这是一个多么"溷浊"的地方啊！为了逃离，他踏上了另一段旅程，不过这一次他

---

❶ 白水据说源自昆仑山，其中一座山峰为阆风。

❷ 春宫为东方的春天之神的居所。

❸ 丰隆为云神，另一种观点认为他也是雷神。

❹ 宓妃为洛水女神。据说她是古代部落首领伏羲的女儿。她溺毙于洛水，随后成为洛水的守护神。

❺ 尽管没有提供佐证，王逸声称蹇修是伏羲的大臣，宓妃的父亲。

❻ 穷石为箭术大师后羿所居之地。在屈原另一部作品《天问》中，传说后羿射中了河伯，并诱使洛水女神为妻。一些笺注者，包括霍克斯认为，穷石山与洧盘是在暗示宓妃放纵的生活方式，见 *Songs of the South*, p. 91。

寻求的目标是美丽的洛水女神宓妃。然而，诗人所期望的结果却落了空，因为，尽管宓妃很美丽，却原来是"淫游"而"无礼"的。

在这一段中随着所寻求目标的变化，诗歌的隐喻也发生了变化，随之而来的是抒情主人公性别的转变。现在这种追求以一个男子追求其伴侣的求偶方式来呈现。这显然颠倒了此前诗人与"灵修"之间的性别关系，因为在那里他将自己比作一位遭到宫女嫉恨、有着惊人美貌的女子。这不可避免地造成了诗歌寓言框架的混乱，也在阐释者之间引起很多争论。宋代朱熹坚持认为这些女子（宓妃和下一节的两个女人）为"神女，盖以比贤君也"。但是，游国恩与其他现代学者均将这里以及随后的"求偶"视为一系列寓言，即诗人为寻求与君王亲近之人，可以帮助他返回国都而做的一种努力。❶无论如何，这首诗中的性别关系变得越来越复杂。不过，这种复杂性似乎并没有脱离诗歌的中心主题：诗人仍然在寻求与他志同道合之人。

接下来的部分，诗人继续追求一个"美人"。这一节的目标是"有娀之佚女"。这次追求依然失败了，因为诗人发现自己"理弱而媒拙"。在这一段的最后，屈原将这些失败的追求与他无法令"哲王"醒悟相比附。

诗人因为失败而颇有几分困惑，决定求助于占卜：

> 索藑茅以筳篿兮，命灵氛❷为余占之。
> 曰两美其必合兮，孰信修而慕之？
> 思九州之博大兮，岂惟是其有女？
> 曰勉远逝而无狐疑兮，孰求美而释女？
> 何所独无芳草兮，尔何怀乎故宇？

---

❶ 《离骚纂义》，第290、294页。

❷ 灵氛为占卜大师。

世幽昧以昡曜兮，孰云察余之善恶？

民好恶其不同兮，惟此党人其独异！

户服艾以盈要兮，谓幽兰其不可佩。

览察草木其犹未得兮，岂珵美之能当？

苏粪壤以充帏兮，谓申椒其不芳。

灵氛大师的占卜基本上重复了屈原一直在说的话，即他拥有惊人的美德，但是这个"幽昧的"世界却无法欣赏。灵氛给予的建议也是此前的女媭所给出的：他在追求理想时不该那么固执，因为如果他头脑灵活，就一定能找到他想要的。然而，按照这种灵活的态度，诗人必须放弃对君主的忠诚以及对"故宇"的依恋。一如我们将看到的，这是诗人无法做出的最终牺牲。

值得注意的是，灵氛对世界的批判以香草的意象与隐喻来呈现，类似于诗人描写自我与身外世界的差别时所用的意象与隐喻。灵氛与屈原几乎是想法一致的，所不同的只是他们在对待个人与国家的关系方面态度迥异。这再次强调了诗人超凡脱俗的品质以及由此产生的独异疏离感。

在接下来这一节，尽管诗人想要遵从灵氛的教导，却是"心犹豫而狐疑"，于是他求助于巫术大师巫咸。巫咸的忠告基本上与其他人的意见相呼应——"苟中情其好修兮，又何必用夫行媒？"巫咸的建议是通过历史上的几个榜样传达出来的。这种将巫术与历史相联结的方式再次模糊了二者之间的界限。

灵氛和巫咸的忠告促使诗人思考自己的生活。接着是一个反思的段落，重复了前面已经介绍过的重要主题与动机：他对美与德行的坚定追求，而这种追求在他与自私自利的世界之间造成了裂痕。在这一段，诗人为其香草象征又添加了一层曲折意义。此处，美丽芬芳的花朵不是经历了从萌芽、绽放到萎谢的自然过程，而是由"芳草"转变成"萧艾"——"何昔日之芳草兮，今直为此萧艾也？"很明显，诗人是在以隐喻的方式言说，因而我们也被引导着将这一段文本读作寓言。批评家已将这部分阐释为诗人痛惜他从前的同僚在宫廷斗争中可耻的动摇。幻灭的诗人终于决定听从灵氛和巫咸的忠告，去"周流观乎上下"，寻找那位目前为止无法企及的女子。这引出了诗中最后一次巫术般的飞翔：

> 灵氛既告余以吉占兮，历吉日乎吾将行。
> 折琼枝以为羞兮，精琼靡以为粻。
> 为余驾飞龙兮，杂瑶象以为车。
> 何离心之可同兮？吾将远逝以自疏。
> 遭吾道夫昆仑兮，路修远以周流。
> 扬云霓之晻蔼兮，鸣玉鸾之啾啾。
> 朝发轫于天津❶兮，夕余至乎西极。
> 凤皇翼其承旂兮，高翱翔之翼翼。
> 忽吾行此流沙兮，遵赤水而容与。
> 麾蛟龙使梁津兮，诏西皇❷使涉予。
> 路修远以多艰兮，腾众车使径待。
> 路不周❸以左转兮，指西海以为期。
> 屯余车其千乘兮，齐玉轪而并驰。
> 驾八龙之婉婉兮，载云旗之委蛇。
> 抑志而弭节兮，神高驰之邈邈。
> 奏九歌而舞韶兮❹，聊假日以媮乐。

---

❶ 天津为东方天空中的星座。

❷ 根据中国的神话传说，西方之神又名少昊，主管西方。

❸ 据古代神话，不周山为昆仑山西北的一座山。

❹ 九歌为音乐的天堂，根据传说，《韶》为圣贤君主舜所作之乐。

陟升皇之赫戏兮，忽临睨夫旧乡。

仆夫悲余马怀兮，蜷局顾而不行。

诗人告诉我们，这次"远逝"之目的在于"自疏"于这个溷浊的世界及其愚昧的人们。有一瞬间，诗人似乎达到了这一境界。驾着飞龙所拉之车，伴随着凤凰及其他超自然的生灵，诗人这一次走得更远，直至世界的最西端。然而，在这目眩神迷之行的顶点，正当诗人"陟升皇之赫戏兮"之际，他禁不住忽然瞥见了自己的"旧乡"。这种看似无意的行为让此次最为奇幻的"远逝"戛然而止，随后便是由天至地的跌落。不管如何升腾飞扬、赫赫煌煌，与诗人对自己"旧乡"的平凡渴望相比，诸如此类的天堂远行都显得苍白无色。如此超自然的飞翔意在超越世俗世界及其不完美，但最后，它们却被用来凸显诗人对这个世界执拗而强烈的依恋。换言之，巫术仪式全部的辉煌灿烂都被诗人用来宣扬一个人本主义主题，亦即他深处其中、难以忘怀的人间世界。

乱❶曰：已矣哉！

国无人莫我知兮，又何怀乎故都！

既莫足与为美政兮，吾将从彭咸之所居！❷

相当于音乐表演的尾声，最后一部分总结了这首诗的主题。诗人重申他与世界疏离的愿望，再次声明他要"从彭咸之所居"。如前所述，大多数批评家都认为这是屈原自杀意向的陈述，尽管也有人认为这是在表达他想

---

❶ "乱"是标明歌曲最后一部分的音乐术语。之所以这样称呼，是因为当所有乐器在歌曲末尾一起演奏时，听起来杂乱无序。

❷ 《楚辞补注》，第3—47页。

成为巫师、作为隐士度过余生的意愿。需要强调的是，促使这一行为的是诗人意识到在这个世界上"莫足与为美政兮"，也就是他被剥夺了为国效力的机会。这也便将此诗最终置于人间世界的背景之下。在这一框架下，诗中那些貌似奇诡的巫术成分也便归于"自然"和正常了。

《离骚》是中国传统诗歌中最长的诗歌之一，但是，正如我们看到的，它在很多部分是重复的。这种重复性似乎服务于一个目的，即为了强调诗人在面临政敌持续不断的迫害之际，仍然努力坚守自己的原则。在整个中国历史上，许多知识分子经常发现自己处于类似的境遇。对于那些熟悉《离骚》的人来说，这首诗描绘了一种他们可以认同的经历。它那优美的语言与令人目眩神迷的旅程使他们得以暂时摆脱生活中的艰难困苦，屈原对世界不公的怒斥为他们提供了一种宣泄挫败与愤怒的方式，尤其是在后世，当这种解脱与宣泄往往只能通过文本间接体验时更为如此。最后，屈原这一榜样向他们表明，德行与美经常无人赏识，为此，并非只有他们自己生不逢时，意识到这一点，生活中的苦难也多少变得更可承受。总之，《离骚》为后世提供了诗歌灵感与情感宣泄，在中国文学史上占有重要经典地位。

推荐阅读

· 游国恩，《楚辞论文集》，上海：古典文学出版社，1957年。

· 游国恩主编，《离骚纂义》，北京：中华书局，1980年。

· 姜亮夫，《楚辞学论文集》，上海：上海古籍出版社，1984年。

· 马茂元选注，《楚辞选》，北京：人民文学出版社，1998年。

· Hawkes, David, trans. and ed., *The Songs of the South: An Anthology of Ancient Chinese Poems by Qu Yuan and Other Poets*, New York: Penguin, 1985.

- Waley, Arthur edited, *Qu Yuan, The "Nine Songs": A Study of Shamanism in Ancient China*, San Francisco: City Lights Books, 1973.

- Waters, Geoffrey R., *Three Elegies of Ch'u: An Introduction to the Traditional Interpretation of the Ch'u Tz'u*, Madison: University of Wisconsin Press, 1985.

- Yu, Pauline, *The Reading of Imagery in the Chinese Poetic Tradition*, Princeton N. J.: Princeton University Press, 1987.

汉

代

第3章

赋：汉大赋

康达维（David R. Knechtges）

《上林赋》是汉代最重要的诗体形式"赋"的一个范例。在西方文学中没有确切的与"赋"相对应的文体。这个词有多种译法，诸如rhapsody、rhyme-prose、exposition、poetic description。楚辞的文学传统对汉赋的形成有着重大影响，尤其是那些系于屈原名下的作品，那些作品在汉代实际上都被归为"赋"体。汉赋继承了楚辞"骚体诗"华丽的辞藻形式，以及以想象中的旅行逃避尘世烦忧、士大夫不为时人所重的怨叹主题。

尽管赋源于汉代之前的文学，不过成熟形式的赋直到西汉时期才出现。当时的诗人，尤其是汉代的宫廷诗人们，开始创作长篇艰涩的作品，这成为衡量大多数赋的最终标准。这种后来被学者们归类为"古赋"的赋体具有以下特点：风格华丽、句式长短不一、韵散段落杂糅、多用骈俪与对偶句式、描写详细、句法夸张、大量叠用同义词、大量罗列名物、常常使用生僻字词，倾向于全面描述某一主题，且往往有一个道德的结尾。

其他类型的赋也在汉代发展起来。例如，一些作者开始将赋作为一种个人表达的手段。这种诗人对自己"见弃于"统治者或朝廷发泄不满的赋，被称作"士不遇"赋。常见的主题为时代命运的传统主题：诗人抱怨生不逢时，不为时人所重。另一种在东汉时期变得越来越普遍的赋是"咏物赋"。咏物赋是相对短小的作品，以鸟类、其他动物、植物、石碑、室内物、建筑物、乐器，甚至昆虫为题材。

逮至东汉末年，作家们开始创作更为短小、更加"抒情"的篇章，其中的很多作品几乎无异于抒情诗。王粲的《登楼赋》就是一个很好的例子。这首诗是王粲登上麦城东南角的城楼后所作。麦城位于漳水和沮水交汇处，在江陵西北约48公里的地方。赋的开篇描写他登楼所见。他看见漳水的小支流与蜿蜒的沮水和长长的沙洲相连。在他的身后，是山丘和广袤的平原；在他的前方，则是潮湿的低地。这一地区同时也是楚昭王陵墓的所在地，遍布着鲜花、果木和黍稷。然而，尽管景色如此优美，诗人在这里却并不快乐，他抒发了无法回到北方家乡的憾恨。

南北朝时期，赋仍然是诗歌创作中最受欢迎的一种形式。在此期间，赋的形式受到骈文美学的强烈影响，许多赋作几乎都是以语法上和语义上完美对偶的句式构成。这种被称为"骈赋"的形式盛行于南朝末期。唐代，还有一种更为复杂精巧的形式，那就是"律赋"，曾是科举考试的规定科目。

汉代最杰出的赋家为司马相如，他是蜀郡成都（今四川省成都市）人。司马相如曾在朝廷任职数年，又从游梁孝王刘武门下相当长时间。前144年，司马相如返回蜀地，在那里迎娶冶铁富商之女卓文君为妻。前137年，司马相如在汉武帝时期获授官职，他就任过各种职务，直至前119年退居皇陵茂陵。在朝廷就职期间，司马相如的主要职责之一就是为朝堂上下的娱乐消遣撰写赋作。他最著名的作品为《上林赋》，这是这篇作品最常见的名称，但起初的标题很可能是《天子游猎赋》。作品实际上包含两部分：第一部分内容主要是《子虚赋》，第二部分《上林赋》是司马相如为汉武帝所撰写的续作。

司马相如以三人之间的论辩这一赋体常见的形式特征来构思作品，每人有一个虚构的名字。子虚先生代表楚国，出使齐国，随齐王出猎。齐国代表名为乌有先生。在《子虚赋》中，他们都极尽铺张地描绘各自国家的畋猎苑囿。第三个角色叫作亡是公，他在《上林赋》中描绘上林苑的奇景胜状。这种论辩的特点植根于战国时期游士说辞的传统，其中大部分内容是观点对立之人的辩论。三个虚构人物每一位都相当于代表自己君主、运用修辞技巧的游说者。

上林赋

（一）

亡是公听然而笑曰：楚则失矣，而齐亦未为得也。夫使诸侯纳贡者，非为财币，所以述职也；封疆画界者，非为守御，所以禁淫也。

今齐列为东藩，而外私肃慎，捐国逾限，越海而田❶，其于义固未可也。且二君之论，不务明君臣之义，正诸侯之礼，徒事争于游戏之乐，苑囿之大，欲以奢侈相胜，荒淫相越，此不可以扬名发誉，而适足以贬君自损也。且夫齐楚之事又乌足道乎？君未睹夫巨丽也，独不闻天子之上林乎？

（二）

左苍梧❷，右西极❸。丹水更其南❹，紫渊径其北❺。终始灞浐，出入泾渭。酆镐潦潏，❻纡余委蛇，经营乎其内。荡荡乎八川分流，相背而异态。东西南北，驰骛往来。出乎椒丘之阙，行乎洲淤之浦。经乎

---

❶ 这句是指《子虚赋》所写的齐王在青丘的畋猎活动。

❷ "左"指东方，"苍梧"指坐落于今天湖南的九嶷山。传统上认为是传说中舜帝的安葬地。不过，九嶷山是在上林苑的南面，而非东面。因此有学者推测，在上林苑的东侧修筑了一座名叫"苍梧"的人造假山。

❸ "西极"指汉帝国最西端。豳河流经那个区域，很可能上林苑里仿制了一条豳河。

❹ 丹水应该是从上林苑的南边流过来的。

❺ "紫渊"应该是位于上林苑北部的一条河的名字；不过，这条河的确切位置并不确定。

❻ 这几句里的灞、浐、泾、渭、酆、镐、潦、潏都是从上林苑南部向北汇入渭河的河流。

桂林之中，过乎泱漭之野。汩乎混流，顺阿而下，赴隘狭之口。触穹石，激堆埼，沸乎暴怒，汹涌彭湃。滭弗宓汩，偪侧泌瀄。横流逆折，转腾潎洌。滂濞沆溉，穹隆云桡，宛潬胶盩。逾波趋浥，莅莅下濑。批岩冲壅，奔扬滞沛。临坻注壑，瀺灂霣坠。沈沈隐隐，砰磅訇礚。潏潏淈淈，湁潗鼎沸。驰波跳沫，汩㶁漂疾，悠远长怀。寂漻无声，肆乎永归。然后灏溔潢漾，安翔徐回。翯乎滈滈，东注太湖，衍溢陂池。于是蛟龙赤螭，䱜鳢渐离。鰅鳙鰬魠，禺禺鱋鳎。揵鳍掉尾，振鳞奋翼，潜处乎深岩。鱼鳖讙声，万物众夥。明月珠子，的皪江靡，蜀石黄碝，水玉磊砢。磷磷烂烂，采色澔汗，丛积乎其中。鸿鹔鹄鸨，鴐鹅属玉。交精旋目，烦鹜庸渠。箴疵鸁卢，群浮乎其上，泛淫泛滥，随风澹淡。与波摇荡，奄薄水渚，唼喋菁藻，咀嚼菱藕。

（三）

于是乎崇山矗矗，巃嵸崔巍。深林巨木，崭岩参差。九嵕嶻嶭❶，南山峨峨❷。岩陁甗锜，摧崣崛崎。振溪通谷，蹇产沟渎。谽呀豁閜，阜陵别隝。崴磈嵔瘣，丘虚堀礨。隐辚郁㠖，登降施靡，陂池貏豸。沈溶淫鬻，散涣夷陆。亭皋千里，靡不被筑。掩以绿蕙，被以江蓠。糅以蘪芜，杂以留夷。布结缕，攒戾莎，揭车衡兰，槁本射干。茈姜蘘荷，葴持若荪。鲜支黄砾，蒋苧青薠。布濩闳泽，延曼太原。离靡广衍，应风披靡。吐芳扬烈，郁郁菲菲。众香发越，肸蠁布写，晻薆咇茀。

于是乎周览泛观，缤纷轧芴，芒芒恍忽。视之无端，察之无涯。日出东沼，入乎西陂。其南则隆冬生长，涌水跃波。其兽则猵狖貘犛，沈牛麈麋。赤首圜题，穷奇象犀。其北则盛夏含冻裂地，涉冰揭

---

❶ 九嵕山位于长安西北约48公里处。
❷ 南山即终南山，坐落于长安城正南。

河。其兽则麒麟角端，騊駼橐驼。蛩蛩驒騱，駃騠驴骡。

（四）

于是乎离宫别馆，弥山跨谷。高廊四注，重坐曲阁。华榱璧珰，辇道细属。步櫩周流，长途中宿。夷嵕筑堂，累台增成，岩突洞房。�杳眇而无见，仰攀橑而扪天。奔星更于闺闼，宛虹拖于楯轩。青龙蚴蟉于东箱，象舆婉僤于西清。灵圉燕于闲馆，偓佺之伦暴于南荣❶。醴泉涌于清室，通川过于中庭。盘石裖崖，嵚岩倚倾。嵯峨磼礏，刻削峥嵘。玫瑰碧琳，珊瑚丛生。瑉玉旁唐，玢豳文鳞。赤瑕驳荦，杂臿其间，晁采琬琰，和氏出焉。

于是乎卢橘夏孰，黄甘橙楱。枇杷橪柿，亭奈厚朴。樗枣杨梅，樱桃蒲陶。隐夫薁棣，答遝离支。罗乎后宫，列乎北园。貤丘陵，下平原。扬翠叶，扤紫茎。发红华，垂朱荣。煌煌扈扈，照曜钜野。沙棠栎槠，华枫枰栌。留落胥邪，仁频并闾。欃檀木兰，豫章女贞。长千仞，大连抱。夸条直畅，实叶葰楙。攒立丛倚，连卷欐佹。崔错癹骫，坑衡閜砢。垂条扶疏，落英幡纚。纷溶箾蔘，猗柅从风。藰莅卉歙，盖象金石之声，管籥之音。柴池茈虒，旋还乎后宫。杂袭累辑，被山缘谷，循阪下隰，视之无端，究之亡穷。

于是乎玄猨素雌，蜼玃飞蠝，蛭蜩蠷猱，獑胡豰蛫，栖息乎其间。长啸哀鸣，翩幡互经，夭蟜枝格，偃蹇杪颠。隃绝梁，腾殊榛，捷垂条，掉希间。牢落陆离，烂漫远迁。若此者数百千处，娱游往来，宫宿馆舍。庖厨不徙，后宫不移，百官备具。

（五）

于是乎背秋涉冬，天子校猎。乘镂象，六玉虬。拖蜺旌，靡云旗。前皮轩，后道游。孙叔奉辔，卫公参乘。扈从横行，出乎四校之

❶ 偓佺是一位神仙的名字。

中。鼓严簿，纵猎者，江河为阹，泰山为橹。车骑雷起，殷天动地。先后陆离，离散别追。淫淫裔裔，缘陵流泽，云布雨施。生貔豹，搏豺狼。手熊罴，足野羊。蒙鹖苏，绔白虎。被斑文，跨野马。凌三嵕之危，下碛历之坻。径峻赴险，越壑厉水。椎蜚廉，弄解豸，格虾蛤，铤猛氏。羂要褭，射封豕。箭不苟害，解脰陷脑。弓不虚发，应声而倒。

于是乘舆弭节徘徊，翱翔往来。睨部曲之进退，览将帅之变态。然后侵淫促节，倏夐远去。流离轻禽，蹴履狡兽。轊白鹿，捷狡菟。轶赤电，遗光耀。追怪物，出宇宙。弯蕃弱，满白羽。射游枭，栎蜚遽。择肉而后发，先中而命处。弦矢分，艺殪仆。

然后扬节而上浮，凌惊风，历骇飙，乘虚亡，与神俱。蹴玄鹤，乱昆鸡。遒孔鸾，促鵔鸃。拂翳鸟，捎凤凰。捷鹓雏，掩焦明。道尽涂殚，回车而还。消摇乎襄羊，降集乎北纮。率乎直指，掩乎反乡。蹷石关，历封峦。过鳷鹊，望露寒。下棠梨❶，息宜春❷，西驰宣曲，濯鹢牛首。登龙台，掩细柳❸。观士大夫之勤略，均猎者之所得获。徒车之所阗轹，步骑之所蹂若，人臣之所蹈籍。与其穷极倦𧽼，惊惮詟伏。不被创刃而死者，它它籍籍。填阬满谷，掩平弥泽。

（六）

于是乎游戏懈怠，置酒乎颢天之台，张乐乎胶葛之宇。撞千石之钟，立万石之虡，建翠华之旗，树灵鼍之鼓，奏陶唐氏之舞，听葛天氏之歌。千人倡，万人和，山陵为之震动，川谷为之荡波。巴渝宋蔡，淮南干遮，文成颠歌。族居递奏，金鼓迭起。铿枪闛鞈，洞心骇

---

❶ 石关、封峦、鳷鹊、露寒为观名，棠梨为宫殿名，均在长安西北约120公里的甘泉宫。

❷ 宜春宫位于上林苑东。

❸ 宣曲殿位于昆明池附近，昆明池是上林苑中的一个人工湖，就在长安之西。牛首和龙台位于上林苑西部，细柳则是矗立于昆明池南的一座观景台。

耳。荆吴郑卫之声，韶濩武象之乐，阴淫案衍之音，鄢郢缤纷，激楚结风。俳优侏儒，狄鞮之倡，所以娱耳目乐心意者，丽靡烂漫于前，靡曼美色。

若夫青琴宓妃之徒，绝殊离俗，妖冶闲都。靓妆刻饰，便嬛绰约。柔桡嬛嬛，妩媚孅弱。曳独茧之褕袘，眇阎易以恤削。便姗嫳屑，与世殊服。芬芳沤郁，酷烈淑郁。皓齿粲烂，宜笑的皪。长眉连娟，微睇绵藐。色授魂与，心愉于侧。

（七）

于是酒中乐酣，天子芒然而思，似若有亡，曰：“嗟乎，此大奢侈！朕以览听馀闲，无事弃日。顺天道以杀伐，时休息于此。恐后世靡丽，遂往而不返，非所以为继嗣创业垂统也。”于是乎乃解酒罢猎，而命有司曰：“地可垦辟，悉为农郊，以赡氓隶，隤墙填堑，使山泽之民得至焉。实陂池而勿禁，虚宫馆而勿仞。发仓廪以救贫穷，补不足，恤鳏寡，存孤独。出德号，省刑罚，改制度，易服色。革正朔，与天下为更始。”

（八）

于是历吉日以斋戒，袭朝服，乘法驾，建华旗，鸣玉鸾，游于六艺之囿，驰骛乎仁义之涂。览观《春秋》之林，射《狸首》，兼《驺虞》❶。弋玄鹤❷，舞干戚❸。载云罕，掩群雅。悲《伐檀》❹，乐乐胥❺。修容乎《礼》园，翱翔乎《书》圃，述《易》道，放怪兽。登明堂，坐

---

❶ 《狸首》《驺虞》分别是周天子和诸侯在射礼上演奏的两支乐曲。

❷ 玄鹤为舞曲名，据说是由古代圣明君主舜所制。

❸ 干戚为一种古代的军人之舞。

❹ 《伐檀》为《诗经》中的一首诗，一般解读为此诗批判了贪得无厌、尸位素餐的官员，他们剥夺了贤人君子应有的地位。

❺ 乐胥为《诗·小雅·桑扈》中的一句诗："君子乐胥，受天之祜。"描写诸侯到朝廷接受天子恩惠之事。

清庙。恣群臣，奏得失。四海之内，靡不受获。于斯之时，天下大说，乡风而听，随流而化，芔然兴道而迁义。刑错而不用，德隆于三王，功羡于五帝。若此，故猎乃可喜也。

若夫终日驰骋，劳神苦形，罢车马之用，抏士卒之精。费府库之财，而无德厚之恩。务在独乐，不顾众庶。忘国家之政，贪雉兔之获。则仁者不繇也。从此观之，齐楚之事，岂不哀哉！地方不过千里，而囿居九百，是草木不得垦辟，而民无所食也。夫以诸侯之细，而乐万乘之所侈，仆恐百姓被其尤也。

于是二子愀然改容，超若自失，逡巡避席，曰：鄙人固陋，不知忌讳，乃今日见教，谨受命矣。❶

关于司马相如怎样创作其代表作《上林赋》的传统说法比较有趣。大约在公元前137年，司马相如居于成都时受到宣召，前往长安觐见汉武帝。似乎是汉武帝某日偶然读到司马相如客游梁孝王门下时所撰写的《子虚赋》，这篇对楚国畋猎苑囿奢费铺张的描写，令年轻的皇帝印象深刻，他向侍从杨得意叹道："朕独不得与此人同时哉！"杨得意为蜀人，他告诉皇帝，自己的同乡司马相如乃此文的作者。汉武帝立即宣召了司马相如。

这个故事颇不可信，有几个原因。首先，司马相如在梁园所写的《子虚赋》是如何传到朝廷的。其次，即使接受了这一可疑的说法，即某个梁国人抄送了这篇作品至朝廷的藏书处，人们也会对这一图景感到无比迷惑：年仅19岁的汉武帝，端坐宫中，研究着一堆竹简，试图破译以艰涩语言和生僻难字写就的赋。这是一个精彩的故事，但可信度却很低。

据传统文献记载，司马相如在觐见汉武帝时，贬低自己早期的作品

---

❶ 《史记》卷一一七，第3016—3043页；《汉书》卷五十七，第2547—2575页；《文选》卷八，第361—378页。

（《子虚赋》）毕竟只是"诸侯之事"。随后，他提出为汉武帝作《天子游猎赋》。司马相如拿着尚书给的笔札，创作了关于皇家畋猎苑囿上林苑的鸿篇巨制《上林赋》。汉武帝大悦，授予司马相如官职。虽然这部分叙述并无不可信之处，但人们不禁要问，历史学家在这里做了多少润色加工，使之符合传统故事，即来自偏远地区的学者诗人在朝廷上从默默无闻到出人头地。

《上林赋》开篇为亡是公责备楚国和齐国的使臣"不务明君臣之义，正诸侯之礼"。他指责他们"徒事争于游戏之乐，苑囿之大，欲以奢侈相胜，荒淫相越"。他声称这些事情只是败坏了他们各自君主的名声，也损害了他们自己。接着，他以最为铺张扬厉的方式描写上林苑。赋的第一部分主要罗列一系列名物：河流、水上动物、各种鸟类、山峰、植物、陆生动物、宫殿、宝石、树木，以及栖息于其间的动物。随后，他热情洋溢地描写一次典型的短途游猎，尽管所有的叙述实际上都充满了夸张，意在使读者对皇帝的权柄印象深刻。某个时刻，皇帝扬节上浮、凌空乘虚、似与神俱，在天上追逐着神话般的生物。在这次游仙之旅的最后，他降落尘世，迅速地经过"鸤鹊观""露寒观"等观阙和"棠梨宫""宜春宫"等宫殿，停留在昊天之台，举办声乐歌舞齐备的宴会。

在狂欢与醉酒当中，皇帝突然陷入沉思，若有所失；他反思自己游猎的奢靡，担心继任者会模仿他的行为。皇帝决定放弃这项活动，解猎罢宴，开放苑囿给平民百姓。他现在决定把注意力转向国家事务。他宣称将以儒家经典为榜样，遵行正当的礼仪。通过这一行为，皇帝将成为与古代圣贤明君不相上下的君主，并由此超越《子虚赋》里描写的齐、楚的国君，他们牺牲百姓的利益而追求自己的享乐。至此，子虚先生和乌有先生已经不知所措，无言以对。最终，他们只好回应道："鄙人固陋，不知忌讳，乃今日见教，谨受命矣。"

司马相如为之撰写《上林赋》的汉武帝，16岁即位，从前140年至前87年，在位半个多世纪。在汉武帝治下，汉朝全面巩固了内部权力，并开始向新的疆域扩张。汉武帝的将领率领大军远征，使汉朝控制了东北、东南、西南和西部新的领土。汉武帝远征至汉代中国人所称的西域之地，增加了中国人对中亚的了解，开辟了贸易通道，把无数珍贵的物品、珍稀动物和植物带到了帝国的府库和皇家园林。汉武帝时期是一个对帝国的强大和辉煌引以为傲的时代，这一时期的很多文化活动从根本上说都是"帝国的"。因此，这一时期的宗教仪式、哲学思想、教育、艺术、音乐和文学都与帝制和皇帝本人有着重要的关联。

《上林赋》的类型叫作"大赋"。这类作品之所以被称为"大赋"，不仅因为它们篇幅都很长，还因为它们的宏大主题，诸如都城、宫殿和园林等。大赋通常采用"首""中""尾"三段式结构。诗人在起首部分引入主题。《上林赋》中，"首"占据了第一部分的全部篇幅，帝国的代言人亡是公贬抑齐、楚两国使者的陈词，提出为他们描述上林苑的优越之处。中间部分是这首诗最长的段落，从第二部分贯穿至第五部分，约400句。在这部分中，司马相如描绘了园中的地形，罗列了园中所见的各种生物和物品，并简述了帝王的畋猎活动。从第六部分开始为结尾，是道德的总结，在作者笔下，皇帝批判苑囿的奢靡浪费，变成了关心民众生活的尽职的君主形象。

虽然司马相如的《上林赋》并非为任何特殊场合而写，但却是一首颂德咏功之作。西汉时期，朝廷举行包括畋猎、阅兵、演出、祭祀等精心举办的盛会。这些事件大多数都会以诗歌来庆祝，而最受欢迎的体裁是赋。在所有这些活动中，我们可以看到一种共同的审美，即笔者所说的"巨丽之美"。这个词最早出现在《上林赋》中。作品开篇，亡是公责备齐、楚两国的使者没有讨论君主及其臣民的职责，也没有劝诫他们君主的荒淫行为。然后他问道："君未睹夫巨丽也，独不闻天子之上林乎？"

"巨丽"中的"丽"字，字面意即"美"，但也有光辉、辉煌和附着之意。"巨"是形容比单纯的"大"更大得多的尺寸。在描述人的时候，它指的是一个比普通人大得多的人，也就是巨人。司马相如用"巨"字，也许是希望传达出上林苑之美比其他皇家园林都要更壮丽、更宏大的理念。在这个意义上，"巨"意味着"不朽的"或是"庞大的"。你也可以把"巨丽"解释为"不朽之美"或"庞大之美"。

巨丽的美学风貌清晰地反映在汉武帝时期的宫廷赋中。在《上林赋》里，司马相如事无巨细地描写了这个皇家园林以及那里的奇观胜景。司马相如把皇家苑囿作为帝王声望与威严的所在地加以描画。他赞美园林以及在那里举行的各种活动，以此来颂扬帝国的辉煌和权力。他在赋作里罗列珍稀动物和奢侈品的名目，目的是为大汉朝廷的威望和权柄提供具体的凭证。这个苑囿也是举行军事检阅与演练的主要中心。苑囿中宏伟的建筑，在那里举行的阅兵和畋猎活动，给到访者，尤其是给那些外国来访者留下汉帝国威武强大、富足宏丽的深刻印象。

《上林赋》的罗列方式传达出饱满、包罗万象、丰富广阔的审美风貌。汉代赋家在他们的作品中复刻了汉帝国的愿望，即尽可能多地在园林中填充各种东西：珍贵的物品、动物、鸟类与植物等等。这种赞美丰足的倾向也反映在东汉张衡的《西京赋》里：

> 植物斯生，动物斯止。众鸟翻翻，群兽骇骇。散似惊波，聚以京峙。伯益不能名，隶首不能纪。林麓之饶，于何不有？❶

赋的创作者试图面面俱到地详述，为赋灌注了丰富充足、包罗万有，这就是蒂利亚德（E. M. W. Tillyard）所认为的"史诗精神"❷。完整、全面与无限之于汉大赋的重要性就如同之于史诗的重要性。大量地罗列事物是汉

---

❶ 《文选》卷二，《西京赋》。

❷ E. M. W. Tillyard, *The English Epic and Its Background*, New York: Oxford University Press, 1966, pp. 6-8.

大赋的一大显著特色。5世纪的中国文学批评家刘勰论及司马相如《上林赋》之所以美，就是因为它"繁类以成艳"❶，即他的名目繁多。汉赋作者自己也谈到这一体裁的特点，如扬雄曾谈及赋的创作过程，曰："必推类而言，极丽靡之辞，闳侈钜衍，竞于使人不能加也。"❷扬雄在风格和内容上都强调赋的完整充分，无所不包。他认为一篇赋应该运用浩繁的名目和丰裕的辞藻至登峰造极的程度，乃至他人无以复加，这反映了宫廷赋的创作中占主导地位的宏伟巨丽之美学观念。

甚至还有一种被认为是司马相如的说法，有力地论述了赋之审美的完满性、全面性、整体性与广阔度："赋家之心，苞括宇宙，总览人物。"❸这句话常常被理解为，赋的作者试图面面俱到地描写他的主题。因此，《上林赋》并非对畋猎苑囿的简单描述，实际上，这是一首对汉帝国及其统治者的赞美诗。司马相如写作风格的一个显著特点是经常无节制地使用描写和夸张。刘勰将这种特征称为"夸饰"。根据刘勰的说法，这种做法始于楚国诗人宋玉，并在刘勰所谓的司马相如之"诡滥"（eccentric effusions）❹中达到顶峰。司马相如最喜欢的夸饰手法之一就是极度夸张，因此上林苑的离宫别馆是如此之高，以至于"奔星更于闺闼，宛虹拖于楯轩"。园林延伸得如此之远，以至于它的南北两部分都被分成不同的季节："其南则隆冬生长，踊水跃波；其北则盛夏含冻裂地，涉冰揭河。"园林是如此广大，乃至"视之无端，察之无涯。日出东沼，入乎西陂"。

这种夸饰的效果显示出这座园林与大汉天子占据着宇宙的中心，而所有一切均从皇权中心辐射出来。因此，上林苑实际上是整个帝国的缩影，里面所陈列的奇珍异宝全都代表着在汉文化世界中丰富的奇观异景。同样，

---

❶ 刘勰《文心雕龙·诠赋第八》，四部备要本。

❷ 转引自《汉书》卷八十七《扬雄传》，第3575页。

❸ 转引自《西京杂记》卷二，四部丛刊本。

❹ 《文心雕龙·夸饰第三十七》。

它们也令人联想到汉帝国的辉煌与强盛。虽然司马相如的赋就矜夸靡费的愚妄对汉武帝有所讽谏，但这种讽谏相比于他对皇帝的机构和个人所作的恣意铺排与迎合趋奉的描画，还是次要的。

赋的另一个重要特征被称为"铺"或"铺陈"。在汉代，"赋"字经常以词义基本相同的同音字"傅""布""铺"来解释，即铺开或展示。六朝时期，文学批评家们开始把"铺"作为赋这一体裁的明确特征。举例而言，晋人挚虞曰："赋者，敷陈之称也"，赋是"假象尽辞，敷陈其志"。❶刘勰在《文心雕龙》中将"铺"作为赋体创作的基本风格特征："赋者，铺也；铺采摛文，体物写志也。"❷这种铺陈的特质笔者称之为epideictic（辞藻堆砌）。"epideictic"这个词源于希腊语，意为展示，很好地对应了中文里的"铺"和"铺陈"。在汉赋中，这种辞藻堆砌的特征就是广泛罗列名目，使用诸多词语来表现和描写，以及叠用同义词。以下描写上林苑中河流的段落，就是辞藻堆砌的一个样本：

汹涌彭湃（hjang-rjang phrang-phrat）

滭弗宓汩（pjət-pjəi mjət-gjwət）

偪侧泌㴋（pjək-tsrjək pjət-tsrət）

横流逆折（grwang liəhw njiak tsjat）

转腾潎洌（trjwan dəng phat-ljat）

滂濞沆溉（phang-phjiət gang-grat）

穹隆云桡（khjəng-ljəng gjiwən nrahw）

宛潬胶盭（/jiwan-djanx krehw-liat）

---

❶ 挚虞《文章流别论》，见郭绍虞主编《中国历代文论选》，北京：中华书局，1962年，第157页。

❷ 《文心雕龙·诠赋第八》。

逾波趋浥（rjah pai tshrjah /jək）

莅莅下濑（ljət-ljət grah lat）

批岩冲壅（phiəi ngram thjuang /juang）

奔扬滞沛（pən rang drjat-pat）

临坻注壑（ljəng drjət tjuah hak）

瀺灂霣坠（dzram-dzrəkw gjwən-drjwət）

沈沈隐隐（shjəng-shjəng /jən-/jən）

砰磅訇礚（phring-phang grwing khap）

潏潏淈淈（kjwət-kjwət kət-kət）

湁潗鼎沸（kjwət-kjwət kət-kət）

驰波跳沫（djai pai diahw mat）

汨漂漂疾（gwjət-hjək phjhaw dzjət）

右边一栏的注音近似汉代发音❶，目的是提醒大家注意押韵之处和双声词，这在现代汉语普通话的发音里并不总是很明显。例如，双音节词"偪侧"在现代汉语里的发音是不押韵的"bī cè"，但在汉代的发音"pjək-tsrjək"，则是完全押韵的。同样，现代普通话中"沆溉"读为háng gài，并非声母相同的双声词，但汉代读为"gang-grat"，却是双声词。这一段落的注音可以看出，赋具有强烈的听觉属性。

因此，司马相如使用了大量双声叠韵的联绵词：汹涌（hjang-rjang）、彭湃（phrang-phrat）、潼弗（bì fèi［pjət-pjəi］）、偪侧（bī cè［pjək-tsrjək］）、潎洌（piē liè［phat-ljat］）。因而一些表达是同义词，如"潏潏"（jué jué

---

❶ 笔者基于柯蔚南（W. South Coblin）对于西汉语音体系的研究构拟了读音，参见柯蔚南《西汉声母探讨》，中国台湾《清华学报》，1982年第14卷第1、2期合刊，第111—132页。柯蔚南《西汉蜀语的韵母演变》，《中国语言学报》，1986年第14期第2卷，第184—225页。

［kjwət-kjwət］）和"淈淈"（gǔ gǔ［kət-kət］），二者都描述水流涌出的样子，它们也可能是象声词。

这一段中大量双声叠韵词的出现，为汉赋的另一个重要特征提供了证据，这个特征就是其口述性、吟诵性的特点。西汉时期赋的主要表现形式是口头吟唱。尽管我们不清楚《上林赋》在司马相如写好之后是否真的被表演过，但我们确实知道汉武帝雇用了职业赋家，他们不仅吟诵赋作，而且还为朝廷各种场合即兴创作赋。汉武帝喜爱的赋作者之一是与司马相如同时在朝的枚皋，他是西汉最多产的赋作者。西汉末年编纂的官修图书目录《七略·诗赋略》记载了他名下有120篇赋。❶遗憾的是，他的作品没有留存下来。《汉书·枚皋传》记载：

> 从行至甘泉、雍、河东，东巡狩，封泰山，塞决河宣房，游观三辅离宫馆，临山泽，弋猎射驭狗马蹴鞠刻镂，上有所感，辄使赋之。为文疾，受诏辄成，故所赋者多。❷

虽然文中并没有明确指出枚皋吟诵赋作，但他口头性地使用赋（赋某物，背诵关于某事的赋，为某事吟诵赋），以及他作赋的速度，表明至少他的一些赋是即兴的口头作品。

有关这篇作品的口头特质，《上林赋》的文本历史也对我们有所启发。这篇赋有两个早期版本，一个在司马迁撰写的《史记》中，一个在班固所撰的《汉书》里。尽管《史记》出现的时间比《汉书》早，但学者们通过文本分析，认为《汉书》中所载的《上林赋》的版本要早于《史记》。两个文本之间有很多的差异，包括双声叠韵词的很多写法，以及在各种名录中

---

❶ 《汉书》卷三十《艺文志第十》，第1749页。
❷ 《汉书》卷五十一《枚皋传》，第2367页。

动物、鸟类和植物的名称。例如,《汉书》中将白色苍鹭写作"属玉",《史记》则是"鸀䳕"。后一种字形在左边添加了偏旁部首,显然是一种修正,旨在为象形字中添加语义元素。《汉书》中大量的字都没有这种语义元素。值得注意的是,司马相如在创作《上林赋》之时,许多字的书写并没有规范的形式,尤其是作品中的生僻字难字。由于司马相如使用的许多字没有标准的书写形式,所以其赋的原文中一定包含了许多我们今天不易辨认的象形字。很可能,诗人只是根据这些字的声音来记录它们。这就解释了何以《汉书》版本的《上林赋》里很多字表明语义元素的偏旁部首都有所缺失。此外,就像现在许多学者所认为的那样,如果赋是用于吟诵的,诗人就可能会按照发音,以同音字来代表那些不常见的、生僻的字。

推荐阅读

- 简宗梧,《司马相如、扬雄及其赋之研究》,台北:私人出版,1975年。

- 简宗梧,《汉赋源流与价值之商榷》,台北:文史哲出版社,1980年。

- 马积高,《赋史》,上海:上海古籍出版社,1987年。

- 万光治,《汉赋通论》,成都:巴蜀书社,1989年。

- 曹道衡,《汉魏六朝辞赋》,上海:上海古籍出版社,1989年。

- 金国永,《司马相如集校注》,上海:上海古籍出版社,1993年。

- 费振刚、胡双宝、宗明华辑校,《全汉赋》,北京:北京大学出版社,1993年。

- 朱一清、孙以昭,《司马相如集校注》,北京:人民文学出版社,1996年。

- 龚克昌、苏瑞隆,《司马相如》,沈阳:春风文艺出版社,1999年。

- 李孝中,《司马相如集校注》,成都:巴蜀书社,2000年。

- 龚克昌等,《全汉赋评注》,石家庄:花山文艺出版社,2003年。

- 中岛千秋,《賦の成立と展開》,関洋紙店印刷所,1963年。

- Gong Kechang, "The Poet Who Laid the Foundation for the Fu: Sima Xiangru" in *Studies on the Han Fu*, translated and edited by David R. Knechtges, with Stuart Aque, Mark Asselin, Carrie Reed, and Su Jui-lung, *American Oriental Series*, vol. 84. New Haven, Conn.: American Oriental Society, 1997, pp. 132-162.

- Hervouet, Yves, *Le Chapitre 117 du "Che-ki" (Biographie de Sseu-ma Siang-jou)*, Paris: Presses Universitaires de France, 1972.

- ———, *Un poète decour sousles Han: Sseu-ma Siang-jou*, Paris: Presses Universitaires de France, 1964.

- Kern, Martin, "The 'Biography of Sima Xiangru' and the Question of the Fu in Sima Qian's Shiji, " in *Journal of the American Oriental Society* 123, no.2, 2003, pp. 303-316.

- Knechtges, David R., *The Han Rhapsody: A Study of the Fu of Yang Hsiung (53B.C.-A.D.18)*, Cambridge: Cambridge University Press, 1976.

- Watson, Burton, trans., *Chinese Rhyme-Prose: Poems in the Fu Form from the Han and Six Dynasties Periods*, New York: Columbia University Press, 1971.

第4章

汉乐府

苏瑞隆（Jui-lung Su）

汉代乐府诗，一般指汉代音乐机构"乐府"所采集的诗歌，是对后世中国抒情传统产生重大影响的最早的诗体之一。在汉代，"赋"是占主导地位的文学体裁，也是多数宫廷诗人施展才华的舞台。而乐府诗，除典礼上的颂歌外，基本不受人重视。不过，乐府诗与赋，还是并列为汉代最引人注目的两大文学体裁。要正确理解作为一种文学体裁的乐府诗，就必须考察其历史、主题、内容、文学惯例和文体特征。其他相关重要问题还包括官方"乐府"机构成立的源头和具体时间、乐府诗的分类、现存乐府诗的真实性以及作者问题。乐府诗究竟是朝廷采集的原生民间歌谣，还是纯为匿名作者或宫廷乐师的文人拟作？尽管存在这些争议，乐府诗在中国诗歌中的地位依然不可动摇。

基于汉代史学家班固《汉书》中的几处矛盾记载，历代学者均认为乐府机构是汉武帝设置的。但1976年秦始皇陵区出土了一件刻有"乐府"字样的钮钟❶，这一考古发现确证最晚秦时已有了乐府机构。汉武帝也许不是

---

❶ 对这些问题的详细讨论，见 Anne M. Birrell（白安妮），"Mythmaking and Yüeh-fu: Popular Songs and Ballads of Early Imperial China," *Journal of the American Oriental Society* 109, no.2, 1989, pp. 223-235.

该机构的创建者，但他无疑是扩展其职能的第一位统治者，这些职能包括为宫廷仪式和国家祭祀提供音乐，据说还采集民歌。公元前7年，乐府机构被汉哀帝裁撤，因为儒家学者抱怨放荡不经的地方词曲被乐府机构用于宫廷娱乐。❶现存汉乐府作品主要分为两类：一类为典礼和祭祀颂歌，另一类为通俗歌曲，以五言为主，题材广泛。前者确为汉代作品，因为见载于《汉书》。后者虽系于汉时，但只见于汉代之后的文献，很难证实这些作品究竟是汉乐府机构采集而来的，还是出自汉代作者之手。统治者采诗以观风俗、察民情的说法，可以追溯到先秦时期。但早在南朝，沈约就在《宋书·乐志》中指出，秦汉并无采诗之官。❷现代学者，无论中西，都支持这种看法。❸尽管学界存在这一共识，但中国最早有关诗歌的文献记录《汉书·艺文志·诗赋略》中提及的某些地方歌诗可能也是采集来的作品。❹ 因此，虽然有许多学者怀疑采诗之说，一般的文学史却很难完全摒弃这种说法。

本章依次讨论这些典礼颂诗和流行乐府诗，介绍它们的历史文化背景，分析其内容、文体风格和文化意义。

汉代现存两组重要的典礼颂诗，其中一组为《安世房中歌》。《汉书》称这组诗为汉代创立者刘邦的妃嫔唐山夫人于前206年左右所作。❺《隋书》《北史》则将其系于先秦博士叔孙通名下。❻宋人陈旸在其《乐书》中强

---

❶ 《汉书》卷二十二，第1071—1074页。

❷ 《宋书》卷十九，北京：中华书局，1965年，第550页；Charles Egan, "Reconsidering the Role of Folk Songs in Pre-T'ang *Yueh-fu* Development," *T'oung Pao* 86, nos.1-3, 2000, p. 77.

❸ Charles Egan, "Reconsidering the Role of Folk Songs," pp. 78-99；张永鑫，《汉乐府研究》，南京：江苏古籍出版社，1992年，第58—63页。

❹ 《汉书》卷三十，第1754—1755页。

❺ 《汉书》卷二十二，第1043页。

❻ 《隋书》卷七十五，北京：中华书局，1973年，第1714页；《北史》卷八十二，北京：中华书局，1974年，第2757页。

调，唐山夫人只是为它们配上了楚地音乐。以楚调演奏这些诗歌（这在礼仪传统中无疑是非正统的），应是为了取悦刘邦，因为刘邦家乡原属楚地。❶

《汉书》所载《安世房中歌》共十七首，有学者认为实际应分为十二首或十六首。公元前194年，乐府令夏侯宽奉命完备其箫管，并将这组歌曲改名为《安世房中歌》。❷从文体上看，其中十三首是庄重的四言诗，这是上古《诗经》颂诗的典型文体，适合这类典礼场合。组诗为颂美汉代统治者的功业而作，也类似于《诗经》颂诗。其中四首为三言诗，或少见地混合了三言、七言的杂言体。三言体在西汉诗集中很罕见，却是汉代典礼颂诗和其他乐府诗的一个特色。七言体更不寻常，主要见于汉代流行俗语和儿童识字的蒙书（如史游的《急就篇》），5世纪末才被文人广泛接受。组诗第一首以赞美"孝"为开篇，孝也是这组诗的中心思想之一：

安世房中歌（其一）

大孝备矣，休德昭清。高张四县，乐充宫庭。
芬树羽林，云景杳冥。金支秀华，庶旄翠旌。
七始华始，肃倡和声。神来宴娭，庶几是听。❸

这首诗，标准的《汉书》标点本结束于第八句"庶旄翠旌"。此处，笔者从王先谦和逯钦立之说，加上了被1962年中华书局本《汉书》划入下一首诗的四句。诗歌以赞美孝道开篇，接着详细描绘周围陈设的乐器、装饰性的羽毛和旌旗。据《汉书》孟康注，"七始"（天、地、四时、人）、"华始"指乐名。从乐名推测，它们大概是用来礼赞作为皇家血统源头的皇室

---

❶ 陈旸撰，蔡堂根、束景南点校《乐书》卷一六二，乐典之属第一册，杭州：浙江大学出版社，2016年。
❷ 《汉书》卷二十二，第1043页。
❸ 同上书，第1046页。

祖先的。有学者指出，《安世房中歌》尤重"孝""德"，这些都是深植于整个周秦文化的核心观念。因此，诗歌包含了一种道德信息，借音乐、诗歌、仪式和道德规范来传达。读到最后几句，读者才得知神灵莅临，至此显然乐器和各种装饰物都是为祭祀与典仪而设的。这第一首歌曲意在邀请神灵或祖先降临宗庙，因而陈设华丽的乐器是合宜的。王先谦认为，第五、六句"芬树羽林，云景杳冥"不是指乐器，而是对众多神灵的描写。❶ 从上下文来看，两种读法都可成立。组诗第三首，进一步证明它们是为歌颂汉室祖先而作的：

安世房中歌（其三）

我定历数，人告其心。敕身斋戒，施教申申。

乃立祖庙，敬明尊亲。大矣孝熙，四极爰轇。

"我"字，表明诗歌以皇帝的身份言说。厘定历法，无疑是天子专有的一个重大举措，因为在农业社会中，精确的历法将会对民众生活产生重大影响。也有注家把"历数"解释为新王取代旧王的天命，也就是说，皇帝在仪式上希望昭告臣民自己乃是据天命而登上王位的。接着，他称自己已斋戒沐浴，将在祖庙中举行祭祀。这里，他对皇室祖先展现了自己的孝心，也向他的臣民传达了一种道德信息。借助宣孝的典仪，统治者就能激发所有臣民的忠诚，哪怕是最边远地区的臣民。虽然在这种庄重场合采用地方音乐是非正统的，但这组颂歌被谱以楚调，强调了刘邦对故土和祖先的忠诚和感情。

另一组作于汉代的著名仪式颂诗是《郊祀歌》共十九首，载于《汉书·礼乐志》。据记载，公元前133年，汉武帝郊祀天地，郊祀为古代宗教

---

❶ 王先谦，《汉书补正》，上册，北京：中华书局，1983年，第482页。

仪式，据说西周以来就已存在。据《汉书》记载，在郊祀的同时，武帝开始在甘泉宫祭祀"太一"，而乐府机构也是这时设立的。❶他下令乐府采集地方歌曲供夜间吟唱，还任命李延年为协律都尉，负责谱曲。李延年经常把很多作家如司马相如的诗赋作品上呈给皇帝。伟大的历史学家司马迁评论道，《郊祀歌》歌词晦涩难懂，只通一经的学者解释不了，召集五经学者一起讨论，才知其大意。这组典仪歌曲，内容涵盖了当时的各种信仰和国家祭祀。它们歌颂四方神灵，纪念祥瑞事象，如神圣的三星连珠、神奇的独角兽和灵草等。下面这首《惟泰元》是献给汉代最高天神的：

> 惟泰元尊，媪神蕃釐。经纬天地，作成四时。
> 精建日月，星辰度理。阴阳五行，周而复始。
> 云风雷电，降甘露雨。百姓蕃滋，咸循厥绪。
> 继统共勤，顺皇之德。鸾路龙鳞，罔不肸饰。
> 嘉笾列陈，庶几宴享。灭除凶灾，烈腾八荒。
> 钟鼓竽笙，云舞翔翔。招摇灵旗，九夷宾将。❷

诗歌中"惟泰元尊，媪神蕃釐"，难在可作多种解读。如第二句中的"媪"字，本文读作 yùn，但也可读为 ǎo，意为"老妇人"。《汉书》注家李奇和颜师古一致同意"元尊"指天神，"媪神"指地神，但对"蕃釐"二字的理解又各有不同。❸王先谦的论证比较令人信服，"泰元"即太一神，因为诗歌第三句称他"经纬天地"，"媪"则指与天神沟通的缭绕香烟。诗歌对天神的公开颂美，是以庄重正式的四言诗写成的。传说居住在北极星

---

❶ 《史记》称武帝开始祭祀太一（汉代的最高天神）是在前124年。

❷ 其他英文译注，可参阅 Anne M. Birrell, *Popular Songs and Ballads of Han China*, Honolulu: University of Hawaii Press, 1993, pp. 38-39.

❸ 《汉书》卷二十二，第1057页。

中心的天神太一对后世道教北极星信仰的形成具有重大的影响。在这首诗中，太一被形容为日月的创造者，四季变迁和星辰运动的管理者。宇宙的和谐，生命的创造，都是因为太一才成为可能，它不仅地位高于天地，还统摄五方五帝。"经纬天地"到"咸循厥绪"，颂扬天神令人敬畏的力量及其在创造中的角色。"继统共勤"到"庶几宴享"，过渡到祭祀仪式，邀请天神莅临。"灭除凶灾"到结句"九夷宾将"，写皇室和民众祈祷天神赐福。颂歌以响亮、胜利的乐舞结束，其中代表天神的旗帜使得边远地区的"九夷"也前来表示臣服。"招摇"（Gamma Boötis）指牧夫座，有时也被想象为北斗七星的一部分。据《史记》记载，汉朝出兵攻打南越时，行前祭祀告祷太一，仪式旗帜上画有日月、北斗、登龙。❶认为太一能够保护军队、确保胜利，也许是当时的信仰。这意味着太一是战神，也是王朝的保护者。征服边疆少数民族部落，几乎可以说是中国历朝历代的梦想和追求。诗歌结句中的"九"字，在古汉语中很多时候不是实指数字"九"，而是泛指"多"。正是汉武帝在位期间，汉帝国的版图急剧扩展，更多游牧民族部落来朝廷进贡。诗歌最后几句，我们可以感觉到皇帝与太一的微妙合体，很可能这也是诗歌想要传达的一个信息。通过祭祀最高天神，皇帝也成了天神本身在地上的化身，居住在中国中心的宫廷。通过他，秩序将会君临，自然灾害将会被灭除，战争将会获胜，中国境内的所有民众将会生活在和平安宁之中。

这些祭祀颂诗虽然在汉代宫廷中占有重要地位，对中国诗歌的发展却影响甚微，只在有限的宗教领域内发挥作用。诗歌多用古字，今天基本上只有专家才能阅读。世俗的乐府诗却是影响中古时期中国诗歌的一个重要来源。现存汉乐府诗，多为五言诗，题材广泛多样。本章下面所要讨论的几首诗，涉及日常生活的不同主题，直到今天也很受欢迎，被中国读者广

---

❶《史记》卷十二，第471页。

泛阅读。和典礼颂诗一样，这些世俗作品也被认为与音乐密切相关。在收罗最广的《乐府诗集》中，编者郭茂倩把乐府机构采集的所有作品按音乐分为十二大类。❶乐府诗与音乐的关系不可否认，乐府"解题"本身就是证据，从中我们可以看到很多音乐术语，如"解"（章）、"艳"（引子）、"趋"（尾声）、"乱"（结尾）。❷但我们需要记住的是，音乐早在郭茂倩以前就失传了，他的音乐分类只是推测性的。

下面这首《战城南》，是最著名的世俗乐府诗之一，包含了反战情绪和社会关怀：

> 战城南，死郭北，野死不葬乌可食。
>
> 为我谓乌，且为客豪，野死谅不葬，腐肉安能去子逃。
>
> 水深激激，蒲苇冥冥。枭骑战斗死，驽马裴回鸣。
>
> 梁筑室，何以南，梁何北。
>
> 禾黍而获君何食，愿为忠臣安可得。
>
> 思子良臣，良臣诚可思。朝行出攻，莫不夜归。❸

这首诗属于"短箫铙歌"，原为北狄（北方少数民族）军乐，传入汉廷后用于宫中宴会或大驾出行。从句式看，有三言、四言、五言，甚至还有七言。杂言体是铙歌的一个特色。很显然，这首诗的内容与充满帝王气息的典仪诗歌全然不同，它描写的是普通人的生活。最有意味的是诗中人物，这是一个死去士兵的独白。这一手法被后来的拟乐府作者反复运用，尤其是在那些挽歌中。

---

❶ Joseph R. Allen（周文龙），*In the Voice of Others: Chinese Music Bureau Poetry*, Ann Arbor: Center for Chinese Studies, University of Michigan, 1996, pp. 39-40.

❷ David R. Knechtges（康达维），"New Study of Han *Yueh-Fu*," pp. 310-311.

❸ 《宋书》卷二十二，第641页。

由于文本方面的问题，这首诗可作开放式解读。如"梁筑室"中的"梁"，有人读为虚字，也有人读为实字，意为"桥梁"。此外，很多译文采用第三人称叙述声音，诗歌也就成了一个旁观者的叙述。笔者认为这首诗是一个死去士兵的声音，主要是因为第四句"为我谓乌"。相较于读作第三人称叙述，这种读法也更有戏剧性效果。诗歌描绘的世界与宫廷大赋和仪式颂诗有天壤之别。诗歌语言不是华丽或古老的词汇，而是直接、有力的表达。士兵哀求乌鸦为他和他的战友们伤悼，凸显了战争的惨烈。"且为客豪"中的"客"，指远离家乡之人。士兵们远离故土，战死在陌生的异乡，得不到妥善安葬，这在中国人看来是一大悲剧。诗歌深深触动了中国人的情感，因为古代中国人都希望终老家乡。腐烂的尸体怎么逃得脱乌鸦的啄食呢？一个令人心碎的声音以苦涩、讽刺的口吻这样说道。"何以南，梁何北"，写士兵迷失了方向，刻画出了他生命最后时刻在残酷战场上的困惑和痛苦。这首诗尽管充满了战争的残酷与恐怖，但还是包含了爱国元素。虽然不幸早逝，士兵依然表示自己愿意为君王尽忠。诗歌最后四句，似乎是对说话人爱国之心的回应，同时也表达了诗人对士兵的同情。"梁何北"与"禾黍而获君何食"之间的突转，似乎是一种文本讹误，但也有学者认为这种突转是民歌的一个特色。歌谣的民间来源，意味着口头创作和口头传播。传播过程中，歌手／诗人可以根据自己的目的改动字句措辞，故此，有些文本会显得混乱、不连贯。❶

和《战城南》一样，《出东门》的主题也与社会苦难有关：

出东门，不顾归。来入门，怅欲悲。

---

❶ 民间乐府的几大特征，见蔡宗齐，*The Matrix of Lyric Transformation: Poetic Modes and Self-Presentation in Early Chinese Pentasyllabic Poetry*, Ann Arbor: Center for Chinese Studies, University of Michigan, 1996, p. 29。

盎中无斗储，还视桁上无县衣。

拔剑出门去，儿女牵衣啼。

他家但愿富贵，贱妾与君共馎糜。

共馎糜，上用仓浪天故，下为黄口小儿。

今时清廉，难犯教言，君复自爱莫为非。

今时清廉，难犯教言，君复自爱莫为非。

行，吾去为迟。

平慎行，望吾归。❶

　　《出东门》属于"相和歌辞"，汉时旧曲，以丝竹相伴奏，歌手执节而歌。诗歌标题一作《东门行》，"行"指歌行，大多数现代学者译为"ballad"，在欧洲文学中，"ballad"的定义相当松散，似乎是指佚名作者口头吟唱的诗歌，这些歌的内容通常都讲述一个故事，而且其背景起源于民间文化。这些所谓的汉乐府诗不能确定为民歌，它们可能是文人的拟作。❷一些学者借用米尔曼·帕里（Milman Parry）和阿尔伯特·洛德（Albert Lord）的口头诗歌理论来研究《诗经》和乐府，想要证明这些作品是非文人创作的民歌。易彻理（Charles Egan）则认为，没有任何直接证据表明这些作品是以口头或集体方式创作并传播的，故此，更持平的看法是把这些作品视作"口头与书面手法共生"的产物，"这实际上是民谣一直以来的特色"。❸与其强调某一个特定的传统，不如把口头的民间文学与文人书面作品之间的关系视为一种持续互动，这或许是更现实的处理方式。

❶ 《宋书》卷二十一，第616页。
❷ 对这些问题系统有力的论述，见 Charles Egan, "Reconsidering the Role of Folk Songs," pp. 47-99, and "Were *Yueh-fu* Ever Folk Songs? Reconsidering the Relevance of Oral Theory and Balladry Analogies," *Chinese Literature: Essays, Articles, Reviews*, 22, 2000, pp. 31-66。
❸ Charles Egan, "Were *Yueh-fu* Ever Folk Songs?" p. 57.

这首《出东门》，在《乐府诗集》中有两个版本，文字略异。傅汉思（Hans Frankel）认为："我们不必说一个版本是正确的，另一个版本是不可靠的，两个版本可能都是真的。"❶ 这类异文现象，在英国歌谣传统中也广为人知。

学者蔡宗齐在分析汉乐府诗时发现了这类诗的两种模式：戏剧模式、叙述模式。❷《战城南》是叙述模式，《出东门》则在两种模式之间切换。首先，《出东门》有清晰的故事线，贫穷的男主人公为了养家糊口决定做坏事（"为非"），被妻子加以阻拦。其次，男主人公和妻子的对话是诗歌的高潮。诗歌开篇四句都是简练的三言，透露出男主人公的极端不满和绝望。整体而言，和《战城南》一样，这首诗也是杂言体，说明早期中国诗歌的句式尚未完全定型。诗歌开篇描写了一个悲凉场景，主人公身陷如此悲惨窘迫的境地忍无可忍，为了生存他必须行动起来，顾不得犯法不犯法了。妻子以平等的口气劝阻丈夫，很正直地希望他诚实做人。她先是动之以理，指出"为非"违背天道，他将无法面对自己的孩子；接着，她表示自己愿意同他患难与共。她的这些劝诫形成了诗歌的张力，把故事推向高潮。结局可想而知，因为别无他法。丈夫离家出门前，她唯一能做的只有身为妻子的谆谆关切。诗歌的整体基调是压抑的。很多学者把这首诗解读为反映汉代普通人生活状况的一个社会文本。匿名作者无疑极为关心普通百姓，这使得作者与其他汉代宫廷诗人彻底区分开来。

《有所思》是另一首非宫廷话题的乐府诗，是描写浪漫爱情主题的名篇。郭茂倩将之归入"鼓吹曲辞"：

---

❶ 参见傅汉思的研究论文，"*Yueh-fu* Poetry," in *Studies in Chinese Literary Genres*, ed. Cyril Birch, Berkeley: University of California Press, 1974, p. 81。

❷ 蔡宗齐，*Matrix of Lyric Transformation*, pp. 21-59。

有所思，乃在大海南。

何用问遗君，双珠玳瑁簪，用玉绍缭之。

闻君有他心，拉杂摧烧之。

摧烧之，当风扬其灰。

从今以往，勿复相思，相思与君绝。

鸡鸣狗吠，兄嫂当知之。

妃呼狶。秋风肃肃晨风飔，东方须臾高知之。❶

　　诗歌开篇，便是直陈主人公的爱情。即使在5世纪的中国，也很少有文人公开写自己的妻子或家庭，公开描写自己情事的更是少见。从这个传统来看，很难想象有身份的文人会写出这样的诗来。此处，又一次显示这首诗可能反映了最原始的民歌状态与文人的修订。直到第三句"何用问遗君"，"君"在文言文中指男性，读者才意识到诗中主人公是一位女子。女子的情人远在南方，得知他移情别恋后，她怒不可遏，决定烧毁他送给自己的礼物。诗歌刻画的这个脾气刚烈的人物，大不同于中国文学中典型的女性形象。确实，汉代女性可能比宋代女性享有更多自由，特别是在婚姻问题上。在汉代，离婚并不被视为可耻，再婚的情况很常见。汉高祖刘邦谋臣陈平的妻子，在嫁给陈平前曾结过五次婚，然而她的前夫们都亡故了。总的说来，《有所思》中的女主人公个性强硬、充满活力，她的爱情容不得任何妥协。

　　第三句"何用问遗君"，据通行译法"What shall I send you"（我该送你什么东西呢）❷，那么，意思就是女子在思考送什么礼物给南方的情人。但汉时"何用"常用作反诘，意思是"why should"（为什么要），或更直

❶ 《宋书》卷二十二，第642页。

❷ Anne M. Birrell, *Popular Songs and Ballads*, p. 147.

白的"do not have to"（不必），故本章将此句译为"Why should I send you anything"（为什么我要送你东西呢）。此外，第四句"双珠玳瑁簪"，似乎理解为男子所送的礼物更恰当。分手后女子想烧掉爱情信物，合情合理。烧毁礼物的举动，不仅显示了她的果决，更说明她爱得如此之深，反应才如此之激烈。"鸡鸣狗吠"，暗用《诗经·野有死麕》，诗中情人幽会，女子让男子保持安静，免得引起狗叫（"无使尨也吠"）。"鸡鸣狗吠"，听起来特别乡土气，对文人来说也许太过粗俗直白。诗歌文本用"鸡"字，最早见于《诗经》，但第一次用"狗"字可能是这首《有所思》。《诗经》曾以"尨"代"狗"（《野有死麕》），而"狗"字并未出现在任何诗中。似乎"狗"字常出现在民间歌曲中，而文人诗中则很少使用这个字。在汉乐府中，如果使用电子索引，我们发现除《有所思》外，"狗"字最早见于另一首汉代诗歌《鸡鸣篇》（"鸡鸣高树颠，狗吠深宫中"）以及其他五首诗中，后来也见于4世纪著名诗人陶潜的诗作，陶潜诗朴实无华，不被同时代人欣赏。《有所思》结尾部分，写女子担心兄嫂知晓自己的情事。白安妮推测，女子之所以忧虑，是因为她"相信那个年轻官员的情感是认真的"，现在她有孕在身，故而担心走漏风声。❶对此，我表示怀疑，因为我们实在不能像白安妮那样确定女子情人的身份和地位。白安妮认为"晨风"（雀鹰）"隐喻时光飞逝"，也没有根据。不过，诗歌结尾对"秋风"的描写，确实似乎象征了这个年轻女子的悲惨未来，因为这段未果的情事一定会被兄长知晓。如前所述，诗歌"鸡鸣狗吠"暗用写情人幽会的《诗经·野有死麕》，那么，"鸡鸣狗吠，兄嫂当知之"也可读为对往日幽会情景的追忆。结句"东方须臾高知之"，写女子彻夜无眠，心中充满愤怒、困惑和忧惧，辗转反侧到天明。这首诗生动无比，描写了一个心直口快、不惮于表达自己真实感受的女子。

---

❶ Anne M. Birrell, *Popular Songs and Ballads*, p. 148.

除社会苦难、浪漫恋情这些话题外，汉乐府诗还发展了其他非传统主题，如对六朝诗歌产生重要影响的"游仙"主题。下面这首《善哉行》，属于"相和歌辞"，是最早把"及时行乐"（*carpe diem*）与游仙主题结合起来的作品之一：

> 来日大难，口燥唇干。今日相乐，皆当喜欢。
>
> 经历名山，芝草翻翻。仙人王乔，奉药一丸。
>
> 自惜袖短，内手知寒。惭无灵辄，以报赵宣。
>
> 月没参横，北斗阑干。亲交在门，饥不及餐。
>
> 欢日尚少，戚日苦多。何以忘忧，弹筝酒歌。
>
> 淮南八公，要道不烦。参驾六龙，游戏云端。❶

这是一首整齐的四言诗，四言诗在东汉时期也依然盛行。诗歌开篇慨叹人生艰难，这在表现及时行乐主题的作品中较为常见。主人公告诫他的听众尽可能享受彼此相伴的快乐，因为未来前景太不确定。但他的态度并非享乐主义，因为享乐不是他的人生目的。准确地说，他是一个想以行乐的方式逃避严酷现实的人，信仰长生不老提供了一个逃避的渠道。单看文本，我们不清楚这个人是不是专注修行的真道家，但他对自己贫穷饥饿的世俗忧虑使他远离了这种形象。主人公声称自己游历名山，遇到仙人王子乔（这是游仙传统中历来最受欢迎的仙人形象），王子乔赠他一枚药丸。接过药丸那一刻，他才觉得自己很冷。这立即提醒了读者仙界的寒冷，并使读者重新有了一种现实感。收到仙人赠送的如此神奇的礼物，主人公惭愧自己无以为报。灵辄是公元前7世纪的历史人物，赵盾曾拯救他于饥寒之中。为了回报，他则帮助赵盾逃过了暗杀。主人公回到人世间，必须再次

---

❶ 《宋书》卷二十一，第616页。

面对自己的悲惨境况。这里，我们再次看到了突转。月光下，主人公看到的都是自己受穷的亲朋好友，他也给不了他们充足的食物。他摆脱贫困的解决之道，全然不同于《出东门》的主人公。他不诉诸犯罪，而是先选择酒和音乐，然后再逃进一个超然的世界。这是后来六朝时期很多文人的常见做法，酒和音乐是他们解忧的常用方式。事业受挫时，很多文人思想上就皈依道家哲学。诗中的"八公"为淮南王刘安王府的贵客。刘安以追求长生不老和热爱文学、哲学著称。传说刘安和这些贵客最后都遁世而成为神仙。在这首《善哉行》中，游仙的主题与其说涉及哲学，不如说涉及文学想象。主人公的快感来自想象自己漫游于飞仙的奇幻世界。通过漫游天际，他突破了时空限制，获得了解脱的快感。因此，诗歌最后以快乐地游戏云端而结束。

上面我们讨论了汉代乐府诗的几大主题，但只要谈论乐府诗，就不能不提《陌上桑》，这是最常被收入各种选本、在中国读者中知名度最高的一首乐府诗。现代学者很重视民歌与文人乐府诗的差异，并在二者中更强调前者，而这首诗是民歌特色与文人技巧并存的绝好例子。这首诗被郭茂倩归入"大曲"类，属"相和歌辞"：

> 日出东南隅，照我秦氏楼。秦氏有好女，自名为罗敷。
> 罗敷喜蚕桑，采桑城南隅。青丝为笼系，桂枝为笼钩。
> 头上倭堕髻，耳中明月珠。缃绮为下裙，紫绮为上襦。
> 行者见罗敷，下担捋髭须。少年见罗敷，脱帽著帩头。
> 耕者忘其犁，锄者忘其锄。来归相怨怒，但坐观罗敷。
> 使君从南来，五马立踟蹰。使君遣吏往，问此谁家姝？
> 秦氏有好女，自名为罗敷。罗敷年几何，二十尚不足，十五颇有余。
> 使君谢罗敷，宁可共载不。罗敷前致辞，使君一何愚。
> 使君自有妇，罗敷自有夫。东方千余骑，夫婿居上头。

何用识夫婿，白马从骊驹。青丝系马尾，黄金络马头。

腰中鹿卢剑，可直千万余。十五府小史，二十朝大夫。

三十侍中郎，四十专城居。为人洁白皙，鬋鬋颇有须。

盈盈公府步，冉冉府中趋。坐中数千人，皆言夫婿殊。❶

　　首先，从全篇通用五言来看，这首诗大致可以系于汉末，此时五言诗已经成熟，虽然并无文本内证支持这种看法。以文学风格来断定写作年代是不可靠的，不能作为文学作品系年的确凿证据。诗歌描写一个名叫罗敷的机智女子，她成功拒绝了使君（汉代地方长官）的调情追求。这首诗通常被解读为地方官员骚扰农女，揭露了社会不公。不过，近年来学界开始偏离这种读法。美国学者傅汉思从比较的角度分析了这首诗的形式，指出中世纪欧洲也有"描写牧羊女拒绝一位拈花惹草的绅士之求爱的民歌（pastourelle）"❷。欧洲其实并无严格对应《陌上桑》的作品。学者对不同文化中相似的故事类型进行比较，无论多么诱人，这种比较都有忽视真正文化差异的危险。对于《陌上桑》，傅汉思还归纳了他认为足以说明诗歌口头性的三个文体特征：套语（formulaic language）、各种类型的重复（repetitions）、夸张（exaggeration）。❸"秦氏有好女，自名为罗敷"分别见于第3、4句，第25、26句，被视为使用套语的实例，另一首著名乐府《孔雀东南飞》也有类似段落。这种看法可能需要修正，因为中国诗歌篇幅极短，很难确证套语的使用实例。❹重复通常被视为辅助记忆和推动情节

---

❷ Hans Frankel, "*Yueh-fu* Poetry", p. 81.

❸ Hans Frankel, "Some Characteristics of Oral Narrative Poetry in China," in *Etudes d'histoire et de litterature chinoises offertes au Professeur Jaroslav Průšek*, ed. 吴德明（Yves Hervouet）, Paris: Presses Universitaires de France, 1976, pp. 97-106.

❹ Charles Egan, "Were *Yueh-fu* Ever Folk Songs?", p. 47.

的手法，在这首诗中也普遍存在、显而易见。以夸张（"何用识夫婿"到"为人洁白皙"，年轻女子夸耀自己的丈夫）作为诗歌口头性的证据最为薄弱，因为很多类型的诗歌都使用这种手法。这三个特征不足以证明诗歌为口头创作，但作为文体特征，它们确实可以作为诗歌可能借鉴了民间传统的证据。总的说来，傅汉思主张，这首诗是口头民歌，由"一位上层阶级的诗人"加工后讲述给"贵族听众"。❶无论如何，既然没有任何直接证据能够确凿区分本诗到底是民间或是文人之作，那这首诗的解读方式就是开放的。

蔡宗齐在分析这首诗时总结了五个主要特征：场景思维（situational thinking）、非历史呈现（ahistorical presentation）、突转（abrupt transitions）、混合结构（composite structure）和重复（repetitions）。❷其中，混合结构是非常重要的见解。蔡宗齐指出，民间乐府拥有混合结构，是因为作品"涉及若干表演者的参与，每个表演者都给同一作品带来了不同的视角、不同的口头套语或表达方式，也许还有不同的表演风格"❸。不管是不是口头创作，这首诗的表演性是明显可见的，可以作为一种有用的阐释方式。诗歌的每个故事段落，都像是一部意识到观众存在的迷你剧。

这首诗的传统诠释，特别是中国学者的读法，认为诗歌讲述的是勇敢的农家女反抗好色使君的故事。这种强调阶级斗争和阶级压迫的读法，在20世纪90年代以前的学者中很常见。随着西方人类学、文学理论的引入，很多学者的观点也发生了变化。学界近年来的趋势是把这首诗读为与严肃道德问题无关的调情歌。蔡宗齐认为这是一部模仿求爱仪式的作品。

这首令人着迷的诗篇，一直吸引着学者来作不同的诠释。男性调情主

---

❶ Hans Frankel, "Some Characteristics of Oral Narrative Poetry", p. 105.

❷ 蔡宗齐，*Matrix of Lyric Transformation*, pp. 33-48。

❸ Ibid., p. 38.

题，在中国文学传统中并不少见。《登徒子好色赋》就有男子礼貌地向年轻女子献诗示爱的段落，《列女传》中的秋胡故事也是一例。秋胡在返乡途中偶遇采桑女，他诱以黄金，被女子拒绝。后来，采桑女发现这个陌生人竟然是自己的丈夫，她斥责丈夫"子束发辞亲往仕，五年乃还，当所悦驰骤扬尘疾至，今也乃悦路傍妇人，下子之粮，以金予之，是忘母也。忘母不孝。好色淫泆，是污行也。污行不义。夫事亲不孝，则事君不忠；处家不义，则治官不理。孝义并忘，必不遂矣"。遂羞愤投河自沉而死。《列女传·齐宿瘤女》中还有另一则采桑女故事，不过与调情主题无关。齐王决定娶一个脖子上长有大瘤的女子为妻，因为她是唯一不参加围观他出行、只顾专心采桑的女性。❶ 从这类故事可知，采桑养蚕是古代中国一项重要的农业活动，不少文学文本和文学体裁都对此有过描写。我们所知的所有和采桑相关的文本，多多少少都与爱情和男女关系有关。尽管我们在《陌上桑》中看不到任何与求爱说有关的直接证据，但桑树作为一种爱情意象，无疑植根于中华文明，《诗经·桑中》写的就是春天桑树园中的爱情幽会。

《陌上桑》另一个比较重要的问题是罗敷身上的华丽衣服和贵重珠宝，说明她并非一个农家女，而是有一定社会地位的人。可能有人要问了，这样的一位女士为什么会出来采桑叶？除非诗人写她衣着体面是为了取悦贵族听众。另一种可能的解释是，这些代表财富和奢侈的意象表达了普通人的隐秘欲望，也是欧洲歌谣常见的手法之一："自吹自擂的创造"（boastful inventiveness）。❷

"使君"不是一个压迫者形象，有助于削弱阶级斗争理论的读法。罗敷

---

❶ 引文及两篇故事分见，［汉］刘向撰，［晋］皇甫谧撰，《古列女传》，《丛书集成本》卷五，第139—140页；卷六，第177—180页。

❷ Hans Frankel, "Some Characteristics of Oral Narrative Poetry", pp. 104-105.

和使君的对话既有趣又轻松。罗敷缕述自己丈夫的功绩，是"自吹自擂的创造"手法的又一例。随着罗敷的拒绝，使君的求爱停止了，诗歌也结束了。考虑到这正是自夸的高潮时刻，一些学者认为，危急时刻，罗敷张口就来，凭空"创造"了一个地位高于使君的丈夫。[1] 当然也有可能，今天我们读到的文本并非完璧。无论如何，这些不同读法不一定相互排斥，更有可能相互启发。诗歌最初可能意在反映社会弊端，但改编和表演生发了不同的主题。尽管表演和娱乐改编了诗歌，有些读者还是能够看出作品对社会现实的批评。我们对文本修订、表演语境、预期观众这些问题还缺乏充分了解，因此，任何解读都是试探性的，都有待商榷。

* * *

本章我们讨论了两类完全不同的诗歌作品：一类是宗教颂诗，作于西汉时期，在典礼场合演出，对中国文学影响甚微；一类写普通人的日常生活，后来成了中古中国诗歌的源头。两类作品基本上都出自匿名作者之手，被后世编纂者置于松散的"乐府诗"名下。白安妮引《文心雕龙》指出，"乐府"成为一个固定独立的文类，至迟到6世纪初期已出现。[2] 宇文所安（Stephen Owen）指出即使到7、8世纪之间，"乐府"仍是一个非常不稳定的文类标签，因为这个词可用来指称秦汉之际制作音乐的宫廷音乐机构，也可以指配乐的诗歌，到了5世纪末期乐府成为音乐传统中诗歌的指称词。[3] 尽管乐府机构的起源、功能、真实性这些问题一直聚讼纷纭，但汉代这些乐府诗一直在中国文学史上占有重要地位。

---

[1] Hans Frankel, "Some Characteristics of Oral Narrative Poetry", p. 105.

[2] Anne M. Birrell, "Mythmaking and *Yüeh-fu*," pp. 234-235.

[3] Stephen Owen, *The Making of Early Chinese Classical Poetry*, Cambridge and London: Harvard University Asia Center, 2006, pp. 301-307.

推荐阅读

- 萧涤非，《汉魏六朝乐府文学史》，出版地不详，中国文化服务社，1944年。

- 王运熙，《乐府诗论丛》，北京：中华书局，1962年。

- 罗根泽，《乐府文学史》，台北：世界书局，1974年。

- 陈义成，《汉魏六朝乐府研究》，台北：嘉新水泥公司文化基金会，1976年。

- 姚大业编，《汉乐府小论》，天津：百花文艺出版社，1984年。

- 张永鑫，《汉乐府研究》，南京：江苏古籍出版社，1992年。

- 蔡宗齐，《汉魏晋五言诗的演变：四种诗歌模式与自我呈现》，陈婧译，北京：北京大学出版社，2015年。

- Birrell, M. Anne, "Mythmaking and *Yüeh-fu*: Popular Songs and Ballads of Early Imperial China, " in *Journal of the American Oriental Society* 109, no.2 (1989), pp. 223-235.

- ——, *Popular Songs and Ballads of Han China*, Honolulu: University of Hawaii Press, 1993.

- Egan, Charles, "Reconsidering the Role of Folk Songs in Pre-T'ang *Yüeh-fu* Development, " in *T'oung Pao* 86, nos. 1-3 (2000), pp. 47-99.

- ——, "Were *Yüeh-fu* Ever Folk Songs? Reconsidering the Relevance of Oral Theory and Balladry Analogies, " in *Chinese Literature: Essays, Articles, Reviews* 22(2000), pp. 31-66.

- Frankel, Hans, "*Yüeh-fu* Poetry" in *Studies in Chinese Literary Genres*, edited by Cyril Birch, Berkeley: University of California Press, 1974, pp. 69-107.

第5章

古诗十九首

蔡宗齐

　　《古诗十九首》是已知最早的一组五言诗，最初被收录于梁朝太子萧统编选的《文选》之中。这十九首诗的作者归属及创作年代一直以来聚讼纷纭。一些古代学者曾认为其中八首是西汉诗人枚乘所作，而将至少一首诗系于东汉诗人傅毅名下。但大部分现代学者都并不认同这一说法，认为这些诗歌是由东汉末年居于国都洛阳的无名文人所作。另一个令人困惑的问题是这组诗歌与汉乐府的关系。一些诗歌被收入《乐府诗集》，并且有一首诗还包含了迟至晋代依然在演唱的片段。不过，虽然仍有一些乐府母题的存留，口头表演还是显而易见地衰落了（即使并非完全消失）。

　　《古诗十九首》通过反映日益增强的文人的自我意识，引入了新的主题，改造旧有的主题。无论是直接抒发，还是通过一个女性角色代言，这群无名诗人始终关注自己的内心体验，在一种抽象的哲学层面上追寻生命的意义，这在此前的诗歌中是前所未见的。新的句法和结构特征，也为这些作品是自省式文人写作而非口头表演传播的诗歌提供了丰富的内证。鉴于这种深刻的主题以及形式上的变化，现代批评家普遍认为，这组诗歌标志着五言诗发展过程中从口头表演传统到自我反思写作传统的重要转变。为此，《古诗十九首》常被誉为中国抒情诗的源头，在中国诗歌史上占有突出的地位。

我们首先看一下五言诗的韵律，以便为本章及后面三章关于五言诗的讨论做好准备。五言诗有五条规则：（1）每行诗句五个字。（2）一首诗的句数不固定。（3）诗句通常被组织为两句一联。（4）通常隔句押韵，也就是说韵脚在一联诗的最后一个字。（5）头两个字构成双音节部分（通常是一个双音节词组），其余三个字为三音节部分（通常是一个双音节词组加一个单音节词），例如：

驱车 ┃ 上东。门
遥望 ┃ 郭北。墓 ▲
白杨 ┃ 何。萧萧
松柏 ┃ 夹。广路❶ ▲

第一条和第二条规则规定了五言诗的空间配置，第三条和第四条规定了押韵的模式，第五条则规定了语义节奏。在这五条规则中，最后一条代表了一个重要的诗歌韵律上的创新。在五言诗兴起之前，双音节的拍子是中国诗歌中最重要的节奏单位。例如，在《诗经》中，由两个双音部分组成的四言诗句的使用频率比其他诗句都高得多。四言诗是偶数的2+2节拍，而五言诗，加上一个单音节的字，就产生了更有动感的节奏。在五言诗句中，语义停顿通常没有标记，位于第二个字和第三个字之间，将诗行分成两个不同的单位（以竖线表示语义单位的划分）。这就创建了一个独特的2+3语义节奏。

这种语义节奏可以进一步划分，因为在最后一个单位中，单音节字和双音节词组之间有一个二级停顿（。表示停顿）。根据这个二级停顿出现在

---

❶《文选》卷二十九，第1348页。

第三个还是第四个字之后，一行2+3语义节奏可以分解为2+（2+1）节奏（如以上第1行和第2行诗），或2+（1+2）节奏（如以上第3行和第4行诗）。简言之，双音节和三音节单位的不平衡，加上二级停顿的变换，创造出一种多变的、流动的节奏。这种新的节奏不仅在随后所有的五言诗中得以统一使用，同时也是七言诗的核心节奏。

主题：年华老去与人生如寄

《古诗十九首》与早期诗歌的区别在于其中心主题。谈到这一显著特征，钱谦益写道："'人生天地间，忽如远行客'，才两三言耳，《三百篇》《楚辞》都无此义。"❶ 在《古诗十九首》中，这一至关重要的主题是从弃妇和游子这两个截然不同的视角来探讨的。《古诗十九首》第一、二、八、九、十七、十八和十九首诗均为弃妇之诗。在这里，被抛弃的女人们哀叹着分离之痛，沉湎于年华老去之悲。这两个主旨在第一首诗中十分突出：

行行重行行

行行重行行，与君生别离。

相去万余里，各在天一涯。

道路阻且长，会面安可知？

胡马依北风，越鸟巢南枝。

相去日已远，衣带日已缓。

浮云蔽白日，游子不顾反。

思君令人老，岁月忽已晚。

---

❶ 钱谦益，《牧斋有学集》，《四部丛刊本》卷十九《族孙遵王诗序》，第22页。

弃捐勿复道，努力加餐饭。❶

此诗以一个弃妇的沉痛反思发端，她并没有讲述丈夫离开的故事，只是说："行行重行行"。通过一再重复"行行"这个叠音词，她表达了自己是多么痛苦，眼看着丈夫消失在长路的那一端，想象他羁旅在外辗转他乡。然后，她告诉我们夫君旅程的结束并没有终止她的不幸，实际上却带给她另一种等待——等待他归来。这比忍受他的离开更加痛苦难熬，因为她不知道他何时归来（如果还有可能的话）。于是她叹息道："道路阻且长，会面安可知？"很明显，对她影响至深的并非是和丈夫身体上的分离，而是她痛苦地意识到时间流逝的缓慢，这种缓慢是以她对丈夫归来的无尽渴望来衡量的。

在诗的后半部分，抒情女主人公开始以自己生命的限度来衡量时间的流逝。直到第10行，她的时间感都是以不愉快的事件来衡量的。因为她渴望结束分离，时间就显得尤为迟缓。但当她注意到自己是如何在思念中日渐憔悴，她醒觉到一种不同的时间，一种由她自己的生命来度量的时间。对于珍视生命的人而言，任何光阴的流逝都太过迅疾，任何华年不再的迹象都令人无限伤怀。从这一新的角度看待时间的流逝，这个女子发出如此的哀叹："思君令人老，岁月忽已晚。"她对时间感知的这种戏剧性的、反讽性的转变，表明她对分离的忧伤已经转变为对年华迅疾老去的悲哀。

在中国诗歌中，一个失宠于君主或恩主的士大夫通常被比作弃妇。《古诗十九首》的作者或许是一群生活在国都洛阳的失意文人。作者采用弃妇这一角色，巧妙地表达自己内心的抑郁不平。诗人以一个柔弱的、弃妇的声音言说，很可能是想表达他被主君遗弃的不幸，或是他怀着重获主君信任和支持的希望而发出的无望的忠诚誓言。通过彰显韶华难留，他也将

---

❶《文选》卷二十九，第1343页。

自己的政治困境转化为深感生命短暂的更深层次的痛苦。

　　这组诗中的第三、四、六、七、十一、十三、十四和十五首是关于游子之诗。这些诗中的抒情主角看起来像是疲惫的流浪者，与之前所见的弃妇相比，似乎较少虚构。部分原因在于抒情主人公与诗人之间的性别差异消失了，部分原因则在于，作品对诗人现实状况的某些真实反映。例如，在第三首诗中，我们看到明确谈及京城及其主要地标：

青青陵上柏

青青陵上柏，磊磊涧中石。

人生天地间，忽如远行客。

斗酒相娱乐，聊厚不为薄。

驱车策驽马，游戏宛与洛。

洛中何郁郁，冠带自相索。

长衢罗夹巷，王侯多第宅。

两宫遥相望，双阙百余尺。

极宴娱心意，戚戚何所迫？ ❶

　　诗中的"宛"和"洛"分别指宛县（今南阳）和洛阳，第9—14句是对皇家宫殿与王侯宅邸的生动描述。然而，虽然我们是在这个真实的地点遇到了抒情主人公，我们仍然很难把他和诗人等同起来。他对世俗享乐的追求，他的人生焦虑，以及他对情感危机的解决办法都被描述得十分笼统。几乎没有独一无二的个体生命之确凿证据。游子这个抒情主人公似乎仅仅揭示了幻灭的文人群体的集体身份特性。

　　在关于游子的诗中，我们通常会看到三个明显的母题：（1）一个孤独

---

❶《文选》卷二十九，第1344页。

的游子注视着荒凉的景色，要么是寒冷的风景，要么是墓地；（2）对人生短暂的强烈悲叹；（3）持续反思应对人生短暂的各种方式。

例如，第十三首诗就含有这三个母题：

驱车上东门

驱车上东门，遥望郭北墓。

白杨何萧萧，松柏夹广路。

下有陈死人，杳杳即长暮。

潜寐黄泉下，千载永不寤。

浩浩阴阳移，年命如朝露。

人生忽如寄，寿无金石固。

万岁更相送，贤圣莫能度。

服食求神仙，多为药所误。

不如饮美酒，被服纨与素。❶

抒情主人公首先告诉我们，当他的马车经过洛阳北门时，他望见了北邙山上的墓地。映入他眼帘的是枝叶扶疏的白杨树、松树、柏树，这些树木因为常常种植于墓地而成为一种标记，所以都与死者有关。一看到这些树就会引起阴郁低沉的情绪，使他想象出一个更加凄凉黯淡的地下世界。在下面，没有生命，只有一堆很久以前的尸骨；没有光，只有永远的黑暗；没有醒寤，只有永恒的睡眠。在描述了想象中的阴间之后，抒情主人公开始悲叹人类存在的转瞬即逝："人生忽如寄，寿无金石固。"在游子之诗中，这类颓丧的表述比比皆是：

---

❶《文选》卷二十九，第1348页。

> 人生天地间，忽如远行客。❶
>
> 生年不满百，常怀千岁忧。❷

　　这种关于人生短暂的哲学思考在汉代以前的诗歌中是很少见的。只有在先秦和汉代的历史或哲学著作中，我们才看到过关于人生短暂的反思。但在《古诗十九首》中，这样的表达出现之频繁，或许是其他任何诗集都难以匹敌的，因而构成了这组诗歌最为典型的特征。

　　在这首诗的最后部分，抒情主人公转向寻求人生短暂的解决办法。他首先否定了儒家所追求的"名"，认为是无用的，因为即使是圣人以及其他伟大的名人也会像普通人一样死去。接着他嘲笑道家流行的服食长寿丹药的做法，宣称那些服食此类药物之人即使没有一命呜呼，也只会缩短自己的寿命。最后，他打定主意，在这个世界上唯一明智之事就是及时行乐，因此劝勉自己和其他人痛饮美酒，被服纨素。这种倡导及时行乐的思想在《古诗十九首》中俯拾即是：

> 斗酒相娱乐，聊厚不为薄。❸
>
> 昼短苦夜长，何不秉烛游！
>
> 为乐当及时，何能待来兹？
>
> 愚者爱惜费，但为后世嗤。❹

　　这个中文版的"及时行乐"似乎是对杨朱所提出的享乐主义思想的诗

---

❶ 《文选》卷二十九，第1344页。

❷ 同上书，第1349页。

❸ 同上书，第1344页。

❹ 同上书，第1349页。

意呈现：

> 万物所异者生也，所同者死也。生则有贤愚、贵贱，是所异也；死则有臭腐、消灭，是所同也。……仁圣亦死，凶愚亦死。生则尧舜，死则腐骨；生则桀纣，死则腐骨。腐骨一矣，熟知其异？且趣当生，奚遑死后？ ❶

杨朱阐明其享乐主义哲学的三个核心观点为：其一，死亡是个体存在的终极归宿。其二，人不能以其身外之物，例如名声和荣耀来战胜死亡——也就是他物质形态的毁灭。其三，鉴于以上两点，人必须享受当今，忘记死亡。

杨朱的论点似乎是第十三首诗中整个反思过程的基础。尽管杨朱的享乐主义观点在汉乐府中就有过，但还从未像在这首诗和《古诗十九首》的其他类似作品中那样得以充分地表达。因此，享乐主义思想占据主导也普遍被视为《古诗十九首》的另一个主题特征。

诗歌模式：从叙事到抒情

《古诗十九首》的作者采取了与乐府作者明显不同的表现方式。乐府作者倾向于通过讲故事表达自己，《古诗十九首》的作者却将叙事元素局限于一个简单的故事大纲，而为其注入丰富的情感表现。为了理解这种叙事与抒情要素之间相反的权重，让我们比较一下《古诗十九首》中的三首和《饮马长城窟行》这首被某些人归于蔡邕名下的著名乐府诗。

---

❶《列子集释》，第221页。

涉江采芙蓉

涉江采芙蓉，兰泽多芳草。

采之欲遗谁？所思在远道。

还顾望旧乡，长路漫浩浩。

同心而离居，忧伤以终老。❶

这首诗可以看作是对乐府诗《饮马长城窟行》的第1—3句的创新重塑：

青青河畔草，

绵绵思远道。

远道不可思，❷

《古诗十九首》第六首诗借用了汉乐府中河畔悲叹的主题，改写为独白。《饮马长城窟行》仅仅提及抒情主人公的情感状态，而《涉江采芙蓉》向我们展示了一个持续的自我表达的过程。抒情主人公抱怨路途迢遥，无法送花给妻子，他热切地望向家乡，悲叹他们的分离。

凛凛岁云暮

锦衾遗洛浦，同袍与我违。

独宿累长夜，梦想见容辉。

良人惟古欢，枉驾惠前绥。

愿得常巧笑，携手同车归。

既来不须臾，又不处重闱。

---

❶ 《文选》卷二十九，第1345页。

❷ 《先秦汉魏晋南北朝诗》，上册，第192页。

亮无晨风翼，焉能凌风飞？ **❶**

将这首诗与《饮马长城窟行》第4—8句进行比较颇有启发：

> 宿昔梦见之。
>
> 梦见在我傍，
>
> 忽觉在他乡。
>
> 他乡各异县，
>
> 辗转不相见。

我们再一次看到对于类似情境进行叙事处理和抒情处理之间的巨大差异。两首诗均描绘了独守空闺的妻子梦见和丈夫团聚。《饮马长城窟行》只是告诉我们妻子什么时候睡着，她在梦中见到了谁，醒来后发现自己身在何方。相比之下，《古诗十九首》第十六首提供了这个独守空闺的妻子梦中细微、亲密的细节：她对疏离的感觉，她潜意识里实现了在清醒的世界中无法实现的愿望，以及她梦醒时分的悲哀，意识到不可能重获失去的爱。她展现了种种复杂的情愫，从欢天喜地直至彻底绝望。

孟冬寒气至

孟冬寒气至，北风何惨栗。

愁多知夜长，仰观众星列。

三五明月满，四五蟾兔缺。

客从远方来，遗我一书札。

上言长相思，下言久离别。

---

❶ 《文选》卷二十九，第1349页。

置书怀袖中，三岁字不灭。

一心抱区区，惧君不识察。❶

　　这首诗显然是《饮马长城窟行》最后一部分的抒情版：

客从远方来，遗我双鲤鱼。

呼儿烹鲤鱼，中有尺素书。

长跪读素书，书中竟何如？

上有加餐食，下有长相忆。

　　两首诗都描写了独守空闺的妻子收到了丈夫的来信。从完全相同的诗
句"客从远方来"开始，两首诗对这一事件的描写都同样用了相同的长度。
《饮马长城窟行》8句诗中有6句诗都是描写事件本身。为了增加故事的趣
味性，诗有个在双鲤鱼中意外发现书信的细节。直到最后两行诗，抒情主
人公才透露她的感情。如果说在《饮马长城窟行》中叙事远远胜过抒情，
在《古诗十九首》第十七首诗中的情况却正好相反，除了两行诗句以外，
其余都是妻子的自我审视。由于将叙述部分减到最低程度，诗人可以探索
更为丰富的情感和思绪的世界，不仅描写丈夫的爱情表白，更重要的是，
也描写妻子对此的复杂反应。

　　在《古诗十九首》中，从叙事到抒情之权重的转变可能是口头表演消
失的结果。随着口头表演的消失或边缘化，《古诗十九首》的作者们不再需
要扮演讲故事的人这一角色。他们开始转向内心，审视自己的情感状况成
为他们作品关注的中心。在探索自己内心世界的过程中，他们不再像乐府
作者向现场观众讲述故事那样受制于时间顺序。很多时候，他们会在诗的

❶《文选》卷二十九，第1349—1350页。

第一部分审视自己的现状，第二部分回到记忆中，随后在第三部分跃入一个想象中的未来。事实上，跟随他们沉思的脉动，他们会以自己所选的任一顺序在过去、现在、将来中移动。在这十九首诗中，如此复杂的时间框架的情感反应出现在多达十二首诗里。

诗歌结构：比兴作为整体结构

《古诗十九首》还引入了与汉乐府的顺序结构（sequential structure）显著不同的二元结构（binary structure）。在这些诗中，抒情主人公通常在第一部分观察外部场景，在第二部分做出情感上的回应。例如，在第十七首诗中，我们可以清楚地感受到观察外界和内心反思这个二元结构。诗的前半部分描写一个孤独的女子眼中荒凉的寒冬景色。"北风"激发触觉；"众星"牵引人的视觉；"明月"及其神话隐喻"蟾兔"唤起广寒宫（关于月亮的另一个隐喻）的极度寒冷之感。诗的第二部分引领我们历经一个持续的自我反思过程：女子对丈夫的第一封也是唯一一封信的记忆，对他充满爱意文字的感激，对他的忠诚誓言，对他不能领会自己忠贞深沉之爱的恐惧。

这种自然描写与情感反应的均衡结合，带有《诗经》中"比兴"结构的印记，而"比兴"长期以来被视为《古诗十九首》的终极源头。"比兴"结构起初为四行诗的口头程式，在《古诗十九首》中，这种结构被充分扩展为一个独特的整体结构。在这十九首诗中，除了两首，我们都可以找到一种自然描写与内心反思的二元结构。与第十七首相同的二元结构特征可以在第二首中找到（6：4，即六行诗观察外界，四行诗反思内心），还有第四首（8：6），第五首（10：6），第六首（4：4），第七首（8：8），第九首（6：2），第十一首（6：6），第十三首（10：8），第十四首（6：4），第十七首（8：6），第十八首（6：4），第十九首（4：6）。此外，我们还发现一种顺序相反的二元结构，即内心反思优于外界观察，如第三首（8∶8），以及诗中双重的二元结构，即第一首（4∶2/6∶4），第八首（6∶2/4∶2），第十六首（6∶6/4∶4）。

"比兴"从口头演唱段落向全篇结构的转变，极大地拓展了描写自然和表达情感的范围。《诗经》中的自然意象数量很少，缺乏多样性，往往高度重复。这些意象常以僵化的程式呈现，通常不相连属，因而无法形成连贯的场景。相比之下，在《古诗十九首》中，通过感知的过程（第二、四、五、七、九、十、十一、十二、十三首和第十四首）或通过叙事（第一、四、六、八、十六、十八首和第十九首），自然意象合并为一个连贯的场景。自然描写的广泛范围与内在连贯性并未被批评家们所忽视。例如，唐代诗人王昌龄概括《古诗十九首》新"比兴"用法的特征为：自然描写的广泛性、感知与叙述的连贯性。[1]"比兴"结构的演变，也使得抒情主人公内心世界的呈现发生了深刻变化。《诗经》与《古诗十九首》中的情感表达也彼此完全不同。在《诗经》中，我们听到的是关于某一特定外部事件的简短而有力的情感话语，而在《古诗十九首》里，我们看到了对人生意义，或者毋宁说，对人生无意义的持续而忧郁的反思。

诗歌纹理：无声地写作与阅读的动力

口头表演的衰落带来的另一个重要变化是一种新型诗歌纹理的出现。如果说诗歌的结构是一首诗的框架，那么借用计算机科学的短语，可以说诗歌纹理是由"界面交合过程"（interface process）产生的：在这个过程中，每一个词都与其他词勾连在一起，形成一个有机整体。如同网络意味

---

[1] 王昌龄《诗格》，沈炳巽辑《续唐诗话》卷一，第16—21页。

着一个多边联结的过程，诗歌纹理也意味着在诗歌文本中词汇之间的多边互动过程。在探讨诗歌纹理时，我们力求要了解的，不仅是在同一行诗中，或者同一个句法单位中，任何字和其他字词的连续关系，还应该了解它们与在其他诗行字词的非连续关系，不管这些字词被置于诗句的相应位置还是不相应位置。举个具体的例子，当我们关注五言诗第4句的第三个字的时候，我们必须考虑，一方面它是如何与同一行诗中的其他四个字相连接的，另一方面也要考虑，它是如何与第2句的第五个字或者第6句的第三个字联系起来的。

相较而言，在表演的诗歌中，建立和保持词语之间紧密的连续关系是头等紧要之事。口头表演本质上是在预期的时间内发出一系列声音或听觉信号。一旦某个创作者或表演者开始他的口头陈述，假若轻易地中断难免会使现场观众感到沮丧。在没有脚本的情况下，保持流畅、有节奏的语序，对一个口头作者或表演者来说都是巨大的挑战。在口头传达的过程中，他必须不断地思考下一句话要说什么。在为此努力时，他在很大程度上依靠重复的方式，以之作为"记忆提示"和继续表演的线索。《陌上桑》提供了两种常见"记忆提示"的很好例子：顶真手法和"重章叠唱"，后一种手法广泛地运用于《诗经》，并明显见于中国以外其他古老的或现存的口头传统之中。

在非表演的诗歌中，词语之间连续关系的重要性有所降低，而词语之间不相连属的呼应关系的重要性得到加强。这种变化与书面交流的不同动力关系甚大。书写和阅读并不像说话（或其他口头表达形式）和聆听那样是一种即时、瞬时的交流方式。多数情况下，当双方都在场时，他们会选择彼此以口语交流。只有当一方与另一方分离，或者当他不确定如何即席表达想法，抑或他想表达的想法太过笨拙、太过尴尬而无法大声说出；再或者他认为自己想说的事情另一方在做出回应之前需要时间考虑，他才会决定写信给另一方。根据这些用到书写的常见情况来判断，我们可以看到，与说话相比，书写是一种交流的延迟（经常是有意的）形式。在多数情况下，书写者和读者无须被迫在一定时间内相互回应。其结果是，一个作家可以随心所欲地多次停下来，思考如何更好地将其思想形诸笔墨。同样，一个读者也可以自由地一遍遍阅读作品，以确定文字的意义。

由于书面交流为信息的编码和解码提供了充足的时间，无论作者还是读者都不再依靠逐字逐字的重复以保持词语的流畅。因此，早期诗歌的各种"记忆提示"在《古诗十九首》中消失了。书面交流同样也允许作者和读者探索词语之间不相连属的关系，以增强情感的冲击力。当一个作者停下来回顾自己所写的文字，并根据他接下来打算写的东西进行修订时，他很自然地在诗歌不同部分的词语之间建立起一种文本共鸣的系统。实际上，这正是《古诗十九首》的作者在其作品中试图完成的。

诗人们在诗歌的前半部分描绘自然场景时，已经预料到随后要表达的情感和思绪，因此有意在场景之中融入一些暗示后半部分情感基调的词语。这些词语在中国传统批评中被称为"诗眼"，大多是动词或形容词，用以生动地描写自然，预示随后将要表达的情感。在《古诗十九首》第一、四、七、八、十一、十二、十四、十六、十七和第十九首中，这类赋予活力的词语鲜活地展示了抒情主人公对外部场景的情感投入。例如，在著名的诗句"胡马依北风，越鸟巢南枝"中，词语"依"和"巢"无疑把抒情主人公自己的思乡之情带到了场景之中。❶没有它们，这两句诗就远远不能揭示出抒情主人公的内心世界。

而当《古诗十九首》的作者在后半部分表达他们的情感和思想时，又经常回顾最初的自然场景，有意使用与自然意象产生共鸣的隐喻。我姑且把这种手段命名为"隐喻共鸣"（metaphoric resonance）。在诗歌的前半部

---

❶ 汉代，居住于中国北方长城以外广大地区的游牧民族，被宽泛地称为"胡人"。"越"泛指中国南方地区，大致在今浙江地区。胡地的马依恋北风，越地的鸟在南枝上筑巢，表达了主人公渴望回家的感情。

分，"诗眼"往往已预期了往下的情感表达，而后半部分的"隐喻共鸣"则将我们带回到前半部分的自然场景。第七首诗是"诗眼"和"隐喻共鸣"相互作用的一个很好例子：

明月皎夜光

明月皎夜光，促织鸣东壁。

玉衡指孟冬，众星何历历。

白露沾野草，时节忽复易。

秋蝉鸣树间，玄鸟逝安适。

昔我同门友，高举振六翮。

不念携手好，弃我如遗迹。

南箕北有斗，牵牛不负轭。

良无盘石固，虚名复何益？❶

诗中"高举振六翮"的形象旨在隐喻不择手段的自我提升。"南箕"、"北斗"和"牵牛"星都是用来喻示空洞虚假的友情。由于这三个形象以具体的东西来指代触摸不到的"缥缈不实"的星座，因而是以隐喻的方式传达出虚无和谎言之义。同时，下部分中的物象又让我们回想起在前半部分对星夜的描写。"振六翮"令人忆及"秋蝉"飞舞的形象，以及第8句的"玄鸟"；三颗星星的名字让人想起北极星，或者前半部分中的"玉衡"，以及"众星"。通过这样的意象共鸣，四个隐喻意象赋予了诗之开篇的秋日景象强烈的情感色彩，强化了前后两部分之间的互动。

我们应该注意到，"诗眼"和"隐喻共鸣"都将异质元素引入了诗的二元结构。不过这两种手法非但没有破坏诗歌的结构，反而使它更有活力、

---

❶ 《文选》卷二十九，第1346页。

更具美感。就像审美催化剂一样，它们促使心灵超越了内在世界和外在世界的界限，不断在两者之间往返。明代诗论家王世贞和清代诗论家方东树评论这种内心的活动，他们分别写道：

> 风雅三百，古诗十九，人谓无句法，非也；极自有法，无阶级可寻耳。❶

> 古人作书有往必收，无垂不缩，翩若惊鸿，矫若游龙，以此求其文法，即以此通其词意，然后之所谓如"无缝天衣"者如是。❷

这两段话总结了上面所讨论的"诗眼"和"隐喻共鸣"所焕发的、超越时间轴线的空间想象。这种书写作品特有的审美活动在《古诗十九首》中得以确立，而在唐诗中则演化为时间和空间布局的精细规则。律诗中节奏、音韵、对仗、结构等规则无不是为了最大限度地丰富和加强这种艺术想象而设立的。后来，这一美感原则常称作是"循环往复"，被奉为写作、阅读中国诗歌的黄金法则。

其实，"循环往复"的美学原则不限于中国诗歌，在西方的书面诗歌亦同样重要。我们仅仅需要读一读下面这段柯勒律治（S. T. Coleridge）的话，就可证明这一点：

> 引导读者向前，或者主要依靠好奇心的机械性冲动，或者追求最后结局的急切愿望；赖于阅读过程本身的魅力在心灵里引起的愉悦活

---

❶ 王世贞《艺苑卮言》卷一，载《历代诗话续编》，中册，丁福保辑，北京：中华书局，1983年，第964页。

❷ 方东树《论古诗十九首》，载《古诗十九首集释》，隋树森集释，北京：中华书局，2018年，第132—133页。

动。犹如被埃及人作为知识力量象征的大蛇的移动，或者犹如音响在空气里传播的轨迹，读者每前进一步就后退半步，从这种后退的运动中得到继续前进的力量。❶

柯氏这段话与方东树对《古诗十九首》的评语有着异曲同工之妙。他们一人以蛇、一人以游龙为喻，解释了作为前进和后退、顺时与逆时交替的互动阅读审美过程。他们的两段话都生动地描绘了我们阅读《古诗十九首》时，由二元结构和多边纹理所唤起的那种美感活动。我们的心灵充满了意象，紧随而来的就是情感和思想。当意象和思想碰撞，景物和情感碰撞，激烈互动中改变了对方，意象带上了感情的色彩，情感则由意象而物化。因此我们的心灵在自然和情感之间回旋渐进，沉醉于美学欣赏的愉悦旅程之中。

对于柯氏和传统中国批评家而言，这种美感过程以物我合一为高峰，从而把读者的意识从尘世引入超经验的诗境。由于这个原因，柯氏认为美感过程展示了人类最崇高的思想能力和创作力："在相反或相龃龉的性质间求得平衡或调和后浮现出来：它调和差别和同一、具体与通性、意象与观念、个体与典型……"❷同样，中国批评家们表扬并理想化了《古诗十九首》把物与我、景与情融为一体的成就。比如，钟嵘认为，《古诗十九首》"意悲而远，惊心动魄，可谓几乎一字千金"❸。宋吕本中称《古诗十九首》"皆思深而有余意，有尽而意无穷"❹。清陈祚明云："但人有情而不能

---

❶ Samuel Taylor Coleridge, *Biographia Literaria*, 2 vols., London: J. M. Dent, 1975, vol.1, p. 173.

❷ Ibid., p. 174.

❸ 钟嵘著、曹旭集注，《诗品集注》，上海：上海古籍出版社，1994年，第75页。

❹ 吕本中《吕氏童蒙训》卷一《前集》，转引自胡仔编撰《苕溪渔隐丛话》，台北：中华书局，1981年，页2b。

言，即能言而言不能尽，故特推《古诗十九首》以为至极。"**❶**和柯勒律治一样，明胡应麟认为无穷的美感最终要进入超经验的神妙境界。他写道："《古诗十九首》及诸杂诗随语成韵，随韵成趣，辞藻气骨，略无可寻，而兴象玲珑，意致深婉，真可以泣鬼神、动天地"，又称《古诗十九首》"皆言在带衽之间，奇出尘劫之表，用意警绝，谈理玄微，有鬼神不能思，造化不能秘者"**❷**。

推荐阅读

- 马茂元，《古诗十九首初探》，西安：陕西人民出版社，1981年。
- 朱自清选注，《古诗歌笺释三种》，上海：上海古籍出版社，1981年。
- 隋树森集释，《古诗十九首集释》，北京：中华书局，2018年。

- Cai, Zong-qi, *The Matrix of Lyric Transformation: Poetic Modes and Self-Presentation in Early Chinese Pentasyllabic Poetry*, Ann Arbor: Center for Chinese Studies, University of Michigan, 1996.
- Kao, Yu-kung, "The 'Nineteen Old Poems' and the Aesthetics of Self-Reflection, " in *The Power of Culture: Studies in Chinese Cultural History*, edited by Willard J. Peterson, Andrew H. Plaks, and Ying-shih Yu, Hong Kong: Chinese University of Hong Kong, 1994, pp. 80-102.
- Watson, Burton, *Chinese Lyricism: Shih Poetry from the Second to the Twelfth Century*, New York: Columbia University Press, 1971.

---

❶ 陈祚明评选、李金松点校，《采菽堂古诗选》卷三，上海：上海古籍出版社，2008年，第81页。
❷ 胡应麟，《诗薮》，北京：中华书局，1959年，第23、26页。

魏晋南北朝

第6章

五言诗：山水田园诗

田菱（Wendy Swartz）

从《诗经》开始，自然一直是中国传统诗歌与诗学不可或缺的部分。不过，早期诗歌中的自然意象比较有限，往往由几行诗句组成，用以表明诗中的背景，或是人类处境的类比。4世纪末5世纪初，自然诗歌的不同类型才在两位诗人手中独立成形。魏晋南北朝初期的知识环境促进了这一诗歌类型的发展，当时的知识环境以玄学为主导，这是一种根植于道家形而上学的哲学和学术体系。在这种新的学问中，自然成为文人交流的重要场所和话题来源。在对新道家思想普遍感兴趣的背景下，退隐与宁静的消极美德得到拥趸，随之促进了自然诗歌的兴起。此外，4世纪初，西晋王朝覆亡后，大量移民南迁至非汉族地区，场景的改变可能有助于自然诗歌的发展：当移民们在新的环境安顿下来，南方宏伟壮丽、林木蓊郁的风景为他们提供了令人兴奋的游览场所与诗歌素材。陶潜（即陶渊明）通过描绘熟悉而私人化的乡村场景，发展出闻名后世的"田园诗"，而谢灵运则创制了被后世称为"山水诗"的作品，叙述自己在美丽而蛮荒的大山里甘冒奇险、艰苦跋涉的经历。尽管诗歌的素材和风格完全不同，两位诗人都发现自然（无论是高山大川，还是居家生活）是对宇宙和生活方式进行沉思冥想的丰富资源。本章笔者将通过考察田园诗和山水诗的创始者以及他们的艺术创作，概述这两种题材诗歌的早期发展历程及其主要特征。

陶潜的田园诗

随着时间流逝，陶潜朴素、直率却雅致的田园诗使他逐渐被视为中国最伟大的诗人之一。陶渊明来自一个少数精英家庭，而当他出生时，这个家庭已经失去了大部分的威望和财富。很可能因为对那个时代的政治动荡感到幻灭，且对官场生活的束缚感到厌倦，他第一次出仕将近30岁，年岁相对较晚，并在大约十三年后永远地归隐。归隐对一个深受儒家伦理教育的文人而言，并非轻而易举的决定，因为这意味着放弃为国家和社会服务的志向，放弃社会尊重以及稳定的收入。公元405年，从最后一个职位上退下来后，陶渊明作为一个农民隐士度过了余生。他既体验了物质上自给自足的快乐，又经历了农耕生活的艰辛。然而，陶渊明的隐居生活并非完全的穷困潦倒或与世隔绝。他以嗜酒著称，虽然常常独饮，但同时也是经常与当地官员和其他精英交往的愉快饮者。在其有生之年，陶渊明作为一个隐士在当地颇有名声。他现存的大部分作品均创作于这一时期。

陶渊明现存的所有作品中，题材类型有仕宦生涯的作品、酬赠或唱和之作、咏史诗，以及基于归隐期间各种沉思和事件的田园诗，最后一类作品占大部分。他的田园诗谈及乡村生活的乐趣，诸如饮酒、弹琴、读书、观察自然和作诗自娱。而且，尽管后世的许多崇拜者似乎常常忘记这一点，但他有时也会写到农村生活的单调乏味，承认农业劳作的艰辛以及贫穷的考验，比如饥寒交迫，下述诗句就明确表达了他对时光迅疾飞逝的希望："造夕思鸡鸣，及晨愿乌迁。"❶然而，即使在他的悲叹中，人们仍然会惊

---

❶ 《怨诗楚调示庞主薄邓治中》，《陶渊明集校笺》，龚斌校笺，上海：上海古籍出版社，1999年，第98页。

奇于他在许多作品中所强调的顽强姿态：重申他继续隐居的决心，宣称自己的廉正诚实。不过也有人会说，陶渊明并非始终对自己隐居的选择感到十分安心，因此需要经常重申他的决定。

尽管如此，以陶渊明的作品为大纛，并为后世很多创作者（尤其是唐代）所演绎的田园诗，通常还是聚焦于乡村生活中田园牧歌的一面，即闲适、平静和自由。相应的，其风格与措辞都朴素而轻松。这个题材类型的作品一般都与辞官归去的背景密不可分（实际的或想象的，永久的或暂时的），因为田园诗就诞生于乡村生活的经验之中。笔者遴选了陶渊明这类题材中四首久负盛名之作，以说明他描绘乡村生活的方式，以及他对自然、隐居和自我的反思。以下这首为五首《归园田居》组诗中的第一首，很可能写于他刚辞官归隐不久，其情绪是乐观的，语调是欢快的：

归园田居（其一）

少无适俗韵，性本爱丘山。

误落尘网中，一去三十年。

羁鸟恋旧林，池鱼思故渊。

开荒南野际，守拙归园田。

方宅十余亩，草屋八九间。

榆柳荫后檐，桃李罗堂前。

暧暧远人村，依依墟里烟。

狗吠深巷中，鸡鸣桑树颠。

户庭无尘杂，虚室有余闲。

久在樊笼里，复得返自然。❶

---

❶ 《陶渊明集校笺》，第73页。

这首诗的结构分为三个不同的部分，由熟悉的分段标记相连。前四句陈述了诗人自然的天性，也隐含着对他辞官归隐的解释。诗人天生热爱自然，而他多年来总是无法和俗世相处，使得他宣称过去十三年（对原文"三十年"的修订）的仕宦生涯一直是个错误。❶"羁鸟恋旧林，池鱼思故渊"这一联隐喻是诗之开篇的论述与一系列描写性的诗句之间的桥梁，重申了诗人自然的倾向。如同笼中之鸟和池中之鱼，诗人也渴望回到自己的故地。由于一些外界的干预，这些生物都被羁绊于笼子、池塘或"尘网"（即官场）之中。流离失所的动物渴望家园这一意象可追溯至汉代诗歌中关于羁旅行役之人的习见比喻，用于这里非常有效地将诗人辞官归隐田园的向往"自然化"。

诗的第二部分详尽描述了诗人乡村生活的物质环境：从田地的大小，环绕其家的树木种类，到邻近村落等种种细节。这些描写生动地阐明了诗人所选择生活方式的价值。接着，"狗吠深巷中，鸡鸣桑树颠"这一联句暗用典故，终结了此前诗句中形成的某种乡村的宁静、和谐之感；这一联诗几乎一字不差地从汉代古诗中摘取出来❷，很可能指《道德经》的第80章："邻国相望，鸡犬之声相闻，民至老死不相往来。"鉴于之前都是描写性的诗句，这一联的用典性质并没有妨碍它成为感知场景的一部分。作为诗歌最后一部分沉思冥想的恰当过渡，它的哲学观点更值得注意。

诗以肯定归隐所获得的自由作结。最后一行中的"自然"可以指大自然（可见于那些描写性的诗句），可以指人的天性（呼应了诗歌第一联），以及/或是由这两个词义引申而来的自由。这种三段式结构——对自然天性的解释，对田园牧歌生活的描绘，以及对所选生活方式的肯定——经常

---

❶ 大多数现代学者已经将文本修订为"十三年"，这是基于传统上相信陶渊明自393年出仕，405年归隐的观点。有些学者更倾向于"三十年"这个说法，因为这表明陶渊明从准备出仕到最后任职的时间跨度，即从10岁到40岁。

❷ 汉乐府《鸡鸣篇》："鸡鸣高树颠，狗吠深宫中。"

被唐代田园诗作者如王维和储光羲所借鉴，他们很可能发现这种表达逻辑有效地标举了一种非主流的生活方式，即隐居。

并非所有陶渊明的田园诗都是相同的结构方式，但始终表现为近似口语的朴素修辞。叠字"暧暧""依依"的运用借鉴了与《诗经》和汉代古诗相关的某种古朴与节奏，在《诗经》和汉代古诗中这样描写性的短语十分常见。叠字为古代言语的标准特征，用于这里不仅增强了"古味"，而且也加强了口语效果。需要注意的是，大量的对仗句在陶渊明的诗中并不常见，但在后来的六朝诗歌中却十分典型。除前两联和最后一联诗句，其他联诗句均为对仗句，只有第7句和8句、第11句和12句、第13句和14句之间的对仗并不是十分工整。即使在这种技巧十分明显的情况下，留给读者的整体效果仍是某种朴实优美的印象。陶渊明的田园诗少有技巧，与当时崇尚精致、典雅艺术的审美趣味明显相悖，因此他的作品一般被当作"直为田家语耶"而为时人不屑一顾。❶然而，陶渊明似乎发现，朴素直接的表达方式最符合他在诗中所描绘的简单的乡村生活。有趣的是，陶渊明的作品缺乏明显的技巧，这曾被大多数人所鄙薄的特征，在几个世纪后却成为他最令人钦佩的标志之一。在宋代及后世，陶渊明诗歌的这一特点被阐释为"自然"，这一特点使他的诗歌具有不可模仿性。在将陶渊明的诗歌提升为绝对的诗歌典范的过程中，这种信念的重要性怎么强调都不为过。

乡村景色的意象构成了陶渊明表现归隐生活的一个重要部分，如在《归园田居》中；不过他有时更关心传达出"感觉"到的乡村环境，而不仅是"看见"的。在诗句"暧暧远人村，依依墟里烟"中，他呈现出小村庄的"观念"，并没有以视觉上的精确方式去定义它。因而，这里的重点放在"意中之景"上。❷几个世纪以后，当王维在自己的一首田园诗中重写这两

---

❶ 六朝晚期的批评家钟嵘对陶潜的评介中引用时人的这一评论，见《诗品集注》，第260页。

❷ 葛晓音，《山水田园诗派研究》，沈阳：辽宁大学出版社，1993年，第80页。

句❶，他将更多的注意力投注到意象的精益求精方面，这不仅在很大程度上定义了他那个时代的诗歌艺术，而且也揭示了陶渊明的田园诗和盛唐诗人所继承的田园诗之间的差别。

陶渊明田园诗中的乡村环境是通过反复描写各种各样的乡村事物，诸如农田、植物、动物等建立起来的。乡村为诗人提供了一个可以抒发其隐逸哲学，观察人与自然的空间。在陶渊明的诗作中，没有一首诗比《饮酒》更常被引用，更富含这种沉思：

饮酒（其五）

结庐在人境，而无车马喧。

问君何能尔？心远地自偏。

采菊东篱下，悠然见南山。

山气日夕佳，飞鸟相与还。

此中有真意，欲辨已忘言。❷

由于诗人在人境结庐，其超然的心境更加凸显，最后一联诗的洞见成为可能。隐居与其说是所处的场所，不如说是一种心灵状态，这或许是陶渊明对于隐居所做的最有力的表述。对自然中日常场景的感受力经常被理所当然地认为取决于隐士的心境。超然的心境是诗人关注细节，以及这些细节偶然的相互作用之先决条件：他采摘了一把菊花（经常用来泡制延年益寿的菊花酒），不经意间看见象征着长寿的南山；当他无意间看到归巢的

---

❶ 王维《辋川闲居赠裴秀才迪》有以下两句："渡头余落日，墟里上孤烟。"见《全唐诗》卷一二六，北京：中华书局，1960年，第1266页。在河流和村庄的水平面上，落日向下和炊烟向上的运动所产生的视觉动态，显示了对形式平衡的关注，这也是王维诗歌技艺的一个明显标志。

❷ 《陶渊明集校笺》，第219—220页。

鸟儿，注意到黄昏时宜人的空气。最后一联诗句提及的突如其来的启示似乎唤起了一种超然自得的心灵状态。这种心境不可能用文字来捕捉，而且诗人也不希望用文字来捕捉。事实上，这一联诗之所以如此有效，恰恰是因为它有所预示，却没有说出。最后一联诗源于《庄子》中的三个段落，要么主张语言不能完全表达，要么重视意义而非作为载体的文字。❶ "言外之意"是日益受到重视的文学品质，指出文本具有永恒意义与不断品读的可能性。

诗人可能缄默不语，但文学评论家仍然可以对最后一联诗中的洞见进行思考和言说。首先，它包含了诗人在司空见惯的乡村生活中发现的精致乐趣，诸如采摘菊花、暮色四合之际欣赏山景。其次，它很可能是对自然与人类之间相互关系的一种认识，这种相互交集往往会被陷溺于单调世俗生活中的人们所忽视。自然界中存在着一些隐藏的意义，这些意义要么与人类的行为相对应，要么为人类的行为所揭示：鸟儿归巢的天然本能对应着诗人的归隐，他在其他作品中都将自己的归隐当作一个自然过程；而当诗人采摘菊花（一种延年益寿之物）时，他看见了南山（长寿的象征）。其中蕴含着一种难以言传的真意。再次，这似乎标志着一种超然的状态，在这种状态中，自然和诗人之间产生了一种神秘的结合，客体与自我之间的区别几乎完全消除了。

诗中令人印象最为深刻的两句，毫无疑问也是陶渊明作品中最常被引用的两句为"采菊东篱下，悠然见南山"。采摘菊花和看见南山这一行为的象征意义已得到人们的充分关注。虽然每一个行为在乡村生活的悠闲中可能都是司空见惯的，但它们的不谋而合却使这个场景的诗意更加深化。这两句诗更为引人注目的是其文本的历史：在某些宋版的陶渊明作品集中，

---

❶ 这些段落分别是"大道不称，大辩不言"（《齐物论》）；"知者不言，言者不知，故圣人行不言之教"（《知北游》）；"言者所以在意，得意而忘言"（《外物》）。

"望"字作为"见"字的异文出现。宋代伟大的批评家和诗人苏轼是第一个强烈反对"望"字，主张"见"字的人，他认为后者是此诗之"生气"的关键所在。的确，对于那些追随苏轼解读的批评家而言，"望"字表示某种目的性，与苏轼所认为的这两句诗最精妙之处，即"景"与"意"的无心巧合背道而驰。❶近来，批评家们进一步辨别"见"字和"现"字，后者更进一步降低了诗人的主观存在。很可能是王国维在评论这两句诗描写了"无我之境"时，心中有如此的解读，在这一境界中"物"和"我"无法区分，而是"以物观物，故不知何者为我，何者为物"。如王国维所言，这种境界在诗歌中比"有我之境"和"以我观物"更难创造，是精神和技巧都很卓越的证明。❷

在陶渊明的田园诗中经常出现人与自然的直觉交融。在《饮酒》（其七）中，诗人于秋日的黄昏沉思大自然的美与意义：

饮酒（其七）

秋菊有佳色，裛露掇其英。

泛此忘忧物，远我遗世情。

一觞虽独尽，杯尽壶自倾。

日入群动息，归鸟趋林鸣。

啸傲东轩下，聊复得此生。❸

自然现象与诗人的活动和谐地融合在田园牧歌般的乡村风光之中。自然与诗人世界之间的对应关系可以描述如下：在一个基本的层面上，诗人

---

❶《题渊明饮酒诗后》，《苏轼文集》卷六十七，北京：中华书局，1986年，第2092页。

❷ 王国维，《人间词话·人间词注评》，陈鸿祥编著，南京：江苏古籍出版社，2002年，第7页。

❸《陶渊明集校笺》，第224页。

通过啜饮菊花花瓣（菊花泡酒，或曰"忘忧物"）来感受自然。大自然提供了他所需要的一切。在一个更具深意的层面上，诗人与自然和谐一致。他啸傲于东窗之下，而鸟儿在归巢时欢鸣。尽管菊花和归巢的鸟群很明显是感知场景的一部分，但它们也属于陶渊明作品中的象征符号。作为秋天最后的花朵，菊花代表一年将尽，以及与之相关的活动：这里最重要的是对人之生命与死亡的沉思。并且，归鸟在陶渊明的诗中从来不仅仅是字面意义上的，也是诗人自己归隐的一种隐喻。

这首诗描绘出田园牧歌式的图景：一位隐居遁世的诗人在东窗下乐享饮酒赏秋的闲情逸致，但是第二联诗中暗示出的不安可能会破坏这个场景整体的安静气氛。诗人似乎承认对于辞官归隐有某种烦恼情绪，"遗世情"一词暗示了某种不安或怀疑。但这种潜在的冲突很快在下两联诗中得到解决：诗人通过自斟自饮以及黄昏时自然的活动驱散了他的忧虑。这样的转变为最后一联诗中令人瞩目的满足感做了铺垫。这种满足感似乎是盘点了乡村生活中种种精彩之处的结果：享受自然现象之美、痛饮美酒、闲适的生活、顺应自然的活动。这个再次肯定自己归隐选择的姿态，如今无疑是我们十分熟悉的。

饮酒，是陶渊明对乡村生活诗意描绘的一种标准行为，需要多做些解释。读者早就注意到陶渊明诗中大量谈及饮酒，已知的陶渊明作品的第一个编者萧统写道："有疑陶渊明诗篇篇有酒。"不过萧统认为："吾观其意不在酒，亦寄酒为迹者也。"[1]在中国文化词汇中，"迹"是指一种无法明确或直接表达的内心情感的外在表现。虽然中国文人很少将经常饮酒视为含有贬义的酗酒行为，且在魏晋时期饮酒已成为精英文化的一个重要组成部分，但萧统还是替陶渊明的饮酒行为进行了辩护，将陶渊明的饮酒提升到了宣

---

[1] 萧统《陶渊明集序》，《全梁文》卷二十，见严可均编《全上古三代秦汉三国六朝文》，北京：中华书局，1958年，第3067页。

泄其压抑情绪的层面，更像是酒之于阮籍的作用，阮籍是被迫缄默的诗人，在其自我表达中大量使用寓托的手法。❶在前述的陶诗中，饮酒不仅表示轻松愉悦的心境，而且蕴含着个人抱负的失败或对政治现状的反思，也可能二者兼而有之。

田园诗产生于社会交往，也产生于孤独的思考。陶渊明的许多田园诗都提到家人、朋友和邻人的陪伴。这并不奇怪，在六朝时期，隐逸往往非常赞许社交，其定义主要是与执政相对立，而不是与整个社会相对立。在《移居》中，诗人表现出退隐乡间生活中十分愉悦的一面：

移居（其二）

春秋多佳日，登高赋新诗。

过门更相呼，有酒斟酌之。

农务各自归，闲暇辄相思。

相思则披衣，言笑无厌时。

此理将不胜？无为忽去兹。

衣食当须纪，力耕不吾欺。❷

对于陶渊明的新居"南村"的位置，传统学者们众说纷纭、莫衷一是，分别认为是在"栗里""南里"或柴桑（今江西九江）的一处，不过对于这首诗的创作时间一般争议较少，认为该诗创作于408年陶家遭受火灾之后的某时——学者认为的时间分别有410年和412年。正如海陶玮

---

❶ 王瑶认为，到了魏晋时期，饮酒已成为士林逃避残酷政治现实的一种手段。参见氏著《中古文学史论》，北京：北京大学出版社，1998年，第172—180页。由魏到晋的改朝换代是一个极为动荡的时期，在此期间，表达政见或立场都极其不安全。饮酒和醉酒最著名的为"竹林七贤"，他们以之作为防卫的伪装，也是对时局感到悲哀的麻醉。

❷ 《陶渊明集校笺》，第117页。

（James R. Hightower）令人信服地指出的，这个村庄似乎居住着"一群像陶渊明一样不同寻常的隐逸之士，他们精通文学、受过教育，但没有公职，且以务农为生。当然，他们不是普通的农民，也不是有佃户为其耕种土地的地主"❶。这里描述的乡村生活包括作诗、饮酒、与志趣相投之人为伴、偶尔耕种。《移居》（其一）的最后两句诗还叙述了诗人和他的邻居阅读讨论过去的作品。❷当与惺惺相惜的朋友一起分享时，乡村悠闲生活的单纯乐趣就变成了非凡的幸福。

对实际农业劳作的描写较少，是这一题材类型的典型特征。陶渊明的诗中很少有农事的细节。这首诗以提及两个对农业至关重要的季节开篇，而以宣称耕作的意愿收束。但中间的几行诗主要在讲述诗人与其邻里的关系，详尽描述他们悠闲的活动。诗歌还侧重于他们相互交流的自发性与随意性这一特点，可以想象，这正与官场中人受约束和礼仪支配的状况截然相反。

除了描写乡村生活，这首诗还包括另外两个陶渊明田园诗中常见的特点：其一是对自己生活方式的思考，其二是重申他归隐的选择。"理"字可以说是对乡村隐居生活的一种深刻见解：发现乡村生活中简单而有益的一面感到快乐，这一观点似乎得到了其他有相同理想之人的支持。这个"理"也可以指懂得了农业生产，正如这首诗的最后两句所暗示的：种田并不是一件小事（这与儒家精英普遍持有的态度相悖），因为物质资料是生活的根本，诚实的劳动一定会带来切实的回报。最后一句对农耕的劝诫可以解读为诗人再次肯定了自己选择的生活方式。

由陶渊明发展起来并在后世作家手里有所变化的田园诗，一般包含以下特点：描写牧歌般的田园风光；着重于乡村生活的悠闲和知足；运用象

---

❶ 开头四句诗为："昔欲居南村，非为卜其宅。闻多素心人，乐与数晨夕。"

❷ 最后两句诗为："奇文共欣赏，疑义相与析。"

征性的自然意象；朴素而直接的表达；还有对隐逸、自然活动的意义以及它们与人类世界对应关系的思考。在陶渊明去世后，这一题材沉寂了几个世纪，六朝诗人对此兴趣缺缺。但在唐代，许多诗人发现田园这一传统主题是个富有成效的媒介，可以创造出一个理想化的境界，在这里他们可以在仕宦生涯的束缚以及仕途蹭蹬的失望之际寻求慰藉。他们所描绘的田园生活通常都削减了陶渊明诗中自食其力的现实问题，以及时而出现的不安和忧郁。陶渊明的生平和作品为新的田园诗典范之作提供了诗意素材的丰富源泉。创作田园诗成为盛唐诗人的时尚，在他们的作品中，这一题材类型的发展臻至顶峰。

谢灵运的山水诗

谢灵运，一个六朝显赫世家大族的后裔，过着优渥而安逸的生活。有关他的官方传记把他描绘成一个离经叛道、生性褊激的人。由于无法实现自己的政治抱负，又在盛年被朝廷贬谪，谢灵运转而追求自然审美活动和心灵的彻悟。谢灵运长期以来一直被视为中国山水诗的鼻祖。虽然他绝非第一个运用山和水的意象，或是利用自然表达其意念和感情的诗人，但他却明确地将"山水"作为一个独立的诗歌主题。与盛行于4世纪，根植于道家思想的"玄言诗"中稀疏的自然意象不同，谢灵运的作品对自然景物的广泛表现标志着山水诗作为一种题材类型的诞生。玄言诗中的自然意象主要作为理念的隐喻，或诗中人物与事件的文字背景，与此相反，谢灵运的山水诗包含了对山水的精心描写，山水成为审美观照的对象。可以肯定的是，谢灵运的山水诗建立在亲身且亲密地接触自然的基础之上。他以令人钦佩的热忱游览了浙江当地的壮丽风光，甚至设计出一款专为上山和下山用的木屐。

六朝晚期的批评家刘勰注意到在刘宋初期"庄老告退，而山水方滋"❶。这一影响深远的论断指的是山水诗代替玄言诗成为主流的文学模式，并被普遍解读为道家哲学思想从诗中消失了。诚然，山水诗对自然景物有更多的审美鉴赏，而非仅仅将自然看作形而上学的隐喻，不过现代学者王瑶还是认为，这种文学思潮的变化"并不是诗人们底思想和对宇宙人生认识的变迁，而只是一种导体，一种题材的变迁"❷。山水是"道"或"理"之显现（或静观）的理想载体。事实上，谢灵运的山水诗几乎总是以某种哲理性沉思作结。因此，正如王瑶所说："'老庄'其实并没有'告退'，而是用山水乔装的姿态又出现了。"❸然而，由于对山水丰赡的描写以及一定的情感抒发，山水诗还是和平淡的、被六朝批评家钟嵘概括为"理过其辞，淡乎寡味"的玄言诗区别开来了。

谢灵运的山水诗充满了精心构思的诗句、严格的对仗、晦涩深奥的措辞以及文学典故。因此，他的诗歌十分难读，不过，完全读通也会有丰厚的回报，那就是对自然风景的优美呈现，真正生机勃勃的主题，深刻洞察大自然的运作及它们与人类的关系。笔者将讨论谢灵运的三首著名的山水诗，以说明他对自然的审美表现和理解。在《登永嘉绿嶂山》一诗中，诗人描述了他于422年和423年被贬谪为永嘉（在今浙江省）太守时，在山中的一段完整旅程：

裹粮杖轻策，怀迟上幽室。

行源径转远，距陆情未毕。

澹潋结寒姿，团栾润霜质。

---

❶ 刘勰、周振甫注，《文心雕龙注释》，北京：人民文学出版社，1998年，第49页。

❷ 王瑶，《中古文学史论》，第271页。

❸ 同上书，第272页。

涧委水屡迷，林迥岩逾密。

眷西谓初月，顾东疑落日。

践夕奄昏曙，蔽翳皆周悉。

蛊上贵不事，履二美贞吉。

幽人常坦步，高尚邈难匹。

颐阿竟何端，寂寂寄抱一。

恬如既已交，缮性自此出。 ❶

　　对于一篇难懂的文本，一个卓有成效的方法首先是分析其结构，确定各组成部分的功能。现代学者将谢灵运山水诗的结构模式描述为：旅途叙述、景物描写、情感激荡和哲理沉思。虽然这个概述大致不差，却遗漏了《易经》典故，这是谢灵运诗中反复出现的引文来源，也是理解其诗歌创作的关键。对谢灵运而言，《易经》在微观上效仿、对应或代表了乾坤世界（天地）。因此，《易经》是一个在天地间正在进行之过程的方便指南，对于这个文本的研究可以帮助人们决定其行动。在谢灵运的山水诗中，通过自然景物、《易经》典故以及新的行动方针，以《易经》为中介的乾坤世界与人类社会的关系往往是复刻的。

　　"蛊上贵不事，履二美贞吉"一句中的典故需要做一些解释。这两句诗分别引用六十四卦中的蛊卦（"不事王侯，高尚其事"）和履卦（"履道坦坦，幽人贞吉"）。这些《易经》的典故合而观之，呈现出一个所追求的远非官场名利之人的形象。世俗成功的前景对这位"幽人"毫无吸引力，他不断保持着"坦步"，这种"坦步"既意味着"道"，也意味着一条没有障碍的道路。为了具体说明这些典故对于诗人处境的意义，这些诗句的意思可能是，诗人不受案牍公务的束缚，有幸寻访永嘉著名的佳山胜景。它们

---

❶ 顾绍柏校注，《谢灵运集校注》，郑州：中州古籍出版社，1987年，第56页。

也可以解读为政治批评的寓意：嬉游无度的刘宋少帝代表"蛊"卦，而被贬谪的诗人则是居于次要地位的与世隔绝的"幽人"。综合分析这首诗的结构，可以将之分为五节，每节四句，每一部分都有不同的侧重点。第1—4句叙述了登山的整个过程：准备、攀登、到达顶峰。第5—8句描写了诗人自峰顶目睹的冬季景色。第9—12句的特点是迷惑和晦暗，这显然是诗人冒险进入深山所致。第13—16句包含了两个《易经》典故，自成一体，交叉产生了一个紧密的、循环往复的四行诗。第16句是第13句典故的扩展，而第15句阐发了第14句的卦辞。第17—20句揭示了诗人的新行动路线，其囊括一切（"抱一"）的特点以及对人之天性的修复（"缮性"）为明显的道家思想。诗人试图调和自己被朝廷贬谪的命运，并寻求精神上的启迪。

《易经》的典故被夹在三节描写自然景观与诗人登山历程的四行诗，以及一节表现其精神转变的四行诗之间，这绝非巧合。尤为重要的是，这两个典故出现在朦胧状态和清晰状态之间。在这首诗中，《易经》的典故不仅标志着变化，更具体地说，意味着从外部风景到内心世界的过渡，这种过渡暗含着诗人试图在自然世界的细节和其自身处境之间建立一种象征关系，从而肯定乾坤世界和人世间之间的联系。

长期以来，谢灵运的山水诗因其既体现了哲理（"理"），又以具象的"形似"艺术为人所称道。他在诗中描述的细节捕捉到了风景的整体外观：从潺潺流水到青翠光润的竹林，从曲折的小溪到丛林深远，岩石密布。在一联诗中将山与水相对，是谢灵运及其追随者山水诗的主要特征。这种山与水的交替，不仅确定了诗歌主题，更重要的是模拟了自然界中峭壁／山峰和河流／溪流的密集、分层的排列。诗歌的形式再次仿效了自然形式，诗人对叠韵词的运用使得相同的信息在变化中又有连续性，从而创造出纹理。叠韵词"澹潋"和"团栾"在潺潺流水和青翠光润的竹林的外观中传达出某种听觉上的纹理。在这部分描写性的段落中，措辞的典奥艰深更突出了山地崎岖的特质。

谢灵运的山水诗通常对自然景物富于细节描写。在某些情况下，自然形象的展示会因为诗人对风景感知的转变而变得更加有趣。《于南山往北山经湖中瞻眺》是尤为绝妙的例子：

> 朝旦发阳崖，景落憩阴峰。
>
> 舍舟眺迥渚，停策倚茂松。
>
> 侧径既窈窕，环洲亦玲珑。
>
> 俯视乔木杪，仰聆大壑淙。
>
> 石横水分流，林密蹊绝踪。
>
> 解作竟何感？升长皆丰容。
>
> 初篁苞绿箨，新蒲含紫茸。
>
> 海鸥戏春岸，天鸡弄和风。
>
> 抚化心无厌，览物眷弥重。
>
> 不惜去人远，但恨莫与同。
>
> 孤游非情叹，赏废理谁通？❶

这首诗的基本线索是简单明了、耳熟能详的：诗人跋山涉水，并描绘所见与所思。然而，诗的前半部分写于一天中的什么时候、什么地点，却并不完全清楚。诗写于黎明与黄昏之间的某时，山峰和湖岸之间的某处。这种含混和歧义不是为了使画面神秘化，而是为了提供一个超越时间和空间的全面表述。

从所引《易经》典故的功能来看，会对这首诗的发展脉络有一定启示。诗中的典故指的是，气象现象中具体化的宇宙运动（天道）如何在大地运行的范围内（地道）带来再生。诗人在第11句提出问题"解作竟何

---

❶《谢灵运集校注》，第118页。

感"，在随后的诗句中通过表现春日里的生长和活动，表明他对这一原则的理解。《易经》的典故标志着诗歌风格与视角的明显变化。在典故之前，以一种宏观而粗犷的风格描写山水，而在典故之后的描写则精微细腻。在典故之前的几行包含了没有季节感的壮丽的高山水泽。它们与出现于典故之后春天的繁枝细节形成了鲜明的对比，如新生蒲草的紫色嫩芽和初出竹笋的新绿外壳。而这种视角的差异恰与另外一套风格上的变化不谋而合。大致在诗歌的前半部分，我们发现一种二元对立：黎明与黄昏、幽暗的小径与澄明的洲渚、（从山上）俯视树梢与（在壑底）仰听涧水。在典故之后的诗句中，我们注意到，"初篁"与"新蒲"、"春岸"与"和风"之间的互补。这种从两两对立到两两互补的转变，似乎对应着诗人与自然之亲密关系的增加。《易经》典故的出现标志着诗人与自然融合的开始，体现在诗人对大自然鬼斧神工的理解与鉴赏之中。典故恰好出现在揭示诗人及其周围环境无比融合的段落之前，而且，暗示《易经》是促成这一融合的催化剂。

诗人与自然的交融在诗的最后四句中得到了进一步的具体说明。缺少志同道合的同伴可能是诗人个人的缺憾之一。但是，记载于《易经》、体现于自然中的"理"可能无人赏识（在欣赏与领悟的意义上），这在诗人心目中是更为关切的，胜于个人需求。诗人不仅享受自然，而且把探索大自然的运作当作自己的任务。对谢灵运而言，自然不仅仅是感官愉悦的源泉，更是"道"的化身。因此，对自然景观的沉思可能会使观者得到启迪。

此诗形式上的某些特征加强了语义方面的目的。例如，每一句描绘春天的生长与活力的诗都包含了一个"诗眼"，即一个巧妙使用的词（通常是动词）使整个诗句变得生动，因此产生了一个焦点。"苞"与"含"字乃轻轻抱住之意，以之处理娇弱的初生嫩芽十分恰切。动词"戏"和"弄"呈现出主语的动态：海鸥不只是在春天的湖岸上寻找食物，随着潮汐的涨落随波上下，而是与潮水湖岸相嬉戏；天鸡也不仅是单纯地沐浴着和风，扇动着翅膀似要展翅飞翔，而是与和风一起戏耍。难怪批评家们早就大为惊叹谢灵运山水诗中的诗眼，这种诗眼的使用能巧妙地使景物描写生趣全出。

除了实际的风景，象征性的景观有时候也可以成为生活方式的沉思之所。在《登池上楼》中，退隐与仕进的二元对立关系构成了整首诗的基础：

> 潜虬媚幽姿，飞鸿响远音。
> 薄霄愧云浮，栖川怍渊沉。
> 进德智所拙，退耕力不任。
> 徇禄反穷海**❶**，卧疴对空林。
> 衾枕昧节候，褰开暂窥临。
> 倾耳聆波澜，举目眺岖嵚。
> 初景革绪风，新阳改故阴。
> 池塘生春草，园柳变鸣禽。
> 祁祁伤豳歌，萋萋感楚吟。
> 索居易永久，离群难处心。
> 持操岂独古，无闷征在今。**❷**

此诗包含了两种类型的风景：象征性的风景和感知到的风景。诗的第一部分，诗人思考了出处进退的问题，并没有明显的解决办法。很快，对早春景象的外在观察就取代了这种自省。诗人与自然的交融，带来了新的思考和解决办法。第17—20句流露出诗人被朝廷外放的不安情绪。诗人为《豳》诗而悲伤，诗中的女孩渴望找到一个伴侣与其同归，就如同谢灵运渴

---

❶ 根据宋本的异文，这句诗中的"反"字应解读为"及"字。学者一般不改动文本，但我注意到，谢灵运为会稽人，而不是这首诗创作之地永嘉，所以用"及"字比较合理。

❷ 《谢灵运集校注》，第63—64页。

望回家一般，他也被那首召唤山中隐士的楚歌所感动。❶虽然诗人承认在隐居中难以安定自己的心境，但他最终还是决定坚守自己的原则，拥抱平静。

《易经》的三个典故发展了本诗的主旨。这些典故在诗中并没有占据举足轻重的位置，如《登永嘉绿嶂山》那样成为自然场景到内心世界转变的桥梁，或者像《于南山往北山经湖中瞻眺》那样在景观的变化和随后的内心冥想之前。而是，运用典故是为了提出和解答出处进退的两难困境。诗歌的第1句引用了六十四卦中的乾卦："潜龙勿用。"这句陈述适用于尚未显露美德和能力的君子。第2句诗令人想起渐卦，六段卦辞勾勒出鸿雁从岸边到丘陵再到山岗的渐进过程。这种渐进与优异之士的崛起相对应。诗中，退隐的生活和仕宦的显达相并列，接下来的诗中建立了二元对立的模式。诗人谈到"飞鸿"的典故，陈述自己在政治生涯中的失败。第4—6句则令人回想起"潜虬"，因为诗人承认他也无法胜任退隐躬耕。前两个典故在整首诗的前六句中产生共鸣，并有助于构建前三联的微观结构：意象、意象的意义，以及意象在诗人自身情境中的应用。

第一联诗中的典故还与诗歌的最后一句结合在一起，使整首诗呈现出一个闭合的圆形结构。最后一句暗指《易经·文言传》，解释了诗中提及的"潜虬"一词："'潜龙勿用'何谓也？子曰：'龙德而隐者也。不易乎世，不成乎名。遁世无闷，不见是而无闷。'"诗人将德行与世界格格不入的潜龙和自己的困境相比较，既是对自己退隐决定的肯定，也是最后的安慰，即使只是暂时的。最后一句诗通过加强首句，抵消了在前6句诗中引入并发展为贯穿全诗的出处进退之间的完美平衡：第11—16句诗是在退隐中对春天景物的观察，而第17—20句则是对受挫雄心的哀叹。

诗中自然景色的描写中包含了许多谢灵运山水诗明显的形式特征。最

---

❶ 谢灵运的"祁祁伤豳歌"一句化用《诗·豳风·七月》的"春日迟迟，采蘩祁祁。女心伤悲，殆及公子同归。""萋萋感楚吟"指淮南小山的楚辞《招隐士》："王孙游兮不归，春草生兮萋萋。"

为常见的是山与水相对的一联诗及视觉和声音相对的一联诗组合在一起：诗人倾听和观察了一个既包含水又包含山的景象，表明诗人与自然的全面接触。他对山的观察传达出的既是视觉又是听觉的感受——"岖嵚"两个字的部首均为"山"字，创造了视觉上的连续性与变化，如同一个山脊。其声母相同为双声字，在相似的基础上呈现出变化，暗示着显著的纹理或崎岖不平，就像在山中一样。值得注意的是，这些诗句中的对立和变化元素被顺利地整合为一个连贯的视觉序列：人们的注意力从远处的大海开始，到近处的山脉，再到池塘和楼旁的树木。

这首诗中引人关注的对句也是谢灵运所有作品中被引用最多的诗句，即"池塘生春草，园柳变鸣禽"。这两句诗出色地传达出春天的观感和气息：池塘的岸边春草初生，春意盎然的杨柳也改变了在那里歌唱的禽鸟的情绪。这一联诗以一种令人猝不及防的简单素朴，在充满象征、典故、双声联绵词和繁复措辞的诗中，显得清新自然、天机偶成。关于这一联诗之起源的流行故事支持了这一观点，即自然美的印象是其目的：谢灵运为诗句竟日苦思而不得，瘄寐间梦见族弟，也是著名诗人的谢惠连，醒来后即成这两句，他将之归功于神助，而非自己的语言。这只是一种传说，但揭示了在中国美学中，即使技巧性十足的诗句，也更崇尚自然天成，而非明显的人工这一观念。对偶句的自发性质因其凝练、紧缩的句法而产生了奇妙的问题，使其含义产生了一定的歧义。我的翻译只给出了最简洁的阐释，但这两句诗也被译为："在池塘上面，春天的草正在生长，园中的柳树已经变成了啼鸟。"（Upon the pool, spring grass is growing/The garden willows have changed into singing birds.）❶这个译文里，花园里的柳树似乎变成了会唱歌的鸟儿，它们栖息在树上发出啼鸣。也许谢灵运脑海中有这样诗意的

---

❶ J. D. Frodsham, *The Murmuring Stream: The Life and Works of the Chinese Nature Poet Hsieh Ling-yün (385-433)*, Duke of K'ang-Lo, Kuala Lumpur: University of Malaya Press, 1967, p. 121.

画面，但人们不禁奇怪柳树如何被禽鸟所取代，这导致了前者从画面中消失，听觉优先于视觉。这幅春天的图景确实需要柳树与禽鸟共同显现。这样的翻译还忽略了诗句的对仗关系。在对仗的一联诗中，每一句的组成部分（主语、动词和它们作用的对象）之间的关系通常被认为是相互对应的。而另一个译本，更注意它们之间的对仗关系："池塘上正在生长春天的植物，园中的柳树已变成歌唱的鸟儿。"（The pond is growing into springtime plants/Garden willows have turned into singing birds.）❶ 把"生"译为 grow into，比把"变"解读为 turn into，更扩大了该词的语义范围；因此，这个译本明确呈现出对诗句的诗意解读。然而，这一联的诗意，与其说源于动词的不同寻常的用法，不如说是动词在句法结构中的巧妙选择及所起作用。作为诗眼，这两个动词不仅使整句诗生动鲜活起来，还运用季节的标志，如池塘、草地、树木和鸟类，以一种方式真正捕捉到了早春的气息。尽管早期的读者热衷于评论这些诗句表面上的简单素朴，但持续吸引读者的是它们令人惊讶的含混歧义。

谢灵运的山水诗具有一些明显的形式特征，诸如逼真的描写、丰富的用典、生动的诗眼、艰涩的辞藻等，还有一个概念性的特征，即诗人对象征性自然的沉思。他大量使用《易经》，既是他阅读的一部分，也是他表现自然的一部分。这一题材类型在六朝时期风靡一时，在唐代达到顶峰，但后世作者并不一定完全采用谢氏的文体形式和概念框架，而是根据各自的风格来调整这一诗歌题材。但是，生动鲜活的景物描写，对自然、自然的运作以及自然与人生观之关联的沉思，这些仍然是这一流派的永恒标志。在盛唐，山水诗和田园诗同时发展至顶峰，诗人们在探索两种传统所共有的回归自然与简朴的基本精神时，通过综合陶渊明与谢灵运自然诗歌的优长，使这两种题材类型趋于融合。

---

❶ Francis Westbrook, "Landscape Transformation in the Poetry of Hsieh Ling-yün," *Journal of the American Oriental Society* 100, no.3, 1980, p. 243.

推荐阅读

- 王国璎,《中国山水诗研究》,台北:联经出版事业公司,1986年。

- 顾绍柏校注,《谢灵运集校注》,郑州:中州古籍出版社,1987年。

- 葛晓音,《山水田园诗派研究》,沈阳:辽宁大学出版社,1993年。

- 林文月,《山水与古典》,台北:三民书局,1996年。

- 袁行霈,《陶渊明研究》,北京:北京大学出版社,1997年。

- 戴建业,《澄明之境——陶渊明新论》,武汉:华中师范大学出版社,1998年。

- 龚斌校笺,《陶渊明集校笺》,上海:上海古籍出版社,1999年。

- 叶嘉莹,《陶渊明饮酒诗讲录》,台北:桂冠图书股份有限公司,2000年。

- 袁行霈,《陶渊明集笺注》,北京:中华书局,2003年。

- 陶文鹏、韦凤娟主编,《灵境诗心——中国古代山水诗史》,南京:凤凰出版社,2004年。

- Chang, Kang-i Sun, *Six Dynasties Poetry*, Princeton, N. J.: Princeton University Press, 1986.

- Davis, A. R., *T'ao Yüan-ming: His Works and Their Meaning*, 2vols. Cambridge: Cambridge University Press, 1983.

- Frodsham, J. D., *The Murmuring Stream: The Life and Works of the Chinese Nature Poet Hsieh Lingyün (385-433)*, Duke of K'ang-Lo, 2 vols, Kuala Lumpur: University of Malaya Press, 1967.

- ——, "The Origins of Chinese Nature Poetry, " in *Asia Major* 8, no.1 (1960), pp. 68-104.

- Kwong, Charles Yim-tze, "'Farmstead Poetry' and the Western Pastoral, " in *Tao Qian and the Chinese Poetic Tradition: The Quest for Cultural Identity*, Ann Arbor: Center for Chinese Studies, University of Michigan, 1994, pp. 133-146.

- Westbrook, Francis, "Landscape Transformation in the Poetry of Hsieh Ling-yün, " in *Journal of the American Oriental Society* 100, no.3 (1980), pp. 237-254.

第7章

五言诗：新主题

田晓菲

5世纪下半叶到6世纪上半叶在很多方面都代表了中国古典诗歌发展的一个分水岭。南齐永明年间，一批诗人致力于诗歌音韵，试图创造和谐的声律之美。他们总结出来的规则，当时并未被人普遍遵循，直到唐代才被进一步发展完善，成为所谓律诗的基础，对后世中国诗歌产生了重大影响。出身贵族高门却因卷入宫廷政变而英年早逝的谢朓就是这场声律创新运动的发起人之一。

不过，在这一时期，中国古典诗歌发生的变化远不止于声律方面。在虔诚信仰佛教的梁武帝长期的和平统治下，南朝成为一个文化成就辉煌的时代，文学和宗教活动盛况空前。太子萧纲的宫邸成了被称为"宫体诗"的一种全新诗体的发源地，"宫"即指太子所居的"东宫"。宫体诗被儒家卫道士视为颓废，常被误解为一种专写宫廷女性和浪漫恋情的诗歌，但实则它深受佛教关于物质世界虚幻本质的视界之影响，以全神贯注地凝视并照亮物质实相为基本特征。

萧纲即梁简文帝，他可能是最被低估和最受误解的古代诗人之一。萧纲年轻时大多数时间在藩镇任职，531年被立为太子。548年，归顺梁朝的北方将领侯景起兵反叛，并于次年攻占梁朝都城建康。不久后，梁武帝去世，萧纲被侯景立为傀儡皇帝，两年后为侯景部下所杀。庾信后来成为萧纲集团中最有名的成员。在南方被侯景之乱摧毁后，他于北方度过了后半生。

谢　朓

谢朓与著名山水诗人谢灵运出自同一显赫家族，但谢朓诗风却与其前辈诗人完全不同，对唐代律诗的发展产生了更为显著的影响。

游东田诗

戚戚苦无悰，携手共行乐。
寻云陟累榭，随山望菌阁。
远树暖阡阡，生烟纷漠漠。
鱼戏新荷动，鸟散余花落。
不对芳春酒，还望青山郭。❶

与刘宋时期诗人的作品相比，谢朓诗用字不那么繁复密致，而以流转优雅见长。这首诗虽然离唐代律诗还有一段距离，但就简洁（谢灵运诗一般为十六或二十句而此诗仅十句）和注重音声之美而言，却已相当接近。如第三联"远树暖阡阡，生烟纷漠漠"，就是平仄协调的一例：其第二、四字，第一句分别为仄声、平声，第二句则对以平声、仄声。

愉快的出游始于一种莫名的苦闷，诗人始终都没有告诉我们他为何苦闷。东田位于钟山山麓，齐文惠太子曾在这里营造别墅，据说谢朓自己在

----

❶《先秦汉魏晋南北朝诗》，中册，第1425页。

这里也有楼馆。诗人称自己和朋友一同登高"寻云",但到了山顶,却云烟漠漠、树木繁茂,遮住了诗人眺望远景的视线。

也许是因为视线受阻,第四联,诗人把目光转向了眼前之景。荷叶新生,说明这是初夏时节,新生荷叶的摇曳,让诗人注意到了水中游鱼。"鱼戏"象征婚姻幸福和繁衍生息,充满性意味。不过,自然界的生命活力很快就被"散""落"的景象所消解。根据对仗原则,我们得以在"鸟散"与"花落"之间建立起因果关系。也就是说,飞散的鸟儿摇落了枝上的花朵。很可能是诗人及其朋友的出现惊动了鸟儿。花朵只是往日盛景的残留。夏天来了,荷叶生长;春天即将结束,枝上的花儿纷纷凋谢。哪怕鱼儿在交配、荷叶发新芽,这里也有枯萎和死亡。或者,反过来看,大自然总会复苏,总会出现新生命,树木明年还会发花,但人类除外。

诗人感动于眼前所见的自然循环,想喝上一杯春酒,这让人联想到了曹操的《短歌行》:"对酒当歌,人生几何?"对死亡和无常的感怀,或许是诗人在这个美好的晚春时节出游寻乐的最初动因,但最终大自然与其说是一种慰藉,还不如说它提醒人们人生短暂。诗人的视线把自然界的各种事物联系起来,以精心制作的对句把它们变成自足的场景,但人与自然的差异不可调和,人在自然景观中的存在根本上是异质的(alien)。诗人能做的不过是远望而已,即做一位能够欣赏却无法参与大自然循环更新过程的旁观者。

第四联"鱼戏新荷动,鸟散余花落",是中国文学史上的名句,其魅力来自一种超出声律之美的复杂性。在有限的篇幅内,它说了很多,而它所说的,很大程度上取决于怎么说。

玉阶怨

夕殿下珠帘,流萤飞复息。

长夜缝罗衣，思君此何极。❶

这是一首绝句，这种诗歌形式在5至6世纪日益盛行。绝句可以是五言，也可以是七言，但七言绝句到了唐代才全面发展。关于绝句的起源有几种说法，其中一种是以"绝"字的字面意思为依据，认为诗人以四句诗联章相和，那些截去"上下文"的四行断句就成了"绝句"。南朝时期，诗人着迷于宫廷音乐所表演的四行歌诗，这些歌诗常常被称为民歌，实则往往出自宫廷乐师、贵族甚至帝王本人之手。谢朓这首绝句被视为乐府，虽说比宫廷表演曲目中的许多四行歌诗都雅致得多，但仍属于这一传统。

《玉阶怨》描写女子对爱人的思念。诗中所有一切都指向她的孤独：放下珠帘，说明不会有人来了，她准备休息；萤火虫不飞了，说明时间的流逝；夜间缝衣，意味着彻夜无眠。一切都是某种其他东西的标志，而那东西本身却深藏不露，正如女子之"怨"。诗的前三行，只有一个字暗示了女子的情感，即修饰"夜"的"长"字。这个代表女子主观感受的"长"字，为最末一行爆发的反问做好了铺垫——"思君此何极"。前三行的隐忍，大大强化了结句的情感力量。

对老练的读者来说，这首诗还有很多别的内容。中国古代有腐草为萤的传说，流萤意味着女子的庭院杂草丛生，也是她没有访客的又一迹象。萤火虫一般见于夏末，它们出现在诗中，可读为一种季节标志，秋天不仅是激情冷却的季节，也是衰飒的季节。因此，这些关于青春、美好、人生短暂的微妙提示，都强化了她对缺席的恋人的怨艾。此外，从更长的时间段来看，她的缝衣也有了一种反讽意味：毕竟，这不是一件为即将来临的寒天缝制的暖衣，而是只适合夏天的"罗衣"。缝制罗衣这一时序倒错的做法，是不是意味着她希望夏日延长呢？或者，如古语所言："女为悦己者

---

❶ 《先秦汉魏晋南北朝诗》，中册，第1420页。

容。"她是不是心存希望，总有一天，情人会回到身边，她会为他穿上这件衣裳？或者，还是会像这件罗衣一样被收起搁置？在这首绝句中，我们听到了系于班婕妤名下的"团扇诗"的回声，诗中的绢扇担心自己到了寒冷季节就会被主人弃置不顾。这些解读不必相互排斥，反而都增加了缝衣意象的丰富性。

谢朓的这首诗体现了绝句特别令人向往的一种特质，即以简单的语言创造一个复杂微妙的世界。尽管谢朓的某些山水诗仍可窥见谢灵运的影响，但总的说来，谢朓诗的优雅流丽显然有异于谢灵运诗的繁复。在6世纪初，谢朓成为最受推崇的诗人之一，他以清新流畅的语言表达优雅克制的情感，成为梁朝宫廷诗人新的诗歌理想。

萧　纲

萧纲诗歌的一个重要主题是"转瞬即逝"（transience）。这是一个佛教主题，但同时也是一个人类的普遍主题。说"转瞬即逝"是萧纲诗的一个重要主题，不是说他总是在描写人生的短暂，而是说他对"片刻"（moment）有着强烈的关注，试图用文字捕捉时间之流中转瞬即逝的时刻。或许正是这个原因，他才深受光影吸引，诗中多写光影，因为光影标志了一天中某一特定的时刻。通过光影和具体的时刻，萧纲描绘的这个世界既脆弱又鲜活。很多批评家指责他的诗歌过于纤细，作为一种被性别化的特征，纤细似乎暗示了阴性气质，表现在男性身上是不得当的，在君王身上就更是受人非议。但这种看法，其实是把非凡的观察力误认为纤细。归根结底，萧纲诗歌的精致纤微，不过是其诗所描绘的这个生机勃勃而又短暂脆弱的世界的延伸而已。

秋　晚

浮云出东岭，落日下西江。

促阴横隐壁，长晖斜度窗。

乱霞圆绿水，细叶影飞缸。❶

这首残诗，写的是一年中的特定时节和一天中的特定时刻。秋天、黄昏，都是时间的分界点，也是一个过渡和暧昧的时刻：夏热还没有完全变成冬寒，白天不再是白天，夜晚又尚未彻底来临。西边，太阳落山；东边，本该月亮升空，但只有浮云从山岭涌出。即使最后一缕阳光透窗而入，阴影也慢慢占据墙壁，黑暗从四周渐次逼近。

随着黑暗聚集，两个光源引起了诗人的注意。在落日余晖的映照下，"乱霞"倒映于"圆"池，闪耀着瞬间的光辉；圆形的水池，赋予"乱霞"以一种形状，在佛教中，"圆"意指圆满，形容佛法的完美或一个人的彻悟。在下一句诗中，另一个光源是点燃的灯烛，表明夜色越来越浓。诗人注意到灯火勾勒出的细小树叶的轮廓。世界渐次没入黑暗，诗人则追索着微明闪烁的图案与形状，从而确认了人力创造的秩序。

这些诗句，可以看出诗人对世界的一种独特观照，以及诗歌运作的一种独特方式。我们可以拿这首残诗与前人的对句进行比较，如曹植《赠王粲》中的这一联：

树木发春华，清池激长流。❷

或谢灵运《石壁精舍还湖中作》中的这一联：

---

❶ 《先秦汉魏晋南北朝诗》，下册，第1947页。

❷ 《先秦汉魏晋南北朝诗》，上册，第451页。

林壑敛暝色，云霞收夕霏。❶

这些对句，虽然也不失优美或诗意，但显然不同于萧纲之作，它们的对仗更直接，发展也更具直线性。《秋晚》的第一联，从运动轨迹看是三联中最简单的一联，但也需要我们回过头来重读才能更好地把握这幅画面：我们只有在读到"落日下西江"时，才会明白首句"浮云出东岭"的含义，因为我们突然意识到，诗人是被黑暗包围了。诗歌呈现了一个能见度越来越低的时刻，诗人的视线甚至聚焦在自然界最细微的变化上，结果，自然界被照亮了，就像灯烛的光描出微小秋叶的黑暗形状一样。

下面这首诗，萧纲同样以光影变化作为诗歌开篇：

晚日后堂

慢阴通碧砌，日影度城隅。

岸柳垂长叶，窗桃落细跗。

花留蛱蝶粉，竹翳蜻蜓珠。

赏心无与共，染翰独踟蹰。❷

"碧砌"是诗人眼中所见，远处的"城隅"却只能是身在"后堂"的诗人的想象，二者因光影流变而联系在一起，如同太阳行过天空，光影也移过地面。从这一刻起，肉眼和心眼所见景象的界限变得模糊起来。远景"岸柳"与近景"窗桃"并置。桃花近在眼前，诗人甚至可以看到它脱落的"细跗"（细小的花萼）。这也提醒读者：就在一天快要过去的时候，春天也快要结束了。

---

❶ 《先秦汉魏晋南北朝诗》，中册，第1165页。

❷ 《先秦汉魏晋南北朝诗》，下册，第1955页。

第三联"花留蛱蝶粉，竹翳蜻蜓珠"，再次将一个基于实际经验的形象和一个半想象的场景并置一处。据西晋文学家张华《博物志》所言，五月五日埋蜻蜓头于西向户下，三日不食，则化成青真珠。如果蝴蝶确曾把它翅膀上的粉留在了花瓣上，那么"蜻蜓珠"则完全是诗人的想象虚构，诗人还声称这些珠子被生长迅速的竹子所掩藏。这样一来，这个奇幻的意象刚一唤起就遭到了否认，读者不知道那被掩藏的东西是否真的存在。

但是，就算蝶粉留花是现实所有的，但这真的是人类视力所能察觉得到的吗？诗歌描绘的，似乎更多是诗歌想象的产物，而不是来自哪怕最细微的观察。在这首诗里，观望与看见的行为，也是观想与创造的行为。感知和再现变得难以区分。正因为如此，诗人无法找到"赏心"分享他所见的景象，因为这个景象既是肉眼所见，也是心眼之观想的产物。观想永远都是一种私人的、个体化的行为。

傍晚独坐，时间在日影变化中飞逝而过，黑夜来临，春天将逝，诗人意识到写作才是他唯一的乐事。5世纪伟大的山水诗人谢灵运曾在《拟魏太子邺中集诗八首序》中这样说道："良辰、美景、赏心、乐事，四者难并。"确实，谢灵运诗中对赏心知己的强烈渴望，已成了他的独特印记。萧纲的诗作既向前辈大师致敬，又显示了二者的深刻不同：谢灵运诗往往试图描绘山水全景，制造一种包罗万象的印象和宇宙般的视界；萧纲的细致入微的凝视，则聚焦在一个小得多的范围上，他心眼与肉眼并用，探察并建构表面看来好像独立存在的万事万物之间的复杂关系。正如宇文所安所说："他的诗歌呈现一种美丽神秘的图案，把读者的目光吸引到某一细节。"❶

南齐以来，"咏物诗"日益盛行，逐渐成为中国古典诗歌一个重要的门类，作品历代不绝，即使在现当代诗歌中也占有一席之地。萧纲现存诗集共有诗歌250余首，其中约六分之一为咏物之作。南齐咏物诗大多描写

---

❶ Stephen Owen, *An Anthology of Chinese Literature: Beginnings to 1911*, New York: Norton, 1996, p. 326.

一个特定对象的特征，最后以评价它如何服务于人类物主作结。如陈美丽（Cynthia Chennault）所言："南齐咏物诗有一个新倾向，就是描写具有偶然使用价值的小装饰物，比如乐器、宴会器物、梳妆用具等等，而不是描写自然界中独立之物。"❶但值得注意的是，在萧纲近40首咏物诗中，只有五分之一是描写无生命物体的。他对描绘自然景象或有生命的事物更有兴趣，从云、雨到马、鸟、花、虫。而且，它们不是被描绘为静态的、无生命的、泛化的，而是具体的、特定的、易受时间摧折的。

《咏云》就是萧纲咏物诗的一个很好例子：

> 浮云舒五色，玛瑙映霜天。
>
> 玉叶散秋影，金风飘紫烟。❷

这首诗展现了萧纲对文学传统的熟悉和他创新的能力。首句"浮云舒五色"，让人想到西晋文学家陆机的《浮云赋》，赋中把云之"五色"比作芙蓉、蕣华、砗磲、玛瑙，还形容浮云是从金枝上飘散的玉叶（"金柯分，玉叶散"）。显然，萧纲从陆机的比喻中选择的不是芙蓉、蕣华这些自然有机物，而是"玛瑙"和"玉叶"，另外还加上了"金风"——在中国的宇宙观中，秋季属金，秋风也称"金风"。这样一来，效果是相当惊人的，因为轻盈变幻的浮云与矿物和金属的坚硬质地联系在了一起。诗人的用字，一方面是非实体的"浮""影""烟"，另一方面又是坚固的"玛瑙""玉""金"。"天"是"霜天"，强化了冰冷、坚硬的感觉，也更衬托出了变幻浮云本身的空灵飘逸。

----

❶ Cynthia Chennault, "Odes on Objects and Patronage During the Southern Qi," in *Studies in Early Medieval Chinese Literature and Cultural History: In Honor of Richard B. Mather and Donald Holzman*, ed. by Paul W. Kroll and David R. Knechtges, Provo, Utah: T'ang Studies Society, 2003, p. 332.

❷ 《先秦汉魏晋南北朝诗》，下册，第1972页。

这首绝句中的云，非常明确具体，是秋天的云。在秋天，枯萎的是真正的草木，但"玉叶"却不会凋谢。然而，随着金风吹拂，玉叶也飘散成烟了。

对于萧纲和他的同时代人来说，"玉叶"能够引发一种特殊的共鸣。他们是在浓厚的佛教背景下成长起来的，是虔诚的佛教徒，时常听讲佛法。佛教的极乐世界称为"净土"，据说那里以钻石铺地，装饰着华美的砗磲、玛瑙、玉石、黄金等"七宝"，就连树也是宝石合成的，《观无量寿佛经》称，有些树的树根是宝石，树干是金子，树枝是银子，树叶是青金石，花是珊瑚，果实是红珍珠，等等，反复铺叙。对一些世俗读者来说，各种珠宝合成的树木也许显得不自然和人工化，但钻石、银子、青金石、珊瑚这些东西，其实无不和有机植物一样，也是自然存在的。树由珠宝做成，只不过意味着它们在佛教极乐世界里不会像凡间之树那样枯萎凋谢，而是脱离了生死轮回。萧纲显然感到佛经中渲染的极乐世界的魅力。他的《西斋行马》诗中也有这样一联：

云开玛瑙叶，水净琉璃波。❶

如果从佛教的立场来看，《咏云》就显得意味深长了。随着虚幻的玉叶被秋风吹散，我们看到乐园众生居住的钻石之地的坚固永恒，与诗人还有读者所居住的人间世界的脆弱短暂形成鲜明的反差。

萧纲的很多诗作，都渗透了他所熟稔的佛经文本的影响。下面这首《咏美人看画》诗让人想到一则关于木匠与画家相互欺骗的佛教故事：木匠捉弄他的画家朋友，以木雕刻了一个美女，雕得如此逼真，画家爱上了她；发现自己受骗后，画家决定报复木匠，他画了一幅自己上吊的画，画得如

---

❶ 《先秦汉魏晋南北朝诗》，下册，第1950页。

此逼真，木匠以为画家真的自杀了，惊慌地冲过来想要切断绳索，才发现不过是一幅画。这个故事意在说明人类感官知觉的谬误和物质世界的虚幻性，它就收录在516年梁武帝敕修的大型佛教类书《经律异相》里。

咏美人看画

殿上图神女，宫里出佳人。

可怜俱是画，谁能辨伪真。

分明净眉眼，一种细腰身。

所可持为异，长有好精神。[1]

萧纲以颇为幽默的口吻指出两个美人（画中人和看画者）都是"画"（暗示宫里佳人的浓妆艳饰）。诗歌尾联，如孙康宜所言，诗歌强调了"艺术的永恒价值"，认为只有画中人才是"长有好精神"的。[2]萧纲把现实中的女子跟一幅画比较，似乎把她也视为"物"，这或许会令现代读者感觉不适，但这种对比有效地揭示了人类生命的活力和脆弱性。与画中美女不同，现实中的女子会生病、衰老，有喜怒哀乐，很容易失去她的"好精神"，只有画中美女才拥有"长久"。确实，对那些深谙佛教教义、常听佛家说法的人士，如梁朝皇室和其他贵族成员来说，"长有好精神"这种说法本身就有其反讽性。绘画是佛经关于现象世界虚幻性的最著名的隐喻之一，画的"永久"本身就是一种幻觉，因为这种永久性只是相对于人生的短暂而言。

佛经说，小孩子看到水中月影，伸手去捉月，成年人见之觉得可笑。成年人明白，想要水中捞月，是因为小孩子太过执着于"我"的感官感受，以"我见"为实，殊不知"我"由"五蕴"（又称"五阴"）组成：色蕴、

---

[1] 《先秦汉魏晋南北朝诗》，下册，第1953页。

[2] Kang-i Sun Chang, *Six Dynasties Poetry*, Princeton, N. J.: Princeton University Press, 1986, p. 156.

受蕴、想蕴、行蕴、识蕴，本质上都是虚幻的、短暂的。从这个角度看，萧纲下面这首咏物诗《咏单凫》可谓意味深长，孤独的野鸭痴迷于自己的倒影，可悲地受惑于对虚无不实之东西的依恋：

咏单凫

衔苔入浅水，刷羽向沙洲。

孤飞本欲去，得影更淹留。❶

尾联包含着一个无解的悖论：诗人指出，野鸭发现自己的倒影后淹留不去，而淹留不去却又成了倒影存在的前提条件。拥有伴侣的幻觉，生出了欢喜依恋，但这种依恋本身，正是造成和维持幻觉的根源。因与果无望地纠缠在一起，难解难分。

如何接受和评价萧纲作为诗人的成就，需要指出两点。首先，古今批评家往往把注意力集中在他那些描写宫女和闺阁生活的作品上，但这些作品在他现存诗作中不到一半，这些作品保存下来，主要是因为它们收录于6世纪针对上层阶级女性读者编纂的诗歌选集《玉台新咏》。如果以为这些作品代表了萧纲写作的全部（其作品大部分失传），我们就看不到他作品题材更为广泛的一面。其次，虽然现代学者基于女性主义对"窥视癖"和把女性"物化"的批评或许适用于萧纲的某些女性题材作品，但需要注意的是，阅读不同时代的诗歌作品，我们应考虑它们的历史和文化语境。萧纲生活在一个佛教氛围浓厚的时代，理解他诗歌更深意涵的关键在于，对他及其同时代人来说，感官色相实则言说了现象界的虚幻性和短暂性。近年来一些中国学者已经指出，萧纲那些最受批判攻击的"颓废"诗作如《咏美人昼眠诗》，实则深受5世纪释宝云所译《佛本行经》的影响。据《佛本

---

❶ 《先秦汉魏晋南北朝诗》，下册，第1973页。

行经》，熟睡中的宫女种种眠态让释迦牟尼——彼时他还是王太子，就和萧纲一样——认识到，物质世界的诱人表象不过是一种幻觉，故此坚定了放弃世俗生活的决心。

一旦超越对于萧纲的传统批评——沉溺于感官享受的皇太子，或者男性沙文主义的窥视者——我们就会注意到他作品中的一些绝妙的情诗，如绝句《从顿还城南》。此诗作于523—530年间，萧纲当时任雍州（今湖北）刺史，任上曾对北魏展开过几次成功的军事行动，诗描写从军营暂还城内：

从顿还城南

暂别两成疑，开帘生旧忆。

都如未有情，更似新相识。❶

和同时代的很多诗人一样，萧纲善于表现一个小场景，素描一个戏剧化的情景。这首诗写情人小别重逢，聚焦于情人重逢时刚刚看到彼此的那一时刻。分离时，他们曾被猜疑和恐惧折磨，害怕对方变心；而今再次聚首，在旧记忆苏醒、新热情激活前，有那么一个暂时停顿的时刻，一个迟疑甚至羞涩的时刻。这首诗虽然写于1500多年前，但诗中描绘的恋人的情感却既新鲜又熟悉，就像是昨天才写下的。

庾　信

庾信在南方宫廷文化中长大。他的父亲是著名诗人，也是萧纲最信任的老师之一，庾信本人也深受萧纲的宠爱与庇护。侯景之乱后，庾信出奔

❶ 《先秦汉魏晋南北朝诗》，下册，第1969页。

江陵（今湖北），投靠萧纲之弟萧绎（梁元帝）。554年，庾信奉命出使西魏，前往长安，被留滞在北方。其间，江陵被西魏军队攻陷，555年1月27日，梁元帝被残忍杀害。随后不久，一位强势的南方将军陈霸先（陈武帝）废黜新梁帝，建立了陈朝，即南朝最后一个王朝。庾信再也没能南归。西魏政权旋即被推翻，北周取而代之。庾信在北周身居高位，深受喜好诗歌的北周皇子敬爱，但他的后期诗作，引人瞩目的却是对江南和梁朝命运的哀悼，以及身为幸存者的深重内疚感。

庾信是技艺高超的宫廷诗人，擅长优雅克制的表达，而这正是5世纪贵族诗人谢朓的遗产。庾信的后期诗作，一方面保持梁朝宫廷诗的精工对仗，另一方面又做到语言明畅清新，体现出一种有意为之的随意性，再加上他经常描写北方秋冬时节的荒凉萧疏景象，展现出了一种特殊的情感力量。庾信以南方廷臣所特有的优雅教养来控制自己的强烈情感，正是因为这种克制，他的诗歌才更加动人。庾信的作品不仅是6世纪末北方诗人的典范，而且影响深远。唐代大诗人杜甫即是庾信的仰慕者和追随者，他曾如此称庾信："庾信平生最萧瑟，暮年诗赋动江关。"

寒园即目

寒园星散居，摇落小村墟。

游仙半壁画，隐士一床书。

子月泉心动，阳爻地气舒。

雪花深数尺，冰床厚尺余。

苍鹰斜望雉，白鹭下观鱼。

更想东都外，群公别二疏。❶

---

❶ 《先秦汉魏晋南北朝诗》，下册，第2377页，此诗集中"下观鱼"作"下看鱼"。

这首诗的标题"寒园即目"颇有欺骗性，因为诗人不仅写了他的"即目"所见，更写了肉眼所不能见的事物：在人类视线无法穿透的白雪和冰床之下，"泉心"在律动，"地气"在发舒。但这种乐观情绪随即就被下一联消解：一只苍鹰在空中盘旋，它飞得如此之低，诗人甚至注意到它在"斜望"；同时，一只白鹭也在觅食。这些掠食的禽鸟在耐心等待冰雪融化，伺机攻击它们的猎物——目前暂时受到大自然保护层庇护的野雉与河鱼。诗人观察到这些猛禽的行为，知道这是春天即将来临的信号；但他也知道，随着春回大地，将会有杀戮和死亡。诗人的思绪转向了园外的某一景象：在另一个时代，另一个地点，西汉满朝公卿送别"二疏"（疏广、疏受叔侄），这两位皇太子的老师，在事业巅峰期退隐还乡，被后人奉为"及早抽身"的楷模。

就这样，室内宁静而富有书卷气的乐趣——墙上的游仙画，堆满床头的书卷——被寒冷的冬日景象所包围，四周隐藏着危险、暗杀的阴谋和小小的死亡。大自然既不和平，也不和谐，到处都是杀手和猎物。相对于外面寒冷严酷的世界，诗人的小屋也许是安全、温暖的，但他不能不提防春天的到来，这实在是六朝诗歌中的罕见一刻——春天竟然充满了威胁和不祥。尾联，诗人把自然界和人类社会结合在一起：他似乎在畅想像"二疏"一样退出公共生活，实则思考的是自己的逃亡之路，此刻的他就像野雉和河鱼一样，既受铺天盖地的冰雪的保护，同时也被困其中。

整首诗几乎没有用典，只有尾联的"二疏"例外。不过，白鹭观鱼还是呼应了庄子的一个著名故事。古代哲学家庄子和他的朋友惠施看见鱼游水中，就"我们能否知道鱼之乐"这个问题展开了一场著名的辩论。不过，此处的反讽在于，鱼在冰下快乐地游动，却懵然不察暗藏杀机的捕猎者和自己的危险处境。

庾信晚年，随着野心勃勃的权臣杨坚（隋文帝）独揽大权，北周朝廷的政治局势颇为动荡。579年，庾信托病退职。次年，他的几位皇室恩主，包括为他文集作序的滕王，都被杨坚下令处决。581年，杨坚迫使北周最后一位皇帝退位，建立了隋朝。

581年秋，隋文帝下令出兵进攻南陈，庾信的朋友、年轻时也曾出仕梁朝的刘臻随军主文翰。庾信的《和刘仪同臻》当作于此时。果如是，这大概是庾信最后一首日期可考之诗，因为不久后他就与世长辞了。

在这首二十字的绝句里，出现了两个地名（占全诗篇幅的四分之一）：广陵、落星城。落星城位于建康（今南京）以西，广陵（今扬州）地处长江北岸，距离建康很近，两年前被北周军队占领。庾信的青春岁月大部分时间都在建康度过，如今已垂垂老矣，并没有参加581年的军事行动，他对广陵和落星城的描写，如诗歌标题所示，是从他朋友刘臻的角度想象出来的：

和刘仪同臻

南登广陵岸，回首落星城。

不言临旧浦，烽火照江明。❶

诗歌前两句直接套用王粲《七哀诗》结尾的名句。东汉末年，王粲在内战期间被迫逃离西京长安，途中目睹了战乱造成的惨重破坏。在继续踏上旅程之前，他再次回望这座曾经无限繁华的名都：

南登霸陵岸，回首望长安。

悟彼下泉人，喟然伤心肝。

霸陵是汉文帝的陵寝，诗歌提及文帝，意在以文帝在位时的和平繁荣

---

❶《先秦汉魏晋南北朝诗》，下册，第2401页。

与长安的现状形成强烈对比。"下泉"是《诗经》中一首诗歌的标题，据传统笺注，表达了对贤君的向往：

> 冽彼下泉，浸彼苞稂。
> 忾我寤叹，念彼周京。

这样一来，庾信这首绝句就像是多重文本组成的"中国套盒"，揭开一个还会有下一个。不过，我们需要记住的是，对于庾信的同时代人或前现代士人读者来说，这些文学回声都是显而易见的，哪怕文本联想再丰富的绝句，其意义也是透明的。

就像王粲从霸陵回望长安一样，庾信想象他的朋友登上广陵岸、眺望落星城，以落星城间接指代建康。不过，查阅历史文献，我们发现"落星"并不是一座城堡；建康以西有座落星山，那里正是梁军抗击并最终战胜侯景叛军的所在地。而当年驻军落星山的梁朝将军，不是别人，正是迫使梁朝最后一位皇帝退位、建立陈朝的陈霸先。庾信选择这个地名，是承认历史的反讽吗？或者，他只是不想直接指称建康？又或者是因为"落星"的意象完美地配合了长江两岸熊熊燃烧的烽火？

在很多意义上，建康城本身就是一颗流星，它的光辉虽然灿烂，在人类历史进程中却是短暂的。三个世纪以来，这里一直是南朝都城，是"南中国商业帝国皇冠上的明珠"，人口"超过百万，包括汉人、土著民和外国人（特别是商人和佛教僧尼）"。❶ 在梁武帝长期的和平统治下，建康的文化辉煌达到了令人炫目的高度。不过，当庾信还在江南的时候，经过侯

---

❶ Shufen Liu, "Jiankang and the Commercial Empire of the Southern Dynasties: Change and Continuity in Medieval Chinese Economic History," in *Culture and Power in the Reconstitution of the Chinese Realm: 200-600*, ed. by Scott Pearce, Audrey Shapiro, and Patricia Ebrey, Cambridge, Mass.: Harvard Asia Center Press, 2001, pp. 35-36.

景之乱的蹂躏，建康的光芒早已黯淡。庾信所不知道的，是在他去世后八年的589年，隋文帝灭陈，下令摧毁整个建康城，其城墙、宫殿、寺庙和房屋一律拆毁，土地复为农田。❶ 庾信的绝句终成"诗谶"——长星坠落，烽火一旦熄灭，就将是完全的黑暗。

从554年离开江陵，到581年去世，庾信不仅从未再回过南方，而且从未到过像广陵这样接近建康的地方。他临终前不久所作的这首绝句，想象故都在沉入黑暗前被烽火与落星的光芒照亮。悲怆不仅在于目睹自己的故乡被战乱摧毁，更在于见证了一个帝国的没落，一个时代的终结。

中国读者喜欢把一首诗放在诗人生平和时代的语境里进行阅读。确实，如果没有这些背景信息，我们永远都不会知道《和刘仪同臻》这首短诗有多么痛切，短短二十个字的绝句里竟然蕴藏着这么深厚的情感，因表达的节制而格外震撼人心。庾信是南朝最后一位大诗人。接下来就到了唐朝，中国诗歌的"黄金时代"。

推荐阅读

- 曹道衡、沈玉成编著，《南北朝文学史》，北京：人民文学出版社，1991年。
- 张伯伟，《禅与诗学》，台北：扬智文化，1995年。
- 刘跃进，《玉台新咏研究》，北京：中华书局，2000年。
- 林怡，《庾信研究》，北京：人民文学出版社，2000年。
- 田晓菲，《烽火与流星——萧梁王朝的文学与文化》，北京：生活·读书·新知三联书店，2022年。

---

❶ Arthur F. Wright（芮沃寿），"The Sui Dynasty (581-617)," in *The Cambridge History of China,* vol. 3, *Sui and T'ang China: 589-906,* Part 1, ed. by Denis C. Twitchett（杜希德）, Cambridge: Cambridge University Press, 1979, p. 112.

- Birrell, Anne M., trans., *New Songs from a Jade Terrace: An Anthology of Early Chinese Love Poetry*, Harmondsworth: Penguin, 1986.

- Chennault, Cynthia, "Odes on Objects and Patronage During the Southern Qi, " in *Studies in Early Medieval Chinese Literature and Cultural History: In Honor of Richard B. Mather and Donald Holzman*, edited by Paul W. Kroll and David R. Knechtges, Provo, Utah: T'ang Studies Society, 2003, pp. 331-398.

- Graham, William T., Jr., *"The Lament for the South": Yü Hsin's "Ai Chiang-nan fu"*, Cambridge: Cambridge University Press, 1980.

- Graham, William T., Jr., and James R. Hightower, "Yü Hsin's 'Songs of Sorrow,'" in *Harvard Journal of Asiatic Studies* 43, no.1(1983), pp. 5-55.

- Mather, Richard B., *The Age of Eternal Brilliance: Three Lyric Poets of the Yung-ming Era (483-493)*. 2 vols, Leiden: Brill, 2003.

- Owen, Stephen, "Deadwood: The Barren Tree from Yü Hsin to Han Yü, " in *Chinese Literature: Essays, Articles, Reviews* 1, no.2(1979), pp. 157-179.

- ——, *The Making of Early Chinese Classical Poetry*, Cambridge, Mass.: Harvard Asia Center Press, 2006.

- Rouzer, Paul F., *Articulated Ladies: Gender and the Male Community in Early Chinese Texts*, Cambridge, Mass.: Harvard Asia Center Press, 2001.

- Wu, Fusheng, *The Poetics of Decadence: Chinese Poetry of the Southern Dynasties and Late Tang Periods*, Albany: State University of New York Press, 1998.

唐代

第8章

近体诗：五言律诗

蔡宗齐

　　唐代是中国最伟大的朝代之一，被公认为中国诗歌的黄金时期。在这一时期，诗歌的地位空前提高，不仅成为科举考试的重要组成部分，并且成为一种全民的追求。唐代诗歌的创作量十分惊人，汇编于1705年的《全唐诗》囊括了约2200位诗人的近49000首诗。

　　终唐一代，诗歌的发展臻于顶峰，其标志为两项重大的形式上的创新。其一为唐代以前仅偶有创作的七言诗崛起，与长期占主导地位的五言诗相抗衡。其二则是高度格律化的近体诗的确立。"近体诗"这个术语专指在这种新型诗体形式中，其句法、结构和声调规则等均有强制性规范，而旧有的术语"古诗"的内涵则被扩展，可指代所有非格律诗。自唐代以降，古体、近体这两种迥乎不同的诗体就构成了诗歌的主要类别。

　　近体诗又包含了两个主要子类：律诗和绝句。律诗的固定长度为八行，但其变体"排律"（扩展的律诗）却更长，从十行直到约三百行不等。绝句总是四行。律诗和绝句又都因为每行诗的字数进一步分为两种：五言和七言。

　　律诗无疑是世界上规则最为繁复的诗歌之一。写作律诗时，诗人在字词的选择、句法、结构以及声调排列方面都必须严格遵循一套复杂且环环相扣的规则。以杜甫脍炙人口的一首诗为例，我将解释这些规则，以便为深入学习本章五言律诗和下一章七言律诗奠定基础。充分理解这些规则对学习第10章的五言和七言律绝也颇为重要。

强制性规则的引入从根本上改变了诗歌创作的动态过程。律诗作者面临的挑战不仅是表达自我，而且是在几乎所有的形式方面都有自我强加的严格束缚之下去表达。拙劣的诗人极易沦为这些规则的囚徒，将自己的作品变成琐碎的文字游戏。然而，在伟大的诗人手中，律诗可以成为最有效的手段，以实现由来已久的中国诗歌理想，即传达出言外之意。我对杜甫、李白和王维所作四首诗的细读将会证明，这三位伟大的唐代诗人是如何炉火纯青地运用各种形式规则，创造出恢宏的儒、释、道的宇宙观和自我精神世界，却又绝少用抽象的哲理概念。

律诗的形式

我们选择《春望》这首诗来展示律诗复杂的形式。此诗为杜甫在公元757年3月所写，大约9个月前，国都长安陷于叛军将领安禄山之手，杜甫被叛军俘获并被暂时拘留。这首关于描绘饱受战火蹂躏的祖国与家庭的诗，是最脍炙人口、最常被背诵的五言律诗之一。

春 望

国破山河在，城春草木深。
感时花溅泪，恨别鸟惊心。
烽火连三月，家书抵万金。

白头搔更短，浑欲不胜簪。❶

　　这里没有深奥的哲理或者宗教的沉思，没有惊人的想象力的飞翔，没有令人目眩的诗歌措辞的呈现。然而，我会证明，杜甫的《春望》同样值得击节称赏。而且，杜甫诗意的伟大是截然不同的一种。为了能够完全欣赏它，我们必须弄清这首诗是如何创作以及如何被阅读的。

（一）字词与形象

　　首先，让我们逐字看一下这首诗，细究其字词与形象的运用。我们最先震惊于用词的极度俭约：总共只有40个字。许多文学批评家与学者都认为用词俭省源于汉语的非屈折性特质。屈折性是指在像英语这样的表音文字中，用词的变化来描绘时态、语态、性别、数字、所有格、人称等关系。相比之下，汉语中这些复杂关系主要借助于上下文、语义节奏，并通过少量的"虚字"来表达。无词形变化之累，汉语在使用词汇时就远比西方语言经济俭约。然而，将唐代格律诗的用词俭省仅仅归因于汉语本身的特点并不能完全令人信服。这种凝练的诗体形式之兴起也与汉语诗歌传统的演进密切相关。唐代律诗40个字或56个字就具有如此的表现力，是因为绝大多数词在唐代之前漫长的诗歌传统中已经积聚了很强的感发能力。由于在此之前的上千年中一再重复与创造性地使用，很多词语与搭配已经浸润了各种情感与思绪，可以在心领神会的读者心中唤起历史的或虚构的动人场景。毫无疑问，诗歌词汇之功效的增强使得至六朝末期诗歌的篇幅不断缩短，并最终导致了律诗在唐代的诞生。

　　《春望》的另一个显著特征为形象方面的感染力。这首诗的绝大部分都由"实词"组成，总共有36个具有实际意义且通常是视觉印象的词。事实

❶《全唐诗》，第7册，卷二二四，第2404页。

上，这些实词创造了以下类别的生动形象：

> 有形之物：草、木、花、泪、鸟、烽、火、家、书、金、头、簪
>
> 一般场景：国、山、河、城、春
>
> 具体行为：溅、惊、搔、胜
>
> 心理状态：感、恨
>
> 物理状态：破、在、深、别、连、抵、白、胜
>
> 计时与数目：时、三、月、万、短

只有剩下的四个字（更、浑、欲、不）为虚字。实词与虚字之间这种不均衡的比率通常是律诗，尤其是盛唐律诗的特点。律诗诗人仅能运用40个字或56个字，故常常力求最大限度地使用实词形象，同时最小程度地使用虚字。

人称代词的明显缺失是另一个值得注意的特点。与某些学者的断言相反，缺乏人称代词并非所有中国诗歌体裁的特点。例如，代词"我"大量出现在《诗经》以及很多汉魏乐府与古诗之中。只有到唐代律诗我们才看到几乎统一地排除人称代词，尤其是抒情之"我"。隐藏抒情之"我"在读者方面产生了进一步的解放作用。由于中文缺乏标记时间和空间的词形变化，中文读者能够享有比屈折语（有词形变化）的读者更多的自由，更容易身临其境，置身于所描绘的诗意体验中。此外，由于隐藏了抒情的"我"，中文读者很容易进入诗人的角色，再现诗歌的创作过程。因而，阅读从被动接受一变而为主动地再创造，正如我们即将看到的那样。

（二）句法规则

熟悉西方现代派诗歌的读者不难看出这三个特点——俭约的用词，最大限度地提高形象的感染力，以及极少使用非意象的用词——与意象派诗

人埃兹拉·庞德（Ezra Pound）、威廉·卡洛斯·威廉姆斯（William Carlos Williams）所追求的美学理想几乎如出一辙。的确，逐字翻译的《春望》乍看之下很像一首以一堆不相连属的形象为标志的意象派诗歌。然而，尽管这两种诗歌传统看似有着相仿的美学理想，它们却绝对遵循着相反的策略以实现其理想。意象派诗人倾向于通过打破句法联系，最大限度地提高文字和意象的影响力，而中国诗人却力图通过利用律诗形式固有的两种隐蔽的句法联系，达到同样的效果。

首先是一句之中词语的联结关系。我们可以清楚地看到，每一行都包含一个双音节部分和一个三音节部分，被节律的停顿所分隔。每一个三音节部分都是一个单字和一个双音节词，由非常轻微的停顿分开。如此，不再是杂乱无章词语的不谐之音，而是每一行都创造出愉悦美听的2+3的节奏，更准确地说是2+（1+2）/2+（2+1）节奏。这种节奏起初在汉代五言乐府和五言古诗中牢固地确立，并在五言律诗和五言绝句中被一成不变地继承下来。七言律诗和七言律绝依然完整地采用了这种节奏。

其次为一联之内两句诗之间词的联结关系。一首律诗的中间两联严格要求在主题类别和词性上都对仗。《春望》的对仗就非常工稳。在第二联中，我们注意到非常工整的"感"对"恨"（情感动词）、"时"对"别"（时间与空间名词）、"花"对"鸟"（自然生命名词）、"溅"对"惊"（情感反应动词）、"泪"对"心"（与情感有关的名词）。在第三联中，"烽火"对"家书"（与传递消息有关的双音节词）、"连"对"抵"（表示时空联系的动词）、"三"对"万"（数字）、"月"对"金"（度量名词）也是一丝不苟地相互匹配。

词与词之间的这两种联结关系表明，五律的40个字或七律的56个字，有一个既定的句法连接所形成的精心编织的网络作为它们的基础，并将它们整合为一个统一的整体。

（三）结构规则

同样还有两个结构规则，一个是强制性的，另一个是可选择的，用于将律诗的四联整合在一起。第一个规则是对句和散句（非对句）强制性地交替轮换。大多数律诗以散句联开头，接下去两联必须对仗，再以另一联散句结尾。一个创作律诗的诗人通常不会以对句作结，尽管他偶尔会选择以对句开篇。两种类型的联句交替就产生了开头、中间与结尾的三段式结构。不过，这种结构并不会直接影响到叙述或描写的顺序。相反，诗歌中间部分通常会起到悬置时间流动的作用，使得诗人的抒情超越具体的时空，表达出强烈的感知和反思。的确，律诗的中间部分极少提及具体的时间与地点。例如，《春望》的中间两联就完全由剥离了任何时间和地点的词语与意象构成。

第二个结构原则是可选择性地遵循"起"（开始）、"承"（继续）、"转"（转折）、"合"（总结、闭合）这四个步骤，尽管此规律是后来宋人总结出来的。我们可以看到，这四个步骤在盛唐律诗，尤其是老杜律诗之中被广泛运用。例如本章所讨论的每一首诗，其四联均以此流行模式铸成。现在让我们追踪《春望》中这四个步骤。

首联"国破山河在，城春草木深"具有"起"的功用，设定了时间、地点以及整首诗的主题。第一句诗中，人类（"国"）与自然（"山河"）相对，人所"破"之事与自然所"在"之物并立。人类的毁坏与自然的富饶之间的对比并没有明确说出，却暗含在第2句中。草木的茂密生长清楚地表明了春日里一座废弃城市的状态。

第二联"感时花溅泪，恨别鸟惊心"执行预期的"承"之功能：通过聚焦于一系列对应的形象，使诗意承先而启后。诗人在这里离开外部场景，以"花""鸟"的形象开始精神活动。他的内在精神凝视着这两个形象，最终引导他进入了遐想般的体验。然而，杜甫并没有对此体验进行散漫的叙述，而是通过娴熟地运用句法歧义，让我们直接体验它。双音节部分主语的省略使我们可以推断出不同的主语，因而这一联有五种不同的解读（第五种解读会在第20章中讨论）。第一，我们可以将诗人自己默认为双音节部分和三音节部分的主语，这一联即可解读为：

> 我对这个不幸的时代感到非常难过，因此连花都令我掉泪。
> 我是如此地痛恨分别，乃至于鸟（的鸣叫声）也令我心惊。

这种解读，动词"溅""惊"是当作使役动词来讲的。诗人是流泪又心惊的真正主体，而花和鸟只是名义上的主语，或单纯地只是引起诗人情感反应的原因。

其次，稍微展开一下想象，我们可以将"时"与"花"、"别"与"鸟"联系在一起，这就产生了两个词组：按时而开之花和离群失路之鸟，而这就带来了这一联的第二种解读：

> 感情受到按时而开之花的影响，我流下眼泪。
> 痛恨看到离群失路之鸟，我的心（被其鸣叫声）惊动。

这种解读必须将语义节奏改变为3+2，或（1+2）+2。五言诗的2+3节奏通常不会改变，但杜甫有意违反既定的语义节奏以达到特殊效果是众所周知的（关于此点更为详细的讨论见第9章）。因此这第二种解读也相当合理。

再次，我们可以将花和鸟都当作三音节部分的主语，并提出第三种解读：

> 当我感到时代的不幸，花也流下了眼泪。

当我痛恨别离，鸟的心也被惊动了。

最后，我们可以将花与鸟全都当作双音节部分和三音节部分的主语。因此有了第四种解读：

感受到时代的不幸，花都流下眼泪。
痛恨着离别，鸟的心都被惊动了。

第二联的这四种解读呈现了关于人类苦难的三种独特视角。前两种解读纯粹是从人类的视角来看待人类的苦难。从这一视角看去，自然似乎与人类相分离并对人类的苦难无动于衷。更有甚者，大自然的亘古不变与周而复始以及盎然的春意都只是在痛苦地提醒着人的脆弱与悲惨。人与自然的这种无情对照是中国诗歌中历史悠久的主题，并在此诗的第一联中被明白无误地运用。虽然这种人与自然的对照为前两种解读所支持，但在第三种和第四种解读中被颠覆了。第三种读法更为广阔地将人类与自然视为一个整体，从此角度来看待人类之苦难。人类的苦难就是大自然的苦难，反之亦然。为此，在人类对其时代之不幸的悲悼，与花朵流下的眼泪之间存在着感人的共振。第四种读法是从移情作用的自然视角看待人类的苦难。这里，表达了人类悲伤的已不是人，而是大自然。

这三个视角相继揭示了诗人所感受到的现实的根本变化：从痛苦的人类与冷漠的大自然令人沮丧地并置，到人与自然双向地共鸣，最后到人与自然之间完全地共情。伴随这种对现实感知的变化，当诗人将自己的观察深化为遐想时，我们可以代入诗人的角色，重温诗人内心最深处的体验。

第三联"烽火连三月，家书抵万金"忠实地执行着"转"的功能：通过引入一组对比鲜明的形象而巧妙设计了一个转折。这种特殊的转折是从自然到人类世界的转变。与花鸟形成对照，我们现在拥有了人类世界的事物："烽火"和"家书"。初看之下，这两样似乎是奇怪的配对，因为烽火与家书之间并没有明显的相似之处。但是，一旦我们了解到在瞭望塔上点燃烟火以传递游牧部族入侵消息这一古老的做法，我们就会看到这组对仗异常地完美。杜甫在利用"烽火"一词的双关义方面是无可争议的。在用"烽火"所具有的传递消息这个含义巧妙地与"家书"相对时，他就引出了这个词的另一个含义"战火"，揭示了山河破碎、家人离散的原因。动词"连"和"抵"同样是完美的对仗，因为它们各自指向时间或空间的连接。点亮烽火通常意味着在空间上两个或更多点的连接，家书的传递亦如是。不过，"烽火"和"家书"也可反被用来感知时间的跨度。"三月"明确地表明持续的时间很长。在汉语中，"三"既可以表示基数词，又可以表示序数词（第三），这取决于具体的上下文。根据很多学者的看法，"三月"在这里两种意思都有。首先，"三月"与下一句的"万金"构成极佳的对仗。它似乎表示757年的头三个月，当时叛军和政府军进行了激烈的战斗。它也可以暗指发生于公元前206年的历史事件——秦朝国都（大致与唐代国都位于同一地方）在被项羽的起义军占领并火烧之后，一连被焚了三个月。还有，"三月"也指杜甫创作此诗之际的757年3月。动词"连"意指杜甫想到长达一年之久的战争已经横跨两个"三月"（756年3月与757年3月）。"万金"毫无歧义，意在表示杜甫由于分别时间过于漫长而异常珍惜家书。这也透露出由于交战双方各据一地而造成通信极其困难。最后，我们还应该注意，这第三联稍含讽刺意味：正是这两个"连接"动词彰显了所有时间上和空间上"分离"的事实。

尾联"白头搔更短，浑欲不胜簪"一如既往地履行其预期的"合"之双重职能：走向终结，并通过衔接开头与结尾造就一个"圆合"。如果说在第三联中，我们看到从国家到家庭的转换，那么在这里可见到从家人到诗人自己的进一步转换——他在加速衰老。尾联转至诗人的经验世界乃律诗之惯例。如前所述，中间两联需严格对仗，通常剥离了具体的时间和地点，从而突出了诗人想象中的永恒世界。与之相反的是，尾联按照惯例无须对仗，如此，特别有利于呈现诗人现状的真实写照。细想一下，如果使用对仗句（流水对除外），怎么可能让诗人运用一个连续不断的长句描绘自己的状况："白头搔更短，浑欲不胜簪。"

与前三联不同的是，尾联有一个单独的话题——"白头"，其余所有的词都专门用来描绘它。呈现如此华发丛生的特写画面，诗人意图告诉我们的不仅是他的身体状况，更是他内心深处的痛苦。尽管这看似是对诗人强烈情感的轻描淡写，但这个特写实际上却是非常有力的表达。当诗人的悲痛已经达至令其健康急速毁坏的程度，比起描写其身体的毁坏，他还能找到暗示其痛苦之深度的更好方法吗？诗人的稀疏白发这一颇具感染力的形象令人回想起第一句里的破碎的国家，从而创造了"循环往复"的效果。当敏感的读者再次浏览山河破碎、家人流离、悲哀的自然，以及衰老的诗人等形象时，他会感知到儒家宏伟的宇宙观，其特征是一个道德高尚之人与他的同胞、他的国家，乃至整个宇宙之间形成的不可分割的、情感相通的紧密联系。杜甫通过创造一个融入了自我的儒家宇宙境界观，赢得了"诗圣"的称谓。这是信奉儒家思想的诗人所向往的最高荣誉。

（四）声调规则

中文诗歌的声调韵律比英文诗歌的韵律复杂得多。十四行诗（sonnet，又译商籁体）的作者只需让一个诗句内有五个轻重交替的音节即可，而律诗作者则要做得更多。他必须在两行诗句之间以及一句诗之内一丝不苟地交替运用平声字和仄声字。平声字指普通话中的一声和二声——阴平调（例如 mā）和阳平调（例如 má）；仄声字包括普通话中的三声和四声——

上声（例如mǎ）和去声（例如mà），以及中古汉语中的入声字。❶这种平仄格式是精密构造的，且不容有丝毫变动。

有意思的是，这种精确性反而使我们易于观察和掌握复杂的平仄格式——遵守三条基本规则，这种平仄格式就变得相当简单。❷让我们按照这些规则，以杜甫《春望》为例，推演并弄清所有近体诗的所有主要平仄格式。

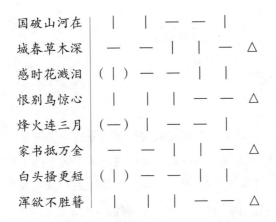

第一条规则要求一句诗之内的声调做到最大限度的对立。这条规则意味着，五言诗句的声调是两两成对出现的，即一对平声字（——）和一对仄声字（丨丨）相对，再用单独一个字（或平或仄）加以平衡。如果单独的那个字放在诗句的末尾，我们就有了近体诗的四种句式中的前两种：句式1"仄仄平平仄"（丨丨———丨）、句式2"平平仄仄平"（———丨丨—）。两种2-2-1式律句，图示如下：

❶ 所有的入声均以不送气辅音p、t或k结尾。虽然在唐宋时期很普遍，但现代汉语普通话中没有入声，而在粤语、客家话等方言中保留了入声。由于现代汉语普通话缺少入声，很多人认为用现代汉语诵读唐代律诗不够理想，不如用一些方言比如粤语来诵读。
❷ 非常感谢我的导师高友工教授，他对三条规则的深刻见解给了我很大的启发。

2-2-1式律句

如果单独的那个字放在句子开头,我们就有了另外两种句式:句式3"平平平仄仄"(———丨丨)、句式4"仄仄仄平平"(丨丨丨——)。两种3-2式律句,图示如下:

3-2式律句

第二条规则要求在一联诗的两句之间要有最大限度的平仄相对。在标准的一联诗句中,出句(上句)的声调组合与对句(下句)的正相反。例如,出句如果是"仄仄平平仄"(丨丨——丨),那么对句就必须是"平平仄仄平"(——丨丨—)。两种组合构成2-2-1律联,图示如下:

2-2-1律联

丨　丨　—　—　丨
—　—　丨　丨　— △

同样,上句如果是"平平平仄仄",律联中要有最大限度的对比,那么下句必须是"仄仄仄平平"。两句组合构成3-2律联,图示如下:

3-2律联

—　—　—　丨　丨
丨　丨　丨　—　— △

这两种句式组合组成了近体诗中"标准"的两联句式。

不过，这两种句式的相反组合（即句式2"平平仄仄平"与句式1"仄仄平平仄"的组合、句式4"仄仄仄平平"与句式3"平平平仄仄"的组合）是不被允许的。之所以如此复杂，是由于两条不可移易的押韵规则：所有的偶数句必须押平声韵。因此，两个以仄声字收尾的句式就不能做一联诗的下句。不过，通过形成的两个联句的"变体"，可以部分弥补两种对句形式的损失。诗人可以选择在首联中两句均押韵，而不仅仅只是第二句押韵，那就别无选择只能用以平声字结尾的句式2和句式4。按照顺序它们可以组合为句式2对句式4，或者句式4对句式2。必须要强调的是，这种联句的"变体"只能在首联中运用。

第三条规则要求在相邻的两联中部分声调相同。这个规则被称作"黏"，帮助将相对独立的各联统合为一个整体。它规定了在一联诗的对句中的前两个字和下一联出句中的前两个字之间的声调对应（如图所示绝句的标准平仄格式，以虚线表示"黏"）。为了避免单调，两行毗连诗句（两联之间）不能是同样句式。例如，"平平仄仄平"后面不能跟随另一个"平平仄仄平"，下一句必须是"平平平仄仄"。

五言律绝格律第一式（首联2-2-1式）

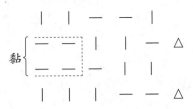

相反，首联是3-2式，次联必定是2-2-1式。在下图中，首联下句是"仄仄仄平平"，由于次联的首句必须也以"仄仄"开头，但又不能机械地

重复"仄仄仄平平"，因而"仄仄平平仄"就成为唯一的选择了。只有这个2-2-1式句才能与之首联下句相"黏"（如图中虚线部分所示）。

五言律绝格律第二式（首联3-2式）

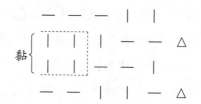

说完绝句，律诗就迎刃而解了。怎样把律诗的格律形式写出来？把律绝的推演过程重复一遍就可以了。依照"部分相同"的原则，把颈联与律绝第二联（即律诗的颔联）相"黏"，最后再把尾联与颈联相"黏"。这样推演下来，刚好是律绝形式的一个重复，如下图所示：

五言律诗格律第一式（首联2-2-1式）

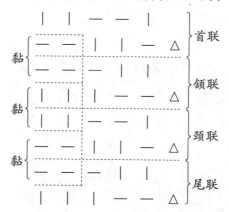

下面是五言律诗格律第二式。首联是3-2联（平平平仄仄，仄仄仄平平），根据"黏"的原则，下接的颔联是2-2-1联（仄仄平平仄，平平仄仄平），再下面的颈联又回转到3-2联，而下接的尾联又是2-2-1联。

五言律诗格律第二式（首联3-2式）

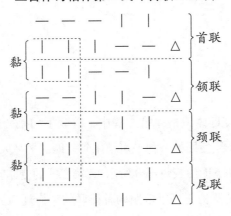

掌握了律绝、律诗以上两种基本格律形式，现在可以讨论它们各自的变体。所谓变体是指将以上两式仄声结尾的首句变为平声结尾句，使得首联两句都入韵。上文已列出的近体诗中四种律句，其中只有两种以平声结尾："平平仄仄平"和"仄仄仄平平"。变体首联两句都入韵，而又不能重复使用同一种平声结尾句，所以必须是"平平仄仄平""仄仄仄平平"两者兼用。

在五言近体诗格律第一式中，首联下句是"平平仄仄平"，上句要入韵就必须使用另一种平声结尾句，即"仄仄仄平平"。首句改用"仄仄仄平平"（如下图中灰色部分所示），第一式的变体就形成了：

五言律诗格律第一式变体（首联2-2-1式变体）

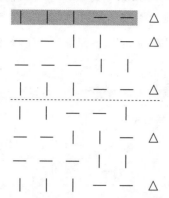

同样，在五言近体诗格律第二式中，首联下句是"仄仄仄平平"，所以首句要入韵就必须使用另一种平声结尾句，即"平平仄仄平"。首句改用"平平仄仄平"（如下图中灰色部分所示），第二式的变体就形成了。

近体诗格律的建构还可以依照两种律联的替换规则加以总结。律绝第一式是2-2-1律联加3-2律联，而律诗第一式则扩大为2-2-1式、3-2式、2-2-1式、3-2式。律绝第二式是3-2律联再加2-2-1律联，而律诗第二式则扩大为3-2式、2-2-1式、3-2式、2-2-1式。图解见下：

五言律诗格律第二式变体（首联3-2式变体）

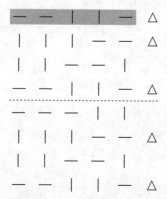

近体诗格律的建构还可以依照两种律联的替换规则加以总结。律绝第

一式是2-2-1律联加3-2律联，而律诗第一式则扩大为2-2-1式+3-2式+2-2-1式+3-2式。律绝第二式是3-2律联再加2-2-1律联，而律诗第二式则扩大为3-2式+2-2-1式+3-2式+2-2-1式。图解见下：

第一式 （首联2-2-1式）　　　　**第二式 （首联3-2式）**

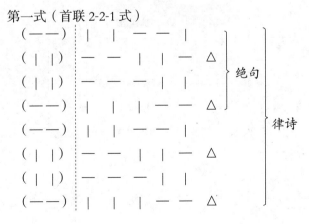

以上讲的是五言。七言呢？很容易，就是五言格律全盘照搬，再在前面加上两个相反的声调。五言句前加两字，平起句就变为七言仄起句，而仄起句就变为七言平起句。下面列出七言律绝、律诗的两种格律形式及其变体，供读者参看。

七言近体诗格律形式

第一式（首联 2-2-1 式）

第二式（首联 3-2 式）

```
（ 丨 丨 ）  —  —  丨  丨
（ — — ）  丨  丨  丨  —  —  △   ⎫
（ — — ）  丨  丨  —  —  丨        ⎬ 绝句
（ 丨 丨 ）  —  —  丨  丨  —  △   ⎭          ⎫
（ 丨 丨 ）  —  —  丨  丨  —  △              ⎬ 律诗
（ — — ）  丨  丨  丨  —  —                   ⎪
（ — — ）  丨  丨  —  —  丨                   ⎪
（ 丨 丨 ）  —  —  丨  丨  —  △              ⎭
```

第一式变体（首联 2-2-1 式变体）

```
（ — — ）  丨  丨  丨  —  —  △   ⎫
（ 丨 丨 ）  —  —  丨  丨  —  △   ⎬ 绝句
（ 丨 丨 ）  —  —  丨  丨  —        ⎭          ⎫
（ — — ）  丨  丨  —  —  丨  △              ⎬ 律诗
（ — — ）  丨  丨  丨  —  —                   ⎪
（ 丨 丨 ）  —  —  丨  丨  —  △              ⎪
（ 丨 丨 ）  —  —  丨  丨  —                   ⎪
（ — — ）  丨  丨  —  —  丨  △              ⎭
```

第二式变体（首联 3-2 式变体）

```
（ 丨 丨 ）  —  —  丨  丨  —  △   ⎫
（ — — ）  丨  丨  —  —  丨  △   ⎬ 绝句
（ — — ）  丨  丨  丨  —  丨        ⎭          ⎫
（ 丨 丨 ）  —  —  丨  丨  —  △              ⎬ 律诗
（ 丨 丨 ）  —  —  丨  丨  —                   ⎪
（ — — ）  丨  丨  —  —  丨  △              ⎪
（ — — ）  丨  丨  丨  —  —                   ⎪
（ 丨 丨 ）  —  —  丨  丨  —  △              ⎭
```

归根结底，只有两种基本的平仄格式：标准格式一和标准格式二。由于首句韵脚的轻微变化而衍生出两种变体，即第一式变体和第二式变体。接下来，进一步按照诗歌的长度划分，则可以得出8个平仄格式（四行绝句、八行律诗各四种）。最后，按照另外一种维度，诗句的长度（五言和七言）来区分，我们则再细分出16个平仄格式（五绝、五律，七绝、七律各四种）。我希望这样的分析能够揭示所有近体诗平仄格式的内在关系。

重要的是要记住，这些图表代表着理论上存在，但在实践中并非总是如此完美的平仄格式。死板地严守平仄格式很可能会导致为了声律规则而牺牲了内容意义。因此，诗人们经常充分利用所允许的自由，偏离既定的平仄格式。一般而言，五言诗的第一个和第三个字，或者七言诗的第一、三、五个字经常允许偏离所要求的声调。杜甫《春望》中三个违背声律规则的字（用括号标示），都是诗句的第一个字。

律诗的形式与阴阳的宇宙观

任何格律诗的建立，无论是中文的律诗还是英语的十四行诗，都代表着我们努力将语言的自然顺序（即声音和感觉的节奏）所带来的愉悦感加以形式化，并予以扩大。在更抽象的层面看，律诗的形式可以被视为反映了宇宙的整体秩序。在有限的作品中体现宏大的宇宙秩序，一直是中国人长期追求的崇高艺术理想，而律诗的形式正是这种追求的绝佳范例。在齐梁至初唐时期，中国诗人集体发展律诗形式的过程中，都自觉或不自觉地以阴阳宇宙论为模型，乃至于律诗的形式实际上成为该模式的缩影。确实，律诗所有的句法、结构和韵律规则均带有阴阳作用的印记，如以下众所周知的符号所示：

这个符号中，黑色部分和白色部分强烈的对比旨在表明"阴"和"阳"这两种基本宇宙力量的对立。这种基本的对立在律诗形式的各主要方面都有所反映。正如我们所看到的，律诗基本的语义节奏包含了双音节部分与三音节部分的对比，后者通常由双音节字和单音节字组成。同样，构成一联对仗往往需要以相反或迥异的形象相配（诸如天对地）。四联的组织也经常包含自然与人事、景与情之间广泛而双向的相互对照。在韵律的层面上，我们注意到在一句之内以及一联之间，平声和仄声最大程度的反差。

　　位于符号的相反颜色区域内的黑色和白色小点，旨在表现出阴阳之间一种微妙的呼应，伴随并缓和它们之间的相互对立。在律诗的形式中，这样两极对立的呼应关系同样显而易见。举例来说，中间两联均要求词性严格一致，而通常在词义上又是对立的。此外，在任何毗邻的两联之间还有部分声调对应（黏）的韵律规则。

　　这个符号里黑白部分柔和弯曲的边界线意在表明，阴和阳都有转变为自己对立面的趋势——阴成为阳，阳成为阴。阴阳之间的动态相互作用因而遵循推力与反推力、上升与下降的循环路径，而非西方正题、反题与合题之目的论的路径。在律诗中，对仗的联句与不对仗的联句有规律地交替出现，沿着类似的循环路径呈现韵律。

　　最后，阴阳符号的圆圈本身表达了阴阳运行的包容性、完整性和永恒性。在律诗的形式中，上下两组四句重复相同或基本相同的平仄格式，首联又与尾联之相"合"，无疑都试图创造一个周而复始、不断复返的形象，与永恒的宇宙秩序共鸣。

宇宙观与自我观

律诗的形式代表了阴阳宇宙论的缩影，并不意味着所有的律诗都映现出宏大的宇宙观。事实上，无数律诗热衷于琐细的题材。但当律诗在盛唐达到其发展顶峰，它确实成为传达宏大宇宙观的宝贵工具。以下我们将要读的三首诗，每一首都令我们感知到独特的宇宙观和自我观。

江　汉

江汉	思归客，
乾坤	一腐儒。
片云	天共远，
永夜	月同孤。
落日	心犹壮，
秋风	病欲苏。
古来	存老马，
不必	取长途。❶

杜甫这首诗驳斥了一种简单地认为诗歌是时间艺术，而绘画是空间艺术的观念。此诗既宜于从空间，又适于从时间上来解读。如果我们将诗歌用竖线分为双音节部分和三音节部分两栏，我们可以竖着一栏一栏地读。这样的阅读是空间性的，打破了正常阅读的逐行阅视的顺序，展示出两个高度一致的形象群。一个由宇宙的意象组成，其范围从"乾坤"（天地的另

---

❶ 《全唐诗》，第6册，卷二三〇，第2523页。

一个名称）到河流的全景图，再到大气现象（"片云""秋风"）。另一个意象群则包含了一系列关于自我的谈论：杜甫作为一个"思归客"，他的失败感、羁旅感与孤独感，以及他不顾老病依然想要实现雄心壮志的决心。从空间上解读强调了宇宙与自我的并置，而从时间上解读则揭示了诗人观察与沉思的内在过程。

逐行地阅读诗歌，我们看见除了最后两行，其他均为话题‐评语的结构。前六句诗的每一句，开头的前两个字都提出一个主题，是诗人观察到的广阔宇宙图景，三音节部分却引入了由观察行为而来的评论。首联中浩瀚的宇宙（"江汉"与"乾坤"）触发了可悲和渺小的自我感觉——"思归客"和"腐儒"。颔联（第二联）"片云"与"永夜"的形象加深了孤独感与忧郁感，不过随后的言说表明，通过人与自然的情景交融，孤独感稍有缓解。一如《春望》的颔联，这首诗的颔联同样通过巧妙地运用句法的歧义，创造了人与自然共情的观念。这里，"同"字和"共"字隐含了两个或更多的主语，但只有一个主语是明确提及"天"与"月"的。根据我们所提供的隐含主语，这一联可作三种不同的解读：

> 一片云与天空在一起十分遥远，
> 漫长的夜与月亮同样地孤独。

> 一片云和天空（和我）一起十分遥远，
> 漫长的夜和月亮（和我）一样孤独。

> 一片云下——天空（与我）在一起十分遥远，
> 漫长的夜里——月亮（同我）一样孤独。

这三种可能的解读并存，在世界上共同营造了共存感——各种无生命物质的共存，自然与人类的共存。这种普遍的共存观念减轻了诗人的孤独感，也使我们准备好颈联（第三联）之戏剧性的"转"。这个转折之所以具有戏剧性，是因为颇不寻常地以"落日"和"秋风"——两个常见的衰朽和忧郁的形象——相互对仗，出人意料地将之用作面对疾病和衰老的积极态度。"落日"只是激励着诗人努力追求伟大的功业，"秋风"只会加速他的病愈。作为对这种乐观注解的呼应，诗以关于老年人之真正价值的隐喻收束全篇。

杜甫经常被拿来与他的朋友、广为人知的"诗仙"李白相提并论。杜甫和李白被誉为中国最伟大的两位诗人，关于二者谁更伟大是持续争议的话题。他们通常被认为是完全相反的类型。杜甫清醒、诚恳，又德行高尚，而李白却沉溺于酒，洒脱自由，超然物外。尽管这样简单的二分法不可避免地掩盖了两位诗人生活与作品的复杂性，却抓住了大众的想象。因此，他们因那些最能展现出这些性格特征的作品而被人们铭记于心。杜甫的伟大作品多为律诗，而李白绝大多数最受喜爱、最广为传颂的作品是古体诗。高度限制的律诗形式似乎与李白狂放不羁的才情与诗风格格不入。然而，实际上，他也写了不少律诗，从中我们对李白诗的精髓亦可略窥一斑。

与夏十二登岳阳楼

楼观岳阳尽，川迥洞庭开。

雁引愁心去，山衔好月来。

云间连下榻，天上接行杯。

醉后凉风起，吹人舞袖回。❶

首联呈现出诗人正在俯瞰着的全景。颔联中，他凝视着两个具体的形

---

❶ 《全唐诗》，第6册，卷一八〇，第1838页。

象。飞翔的"雁"，一个关于思乡之情的常见意象，在这里却用来表示带走了思乡之情，或曰"愁心"。这个惯常的意象变形后，随之而来的是突然的想象力的飞腾：山峰变成一只巨大的鸟儿正"衔好月"飞向我们。

颈联设计的转折正是诗仙特色：飞往天界。以诗人为隐含的主语，我们可以给出这样的解读："在云彩间，我来到了尊贵客人之榻。在天上，我接过传来的酒杯。"尾联出现的诗人形象使得这种解读合情合理，颇为恰当。李白并不像杜甫那样将人与自然视为平等相伴，而是使人，或更确切地说他自己，凌驾于自然之上，以至于他成为云中仙人，接过天上传来的酒杯。和杜甫一样，李白也利用拟人化手法。但是对他而言，拟人化很大程度上是一种将自然转化为快乐玩伴的手段。带走愁心的大雁以及衔来好月的山峰成为他想象中的玩伴。

鉴于李白始终将其独特的性格特征赋予大自然，也就难怪在他诗中运用的绝大多数拟人化动词都不是忧伤和悲叹那一类（如"溅泪"），而是能够描绘出大自然的精力充沛、活泼明快，且常常有神奇行为的那类动词。为了让自然听从他的指挥转化为他的玩伴，他实际上将自我提升至造物主或宇宙主人的地位。对此他毫无忸怩，实际上他在《月下独酌》（其一）一诗中❶，就明确地以天上主人的口吻说话。他自我神化为宇宙之主的生动行为，被很多人视为李白最伟大诗歌的印记。至少，这将他与早期平凡的游仙题材的诗歌区别开来，为他赢得了"诗仙"这一不朽的称号。此外，这也激发了伟大的豪放派词人苏轼和辛弃疾的神思奇想。

与李白毫不掩饰的自我神化形成鲜明对比的是，在王维的诗中，我们看到了有意的自我消解。

---

❶《全唐诗》，第6册，卷一八二，第1853页。

终南山

太乙近天都，连山接海隅。

白云回望合，青霭入看无。

分野中峰变，阴晴众壑殊。

欲投人处宿，隔水问樵夫。❶

　　与杜甫和李白不同，王维并不告诉我们他自己的感情和身体状况，或者他想象中超越的壮举。相反，他带领我们经历了一系列强烈的视觉印象。首联中，他指向远望中的终南山，首先将我们的视线纵向从太乙峰引往天上，然后横向将视线沿着连绵的山脉引至大海。颔联，他带领我们离开远望中的场景，让我们与近距离接触的两种大气现象捉迷藏。通过颈联的转折，他观察的对象从山峰转变为山下广阔的平原。这个新的全景俯瞰，因了阳光和白云的映照与遮挡的效果而有着千变万化的形貌与色彩，令人十分愉悦。在尾联中，他又回到近景，为我们显示了人的踪迹：一个樵夫以及一个从山谷小溪另一侧传来的声音，正在询问樵夫夜晚的宿处。

　　作为一位著名画家，山水画中南宗画派的创立者，王维的作品经常被称赞为诗中有画。这首诗无疑是他山水诗作品中富有画面感诗作的绝佳范例。诗交替描写全景与近景，其微妙的色彩变化令人愉悦（"白云"对"青霭"，是太阳的光影明暗对比效果）。诗歌不断变换视角，移步换景——水平和垂直，从下往上或从上至下。所有这些绘画的特质完美地交织在一起，创造出罕见的视觉盛宴。此外，诗歌随着一日游览的各个阶段来描绘风景与形象：始于远望（首联），继之以登山经历（颔联），然后到达山顶（颈联），以黄昏时分下山至山谷收束全诗（尾联）。

　　这首诗也是王维最好的山水诗更重要品质的完美示例：一种佛教世界

---

❶ 《全唐诗》，第4册，卷一二六，第1277页。

观的艺术体现。有趣的是，如果我们将注意力放在中间两联每一行诗的最后一个字，我们会看到一连四个经常在中国佛经中用以解释佛教世界观的术语："合""无""变""殊"。"合"字是"和合"一词（梵文为 *sāmagari*）的一部分，指所有客观或主观现象存在的根本原因与条件之复合（即"因缘"，*hetupratyaya*）。"无"字是"无二"一词的一部分（两面均否定，既不……也不），表示大乘空宗的双重否定运动，旨在防止将任何事物或概念视为本体论上的绝对存在。就万物而言，无论其为物质存在或精神现象，均源自原因与条件复合的因缘，它们不可能拥有任何根本的实质，因而也就是易变的（"变"）与易于分化的（"殊"）。用佛教的观念表述就是，既非实有亦非空无。

王维在诗中出色地运用这四个术语，证明他是一位富有非凡想象力、成就卓越的诗人。他的神来之笔将四个抽象的哲学术语依次转变为四行诗中生动的诗眼。四个哲学术语成为令整行诗句变得鲜活传神的关键词。这四个诗眼一起产生了一出感知幻觉的持续戏码。前两个诗眼"合"（汇聚）与"无"（消失）渲染了白云与青霭的大气形象是如此难以捉摸，以至于它们的真正存在成为问题。接着，另两个诗眼"变"（改变）和"殊"（变得不同），将山谷与平原转为形状和色彩不断变换的奇观。这出感知幻觉的戏码在尾联中达到高潮。在那里，我们被引导至隐于林中的一处居所，然而实际上我们看不到它，只能向樵夫打探它的所在之处。我们似乎看到了远处的樵夫，然而我们无法靠近他，只能隔着山谷、溪流大声地呼喊。我们猜测，自己的呼喊在空旷的山谷里的回声可能就是我们能够得到的唯一答案吧。当这个感知幻觉达到其顶点，一个敏锐的读者可能会体验到佛教的启迪，或至少深刻理解到佛教对实有与空无，对宇宙与自我之虚幻本质的见解。由于将艺术与宗教、感官的与超感官的元素完美融合，王维被恰切地冠以"诗佛"的称号。

推荐阅读

- 高步瀛选注，《唐宋诗举要》（上下册），上海：上海古籍出版社，1978年。

- 仇兆鳌详注，《杜诗详注》（全五册），北京：中华书局，1979年。

- 瞿蜕园、朱金城校注，《李白集校注》（全四册），上海：上海古籍出版社，1980年。

- 陈铁民校注，《王维集校注》，北京：中华书局，1997年。

- Kao, Yu-kung, "The Aesthetics of Regulated Verse, " in *The Vitality of the Lyric Voice: Shih Poetry from the Late Han to the T'ang*, edited by Shuen-fu Lin and Stephen Owen, Princeton, N. J.: Princeton University Press, 1986, pp. 332-385.

- Kao, Yu-kung and Mei Tsu-lin, "Meaning, Metaphor, and Allusion in T'ang Poetry, " in *Harvard Journal of Asiatic Studies* 38, no.2(1978), pp. 281-356.

- ——, "Syntax, Diction, and Imagery in T'ang Poetry, " in *Harvard Journal of Asiatic Studies* 31(1971), pp. 49-136.

- Owen, Stephen, *The Great Age of Chinese Poetry: The High T'ang*, New Haven, Conn.: Yale University Press, 1981.

- Varsano, Paula M., *Tracking the Banished Immortal: The Poetry of Li Bo and Its Critical Reception*, Honolulu: University of Hawai'i Press, 2003.

第9章

近体诗：七言律诗

罗秉恕（Robert Ashmore）

七言律诗与五言律诗一起产生于初唐，但在早期的大部分时段里七言律诗都是一种相对边缘的形式。拓展这一诗体的范围，提升其重要性的关键人物为杜甫。在将七言律诗打造为与五言律诗同等地位的诗体方面，杜甫厥功至伟。本章将着重论述从杜甫的七言律诗到李商隐等晚唐作家之"密炼"模式（the "hermetic" mode）的特殊发展脉络；李商隐的创作充分表明，这一诗体的句法可以何其繁复，意象可以何其凝练。杜甫在这种高度要求技巧的诗体中进行的引人入胜的、私人化的，且常常自相矛盾的日常随意的写作，自晚唐起就深深影响了众多诗人，而他晚年之作的强度与惊人的结构复杂性，成为"七律"难以逾越的高峰。李商隐之凝练密集、擅用典故与含混多义的七律风格在宋初颇有影响力，与李商隐一脉相承的所谓"西昆体"，一度成为北宋初年宫廷的诗歌主流。随后，这种诗风招致批评，在很大程度上被抛弃，取而代之的是其他类型，但李商隐开创的神秘莫测、晦涩难懂的诗意氛围仍有着重大的影响，尤其是在宋词之中。

杜甫的遗产

杜甫无疑是其同代人中最具冒险开拓精神的七律作者。这种形式似乎吸引着他去挑战诗艺的边界。例如，杜甫创作了许多符合通常的八行诗句结构外观的七言律诗，但却有意违背律诗的声律规则或一行诗句内惯常的句法组合，旨在营造奇崛峭刻、朴拙粗疏的"古体诗"感觉。后世的批评家归纳出"拗律"这一类别，很大程度上是为了容纳杜甫这类形式上的实验。这里所讨论的诗歌声律上均为严格的律诗，但在这些作品中，我们也可以看到，完美的技艺与有意的笨拙之间的张力让杜甫一再倾注心力。

曲江（其二）

朝回日日典春衣，每日江头尽醉归。

酒债寻常行处有，人生七十古来稀。

穿花蛱蝶深深见，点水蜻蜓款款飞。

传语风光共流转，暂时相赏莫相违。❶

《曲江》（其二）采用的平仄格式为变体之二，即对标准平仄格式有略微的修改，以便首句入韵。❷七言律诗中每句诗的第一个字总是被允许可以背离既定的平仄类型。通常第三个字也被允许，也就是五言诗中的第一

---

❶ 《全唐诗》，第7册，卷二二五，第2410页。

❷ 对所有律诗来说，首句是否押韵是可选择的，不过在实际创作中，七言律诗首句入韵更为常见，较长的诗句在首联就确立韵脚似乎更为可取。

个字所对应的位置。❶因而，这首诗中需要讨论的只是第7句的第五、六个字违背了既定的平仄规则。第六个字的平声是为了"拗救"第五个字的仄声❷。句型中的第五个字和第六个字之间的特殊修正非常普遍，尤其在倒数第2句诗中（如下图所示）。

《曲江》的声调模式图

《曲江》是杜甫在七律这一形式上早期的尝试（至少在那些流传下来的诗中是如此），时为758年他短暂地任职于朝廷期间。不过，将炫目的技艺

---

❶ 这个规则的例外是句型2"仄仄平平仄仄平"（｜｜— —｜｜—），当第三个字为仄声时（五言诗的第一个字为仄声），需要将第五个仄声字（即五言诗的第三个字）改为平声，以保持声音的悦耳动听。参看第8章关于四种律诗/绝句的平仄格式的讨论。

❷ 凡平仄不遵常规格式的句子叫作拗句。在应该用平声字的地方用了仄声，或者应该用仄声字的地方用了平声，可以在后面的适当位置"救"，即补偿，叫作拗救。按照一定的规则，可以在本句救，也可以在对句救。

与诗人自我描写的难以捉摸的嘲讽并置，在此已略窥一斑，并在他后期的作品中得以持续与加强。曲江实际上是一个湖，为园林所环绕，位于唐代长安城的东南角，曾是京城贵胄最喜爱的游玩之所。诗人以一种故意漫不经心的态度呈现自己，语气在欣喜地沉醉于季节的自然美景与揶揄自己不修边幅、纵情挥霍的状态之间游移。

第3句与第4句并列描写了诗人丧气地承认自己的状况（债）及其成因（酒），以及一个饮者对生命无常的哲理性思索。这一联饶有兴味的地方部分源于其随意的语调掩盖了精湛的技巧。两句之间所建立的对仗关系展现出异想天开的非凡才华，如"酒债"与"人生"（都是名词词组，均由定语加某类名词构成），似乎将酒旗招展，行处可见（酒肆）假定为生活的普遍条件。此外，"寻常"与"七十"相对，是由于某种语义双关，取"寻"和"常"的另一种意义，即长度的度量单位；作为数量词与数字七十形成了恰当的对仗。这种在词语的次要意义上通过文字游戏来使其互为对仗的做法，是异常精湛的艺术手段，被后世批评家称作"借对"。

不过，第三联显然才是这首诗的重心。这里我们看到既有生动详尽的观察，又有娴熟的技艺展示，举例而言，注意这些诗句中我们感觉的方式，在诗句中最后一个字才出现动词，经由这种醒目的句法，我们意外的、转瞬即逝的感觉得以加强。实际上，对于很多后世批评家而言，这一联精美纤巧的艺术性几乎是他们所批评的晚唐诗与宋诗某种征候之具体而微的展示。❶

就像我们在以下诗中看到的，技巧与自然之间看似紧张的关系是一个持续存在的问题，对于杜甫本人和其读者皆如是。

---

❶ 实际上，在杜甫的这些作品中，我们可以预见到所谓"宋调"的写作方式。将此诗与林逋《山园小梅》相比较，可以看出杜甫与宋诗之间的某种"世袭"联系。

江上值水如海势聊短述

为人性僻耽佳句，语不惊人死不休。

老去诗篇浑漫与，春来花鸟莫深愁。

新添水槛供垂钓，故着浮槎替入舟。

焉得思如陶谢手，令渠述作与同游。 ❶

    此诗的首联也许是杜甫关于自己沉迷语言技艺的最为直率的声明，经常为人所引用。然而，这首诗的缄默之处与含混歧义同等重要。首先要注意的是诗歌的内容与标题之间的关系。通常情况下，偶然所作之诗的标题会简单地说明这种情况：诗歌被理解为诗人对世界上某些事情的反应，标题说明是什么事情。很明显，如此简单明确的公式在此处不适用。最初发生的事情——杜甫看到河水如海洋般辽阔浩瀚、波涛汹涌——并没有被直接处理（尽管我们可以把第三联读作婉转的暗示）。将标题与诗歌内容联系起来的思路似乎是这样的："那种场景的壮丽、辽阔与强力，对于我微薄的能力而言实在太伟大了。因此，我无力写出此题下的'恰当'之诗，只好以这些诗句替代，作为我这个诗人才思枯竭的评述。"如此解读，那么，这是一首关于失败的写作之诗，尾联温和地自嘲，希望每当诗意的场合对杜甫来说难以驾驭之时，能召唤出更多有才能的诗人。

    这种解读使我们对于诗歌有个大致的理解，但远远不能解决其语调的含混多义。作为自嘲地承认自己失败的潜在对立面，我们可以听到另一种可能性："我为诗而生，而活。我的诗歌创作力与河水一样天然且强有力。无论我的诗歌是否'描写'出河水的漫溢，我的诗歌创作力都完美地类似于（汹涌强力的）河水。想要找到与我真正匹敌之人，那得去找寻过去时代的伟大诗人。"这种语调的含混多义在诗歌中间一联的对仗达到顶峰。第

---

❶《全唐诗》，第7册，卷二二六，第2443页。

三联解释诗人为尽享河水的景色所做的"装备"（他的水槛与浮槎），强调其匆促草率，权宜之计的一面。然而，正是这种临时的、自制的才最适合河水；相比之下，高规格的凉亭与游船不是太过人为与不真实了吗？在第二联中矛盾的是，诗人苦涩的再次自嘲以令人震惊的精湛技艺来表达。以"老去"对仗"春来"是另一个借对的例子："老去"与"春来"作为名词—动词的结构"老—去/春—来"对得十分工稳，而在杜甫的诗中，只有第二句"春来"才能实际上解释为名词—动词结构；这一联对仗中的出句要求我们将"老"解作"变老"，而"去"为动词后的补语，是副词"离去"之意。❶对仗句通常易于造成静态平衡之感，但这种创造性地使用动词的手法给予这一联动态的不对称感，自然而然地随意的效果。实际上，此诗就整体而言，即使它严格遵守了律诗的对称性与形式的约束，但在传达出漫谈的直接性方面仍是十分卓越的。

"漫"字在这里是关键词。在其基本义上，它指的是液体满溢而出。在其引申的副词用法上，它描绘以一种无法控制的方式发生之事，过度的、草率的、冲动的，或者没有深思熟虑的。因而杜甫戏谑地安慰花鸟（其秘密本质可能被揭示，或最终会被更令人赞叹的诗歌才华所"捕获"），它们无须担忧——这个特别的老人并没有自命为伟大的诗人；因此他们可以安心了。然而，即使我们记录了这个表面意思，也不可能不听见另一种暗示：这种不费吹灰之力的、粗枝大叶的态度，并不表示缺乏力量，而是充分实现了力量的标志；花鸟无须害怕这种力量，如同它们无须害怕大自然的任何其他力量一样。诗中"漫"（草率的）的方式与涌动的河水"漫涌"的力量相对应。颇有特色的是，杜甫这里对诗歌的反思与其对自我描写的嘲讽密不可分。

---

❶ "去"用在动词后，作为动词补语，表示人或事物随动作离开原来的地方，如拿去、捎去。这里"老去"亦同此。——译注

由八首七言律诗组成的组诗《秋兴》代表杜甫创作的巅峰，无论是就七律的形式而言，还是就内在于杜甫诗中强有力的意象创造者与古怪而无能的老人之间的张力而言。诗写于766年，在杜甫去世的前四年。这些诗显示，诗人似乎意识到他在公共生活中崭露头角的梦想已无法实现。《秋兴》反思了一年的尽头，生命的尽头，以及岁月的尽头——秋天的意念成为一个镜厅（a hall of mirrors），其中所有这些尽头都是杂乱地叠加在一起。以下为这组诗的最后一首：

秋兴（其八）

昆吾御宿自逶迤，紫阁峰阴入渼陂。

香稻啄余鹦鹉粒，碧梧栖老凤凰枝。

佳人拾翠春相问，仙侣同舟晚更移。

彩笔昔曾干气象，白头吟望苦低垂。❶

昆吾园、御宿川、紫阁峰与渼陂湖都是胜游之地，坐落于长安城南的终南山麓。杜甫在其短暂的仕宦生涯早期，曾多次在那里游玩，并偶尔创作了一些应景之作。此诗的第2句似乎是对那些早期作品之一的《渼陂行》中醒目意象的一个有意回应，在那首诗中诗人在夜幕降临时泛舟于湖上，看见四周黑魆魆的群山倒映在水面上。❷

因而，当其漂流于南方长江畔的夔州，《秋兴》里的杜甫凝望着想象中远在北方的京城，同时也回望自己作为帝国官员与诗人的过往。这种个人的追怀继而又与对大唐帝国命运更为普遍的沉思交织在一起，似乎对杜甫

---

❶ 《全唐诗》，第7册，卷二三〇，第2510页。

❷ 杜甫《渼陂行》："天地黤惨忽异色，波涛万顷堆琉璃。"黤惨，天色昏黑；琉璃，水波清澈。

而言——也是对于整个王朝其后约一个半世纪中的许多作家而言——随着756年国都的陷落以及唐玄宗的出逃，一些神奇的东西永远地失去了。此外，特别是在《秋兴》组诗的最后一首，这种缅怀进一步延伸到更为遥远的汉代历史。这组诗中在这一首之前的诗作主要是对汉代宏伟残迹的沉思❶，而我们需要记住"昆吾园"与"御宿川"之名，这两个名字本身就是由汉武帝主持修建的恢宏的上林苑之遗迹（"御宿"意谓"皇帝住宿之地"，因汉武帝出游时曾住宿于此而得名），并因当时"赋"家的创作而名垂千古。❷所有这些参照系都被叠压在一起，创造出诗意的极度紧缩，繁复多重，以及碎片化。

这种紧缩感最引人注目的情况是在此诗的第二联。对仗在这里成为形式的容器，显示出词语本身永远不会产生的完整性与稳定性。当我们读过每一行时，不断地被拉扯回去，被迫重新开始尝试解析句法。名词后跟随着动词，但不能成为那些动词的主语——香稻不能"啄"，梧桐树也不能"栖"——而这些动词的意思在加上奇怪的动词补语"余"和"老"后，进一步被扭曲，诸如此类直至全句。对仗句就其性质而言，比起单行诗句的写作有更多句法的灵活性，因为在一联之内，两句之间"垂直"关系的稳定性允许诗句中"水平"句法关系相应地较为松弛。但是这一联诗之破坏句法关系所达到的程度仍是非比寻常的。我们可以对照一下效果温和得多的《曲江》之第三联："穿花蛱蝶深深见，点水蜻蜓款款飞。"如我们所见，诗句中包含了一种"负载"，其中定语从句、名词和副词的某种复杂关系等待释放，这种释放被延迟至诗句的末尾。相比之下，《秋兴》这一联中远为密集的句法负载没有导向清晰的解决时刻，而是指向不确定的悬而未决。最终我们不得不解析这句诗中第三到第六个字的句法，把它们当作主语倒

---

❶ 指杜甫《秋兴八首》（其七）："昆明池水汉时功，武帝旌旗在眼中。"
❷ 要了解这些汉代范围的文学遗产，可以参看司马相如的《上林赋》。

置的定语从句，并同时修饰最后一个字，名词"粒"和"枝"（即鹦鹉啄余之粒，凤凰栖老之枝）。但是这些名词（"粒""枝"）与位于句首的"香稻""碧梧"之间的确切关系可能是主谓结构、并列结构或对比结构，或其他可能性。所有这些看起来确定的关系只有谷粒是香稻的碎片，树枝是树的碎片。因而，所有我们为解决诗句的碎片化句法而付诸的努力只留给我们碎片。在这组诗中，杜甫思索着个人与文化的历史中物质与文学的遗迹，为那些碎片无法凝聚在一起，重新获得一个失去的整体性而悲感万端。在像这样的一些联句中，我们看到诗人创造了一种言辞的纹理，映射其内心的挣扎。

这首诗的结尾暗用了一个典故，南朝诗人江淹的故事：江淹在梦中遇到了晋代诗人郭璞，郭璞要他归还很久以前借给他的彩笔。醒来后，江淹发现自己就此文思枯竭了。至此，无须讶异的是，尽管杜甫为诗歌语言创造出全新的可能性，但他还是将自己描写为才力不逮、痛苦衰老的诗人，独立于江畔。

晚唐风格的含混与碎片

李贺是创造晚唐独特诗学景观的关键人物之一。他被视为许多典型的晚唐特色的化身：痴迷，甚至是病态地专注于技巧；以片段诗句或意象为中心的审美感性；更广泛地说，是将诗歌当作无论对诗人还是读者而言都更"困难"的观念。李贺创作的律诗很少，但对几位写作律诗的重要诗人产生了关键性的影响，因此我们关于晚唐风格的讨论将从下面这首李贺之作开始，一首非格律体的七言诗。

梦 天

老兔寒蟾泣天色，云楼半开壁斜白。

玉轮轧露湿团光，鸾珮相逢桂香陌。

黄尘清水三山下，更变千年如走马。

遥望齐州九点烟，一泓海水杯中泻。❶

一位敏锐的批评家指出，在《梦天》中我们没法分辨是梦在天中，还是天在梦中。❷译文似乎使得意象之间的许多关系不确定，但是实际上在很多情况下，它只是缩小了保留在原文中的各种想象之可能性。例如，我们不知道云楼是全部或部分地为云所笼罩之楼（这是解释这个短语的通常的人间的方式），还是一座建在云层之上、之中或以云构造的楼（就我们所知，所有这些可能都是诠释它的通常的天国的方式）。"斜"在诗中经常用于描绘倾斜的光线，但此诗中缺乏任何上或下或水平的清晰感觉的标记，每一个读者都只能自己去猜测光线或墙是否倾"斜"。"玉轮"是一个熟悉的关于月亮的比喻，但是玉轮碾轧露水这个想法的特异性与具象性，就不可能将这个意象归结为任何人类个体观看月亮的视角。在李贺这里和其他地方，我们正与一种诗意的，创造了异常生动又直接体验的语言打交道——然而，最后我们却无法确定这是一种什么样的体验。举例来说，借代（以部分来指代整体）是传统的诗歌中实现表达之俭约又生动的十分熟稔的方式。然而，李贺的借代却通常用来使熟悉的东西陌生化，或隐秘地暗示超越普通人类界限的感知模式。当"鸾铃"（通常是马车的装饰）与"珮环"相逢于"桂香陌"（传统上据说桂树生长于月亮之上），我们可能正

---

❶ 《全唐诗》，第12册，卷三九〇，第4396页。

❷ 黄周星《唐诗快》，引自陈伯海主编《唐诗汇评》，第2册，南京：江苏古籍出版社，1995年，第1948页。

目睹驾车之人与佩戴玉珮之人的相遇，不过我们保留的主要印象却是超脱尘世的陌生感。这些碎片化的意象可能是构成任何整体的组成部分，那个整体十分诱人，却令我们无法把握。

李商隐可能是晚唐最重要的诗人，深受李贺的影响——事实上，唯一对他的作品具有同等重要性的榜样是杜甫。我们可从《银河吹笙》这首诗中看到这种综合的影响。

银河吹笙

怅望银河吹玉笙，楼寒院冷接平明。

重衾幽梦他年断，别树羁雌昨夜惊。

月榭故香因雨发，风帘残烛隔霜清。

不须浪作缑山意，湘瑟秦箫自有情。❶

李商隐最为独特的几首七言律诗均为无题。其他一些诗歌，比如这一首，是从诗歌的首句中截取一些短语作为谜一般的标题。正如我们所见，在中国古典诗歌中标题的惯常功能是陈述诗歌的缘起——或至少像"乐府"诗一样，就如何去阅读这首诗给出清晰的类属信息。因此，一首诗为无题，或者予其谜一般的标题是一种尖锐的姿态。很多李商隐的评论家都将这种姿态当作一种挑战，要求读者发掘出诗人所隐藏的实际创作语境，他们将这些诗歌读作朦胧隐晦的情欲或政治寓意的表达，因太过惊世骇俗而无法公开地陈述。但对我们的目的而言，以完全不同的方式看待这些无题或标题不明确之诗，似乎更加大有可为：通过悬置标题与诗歌内容之间通常的关系，李商隐创造了一种形式，使他可以探索令人迷惑的诗意之纹理和意象，有意容纳阅读的多重性。例如，这首诗可以被读作关于笙的"咏物"

---

❶《全唐诗》，第16册，卷五四〇，第6185页。

诗，也可解读为一首偶然听到吹笙所作之诗（李贺写过好几首非常奇幻的关于音乐的诗歌，可能是此诗的范本），还可读作游仙诗，抑或作为一首恋爱中人所写的思念爱人之诗，或是以这样一个人的口吻所写的诗。

如果说总体氛围上的寒冷、夜晚的神秘感令人想起李商隐之受惠于李贺，中间两联展现的紧缩凝练、多义性则令人联想到晚年的杜甫。第3句写到梦断——但是那些"他年"之梦，是一个曾在他年做过的梦，如今回想起来了呢？还是这些"他年"如今浮现于眼前，如同一个破碎的梦？如果我们选择接受在鸟的悲鸣与被惊醒之间存在因果联系，诗句更直接传达的是梦醒时分心灵的迷失状态。而鸟的悲鸣，可能是字面意义的鸟鸣声，也可能是笙所模拟的声响。这种暂时迷失的感觉尤其在接下来的一联诗中得以发展，其中"故"和"残"均指向过去时间的不确定范围，首先是在一生的尺度上，其次是在一夜的尺度上（当蜡烛慢慢燃尽，梦境逐渐展开）。在这些意象的表层之下，隐藏着晚唐小说家和诗人同样看重的老生常谈：人生如梦。

尾联包含了一连串关于永生传统的典故。倒数第2句谈到的王子晋（也称王子乔）是一位得道仙人，且擅长吹笙，曾于七月七日从缑山上驾鹤升天。最后一句的"湘瑟"指传说中的圣主舜帝的两个妃子，后来成为湘水之神的娥皇和女英，楚辞《远游》中的一段描绘了湘灵鼓瑟。短语"秦箫"指的是萧史的传说，他能以箫声引来凤凰，与其未婚妻公主弄玉一起升天而去。这一系列有关恋人永生的典故同样唤起了关于银河与牛郎织女的联想，天上的恋人（以及星座）被银河分隔两处，每年只能在七月七日相聚一晚。如此一来，尾联更像是号召人们选择伴侣，而非一个隐士寻求得道成仙，尽管发出这一号召的上下文仍然无法确定。

李商隐所写的另一种颇具创新性的律诗类型是怀古诗，其中《隋宫》是其中最著名的一个例子：

隋　宫

紫泉宫殿锁烟霞，欲取芜城作帝家。

玉玺不缘归日角，锦帆应是到天涯。

于今腐草无萤火，终古垂杨有暮鸦。

地下若逢陈后主，岂宜重问后庭花。❶

　　9世纪的怀古咏史诗在材料的选择与处理上经常表现出与同一时期的短篇虚构叙事作品（这个文体后来被称作"传奇"）的密切关系。更早时代的怀古诗倾向于说教，挽歌或对当代事件的含蓄讽喻，这一时期的诗人们经常运用历史主题作为驰骋想象的载体，或者乐见历史因果关系的逻辑悖论。❷这首诗追踪了隋朝的历史轨迹，589年，隋朝在被称作南北朝的长期分裂之后重新统一了中国，继而又于618年很快被唐朝取代。这首诗的中心形象为隋炀帝，他斥巨资兴修大型公共工程，经常沉迷于出游直达新近征服的南方。隋炀帝下令在南方城市广陵（今扬州）建造精美的宫殿苑囿，作为其驻跸南方的行宫；一个新建的运河体系将隋朝的北方与南方都城连接起来。

　　这里，地名"紫泉宫"与"芜城"充满了讽刺意味。南朝诗人鲍照曾写过关于广陵城历史的《芜城赋》。这篇文章通常被解读为对南朝一位皇子的含蓄批评，南朝的皇子在鲍照所处的时代曾在广陵发动了一场失败的叛乱。如此，说隋炀帝"欲取芜城作帝家"等于是在含蓄地批评他没能汲取历史教训。在开篇两句诗中还有一层更深隐的讽刺意味，和隋炀帝以及取代他的唐朝开国皇帝的名字有关。紫泉是长安地区一条河的名字，所以

---

❶ 《全唐诗》，第16册，卷五三九，第6161页。

❷ 关于9世纪这种诗歌模式的另一个经典范例，可参看关于杜牧绝句《赤壁》的讨论。

"紫泉宫"是指隋朝在长安的宫殿，被南巡的隋炀帝丢下，被他忽视，笼罩于烟雾之中。终隋一代，紫泉的地名本来被写作"紫渊"。但是李商隐作为在二百多年以后写作的唐朝人，必须对唐朝开国皇帝李渊之名进行避讳，遂按照习俗以同义词"紫泉"替代。这里引用鲍照赋中间接提到的城市在李商隐的时代原本按照古称叫作广陵，但是在隋代被易名为江都，以免触犯了隋炀帝之名"广"的避讳。通过如此晦涩难懂的文字游戏，李商隐传达出一种历史视野，将其视为一个充满讽刺以及各种未实现之可能性的莫知所终的空间。

将历史视为一连串含义隐晦之讽刺的看法，在第二联中被推到极致。"玉玺"是帝国的象征，而"锦帆"是指大量关于隋炀帝南巡的奇异故事之一：张着锦帆的船沿着新开通的航道，舳舻相继，接连千里，联绵不绝。这一联起初看起来犹如《秋兴》一样密集紧凑，只有当我们识别出构成对仗的借对之极端情况时，其意义才会产生。要想理解这一联，我们需把"日角"当作相面术的术语，意即在前额有似角状的凸起，表明一个人命中注定会成为皇帝——那就是李渊。如此一来，这一联的意思就出现了，"如果不是玉玺已经注定归李渊所有，那些船队可能会永远航行直至天涯"。这些字里行间的谜语和奇异的借代手法，将历史的运作方式展现得如同李贺笔下的天界一样神秘莫测。

诗的后半部分提及更多隋朝末年的逸事趣闻。隋炀帝在南游期间，向民众征收过萤火虫，仅仅是为了释放它们以便在夜间游览时提供照明（中世纪科学认为萤火虫乃腐草所生）。柳树据说也是征收而来的，种植在宽阔的运河水系沿岸，这个运河系统成为隋朝在后世最为持久的纪念物。隋朝皇室的姓氏杨，本身也是一种柳树的名字。❶尾联提及可能是杜撰的有关

---

❶ 杨，在古代汉语里常常指杨柳，为柳树的一种，与现代植物学分类中所说的落叶乔木的杨树没有任何关系。现代植物学所说的杨树在古诗词中常常写作"白杨""青杨"。——译注

隋炀帝传说中的一段插曲，据说他梦中遇到了隋之前的南朝最后一个朝代陈的皇帝（陈后主）。故事里说，隋炀帝请求聆听一下陈后主最宠爱的妃子演唱《玉树后庭花》——一首已经成为与陈后主的奢靡铺张有关，令人联想到陈朝覆亡的歌曲。李商隐暗示，使自己沦为同样下场的后继者隋炀帝，在阴间应该不太可能嘲笑已故的陈后主了吧。

与李商隐关系最为密切的诗歌创作模式是他那独树一帜、晦涩神秘的浪漫爱情诗。

无　题

飒飒东风细雨来，芙蓉塘外有轻雷。

金蟾啮锁烧香入，玉虎牵丝汲井回。

贾氏窥帘韩掾少，宓妃留枕魏王才。

春心莫共花争发，一寸相思一寸灰！❶

暴雨初临的开篇意象十分新鲜生动，同时又很博学：它们呼应了楚辞《九歌》，尤其是《山鬼》中有关天气的段落，该文描写了一个女神与其凡间的恋人之间一次未达成的幽会。❷恋人幽会的暗示，无论是实际的还是想象的，成功的或是受挫的，在第2句的声音意象里继续，因为在浪漫的诗歌中，隆隆的雷声是恋人车轮声的现成比喻。❸但在这首诗中，这种现成的意象只暗示了一系列可能的联想，从没给定我们足够的上下文，使我们能够判定一个确切的参照系。因而这里的"轻雷"可能是实际上的雷声，也可能是在远处接近或远离的恋人车轮的隆隆声。李商隐似乎很乐于创造

---

❶ 《全唐诗》，第16册，卷五三九，第6162—6163页。

❷ 《九歌·山鬼》："雷填填兮雨冥冥，猨啾啾兮狖夜鸣。风飒飒兮木萧萧，思公子兮徒离忧。"

❸ 司马相如《长门赋》有云："雷殷殷而响起兮，声象君之车音。"

朦胧歧义的诗歌氛围，在像这样的氛围中，我们听到了因距离遥远而显得沉闷的声响，可能是隐隐的雷声，也可能是远远的车轮声。

第二联向我们展示了最具感发力的，使人动情的风格。金蟾似乎是锁上金属装饰的一部分，而玉虎则是井上辘轳装饰的外形。这些动物形状的装饰可以解读为恋人候于其中的内部空间的场景设置，它们同时也可能是为了类比有关幽会的神秘。虽然门是好好锁着的，但熏香的烟雾还是会渗透进来；虽然井很深，但水桶会带着汲好的井水回到井口来。再次强调，比起给出一个确定的解读方式，更重要的是记住这一联所创造的神秘与不确定性的特质，从中我们可以看到杜甫晚期的碎片化与凝练，以及李贺所开创的奇幻借代的特色。

第三联的阐释有赖于传说中有关偷期密约的典故。第5句接续了第3句诗中隐晦的类比，即能够渗透其他东西无法穿透屏障的熏香烟雾与各种情欲之间的类比：韩寿是晋代贾充门下一个年轻英俊的僚属，贾充的女儿透过窗户窥见了韩寿，随后与他有了私情。这对恋人被贾充发现，是在贾充召见韩寿时，发觉韩寿身上有来自贾家私藏的稀世香料的味道。第6句诗中的"枕"涉及更为复杂的文本指称，其中可能代表着秘密欲望的挫败或完成。三国时魏国诗人曹植撰写了《洛神赋》，成为人神之恋的最著名的文学描写之一。后来的传统是把这首赋和曹植与甄皇后之间杜撰的不幸的爱情故事联系在一起，甄皇后乃曹植的兄长魏文帝曹丕之妻。故事是说，曹植没能在甄皇后与曹丕订婚之前成功娶到她。多年以后——在甄皇后因竞争对手郭皇后的阴谋诡计而被杀之后——曹植来到曹丕的宫中，曹丕碰巧拿出已故甄皇后的装饰华美的金缕玉带枕给他看。曹植睹物思人，失声痛哭。曹丕猜到了原因，就把这个金缕玉带枕给他留作纪念。在自国都返回自己封地的途中，曹植在洛水稍作停留，缅怀甄氏。甄氏的魂魄向曹植显现，确认这个枕头是她嫁妆的一部分，并表示将此枕与自己全都转而交托与曹植，他们的爱情最终得以圆满。●曹植创作了《感甄赋》。据说是直到后来，即位的曹丕之子才将题目改为《洛神赋》，以避免丑闻。

与叙述性散文文本如此精心的呼应再次提醒我们，这一时期传奇故事与诗歌之间交互的密切关系。然而，如同难以捉摸的碎片化的意象一样，在这首诗中以这种方式运用有关文本，它一方面开辟了联想的空间，同时又使我们无法对诗歌本身所讲的故事有一个确切版本。本诗结尾处对激情的评论同样也适用于李商隐此诗语言的结构：扑朔迷离的隐晦线索创造了一种诱惑的气味，以及暗示着灼热感逼近的撩人的幻觉。而当我们试图确实地把握住它的位置和状态时，它却像灰烬一样易碎而无法把握。

锦 瑟

锦瑟无端五十弦，一弦一柱思华年。
庄生晓梦迷蝴蝶，望帝春心托杜鹃。
沧海月明珠有泪，蓝田日暖玉生烟。
此情可待成追忆？只是当时已惘然。●

几乎可以肯定，《锦瑟》是李商隐最著名的诗歌，也是他很多早期版本的作品集的开篇之作。《锦瑟》肯定也是他的诗集中其确切含义一直争议最大的诗歌之一，这取决于我们如何看待它，要么是自相矛盾的，要么是完美契合的。这里，我们甚至连刚才讨论的无题诗中所给出的那种关于诗歌模式的暗示都没有。像《银河吹笙》一样，《锦瑟》也曾被解读为关于乐器

● 《文选》卷十九《洛神赋》，注：忽见女来，自云："我本托心君王，其心不遂。此枕是我在家时从嫁前与五官中郎将（曹丕），今与君王。遂用荐枕席，欢情交集。"见《文选》，第896页。
● 《全唐诗》，第16册，卷五三九，第6144页。

的咏物诗，诗人哀悼妻子的悼亡诗，隐晦谈论其禁忌之恋的作品，以及抱怨其恩主之冷落的诗作。这里提供的任何一种解读都必然是假设的，是很多可能性中的一种。我将踵武那些认为此诗乃李商隐诗集之自叙的传统读者，更笼统地将这首诗看作一首关于诗歌艺术的作品。

第一句诗引用了一个关于锦瑟的病原学神话的典故（即旨在解释物体或乐器之起源的故事）。据传说故事，素女为传说中的圣主伏羲鼓五十弦之瑟，其声悲不自胜。为了使素女从悲声中解脱，伏羲断五十弦为两半，遂创制了后世二十五弦之瑟。五十弦因而喻示着一种表现力与复杂性，使听者无法承受；这里，正如每一根琴弦都为其柱所支撑一样，那势不可当的声音中的每个元素都会激起记忆中相应的音调。

中间两联创建了联想的网络，使这些对应关系在其中自由地产生共鸣。这些意象以转换的奥秘和神秘的同情为中心，跨越了人类经验与自然界生物和物体之间的鸿沟。庄子梦到他成为一只蝴蝶，如此生动逼真以至醒来后他再也无法确定，他到底是庄子还是一只蝴蝶。传说中蜀国的君主望帝派遣臣子鳖灵去治水，在鳖灵离家期间，望帝与鳖灵之妻私通。鳖灵归来后，望帝十分羞惭。他离开了，将王位让与其臣子鳖灵，然后化为杜鹃鸟。于是这种鸟就与对望帝的记忆永远联系在一起，他的名字杜宇成为这种鸟的另一种名称。动词"托"（交托）也用来形容修辞格的用法，所以当我们以杜鹃鸟的意象为隐喻，表达像传说中的杜宇那样的悲哀或悔恨之情时，我们也同样地"将望帝的春心交托给了杜鹃鸟"。第三联用典是更进一步的同情和变形的神话：第5句结合了珍珠随着月亮的盈亏而有圆缺的传说，以及海里的鲛人泣泪成珠的传说。第6句借鉴了一系列可能的文本呼应：蓝田实际上是一个以盛产玉而著称的地方之名。一个名为苌弘的英雄的故事讲述的是，他在被不公正地杀害之后，其血化为了碧玉。一个叫作紫玉的女孩的故事说，在她死后，作为精魂归来，洗脱了其未婚夫韩重涉嫌盗墓的罪名。她被韩重诚挚的悲伤所打动，在韩重面前显灵，从陪葬品中拿了一颗珍珠赠予他。当紫玉的母亲急忙上前想拥抱她，她如烟散去。另一个经常被引用的可能的参考文本是戴叔伦的评语，诗歌的感觉就像蓝田日暖、良玉生烟，可望而不可置于眉睫之前。

李商隐这里似乎承认他自己的困难与我们作为他的读者所面临的困难相类似：其诗歌语言之紧缩凝练使我们去推断出一种潜在的情感强度，但这种凝练也消除了所引用典故的特殊性，最终，使得任何人——无论是来自诗人还是读者——试图一劳永逸地把这种感觉的确切来源和性质固定下来的做法均无法达成。如此看来，诗歌意义的不确定性最终与感觉和记忆的不确定性相对应：像诗歌一样，心就是弦线过多的锦瑟。晚唐作者确实被诗意的片段所吸引，现在我们能更清楚地看到，他们似乎也被经验本身的碎片化所困扰。

推荐阅读

- 冯至，《杜甫诗选》，北京：作家出版社，1956年。

- 王力，《诗词格律》，北京：中华书局，1977年。

- 周振甫，《李商隐选集》，上海：上海古籍出版社，1986年。

- 叶嘉莹，《杜甫秋兴八首集说》，石家庄：河北教育出版社，1997年。

- 刘学锴，《李商隐传论》，合肥：安徽大学出版社，2002年。

- Graham, A. C., trans., *Poems of the Late T'ang*, Baltimore: Penguin Books, 1965.

- Liu, James J. Y., *The Poetry of Li Shang-yin: Ninth-Century Baroque Chinese Poet*, Chicago: University of Chicago Press, 1969.

- Schafer, Edward H., *The Divine Woman: Dragon Ladies and Rain Maidens in T'ang Literature*, San

Francisco: North Point Press, 1980.

• Rouzer, Paul F., *Writing Another's Dream: The Poetry of Wen Tingyun*, Stanford Calif.: Stanford

University Press, 1993.

• Owen, Stephen, *The End of the Chinese "Middle Ages": Essays in Mid-Tang Literary Culture*, Stanford

Calif.: Stanford University Press, 1996.

第10章

近体诗：绝句

易彻理（Charles Egan）

　　五言绝句（五绝）和七言绝句（七绝）是唐代诗人普遍使用的，两种最短、最简洁明了的创作形式。像长度两倍于绝句的两种"律诗"一样，五绝和七绝也都属于声调上固定的"近体诗"类别。简短的形式既带来束缚，又带来潜在的自由。它迫使作者将每个主题削减为几个基本的意象，然后将它们协调地安排，使其从属于单一的限定主题："绝句止有四句，为地无多，须句句字字俱有意味，着不得一毫浮烟浪墨。"[1] 由于对象征性的诗歌语言的依赖，也由于艺术结构技巧的发展，绝句形式之简短促使诗人力求字面文本的言外之意。高步瀛解释道："盖绝句字数本既无多，意竭则神枯，语实则意短，惟含蓄不尽，使人低回想象于无穷焉，斯为上乘矣。"[2] 因此，许多传统批评家认为这两种绝句形式是最难的。唐代诗人着迷于"小中见大"的挑战，并因此将绝句用于最重大的主题上：陈述哲理

---

[1] 王楷苏《骚坛八略》，转引自《千首唐人绝句》，富寿荪选注，刘拜山、富寿荪评解，上海：上海古籍出版社，1985年，第1020页。

[2] 高步瀛选注，《唐宋诗举要》，北京：中华书局，1959年，第750页。

或宗教观点，抒发基本情感、反思历史、描绘广阔的风景等等。包括绝句在内的唐代诗歌的普遍倾向是将自然世界的主题与个体的心灵状态相融合，通常以"情景交融"来描述。但是，成功的绝句所能达到的强度是更长的诗歌形式无法比拟的。可以这样说，相较于如同慢火焖炙的长诗，最好的绝句乃是电光雷火瞬间迸发。

"绝句"这个术语字面意为"断绝的诗句"，很多批评家相信这意味着五绝和七绝的形式源自八句律诗中截取而来的四行片段。这一截断观念的拥趸者认为，截断了的律诗产生了绝句的四种结构上的可能性：第一，无一联对仗，由律诗的首尾两联构成；第二，两联均对仗，由律诗的中间两联构成；第三，首联不对仗，第二联对仗，由律诗的前半部分所构成；第四，首联对仗，第二联不对仗，由律诗的后半部分所构成。

如此，一个主要的含义就是，绝句的审美风貌同样源于律诗。然而，现在人们普遍认为，绝句这一术语可追溯至早于律诗出现的时期，与众多六朝诗人关于五言"联句"的多种创作实践有关。当一个独立的四行诗段落被从"联句"的上下文中截取出来，或者如果它从未与其他四行诗联结在一起，它就被称作"绝句"或"断句"。此外，固定长度的四行诗句形式远远早于固定的八行诗句。尽管截断律诗的理论于史无征，但毫无疑问，它影响了宋代及后世的绝句创作与阐释。不过，阅读唐代诗歌，我们可以从绝句的发展与美学风貌均独立于律诗这一前提着手。❶

本章我将从细读代表性的作品入手，以使读者对于绝句的主题范围和审美潜力有一定的了解。我们下面就详细讨论绝句的某些共同特征。

---

❶ Charles Egan, "A Critical Study of the Origins of *Chüeh-chü* Poetry", *Asia Major*, 3rd ser., 6, pt.1, 1993, pp. 83-125.

五　绝

　　虽然唐代诗人们都用五绝来记录浓缩的诗意体验，并追求同样的基本美学目标，但其诗歌的迥异风格依然清晰可辨。这里我介绍两种唐代五绝的基本风格，主要根据主题的选择和所用语言的类型来区分。第一种可以称作"口语风格"，第二种则是"描述性风格"，虽然这两个术语都需要限定条件。为了接近这两种风格的语境，简短地回顾一下魏晋南北朝时期的五言四行诗创作颇有裨益。

　　魏晋南北朝乐府歌曲是五绝的主要源头。这些无名氏的歌曲分为三个子类：来自南方国都地区（今南京）的"江南吴声"；源于长江与汉水交汇处一带（今武汉）的"荆楚西声"；以及出自北方的"鼓角横吹曲"。这些四行诗句，主要以第一人称女性口吻的恋爱歌曲为主，最早由文学史家如高棅和胡应麟引为唐代五绝的源头。主题方面，这些歌曲主要局限于破碎的恋情，以及偶尔幸福的团聚。对环境与角色的描写同样十分有限。语言采用口语，直接，情感十分激烈。对语言要素的分析表明了口头表演的环境，现存的文本具有如下特征：强烈而连续的句法，运用第一与第二人称代词，经常使用双关语。最能说明问题的是，不断使用语言中指示词和情态词的类别，因此予人以直接引语的印象。指示词包括的词语和表达，如果缺乏具体的言语行动的背景知识，是含混的（例如，"嘿'你'！把'那个'东西拿到'这儿'来！"）。❶情态词表明的是表达的主观性，如推论、条件、命令、问题等等；它是说话者的主观态度与观点的语法化表现。❷

---

❶ Stephen C. Levinson, *Pragmatics*, Cambridge: Cambridge University Press, 1983.

❷ F. R. Palmer, *Mood and Modality*, Cambridge: Cambridge University Press, 1986.

歌曲中的口语元素也产生了与同时期的诗歌迥然不同的音调与节奏，这极大地影响了五绝（和七绝）的发展进程。在使用字母的语言中，口语和书面语的区别在任何时期都没有那么巨大；书面语通常沿用本地口语，仍然是行动和直接交流的语言。然而，中国的汉字不是拼写出口语单词，而是单词的符号。这一事实使得古典的书面语和口语形式半独立地各自演化。文言文并没有向着易于交流甚或指称性清晰的方向发展，而是趋向于密集、简练与展示博学。它倾向于单音节词，相较于口语，语法化程度更低，且含混歧义。因此，相对于像律诗这样紧凑致密的形式，绝句中口语元素的注入起到了明显使音调变得轻快，加快节奏的效果。

六朝乐府的另一个产物是固定长度的五言四句形式本身：似乎南方流行音乐的曲调和分节法决定了这一长度。歌者面对观众创造了一种充满戏剧性潜能的语境，所使用的语言与乐句分节法旨在最大程度地达到情感的影响力。六朝乐府固定长度的四行诗形式要求歌者言少而意多，因而成为一种催化剂，逐步催生了依赖于含蓄暗示的标准创作程式。迄今为止固定的长度还并非中国诗歌的特征。有理由认为，六朝四行诗的实验引起了人们对固定的八行诗的兴趣，最终发展成为律诗。

克服其短小固定长度的一种六朝诗歌技巧是，在四句之中的最后两句运用巧妙的谐音双关语，取决于看待双关语的哪一面，使得诗句可以完全不同的方式来解读。看看以下《子夜歌》中的两句：明灯照空局，悠然未有棋。这句诗可以被看作：“明亮的灯光照耀着空空的棋局，已经很长时间没有下棋了。”然而，当把最后一句的双关语因素考虑进来，这句诗也可以解读为，“油灯一直在燃烧，但是一直没有确定我们重逢的日期”。❶其他

❶ Shuen-fu Lin, "The Nature of the Quatrain from the Late Han to the High T'ang," in *The Vitality of the Lyric Voice: Shih Poetry from the Late Han to the T'ang*, ed. Shuen-fu Lin and Stephen Owen, Princeton, N. J.: Princeton University Press, 1986, pp. 306-308.

六朝歌曲省略了双关，不过超越字面意义，投射其内涵与情感共鸣的目的仍然是内在的。

六朝乐府歌曲一个有代表性的例子是另一首《子夜歌》：

> 欢从何处来，端然有忧色。
> 三唤不一应，有何比松柏。❶

在四句的言语行为里，歌者的情绪完全改变了，从对恋人的关怀到弃绝，甚至对他明显的背叛感到愤怒。

六朝的文人诗人也采用五言四行诗的形式，探索其潜力。然而，在风格上，他们创作的四行长度的诗几乎是乐府四行诗歌曲的对立面。如同当时的长篇诗歌一样，这些四行诗都是一种描写的模式，旨在达到批评家钟嵘所谓的"巧构形似之言"❷。这类诗经常通过对仗创造了充满活力的言语肌理，却保持了某种中立或疏离的情感姿态。这种效果部分由于作者有意避免运用被视作"虚字"的语法功能词，而热衷于"实词"——名词、动词、形容词等。目的是通过书写的模式涵盖客观现实。说明性的陈述占主导地位，并且形象的选择主要是为了吸引视觉，概言之，即以文字描绘出心灵中的图画。然而，如果说，这样的语言可能在个人语调方面有所欠缺，但在哲理性的／宇宙论的共鸣方面大大弥补了这一点，因为它是在很多诗人，诸如谢灵运所作山水诗的背景下发展而来。《咏池上梨花诗》为王融所作，就典型地体现了文人四行诗的风格：

---

❶ 《先秦汉魏晋南北朝诗》，中册，第1042页。

❷ 这个术语出自钟嵘《诗品》，参看孙康宜 "Description of Landscape in Early Six Dynasties Poetry," in *Lin and Owen, Vitality of the Lyric Voice*, pp. 105-129。

咏池上梨花诗

翻阶没细草，集水间疏萍。

芳春照流雪，深夕映繁星。 **❶**

在风中飘落的梨花花瓣变成白雪和星星，非常惊人而美丽。每一联诗句都对仗严格，但是，由于每一行的第三字都用了有力的动词，诗歌语言唤起了动态感——这类关键字词被后世批评家称为"句眼"。

那些创作四行诗的文人诗人同时也是乐府歌曲的主要听众。交互影响启发是自然且不可避免的。具名作者的乐府四行诗歌曲比大多数无名氏的歌曲更能融合包括对仗在内的描述性语言。而随着时间的推移，四行诗中越来越展示出源自乐府歌者的主观声音的元素。特别是庾信在将五言四行诗转换为个人表达的媒介方面贡献良多，其作品被认为是很多唐代五绝的先驱。**❷**

唐代五绝的两种风格均建立在六朝先例的基础之上，但方式不同。口语风格的绝句通过在戏剧性情境中展现乐府中的典型人物，使用第一人称口语化的声吻表达本真的情感，从而直接上溯六朝歌曲。通常称这种唐代绝句为"古绝"，这是评论家如王力所使用的术语，指少数没有遵循声律规则或者押仄声韵的绝句。**❸** 回避平仄格式的原因似乎是诗人们有意识地尝试在作品中唤起古风的感觉。不过，很多纯正的五绝中也有口语化的风格——正是其主题和声吻决定了这种风格的包容性。这里给出两种口语风格的绝句，给予它们处于开端的荣誉。需要指出的是，这些歌曲在唐代不太可能被实际演唱过。六朝五言四行诗的音乐传统，以及汉乐府的音乐传

---

❶ 《先秦汉魏晋南北朝诗》，中册，第1043页。

❷ Daniel Hsieh, *The Evolution of Jueju Verse*, New York: Lang, 1996, pp. 206-216.

❸ 王力，《汉语诗律学》，上海：上海教育出版社，1963年，第33—41页。

统，至初唐几乎都已消亡了。诗人们把乐府旧题现成的情感共鸣用之为新型诗歌的素材来源。

描述性风格其实在唐代五绝的创作中更为普遍。我们可以将其视为一种混合体，把诗歌的描写和视觉张力与乐府歌者充满感情的声吻融为一体。有种创作方法占据主导：即第一联致力于意象的描写，往往呈现为对仗；第二联是连续的句法命题，经常展现指称和情态。第一联通常是陈述的模式，为第二联提供环境和必要的背景信息。在第二联中，重点在于对所有诗歌意象的主观评价。歌者的声音被诗人内化了，变得更少尖锐的表达，而更多巧妙的映射。强烈的感情依然存在，但普遍以迂回间接、含蓄留白的方式来呈现。

口语风格的五绝之首例为《春怨》，由金昌绪所作。金昌绪的其他作品没有留存，而他实际上也是个默默无闻之人。但是这首诗引起了读者的共鸣，并被一些人视为绝句创作的典范。

春　怨
打起黄莺儿，莫教枝上啼。
啼时惊妾梦，不得到辽西。❶

清代批评家沈德潜谓此诗"一气蝉联而下"。❷每一句中都可以明显看到强烈的、前移动态的句法，而且每两行诗句构成一个完整的句子。前两行结束与后两行开始之处标志着连续性的中断，从而延缓了诗的流动；此诗采取了常见的解决方案，即前两行的最后一个字和后两行的第一个字重复使用。进一步而言，8个动词（在20个字中！）给予语言一种动感和力

---

❶ 《全唐诗》，第22册，卷七六八，第8724页；《千首唐人绝句》，第219—221页。
❷ 沈德潜《唐诗别裁集》，转引自《千首唐人绝句》，第220页。

量。第一人称代词"妾"（女子所用的谦辞）以及在第1句（"打起"，一种祈使语气）、第2句（"莫教"，否定祈使语气）与第4句（"不得"，关于能力的判断）的结构模式，强调了说话者／歌者的声吻，将这首诗与早期乐府诗歌的表演传统紧密联系起来。这让人觉得是发自内心的声音。

从主题上讲，这首诗牢牢地立于乐府的传统之中。一个典型的孤独的女子为其离家去边境服兵役的丈夫或恋人之命运感到绝望。辽西指辽河西部地区，位于今内蒙古地区。只有在梦中他们才能相聚，直到她被黄莺的啼鸣粗暴地唤醒。诗歌看似就这么简单，但是黄莺的形象实际上承载了微妙的联想。一方面，春日里的鸟儿肯定是在呼唤它的伴侣来巢穴，这种团聚的象征与女子的孤独状态形成讽刺的对比。然而，另一方面，在更加令人烦扰的层面上，黄莺的形象可能暗指《诗经》的《黄鸟》一诗，在那首诗里黄莺的啼鸣预示着勇士将为其君主而献身。❶因而黄莺就不仅是阻碍了孤寂女子幸福的美梦，而是代表她更深的恐惧。

王维是公认的五绝巨匠，尤其是他空灵的风景描写，常常包含禅意。不过他创作的少数口语风格的绝句同样闻名遐迩。他从男性的视角出发，在三首《杂诗》的第二首中描写恋人的分离：

杂诗（其二）

君自故乡来，应知故乡事。
来日绮窗前，寒梅著花未。❷

通过向诗中的第二人称代词"君"讲话，诗歌创造出一个有两个演员

---

❶ 《诗·秦风·黄鸟》："交交黄鸟，止于棘。谁从穆公？子车奄息。"诗歌是悲悼殉葬秦穆公的三位良臣。

❷ 《全唐诗》，第4册，卷一二八，第1304页；《千首唐人绝句》，第107—108页。

的戏剧化场景，而诗人扮演了说话者的角色。借由自始至终强有力的句法与语法功能词的运用——介词"自"和否定疑问词"未"，诗歌予人直接自然的印象。第1句与第2句中"故乡"以及第1句与第3句中"来"字一再重复，赋予说话者的用词一种非正式感，强调语言的连续性。"君""故乡""来日"（来的那天，即出发之日）是指示词的范例（分别是人称指示、地点指示与时间指示），而他们准确的指称对象需要对言说的上下文语境有所了解。第2句的推断与第4句的疑问是情态陈述，暗示说话者为立足点。

第二联中微妙的情感使这首诗令人难忘。在第3句中的"绮窗"（雕刻精美或格子纹样装饰的窗户很像有花纹的丝织品"绮"）几乎可以肯定是指女性的闺房。我们假设居住者乃是与说话者分隔两地的妻子或恋人。因此第4句的疑问就投射到了个体层面。"寒梅"成为两人爱情的象征，如同梅花忍受冬季的严寒一样，他们的感情也忍受着分离。剩下的问题揭示了说话者对于这种爱的持续力量所感到的焦虑：他问梅花是否开放，是以一种迂回的方式在问他的妻子或恋人的感情是否还如从前一样强烈。

描述性风格的绝句的代表性例子为王之涣著名的《登鹳雀楼》：

> 白日依山尽，黄河入海流。
> 欲穷千里目，更上一层楼。❶

鹳雀楼位于今天的山西省永济市，自黄河的转弯处居高临下，俯瞰全景。从某个层面来说，这是一首简单的赞美风景的山水诗。然而，当我们根据第二联中情态条件的提议，来分析第一联中对仗的意象之间的关系时，我们的思绪可能会转向形而上学的领域。❷山峰的永恒与河水的转瞬即逝

---

❶ 《全唐诗》，第8册，卷二五三，第2849页；《千首唐人绝句》，第54—56页。

❷ 第二联技术上也可以对仗，但条件是赋予它连续的句法结构，这种类型的对仗被称为"流水对"。

相对，白天的光线与夜晚的黑暗相对，而运动的终止（依、尽）与运动的持续（入、流）相对。一个阴与阳的宇宙循环被勾画出来。甚至，我们可以更进一步：当阳变为阴之际，我们恰好处于循环的中间点，即平衡点。第一联因而创造了看似完整的世界观，但是随即第二联断言，有一个更广大的视野展现在那些登上更高层楼之人的面前。这里隐含着的是，关于宇宙的真相超出了我们通常的理解。这种解释有一个唐代的基础：圭峰宗密，同时是佛教华严宗的祖师与主要的禅宗大师，曾用攀登九层塔的类比来描述修行与开悟之间的关系。❶

王维与陶渊明一样热爱自然，经常倾向于将对自然的描写当作哲学与宗教研究的跳板。"大多数成熟的山水诗……似乎将风景的布局视为充满神秘力量的象征符号。"❷陶渊明是道家哲学的追随者，而王维则是虔诚的佛教徒——他曾经跟随禅宗的道光大师学佛十年，甚至将自己乡村庄园的一部分改造为寺院。王维的山水诗具有整合极简主义的特色：在这些诗中，"自然"被提炼为一些基本的形象，它们被和谐地置于一个平衡、稳定的整体之中，但随着它们之间相互关系的能量而律动。大自然是主角，诗人化身为远远的观察者，乃至似乎不存在。尽管实际上这些风景是由王维的诗意想象所创造的理想化景象，但总体上给予人的印象却是直接的、非中介的现实。他仔细地选择形象以吸引感官，主要是眼睛；这导致了关于王维的一再被重复的名言："诗中有画。"以下两首是他的山水五绝诗中的绝佳范例；第一首《鹿柴》出自他的《辋川集》，诗集描写了他在蓝田的别墅里的景点，位于唐代都城长安之南。

---

❶ Peter N. Gregory, "Sudden Enlightenment Followed by Gradual Cultivation: Tsung-mi's Analysis of Mind," in *Sudden and Gradual: Approaches to Enlightenment in Chinese Thought*, ed., Peter N. Gregory, Honolulu: University of Hawaii Press, 1987, pp. 279-320.

❷ J. D. Frodsham, *The Murmuring Stream: The Life and Works of the Chinese Nature PoetHsiehLing-yün(385-433), Duke of K'ang-Lo*, Kuala Lumpur: University of Malaya Press, 1967, p. 90.

鹿　柴

空山不见人，但闻人语响。

返景入深林，复照青苔上。 **❶**

　　这首貌似简单的诗歌的翻译实际上比它看起来要困难得多，有一本书讨论过 19 位不同译者是怎样以 19 种完全不同的方式呈现它！**❷**

　　什么是"空山"？很明显它不是荒芜的山，因为我们得知那里有"深林"。"空"是梵文佛教术语 *śūnyatā* 的中文翻译。根本上这个词是否定的，否认现象为实有，换言之，永久性地独立于因果关系之外。然而空虚并不意味着虚无主义，因为它也是"空的"。毋宁说，它是一个实用性的术语，仅在救赎的语境中才有意义；在爱德华·孔兹的描述中，通过运用智慧（*prajñā*），修行者否认世界的存在，因而从中获得了解脱。**❸**保罗·威廉姆斯解释道："将实体视为空，就是将它们看作精神的构造，而非从其自身存在，因此自这方面而言就像幻觉和引起幻觉的物体。……在这个传统中，空是终极真理（*paramārthasatya*），从某种意义上说，这是被分析对象的最根本的真实，无论这个对象是什么。"**❹**对空的冥想通往对唯一永久性与自我存在的体认，又被称作佛陀的达摩身或曰法身（*dharmakāya*）、诸法法界（*dharmadhātu*），或曰开悟、涅槃（*nirvāna*）。因此王维的"空山"就好像"真的"从参悟之人的视角所见之山。前两句作为一个整体确认这个真理离我们人类世界并不遥远，它确实就在我们中间。中国的佛教流派传承传统

---

❶ 《全唐诗》，第 4 册，卷一二八，第 1300 页；《千首唐人绝句》，第 112—113 页。

❷ Eliot Weinberger, *Nineteen Ways of Looking at Wang Wei: How a Chinese Poem Is Translated*, Mount Kisco, N. Y.: Moyer Bell, 1987.

❸ Edward Conze, *Buddhist Thought in India: Three Phases of Buddhist Philosophy*, London: Allen and Unwin, 1962, pp. 60-61.

❹ Paul Williams, *Mahāyāna Buddhism: The Doctrinal Foundations*, London: Routledge, 1989, p. 2.

的印度"中观"论，认为现象的真实本质是不二不别的：万事万物都位于存在与非存在的两个极端之间。这对于无为的法身来说是真实的，正如对于在此有为的世界中的事物是真实的一样——因此彼岸（*nirvāna*，或曰开悟）与此岸（*samsāra*，或曰受苦的世界、轮回）之间不可能分隔。从另一角度看，涅槃与轮回均为空，因而两者是相同的。这意味着万事万物都是相互关联，一切均为法身所幻化。开悟并非超越一个现实，到达另一个现实，而是就在"这个"现实之内发现法身。

后两句（如所有绝句的后两句）在整首绝句中占据主导地位。为什么光线"返"回，"复"照青苔？考虑到在山坡上幽深的森林里，照理来说，一天之中，森林里地上的青苔被照亮的仅有时段，可能是日出或日落时分，那个时段阳光可以照射到树冠之下。王维的描写暗示这是他的含义的一部分："返景"（返回的光线）❶令人想起"回光返照"这个词组，指落日时分天空中彩色光线的闪耀。这个场景有某种暗示：阳光似乎有目的地，一次又一次地照亮青苔。光线和青苔都成为重要的象征符号，但是象征了什么？

这里有一个开悟的隐喻在起作用。涅槃与轮回的相互贯通表明法身是我们与生俱来的。印度作者将这个方面冠之以术语 *tathāgatagarbha*（如来藏，佛性），并且认为这是众生的共同所有。一方面，佛性首先使我们向往涅槃，另一方面，也使得我们有可能到达那个境地。开悟不产生任何东西，相反地，它消除由无知所致的幻想，揭示早已存在于我们的心中之佛。❷中国佛教徒以很多方式指出这种认知，其中之一就是借自术语"回光返照"，这里，返回的光线重新照亮一个人原来的本性。

这解释了光线，但青苔是指什么呢？早期中国佛教的一个特征是扩张

---

❶ 这里的第二字读作"影"，而非"景"。

❷ Paul Williams, *Mahāyāna Buddhism*, pp. 96-115.

"如来藏"的范围：它被视为不仅是有知觉之物（有情物），同时也是无知觉之物（无情物）的共同天赋。❶这个观念隐含在几部佛经之中，特别是通过华严宗教义的影响，它在中国成为一大焦点。孔兹曾总结华严宗基本的思想如下：

> 每一粒尘埃在自身中均包含了所有的佛教领域以及佛法的全部范围，每一个单独的思想都指向过去、现在和将来的一切，永恒的神秘佛法无处不在，到处都可以见到，因为它同等地反映在宇宙的各个部分。每一粒尘埃也能够产生各种可能的美德，因此一个单一的物体可以显露整个宇宙的所有奥秘。❷

尽管青苔也许是森林里最微不足道的事物，王维却将之作为绝对真理的象征符号。

有前一首诗在心里打底，即使瞥一眼下面的五绝《鸟鸣涧》，也能看出它喻示着佛教的弦外之音：

鸟鸣涧

人闲桂花落，夜静春山空。

月出惊山鸟，时鸣春涧中。❸

春日里的空山和月光都是如此强有力，以至于春涧中的鸟儿都被惊到，两者都很容易解释为佛教的隐喻。让我们仔细看第一联，因为它介绍

---

❶ Paul Williams, *Mahāyāna Buddhism*, p. 112.

❷ Edward Conze, *Buddhist Thought in India*, p. 229.

❸ 《全唐诗》，第4册，卷一二八，第1302页；《千首唐人绝句》，第119—120页。

了佛教思想与实践中我们前面尚未提及的一方面。这一联严格地对仗，且均由"实字"组成。因而意象之间的关系通过并置来显示，而非通过语法的标记。尽管我们可以将这两行中的每一行诗句读作简单的叠加，但我更倾向于将每一行视为因果关系的命题（"由于"人很闲静，"因此"芬芳的桂花落了；"因为"夜晚十分静谧，"所以"春山非常虚空）。如此阐释与王维同时代的禅修实践思想颇为一致。初唐与中唐的佛教在这方面的主要影响来自智顗所创立的天台宗，这一宗派修订并系统化了小乘佛教的禅修方式，将之牢固地置于大乘佛教之中。其实践围绕"止"（*samatha*，停止、定）与"观"（*vipasyana*，洞察、冥想）之间的动态关系，二者经常并提。用智顗的话说，即刈菅草是先以手执，继以刀断。刀如智慧（观），手如禅定（止）。❶ 在王维的诗中，"人闲"与"夜静"是"止"，"桂花落"与"春山空"为"观"。精神活动的止、定使得诗人经验了真正的真实。当对空的领悟实现之际，开悟的明月就出现了。

李白是五绝和七绝这两种形式的圣手，他才华横溢、落拓不羁，时常酩酊大醉，且大半生不遇。他的《静夜思》示范了对结构的完美控制，以创造出暗示性的结尾。

静夜思

床前明月光，疑是地上霜。

举头望明月，低头思故乡。❷

头两句展现了一个引人注目的图景：诗人被窗外流淌的光芒唤醒，而他误解了其来源。在他看来，高处流下的月光似乎是地上白霜的反光。第

---

❶ 引自 Neal Donner, "Sudden and Gradual Intimately Conjoined: Chih-I's T'ien-t'ai View" in *Sudden and Gradual*, pp. 201-226, 特别是 pp. 212-213。

❷ 《全唐诗》，第5册，卷一六五，第1709页；《千首唐人绝句》，第146—147页。

二联将月亮和霜的形象与诗人之乡愁联系起来，从而使它们意味深长。第3句直接重复使用了第1句里的"明月"一词。当第3句直接指向第1句，我们期待第4句会勾连起第2句。也就是说，第4句将会以某种方式关联到地上的霜。诗中并没有直接提及霜降，而是在诗人低头之际，隐含于其中。这是因为第一联已经呈现出月亮在"上"而白霜在"下"这一由两部分组成的视觉景象。第二联中在第3句重复这一模式的前半部分——诗人抬头望月。诗人低头，我们因而可以设想这一模式的其余部分。在中国诗歌中，满月往往含有完整与家庭团聚之意，使得旅人低下头想起家乡。不过他的思绪现在被霜所渗透，幻化为其乡愁的象征，依然带着霜本身的寒冷、粗粝以及破坏性之意。因此诗歌非常巧妙地将我们投射到诗人悲不自胜的情感状态当中。第一联呈现的意象与结构模式成为第二联的支柱。当然，第二联是占主导地位的，因为它重新诠释了之前所描述的一切。

李白最喜爱的主题是"李白"，他比其他任何唐代诗人都更成功地创造出了一个清晰可辨的诗意形象，一个自由奔放、天机自流，充满传奇色彩且落拓不羁的形象。这种诗人的自我形象反映在其《自遣》诗中：

自　遣

对酒不觉暝，落花盈我衣。
醉起步溪月，鸟还人亦稀。❶

李白将自己描绘成一个有趣的人物——落花满衣的醉酒的诗人，追随着小溪中月亮的倒影。这个画面优美绝伦。不过像这样的诗歌可能会使我们自问：这个呈现于诗中的李白是真正的李白，还是一个虚构的形象呢？在中文语境中，这是一个非常重要的议题，因为诗意冲动的根源据说是

---

❶《全唐诗》，第6册，卷一八二，第1858页；《千首唐人绝句》，第155—156页。

"诗言志"，因而会认为诗歌始终是作者内心世界自发的、真实的反映。

让我们再读一首由李白所作的五绝。在乐府诗中，寂寞的女性形象不限于普通人。被弃的宫中女子提供了许多新的可能性，尤其是丰富的描写之可能性。这一类的原型女子为班婕妤，她曾是西汉皇帝汉成帝的宠妃。当汉成帝迷恋上美丽的赵飞燕及其妹妹之后，班婕妤被打入冷宫。由于害怕遭受嫉害，她隐退至长信宫侍奉太后，这是位于长乐宫建筑群内的一栋独立建筑。有一首被归于班婕妤所作之诗描绘了她的爱情如同丝制的团扇，纯洁白净如雪，而当秋天来临，却被弃置于箧笥之中。❶这个故事与诗作成为后世作者以诸如"婕妤怨"和"长信怨"为题创作大量乐府诗的基础。我将在本章随后的七绝部分讨论一系列关于班婕妤的诗歌。李白的《玉阶怨》是对这一传统的贡献。尽管这首诗的"主题"源于古老的"乐府"传统，其"语言"却明白无误地将诗作置于描述性风格的五绝之中：

玉阶怨

玉阶生白露，夜久侵罗袜。
却下水晶帘，玲珑望秋月。❷

李白这首诗在某种程度上是对他非常仰慕的六朝诗人谢朓的致敬。谢朓也曾经就这个主题创作过一首诗《玉阶怨》。虽然也很优美，但是谢朓之诗比李白的作品还是简单了许多。李白借用了几个元素：宫女的不眠之夜、珠帘、闪耀的光线、罗衣，并通过意象之间微妙的相互作用创造出一首杰作。

李白的诗句从宫女的倦怠以及痴迷于过去两个角度来描绘她。不管她

---

❶ 《先秦汉魏晋南北朝诗》，上册，第116—117页。《汉书》中的赋的创作同样归于班婕妤。

❷ 《全唐诗》，第5册，卷一六四，第1701页；《千首唐人绝句》，第143—145页。

的居所与衣着多么奢华，在月光之下，当她凝望的目光越过宫墙，直到皇帝所居之处，她还是只感到悲伤。诗作借助于她在庭院和内室长久地、无眠地凝望，描述了她始终如一的爱，而君王的变化无常则只是通过对比来暗示。满月是关键词，不仅因为它通常是家庭团聚的象征，而且更具体地说，是因为在被归于班婕妤所作之诗中，她曾经写道：新裂齐纨素，鲜洁如霜雪。裁为合欢扇，团团似明月。她曾经把它赠予皇帝，当他们感情的热度被秋天的凉意所取代，他将之弃置一旁。因此在李白这首诗中，"秋月"就是她被遗弃的讽刺的象征。闪亮的"水晶帘"将月光散射成千百颗星星，令人想起第1句的"玉阶"上散落的白露，或者，水晶和白露都暗示她凝视着窗外，眼里充满了泪水吗？

七　绝

尽管六朝的七言四行诗有少量传世，初唐的诗人也曾实验过这种诗体，但是文体上成熟的七绝仍然是盛唐诗人的发明，其中王昌龄和李白尤为突出。七绝是伴随着唐代流行音乐发展起来的，它是流行音乐的主要歌曲形式。因此最初的主题范围较为狭窄：七绝抒情诗通常局限于流行的乐府主题，对唐代而言，可以大致分为有关边塞征人怀乡与闺中弃妇怨恨的歌曲，以及描写与亲朋好友离别之作。逐渐地，七绝的主题范围慢慢扩大，至中唐与晚唐，这个诗体形式已成为个体表达的灵活工具。

让我们看一首王昌龄的边塞诗歌，出自其组诗《从军行》中的一首：

从军行

烽火城西百尺楼，黄昏独坐海风秋。

更吹羌笛关山月，无那金闺万里愁。**❶**

颇具代表性的是，此诗没有描述实际的战争。七绝诗人们对战争间隙、处于休整时期的将士们的情感更感兴趣。其次的兴趣就是浩瀚的沙漠本身，那对于长安城中的居民来说有着奇异的浪漫吸引力。王昌龄在他的七绝中大量地添加中亚的地理名称，游牧部族的装备以及荒凉的远景。在这首诗中，一个士兵登上高塔回望家乡；当听到《关山月》（一首思乡的曲子）的曲调，他对自己与苦等的妻子或恋人所在的"金闺"之间的遥远距离感到愁情无限。他们之间辽阔的风景中刹那间弥漫着彼此的愁怨。

王昌龄的创新之一是七绝组诗，对克服这一诗体形式的简短颇有助益。每一节都是一首完整的七绝，但是当一起读完，情感的共鸣会呈几何倍数增长。其整体长度类似于七言古体诗，但是呈现出的效果却完全不同：七绝组诗包含多个无比强烈的时刻。王昌龄的五首组诗《长信秋词》乃绝佳范例，这是他对班婕妤主题的诠释：

长信秋词

（一）

金井梧桐秋叶黄，珠帘不卷夜来霜。

熏笼玉枕无颜色，卧听南宫清漏长。

（二）

高殿秋砧响夜阑，霜深犹忆御衣寒。

银灯青琐裁缝歇，还向金城明主看。

---

❶ 《全唐诗》，第4册，卷一四三，第1443—1444页；《千首唐人绝句》，第77—80页，这首诗平仄格式为变体格式二。

（三）

奉帚平明金殿开，且将团扇暂裴回。

玉颜不及寒鸦色，犹带昭阳日影来。

（四）

真成薄命久寻思，梦见君王觉后疑。

火照西宫知夜饮，分明复道奉恩时。

（五）

长信宫中秋月明，昭阳殿下捣衣声。

白露堂中细草迹，红罗帐里不胜情。❶

组诗描写了班婕妤所经历的两夜一天。逐渐累积的效果是为了显示其难以释怀的绝望，以及地狱般的生存现状。她的感情与其所处的奢华环境形成强烈反差，其结果就是，那里犹如一座囚牢。深宫寂寞且有大把的时间令其想象力恣意驰骋，如在第四首诗中，她实际上并不"知道"皇帝正在昭阳殿里宠幸赵飞燕。整个组诗发生在她狂热的头脑中。注意第五首诗的后两句运用了并肩对仗句。对于班婕妤而言，无法决断，没有结论。此外，只有在这最后一首诗中声律模式有轻微的出律（没有遵循"黏"的规则），这赋予诗歌一种令人不安的效果。

判断送别诗的高下，在于其以新颖的方式表达个人情感的能力。李白的《送孟浩然之广陵》是很好的例子：

送孟浩然之广陵

故人西辞黄鹤楼，烟花三月下扬州。

---

❶《全唐诗》，第4册，卷一四三，第1445页，第1—3首的平仄格式为变体格式二，第4首为变体格式一，第5首不完全地结合了变体格式一和变体格式二。

孤帆远影碧空尽，唯见长江天际流。❶

　　寥寥数语，李白就令人感受到长江的浩瀚。诗人对长江景色的专注掩饰了他真实的目的——抒发对好友离去的悲伤。第3句中，孟浩然的小舟慢慢地航至地平线，而在第4句，只有浩大的江水。通过巧妙的暗示，李白透露，他一直站在黄鹤楼的顶楼上望着这一情景，一直想念着朋友。

　　伟大的诗人杜甫不以绝句著称；正如高步瀛所批评的，"杜子美以涵天负地之才，区区四句之作未能尽其所长"❷。然而，在他晚年，杜甫确实将其注意力转向绝句，尤其是七绝的创作，高步瀛业已指出，杜甫所创造的有力而直接之作构成了一种新的风格。通过挑战对抗的美学风格，看来杜甫是有意尝试拓宽绝句体式的范围。实例如下：

三绝句

殿前兵马虽骁雄，纵暴略与羌浑同。

闻道杀人汉水上，妇女多在官军中。❸

　　大约在759年，带病的杜甫将他的家庭迁至蜀中，他的余生都滞留于南方。765年春天，蜀中因军阀派系的混战而陷入大乱。同年秋季，位于西北的河西走廊屡次被党项、吐谷浑、吐蕃以及回鹘军队蹂躏，其中一些民族军队甚至最远到达了唐朝的国都地区。无数难民逃至南方以保安全。然而，在汉水流域，帝国的禁军却袭击了他们，敲诈勒索钱财，强奸甚而

---

❶《全唐诗》，第5册，卷一七四，第1785页；《千首唐人绝句》，第163—164页，这首诗平仄格式为变体格式二。

❷ 高步瀛，《唐宋诗举要》，第750页。

❸《全唐诗》，第7册，卷二二九，第2490页；《千首唐人绝句》，第252—253页，这首诗平仄格式为变体格式一。

杀戮。杜甫写此诗表达他的愤怒。这里他刻意不要诗意（如果我们把王昌龄的边塞诗视为军事题材的标准的话），他的重点在于令同胞感到震惊和羞愧。

七绝发展中的一个重大影响来自杜甫晚年的律诗，尤其是七律。为了表现一生的艰难困苦经历的复杂性，杜甫放弃了多数盛唐诗歌所具有的场景统一的特征，通过运用密集的象征与丰富的文化典故，造就了一种视角的突然转移，消除时间与空间的壁垒以及自我与世界的区分。晚唐七绝经常呈现出杜甫"转移风格"的缩短版：第一联描绘当下的经验，以充当第二联中精神投射的催化剂。因此后来的七绝诗人经常将不同的生存领域并置：过去的辉煌与如今的废墟，年华老去之感与记忆中的青春，平凡的现实与出世的传奇或想象。

一个很好的例子就是杜牧的《赤壁》。在当时两派对立的政治氛围中，杜牧的仕宦生涯勉强还算有些成就，不过他在七绝中呈现的形象（在一些有关他的通俗逸事中被证实）却是冶游浪荡的样子。即使沉重的历史题材如《赤壁》，在杜牧手中也成为浪漫的白日梦。

赤　壁

折戟沉沙铁未销，自将磨洗认前朝。
东风不与周郎便，铜雀春深锁二乔。❶

汉代末年正值一场为争夺统治权而进行的军阀混战。最终只剩下三位强大的军事领袖：魏国的曹操占领了北方，吴国的孙权统御东南，蜀汉的刘备割据于西南。当曹操进攻南方，东吴集团和蜀汉集团结成联盟与之对

---

❶ 《全唐诗》，第16册，卷五二三，第5980页；《千首唐人绝句》，第676—678页，这首诗平仄格式为变体格式二。

战。208 年，两方军队之间一场决定性战役的地点就在长江边上的赤壁（今湖北省蒲圻市）。❶ 曹操以为胜券在握，他将所有的战舰锁在一起，舳舻千里，首尾相接，顺流东下以迎击敌人。联盟军的将军周瑜利用风向的幸运变化，派遣一拨火船，成功地歼灭了敌人的舰队。因而帝国的命运取决于风向的转变。然而，杜牧的关注点却不在战斗，而是汉朝官员乔玄的两个被公认为国色的女儿身上。大乔为孙权已故的兄长孙策之妻，小乔为周瑜之妻。据说，曹操出兵的目标之一就是令乔氏姐妹归他所有；他计划将她们安置于为其寻欢作乐之所的铜雀台，位于今天河北省的临漳县。曹操还曾下令，在他死后所有姬妾和舞女都要继续住在那里为他守节。杜牧假设道，假如曹操胜利了，二乔都将被从这个世界上带走，该是多么可惜！

在《遣怀》一诗中，年华老去的、更为明智的杜牧回望自己的冶游生涯，对自己所看到的一切并不以为然：

遣 怀

落魄江南载酒行，楚腰纤细掌中轻。

十年一觉扬州梦，赢得青楼薄幸名。❷

"掌中轻"是关于汉代美女赵飞燕典故的简略说法，据说她非常轻盈以至于可以在皇帝的手掌中跳舞。"青楼"是妓女居所的委婉说法。

李商隐作为中国历史上诗歌风格最晦涩的诗人之一，可谓实至名归。有些批评家将李商隐的一些诗作看作是传记作品，认为他在其中描写了他与宫女和女道士的秘密爱情，而在另外一些人看来，这些诗单纯是李商隐抒发个人悲伤，或是讽喻性的政治寓言。

---

❶ 蒲圻市 1998 年更名为赤壁市。

❷ 《全唐诗》，第 16 册，卷五二四，第 5998 页；《千首唐人绝句》，第 684—685 页，这首诗平仄格式为变体格式二。

嫦 娥

云母屏风烛影深，长河渐落晓星沉。

嫦娥应悔偷灵药，碧海青天夜夜心。 ❶

嫦娥为月亮女神，曾是传说中的神箭手羿的妻子。在羿成功射落了炙烤地球的十个太阳中的九个，拯救了人类之后，西王母赠予他长生不老药。嫦娥偷盗并吃下了羿的灵药，获得永生。然而，在这样做的过程中她失去了肉身，令她惊讶和惊骇的是，她飞升至月亮上并留在了那里。李商隐将嫦娥的传说融入自己忧郁的沉思之中。在烛光下整夜枯坐无眠之后，他望着"长河"（银河）在曙光中渐渐沉落。他的思绪转向高高在上的月亮里的嫦娥。然而，她对他来说究竟是什么？一个如今遥不可及的昔日恋人？一个不可企及的理想？或者，他在嫦娥身上看见了自己，一个情感上或精神上都因环境而与他人隔绝的孤家寡人？前两句可能提供了线索：云母屏风上反射出的烛影，就像他房里的千万颗星星，一如嫦娥在天空中被万千的星星所环绕。

绝句的韵律

迄今为止，读者已经熟悉了律诗的韵律规则，因此绝句的韵律规则应该没有什么难度了。绝句的韵律允许某些变动，但大体而言是标准化的。诗句的长度是固定且整齐的，就像大多数其他诗体形式一样，诗句的断句或停顿都在可预见之处。正如蔡宗齐在第5章所述，五言诗由双音节

---

❶ 《全唐诗》，第16册，卷五四○，第6197页；《千首唐人绝句》，第755—757页，这首诗平仄格式为变体格式二。

和三音节单位组成，由节律的停顿隔开，呈现出以下两种语义节奏中的一种：2+（1+2）或者2+（2+1）。七言诗多的两个字则是增加在五言结构的"开头"，因而成为4+3，或者更为具体地说是，（2+2）+（1+2）或（2+2）+（2+1）。

每两句诗为一联，这不仅是形式的单位，而且是语义/主题的单位。韵脚字总是在每一联的最后一个字。绝句的基本押韵模式为xAxA，使得前半部分呈现为一个互不相连的单元，随之的后半部分包含一个完全相同的韵律节奏单位，产生共鸣的韵脚在句子最后。这个模式是典型的五绝，虽然偶尔也同样用于七绝。此前讨论过的所有五言绝句，除了《春怨》和《静夜思》两首，都遵循xAxA的押韵模式。AAxA押韵模式是典型的七绝模式，很少见于五绝。本章每一首七绝例诗都遵循AAxA模式，尽管由于读音的变化，尤其是入声字的消失，韵脚在现代普通话中并非总是很明显。

平仄格式提供了声音肌理的抑扬顿挫，既可以划分单个的一联，又可以将它们统合在一个均衡的绝句结构中。简言之，绝句有四种可能的平仄格式：标准格式一和标准格式二，变体格式一和变体格式二。由于五绝的第一句很少押韵，标准格式一和标准格式二占据了主导，而七绝因为通常首句入韵，变体格式一和变体格式二就十分常见。不过，遵守平仄格式在绝句中并不像在律诗中那么严格。"出律"的字有可能出现在五言或七言诗句的所有位置（字）上，有时候也会打破使得两联紧密勾连的"黏"的规则。本章包含的出律的绝句例诗之平仄格式都在前面标记了"不完全"。想必，绝句的格律更加灵活，是由于五绝和七绝都与音乐有着紧密的联系。

此外，如上所述，唐代绝句的部分示例不符合标准的平仄格律，并以仄声字押韵；或者有的虽符合平仄格律标准，却以仄声字押韵。毫无疑问，由于六朝乐府传统的影响，这些"古绝"的例子中绝大多数为五绝。七绝主要是唐代的发明，因此七言古绝非常罕见。较早的示例没有标识平仄格式的是古绝，创作于六朝或唐代。值得注意的是，这些古绝作品仍然常常包含了格律设计的元素，尽管这种设计是例外。例如，王维《鹿柴》用了仄声韵，并且每一行诗句都显示出明显的平仄声调的交替，但是在每两句诗之间却没有（平仄声调的相对）。将之划分为平仄格式不完全的绝句，还是显示出某种声调设计的押平声韵的古绝，有时可能只是一种观点而已（例如，李白的《自遣》）。

结　尾

很多人都认为结尾是绝句最为擅长的，有各种各样修饰语用以形容绝句。"一唱三叹""言外之意""味外之味"，以及"句绝意不绝"，所有这些都明显指向强有力的结尾。

结尾起作用的方式类似于音乐段落创造情感反应的方式。让我们首先考虑一下，语义节奏如何促进了结尾。这方面并没有严格的规定，不过绝句诗人们经常在四行诗中呈现最后三音节的模式有助于形成结尾。例如，在《静夜思》中，第一联的两句诗都以（2+1）收束，而第二联的两句诗都以（1+2）收束。结尾在《玉阶怨》和《赤壁》中尤其明显。在这两首诗中，第一联的诗句都是（1+2）收尾，第3句改为（2+1），而第4句又回到（1+2）这种熟悉的模式。

绝句的押韵模式，无论是 xAxA 还是 AAxA，同样有助于造成结尾。在前者中，韵脚字置于每一联的末尾，但是读者或听众体验到的押韵只有一次——在最终的结尾处。重复的两联结构和韵脚将两部分整合在一起，形成一个稳定的模式，产生令人欣慰的结尾。AAxA 的押韵模式同样引向结尾，却是以不同的方式。第2句中响亮清晰的韵脚使得第一联看似一个完结了的单元。诗歌在某种意义上从第3句再次开始，而读者或听众就会有一定的期望，即第二部分会遵循第一部分的模式。于是第3句中省略的韵脚就在序列中出现了一个令人不安的中断。不过，在第4句里重新出现熟悉的韵脚确认了最初的模式，并将两部分统合起来。

从一联诗句和整首绝句的结尾的角度探讨平仄格式，同样很有启发。由于平仄格式限定两个音节一组的声调相互对立，并且因为诗句的字数为奇数，在"单独"一行诗内的再怎样相对总是不完全的。只有当两行诗以完全相反的声调模式组合在一起，才能使格律达到完美的平衡。读者或听众感知到一联结构的完成，确认了由行进的序列所产生的期望。

两联诗的声调轮换也强调了结尾。请记住不同的句子组合仅仅造成了"两种"标准的联句组合。在xAxA押韵模式的绝句中，每一联必须押韵，导致的格律模式要么是标准格式一，要么是标准格式二。可以从读者或听众的角度考虑由此而来的结构。第一联呈现了统一完整的最大限度的声调对照之韵律结构。然而，第3句并没有重复这一模式，而是开始了一个"不同的"模式；只有到第4句完成这一模式才变得十分明显，即第二联也同样呈现出最大限度的声调对照。两联诗都确认了相同的结构原则，但以不同的方式为之。这种同中有异与异中有同的双重品质造成了结尾。换言之，正"因为"第二联的模式不同，却依然遵循同样的声调规则，才确保了结尾：如果两联使用相同的模式，就仅仅重复了格律，就意味着没有终结点。

当押韵模式为AAxA时，韵律格式表明结尾的方式有所不同。在变体格式一和变体格式二中，第一联并没有完美呈现最大限度的声调相对，而仅仅是大致地相对。唯一完美平衡的单元是第二联，因此以韵律格式而言，第二联为主导。但是它并不能单独成就结尾，还要重新统合第一联：请注意第4句的格式与第1句完全一致——诗歌重新回到它的起点。

除了韵律以外，内容的组织方式也总是旨在导向结束感。第一联往往是为第二联中的结论而设置，乍一看并不一定会令人难忘。与律诗不同，在绝句中对仗不是必需的，只是一种选择。当使用对仗时，更常用在第一联，可以在有限的字数中高效地展现多种场景设置的图像。然而，第二联通常避免使用对仗，因为它静态的特性使得诗歌很难作结。第二联是诗歌的中心：当它完全地整合所有四句诗为一体时就是成功的。在绝句中，主题的早早出现并不意味着诗歌的可预测性。第一联设置主题或曰话题，也许是通过一个问题、一个戏剧性的情境，或者一个原型人物。读者对于诗歌的走向充满期待，但是成功的绝句将会在第二联"转"变模式，以一种令人惊讶的、转换性的方式带来令人欣慰的结尾，但仍然是之前所说的自然的发展结果。❶

李白《静夜思》的巧妙设计已如上所述。另一个明证是金昌绪的《春怨》。第一联设置了一个难解之谜：抒情主人公为何如此迫切地想要制止鸟儿的歌唱呢？第二联将我们带到一个出乎意料的方向，但是同时也解释了这个奥秘。体裁的力量同样有助于造成主题的早早出现。当绝句逐渐建立起来之时，博学的读者已习惯于在第二联寻求结尾，即使这样做十分困难。在王维的《鹿柴》里"青苔"乍看之下是一个"悬浮的形象"，莫测高深，但由于它在诗歌中的位置，读者"知道"它一定是重要的，因而积极尝试将之与诗歌的其余部分统一起来。

最后，谈一点两种形式的差异。论者常常以为七绝是五绝的较长版本。然而，两者之间有重大的结构差异，这种差异导致审美潜能以及诗人所发展出的风格方面迥然有别。

五言诗句总是遵循2+3节奏，最常用于表示单一的主语－谓词或话题－

---

❶ 在第8章中，蔡宗齐运用传统的批评术语"起承转合"描述了四联诗句的功能层次。传统批评家也经常将这种四分法应用于绝句上，不同的是，每一部分分配到单独的一行诗句上。然而，当试图以这种方式解读绝句时，会出现困难，因为这种阐释方式要求一联中的两句诗履行完全不同的职能，与通常的诗歌实践相反。如果我们改为采用简单的二分模式，那么这个术语是有用的。于是绝句的第一联用以介绍／详述，而第二联则做转换／结论。

评语结构。诗句的两部分作为有关联的单元一起阅读。或者，一联中的两句诗可以构成一个连续的命题。也有"可能"，但十分罕见的是，以一句五言诗呈现两个单独的话题–评语结构。这是因为诗句的两字部分太短，无法言说太多。不过，三个字部分，以其1+2或2+1的可变性模式在完成话题–评语模式方面显示出相当大的潜力。因此，当我们考量五言绝句时，通常可以看到最多4个话题–评语结构，但更常见的是三个（因为第二联倾向于连续的命题以造成结尾），甚或是两个话题–评语结构。

用4+3节奏的七言诗句则可以，并且也经常出现两个不同的话题–评语结构。事实上，这是七言诗与生俱来的：七言诗是由汉代至六朝时期的四言对偶句逐渐发展而来的。❶ 因此，一首七言绝句理论上有可能最多包含8个话题–评语结构，尽管在4至6个之间是常态，因为诗人们往往会保持意象式的语言（也就是说，语法化不足的实词）与连续性议题之间的平衡。虽然七绝的字数只比五绝多8个字，但包含了更多的发展空间。此外，由于一首诗的弦外之音常常通过几个部分之间隐含的比较来暗示，诗歌包含的部分越多，其复杂性的潜能就越大。

七言诗的韵律同样与五言诗判然有别，这对诗人如何处理它颇有影响。当吟诵五言诗的时候，它十分自然地会分成每行诗八个节拍：咚咚、咚咚咚（休止符、休止符、休止符）/咚咚、咚咚咚（休止符、休止符、休止符）。静默休止的时间长短赋予整体韵律以缓慢庄严的特性，隐然暗示内容非常严肃且重要。而当吟诵七言诗之时，它同样自然地分成每行八个节拍：咚咚咚咚、咚咚咚（休止符）/咚咚咚咚、咚咚咚（休止符）。诗句开头四个节拍的单位比五言诗开头的两个节拍的单位创造了更多的动量。此外，在七言诗末尾其余部分的单一休止予人的印象是每一行都冲到下一

---

❶ 罗根泽，《七言诗之起源及其成熟》，见《罗根泽古典文学论文集》，上海：上海古籍出版社，1985年，第167—209页。

行。因此七言诗有一种独特的流畅感、连续性以及明快轻逸。最好的七绝诗人都十分仔细地、周密地打造音节组合的声音特质，比之五言诗，更频繁地运用头韵（双声词）、句中韵与叠音词等。胡应麟道："五言绝尚真切，质多胜文；七言绝尚高华，文多胜质。"❶

　　五绝与七绝之间的差异对于诗歌实践产生了明显影响。唐代之后，五绝变得越来越稀有。我们可以得出结论，诗人们在这种形式中已很难再看到创造的潜力——伟大的唐代诗人们已经穷尽了这个诗体形式的各种可能。相反，七绝一直是整个古典时期最受欢迎、最富表现力的诗体形式之一。

推荐阅读

· 孙楷第，《绝句是怎样起来的》，《学原》第一卷第4期，1947年，第83—88页。

· 沈祖棻，《唐人七绝诗浅释》，上海：上海古籍出版社，1981年。

· 富寿荪选注，刘拜山、富寿荪评解，《千首唐人绝句》，上海：上海古籍出版社，1985年。

· 罗根泽，《绝句三源》，《罗根泽古典文学论文集》，上海：上海古籍出版社，1985年。

· 杨慎，《绝句衍义笺注》，王仲镛、王大厚笺注，成都：四川人民出版社，1986年。

· 周啸天，《唐绝句史》，重庆：重庆出版社，1987年。

· Egan, Charles, "A Critical Study of the Origins of Chüeh-chü Poetry," in *Asia Major*, 3rd ser., 6, pt. 1(1993), pp. 83-125.

· Hsieh, Daniel, *The Evolution of Jueju Verse*, New York: Lang, 1996.

· Lin, Shuen-fu, "The Nature of the Quatrain from the Late Han to the High T'ang," in *The Vitality of the Lyric Voice: Shih Poetry from the Late Han to the T'ang*, edited by Shuen-fu Lin and Stephen Owen, N. J.: Princeton University Press, 1986, pp. 296-331.

---

❶ 胡应麟《诗薮》，转引自《千首唐人绝句》，第1020页。

第11章

古体诗：继承与变化

方葆珍（Paula Varsano）

提到唐代古体诗（ancient-style poetry），你很快就会听到它不是什么。换言之，它不是"近体诗"。事实上，这个体裁本身就是随着"近体"或曰"格律"风格的发展而出现的。写作古体诗时，诗人们（尤其是在这一诗体发展的早期阶段）小心翼翼地避免使用任何手段，如平仄规则，规定的押韵模式，中间两联对仗，以及八行诗的长度——这有可能遮蔽了他们视为肤浅的、装饰性的美学风格的影响，这种美学风格在两个世纪前开始在诗歌世界中生长起来。不过，尽管一些早期作者公开表示了理想，唐代古体诗却并非很久以前诗歌的简单延续。与通常在新读者和古代作品之间划出一条明确历史鸿沟的术语"古代的诗"或"古诗"（ancient poetry）不同，术语"古体诗"表达了沟通（或者在某些情况下弥合）那种分歧的愿望——在今日写一首诗就像它是过去写出来的一样。

如今，很难想象伟大的唐代诗人们会怀念过去时代的文学创作。不过，对于很多创作古体诗的诗人而言，无论是在单个诗作中，还是在全部作品中，有意规避格律的窠臼都反映了他们对某种衰落的诗歌精神的坚持，这种诗歌精神重视表达心声而不是表演技艺，看重直抒胸臆而非迂回曲折，注重实质内容胜于形式设计。或许，没有人比诗人陈子昂更简洁生动地描述了这种美学风格，他十分赞赏以这种风格写就的诗歌，将之比作"有金石声"。

本质上，诗人们以古体风格创作是在寻求一种"更纯粹"的表达方式，一种未沾染彩丽竞繁文风的方式。他们最终创作的诗歌的共同特点是：有力流畅的节奏、直率的语言、韵律安排的灵活性，以及诗歌手段的运用。然而，正如我们在以下的诗作中将会看到的，在实践中，诗歌"古味"的细节在诗人个体之间大相径庭，并随时间的流逝而发展演变。有些诗人如陈子昂，选择浑朴平淡的风格，这是一种真正回响着金石之声的、不加修饰的朴拙风格。陈子昂经常依靠典故和道家术语表达自己对于人类的堕落，以及世人对"道"的真实性视而不见的强烈关注。在与之相对谱系的另一端，李白在律诗臻于顶峰之际创作古体诗，陶醉于明显不受规则束缚的自由，展示出从微妙的音乐性到耸人听闻之感叹的广泛声音。对李白而言，真正的古味最好是通过直率地使用诗歌的传统来实现，而不是假装它们无论如何都是自然的。稍后，有意建立一种真正可以变革社会的诗学的白居易似乎两者都借鉴了一点：白居易与陈子昂的精神保持一致，他所提倡的那种语言，引得后世者注意到（有时是贬抑的）他的诗歌与散文的相似之处；同时，白居易像李白一样，使诗歌的体裁与传统以意想不到的方式为己所用。

在这些例诗中，艺术的真实性是古体诗的标志，为诗人的努力提供了一个独特的窗口，因为诗人们寻求将艺术手段的必要性与纯粹的、直抒胸臆的表达理念相融合，将古老的价值与主观经验相融合，将哲理内容与个人内容相融合。

第一首例诗为陈子昂所作。他创作的这组诗统称为《感遇》，由38首诗组成，这组诗的名字通常被解读为"被所遇之事所感动"。因为这组诗歌，以及他为《修竹篇》诗所作的序言，陈子昂以松散的诗歌革新运动的首倡者而闻名于世。这场运动反对近世齐梁时期诗歌的藻饰绮靡，最终被称为"复古"。作为女皇武则天时期朝廷中活跃的、直言不讳的一员，陈子昂的一生经历了高潮与低谷、贬逐与回归，成为那一时期正直官员的命运缩影。这种经历有助于确保其作品意识形态的正当性及其改良主义立场。在他的行动和著作中，糅合了儒家伦理和道家、佛家思想，他历经游侠的漫游、边境士兵的历练、道教徒的隐居遁世，并且最终这个政治理想主义者在他年纪尚轻的41岁时就卒于狱中。❶

早在9世纪，就有很多关于诗题《感遇》的阐释，最常见的是"为我所遭遇的事件所感动"。❷所有的阐释都表明，与近体诗的人为因素形成鲜明对比的是，这些诗歌应视为是自发情感的"自然"的产物。

感 遇

吾观龙变化，乃知至阳精。石林何冥密，幽洞无留行。

古之得仙道，信与元化并。玄感非蒙识，谁能测沦冥？❸

世人拘目见，酤酒笑丹经。昆仑有瑶树，安得采其英？❹

诗歌充满了大量道家的神秘语言，的确令人想起东晋时期的玄言诗，这或许不是（至少对于今天的读者来说）个人抒情的典范。但是，直接谈到龙的精神境界之深不可测，直接谈到玄感，却恰恰是陈子昂的意愿。此诗与"玄感"背道而驰，体现了诗人个人表达的需要。这首诗超越了那个时代宫廷诗风格所推崇的表面的绮丽和纹理。陈子昂坚持用自己的声音言说（"吾观"，我看）表达了一个颇有见识却地位卑微之人的痛苦。

---

❶ 关于陈子昂的生平及其对唐代诗歌发展所做出的贡献，请参看 Stephen Owen, *Poetry of the Early T'ang*, New Haven, Conn.: Yale University Press, 1977, pp. 151-223。

❷ 有关题目的阐释历史以及这组诗歌的总体内涵，参看 Tim W. Chan, "The 'Ganyu' of Chen Zi'ang: Questions on the Formation of a Poetic Genre," *T'oung Pao* 87, nos. 1-3, 2001, pp. 14-42。

❸ "玄感非蒙识"一句在另外一个版本中"蒙"字为"象"字，诗句意为，玄感无法以意象被认知。

❹《全唐诗》，第2册，卷八十三，第888页。

他置身于令人崇敬的古人与他同时代愚人之间，前者已臻至超然的存在，与造物主比肩，后者却满足于令人陶醉的生活乐趣，并嘲笑那些超越之人。

于是，在这组《感遇》诗的第六首诗中，陈子昂明确区分了那些能够领会"玄感"与无法领会之人。因而诗歌十分恰当地建立在两种认知能力对比的基础上："观"（注视或者观察）与"见"（看）。一般而言，那种积极地将注意力转移到物体或事件之上的人，观察其表面以便理解，"测"其表面之下的本质。但是当"观"用于一个严格来说看不见的世界，正如在这里呈现给我们的世界，一个充满龙的各种变化以及无法穿透的黑暗构成的世界，意味着什么？很明显，它所指的心象（vision）不仅仅依赖眼睛。英语中最接近的术语应该是"想象中可见"（to visualize），令人联想到佛教徒在冥想之前对佛像在心中观想（visualization）的实践。观想所要求的不仅仅是纯粹地看，也包括面对佛陀雕像或绘画时凝神，思于心，如此则观者最后才能感知到佛陀的本质。

此诗的第1句，当陈子昂宣称他正在注视着"龙变化"，他暗指《易经》的第一卦"乾"，所有六爻均为阳爻的卦象（所以是"至阳精"）。❶此卦象表示龙藏于其中，喻示着超越之人虽然存在，却仍未在世界上显现，我们只能观望与静候。当他注视着面前的幽暗森林，感觉到或观想龙的存在，他无须像在近体诗中那样，去详细说明是世界上的什么场景激发了这一心象。对于任何肯以这种方式运用其心象的有识之士来说，它无处不在。这种观看模式实现了敏锐明察的先知与隐藏对象之间的相互依存，从而使（即使是以一种有限的方式）自我与世界之间边界的理想地消解。

贯穿整首诗的一系列对立，呼应了"观"与"见"这两种眼力之间的

---

❶《易经》这部分的译文，龙的形象非常突出。参看 Richard Wilhelm and Cary F. Baynes, trans., *The I Ching, or Book of Changes*, Bollingen Series 19, Princeton, N. J.: Princeton University Press, 1950, pp. 3-10, 369-384。

对照，所有这些对立都与相关的精神和道德含义产生共鸣：在畅通无阻的"行"与"拘"之间；在"古"与"世人"之间；在神秘文本中描述的炼金术物质（丹）与纯粹的酒之间；以及在"测"与"笑"之间。所有这些元素都指向觉悟的古人与诗人同时代的懵懂人们之间的裂痕，这种种的对照却从不会以对仗的形式出现，而如果是律诗就有可能用对仗。相反，这些对照分散于整首诗中，只在接近尾声的第9句与第10句才一起出现。

此诗的效果是流动的而非对称的，结尾是开放性的而非闭锁式的，这些特质通常与古体诗风格密切相关。这种特殊的形式也极为适合所描写的对象，令人想起龙的运动与幻形，更重要的是令人想起变化的要素，这是卦象以及这些卦象所体现的世界的核心。并且这个诗体形式有另一个尤为贴切的作用：对于诗歌中这种模式的理解，诗人要求读者也具有与其同等的洞察力，即诗人注视着眼前的世界里不断变化、如今已隐藏的龙时所展现出来的那种洞察力。因此，陈子昂所传达的信息是十分清楚的：要领悟"玄感"——道的形式与运动，我们不能依赖显现于我们肉眼之前的形象。如果一个人想要登上神仙所居的昆仑山顶，在那里采摘永生的"瑶树"之花，他就不能嘲笑丹经中所包含的知识。

此诗的主题非常适合古体诗的风格，这种风格偏爱散句（非对仗句），轻视感知这种理解方式。和他直接断言的强烈倾向一致的是，陈子昂以朴实、典雅的语言处理自己的观察结果，与其意象的深奥难解相辅相成。自始至终，句法均极为简单、直接，而强调语词诸如"乃知"与"信"的运用，与第8句、第12句的反问句一起，提请人们注意诗人的存在，既作为这一隐形场景的见证者，亦是对读者的言说者。在第1句，他的"吾"就在那里，恳请我们共享他的心象，以五言诗的形式跟我们交谈，尽管诗句是古典与均衡的（早期诗歌最主要的特点），但通过跨行连续的句子以及不用对仗而变得生动活泼。

声调方面，陈子昂在一联诗中不仅规避任何平仄规则，而且克服了对平仄相对规范的偏好，让两行诗中第三与第四个字的声调均为阳平声。将平声字置于律诗作者视为五言诗之关键的位置上，这种选择十分有力；而第3句以连续四个阳平声组成，就使其变得愈发有力了。这会使读者放慢速度，因为从音乐上讲，阳平这样的升调比降调（仄声字）的音调更长。总体效果有一种自发性和独特性，有助于传达诗人在一个衰落世界中的寂寞感。

像屈原，也像陈子昂更直接的榜样阮籍一样，陈子昂的寂寞感如影随形。将他的反抗姿态归咎于被贬逐，以及归咎于他终生追求为朝廷效力却遭遇无数挫败的经历，或许并不算过于简单化。但是，他的孤独确实意义深远，涵盖了他对自己置身于时间和空间中的感觉。陈子昂自认为是古人，却并未置身其间。或许再没有一首诗能比他无可争议的最著名的绝句《登幽州台歌》更生动、更直率地表达出这一点。

登幽州台歌

前不见古人，后不见来者。

念天地之悠悠 ❶，独怆然而涕下。❷

这首诗毫无疑问地表明了陈子昂所认可的那种语言，他将之与"古人之真"（ancient authenticity）联系在一起。这种语言素朴而明晰，似乎没有遵循任何诗歌规则，只有自由奔放的情感之自然而然、不酱口出、自发无碍地表达。这并不是说它没有模式或诗意。陈子昂在三个重要的方面都充分利用了古体风格：（1）在开头的前两句中运用简单句法上的对偶，（2）诗句长度的变化（包括两句六言诗），（3）结尾的韵脚字用仄声（这

---

❶ 早自《诗经》以来，叠音词"悠悠"就至少有两种不同的含义：悲哀的感觉以及辽阔幅度或很大距离的空间。逮至盛唐，正如我们在这里看到的，这两种含义经常结合在一起。

❷《全唐诗》，第2册，卷八十三，第899页。

有助于表达一种坚定不移的感觉，"金石之声"的音乐性）。这三个特征综合起来就构成了他在古体诗韵律中的质朴语言。

感情的抒发也被处理得颇具古代的审美趣味。除了最后一行，情感都只是通过唤起他绝对的孤独而间接地传达出来。而这一短章的效力主要源自其使不可见之物变得可见的能力——与我们在《感遇》（之六）中所看到的极为相似。再一次地，这种在前两句中如此显著的观看行为暴露出它的无效，因为他所寻求的并非眼睛所见之物。当我们细想一下标题《登幽州台歌》已将这首诗置于一个主题类别之中，而这类主题的诗歌通常都从对风景的初步观察写起❶，这种"不见"尤其震撼。

第3句利用了这种视觉期待落空之感。这里提到的"天地"至少是一个人从高处所能看到的部分空间实体。同样可以"看到"的是"悠悠"的空间形态，叠音词所描写的既是一种浩瀚辽阔，同时又是一种深深的难以言喻的悲伤。但是无论这个场景中有什么明显特征，它们都被这样的认识所否定，即对于在这里望着这一切的特定的眼睛而言，这种"悠悠"的实质在于其"虚空"。展现于他面前的天地之间没有同伴，也没有任何事物可以真正地被看到。事实上，诗人在这句诗的第一个字已经尽可能地表明了。他没有凝视这一地带，甚至没有注目。相反，这个广阔的空间是存在于他内心世界的某种东西，是某种令他忆及或想起（"念"）的东西，某种他知道并可以沉思的东西。

正如在前一首诗中一样，陈子昂运用心象来否定了单纯视象（sight）的重要性。在勾勒出他包罗万象的孤独肖像之后，又消除了"见者"与"所见"之间的界限，他在最后一行诗中，以其贯穿始终不加修饰的简朴语言关注并记录自己的情感。他明明白白地谈论自己悲怆的情感（"怆然"），记

---

❶ 通常在这个类别中，被称为"登高"，诗人登至高处，在山上或塔顶，俯瞰风景，受到滔滔向前的河流的激发，沉思时光的流逝以及自身的转瞬即逝。

录了自己的"涕下"。结尾泫然流涕的形象在他那个时代十分常见，在此很难说它的悲怆是源于这种熟悉感。尽管这个形象已不新鲜，却仍然具有悲怆的力量。从不可名状的万里之境到无可言说的寸心之境，这种突然的转变在中国诗歌创作中并非罕见，但似乎仍然赋予这种由来已久的姿势一种力量，在可以观而不可以见的天地万物的格局中，将两个无以名状的事物置于同等基础上。

另一个古体诗的重要诗人是李白，经常被称作"谪仙"。传统上，李白是与杜甫并立的中国最伟大的两位诗人之一。在理解李白对中国诗歌的贡献时，其丰富的传奇自很久以前就已使他的生平传记黯然失色。与经由科举考试而入仕的陈子昂不同，李白获得翰林院的职位多亏了名臣贺知章的举荐。贺知章本身就是一位诗人，为李白诗歌的神韵与独创性所折服。像传说中那样，李白很快就被罢免，不是因为他直言不讳的政治理想，而是由于所谓的行为不检，有关他狂傲的有趣逸事不胜枚举。李白一生中大量时间都在漫游，时而是与安史之乱有关的一次叛乱的拥护者，时而作为一位道家高人隐居遁世。尽管李白作为诗人的名声早已在其生前确立，但他对奇幻的强烈偏好以及对规则的不以为意，都使得他的诗歌成就一再受到后世批评家的质疑。

在被称为盛唐的巅峰时期写作，李白像陈子昂一样，力求以"古人之真"的语言进行创作，尽管相对于陈子昂，他的古味位于这一谱系的另一端。在很多把李白和杜甫相提并论的传统批评家看来，他非常成功。然而，另一些批评家却认为他的创作夸张、散漫，整个充满了过多奇异的意象，根本算不上"真"，更别说"古"了。虽然李白也写了很多格律诗，但批评家们的一个老生常谈是，李白的天性过于豪放不羁、不受约束，难以遵从格律诗的严格规范。总而言之，李白通常不是一个会描写自己哭泣的人，不过正如他的同代人所说，其诗作"惊天地，泣鬼神"。《庐山谣寄卢侍御虚舟》正是为李白赢得声誉的那一类诗歌，诗的灵感来自一个始终承载着精神痕迹的地方。对于那些愿意透过其炫目的表层而关注其微妙细节的读者，此诗提供了丰厚的回报。

庐山谣寄卢侍御虚舟

我本楚狂人，凤歌笑孔丘。

手持绿玉杖，朝别黄鹤楼。

五岳寻仙不辞远，一生好入名山游。

庐山秀出南斗傍，屏风九叠云锦张，影落明湖青黛光。

金阙前开二峰长，银河倒挂三石梁。

香炉瀑布遥相望，回崖沓嶂凌苍苍。

翠影红霞映朝日，鸟飞不到吴天长。

登高壮观天地间，大江茫茫去不还。

黄云万里动风色，白波九道流雪山。

好为庐山谣，兴因庐山发。

闲窥石镜清我心，谢公❶行处苍苔没。

早服还丹❷无世情，琴心三叠❸道初成。

遥见仙人彩云里，手把芙蓉朝玉京。

先期汗漫九垓上，愿接卢敖❹游太清。❺

---

❶ 谢公，是指诗人谢灵运。

❷ 还丹，是指道教炼丹术将丹砂转化为长生不老药之完整循环后的最终产品。

❸ 琴心三叠，是源于道教炼丹术的词语。"三叠"是指身体的三个部分的中央控制区域（称作"丹田"）：上、中、下（丹田）。这些划分对应了世界的纵轴，在身体内部，则分别是"精""气""神"的聚合处。这句诗的重点在于，诗人在自己内在以及有关"道"，都达到了完美的和谐状态。

❹ 卢敖是传说中的人物，他被秦始皇派去寻求神仙，一去不回。这句诗引用了《淮南子》中关于卢敖的故事。

❺《李白集校注》，第1册，第863—867页。

诗之伊始，就有些惊世骇俗。它变幻莫测地融合了角色扮演、游仙、生动的自然意象、道教幻想以及直率的言说，连形式与体裁的概念它也蔑视。就像予人启示的这座山一样，《庐山谣寄卢侍御虚舟》似乎来自一个超越了文学史限制与分期的时代，罔顾佛教、道教与儒家传统之间普遍的区别。乐府诗、格律诗、赋与骚体诗的元素全都出现在这里，而且也极易令人想起许多诗论家所说的：李白实在是天机自发，自然偶成（或曰过于粗陋、散漫无羁，取决于他们特定的观点），无法遵从公认的诗歌创作的规则与格律。但是，采取简单的方式将会使我们无从欣赏李白所追求的"古人之真"的特别手段，这种"古人之真"也是陈子昂的目标。更卓有成效的方式是，关注此诗的结尾明确提及的炼丹术之得道升仙的理想，如何为整首诗提供了美学与结构的基础。

首先，谁是"楚狂人"？李白一开始就宣称自己是——或者说本来是——楚狂人为诗之开篇，意味着什么？根据《论语》和《庄子》的记载，某一天狂人经过孔子身边，开始狂妄地唱歌，后来被称为《凤歌》：

> 凤兮凤兮，何如德之衰也！
> 来世不可待，往世不可追也。
> 天下有道，圣人成焉；
> 天下无道，圣人生焉。

楚狂人嘲笑圣人试图在一个堕落时代恢复大道的理想主义行为，李白的读者们早已熟知。对于那些熟悉诗人偶尔会宣称自己是救世主诗人的读者来说，仅这里试图将诗歌的创作恢复到久违了的黄金时期（都不必提及他在仕途方面的雄心壮志），这种宣称的反讽意味之深，或许足以令他们笑出声来。

然而，他不大可能在这首诗中自嘲，而且即便自嘲了，起首两句所提供的也多得多；层层意义附着于诗的前两个字"我本"（意即我原来是）之上。即使是在古体诗中，代词"我"出现于任何诗的第一句第一个字的位置上，虽说并非闻所未闻，但还是有点令人吃惊。如果这是一首经常由特定角色使用第一人称口吻说话的乐府诗，就不一定特别地意味深长。而在这里，在一首抒情诗中，它表明了诗人的自发性；他无拘无束地直接对读者讲话，直接现身于他们的面前，不是作为一个冷静的、超然的沉思者，而是一个在他的（和我们的）世界中的表演者。他称自己是自治的个体，是一个在这世界上自主独立的行为者，而不仅仅是个行为者。似乎他的行为自由包括担当表演角色的能力，在听众眼前换上他的戏服的能力。不过，有趣的是，他吸引读者注意力的不仅是楚狂人的传奇形象，而且是对过往读者而言他们熟悉的狂人故事。共享典故的乐趣是第二个字"本"的部分功能。

"本"意即"根"，因而引申为"本来的""固有的"。但是在这里的上下文中至少有三种有效的解读方式，尽管稍有一点重叠。首先，诗句可以读作李白内心深处认为自己是谁的，即"我是楚狂人的传人"。其次，有一些细微的变化，"本"字暗示从以前的状态变化而来："我过去原本是楚狂人"。最后，一种稍有不同的解读方式，其中"本"意味着某事物的本质，因而产生了类似这种意思："我，实质上，就是楚狂人！"

这些词中没有一个真正地足以表达这里所要表达的意思，但是考虑一下它们合起来的含义就相差无几了。这些关于"本"的解读表明，我们正好见证了面具背后揭示出的诗人真实、基本的身份。有趣的是，李白以其典型的戏谑方式实施这种揭示，他不是通过摘下面具，而是通过戴上面具。似乎李白之"我"在某种程度上是不真实的，而狂人才是他的真正本质。这两种解释之间微妙的模糊性合并了（甚至混淆了）过去和现在之间的区别，以易变的允诺代替了这些区别。

我们看到，这个允诺在下一联中实现了。诗人变身为乘着黄鹤飞离高塔一去不返的著名仙人子安。这种突变很有趣，但李白从来不是一个草率地掺杂典故之人。这里，狂人和子安榫合得相当灵巧：第一，他们均成功地避世绝俗；第二，更为微妙的是他们分别都与时光流逝有关（各自以不同方式对抗了时间）。

通过李白所采用的同一的韵脚，狂人幻化为子安从形式上得以圆满地完成，这从听觉上使人确信一系列行动背后存在着一个统一的主体。随后，得益于相同韵脚字的延续，这种叙述的势头延续到下一联。这里，诗行从五言转换为七言，这种扩展为不朽的诗人升入天堂注入了活力。这一变化不仅标志着行动上的转变，它似乎反映了主体的另一种变化——或者更贴切地说，是另一种幻化。是的，主体仍然是"我"，戴上狂人转换为仙人的面具（表露了真正的李白），但是现在他看似呈现出第三种身份——至少此刻看来，好像是真正的那个。突然，他自己不再是仙人，而是一个喜欢云游仙山的寻仙之人（因为中国的山被认为是神仙的居所），尤为重要的是，他是永生的追寻者。

然而，突然之间，迄今为止呈现出的诗人形象——歌唱、揶揄、飞翔——现在和他本人一样就此隐蔽起来了。诗歌仍然用更为舒展的七言模式，诗的韵脚却变了，诗人消失在他所钟爱的山景背后。这些景色是连续的、高度印象主义式的远景，这些远景展现了山峰本身，也展现出诗人的个人视野。读者从一座山被带到另一座山，并没有用一系列对仗工整的诗句，而是以独特的三行一组句句押韵的七言诗行。这种连珠炮式的连续动作使我们飞速地向前冲，几乎无法呼吸，因为呈现给我们的与其说是对象，不如说是感知本身——通过高度、纹理、光线的特质来体验。对于那些有能力"飞"去那里的人来说，这些纯粹的元素使得山峰显而易见。这不是庐山的地图，而是诗人旅行凝望的地图，使人更多地联想到充满生气与奇思妙想的《楚辞》，而非其他的唐代山水诗。"金阙前开"至"回崖沓嶂"这四句诗中更清楚地显示出，对景观的感知远胜于对风景的呈现。这均衡的两联诗并没有消除由落拓不羁、逍遥自在之眼所捕捉到的一系列画面的感觉，这种感觉在句句押韵、韵脚的连续集中里得以维持。

这部分诗以"翠影红霞"这一联来收束，虽然保持了相同的韵脚，但似乎不那么匆促了，因为"翠影红霞映朝日"这句没有押韵。一连串狂热的意象静静地告一段落，以一个否定性的声明结束，即含蓄地承认任何人都不可能真正地跨越这个寥廓的空间："鸟飞不到吴天长。"

当开始一个新的韵脚，诗人再度出现，开始了被认为是诗中之诗的一段：一首以登高望远的传统主题写就的绝句，与陈子昂《登幽州台歌》援引的主题类型完全相同。然而，与陈子昂不同的是，李白确实看到而且能够清晰地注视着（"观"）这一主题类型所规定的内容：大江滔滔向前，势不可挡。

从反传统的姿态到几乎无缝地转换，到果断借用传统的立场，诗人强烈地宣称拥有"古人之真"的特质：既包括他作为诗人公开宣称自己精通这个时代诗歌创作的各种体裁，也包括那些位于这些题材之创作起点的古人。

正是这种个人视野形成了下一联：黄云万里动风色，白波九道流雪山。这是此诗中仅有的真正的对仗句，即通常与唐代律诗联系在一起的错综复杂的对仗句，并且它是诗中这四句诗的收束。这一联诗的关键不在于明显相对的意象，而在于两个相互对应位置上的动词"动"和"流"所产生的歧义。通过运用这两个动词——它们可以是及物动词也可以是不及物动词，可以是动词也可以是修饰语——我们至少可以得出两种可能的阐释：

> 黄云万里——动态的风的颜色，
>
> 白波九道——漂流的白雪皑皑的山峰。
>
> 或为：
>
> 黄云万里——搅动了风的颜色
>
> 白波九道——流动成雪的山峰

难以在这些阐释中做决断并不意味着这首诗有某种瑕疵，也不表示读者不知如何选择最佳的解读方式。这些多重解读恰恰产生了令人陶醉的感觉，即我们的肉眼无法辨别眼前发生事件的缘由，也无法把握事物之间关系真实的、堂吉诃德式异想天开的本质。❶

突然，诗人在第20—21句回归，给出了两句朴实无华的五言诗句，韵脚既非此前用过的，也不是后面所用的。诗人用直接陈述性的语言宣称他爱这座山，并乐于创作关于它们的歌曲。就像他断言自己正在登高望远，李白再次提醒我们他是一个诗人，是这首我们正在阅读的诗的作者。诗人接着瞥见了"石镜"，这也是另一位诗人和爱山之人谢灵运曾经行走并创作诗歌之地。作为一个经常放下公职、寻山陟岭的著名诗人，谢灵运成为李白灵感的源泉。谢灵运也代表李白，李白现在立于此处，看到谢灵运的遗迹处已经长满苔藓：清晰地提醒着不复返的过去，他自己不可避免地消失，也提醒着他自己的伟大。

这些思绪在诗的最后四句引发了从有限时空退避的想法：同时回到无限永恒的仙界，以及回到同样永恒的古人的诗意语言里。最后再假设一下，李白这个寻求超越者的角色，其漫长的蜕变恰恰是以不确定而告终，站在超越时空的山顶上，永远处于欲求的中间状态。

白居易出生于李白作古后仅十年，他同样也被某种渴望所激励。其创作始于安史之乱后不久，一个被学者描述为"幻灭"的时期❷。白居易是政治与社会直言不讳的批判者，但他并不寄望于远遁游仙，而是致力于复兴儒学理想，从而使社会回复正轨。并且，他坚信以诗歌传达儒家价值观有

---

❶ 回望这一场景，乃李白的行为"观"之对象，有趣的是令人回想起陈子昂运用了同样的动词。对于陈子昂来说，这种观照方式使他透过面前的自然世界的表象，从而揭示了无形的、难以言传的"道"之功用。当李白采取同样的姿势，至少在这种情况下，他的凝视停留在事物表面；就在那儿，在表面感知的不可深入与模糊性上，"道"的完全相同的功用也被看到了。

❷ Stephen Owen, *The End of the Chinese "Middle Ages": Essays in Mid-Tang Literary Culture*, Stanford, Calif.: Stanford University Press, 1996, p. 10.

助于实现这一目标，这与长期以来人们对于诗歌力量的信念高度一致。"新乐府运动"最生动地体现了白居易的这些抱负❶，他确信诗歌可以并且应该用于改变社会的观念，也贯穿了他整个的创作；他的语言比陈子昂的"金石之声"更为直截了当，且对我们所熟悉的宫廷诗歌传统中意象之价值也表现出一种敏感。

以下两首《东坡种花》为一组诗，写于白居易被贬谪离京时期，是这种融合的精彩示例。的确，这组诗不仅受到此前很多诗人，诸如陈子昂、李白、陶渊明的影响，而且据说也是启发了伟大的诗人苏轼选择"东坡"为其笔名的讽喻诗歌之一。白居易的诗比道德教化更多了个人色彩，比那个时代的古体诗更多了讽喻，某种程度上他将抒情与政治融合为一体，成为他标志性的风格。

东坡种花（其一）

持钱买花树，城东坡上栽。

但购有花者，不限桃杏梅。

百果参杂种，千枝次第开。

天时有早晚，地力无高低。

第一首诗始于随意的（几乎是充满情谊的）所谓自白口吻，白居易透露了自己冲动的时刻。只是对鲜花带来的（本质上十分短暂的）审美愉悦感兴趣，不关心花树最终会结出哪种果实，他花钱买了一些树：我们不知道买了多少。随后，就在下一节中，似乎是要强调姿态的自发性与强有力，树木极为繁茂地屹立于我们面前，令人目不暇接，在春意盎然的美景中枝

---

❶ 白居易是那些重拾衰微的民间乐府传统之人中最重要的诗人，复兴乐府诗成为社会与政治批判的工具。李白与白居易相比较的一个有趣之处在于，他们均使用乐府这一诗体，却产生了霄壤之别的影响与结果。

繁叶茂。"百果"与"千枝"完全覆盖了视野，将旁观者从可以量化的商业世界转移到不可思议的神话世界。同样地，从第一节的叙述到第二节永远循环地展开这一转变，就类似于从诗人貌似平凡（如果可以说是乖僻）的行为转向一个更具深远意义的场景。那个场景本身的寓意此时昭然若揭：激发白居易梦想的完美公正的社会图景，在那里，尽管要付出时间的代价，但所有成员均享有平等的机会茁壮成长、蓬勃发展。

一旦白居易进入寓言的领域，就不会浅尝辄止；但他也没有放弃令人信服的生动个体化的描绘，包括树木本身、周围场景以及自己的身临其境：

> 红者霞艳艳，白者雪皑皑。
> 游蜂逐不去，好鸟亦栖来。

在理想条件下蓬勃生长的鲜艳花朵是纯粹性的示范，自然吸引了最为称心合意的居民。"游蜂"与"好鸟"自汉代以来就居住于理想的诗意花园之中，这里亦然，像前一节诗一样，我们发现尽管意象强烈地吸引着感官，但仍根植于传统之中。

> 前有长流水，下有小平台。
> 时拂台上石，一举风前杯。
> 花枝荫我头，花蕊落我怀。
> 独酌复独咏，不觉月平西。

这里继续融合当下与理想、个体与传统，诗人将他的孤独自我嵌入场景之中，在各种事物的韵律中建立自己的位置，甚至当他摆出一个邀请读者为他画像的姿势，仿佛陶渊明和李白就坐在他身旁一般。

巴俗不爱花，竟春无人来。

唯此醉太守，尽日不能回。

　　最后，在这两首诗中的第一首的结尾段落，白居易发挥了他与陶渊明、李白的相似之处，把自己描绘为不仅是大自然的爱好者，而且含蓄地暗示他也不只是另一个嗜酒之人。他谈到远离国都的巴地，也提到他的官职，提醒我们他既是一个逐臣，也是一个文人。但这些提醒只不过是在强调而非解释他的孤绝与独特；他的孤立并不仅仅由于环境，而是性格问题。他独特的个性在其许多诗歌中都有所体现，这种个性在诗歌伊始的冲动姿态中得以确立，并最终在结尾被证实。像陶渊明和李白一样，也像最真实的古人一样，白居易不得不听从自己内心深处的渴望。

　　在这种情况下，诗歌创作几乎已经呈现出醉酒梦幻的情绪，暂时盖过了前面诗句中暗示的社会批评。但是诗歌的循环并没有到此结束，第二首诗中诗人就处于清醒的甚至是善于分析的状态。他非但没有意识到时间的流逝，反而使时间成为他关注的焦点：

东坡种花（其二）
东坡春向暮，树木今何如。

漠漠花落尽，翳翳叶生初。

每日领童仆，荷锄仍决渠。

划土壅其本，引泉溉其枯。

小树低数尺，大树长丈余。

封植来几时，高下随扶疏。

　　在这一点上，这首诗与第一首诗之间的反差再明显不过了。主观的时间感被季节的流转所取代，这在此前仅仅只是暗示（第一首的第7句"天时有早晚"），而维持树木生机的必要的坚定行动在这里代替了购买树木的冲动。过于朴野的、几乎是民间俗语的措辞与句法，如"小"树与"大"树之间粗浅的对偶，将读者从一种花园转移到另一种花园：从文人的私人领域转到耕作者的公共世界。于是，在第三节中，这两个世界被连接起来，人类的行为仿效着大地的一视同仁，慷慨无私地养育众生，无论其位置的高低。

由此，这首诗以真正的主题作结：

> 养树既如此，养民亦何殊。
>
> 将欲茂枝叶，必先救根株。
>
> 云何救根株，劝农均赋租。
>
> 云何茂枝叶，省事宽刑书。
>
> 移此为郡政，庶几畎俗苏。❶

或许白居易这首诗"古味"的明证就在这里，在于所获得的极为朴素的道理和明显无法运用之间的对比中所产生的微妙反讽。

尽管《东坡种花》引用了抒情诗人陶渊明和李白的典故，但终究还是道德寓言，并通过诗人跨越各种模式和语体风格而非常有效地呈现出来：从抒情诗到流行歌曲，从个人到政治，从自然到人类。不过，白居易始终保持平实的语言和崇高的关怀，很好地保持在我们所认识到的古体风格的各种规范之内。像所有优秀诗人一样，白居易不允许由诗歌体裁来支配（无论这种支配多么微弱）他的创作。相反，他操纵那个体裁完成其最上乘的佳作。

---

❶《白居易集校笺》卷二，第599—601页。

推荐阅读

- 刘远智，《陈子昂及其感遇诗研究》，台北：文津出版社，1987年。

- 谢思炜，《白居易综论》，北京：中国社会科学出版社，1997年。

- 徐文茂，《陈子昂论考》，上海：上海古籍出版社，2002年。

- Cai, Zong-qi, *The Matrix of Lyric Transformation: Poetic Modes and Self-Presentation in Early Chinese Pentasyllabic Poetry*, Ann Arbor: Center for Chinese Studies, University of Michigan, 1996.

- Goldin, Paul Rakita, "Reading Po Chü-i, " in *T'ang Studies* no. 12 (1994), pp. 57-96.

- Owen, Stephen, *The Great Age of Chinese Poetry: The High T'ang*, New Haven, Conn.: Yale University Press, 1981.

- ———, *Poetry of the Early T'ang*, New Haven, Conn.: Yale University Press, 1977.

- Varsano, Paula M., *Tracking the Banished Immortal: The Poetry of Li Bo and Its Critical Reception*, Honolulu：University of Hawaii Press, 2003.

- Waley, Arthur, *The Poetry and Career of Li Po, 701-762 a. d.*, London: Allen and Unwin, 1950.

第 12 章

唐代七言歌行

葛晓音

七言歌行的体裁虽然是在六朝到初唐漫长的时段中形成的，但其基本特征在歌行萌生于汉代的阶段就已初步具备。要说清这一点，首先必须辨明什么叫"歌行"。"歌行"之名来自汉乐府。根据汉时"行"字的原义，结合汉乐府中标有"歌行"题的作品来看，"歌行"一名起初并非复合名词。"长歌行""短歌行""艳歌行""燕歌行"的意义主要在"行"，即"×歌之行"，而不是"歌"加"行"。"歌"是产生于先秦时代的最早、最原始的诗歌。先秦典籍中记载的"诗"和"歌"有重要差别：诗以四言为主，歌为杂言，多带"兮"字或"何""奈何""若何""乎"等疑问词，感叹语气比较强烈。这种差别一直延续到汉代。而"歌"与"行"在汉乐府中的差别也很明显："歌"可入乐府也可不入乐府，"行"一定属于乐府；乐府中的"歌"都是抒情短歌，"行"则有"歌"所不备的四大特点：（1）以叙事体和人生教训式的谚语体为主；（2）除少数作品散见于其他曲辞外，绝大多数在相和歌辞的平、清、瑟三调中；（3）有的同一题目下有若干篇内容不同的作品；（4）篇幅一般较长，大多是可分解分章演奏的乐诗。可见"行"与"歌"在汉时实为两体。题为"×歌行"的乐府诗都不再是"歌"，而只具备"行"的特点。因此考察"歌行"的起源主要应从"行"诗入手。

那么"行"的意思是什么呢？《汉书·司马相如传》说："为鼓一再行。"颜师古注："行谓引，古乐府长歌行、短歌行，此其义也。"指出这里的"行"即汉乐府的行诗之类。"为鼓一再行"的意思是说司马相如为客人鼓琴，弹奏了行曲的一两遍，"再"是乐曲的第二遍之意，那么在汉代"行"原是指一种可以多遍弹奏的乐曲。❶沈约《宋书·乐志》中载清商三调的十六部大曲，除了两曲以外，都是"行"，这些大曲有艳、趋、乱等，还各有数解，可见都是多遍重复的乐曲。与之相配的"行"诗大都分章分解，层层重复同一个意思，也说明"行曲"可反复多遍的特点，是这类乐府诗以"行"为题目的原始意义。而"行"的这一意义也反映出歌行从萌生时起，即初步具备了语意复叠、节奏分明的基本特征。

从汉魏到盛唐，"行"诗包含五言、七言和杂言等几种体裁。前人一般认为七言歌行源自曹丕的《燕歌行》，以后到宋齐时有《白纻歌》《东飞伯劳歌》，至梁末方形成七言乐府歌行。这是从"七言古诗，概曰歌行"❷的粗略定义出发的。如若细究七言歌行的缘起和发展，还要探索其独特节奏形成的过程。汉代早期七言并不是诗，只是一种句句押韵、单句成行的实用文体，到张衡《四愁诗》、曹丕《燕歌行》才形成抒情诗的形态。汉魏以后，七言体尤其是乐府题的数量一直很少，而且长期维持句句押韵、单句成行的形式不变。七言歌行的篇制和节奏感的形成，要经过若干个阶段。初始阶段是七言乐府的产生，为七言歌行准备了脱胎的母体。而七言乐府的形成与汉魏式的七言体在宋齐时的转型有关，最重要的变化是出现了隔句韵和双句成行的节奏。鲍照《拟行路难》首先用赋体句和五、七言相杂，将部分七言句变成隔句用韵，并探索了句句韵和隔句韵的交替组合，解决了双句成行的结构和诗节连缀的问题。有些七言已经形成四句一节，每节

---

❶ 详见《关于"行"之释义的补正》，见笔者《先秦汉魏六朝诗歌体式研究》，北京：北京大学出版社，2012年，第467页。

❷ 胡应麟，《诗薮》内编卷三，上海：上海古籍出版社，1979年，第41页。

第一、二、四句押韵的连缀方式，这就初步奠定了长篇歌行的基础。齐梁时七言乐府题虽也不多，但首句入韵、隔句押韵、四句或六句一转韵的结构趋于定型。而且将五言"行"诗的顶针、排比和七言新创的双拟、连绵、叠字连用及鲍照首创的"君不见"等句法结合起来，形成一些最常见的修辞方式。这就促使梁陈时期兴起的七言乐府，在章法的复沓、虚字的使用以及句调的流畅等方面积累了不少经验，确立了七言乐府形制声调的基本特征。

从陈、隋到初唐，一批带有歌辞性题目的七言古诗从乐府衍生。所谓歌辞性题目，并不是七言乐府传统的旧题目，而是作者根据内容自创的，但也带有"歌""吟""曲""行"这类音乐性标题。可视为模仿七言乐府的题目和体制声调产生的一种新型七言古诗。这是七言歌行正式形成的阶段。关于七言歌行和七言古诗的区别，明清诗话中有过一些争论。大致意见不外乎两种：一是不加区分，将七言乐府歌行和古诗都概称歌行；二是主张将乐府和古诗加以区分，再在非乐府的七言古诗中分出有歌辞性题目和无歌辞性题目的两类，七言歌行指非乐府题的带有歌辞性题目的七言古诗。七言古诗和七言歌行在初唐到盛唐前期，除了题目的差别以外，声调形式不易区分。到盛唐特别是杜甫以后，逐渐在标题和节奏上有了较明显的区别。

七言歌行在唐代的发展是唐诗繁荣的一大标志。在各类诗歌体裁中，七言歌行的抒情性最强，其基本表现方式是始终以咏叹语调贯穿抒情节奏，抒情与声调紧密配合。从风格来看，可以分出初唐、盛唐和中唐三个不同的阶段。初唐歌行继承了陈隋歌行的体制，内容与乐府传统主题关系密切，不少长篇就是从五言乐府旧题衍生成七言的，如《临高台》《白头吟》《春江花月夜》《采莲归》《妾薄命》《巫山高》《怨歌行》《美女篇》，等等。其形式特点一是高密度地使用顶针、双拟、复沓层递、同字对偶、叠字连用等多种字法句式，声调流畅宛转；二是采用赋体的对称写法，以偶句为主，篇制宏伟，挥洒淋漓，从而形成铺叙繁富、整密流丽的宏大体制。初唐歌行的这两大特征与其内容重在情的咏叹和物的赋咏有关。唐初怀古、拟古、咏物、应制成为重要题材，因而像《长安古意》《帝京篇》《畴昔篇》这类大篇便尽情发挥了铺写京都文物繁华的赋体特点。同时乐府歌行主题都集中于抒写相思离别和盛衰之感，尤其适宜以委婉畅达的声调来表现。其中最能体现歌行这种声情美的作品莫过于张若虚的《春江花月夜》：

> 春江潮水连海平，海上明月共潮生。
> 滟滟随波千万里，何处春江无月明。
> 江流宛转绕芳甸，月照花林皆似霰。
> 空里流霜不觉飞，汀上白沙看不见。
> 江天一色无纤尘，皎皎空中孤月轮。
> 江畔何人初见月，江月何年初照人。
> 人生代代无穷已，江月年年只相似。
> 不知江月待何人，但见长江送流水。
> 白云一片去悠悠，青枫浦上不胜愁。
> 谁家今夜扁舟子，何处相思明月楼。
> 可怜楼上月徘徊，应照离人妆镜台。
> 玉户帘中卷不去，捣衣砧上拂还来。
> 此时相望不相闻，愿逐月华流照君。
> 鸿雁长飞光不度，鱼龙潜跃水成文。
> 昨夜闲潭梦落花，可怜春半不还家。
> 江水流春去欲尽，江潭落月复西斜。
> 斜月沉沉藏海雾，碣石潇湘无限路。
> 不知乘月几人归，落月摇情满江树。❶

---

❶《全唐诗》，第2册，卷一一七，第1185页。

《春江花月夜》原是陈后主创作的乐府题。在张若虚之前的五首同题之作，均为四句或六句的五言。张若虚首次以七言歌行的形式写作此题，不但是体制的创新，而且在艺术上也被誉为"前无古人，后无来者"的绝唱。

　　全诗以春江夜月为吟咏主题。一开篇便呈现出江潮连海、月共潮生的宏伟气势，明月照江，天水相映，水光潋滟，随波万里。顺着江水的流向，自然进入江边花草丰茂的郊野，点染出月色迷茫、浸染春江花林的奇妙效果。花似雪霰，月色如霜，汀洲沙白，浑然一色，形成纤尘不染、清明澄澈的纯净世界。这如梦似幻的美景，不由得引起诗人对于悠远时空的追问："江畔何人初见月"，问的是人类起源于何时；"江月何年初照人"，问的是宇宙起源于何时。江月年年照人又不知等待何人，而时间却如长江水不断流去，眼前的春江夜月昭示的正是宇宙悠久、人生短暂的永恒矛盾，也是自汉代以来无数诗人的感叹。这里通过江月与人的关系再次展现了这对矛盾，并升华到探索生命和宇宙奥秘的高度，提出了"人生代代无穷已，江月年年只相似"的新颖见解，指出个人的生命虽然短暂，而人类代代相延的历史却与宇宙同在，这种开朗的感情正是初盛唐时代精神的体现。

　　在男女相思之情、游子飘零之感的抒写中寄寓人生聚短离长的感触，也是汉魏以来七言歌行的创作传统，此诗后半首延续了这一主题，但巧妙地通过"白云一片"自然兜转：以浮云比游子是汉魏诗歌的典型意象。青枫浦则是离人送别之处，因此后半首的内容在写景中过渡，了无痕迹。同时前半首中江月永恒与生命短暂的对比，又在月照离人的描写中得以细化：人生本来苦短，何况最好的青春总在离别中度过？"谁家今夜扁舟子，何处相思明月楼"的感叹与前半首"何处春江无月明"相呼应，道出了前后意脉的内在联系。但后半首抒情仍然处处从咏月着眼，所有的景色描写无不与相思之情相关联：楼上孤月徘徊不定，似乎是伴随着思妇在中夜彷徨，玉户帘中、捣衣砧上月色拂卷不去，仿佛是思妇难以驱遣的惆怅。飞不出无边月色的鸿雁不能带来游子的书信，水中潜跃的鱼龙也没有捎来家书，反而徒然搅起一江水纹。梦中的闲潭落花，透露了春将逝去的消息，春已过半，游子尚不能回家，这就不能不令人忧虑青春将随着江水无情地流去。在碣石和潇湘之间的遥远距离中，又有多少人能乘着这月色归来呢？唯有满江树影在落月中摇曳，牵动着离人的情思！结尾的残月满江与开篇的月出海上相呼应，犹如小提琴上奏出的《月光曲》的尾声，留下了不尽的回味和惆怅。

全诗以咏月为主调，意象丰富多彩：江水、芳甸、花林、沙汀、白云、青枫、扁舟、妆楼、镜台、杵砧、鸿雁、鱼龙等全都笼罩在月色之中，色调淡雅，意境空灵。再加上其结构如同九首七言绝句蝉联而成，"春""江""花""月""人"等主题词多次反复，前后相生，络绎回环，读来韵律悠扬回旋，宛转动听，更增加了摇曳无穷的情味。所以闻一多先生热情地赞美它"是诗中的诗，顶峰上的顶峰"（《宫体诗的自赎》）。

初唐七言乐府歌行虽因铺陈繁复被后人视为承袭梁陈的"初制"，但确立了七言歌行基本的体制规范，而且以后世难以企及的声情宏畅流转之美，成为七言歌行史上不可复返的一个阶段。

从初唐末期到盛唐，七言歌行朝着汰洗浮华、渐趋平实的方向发展，由繁复丽密转向精练疏宕。初唐歌行依靠大量意义相近的虚字句头勾连句意的特征到盛唐几乎消失。尽管顶针、排比、回文、复沓等重叠反复用字的句式仍时见于诗，但使用频率大大降低。基本句式已由偶句为主转向散句和偶句交替。随着句式趋向散句化，篇制也自然芟繁就简，长短合度。由尽情铺排、发挥无余转为节制收敛、含蓄凝练，像初唐七言歌行那样宏大的篇制在盛唐就较为少见了。所以盛唐歌行乐府虽不乏鲜明的音节，但已不再以悠扬宛转的声情见长，而以气势劲健跌宕取胜。形式的这种变化也与盛唐歌行的内容变化有关。抒写建功立业的豪情壮志以及英雄失路的不平之气，成为盛唐歌行的重要主题。奔放的激情和豪壮的气概不宜以委婉柔和的声调表现，必然追求更适合于新的情感基调的天然合拍之音节。

与此同时，盛唐七言歌行和七言古诗的异同也逐渐显露。一方面，盛唐歌行的表现转为抒情的主体化，脱离了乐府以代言体为主的视角，渐与七古趋近。而且在表现功能和题材方面与七古有所混淆。另一方面，歌行仍保持着乐府一唱三叹的基本特征。只是歌行主要不依靠字法和句式的重叠反复，而转为情感或层意的复沓。而七古则以主线纵向贯穿全篇，即使有多次转折，也不追求层层渲染、反复咏叹的效果。

在盛唐诗人中，把歌行层意的复沓和句意的复沓交融得最成功的是岑参。他的歌行多数以咏物、咏景或咏人作为牵引感情发展的主线。如《白雪歌》《热海行》《轮台歌》《天山雪歌》《火山云歌》《青门歌》《走马川行》《函谷关歌》等。这就必然要吸取赋法，从不同角度层层铺写所咏对象。例如：

白雪歌送武判官归京

北风卷地白草折，胡天八月即飞雪。

忽如一夜春风来，千树万树梨花开。

散入珠帘湿罗幕，狐裘不暖锦衾薄。

将军角弓不得控，都护铁衣冷难着。

瀚海阑干百丈冰，愁云惨淡万里凝。

中军置酒饮归客，胡琴琵琶与羌笛。

纷纷暮雪下辕门，风掣红旗冻不翻。

轮台东门送君去，去时雪满天山路。

山回路转不见君，雪上空留马行处。❶

这首诗是天宝十三年（754）到至德元年（756），岑参在西域从军时为送别同僚武判官而作。判官是唐代节度使手下协助处理公事的幕僚。轮台

---

❶《全唐诗》，第3册，卷一九九，第2056页。

有汉轮台和唐轮台之区别，汉轮台在今新疆轮台县。唐轮台属于北庭都护府，位置相当于今新疆乌鲁木齐市南的乌拉泊古城。全诗以咏雪为基调，在八月飞雪的绚丽奇观中，抒写了诗人客中送别的愁绪和久戍思归的心情。

诗一开头，就展示出边塞萧瑟的秋景：北风席卷大地，原野上的白草被纷纷吹折。刚到八月，胡地的天空就飞起了大雪。如此荒凉的景象，对久戍绝漠的诗人来说，反而产生了惊喜浪漫的想象：一夜北风使白雪凝结在万千枝头，竟使诗人恍然如见千万树梨花在一夜之间开放，这美妙的比喻不仅描绘出一夜飞雪又大又急的情状，而且使萧条的边塞呈现出一派气象万千的阳春美景，给戍边的军士平添了无限的温暖和希望。以花喻雪，虽不是岑参的首创，但岑诗不但生动贴切，而且把北风想象成春风，展开了遍地银花的壮阔境界，又饱含着诗人身在边地渴望春天的生活体验，以及不畏艰苦的乐观情绪。

春风梨花的比喻虽然给诗人带来了美丽的幻想，但很快就回到了严寒的现实：雪花散入珠帘，打湿罗幕，说明军中的营帐挡不住外来的寒气，所以狐裘锦被都觉得单薄。冻硬的角弓将军都拉不开，都护的铁甲更是冷得不能上身。军队长官住在重重帷幕之中，尚且如此苦寒，更何况将在冰天雪地中踏上行程的归客呢？但诗人只是用两句外景的描写将这层言外之意带过：大漠如瀚海般极目无边，上有百丈坚冰纵横交错；而雪意犹浓的云层凝聚在万里天空，如同惨淡的愁云笼罩在心头。这两句写景既展示出武判官归途的艰辛，同时也渲染了惜别的愁绪。所以紧接着与军中宴乐的热闹场景相对的，是军营辕门外暮雪纷纷、风掣红旗的静态描写。这幅无声的画面可以令人想见座中人送客出门时默默无语，凝视帐外的心境：被送的同僚就要在这样的天气中出发，而留下的人们还要继续在这艰苦的环境中戍边，无论去者留者，面对这场风雪，都是分外伤情的。

结尾写目送同僚渐行渐远的情景：雪地上留下一道清晰的马蹄印，通往长安的道路正从脚下开始，这就令送行者自己也"不觉随着这道踪迹而神驰故乡了"（陈贻焮《谈岑参的边塞诗》）。最后的视线虽然聚焦在行人的足迹上，诗人久久伫立在风雪中凝望归路的身影却如在眼前。

此诗以散句为主，穿插偶句，句句写景，句句有情。从不同角度层层渲染飞雪形成的奇观、给军营带来的严寒，以及雪中行程的艰难，反复咏叹的大雪又成为牵动诗人感情的引线。虽不免因送别而黯然神伤，但仍富有浪漫的奇情异彩，充分体现了岑参边塞诗热情豪放的英雄气概。

盛唐歌行在李白、杜甫手里发展到极致。与盛唐多数歌行的节制、凝练相比，李、杜的纵放雄奇，又是另一番气象。尤其李白乐府歌行之飞动豪逸、变幻莫测，更是进入了以气势驱驾文字的自由境界。而且他想象丰富奇特，感情瞬息万变，不按正常逻辑安排层意和句意，常有出人意料的突转和语断意连的飞跃。《将进酒》就是这样的名篇：

> 君不见黄河之水天上来，奔流到海不复回。
>
> 君不见高堂明镜悲白发，朝如青丝暮成雪。
>
> 人生得意须尽欢，莫使金樽空对月。
>
> 天生我材必有用，千金散尽还复来。
>
> 烹羊宰牛且为乐，会须一饮三百杯。
>
> 岑夫子，丹丘生，将进酒，君莫停。
>
> 与君歌一曲，请君为我侧耳听。
>
> 钟鼓馔玉不足贵，但愿长醉不愿醒。
>
> 古来圣贤皆寂寞，惟有饮者留其名。
>
> 陈王昔时宴平乐，斗酒十千恣欢谑。
>
> 主人何为言少钱，径须沽取对君酌。
>
> 五花马，千金裘，呼儿将出换美酒，与尔同销万古愁。❶

---

❶《全唐诗》，第1册，卷一七，第170页。

《将进酒》本是汉乐府《鼓吹曲辞·铙歌》十八曲之一。感叹人生苦短，追求及时行乐，也是汉代以来诗歌的传统主题。但李白采用汉乐府的古题，寄托当代才士的苦闷，将短篇杂言发挥成豪放至极的七言长歌，则成为千古常新的名篇。

开篇连用两个"君不见"，两次领起大声呼喊：首先感叹黄河之水犹如从天而来，直奔东海不复回返。以逝水比喻时光，原出孔子，但李白放大了逝水奔流的速度和阵势，气势一泻千里，将光阴的飞逝夸大到极致；其次感叹高堂明镜映照白发，由黑变白只在朝暮之间，再次以高屋建瓴之势，直泻而下，将人生易老的事实夸大到极致，令人惊心动魄。紧接着再呼吁"人生得意须尽欢，莫使金樽空对月"，便使及时行乐的老话平添了把酒尽欢的豪气。而"天生我材必有用，千金散尽还复来"的自夸自信，既是前人从未道过的狂言，却又隐含着怀才不遇的闷气，全篇的醉语都围绕着这两句展开。

以下用急促的三言句和五七言相杂，向朋友岑勋和元丹丘两人陈述劝酒的理由：人生之可贵，不在钟鸣鼎食之家的富贵，惟在长醉不醒的混沌之中。也不在圣贤青史留名的美誉，而在斗酒十千的尽情欢乐之中。"惟有饮者留其名"固然是"乱道"（《此木轩论诗汇编》），但联系"圣贤皆寂寞"来看，不难理解其中的愤慨不平之意。自古以来，文人所追求的人生价值无非立德、立功。富贵只是眼前荣华，本不足贵。圣贤虽贵，却寂寞无闻，还不如饮者能留其名，那么在如此短暂的人生中，究竟什么才是可贵的呢？似乎只有饮酒了。所以结尾再次呼吁主人沽酒，不惜拿出"五花马"和"千金裘"去换取美酒，这就与"千金散尽还复来"前后呼应，最后道出了"将进酒"的真正原因："与尔同销万古愁"。诗人的万古之愁，正是自古文人都有的光阴飞逝之愁，人生苦短之愁，怀才不遇之愁，圣贤寂寞之愁。

全诗思路跳跃，忽而悲愁，忽而豪放，变化只在转瞬之间。奇思妙想既来自天外，又在眼前随手拈来。满篇狂言中既充满了诗人强烈的自信，也饱含着失意的牢骚。一腔豪气借浇愁之酒喷涌而出，淋漓尽致却又深意内蕴，最能见出太白千古无双的才气。

李白的七言歌行中更有不少描写名山大川的名篇，往往通过出神入化的想象，将诗人胸中喷薄的豪气融入自然景色，加上仙境和梦幻，重新组合成壮丽奇谲的意境。如《梦游天姥吟留别》：

> 海客谈瀛洲，烟涛微茫信难求。
> 越人语天姥，云霓明灭或可睹。
> 天姥连天向天横，势拔五岳掩赤城。
> 天台四万八千丈，对此欲倒东南倾。
>
> 我欲因之梦吴越，一夜飞度镜湖月。
> 湖月照我影，送我至剡溪。
> 谢公宿处今尚在，渌水荡漾清猿啼。
> 脚著谢公屐，身登青云梯。
> 半壁见海日，空中闻天鸡。
> 千岩万转路不定，迷花倚石忽已暝。
> 熊咆龙吟殷岩泉，栗深林兮惊层巅。
> 云青青兮欲雨，水澹澹兮生烟。
> 列缺霹雳，丘峦崩摧。
> 洞天石扉，訇然中开。
> 青冥浩荡不见底，日月照耀金银台。
> 霓为衣兮风为马，云之君兮纷纷而来下。
> 虎鼓瑟兮鸾回车，仙之人兮列如麻。
> 忽魂悸以魄动，恍惊起而长嗟。
> 惟觉时之枕席，失向来之烟霞。

世间行乐亦如此，古来万事东流水。

别君去兮何时还，且放白鹿青崖间，须行即骑访名山。

安能摧眉折腰事权贵，使我不得开心颜！ ❶

　　天宝三载（744），曾任翰林学士的李白被唐明皇赐放还山，在梁园盘桓十年以后，准备南下，这首诗即为告别东鲁的朋友而作。天姥山在越州剡县南八十里（今浙江新昌），晋宋著名诗人谢灵运曾登此山。李白之意不在据实描写游览天姥山的过程，只是借以寄托他在徜徉山水和神游梦幻中所追求的精神世界。所以一开头就以海外仙山的微茫来烘托天姥的神秘，将人引入似仙非仙的幻境。然后从对面着笔，用极度夸大的高度写出天姥山周围山势的高峻和五岳的挺拔，又使众山连同天台山和仙境赤城山都倾倒在天姥山的面前，便更突出了天姥山的神奇和难以想象的宏伟气势。

　　诗人将自己梦游吴越、登上天姥的情景写得缥缈奇幻，然而又无处不切合梦境的真实："一夜飞度镜湖月"，在夜空中飞行的诗人，影子被明月投射到静谧的镜湖上，这是梦中才有的奇景。诗人穿着谢灵运的登山屐，攀上高入青天的岩壁，仿佛是几百年前的谢灵运与自己结成"同怀客"，"共登青云梯"（《登石门最高顶》）。攀上绝壁后，见海日升空，天鸡高唱，又将东南桃都山有天鸡在日出时先鸣的神话传说幻化入梦。"千岩万转路不定，迷花倚石忽已暝"，则用梦境转换快速的特点表现人处于仙山之中目眩神迷的感受。神秘可怖的熊咆龙吟和清淡迷茫的青云水烟交织成一片似真似幻的境界，而訇然中开的一个神仙世界写得又是那样金碧辉煌，色彩缤纷，深远莫测。这个洞天福地结合了他对宫廷生活的印象，因此当他从梦幻中突然醒来，回到现实时，不禁发出了"安能摧眉折腰事权贵，使我不得开心颜"的大声呼叫，点出了梦醒的含意。

---

❶《全唐诗》，第3册，卷一七四，第1785页。

全诗调动楚辞、四言、杂言、七言等多种句式，随思路的跳跃变化而挥洒自如。尤其是梦境的不确定性及其寓意的若有似无，既可以视为李白所向往的自由世界，也可能是他精神上迷惘失意的反映，甚至包含着他对长安三年一梦的嗟叹。正因如此，这首诗既给人奇谲多变、缤纷多彩的丰富印象，又启发了多方面的联想。

如果说李白的七言歌行明显地受到他大量创作的古乐府的影响，那么杜甫则极少写作古题乐府，而是以自创新题为主。他对七言歌行的体式声调进行了深入的探索，不但区分出七言歌行和七言古诗的不同节奏感，而且使"歌"与"行"之间的差别也更加明显。他的长篇七言歌诗大多采用惊叹疾呼的夸张语调和纵横跳跃的层意变换，波澜层叠，起落跌宕，较少规行矩步的平顺递进。例如《丹青引赠曹将军霸》：

> 将军魏武之子孙，于今为庶为清门。
> 英雄割据虽已矣，文采风流今尚存。
> 学书初学卫夫人，但恨无过王右军。
> 丹青不知老将至，富贵于我如浮云。
> 开元之中常引见，承恩数上南熏殿。
> 凌烟功臣少颜色，将军下笔开生面。
> 良相头上进贤冠，猛将腰间大羽箭。
> 褒公鄂公毛发动，英姿飒爽来酣战。
> 先帝天马玉花骢，画工如山貌不同。
> 是日牵来赤墀下，迥立阊阖生长风。
> 诏谓将军拂绢素，意匠惨澹经营中。
> 斯须九重真龙出，一洗万古凡马空。
> 玉花却在御榻上，榻上庭前屹相向。
> 至尊含笑催赐金，圉人太仆皆惆怅。

弟子韩干早入室，亦能画马穷殊相。

干惟画肉不画骨，忍使骅骝气凋丧。

将军画善盖有神，必逢佳士亦写真。

即今飘泊干戈际，屡貌寻常行路人。

途穷反遭俗眼白，世上未有如公贫。

但看古来盛名下，终日坎壈缠其身！ ❶

　　这首诗题为"引"，是歌辞性题目的一种，节奏感与"歌"相近。曹霸是开元时的著名画家，大乱之后流落到成都，杜甫当时在草堂，便写了这首诗赠给他。全诗借画家一生的遭际，照见安史之乱前后世情变化之一斑，寄托了治乱兴衰的深沉感慨。

　　开头先从曹霸家世的盛衰说起，曹霸是曹操曾孙曹髦的后裔，曹髦擅长书画。所以诗人远追到曹魏之时，感叹皇室贵胄的子孙早已沦为清门寒庶之家。魏武帝三分天下的英雄业绩虽已成为历史，但他的文采风流尚后继有人。首四句起得苍莽浑涵，笔势跌宕雄健，仅用两番大起大落的对比，就从曹氏家族几百年的变迁自然地转入曹霸的书画之事。接着简略地介绍曹霸的艺术生涯，用王羲之向卫夫人学书法的故事与之相比，是微妙地暗示他学过书法，未成名家，才转为学画。而他的人品则是不慕荣华富贵的，所以能潜心艺术创作。"不知老将至""富贵于我如浮云"几乎是照搬《论语》的原话，却妥当贴切，轻巧自如。

　　开元时曹霸虽是一介寒士，却经常应玄宗之召入宫画图。其中修缮凌烟阁是曹霸参与过的一件大事。太宗时画的功臣像日久褪色，经曹霸下笔重摹旧像，人物逼真，有面色如生之感。"别开生面"一语既是赞曹霸画人生动，又兼指其画艺别有新创，因此后来变为成语。凌烟阁二十四功臣，

---

❶《全唐诗》，第4册，卷二二〇，第2326页。

如果一一描写，必定不能讨好。杜甫只用四句诗点出良相之冠和猛将之箭，区划出文武两班功臣的不同特点，然后选择褒国公和鄂国公这两幅最有特色的画像，称其毛发如动、英姿飒爽，望去仿佛仍在拼搏厮杀，其余画像的生动也就不难想见。这几句大笔写意，如云中之龙，仅见一鳞一爪而首尾俱在。语气粗犷，几近白话，但与画上人物气质极为协调，曹霸质朴雄健的画风也宛然可见。

最能体现曹霸绝技的还是画马，这篇歌行的高潮也在此处。所以诗人先不厌其详地渲染画成之前的氛围：以同一匹玉花骢为范本，尽管画工多如山积而画出来的样子都不同，想来天马之雄骏确非凡手可得。真马未至，先造成此马难画的悬念。待牵来以后，只见它卓立殿前，即使处于静态，也给人以万里生风之感，又进一步点出画家要捕捉住此马轩举飞动的神采尤其不易。然后再一气写出曹霸接旨拂绢、凝神构思、须臾而成的作画过程，抓住画成之时观众还来不及从画家的神速动作中反应过来，就顿觉天下凡马尽皆失色的最初印象，便以"笔所未到气已吞"（苏轼《王维吴道子画》）的力量烘托出"一洗万古凡马空"的气象，使画马跃然纸上。

接着，诗人又从画成之后的艺术效果来描写画中之马的神似：榻上庭前两马屹立相对的错觉说明画马可以乱真。皇上和马官的不同反应又巧妙地点出画马的神骏连真马都难以超过。写到这里，诗人笔锋忽然一转，拉出韩干作为陪衬，韩干是曹霸的入室弟子。也不是凡手，尚不能画出骅骝的气骨，更可见曹霸的高超连名手都无人能及。唐代画马普遍以丰腴为美，杜甫这种强调气韵和骨力的艺术主张在当时尤为难得。

诗的最后感叹曹霸如今的落魄。空有绝艺在身而如此潦倒困苦，不但无人同情，反遭世俗白眼，这个"不解重骅骝"的"人间"（杜甫《存殁口号》二首）是多么势利啊！所以诗人不禁为画家大呼不平："但看古来盛名下，终日坎壈缠其身！"结尾与开头呼应，把曹霸的荣辱和时世的盛衰相联系，寄人尽其才的希望于升平之治，这是贯穿全诗的一个重要思想。但诗人没有局限于一味怀旧，而是由此推及古往今来的才士盛名之下往往困顿失意的普遍规律，就又使情绪再度高扬，诗歌境界也升华到富有现实批判意义的高度。

这首诗借丹青以赞才杰，由人事而及时事，融精辟的艺术见解于传神的咏画技巧之中。无论写人写马，只从神气着墨，与曹霸画骨传神的笔意可谓相得益彰。全篇布局纵横开阖，波澜起伏，充分体现了杜甫七言歌行沉郁顿挫的独特风格。

杜甫的长篇七言"行"诗则是布局严整，平铺直叙、脉络连贯，诗节之间层层勾连，层意转换多为顺转平接，或多或少有不同方式的重叠复沓。通过对比"歌"诗与"行"诗节奏脉络的特征，杜甫发现了七言"行"诗适宜于叙述的原理。因此他的新题"行"诗中有一部分继承汉乐府反映社会现实的传统，通过场面、细节的记述来议论时事，这是他的重要创新。例如他最早的新题乐府《兵车行》：

> 车辚辚，马萧萧，行人弓箭各在腰。
> 耶娘妻子走相送，尘埃不见咸阳桥。
> 牵衣顿足阑道哭，哭声直上干云霄！
> 道傍过者问行人，行人但云点行频。
> 或从十五北防河，便至四十西营田。
> 去时里正与裹头，归来头白还戍边。
> 边庭流血成海水，武皇开边意未已。
> 君不闻汉家山东二百州，千村万落生荆杞。
> 纵有健妇把锄犁，禾生陇亩无东西。
> 况复秦兵耐苦战，被驱不异犬与鸡。
> 长者虽有问，役夫敢申恨？且如今年冬，未休关西卒。
> 县官急索租，租税从何出？信知生男恶，反是生女好。

生女犹得嫁比邻，生男埋没随百草。

君不见，青海头，古来白骨无人收。

新鬼烦冤旧鬼哭，天阴雨湿声啾啾！ ❶

关于这首《兵车行》，历代注家多认为是因哥舒翰用兵吐蕃而作。宋代黄鹤和清代钱谦益则认为是因杨国忠征南诏事而作，因为《资治通鉴》里关于这次征兵的记载与《兵车行》开头的描写很相似。其实，此诗写作的起因虽然可能与征南诏有关，但诗中所写的内容却不限于一时一地，而是集中反映了天宝年间唐王朝多次发动边境战争所引起的一连串严重社会问题。如果对诗里所指之事的解释过实，反而低估了诗歌高度的艺术概括力。

诗一开卷，那悲壮的声情和巨大的场面便令人震撼。诗人选择咸阳西边的渭桥，以这一西征必经的送别之地为背景，先从兵车的滚动声和战马的嘶鸣声落笔，再给行人腰间的弓箭一个特写，然后对家属们奔走拦道、牵衣顿足而哭的情景稍作几笔速写，以大笔晕染出漫天黄尘，读之便觉车声、马嘶、人喊，在耳边汇成一片纷乱杂沓的巨响。这就通过提炼少量最典型的细节概括了统治者多少次征丁所造成的百姓妻离子散的悲惨场景。汉乐府叙事诗往往以片段情节和单个场景表现某一类社会问题。杜甫自觉地运用这种表现艺术，构成典型化的具有巨大历史容量的场面，正是其新题乐府学习古乐府又加以再创造的结果。

在展开宏观的出征场面之后，诗人又借用汉乐府常用的对话形式，吸取了建安诗人陈琳《饮马长城窟行》用对话展开故事，将数万民夫的命运集中体现在一个太原卒身上的手法，将武皇开边以来人民饱受的征战之苦集中在一个老兵身上，设为"道旁过者"与他的问答之词，借他自述生平的谈论，概括了从关中到山东、从边庭到内地，从士卒到农夫，广大人民

---

❶《全唐诗》，第4册，卷二一六，第2255页。

深受兵赋徭役之害的历史和现实。"防河"指当时吐蕃常侵扰黄河以西之地，从开元十五年后唐军每年秋天都要在此集结防止敌人来犯。"营田"指驻戍的军队一边捍卫边境要害之地，一边开垦田地，由此也可看出诗人所写的出征场面绝不仅仅指一次征南诏，而是曾在渭桥多次重复的人间惨象。"信知生男恶"四句还翻用秦代民谣"生男慎勿举，生女哺用脯。不见长城下，尸骸相支拄"的意思，进一步将生男生女的害处和好处加以比较，发挥了民谣中所包含的言外之意。令人想到秦汉以来无休止的战争和徭役夺走大量男子的生命，竟使封建社会向来重男轻女的传统意识变成了重女轻男。而在号称盛世的天宝年间，人们竟然又将求生的希望寄托于性别的选择上，这就更加发人深思。

从大段的对话里还可以看出杜甫涵咏汉乐府古诗的用心，如"行人"十五去防河四十又戍边的经历，令人想到汉古诗《十五从军征》里那个十五从军、八十始归的老兵。又如"县官急索租，租税从何出？"同《战城南》里的"禾黍不获君何食？"一样，问得绝望而又极其有力：即使替统治者吃饭收租着想，也不能不考虑让劳力都去送死的后果啊！这都是用最起码的道理，鞭辟入里地抨击了统治者的昏庸和各级官长的残忍。

这首诗虽以叙事为体，但自始至终充溢着沉痛忧愤的激情。诗人不是一个冷眼旁观的路人，而是和"行人"的感情完全打成了一片。历来解释此诗，往往在"行人"答词究竟到哪里为止这一点上有争议。就是因为"行人"的回答几乎变成了诗人自己感慨万端的议论。特别是结尾以青海边幽凄的鬼哭与开头的人哭相呼应，以"古来无人收"的白骨为证，将眼前的生离死别与千百年来无数征人有去无回的事实相联系，使这首诗从更为高瞻远瞩的角度，暗示了秦汉唐几代统治者穷兵黩武的历史延续性。

全诗采用杂言歌行的形式，而以七言为主，句式韵律随着感情起伏抑扬，读来词调宏畅、气势充沛，节奏分明。除了三五七言的交替以外，还融合了递进、顶针等各种修辞手法，以及采用通俗口语入诗，所以浑成朴质，平易晓畅，深得汉乐府及北朝乐府之遗意，而恳切淋漓，沉厚雄浑，则是杜甫长篇歌行的本色。

李、杜之后，韩愈和白居易引领了中唐七言歌行创作的另一个高潮。韩愈的七言古诗较少采用歌辞性题目，而且更加趋向于单行散句，明显受到杜甫区分七言歌行和七言古诗（简称七古）的影响。杜甫有一些长篇七古，不用集中歌咏一事一物的"歌""行"类题目。主要见于两类题材：一是应酬寄赠，一是日常生活杂感。其抒情节奏不再采用歌行层波叠浪的递进方式，而是借鉴五古（五言古诗的简称）叙述节奏的线性推进方式，给人以平铺直叙之感。这就使七古不限于歌咏吟叹的主调，还可适用于叙事、议论、杂感、记游等各种表现功能，这类七古到中唐韩愈手里有更为长足的发展。

韩愈博学多才，他的五言古诗和七言古诗进一步发掘了散句本来适宜于叙述的潜力，后人称之为"以文为诗"。所谓"以文为诗"，并没有确切的定义，只是一种印象式的评论，大体指诗人吸收散文的一些特点来写诗，比如在诗里发议论，或者采用文章的布局章法等。以文为诗的表现方式会导致诗歌缺乏跳跃性，不够含蓄有味等缺点，但是也会扩大诗歌的表现力。成功与否要看具体作品，不能一概而论。例如他的七古名作《山石》：

山石荦确行径微，黄昏到寺蝙蝠飞。

升堂坐阶新雨足，芭蕉叶大支子肥。

僧言古壁佛画好，以火来照所见稀。

铺床拂席置羹饭，疏粝亦足饱我饥。

夜深静卧百虫绝，清月出岭光入扉。

天明独去无道路，出入高下穷烟霏。

山红涧碧纷烂漫，时见松枥皆十围。

当流赤足蹋涧石，水声激激风吹衣。

人生如此自可乐，岂必局束为人靰？

嗟哉吾党二三子，安得至老不更归！ ❶

　　《山石》大约作于唐德宗贞元十七年（801），韩愈当时任节度推官。7月在洛阳，与两三个友人到洛北惠林寺去钓鱼，当夜宿于寺中，次日归去，有感而作此诗。全诗一句一景、移步换形，层层展开黄昏、入夜、黎明等各个时分的不同画面，犹如一篇平铺直叙、文笔简妙的游记。

　　开头四句写黄昏时进入山寺的过程：诗人沿着小路在高低不平的山石中穿行，到达山寺时只见蝙蝠乱飞，可见山寺环境的荒凉僻静。一起调便见出诗人峻嶒的骨相："荦确"两字形容山石的棱角不平，却也能令人联想到韩愈很不随和的性格。韩愈一生刚直不阿，不肯趋附权贵。苏东坡曾说过："荦确何人似退之，意行无路欲从谁。"就是用这首诗的第一句来比喻韩愈的性格，确实看出了《山石》取景及其格调与诗人性格之间的内在关系。这两句选景取山石、蝙蝠，遣词用僻字拗调，以怪景硬语导入幽境，倍增新奇之感。

　　接着在升堂坐阶的过程中捕捉住庭院里"芭蕉叶大支子肥"的印象。"支子"即栀子花。用"大"和"肥"这两个极俗之字形容芭蕉、栀子吸足新雨之后的饱满水灵，是因为刚刚坐定，天色又暗，只能得出一个花木都长得很壮的粗略印象，所以用俗字比雅词更能传神地表现诗人久居世俗、偶出尘外的清新感受。稍事休息之后，诗人被寺僧引到佛殿里观看壁画，寺僧说画和以火照画都与前面的叙事步步紧接，文意没有一点中断。"以火来照所见稀"一语双关，不仅赞美古迹的珍奇为世所稀有，也写出了古旧的壁画在烛光下影影绰绰的图像，使以火照画这幕情景本身就显现出一种昏暗而略带神秘的情调。

　　看完壁画，就该吃晚饭睡觉了。铺床拂席，是僧人为诗人留宿寺中做

---

❶《全唐诗》，第5册，卷三三八，第3790页。

准备，连同设置羹饭等一系列动作，平直琐细，像散文一样铺叙，似乎是一般诗里可以省略的情节。但是写得亲切实在，寺僧的殷勤和寺中生活的清苦也可由此见出。

躺下以后，诗人却睡不着：夜深静卧，渐渐不闻虫声，月光照进门内，是已到夜深的情景。这里只是从静卧之人的听觉和视觉去写时间的流转，而山寺深夜的宁静、诗人一夜不眠的反侧，都不难想见。

紧接着是从夜深到天亮离寺的过程：天明离寺，信步走去，由于晨雾迷漫，不见道路，上上下下在云雾之中到处走遍。"天明"两句写空气的迷蒙清润，与夜间的澄澈清朗各臻其美。古人有"烟霏雨散"句，此处用"穷烟霏"写晨景，又照应黄昏雨后的兴象，十分自然天成。由于诗歌一开头就是上山到寺的情景，没有细写周围的景物，因此正好借天明以后下山的过程，补足了山景：山色烂漫为远望，松枥十围为近观。"十围"指十人拉起手来才能合抱的树干直径。一路走去常可见到这样高大原始的林木，更可见山中的深幽。景色转换之间也暗示了云开雾敛的天气变化：只有云雾收敛，晨光泄漏之时，处处山红涧碧的景色才能尽收眼底。

渡过涧水的情景与开头的"山石"相呼应：赤脚踏在山涧中的石头上，水声激激清其耳，山风吹衣入其怀，耳目为之全新，身心任其荡涤，是何等惬意！诗人在世俗中蒙受的尘垢，可借此冲洗一净，这就自然引出最后几句的人生感叹：人若能够在如此美好的大自然中自由自在，不受官场的羁束，就足以快乐地度过一生了。那么自己和二三好友，为什么到老还不肯回归自然呢？这段反思出自为景物触发的真情，成为全诗的点睛之笔。《论语》说："二三子以我为隐乎？"结句由此化出，更见韩愈的儒者本色。这里虽已点透诗人从暂游山寺所悟出的人生乐趣，但背后还有一层不甘受人驱使的苦恼可供回味。

这首诗以游记首尾完整、层层深入、篇末结出感想的记叙手法为纲，以诗歌直寻兴会、融情于景、触目生趣的传统表现方式为本，画面层次丰富，色调绚丽清爽。虽然整个过程写得寸步不遗，但是处处流露出对山寺环境的清新感悟，因此是一篇以文为诗的成功之作。

白居易与韩愈是同时代人，诗歌风格以平易为主，与韩愈的奇崛截然不同。他的七言歌行数量很多，最有代表性的是两类：一类是他题为"新乐府"的50首诗，一类是为世俗人最喜爱的叙事性长篇《长恨歌》和《琵琶行》。新乐府是继承杜甫的新题乐府、用新题写时事的乐府式的诗，体裁则全为七言歌行。这组诗广泛触及了中唐的各种社会政治问题，反映现实的深度和广度都是前人所不能企及的。如《卖炭翁》揭露宦官的宫市对人民的掠夺；《新丰折臂翁》《缚戎人》描写战乱以及外患给人民带来的痛苦，均针对某一方面的政治弊端，选取最典型的事件，以一诗写一事，这正是对汉乐府创作原理的充分发挥。而词句流畅，浅显易懂，以朴实的叙事和激切的议论为主，则是白居易自己的特色。这组诗里也有一些作品吸取了梁陈初唐歌行华美繁富的辞采。如《红线毯》以极其细腻的笔致描写红线毯的制作过程，以及织成以后温厚柔软的质感；《缭绫》以丰富多彩的比喻形容缭绫的洁白和文采隐现的精美工艺。从这些描写中不但可以见出当时纺织工艺的高超，而且与宫中歌舞人任意践踏的行为相对比，讽刺了统治者肆意挥霍人民血汗的奢靡生活。《上阳白发人》为配合当时要求释放宫女的政治主张而作，是新乐府表现艺术最成功的作品之一：

> 上阳人，红颜暗老白发新。
>
> 绿衣监使守宫门，一闭上阳多少春。
>
> 玄宗末岁初选入，入时十六今六十。
>
> 同时采择百余人，零落年深残此身。
>
> 忆昔吞悲别亲族，扶入车中不教哭。
>
> 皆云入内便承恩，脸似芙蓉胸似玉。
>
> 未容君王得见面，已被杨妃遥侧目。

妒令潜配上阳宫，一生遂向空房宿。

宿空房，秋夜长，夜长无寐天不明。

耿耿残灯背壁影，萧萧暗雨打窗声。

春日迟，日迟独坐天难暮。

宫莺百啭愁厌闻，梁燕双栖老休妒。

莺归燕去长悄然，春往秋来不记年。

唯向深宫望明月，东西四五百回圆。

今日宫中年最老，大家遥赐尚书号。

小头鞋履窄衣裳，青黛点眉眉细长。

外人不见见应笑，天宝末年时世妆。

上阳人，苦最多。少亦苦，老亦苦，少苦老苦两如何。

君不见昔时吕向美人赋，又不见今日上阳白发歌！ ❶

　　此诗选取一个终老在后宫的女官为典型，细致地描写了她从16岁进宫直到60岁，一生被幽禁在冷宫中的悲惨遭遇，以及从希望到失望乃至绝望的心理变化过程。诗中生动地渲染了与她日日相伴的秋风暗雨、残灯空房，烘托出主人公内心的寂寞凄苦；又以黄莺梁燕成双作对的欢快气氛反衬她虚度青春的苦闷和不幸。而在尽情抒写她的辛酸之后，结尾反以轻松的自嘲写她妆束的不合时宜以及皇帝所赐"女尚书"的空头名衔，这就更沉痛地表现了她在天长日久的孤独中已近麻木的心理。全诗在开头、中段和结尾采用三、三、七句式，具有民歌的风致，流水般的语调加上浓郁的抒情色彩，更增强了诗歌的感染力。

　　《长恨歌》和《琵琶行》是两首流传最广的七言歌行，其通俗化的倾向与市民文学的影响有关。《长恨歌》叙述唐玄宗和杨贵妃的爱情悲剧，借着

❶《全唐诗》，第7册，卷四二六，第4704页。

历史的一点影子，根据当时市井的传说、街坊的歌唱，从中蜕化出一个婉转动人的故事，用缠绵悱恻的叙事以及精巧独特的艺术构思描摹出来。《琵琶行》对一位倡女的命运表示真挚的理解和同情，并借以寄寓自己的盛衰之感，都越出了士大夫的欣赏圈子，深受一般市民的喜爱。

琵琶行

浔阳江头夜送客，枫叶荻花秋索索。

主人下马客在船，举酒欲饮无管弦。

醉不成欢惨将别，别时茫茫江浸月。

忽闻水上琵琶声，主人忘归客不发。

寻声暗问弹者谁，琵琶声停欲语迟。

移船相近邀相见，添酒回灯重开宴。

千呼万唤始出来，犹抱琵琶半遮面。

转轴拨弦三两声，未成曲调先有情。

弦弦掩抑声声思，似诉平生不得意。

低眉信手续续弹，说尽心中无限事。

轻拢慢撚抹复挑，初为霓裳后绿腰。

大弦嘈嘈如急雨，小弦切切如私语。

嘈嘈切切错杂弹，大珠小珠落玉盘。

间关莺语花底滑，幽咽泉流冰下难。

冰泉冷涩弦凝绝，凝绝不通声暂歇。

别有幽愁暗恨生，此时无声胜有声。

银瓶乍破水浆迸，铁骑突出刀枪鸣。

曲终收拨当心画，四弦一声如裂帛。

东舟西舫悄无言，唯见江心秋月白。

沉吟放拨插弦中，整顿衣裳起敛容。

自言本是京城女，家在虾蟆陵下住。
十三学得琵琶成，名属教坊第一部。
曲罢曾教善才伏，妆成每被秋娘妒。
五陵年少争缠头，一曲红绡不知数。
钿头云篦击节碎，血色罗裙翻酒污。
今年欢笑复明年，秋月春风等闲度。
弟走从军阿姨死，暮去朝来颜色故。
门前冷落鞍马稀，老大嫁作商人妇。
商人重利轻别离，前月浮梁买茶去。
去来江口守空船，绕船月明江水寒。
夜深忽梦少年事，梦啼妆泪红阑干。
我闻琵琶已叹息，又闻此语重唧唧。
同是天涯沦落人，相逢何必曾相识。
我从去年辞帝京，谪居卧病浔阳城。
浔阳小处无音乐，终岁不闻丝竹声。
住近湓江地低湿，黄芦苦竹绕宅生。
其间旦暮闻何物，杜鹃啼血猿哀鸣。
春江花朝秋月夜，往往取酒还独倾。
岂无山歌与村笛，呕哑嘲哳难为听。
今夜闻君琵琶语，如听仙乐耳暂明。
莫辞更坐弹一曲，为君翻作琵琶行。
感我此言良久立，却坐促弦弦转急。
凄凄不似向前声，满座重闻皆掩泣。
座中泣下谁最多，江州司马青衫湿。❶

---

❶《全唐诗》，第7册，卷四三五，第4831页。

据白居易在这首长篇前的自序，可知诗作于元和十一年（816）秋。前一年他因越职言事之罪名，被贬官江州司马。秋天在湓浦送客，因听到舟中夜弹琵琶之声，邀请弹者相见。一曲奏罢，弹者自述从长安倡女嫁为商人之妇的身世，引起白居易的谪宦之感，遂写下这首长歌。

全诗以长篇"行"诗平铺直叙的抒情节奏展开，虽尽情铺陈而曲折有致。开头先写浔阳江头的枫叶芦荻和茫茫月色，渲染出一片萧瑟秋意。举酒送客，苦无管弦，为下文忽闻水上琵琶声稍作铺垫，引出寻声暗访弹者的经过。"琵琶声停欲语迟"与"千呼万唤始出来，犹抱琵琶半遮面"，传神地写出弹者见客的迟疑和半推半就的情态，合乎商人妇的身份。而弹者不易相见，令人对琵琶乐之美更加期待。

自"转轴拨弦三两声"以下十二句，将弹奏手法和声响效果相结合，描写琵琶乐曲的精妙。刚开始听其拨弦两三声，这是琵琶的定音，"未成曲调"便已觉"先有情"，可想见其技法之高超，同时也领起曲中所含之情。弦声低回，饱含悲思，似乎在诉说平生的不得志，是全诗点题之语，由此平缓地进入曲调。"低眉信手续续弹"，既可见其手法的熟练，又点出弹者借琵琶"说尽心中无限事"的忧郁。接着，在简要地概括其拢、撚、抹、挑的几种指法和所弹《霓裳》《绿腰》的曲名之后，着重以各种比喻形容琵琶的乐声。《霓裳》即《霓裳羽衣曲》。《绿腰》是唐大曲名，又名《六幺》。弹者能演奏这些宫廷的曲子，可见当初在长安是见过世面的。

唐代四弦琵琶以大拨子弹奏，乐音低沉者如急雨骤降，细高者如窃窃私语，大小弦错杂弹奏，则如大珠小珠洒落玉盘，都绝妙地形容出弹拨乐的声响特点和听觉效果。而黄莺声在花底滑过，是以"间关"的象声词模拟莺啼，再以黄莺的啼鸣形容乐声的流利轻快。泉流幽咽在冰下难以流淌，则是乐声转为滞涩，情绪也由高潮落到低谷，所以渐渐弦绝无声，如泉流不通。"间关莺语"四句既是形容乐声由清脆流畅转为低沉凝涩，同时又使乐声在听者心中转化为初春美景的想象，故而能"传琵琶之神"（《唐诗选脉会通平林》唐汝询语）。

"声渐歇"是乐曲短暂的一个停歇，诗人却在这停顿中听出其中的"幽愁暗恨"，所以说"此时无声胜有声"。这句诗道出了诗人对乐曲的解悟以及对弹者心事的敏锐体察，又在不经意间点出艺术表现妙在有无相生的辩证法：无声往往酝酿着更大的声响。果然，静默之中，乐音骤起，如银瓶破裂，水浆四迸，一声炸裂般的巨响旋即引出铁骑冲撞、刀枪齐鸣的激烈场景，弹奏者以爆发式的力度弹出了乐曲的最强音。然而就在迅速达到新的高潮之时，弹奏者快速扫过四弦，以一声裂帛般的尾声终结了全曲。这时东船西舫悄然无声，只见秋月照江，一片虚白。"悄无言"的反应说明听众已经入神，此时的无声也同样胜似有声，所以江月当空的意境胜过赞美音乐的千言万语。

自"沉吟放拨插弦中"以下十二句，是弹奏者自述身世。"名属教坊第一部"道出她的来历不凡。唐长安设内教坊和外教坊，内教坊在宫城内，外教坊在宫禁外，分左右教坊，掌管乐伎，教习歌舞。第一部即坐部。唐太常部伎分坐部伎和立部伎，坐部贵，称"第一部"，可见弹奏者曾经隶属宫廷教坊，而且无论色艺均非一般人可比。所以才会赢得长安富贵人家子弟的无数锦缎赏赐。然而好景不长，老大色衰后嫁作商人妇，常年独守空船，繁华转眼成空。这一番回忆中自夸和自怜的语气转换迅速，活现出青楼女子的情态。昔盛今衰的伤感，既解释了琵琶曲中饱含的"心中事"，又勾起了诗人的同病相怜之叹。"我闻琵琶已叹息，又闻此语重唧唧"两句作为对琵琶乐和弹者自述的总结，引出本诗最后的十二句。

"同是天涯沦落人，相逢何必曾相识"是全诗点睛之语，也是诗人创作此诗的出发点。由此可见琵琶女的乐曲和她的身世，都成为白居易借以寄托贬谪之感的比兴。但诗人的抒情并没有落入自伤生平的俗套，而是就谪居中不闻音乐的枯燥生活着眼，渲染浔阳地处荒僻的孤独和寂寞。山歌村笛呕哑嘲哳的不堪入耳，反衬出此番能听到京城琵琶的难得。这就扣住全篇写音乐的题意，又从另一个角度烘托出琵琶曲的美妙动听。末四句以琵琶女受到感动，再次弹奏结束。这次曲调凄惨不同前曲，满座的反应也都是"皆掩泣"，从中凸显出一个泣下最多的"江州司马青衫湿"的形象。两次弹曲，前繁后简，就歌行而言，是一种复沓，但句意并未重复，而是以不同的乐调和听众反应进一步抒发诗人的深沉感慨，使全诗的抒情更加淋漓尽致。

白居易歌行擅长铺叙，篇幅之长、文字之繁，远超前人。长篇讲究有详有略，此诗以详为主，但三大段详写各有重点和特色，在结构中不可或缺。尤其写琵琶一段，妙喻纷呈，曲尽其妙。其中三次以江上秋月烘托情境，景色相同而含意各别。加上前后各有警句突出篇中，如"千呼万唤始出来，犹抱琵琶半遮面"，"此时无声胜有声"，"同是天涯沦落人，相逢何必曾相识"等，所以读来毫无繁冗之感，只觉得层见叠出，婉转曲折，余韵无穷。

从白居易和韩愈的这两首代表作可以见出，两人虽然缺乏李、杜的跳跃跌宕、纵横变化，但都充分发挥了七言歌行适宜于铺叙的特长，开出了繁富平实的新境界，也把七言歌行的表现潜力发掘到极致。中唐以后像这样的大篇巨制就逐渐少见，直到北宋欧阳修、苏舜钦、苏轼等大诗人出现，才接续了韩、白七言歌行的创作传统，但已不能与唐代歌行繁荣的盛况相比了。

总之，从七言歌行的缘起和发展过程可以看出这种体裁的复杂性，这正是其概念难以明确界定的原因。但是如果仔细辨别其不同阶段的体式特征，以及"歌"、"行"、古诗之间的微妙差异，把握住陈隋初唐、盛唐、中唐三个时期七言歌行的不同艺术风貌，仍然有助于今人深入理解这种诗体艺术表现的原理，更切实地体会七言歌行所取得的辉煌成就对于唐诗繁荣的意义。

推荐阅读

- ［日］松浦友久，《中国诗歌原理》，孙昌武、郑天刚译，沈阳：辽宁教育出版社，1990年。

- 薛天纬，《唐代歌行论》，北京：人民文学出版社，2006年。

- 罗宗强，《唐诗小史》，天津：百花文艺出版社，2008年。

- 葛晓音，《唐诗流变论要》，北京：商务印书馆，2017年。

- 刘学锴，《唐诗选注评鉴》，郑州：中州古籍出版社，2013年。

- Owen, Stephen, trans. and ed., *The Poetry of Du Fu*, Boston: De Gruyter, 2016.

- ——, *The Great Age of Chinese Poetry: The High T'ang*, New Haven, Conn.: Yale University Press, 1981.

五代与宋

第13章

词：小令

钟梅嘉（Maija Bell Samei）

自唐代始，一种源于中亚的新音乐进入中国，很快就在国际化的唐朝宫廷乃至都市中风行一时。从为配合这种叫作"燕乐"（宴乐）的音乐而写的歌词中，一种新兴的诗体诞生了，这就是"词"。这种新诗体以长短参差的句子、严格固定的韵律与声调组合为特征，在宋朝发展成为与诗相并称的另一种主要文体。传统上认为新诗体在有宋一代达到其高峰。

早期的词与女性以及勾栏瓦肆密切相关，那里有歌伎演唱流行的新曲。这些女性艺人在诗歌和音乐方面均有良好的素养，她们与士人和诗人有着广泛的社会与文学上的交往。歌伎经常将著名诗人的作品谱成曲进行演出，但是她们也经常表演自己的歌曲，与自己社交圈内的文人相唱和。词的这种"女性化"的特质对其主题范围有重要影响，并令人怀疑词作为一种文体是否称得上严肃文学。从女性主义与性别研究的视角看，它同样使词成为特别有趣的文体。❶早期的词盛行女性主题，意味着歌女们有时会演唱出自男性诗人之手的女性口吻的作品，即男性诗人的作品有时采用传统的女性口吻，或由男性模拟的女性之口吻。

---

❶ 本章探讨当然受到了这些视角的影响，尽管在严格意义上说，它完全不是女性主义的。

虽然词的句子长短不一，但词远非自由诗体。词是按照几百种音调格式填写的，每一种词调和每行的字数，韵脚的安排以及平仄声调的位置都有严格规定。起初，词实际上是按照词调来演唱的，不过最后乐谱失传，留存下来的只有几百种词的格式及许多变体。时至今日，人们都说"填词"，即根据与词牌相关联的格律模式进行创作。早期的词作表明一首词的主题内容与其词牌有关（例如，一首以《杨柳枝》为调的词在某种程度上与柳树有关），但之后的词通常与其词牌原本的主题完全无关。

词的另一个名称为"长短句"。长短参差的词句能够容纳大量虚字，并且相对于诗而言句法更加连贯。这些长短句最初应该是反映了新音乐的结构，比如可能是对应着一个乐句中的音符数。虽然乐府诗中也有运用长短不一诗句的例子，但是乐府诗的绝大多数诗行还是五言。乐府诗与词还有一个共同点就是都起源于音乐。不过，一首特定词牌的词由共同的韵律格式所组成，而乐府诗则是同名诗题下有其共同的主题和题材。

有些词牌确实要求齐言句。实际上，很多早期文人词的短篇形式（称作"小令"，与之相对的稍后发展起来的长篇形式叫作"慢词"）与每首四句、每句七个字的七言绝句非常相似。但是，与严整划一的律诗相比，词的结构更流动、更松散，对偶句也少得多，且经常在意象表现与内心独白之间转换。在唐代的律诗中，当诗人从个别存在转向普遍存在，或者从普遍存在返回个别存在，时间是被悬置了，词则与此不同，词描写的是复杂的情感状态和过程，它在过去、现在和想象的时间之间的运动更为灵活多变。

终宋一代，随着慢词的发展，这个特点变得更加明显。慢词可以容纳更多的叙述，允许探索更为复杂和更多层面的情感状态。部分原因在于增加了长度（通常为70字至100字甚或200字之间，与之相对的，小令则在58字以内），部分原因则是更多使用了所谓的"领字"。这些简短的词或短语用于词的过渡处，"增加了韵律的灵活性，增强了语义的连续性，并且在

诗人复杂情感的展露过程中，凸显其明显转折处"。❶

为了对词的一般性特征有切实感受，让我们看一首最为著名的词人之一，南唐最后一个皇帝李煜的作品。唐朝之后为分裂的五代时期，南唐是在此期间崛起的其中一个小国。李煜于975年成为宋朝皇帝的阶下囚，并最终被其毒杀，李煜的功绩在于拓宽了词的主题范围，并使之更为个体化。

乌夜啼（或相见欢）

无言独上西楼，月如钩。寂寞梧桐深院锁清秋。

剪不断，理还乱，是离愁。别是一般滋味在心头。❷

这首词在视觉上最醒目的特征就是句子的长短变化。这个特定的词牌要求三字句、六字句和九字句。正如唐代的五言或七言的格律诗，这些词句的每行也都可以断为二字和三字的单位。九字句可以看作是从律诗（2+）2+3的基本节奏派生而来的，即在句子开头再增加两字为一组的部分。与此相类似的是，词的三字句则是比（五言）律诗减少了两字一组的部分。这种关系表明词的语义节奏是如何源自诗的语义节奏，同时又怎样有意地与之背离。

唐代格律诗要求押同一个平声韵。与此相反，词既可押平声韵，也可押仄声韵，且容许更为复杂的押韵模式。正如以下这首词调的音韵图表所示，很明显有两个韵脚。第一个韵脚为平声韵，第二个韵脚为去声或曰仄声字（括号内的符号代表这个位置可平可仄）。

---

❶ Shuen-fu Lin, "The Formation of a Distinct Generic Identity for *Tz'u*," in *Voices of the Song Lyric in China*, ed. Pauline Yu, Berkeley: University of California Press, 1994, p. 21.

❷《全唐五代词》卷四，第450页。

```
（—）  —  （—）  |  —  —  △
     |  —  —  △
（ | ）  |  （—）  —  （—）  |  |  —  —  △
（ | ）（—）  |  ▲
（ | ）（—）  |  ▲
     |  —  —  △
（ | ）  |  （ | ）  —  （—）  |  |  —  —  △
```

　　这里并没有律诗那种严格的平仄交替原则，取而代之的声调模式是以某种方式大致遵循了这首词的音乐曲式。由于曲谱失传，这种（文字与音乐的）关系采取什么形式已无法确知，例如，韵部是否对应着旋律的高低曲折，还是对应乐句的长度（仄声更加陡变短促，平声则更为曼声拉长）。随着时间的推移，词人们开始不仅区分平仄这两种声调，更要区分其具体的五声。❶

　　请注意这首词句句押韵，而律诗只在偶数句的句尾押韵。这符合以下事实：在小令中，两句一联的结构单位让位于作为词之基本结构模块的韵拍（strophe）。❷句句押韵的一至四句各是一个韵拍。在词的英语译文中，一个韵拍经常对应一个句子，因为这些韵拍易于充当语义单位。

　　在词中，分片具有重要的美学功用，即期望在节奏、韵脚、背景或者情绪等方面通过所谓"换头"带来变化。在任何一首小令中，这种过渡所采取的具体形式都是词之美学效果的一个独特而重要的因素。在这个意义

---

❶ 唐宋时期的中古汉语分为平、上、去、入四个声调，但北宋时已有人注意在词中辨五音，李清照《词论》提出"歌词分五音，又分五声"，五音指发声部位，即唇、齿、喉、舌、鼻五类；五声是阴平、阳平、上声、去声和入声。——译注

❷ Shuen-fu Lin, *The Transformation of the Chinese Lyrical Tradition: Chiang K'uei and Southern Sung Tz'u Poetry*, Princeton, N. J.: Princeton University Press, 1978, pp. 106-107.

上，词与唐代格律诗既相似又迥异。律诗的第三联同样也引入主题的转移或变动。但是在律诗中，一种强大的韵律与平仄声调的对应统合起第二联与第三联，因此实际上使得主题的转移服从于诗的凝练统一。这在词中被句子的长度与声调模式的变异所替代。

在李煜这首词中，三个押韵的短句和一次换韵标志着主题的转换。从孤寂的抒情主人公的外部环境转到他或她对自己情绪的内在沉思。在上阕，孤独的梧桐树以及深锁于庭院中的晚秋时节折射出抒情主人公的寂寞、禁锢与迟暮之感。下阕是对抒情主人公之忧伤的直接、自反性的沉思，赢得了历代读者的交口赞誉，因其头两句杰出的想象力，以及在高度口语化的结句中刻画忧伤的神秘方式。但是要想真正欣赏像李煜这首词一样的诗歌所代表的文学成就（这段简短的解读还远不足以让我们充分欣赏这种成就），首先我们应看一下在他之前这个文体的发展状况。

早期的词主要有两个源头。其一为20世纪初在甘肃敦煌佛教洞窟出土的大量珍贵手稿。大量早期词作连同各种宗教的与非宗教的绘画和手稿一起出土，多数词作是匿名的，主题非常宽泛。其二主要来源于五代时期的文人词集《花间集》。该词集编纂于10世纪中叶，收集了早期填词大家温庭筠、韦庄，以及一些西蜀宫廷词人所作的500首词。（到了宋朝，词人们才开始出版他们的个人词集。）

我们首先讨论的是出自敦煌的两首匿名作品。它们由一个男子和一个女子的对话构成，在生动有趣的戏剧性交流中，戏谑了惯常的弃妇主题。传统上，这种被抛弃与被冷落的题材已有悠久的历史，其根源可追溯至《诗经》《楚辞》等文人诗学传统。

这两首词的第一首呈现出男性说话者责难式的审问：

南歌子（其一）

斜隐珠帘立，情事共谁亲？分明面上指痕新。罗带同心谁绾？甚人踏破裙？

　　蝉鬓因何乱？金钗为甚分？红妆垂泪忆何君？分明殿前实说，莫沉吟。❶

　　纯粹疑问句的数量之多（十句中有六句）使诗歌呈现出口语化的风格。男性说话者用责备的语气列举了女子外形上的方方面面，其中一些方面有色情的寓意（面颊上的指痕和凌乱的头发）。女子在门廊中的位置可视为一种暗示，一种引诱的姿态。"同心结"即爱之结，通常应该是由恋人为其系于腰带之上。金钗很可能是说话者自己爱的标志。

　　男人诘问的口吻提请对方注意他的权力，要求一个解释，同时也十分讽刺地堆垛起他自己冷落她的佐证。在第二首词中，女性说话者就将这些证据转变为自己忠诚的一系列明证。

南歌子（其二）

　　自从君去后，无心恋别人。梦中面上指痕新。罗带同心自绾，被蛮儿❷踏破裙。

　　蝉鬓珠帘乱，金钗旧股分。红妆垂泪哭郎君。妾是南山松柏，无心恋别人。❸

　　第二首词延续了第一首的口语化风格并步其原韵。请注意两首词的句子长度有轻微的不同。在早期流行的词中这是很普遍的，不过后世的词谱书里通常会罗列同一个词牌下的大量变体。第1句词就为接下来的指责定

---

❶《全唐五代词》卷七，第893页。
❷ 其他手稿中这里的字是"猴儿"，而不是"蛮儿"。
❸《全唐五代词》卷七，第893页。

下了基调，因为突出了一个事实：正是这个男人离开了她。她针对每个问题的回答都直接转化为对男人冷落她的证据之胪列（"罗带同心自绾"），以及她自己的忠诚（"红妆垂泪哭郎君"）。说话者使用谦卑的第一人称女性代词"妾"，第8句则用亲密的第二人称"郎君"（用于女子称呼她的丈夫或恋人），加在一起，这就将整个辩护置于一种亲密与忠诚关系的背景下。"松柏"是正直与忠诚的传统象征，因为他们并不随季节而改变。诗歌结尾一字不改地重申了第2句的忠贞宣言。

第一首词随着男人凝视的目光，勾勒出女子外表上通常与被遗弃有关的元素，始于她在门廊里斜倚珠帘的姿势，随后目光掠过全身上下。同样，它的情色意味十分鲜明，与传统上对于弃妇的描绘一脉相承，尤其是唐代之前的六朝宫体诗。当第二首词中说话者依赖同样的元素为其忠诚辩护，听众会将这些元素与民间传统中其他被抛弃女性的声音联系起来，传统中男性的变化无常通常与女性的坚定不移形成鲜明对照。这些参照为女子的辩护提供了信誉和分量，尽管我们仍然很难不去质疑其可靠性。

本章接下来的三首词均出自文人词集《花间集》。尽管《花间集》代表着为词体正名的努力，但它大部分还是恋爱以及弃妇怨女之类被认为是"女性"的主题。第一首词为温庭筠所作，从中可以看到，这是受六朝宫体诗影响的、更加华美和更具感官性张力的弃妇怨叹。作为一名技巧娴熟且经常出入声色场所的音乐家，温庭筠擅长以为文人读者改编流行形式的词而备受赞誉；他还创制了不少词调，在措辞与意象方面，其文人感性的影响显而易见。

更漏子

玉炉香，红蜡泪，偏照画堂秋思❶。眉翠薄，鬓云残。夜长衾枕寒。

---

❶ 这里的"思"字读四声，因为这个词牌要求这个位置是仄声字。

梧桐树，三更雨，不道离情正苦。一叶叶，一声声。空阶滴到明。❶

无心的残妆、冰冷的衾枕、长夜无眠的女子，很明显都是传统上对思妇的描绘。文中的"画堂"表明主角的贵族身份，展现她独守空床的一些小细节（在冰冷枕头上褪色的眉毛和蓬乱的发髻）微妙地暗示了男性偷窥者的存在。

这里有几个因素将这首词与此前我们看到的敦煌无名氏的词作区分开来。男性和女性说话者在前两首词中都仅仅是说话者，而这首词却通过上阕对室内场景、下阕对室外景物的描绘呈现出弃妇的情感世界。我们听到的仅仅是雨滴空阶或雨打梧桐的声音，自然景物似乎加剧了女子的悲伤。不过从一开始，女子所处环境的各种元素就都被塑造为负荷其情感之物。第2句的蜡烛之泪是典型的"情景交融"的诗学手法。这种使场景中的物体皆染上人类情感的做法使我想起一个西方概念"情感谬误"，那是约翰·罗斯金（John Ruskin）在19世纪为他所痛惜的一种写法杜撰的一个词语。

"偏"字和"正"字即所谓的"虚字"，没有实际意义的助词，但增加了词句中的主观感情色彩。虚字或曰功能词的运用，有助于形成词在修饰其意象方面所呈现出的典型特征。在两组三字句中可辨别出大致的对偶关系，表明相较于敦煌词，对填词技法的关注大为提高；这自然符合作者的文人墨客本色。

温庭筠词的第二个样本呈现出女性主题中更多的情色意味与客观性的画面。鉴于这首词与其说描写了弃妇之怨，不如说它描写了一段新恋情中清晨的百无聊赖，也就难怪它更具暗示性的品质。

---

❶《全唐五代词》卷二，第210页。

菩萨蛮

小山重叠金明灭，鬓云欲度香腮雪。懒起画蛾眉，弄妆梳洗迟。

照花前后镜，花面交相映。新帖绣罗襦，双双金鹧鸪。❶

相比于《更漏子》，这首词运用了更多高雅的措辞，更为华美的意象。总的来说，其意象十分密集，运用了较少的连贯句法，更多的意象并置。这首词的设定全部在女主角私密的闺房内部，从其呈现的一系列形象中，女主角的早上例行活动清晰可见。起始两句词经常被后世批评家所引述，第1句描写遮掩她的华丽屏风，第2句描写她伏卧时最细微的身体细节，由此引逗出女性的形象。一缕头发作势欲堕，将要掠过她雪白的面颊，这一句尤其令人难忘。当女主角慵懒地起身，梳妆打扮，临镜自赏，这些松散连接的图像也就是窥视者注目的过程。

尽管观察的视角很私密，词作者对于女主角的描绘仍然停留在外部，对女子情感状态的暗示仅仅在于她懒得梳洗打扮，以及她新绣衣上的成双鹧鸪（象征着夫妻美满幸福）。从第1句词中（屏风上）明灭闪烁的金色山丘到第5句、第6句反射在前后镜中的女子头上的花朵，这些意象除了彰显在华贵环境中女子的美丽之外，似乎并没有任何抒情的功能。同时，满足于对主体做表面化处理（其中"交相映"具有象征意味），本身就对诗歌的抒情效果十分重要。尽管这个女子并无明显的缘由致其不快，但她清晨的例行活动却充满了倦怠感。

以下这首韦庄的词，清晨的慵懒倦怠出现在更加忧伤的语境中，此词同样出自《花间集》。一般认为，韦庄之词比温庭筠之词抒情更为直接。这种特质在下面这首词的上阕尤为明显。

---

❶《全唐五代词》卷二，第194页。

谒金门

空相忆，无计得传消息。天上嫦娥人不识，寄书何处觅？

新睡觉来无力，不忍把伊书迹。满院落花春寂寂，断肠芳草碧。❶

此词一开始的徒劳感（尤其是消息断绝）是弃妇题材的惯常要素之一。其他的惯常要素还包括大自然或上苍的漠不关心（抒情主人公通常会祈求嫦娥的帮助，因为她可能会见到离家的恋人），还有暮春时节与逝者如斯的感喟。上阕完全着笔于女主角的心声，下阕则引入负荷其情感的自然景物。不仅有落花，而且是满院的落花，反映出抒情主人公难以禁受的、满溢而出的失落感。春天被描述为孤寂、落寞的。她醒来后所处的闺房明显缺乏诸种细节。而且，所有的意象都暗示了她的内心思绪反映在外部世界中，这是情景交融的另一个例子。

需要提请注意的重要一点是，最后一句词中前两个字"断肠"和"芳草碧"的关系并不明晰。这里将抒情主人公译为"断肠之人"（heartbroken），当她看到芳草，那青碧的颜色提醒她已是暮春时节，也让她想起时光流逝的无可挽回。另一种翻译可以是"令人断肠的（heartbreaking）芳草碧绿"，其中的感情更明确地与青草联系在一起。而无论哪种情况，尽管最终的情感都会追溯到抒情主人公，诗意的效果却大相径庭。在中文里，这些词组可以简单地并置，无须判定情感的归属。这是中文诗歌翻译为英语后普遍存在的问题之一：译者经常被迫在一种方式或另一种方式之间做选择，以便写出流畅的英语诗行。当原文没有代词的时候，代词的选择亦是如此，或是动词时态的选择。对于中文读者而言，这些细节尽可保留其不确定性，使得诗歌保有多义与含混的可能，更具感发的品质。

本章开篇的李煜之词以相似的内部视角与直接素朴风格为其特征。一

---

❶《全唐五代词》卷五，第542页。

般认为李煜是一个完全失败的政治领袖，实际上，有些论者认为他在这一领域的失败可能是他在文学领域获得成功的某种先决条件。以下的词作令我们看到，李煜如何将词这种文体提高到一个自我抒发的新高度。

虞美人

春花秋月何时了，往事知多少。小楼昨夜又东风，故国不堪回首月明中。

雕栏玉砌应犹在，只是朱颜改。问君能有几多愁，恰似一江春水向东流。❶

从我们已看过的一些女性口吻的弃妇怨女之词来看，这首词中某些元素是熟悉的：诸多疑问句、第二人称代词"君"、口语化的措辞和虚字，如"不堪""恰似"。"东风"就像温庭筠《更漏子》里的"雨"一样，似乎与抒情主人公作对一般再次来临。不过其语境却更不具体，更具普遍性与哲理性。起首的对偶"春花秋月"唤起一种时间（通过提及相反的季节）与自然（通过宇宙意象与尘世的对立）的整体感。联系抒情主人公的"故国"来读，"往事"就超越了个体而涵盖了国家的历史。同时，抒情主人公情感的特殊性也得以保留。第3句使抒情主人公在一个特定的时间处于一个特定的位置，而第4句通过描写他甚至不堪回望怀旧的对象（这里抒情主人公思念的是一个地方，而非一个人）抒发了强烈的感情。词的结句用一问一答再次将情感与景物联系起来。然而，典型的情景交融手法，二者之间的关联是含蓄的，这里不同的是，抒情主人公似乎想方设法地为其胸中郁勃的、不可遏止的激情尽力去捕捉意象，于是他运用了一个明确的恰当比较："恰似"冰消雪融之际满溢的一江春水。

---

❶《全唐五代词》卷四，第444页。

这首词中抒情主人公的性别是模棱两可的，不过鉴于传统论者都根据李煜生平的各种细节来阐释其词，此词的抒情主人公通常也假定是词人自己。因为这首以及其他一些李煜最好的词均作于他被宋朝宫廷囚禁时期，对于故国以及人生际遇骤变的提及都极易令人联想到李煜的个人处境。

下面这首词有系于冯延巳（词牌为《鹊踏枝》）或欧阳修名下的不同说法，前者是南唐李煜父亲统治时期的流行词人，后者为北宋政治家、散文家。冯延巳之词与弃妇怨女传统一脉相承，而欧阳修之作则沿袭了冯延巳及《花间集》的词人传统。职是之故，关于词作者的归属就聚讼纷纭，很难解决。逮至北宋，词已经成为一种士大夫热烈追捧的文体，尽管缺乏诗歌的严肃性主题，但词作为某种程度上与诗并行的文体，已被欧阳修这样的公众人物认为是颇有价值的艺术追求。至此，诗和词占据了不同的领域，其中的特色分工是，词被认为更适合处理微妙细腻的情感。如果说诗被当作言志的工具（诗言志），而词则被视为情感的载体（词言情）。

蝶恋花

庭院深深深几许。杨柳堆烟，帘幕无重数。玉勒雕鞍游冶处。楼高不见章台路❶。

雨横风狂三月暮。门掩黄昏，无计留春住。泪眼问花花不语。乱红飞过秋千去。❷

词的上阕通过叠音词"深几许"的疑问和形容词"无重数"，堆积了阻断视线，且与外界隔绝的意象。爱人骑着玉勒雕鞍去到游冶之所，清楚地表明这是一首弃妇怨女之词。词以典型的"即景生情"手法从景物转到

---

❶ "章台"是汉朝长安的一条街，后成为青楼云集地的委婉说法。

❷ 《全唐五代词》卷四，第369页。

感情，不过它随后就以特别令人难忘的自然景象收束，这首词因此为人所称道。与李煜《虞美人》之中的抒情主人公不同，《蝶恋花》中的抒情主人公并没有明确提出最后的问题，落花的动态回应并非回答抒情主人公没有说出的问题，而更像是体现了其思绪的纷飞混乱。晚清深受西方美学哲学影响的学者王国维曾引用最后两句词作为"有我之境"的例子，以之与"无我之境"相对立。这句词同时也是情景交融的绝妙范本，是对落花意象（落花意味着春天的结束和时光的流逝）别出心裁的运用。即使花朵映射着抒情主人公的感情，它们也并非她的回应者；她问，但落花无言，留下茕茕孑立的她与她的忧伤。诗歌中的男性抒情主人公倾向于在自然中寻找交流与安慰，而在这首词或者其他女性口吻的词中，自然往往是冷漠无情的，徒增抒情主人公的悲伤，或者至少无法提供她所寻求的安慰。

最后一首词来自另一位北宋政坛人物晏殊，他的创作师法《花间集》诸词人与冯延巳的传统。和欧阳修一样，晏殊也被认为专擅小令。这些词人的大部分作品都仍然属于精雅含蓄的"婉约派"，不同于进一步拓展了宋词题材范围的，刚劲奔放或曰壮怀激烈的"豪放派"。以下这首词因其对离情别绪细致入微又含蓄典雅的表现而广受赞誉。词中没有一句抒情主人公的明确怨言，这种深婉的含蓄历来为论者所称赏，所谓的"无一字言怨"。

浣溪沙

一曲新词酒一杯，去年天气旧池台。夕阳西下几时回？

无可奈何花落去，似曾相识燕归来。小园香径独徘徊。❶

词句平均每句七个字，会让人觉得它与七言律诗有相似之处，除了诗行总数（六句）不同，还有上阕没有对仗句以外。上阕的三行词句都是各

---

❶《全宋词》卷一，第89页。

自独立的韵拍，互相之间不相关联，因此读者必须构想它们之间的关系。是在去年的旧池台上曾经有过一首新曲和一杯新酒吗？还是，新曲与酒就在当下？第3句的夕阳西下是现在呢？还是记忆中的？再者，夕阳仅仅只是作为逝去时光的哲理性象征符号吗？与这三句词的相对独立形成对照的是，下阕的头两句事实上是非常工稳、声调亦完全相对的一联对仗，备受推崇。

独自徘徊在因落花而芳香四溢的小径，抒情主人公的思想仍然是朦胧的。唯一明确涉及他处境的词就是一个"独"字，不过其他几个要素还是促使我们将这首词读作离情别绪之作（诗中最著名也最常见的主题）：在送别朋友的筵席上以酒作别的惯例，忆及"去年"发生过的事情，问什么事情或者什么人何时回来（太阳或者朋友），以及燕子的归来。但是词的感情仍与我们保持着疏离，一如燕子带来的熟悉感一样模糊："似曾相识"。

如果说词的上片的每一句都互不关联，下片的每一句却从不同侧面接近抒情者的情感。晏殊之词从外部处理其主题，在中心形成一个空洞，其中的"怨"并未说出。

最后，有必要回顾一下本章所讨论的词中小令的某些特点。小令通常由两片组成（有些也只有一片），结构上比覃思巧构的慢词简单得多。上下阕之间标志着一种过渡，从过去到现在，从内部到外界，从言说到场景，或者反之。在慢词中，这种变动会更为复杂。早期文人词将场景与状态并置的做法透露出诗歌美学的影响。虽然与诗相比，词中情与景二者之间的关系已更为精巧，但是只有等到慢词出现，这种覃思巧构才被推向极致，其中包含的描写、叙述等方式是小令永远无法容纳的。主题上，小令往往局限于微妙和个人化的情感，围绕着恋爱、被弃、离别或乡愁等主题展开，采用与其简短、精练的特质相符的言近旨远之方法。慢词则开始容纳更为广阔多样的主题和更宽泛的情感，它的长度和错综复杂使之可以更为自如地处理这些主题和情感。不过小令为慢词与豪放风格的发展奠定了基础，因为它改造了大众欢迎的媒介形式，使其能为文人所用，并在文学形式的等级序列中开辟了精神追求的一席之地。

推荐阅读

- 夏承焘、吴熊和编著，《怎样读唐宋词》，杭州：浙江人民出版社，1958年。

- 王国维，《校注人间词话》，徐调孚校注，香港：中华书局，1961年。

- 叶嘉莹，《迦陵谈词》，台北：纯文学出版社，1970年。

- 施议对，《词与音乐关系研究》，北京：中国社会科学出版社，1985年。

- 林玫仪，《敦煌曲子词斠证初编》，台北：东大图书有限公司，1986年。

- ［日］村上哲见，《唐五代北宋词研究》，杨铁婴译，西安：陕西人民出版社，1987年。

- 任半塘编著，《敦煌歌辞总编》，上海：上海古籍出版社，1987年。

- 康正果，《风骚与艳情——中国古典诗词的女性研究》，台北：云龙出版社，1991年。

- 张以仁，《花间词论集》，台北："中研院"中国文哲研究所筹备处，1996年。

- Bryant, Daniel, trans. and ed., *Lyric Poets of the Southern T'ang: Feng Yen-ssu, 903-960, and Li Yü, 937-978*, Vancouver: University of British Columbia Press, 1982.

- Chang, Kang-i Sun, *The Evolution of Chinese Tz'u Poetry: From Late T'ang to Northern Sung*, Princeton, N. J.: Princeton University Press, 1980.

- Egan, Ronald C., *The Literary Works of Ou-yang Hsiu (1007-72)*, Cambridge: Cambridge University Press, 1984.

- Lin, Shuen-fu, *The Transformation of the Chinese Lyrical Tradition: Chiang K'uei and Southern Sung Tz'u Poetry*, Princeton, N. J.: Princeton University Press, 1978.

- Liu, James J. Y., *Major Lyricists of the Northern Sung, a. d. 960-1126*, Princeton, N. J.: Princeton University Press, 1974.

- Rouzer, Paul F., *Writing Another's Dream: The Poetry of Wen Tingyun*, Stanford, Calif.: Stanford

University Press, 1993.

• Samei, Maija Bell, *Gendered Persona and Poetic Voice: The Abandoned Woman in Early Chinese Song Lyrics*, Lanham, Md.: Lexington Books, 2004.

• Wagner, Marsha, *The Lotus Boat: The Origins of Chinese Tz'u Poetry in T'ang Popular Culture*, New York: Columbia University Press, 1984.

• Wei Chuang, *The Song Poetry of Wei Chuang (836-910)*, translated by John Timothy Wixted, Tempe: Center for Asian Studies, Arizona State University, 1978.

• Yates, Robin D. S., *Washing Silk: The Life and Selected Poetry of Wei Chuang (834?-910)*, Cambridge, Mass.: Council on East Asian Studies, Harvard University, 1988.

• Yu, Pauline, ed., *Voices of the Song Lyric in China*, Berkeley: University of California Press, 1994.

第14章

慢　词

连心达

　　第13章讨论的词体形式，一如其中文名称"小令"，形制相对短小。在这一章，我们将要讨论另一种词体形式——慢词。我们将揭示这两种形式的区别不仅在于长度，更重要的还在于结构以及诗意地描写与表达的能力。

　　一如小令，慢词之起源亦可追溯至中唐时期的通俗歌曲传统。不过，与小令不同的是，慢词为文人学士所接纳，并在宋代发展为一种主要的诗体形式，却是颇费时日。一个重要的原因在于慢词——或曰"慢曲词"（慢节奏的歌诗）——的音乐性比小令复杂得多。职业乐工娴熟于音调和节奏，但缺乏精致的文学修养去提升其作品的诗意品质；而受过教育的精英阶层——当他们被曲子词旋律的悠扬美妙所吸引，降尊纡贵去尝试这种"低俗"的体裁时——又会觉得慢词的音乐特质对于一般业余作者而言过于复杂。完善这种艺术形式，并充分开发其文学潜能，需要音乐家的耳朵与学者的笔力。这种罕有的结合了两种天赋之人直到11世纪，即柳永登上词坛之际才出现。

　　即使是写恋情词这一词中最为千篇一律的主题，柳永也不愿落入陈词滥调和程式化诗境的窠臼。而在那些由他引入词体的新颖题材的词作中，他描绘了城市生活的方方面面，详尽地刻画了失意举子的个体化情感，展示了羁旅行役之人眼中的自然风景。小令这种短小的诗歌形式已经不能满足他的需要。因此他将目光与耳力转向了长调慢词。

同时代的其他文人作家填词的时候，大多倾心于——或更准确地说只能——写小令，而柳永之作却以慢词居多。他不满足于仅仅填写已有的词调，还创制新的词调来更好地配合自己的文字。在他看来，慢词不该只是加长了的小令，而更应该是一种有机的整体，能让作者以一定的顺序和逻辑进行细致周详的铺叙与刻画。为此，他一面借鉴赋之描述性句法，另一面撷拾大众文化中灵动的日常口语。不过，其词作的描述力还是更多地得益于对源自流行文化传统的慢词内在音乐性的深刻理解。柳永的词集以《乐章集》为名，果然名副其实：在词调的安排上他苦心经营，以确保其歌词能以最适合的乐调来演唱，臻至最佳效果，而这些词调大多是其他文人词作者未曾染指过的。他对词之音乐性的敏锐感知，尤其是对体现在乐工和歌者表演中的那种流行歌曲的声音模式和结构形状的感知，教会了他如何组织和呈现更大容量的诗意表述。由他所开发的最为有效的结构技巧之一乃是"领字"的运用。"领字"作用于描写和叙述的关键接合点上，可以表达知觉经验，承上启下，缓和过渡，助力创造理想的节奏，控制声音流动等，而尤为重要的是，领字还能揭示整体的描写或叙述中各部分之间的联系，不管这种联系是线性的还是多层的，抑或是二者兼而有之的。❶

柳永的大部分创新成为慢词的标志性特征。他留给踵武而至的词人们强大的诗歌工具，可以完成对小令来说难以想象的任务，例如多角度的风

---

❶ 关于柳永运用"领字"的详细讨论可参看 Kang-i Sun Chang, *The Evolution of Chinese Tz'u Poetry: From Late T'ang to Northern Sung*, Princeton, N. J.: Princeton University Press, 1980, pp. 123-133; 还可参看 Shuen-fu Lin, "The Formation of a Distinct Generic Identity for *Tz'u*," in *Voices of the Song Lyric in China*, ed. Pauline Yu, Berkeley: University of California Press, 1994, pp. 20-21, and Stuart Sargent, "*Tz'u*," in *The Columbia History of Chinese Literature*, ed. Victor H. Mair, New York: Columbia University Press, 2001, p. 319.

景描写，婉曲复杂的情感之呈现，以及人与人之间关系的戏剧性讲述。

柳永对建立慢词体例的贡献为后世词作者和评论家所一致公认。然而，有不少人认为他的慢词作品内容卑俗、词语尘下。造成此种严苛批评的真正原因在于，柳永的部分个人生活经历以及他在某些词作中的自我形象似乎是一个勾栏瓦肆中的曲词作者，而非知识精英的一员。

柳永的批评者之中就有苏轼，这是几乎在其所处时代的文化和文学活动的每个领域均领风骚的多才多艺的天才。虽然苏轼对柳词中那些歌女、乐工才会使用的俚俗语颇有微词，但他对柳永的诗歌艺术却相当欣赏。在苏轼自己开拓慢词新形式的创造性实践中，他继续推进了柳永所开创的方式。

对苏轼所作之词最为精当的概括是"以诗为词"，他因此受到褒扬，亦招致批评。由于苏轼在文坛上的杰出地位，其敏锐的个性，跌宕起伏的政治生涯带来的丰富个人阅历，他的创作使得词体地位大为提高。在他之后，无人再敢说词仅是一种低俗的文体了。

有论者质疑苏轼所创作的新型词是否还可被称作"词"。例如，苏轼同时代的年轻作者李清照在其《词论》一文中就批评苏轼所作乃"句读不葺之诗尔"。作为一个出色的音乐家和颇有成就的词人，李清照坚持词"别是一家"，自有其独立的文体特性。她主张仔细区分诗、词之别。她的文章讨论了词体的多种特质，尤为重要的是词调的音乐性。尽管她批评柳永之作"词语尘下"，但她称赞柳永精通词乐，所作协律。

在辛弃疾的作品中，慢词的表达力与适应性同样可见一斑。辛弃疾不仅是一个词人，更是一位干才，年轻时他曾经参加过大规模的军事起义，以抗击当时统治中国北方的金人。当他来到南方，投奔南宋朝廷后，又以试图完成不可能的任务，主张收复中原失地而闻名遐迩。辛弃疾的慢词传达出他传奇的人生经历与热烈奔放的个性。在他的手中，词这种起初特别适合表现闺情的诗体形式变成了承载高大英雄人物之复杂感觉与情绪的有效工具。

柳永的上乘之作，往往通过详尽的景物描写，一系列诗意事件的叙述，颇费覃思地传达出抒情主人公诗意的情绪和感受：

八声甘州

对潇潇、暮雨洒江天，一番洗清秋。渐霜风凄紧，关河冷落，残照当楼。是处红衰翠减，苒苒物华休。惟有长江水，无语东流。

不忍登高临远，望故乡渺邈，归思难收。叹年来踪迹，何事苦淹留。想佳人、妆楼颙望，误几回、天际识归舟。争知我、倚阑杆处，正恁凝愁。❶

起首的动词"对"似乎毫无必要，因为即使没有它，景色也显而易见地展现在抒情主人公面前。但恰恰是这类字值得我们特别注意。它们就是典型的领字，是柳永所开发的慢词的一个至关重要的技巧。

在上阕中，秋天的景色不仅仅是通过描写，更是有条不紊地以四个步骤来呈现。以领字（或曰短语）引领与界定每一步，说明所感知到的是秋天的哪些方面，以及从何种视角来感知。四个步骤以线性顺序，相互呼应的方式紧密相连，当词中说话人对于秋天的感官体验历经四个不同的阶段时，他的情绪也相应地产生微妙的变化。

第一个领字"对"位于词之肇始，引入傍晚的景物，突出观察者与被观察物之间的积极互动，加剧词中"清秋"所带来的冲击。随之而来的第二步映射出这个季节的清冷萧瑟。人物的感官知觉在这里有一个转向。第一步强调——正如领字"对"所表明的——面对自然空间的广阔，第二步则探究其时间的纵深。领字"渐"展现了秋天的寒意缓慢而无情地步步入

---

❶《全宋词》，第1册，第54页。

侵，山脉与河流都日渐"冷落"。斜阳余晖，一日将尽的"残"照，同样也暗示了不可阻挡的时间的流逝，日月其除，岁聿其莫。第二步的时间元素同时也投射在抒情主人公身上：他已在此逗留了许久，凝望着夕阳沉落，秋意加深。

短语"是处"标志着第三步的开始，同样也担负着领字的功能。它表明词中人的目光转向了近在身边的事物，目睹它们的衰残。秋天的空间（"是处"）与时间（"苒苒"）再次被仔细关注。随后，抒情主人公再次将目光移向远处，寻找是否还有什么生机的遗留，他发现"惟有"——此即第四步——长江水滔滔向前。象征时间的逝者如斯，江水东流，从未停止。滚滚而去从不止歇的逝水意象更加映衬出前面诗句中的萧瑟黯淡。

如此精心安排四步来描绘秋景的目的，是为下阕抒情主人公的情绪反应奠定基调。我们由此看到词之分片的结构功能。在柳永的慢词里，分片在诗意的描写和叙述中扮演着尤为重要的角色。

在下阕中，随着抒情主人公展开其内心思绪，循序渐进的展示方式又一次变得清晰可见。它始于上片结束之处，但颇为婉曲——抒情主人公承认他"不忍登高临远"，说是"不忍"，而这恰恰是他所做之事。主人公登高远眺，正当一年之中满目凋零时节，滚滚东流的长江水将他的思绪带向遥远的故乡。细心的读者可能会注意到这一段前置的领字为"望"。实际上，下一段以及随后的一段均由领字（"叹""想"）领起，结句的起始短语"争知我"亦如是。这些领字不仅仅标记出人物的感觉与情绪发展的接合点，而更重要的，还显示或预示了人物的感知与思绪的走向：在上阕的景物描写中，词人的情绪由他关于秋天的多方面体验所触发，而现在他"望"向远方，思乡情切；随后他回视自身，"叹"息自己的处境。思念和悔恨再次将他的思绪引向远方，他"想"起他的"佳人"，也正在另一个地方的楼台上引领而望，凝视着江水，等待着归人。最后，他再次将心中想到的场景推进一步，探究起"她"的内心活动来：她怎么可能知道我（"争知我")——但她一定得知道！——斯时斯地，面对着一江东流水，也正苦苦地思念着她。

得力于这些领字的口语化语气和因为领字的加入而造成的句法上的参差节拍，词人思绪的流动具有了悠扬婉转的声音模式。领字因而赋予柳永之诗意呈现的结构和次序一种切实可感的律动形状。领字的功用相当于一个剧本中的舞台提示，使得诗意的行为和处境都明确清晰，也许是过于清晰了。然而，柳永似乎找到了一种方式令平易白描变得复杂巧妙。他的词作虽是线性的，但绝非平直的。在领字的助力下，作品探索了时间和空间，涉及了事物之远近，统摄了整体和局部；它将内心与外物相联，甚而至于在此处与彼处、自我和他者之间移步换景。下阕后半段视角的往复转换就极其高明：虽只有一条长江，但却有两处楼台。

高友工关于词体对中国诗歌发展进程之贡献的研究，曾经强调律诗和词在诗歌体裁特征方面的基本差异。高友工认为，律诗中诗人的自我既是诗意表达的出发点，又是诗意过程的内容。[1]斯时斯地的"抒情自我"在"抒情时刻"的单一视野塑造了四联结构的诗意行为。诗人经常用首联介绍诗歌的处境，以中间两联呈现他所观察到的事物或者事件的直接即时印象，尾联则揭示抒情自我的内心状态。

词则有所不同。词的基本结构单位，尤其是更为复杂的慢词形式，并非以两句一联，而是以韵拍为单位。[2]词中的一个韵拍相当于诗中的一联。词的每一个韵拍包含数目不定的句子，围绕一个共同中心。[3]这样一

---

[1] 高友工，《小令在诗传统中的地位》，《词学》第九辑，1992年，第17页；本文也收入其书《美典：中国文学研究论集》，北京：生活·读书·新知三联书店，2008年。

[2] 韵拍（strophe），原系希腊韵律学术语，其字面意思是转（接）。林顺夫首次将这个术语用作词的基本结构单位的指称。见 *The Transformation of the Chinese Lyrical Tradition: Chang K'uei and Southern Sung Tz'u Poetry*, Princeton, N. J.: Princeton University Press, 1978, pp. 106-107；中译本参看林顺夫《中国抒情传统的转变——姜夔与南宋词》，张宏生译，上海：上海古籍出版社，2005年。

[3] 高友工，《小令在诗传统中的地位》，第17页。

个韵拍单位因而可以被称作同心结构（concentricity）。由于这个单位中的每一句都可以描绘事物，或叙述事件，"可以有不同的角度、观点、时间，又可以包括感觉以外的各种心理活动，因此也可以视为'分层结构'（stratification）"[1]。这种同心结构与分层结构在多个维度起作用。每一韵拍有自己的中心，而一首词内的所有韵拍结构单位在更高的维度上又有一个共同的中心。以此方式，整首词由一个"层进结构"（incremental structure）所支撑。[2]

再回头看柳永的词，我们可以看到这种层进结构。词人在上阕分四步描绘秋天，下阕也分四步呈现情感（加起来正好是八个节拍，对应词牌《八声甘州》），正是词之韵拍单位所在。每一韵拍都抓住一系列诗意事件中的某个特别时刻，代表主题发展的一个阶段。八韵八拍，桴鼓相应，再辅以上下阕的分片，诗人一步一步地展开他的景物描写，叙述内心的活动。平心而论，柳永创造性地在慢词中运用领字标志着文人词人开始在层次结构方面有意识的实验，如此运用领字最终成为这个诗体类型的最为重要的美典。

柳永对于慢词技巧有令人振奋的创新，苏轼则扩大了慢词的词境。苏轼的慢词证明，词运用得法，可以表达通常认为只适合"诗"的情绪感受。[3]此外，慢词的形式属性为他提供了一个强有力的抒情工具，可以承载那种因太过激烈或太过幽微而无法通过"诗"的形式充分表达的个人感觉与情绪。[4]结果是，苏轼不仅极大地拓宽了慢词的主题，而且也赋予他

---

[1] 高友工，《小令在诗传统中的地位》，第17页。

[2] 同上书，第18—19页。

[3] Lin, "Formation of a Distinct Generic Identity for *Tz'u*," pp. 22-24.

[4] Ronald C. Egan, *Word, Image, and Deed in the Life of Su Shi*, Harvard-Yenching Studies, vol. 39, Cambridge, Mass.: Council on East Asian Studies, Harvard University, and Harvard-Yenching Institute, 1994, pp. 326-327.

的许多词作真正的个人声音，那种在传统诗歌中明白可见的自传性语调。❶
苏轼有时也会被诟病忽视了词的内在音乐性，但是，在他最好的作品中，
其思绪与感情自然而然地展露出来，轻松自然地贴合慢词曲调的句法与音
声结构，而这些句法与音声结构正是由半个世纪前柳永从乐工伶人的演唱
中感悟出的声音模式发展而来。

水调歌头

丙辰中秋，欢饮达旦，大醉。作此篇，兼怀子由。

明月几时有，把酒问青天。不知天上宫阙，今夕是何年？我欲乘
风归去，又恐琼楼玉宇，高处不胜寒。起舞弄清影，何似在人间。

转朱阁，低绮户，照无眠。不应有恨，何事长向别时圆？人有悲
欢离合，月有阴晴圆缺，此事古难全。但愿人长久，千里共婵娟。❷

这首词第一件值得注意之事，就是词之序言将作品系于特定的场合，发
出真正的个人声音。苏轼实乃将这种通常在经典诗里的做法引入词中的第一人。

创作此词之时，苏轼心中无疑横亘着唐代伟大诗人李白所作《把酒
问月》的诗句。论者也将苏轼开端的问题追本溯源至一千多年前的屈原的
《天问》。历史的回声为这首词里的人生追问增加了额外的维度，即千百年
来人类矢志不渝的求索，以及苍茫宇宙对这种求索的漠然罔顾。使词人感
到既敬畏又困惑的，与其说是问题本身，不如说是此情此景：午夜时分，
青天之下，一人仰望浩渺苍穹，冀望有幸一窥宇宙之堂奥。

词之开篇所构建的人类的追问与神秘宇宙之间的张力，持续存在于词

---

❶ 详细的讨论可参见 Ronald C. Egan, *Word, Image, and Deed in the life of Su Shi*, pp. 315-317, 322-330.
❷ 《全宋词》，第1册，第280页。

人与月亮接下来的互动之中。中秋之月向来被视为一年之中最明亮的，在这样的夜晚对词人有巨大的诱惑，使他渴望朝它"归去"，似乎他原本来自天上的那个理想世界。（"乘风归去"的意象有道家哲学的意味，借自道家的两个文本《庄子》和《列子》。）然而，他立刻又犹豫了，担心天上宫阙可能过于高迥而寒冷。他对自己所属之处的不确定，在上阕最后模棱的词句里表露无遗。当他于半醉半醒之间，在缥缈的月光下，对影起舞，他感觉自己超拔于人间世界，因此发出疑问："人间怎么比得上这儿！"（"何似在人间"）但是另一种完全不同的读法也是可能的：他放弃了乘风而去月宫的想法，在人间找到自我愉悦的满足感："还有什么能比得上这人间世界呢？"这种模棱含混似乎颇为微妙；它暗示这是酒醉之人的喃喃自语，也非常符合迄今为止我们所看到的诗人之犹疑踌躇。

词人与月亮的交流实际上是一台独角戏。词人大声说出想法，企图说服自己，而且将自我独白置于戏剧性场景之中，仿佛他伸手攀到了月亮，还试着与之对谈。月亮只是个勉为其难的对话者这一事实增加了戏剧效果。月亮的沉默驱使词人进一步地提问、思考与怀疑，并给他一个理由继续在自己的哲思中徜徉。这个微型戏剧在下阕继续上演。尽管实际情况是无眠的词人凝望着月亮缓缓地移动，他却将这种处境描述为似乎是月亮打扰了他，使他难以成眠。词人并不承认他对自然的细微变化过于敏感，取而代之的是他责备月亮总是使他感受到分离的痛苦。接着他改变了心意，原谅了月亮，并由此将自己对不可避免的人类处境的新认知理论化。最初的忧伤情绪转变了，词收束在积极的，甚至可以说是乐观的语调之中。

以下所选的苏轼的第二首词，实为词人如何将古典诗歌的传统主题移植于慢词形式的绝佳范例：

念奴娇·赤壁怀古

大江东去，浪淘尽，千古风流人物。故垒西边，人道是，三国周郎赤壁。乱石穿空，惊涛拍岸，卷起千堆雪。江山如画，一时多少豪杰。

遥想公瑾当年，小乔初嫁了，雄姿英发。羽扇纶巾，谈笑间，强虏灰飞烟灭。故国神游，多情应笑我，早生华发。人间如梦，一尊还酹江月。❶

词人来到长江边上被很多人当作赤壁的古战场遗迹，创作了这首怀古词。公元208年，从北方南下的曹操所率领的声势浩大的舰队在这里被东吴将领周瑜一举歼灭。这场关键性的战役阻止了曹操并吞东吴与西蜀，奠定了三国鼎立的基础。

词肇始于一声长叹：即使是那些千古英雄也无可避免地随着东逝的江水一并湮灭！人生苦短的主题通过诗歌的意象表现出来。与上阕中令人惊叹的"如画"的大自然相比，人类的存在如白驹过隙，人类的种种努力亦微不足道。峭壁的"乱石"与江水的"惊涛"逼真且令人震撼，如在目前，而千百年来的英雄却已随着时间的流逝沦为缥缈的传说，所谓"人道是"意即现在已无处可见。上阕的结句包含了讽刺与伤感。那些曾经"一时"为控制这条长江、这些山脉而相争相斗的英雄豪杰如今在何处？

下阕，在词人神游于"故国"之际，看到了当年的英雄之一周瑜。饶有兴味的是，尽管周瑜是一个英勇的武将，"谈笑间"就使他的敌人"灰飞烟灭"，他却被描绘为一个文士，"羽扇纶巾"。词中谈及周瑜传奇般美丽的新婚夫人小乔，是为了衬托他的年轻英俊、魅力非凡。而他在强敌面前表现出来的镇定自若，与其说显示了他的威武，还不如说证明了他超群的心智。许多传统的词论家和现代学者都相信，苏轼通过发思古之幽情将自我——一位学者——的形象投射到了周瑜身上。考虑到由怀古所激发的自我反思是这种诗歌类型最重要的元素之一，这种解读不无根据。然而，词

---

❶《全宋词》，第1册，第363页。

本身的内证支持一种不同的阐释。青年将军儒雅智慧的形象与上阕中大自然的"乱""惊"形成对照，凸显了人类的脆弱、渺小。人类的生命异常美丽，却如露如电，被创造出来仅仅是为了被淘洗净尽。一方面是诗人回忆中的古代英雄，英姿勃发的青年将军，却早已作古；另一方面是此身虽在，却华发早生，只能哀叹过去的词人，这种矛盾并置表明，时间真是种神秘莫测、摧毁一切的力量，让词人颇为困惑。实际上，青年将军几乎完美的形象——这一形象与当下的联系仅悬于并不可靠的"人道是"和很不持久的"一时"——实乃被置于遥远的时间框架中的一个幻象。正如词人告诉我们的，为了看见自己的英雄，他不得不"遥想"过去。不出所料地，词人以人生如梦的感慨结束他的精神之旅，将他的杯中之酒倾泻而出，酹祭高悬于江上之月。在中文里，"江月"这个词组还可解读为"映照于江中之月影"，象征着人类存在的如梦似幻与不可把握。

下一个要讨论的词人是中国诗歌史上最为杰出的女性作者李清照。她善感的心灵，敏锐的眼睛与乐感使其慢词作品具有非比寻常的心理深度。

声声慢

寻寻觅觅，冷冷清清，凄凄惨惨戚戚。乍暖还寒时候，最难将息。三杯两盏淡酒，怎敌他、晚来风急。雁过也，正伤心，却是旧时相识。

满地黄花堆积，憔悴损，如今有谁堪摘？守着窗儿，独自怎生得黑。梧桐更兼细雨，到黄昏、点点滴滴。这次第，怎一个愁字了得！❶

词牌《声声慢》即已透露了一部分故事——一首音长加倍的慢词。词之起首脍炙人口。读者只需看其音译和逐字的对照翻译便可体会出这十四个富含唇齿音的叠音词的表现力。第1句的两个动词是同义反复，第2、3

---

❶《全宋词》，第2册，第1209页。

句的形容词亦如是。三句词中重复的字词和连绵的声响承载了意义。反复的"寻"和"觅"不仅延缓行动，而且暗示着徒劳无获。除了冷清，被寂寞所笼罩外，词人什么也没找到。这带给她无尽的悲戚惨伤，这种伤感用三组叠音词重复了六遍。

前三句的十四个音节概括了词人的自我处境，并预示了作品之后的内容。无论她怎么做，都无法挣脱悲伤。她想抵御秋风，但又很清楚自己的努力终属徒劳。薄酒几杯并不能抵挡秋天的寒意，也无法排遣她的伤怀落寞。慵懒不动也被证明不能有效地驱除悲伤：因为"雁过"没法阻挡。大雁在中国文学中一直被读作传书信使，这里却只是使词人痛苦地意识到，即使雁能传书，她也已无处可寄（通常认为此词写在作者丈夫去世的1127年之后）。她认出这群大雁是"旧时相识"，又加剧了伤痛。它们的再次出现令她忆及过去的人和事，也令她意识到季节的流转。她心碎难当。

下阕延续了季节流转这个主旨。就像大雁一样，萎谢的菊花再次提醒词人这是万物凋零的季节。在零落的花中她也看见了自己。她已华年不再，余生将会在孤寂中慢慢耗尽。她似乎别无他法，只能"守著窗儿"。实际上，这似乎是她一整天都在做的事情：无精打采地坐在那里，手持酒杯，一任窗外掠过的大雁和衰残的菊花刺痛着内心。她的恐惧与绝望在感叹中表露无遗：她怎样才能挨过如此不堪的一天？在感叹的背后不是百无聊赖，而是对目前生活的深深恐惧。她寻寻觅觅终属徒劳，触目所及尽皆伤心，这让她情何以堪，乃至令她盼着夜晚到来，黑暗降临。不过，即使是她自己也清楚地知道，黑暗不会带来任何慰藉。已经滴到黄昏的秋雨肯定还要在梧桐叶上滴到夜里。点点滴滴的雨声——以四个"d"开头的拟声字模拟雨声——就像眼泪，呼应着词开头的叠音词，表明词之伊始悲郁的叹息并未停止，而是直至结尾，贯彻始终。

整首词可以一个词来概括，即"愁"。我们已看到，词人一开始就在第3句以重复六遍悲愁的感觉加以强调。而到词之结尾，她告诉我们"愁"

之一词还不足以表达她竭力想表达的。突然间词人听起来像是语言怀疑论者庄子在感叹："吾安得夫忘言之人而与之言哉！"❶自然，词人也承袭了庄子的困境。颇具讽刺意味的是，即使她希望自己的读者绕开语言，她却别无长物，只有语言。她最大的希望是那些乐意探究语言背后，去体验其文字所试图传达之情感的读者可以直接把握她的某种情绪。从这个角度看，她在词的开头对声音超乎常规的运用，可以被视为是在直接诉诸读者的感官知觉，而非单纯的心灵知觉。

我们要讨论的最后一位大词人辛弃疾，乃宋代最为高产的词作者。辛弃疾与苏轼并称为"豪放"词派的代表人物，与"婉约"词派双峰并峙。不过辛弃疾的艺术创作远远超出了这种过分简化的分类。以下第一首词毫无疑问地揭示了他英雄豪气的一面，但第二首词的风格却很难确切定义，如果禁止用"婉约"一词的话。

贺新郎

邑中园亭，仆皆为赋此词。一日，独坐停云，水声山色，竞来相娱，意溪山欲援例者，遂作数语，庶几仿佛渊明思亲友之意云。

甚矣吾衰矣。怅平生、交游零落，只今余几！白发空垂三千丈，一笑人间万事。问何物、能令公喜？我见青山多妩媚，料青山、见我应如是。情与貌，略相似。

一尊搔首东窗里。想渊明、停云诗就，此时风味。江左沉酣求名者，岂识浊醪妙理？回首叫、云飞风起。不恨古人吾不见，恨古人不见吾狂耳。知我者，二三子。❷

---

❶《庄子集释》，第4册，北京：中华书局，1961年，第944页。

❷《全宋词》，第3册，第2470页。

此词临近结尾处十分狂傲地谈及"古人",可谓对早先文本非常巧妙的改编。根据《南史》记载,南朝时期的文学奇才张融曾经慨叹其生也晚,不能与古人争胜,曰:"不恨我不见古人,所恨古人又不见我。"七百年后,当张融也已成为一个"古人"之后,辛弃疾借用了他的声音。在他对先前文本的重铸中唯一增添的是"狂"字。很明显,他相信自己最宝贵的特质就是狂与傲,并且希望自己的狂傲能够为人充分赞赏。但是,这种狂究竟意味着什么呢?

粗读之下,此词表现了词人为其年华老去以及知交零落而伤怀,他自嘲白发空垂,以一种幽默的方式接受其运命。大自然给予他慰藉,并且还有香醇的美酒。从这些司空见惯的诗性行为来看,词人所赞美的似乎是隐士的疏狂。

然而,词人并非隐士。他不是另一个陶潜,那个辛弃疾在下阕自比的著名隐逸诗人。表面上的哲人的平静很难掩饰一颗不安心灵的挣扎,这是完全不同于疏狂的狂。即使前面,在词的上阕,那个"吾"竭力看淡世事,表达自己的豁达平和时,我们也能察觉到他表面的镇定与被压抑的狂傲之间的冲突。举例而言,在宣称他可以将全部"人间万事"付之一笑后,词人反问自己是否还有什么事情能令自己喜悦。答案是肯定的。"青山"的"妩媚"极大地愉悦了他,他也"料"到在青山眼中的自己亦是如此妩媚可喜。我们应该注意到这并非简单的"情感谬误"之拟人。词人将自夸置之于青山口中,使它们成为其自我陶醉与自我确认的媒介。作者试图"一笑"置之的"人间万事"并不仅仅意味着世间的俗务,也是世界的一切庸常。不屑一顾地脱离庸常世界也给他带来一个问题:他认为在此世没什么值得一提("问何物、能令公喜?")。正如我们已经看到的,词人将自己视为一个谦逊淡泊之人。他感叹自己已拒绝了很多,宣称远离俗世的名利得失,在自然中寻求慰藉,似乎像一个隐士。在更为仔细地聆听其言说之后,我们发现他的每一个声明都承载着弦外之音,暗示着他远离庸众,遗世独立。

下阕延续了表面的安详与骚动的潜流之间的张力。下阕诗句中的形象源自陶潜之诗《停云》：一个孤独的饮者热切地期望朋友的到来，不安地搔首，一如《诗经》里那个焦急的恋人在等待他心爱的姑娘。词人再次以隐士形象示人，言语中透露了渴望真正的知音之情。

　　颇为有趣的是，虽然这一关键的形象借自陶渊明，词人却毫无顾忌地据为己用。他并没有说自己像陶渊明，而是，"想"陶渊明诗歌写就之际，可能会和他现在的心情一样。这种自我中心的姿势与上阕中他居高临下地"料"想青山也会认可他的魅力并无二致。于是他使得"古人"陶渊明莅临当下，来就自己。他的确想要以此方式被钦慕，因为他正沉醉于"此时风味"，作为一个超群绝伦、遗世独立的饮者而内心激动。"此时风味"这个短语的运用表明他多么珍惜这个特殊的时刻：他想延长并尽情享受此一刻。

　　这也是为什么他哂笑"江左沉酣求名者"。南宋的政治军事环境与陶渊明所处时代近似，词人因此可以将其鄙俗的南宋同僚也归于企图借酒求"疏狂"名声的"江左"假名士一类。他真正鄙视的并不是他们热衷于疏狂酒徒之"名"，而是这些俗物根本不配"疏狂"。"岂识浊醪妙理？"壮怀激烈的词人如此问道。对他而言，他们没有权利假装懂得狂的特殊韵味。

　　颇具讽刺意味的是，当词人讥笑那些追逐狂名之人，他自己却又小心翼翼守护着自己的声望，生怕有人会分享他给予自己的令誉。好像是为了证明自己是多么不同于凡夫俗子，他突然发唱惊挺，高调示人，完全不像个隐士：他扬言要"回首叫、云飞风起"，用了据说是汉高祖登基后衣锦还乡时写的《大风歌》的典故。

　　紧随其后的便是那惊天动地的呼告，"不恨古人吾不见，恨古人不见吾狂耳"。"古人"是可悯的，因为他们没有机会见到词人之"狂"——他的咄咄逼人、不可一世的自我。这是他们的损失，而非他的。当他以"知我者，二三子"结束此词时，词人并不是在重复感叹知交多已零落，而是以这两句词暗示孔子《论语》中所说的："知我者，其天乎！"（《论语·宪问》第三十五）然而词人将之转换为突然领悟到的欢喜感叹。只有两三个人懂得他的原因在于，绝少有人能够与他相提并论：他独立于尘世，绝伦逸群。

词人突然爆发的骄傲之气的迸发力通过其言辞的节奏和口气得到加强。创作一首词是在固定的词谱曲调里"填写"。以此而言，词人更少自由。但是辛弃疾知道如何将固有的词谱的潜能发挥到极致。例如，他无视词谱所规定的停顿，而是自第17句开始，使其狂傲的感叹在一意贯穿的15个音节内倾泻而下，连成一气。当这种向前的运动被突然打住，整首词以两行轻灵的三字句收束时，我们不能不感到这种前进的力量戛然而止带来的紧张感，无法不感受到简练的结句与其传达出的自信笃定之间的张力。

如果说前一首词体现了辛弃疾的豪放风格，那么接下来这首词则显示，他同样有能力创作出风格截然不同的婉约含蓄之作。

摸鱼儿

淳熙己亥，自湖北漕移湖南，同官王正之置酒小山亭，为赋。

更能消、几番风雨。匆匆春又归去。惜春长恨花开早，何况落红无数。春且住。见说道、天涯芳草迷归路。怨春不语。算只有殷勤，画檐蛛网，尽日惹飞絮。

长门事、准拟佳期又误。蛾眉曾有人妒。千金纵买相如赋，脉脉此情谁诉？ ❶君莫舞！君不见、玉环飞燕皆尘土。闲愁最苦。休去倚危阑，斜阳正在，烟柳断肠处。❷

---

❶ 虽然第14句的最后一个字"赋"读音押韵，这里却没有标明为韵脚，是因为在标准词谱里这个位置只是断句处，无须押韵。

❷《全宋词》，第3册，第2413页。

在这首词里，抒情主人公以一个女性的声音悲叹春天的逝去，以及青春年华的空度。不过即使是粗读之下也会发现这是比兴体诗歌。让抒情主人公烦忧的真正原因在于："蛾眉曾有人妒。"根据词的小序可以判断，此词的创作很可能源于词人蹭蹬官场，忧思郁结的情感投射。

起首为女子表达她对不可避免之事的忧虑——春天"又"匆匆而去。短语"更能消"和"几番"暗示主人公一直密切地关注着"风雨"之来和去，深深地为美丽易逝的春天被风雨所摧折而苦恼。她已经"常怕花开"得太早，因而凋落得太快。无疑地，满地"落红无数"于她而言更是不胜其情。

她一味地请求春天暂留，尽管颇乏说服力。她的语气并非命令式的，而仅仅是恳求的。限定词"且"（暂且、何不）和短语"见说道"（听说）显示了其声音的犹疑不定。她试图说服春天返回的糊涂行径，她抱怨春天毫无反应的言语，都不仅告诉我们她是多么心烦意乱，更显示出她是多么无心计。一个内心纤弱的淑女形象逐步建立起来。一系列精心挑选的、与时间度量有关的词或词组——"更""几番""又"以及其他——生动地表现出其对外界刺激的极度敏感。与这个纤弱天真而又敏感的主体有关联的三个动词——"惜"（珍惜，怜惜）、"恨"（遗憾）、"怨"（埋怨）——都带有情感脆弱的含义。

下阕继续淑女的内心独白，她婉转谈及汉武帝的陈皇后之逸事，实则流露了自己隐秘的哀伤，陈皇后敦请当时最为才华卓著的文人以她之名撰写了一篇恳挚动人的辞赋，试图重新赢得君王的宠爱。不过，词人在这里将陈皇后成功的故事变成了悲剧：由于心怀嫉妒的竞争者的诽谤谣诼，不幸的皇后长久以来翘首以盼重得恩宠的希望化为乌有。其失望之深，心痛之锋锐，可从细心甄选的辞藻"准拟"❶（周密计划）和另一个"又"（再

---

❶ "准拟"有计划、打算之意，亦有料想、希望之意。本词应该是"料想"之意。——译注

次）中见出。如此周密的计划与激动人心的预期再次落空，接踵而至的就是绝望。她似乎暗示，她宁可放弃，因为，即使写出了感人至深之信，她也无法找到收件人。她的心是如此温柔、含情脉脉，却无处诉说。

此词通篇（或曰几乎通篇）以温柔的女性口吻言说。令人忧闷的暮春景色——满地落花，檐下蛛网，斜阳西下——均摄自多情善感的女子之眼。将词的上下片联系在一起的典故勾勒出一颗温柔纤弱的心灵因失宠而受伤的深衷隐痛。所有这些因素四方辐辏一般，共同支撑起一个连贯的剧情。

然而，这个几乎完美无瑕的故事情节和一以贯之的口吻，被下阕的中间部分发出的不和谐声破坏了。这个段落由一个祈使句和一个反问句组成。两句都直率地针对第二人称的"君"（你或先生）。通常这是个用来表示礼貌和尊敬的称呼，但这里的"君"却是词人蔑视和憎恶的特定对象。词人命令道："君莫舞！"表面上礼貌尊敬的称呼与这个祈使句所含内容之间的差异如此鲜明，言语中不仅有愤怒且含有威胁的意味。为了确保这个威胁不会被轻忽，词人发起了另一轮攻击："君不见、玉环飞燕皆尘土。"加强语气的反问句是如此有力与咄咄逼人，可以视为对上述威胁的令人印象深刻的跟进。

如果我们将这种突然爆发的情感放在上下文里来解读，可以看到这绝不可能来自我们已熟悉的那个温柔但会偶出怨言的淑女的声音。虽然抒情主人公的语气在下阕一开始即变得尖刻苦涩，但仍然是比较克制的。她的痛苦与其说是来自对善妒同侪的怨恨，不如说是遗憾自己的一腔柔情无由传达。"纵"字（即使）即揭示了这种无助与无奈，隐含在第15行的反问句中。直至词的结尾，这个女子都没有显示任何的愤怒，似乎她宁愿将痛苦藏在心里；悲伤和苦涩都吞吐其词，欲语还休。

然而十分突然地，一个新的强有力又咄咄逼人的声音从这一故事情节的平面爆发出来，使得词作在新的维度上具有了另一层含义。两个平面之间的张力有其价值。不是因为它有助于显示词作中早已十分明了的比兴寓意，而是因为，词人真正的自我闯入了他如此煞费苦心设计的比兴程序，用一个完全不同的声音，将作品的真实意图赤裸裸地呈现给读者。两个意义平面的并置在此也许还有另一个优点，通过展示两种声音之间明显的冲突，词人刻意显露他如何尽力地克制自己的情感，尽管这种努力徒劳无功。词人的坦率是狡猾的，天真是伪装的，因为这都是他设计的一部分。这种设计最令人瞩目之处在于，他精心炮制的比兴寓言实属画蛇添足。词人等不及其隐含之义从故事情节的隐喻中自然生发。而是，通过下阕中段的情感突然爆发，急不可耐地呼吁读者注意他的比兴所蕴含的意义。

推荐阅读

- 唐圭璋编，《全宋词》（全五册），北京：中华书局，1965年。

- 梁丽芳，《柳永及其词之研究》，香港：三联书店，1985年。

- 施议对，《词与音乐关系研究》，北京：中国社会科学出版社，1985年。

- 《词学论稿》，华东师范大学中文系古典文学研究室编，上海：华东师范大学出版社，1986年。

- 缪钺、叶嘉莹，《灵谿词说》，上海：上海古籍出版社，1987年。

- 刘扬忠，《辛弃疾词心探微》，济南：齐鲁书社，1989年。

- 曾大兴，《柳永和他的词》，广州：中山大学出版社，1990年。

- 高友工，《小令在诗传统中的地位》，《词学》第九辑，1992年，第1—21页。

- Chang, Kang-i Sun, *The Evolution of Chinese Tz'u Poetry: From Late T'ang to Northern Sung*, Princeton, N. J.: Princeton University Press, 1980.

- Cheng, Ch'ien, "Liu Yung and Su Shih in the Evolution of *Tz'u* Poetry," translated by Yinghsiung Chou, in *Song Without Music: Chinese Tz'u Poetry*, edited by Stephen C. Soong, Hong Kong: Chinese University Press, 1980, pp. 143-156.

- Egan, Ronald C., *Word, Image, and Deed in the Life of Su Shi*, Harvard-Yenching Studies, vol. 39, Cambridge, Mass.: Council on East Asian Studies, Harvard University, and Harvard-Yenching Institute, 1994.

- Fong, Grace S., "Persona and Mask in the Song Lyric (*Ci*), " in *Harvard Journal of Asiatic Studies* 50, no. 2 (1990), pp. 459-484.

- Hightower, James R., "The Songwriter Liu Yung: Part 1, " in *Harvard Journal of Asiatic Studies* 41, no. 2 (1981), pp. 323-376.

- ——, "The Songwriter Liu Yung: Part 2, " in *Harvard Journal of Asiatic Studies* 42, no. 1 (1982), pp. 5-66.

- Kao, Yu-kung. "Chinese Lyric Aesthetics, " in *Words and Images: Chinese Poetry, Calligraphy, and Painting*, edited by Alfreda Murck and Wen C. Fong, Princeton, N. J.: Princeton University Press, 1991, pp. 47-90.

- Lian, Xinda, *The Wild and Arrogant: Expression of Self in Xin Qiji's Song Lyrics*, New York: Lang, 1999.

- Lin, Shuen-fu, "The Formation of a Distinct Generic Identity for *Tz'u*, " in *Voices of the Song Lyric in China*, edited by Pauline Yu, Berkeley: University of California Press, 1994, pp. 3-29.

- ——, *The Transformation of the Chinese Lyrical Tradition: Chiang K'uei and Southern Sung Tz'u Poetry*, Princeton, N. J.: Princeton University Press, 1978.

- Liu, James J. Y., *Major Lyricists of the Northern Sung, a. d. 960-1126*, Princeton, N. J.: Princeton University Press, 1974.

- Lo, Irving Yu-cheng, *Hsin Ch'i-chi*, New York: Twayne, 1971.

- Owen, Stephen, "Meaning the Words: The Genuine as a Value in the Tradition of the Song Lyric, "in *Voices of the Song Lyric in China*, edited by Pauline Yu, Berkeley: University of California Press, 1994, pp. 30-69.

- Sargent, Stuart, "*Tz'u*" in *The Columbia History of Chinese Literature*, edited by Victor H. Mair, New York: Columbia University Press, 2001, pp. 314-336.

第 15 章

词：长调咏物词

林顺夫（Shuen-fu Lin）

逮及北宋末年，对于诗人词客而言，词已经从 9 世纪时作为流行歌曲的原初形态演进为已获公认的诗歌形式，为中国文学传统主流所完全接纳，这一传统将诗歌本质上视为抒情言志的工具。相较于句式整齐的诗，词通常由长短不一的句子构成，这种参差不齐的句式使得诗人们能更有效地描述人类感情自然的和自发的过程。因此，自北宋以来，诗人们一直用词来表现更为细腻和微妙的情感与意识状态。

南宋时期，词在一些重要方面继续发展演变。清代诗人和词论家朱彝尊曾经指出："世人言词，必称北宋。然词至南宋始极其工，至宋季始极其变，姜尧章氏最为杰出。"❶一如很多传统的中国诗歌批评，这个论断也惜墨如金，语焉不详。然而朱彝尊对词在南宋的发展深具慧眼。不论我们是否认同朱彝尊所说的姜夔乃冠绝两宋之词人，他对姜夔的定位是准确的，姜夔之作代表了南宋词因之而载誉流芳的"典雅"。

宋季词人们对词的发展有诸多方面，而其中两点尤为重要：词人们开创了诗歌中的"空间图案"（spatial design），并使迄今为止在中国传统诗歌

---

❶ 朱彝尊，《词综发凡》，上海：上海古籍出版社，1978 年，第 11 页。

中占据支配地位的直接抒情言志模式发生了转变。正如高友工早已指出的："长调在它最完美的体现时是以象征性的语言来表现一个复杂迂回的内在的心理状态。"[1] 而这种表现形式最早见于南宋时期。高友工比较了将许多意念与情感铺展于"页面"的"空间图案"与通常出现于诗和小令以及一些慢词中的"时间节奏"之间的明显差异。[2]"时间节奏"依赖于线性的、连续的时间秩序，而"空间图案"遵循的原则是平行、并置与对应。抒情言志模式的这一转变与姜夔以及随后的许多词人尝试词的一个次文类，即咏物词有关。咏物词在宋末逐渐风行，并成为重要的诗歌题材。

广义而言，咏物词这一术语指的是描摹物体之作。"物"是指任何可以被心感知和理解的事物，它的反义词是作为体验主体的"我"和"心"。因此"物"可以既指物质世界与人类社会中所有具体的实体和现象，也包括抽象的观念与虚构想象的东西。不过，诗人和批评家们一直在一个十分狭窄的范围内使用"咏物词"这一术语，特指一些很小的自然事物，诸如花卉、鸟儿或昆虫，从不涉及风景、诗人生活中或历史上的大事件。不过在13世纪，咏物词的创作进程已远远超出抒情写作的范围之外。

在写作咏物词时，诗人不是去直接表达自我经验，这曾经是诗歌创作的核心，而是变成了内在于他自己的复杂心境的观察者。自宋末涌现的咏

---

[1] 高友工，《小令在诗传统中的地位》，第20页。笔者曾经讨论过高友工的"空间图案"和约瑟夫·弗兰克（Joseph Frank）的"空间形式"概念，后者列举了20世纪西方一些作家的有关作品，诸如马塞尔·普鲁斯特（Marcel Proust）、詹姆斯·乔伊斯（James Joyce）、弗吉尼亚·伍尔夫（Virginia Woolf）、埃兹拉·庞德（Ezra Pound）和 T. S. 艾略特（T. S. 是 Thomas Stearns 的缩写。学者通常以 T. S. Eliot 来称呼这位大诗人）。参见 "Space-Logic in the Longer Song Lyrics of the Southern Sung: Reading Wu Wen-ying's *Ying-t'i-hsü*," *Journal of Sung-Yuan Studies* Vol. 25, 1995, pp. 169-191，本文中译本详见氏著《南宋长调词中的空间逻辑——试读吴文英的〈莺啼序〉》一文收入其《中国抒情传统的转变——姜夔与南宋词》一书，张宏生译，上海：上海古籍出版社，2005年，约瑟夫·弗兰克的观点见其 *The Idea of Spatial Form*, New Brunswick, N. J.: Rutgers University Press, 1991。

[2] 高友工，《小令在诗传统中的地位》，第8页。

物模式代表着抒情传统的重大转变。尽管在主题上，此前的两个次文类，盛行于5世纪晚期的咏物诗以及咏物赋均与咏物词颇有渊源，但是由于形式与创作进程的差异，咏物诗和咏物赋并未自然而然地发展成为宋末咏物词。正如以下示例所显示的，典型的宋末咏物词通常营造了一个所谓的空间模式。

让我们转向最能体现全新美学风格的南宋词，以下两首为姜夔所作的梅花词，他同时为之写了小序，并作曲。

辛亥之冬，予载雪诣石湖。止既月，授简索句，且征新声。作此两曲，石湖把玩不已，使工伎隶习之，音节谐婉，乃名之曰《暗香》《疏影》。

暗 香

旧时月色。算几番照我，梅边吹笛。唤起玉人，不管清寒与攀摘。何逊而今渐老，都忘却、春风词笔。但怪得、竹外疏花，香冷入瑶席。

江国。正寂寂。叹寄与路遥，夜雪初积。翠尊易泣。红萼无言耿相忆。长记曾携手处，千树压、西湖寒碧。又片片、吹尽也，几时见得。❶

疏 影

苔枝缀玉。有翠禽小小，枝上同宿。客里相逢，篱角黄昏，无言自倚修竹。昭君不惯胡沙远，但暗忆、江南江北。想佩环、月夜归来，化作此花幽独。

---

❶ 黄兆汉的《姜白石词详注》汇集了已知所有关于姜夔作品的注释与解说，是一个非常全面的汇评本。我所用的文本以及有关姜夔这两首词的前人诸种阐释主要源自此书。参见《姜白石词详注》，台北：学生书局，1998年，第280页。

犹记深宫旧事，那人正睡里，飞近蛾绿。莫似春风，不管盈盈，早与安排金屋。还教一片随波去，又却怨、玉龙哀曲。等恁时、重觅幽香，已入小窗横幅。❶

姜夔在历史上是一个造诣高超的诗人、音乐家、文学和艺术评论家。❷他的自度曲和有关音乐的专著以及散论，存留至今，是研究宋代音乐非常珍贵的资料。在已知的有限材料中，我们知道姜夔被同代人视为才华出众的散文家和书法家。然而，尽管是出类拔萃的艺术家和学者，姜夔却并非一个地位显赫的人物。与宋代众多既是政治家又是学者、艺术家的大诗人不同，姜夔从未能以官方身份参与到他所处时代的重大事件中去。姜夔在科举考试中接连不第，又在其他形式的政府招募中落选，致使他仅为一介平民，布衣终生。姜夔之父为士大夫的一员，他去世时姜夔年仅十几岁，此为诗人一生贫困的开端。举例而言，就我们所知，姜夔曾卖字为生。此外，更多的生活来源与资助来自他地位显赫的朋友们，这些朋友也是受到广泛赞誉的艺术家。

《暗香》《疏影》词序里提到的范成大乃姜夔最主要的资助者兼朋友之一。有一件关于他们友谊的逸事值得提及。当诗人离开范成大在苏州的别墅，于旧历年除夕当天启程返回吴兴故里时，范成大将一个名叫小红的美丽歌女作为临别礼物赠予姜夔。就在那一夜，姜夔携小红经过著名的垂虹桥❸，诗人写下一首绝句以纪此行。诗云：

---

❶ 黄兆汉，《姜白石词详注》，第316页。

❷ 这里关于姜夔的一些讨论汲取了我此前一本书的观点，Shuen-fu Lin, *The Transformation of the Chinese Lyrical Tradition: Chiang K'uei and Southern Sung Tz'u Poetry*, Princeton, N. J.: Princeton University Press, 1978。这些年来，我对于姜夔词作的看法某种程度上有所改变，这些改变与陈述正反映在这一章中。

❸ 垂虹桥位于苏州附近，始建于北宋庆历三年（1043），故址在今江苏省苏州市吴江区松陵镇。

自作新词韵最娇，小红低唱我吹箫。

曲终过尽松陵路，回首烟波十四桥。

这首优美的诗被收入姜夔的诗集。如果传说属实，那么第一句诗里提到的"新词"当指《暗香》和《疏影》。

《暗香》《疏影》是姜夔被征引最多、最受推崇的名作。题目源自北宋初期的隐士诗人林逋一首吟咏梅花的七律，直接取自中间一联："疏影横斜水清浅，暗香浮动月黄昏。"❶"疏影"和"暗香"分别对应着梅花的两种形象——梅树之形与梅花之香。

这两首词呈现出的风格晦涩且朦胧。于是，古往今来，学者们的阐释众说纷纭，从姜夔对昔日恋人的回忆，到作为平民学者、艺术家的姜夔远离故土、自伤身世的不遇之感，还有人将之看作是诗人对于北宋末年徽、钦二帝以及宫廷女眷于1126年被金军掳掠而去的深切悼念。❷事实上，执着于其中之一而否定其他可能阐释的说法殊不可取。

在这两首词中，《暗香》较为明晰易懂。它的主题看来就是诗人忆及昔日恋人，曾相伴于西湖畔采摘梅花。第3句明确提到的"梅花"，并非暗喻那名女子，而是指引发诗人忆起她的梅花这个被吟咏的客体。第2句包含了"我"字，姜夔着重强调了诗歌的个人口吻，但这种个人化迹象仅仅是与诗里其他因素相较而言的。第三个韵拍用了诗人何逊的典故，何逊非常喜爱梅花且创造了有关于梅花的诗歌，而姜夔在这里以何逊自比。❸姜夔将自己比作年老的何逊，衰朽残年以至对梅花再也没有真正的热情。通过运用这个典故，姜夔赋予其个体经验以一定程度的普遍性。何逊这个典故

---

❶ 黄兆汉，《姜白石词详注》，第281页。

❷ 同上书，第280—352页。

❸ 同上书，第282页。

同时还隐然暗示着诗人的情感真正在意的并非梅花，而是他的"玉人"。梅花仅仅是对她的缺席的一种警醒。这种意思在下阕开头变得十分明显，他说到他们之间的距离过于遥远，以至于无法"寄与"她一枝梅花。

贯穿整首词的，是体验的主体和被体验的客体（梅花）始终保持距离，而前者的结构作用也十分清晰。作者对时间的处理方式同样值得关注。《暗香》是在抒情当下的瞬间这个框架内创作的。在这个瞬间，抒情主人公忆及与美丽的恋人在月光下的西湖畔携手折梅的经历。因而这首词沿袭的仍是传统的抒情言志模式，通过抒情的当下时刻来建立时间的连贯整体。

《暗香》强烈的个人色调在紧随其后的词作里消失了。与之对照的是，《疏影》起首即为客观地描写苔梅枝头缀满如美玉般的花朵，小小的珠宝一样的翠鸟同宿于苔梅枝上。据范成大《梅谱》所载，绍兴和吴兴地区盛产一种"苔梅"（长着苔藓的梅树）。此梅树"其枝樛曲万状，苍藓鳞皴，封满花身。又有苔须垂于枝间，或长数寸，风至，绿丝飘飘可玩"❶。几乎可以肯定，姜夔词里提及的梅树即为这种被当地人十分珍视的特殊品种，很可能姜夔在拜访范成大的时候在其居处注意到了这种苔梅。"玉"暗喻梅花，因为在这类咏物诗或词中，对于所咏之物（梅花）通常并不直言其名。《疏影》开头一节不仅突出梅花的形象，而且强调由鸟儿依偎同眠所象征着的亲密无间。"翠禽"的意象暗指6世纪晚期赵师雄的故事。赵师雄酒醉后睡在一株硕大的梅花树下❷，梦中，他遇到一位美丽的女子（梅花仙子？）与其共饮，其后，又有一个绿衣童子，在旁笑歌欢舞。次日清晨，赵醒来见一翠鸟在梅树上啁啾欢鸣。运用这一典故也许表明姜夔在朋友的庄园看见苔梅时，联想到了赵师雄的经历。尽管不是十分明显，姜夔很可能意指，当赵师雄醒来只见翠鸟而非美女与童子时，他应该颇感失望与孤独。第一

---

❶ 黄兆汉，《姜白石词详注》，第316页。
❷ 同上书，第316—317页。

韵拍因而可以视为指向词人的内心状态（孤独状态）。

在第二韵拍，并没有说谁遇见谁，但从上下文中我们可以推测是词作者遇到了盛开的梅花。头两个韵拍依次描写了也许是姜夔作为访客在范成大家的所见所闻，尽管他的小序对此并未提及。两小节之间也存在着一个表面的对照。"客里相逢"（两个远离家乡之人的相遇，或曰一个人拜访某人之时）暗示漂泊之意，因而邂逅梅花的作者与枝上同宿的翠鸟迥乎不同。绽放的梅花在这里被拟人化，被描述为一位默默无言、孤单寂寞的、黄昏时分倚靠着修竹的女子形象。主导这里的寂寞情绪与之前亲密无间的氛围形成对照。正如相亲相爱属于翠鸟，孤寂的感觉指向梅花以及总是离乡在外的词作者（客里）。

第二韵拍还有另一个指向维度，即这里包含了一个典故，乃杜甫《佳人》里的诗句："天寒翠袖薄，日暮倚修竹。"❶杜甫的《佳人》描写一个出身高贵的女子在战乱时期，其兄弟遇难，自己又被丈夫抛弃，成了无家可归之人。为了保持自己的正直与纯洁，她遗世独立，寂然独处。这样将梅花比拟作佳人为后续部分提供了背景。

上阕的后半段，由第三、第四韵拍组成，包含了王昭君的典故。她原是汉元帝的宫人，于公元前33年嫁与汉朝北方边境部落匈奴的首领。关于王昭君的故事，据《西京杂记》记载，汉元帝因为有很多宫人，为便于选出自己喜爱的，遂命画工为每一个女子画像。❷于是除王昭君外几乎所有宫女都贿赂画师，希图引起君王的注意。王昭君由于自负美貌，不肯行贿，结果被画得最为丑陋。随后，匈奴首领请求以汉帝的宫女之一为妻，王昭君被选中了。当汉元帝在其临行前于大庭广众召见她，才悔恨地发现，她其实是后宫最美的女子。王昭君成为后世中国诗歌中十分热门的主题，关

---

❶ 黄兆汉，《姜白石词详注》，第317页。

❷ 《五朝小说》卷三《西京杂记》。

注的焦点并非她的美貌，而是她不得不背井离乡，远至苦寒荒凉的蛮族地区的怨愤与乡愁。杜甫的律诗《咏怀古迹》（其三）哀叹她的委屈、孤寂和思乡情切。姜夔在词作的第四韵拍化用了杜诗："画图省识春风面，环佩空归月夜魂。"❶《疏影》上阕的第二韵拍通过化用杜甫之诗《佳人》，明确暗示了盛开的梅花与美女之间的联系。第三韵拍则转到王昭君僻居蛮荒之地的思乡之情。在结句中，姜夔想象王昭君的魂魄回归南方，化作这株孤独的梅花。这种方式极大地强化了始于第三韵拍的孤寂与乡愁。

通观整个上阕，我们可以看到，运用王昭君和杜甫《佳人》的典故可能隐含着姜夔自己作为骚人墨客却浪迹天涯的飘零感，也可能还令他忆及曾经热恋的一个女子。在另一个层面上，"胡沙"这一意象不能仅解释为诗人郁闷情绪的一种隐喻。"胡沙"在中国文学中最常与北方的游牧民族部落相关联，他们对中原王朝持续不断的威胁贯穿了整个历史。唐代诗人的作品中，关于梅花最为著名的诗句来自李白和王建❷，梅花代表贬逐、左迁，以及遥远的边陲。❸更加直接相关的作品是宋词《眼儿媚》，乃宋徽宗为金军掳至北方途中所作。

> 花城人去今萧索，春梦绕胡沙。家山何处，忍听羌笛，吹彻梅花。❹

这些词句所拈出的一系列意象（羌笛、梅花、去国离乡）均可在李白和王建诗中见到。当姜夔化用杜甫关于王昭君的诗句时，看上去他可能也

---

❶ 黄兆汉，《姜白石词详注》，第317页。

❷ 李白《黄鹤楼闻笛》："一为迁客去长沙，西望长安不见家。黄鹤楼中吹玉笛，江城五月落梅花。"王建《塞上梅》："天山路傍一株梅，年年花发黄云下。昭君已殁汉使回，前后征人惟系马。"

❸ 刘婉在其出色的论文《姜夔〈疏影〉词的语言内部关系及事典意义》中探讨了这个观点以及其他的论点，《词学》第九辑，1992年，第22—30页。

❹ 黄兆汉，《姜白石词详注》，第348页。

见过宋徽宗的词。虽然姜夔创制《暗香》《疏影》是在"靖康之变"的65年之后，但南宋朝廷对金的妥协主和政策阻止诗人以任何方式明确书写这一段耻辱的历史。如果这一解读取径言之成理，那么姜夔在《疏影》上阕所指的内心情感则不止是个人的不幸，尚有以王昭君和宋徽宗、钦宗这些著名人物所蒙受苦难为象征的政治上之悲情。

上阕中所化用的文本典故殊为独特处在于，两种时间表达的迅速转换。表面看来，尽管赵师雄的故事和杜甫《佳人》的典故为起始部分注入了一丝过去的气息，不过头两节描述的还是词人即目所见。第三韵拍明确地将读者投入到一个截然不同的过去模式里。王昭君与梅花之间的联系直到第四韵拍才清晰（而王昭君的故事与北宋最后两个皇帝之间可能的关联直到最后也完全含混不清）。由于这里并非王昭君本人，而是她的"魂魄"归来化作此花，第三韵拍就使"其他的"和过去的时间与当下的形象同时并存。虽然第二韵拍提及"黄昏"以及第四韵拍写到"月夜"，这些具体的时刻却并未在上阕形成一个具有整合作用的时间节律。《疏影》前半段的连贯性依靠平行、并置、韵拍之间的对应，且都指向孤独、别离、乡愁等主题。上阕因此成为一个空间图案。

下阕进一步阐明了这种结构策略。它始于以下的典故：

> 宋武帝（420—423年在位）女寿阳公主，人日卧于含章殿檐下，梅花落公主额上，成五出花，拂之不去。……经三日，洗之乃落。宫女奇其异，竟效之，今"梅花妆"是也。❶

下阕开端继续上阕已有的梅花与女子的联系。正如这个故事所暗示的，梅花花瓣牢固地贴于公主额头，于是花朵与女子合而为一。化用寿阳

---

❶ 黄兆汉，《姜白石词详注》，第317页。

公主的故事，姜夔也许暗示梅花令他忆及个人生活中所见到的某些女子前额的妆容。因此，这一节词可能是与词人的私人经验之间一个迢遥的隐喻。但是一旦在词中化用文本典故，其效用更像是难忘的历史经验，上阕第三韵拍中运用王昭君的典故亦如是。

寿阳公主的典故，除了暗示宫中的浮华生活外，还引出了落梅的意象，不过旋即被下一韵拍的故事所迭代，即"早与安排金屋"这句词涉及的另一个宫廷故事。汉武帝还是孩子的时候，其姑妈问他愿否娶表姐阿娇为妻，他答曰："若得阿娇作妇，当作金屋贮之。"❶这个故事和寿阳公主、王昭君、宋徽宗都属于"深宫旧事"。这个典故的要点在于，一个人若身居高位，应该细心呵护梅花——他美丽的爱人——免使她遭受不幸。的确，如果他任由花瓣飘零，一定会后悔，深陷于悲伤的旋律中（"玉龙"是笛子的名称，古曲《梅花落》主要由笛子演奏）。❷而且，就像最后一个韵拍所表明的，留给他的是，无法从真正的梅花那里寻觅梅花的幽香，而只能在悬挂于窗户上的替代品（绘画）上寻觅。《疏影》的结尾暗示了王昭君的结局：汉元帝没能保护这个宫中最美的女子，造成了她无尽的悲伤、孤寂、乡愁与不幸。

《暗香》与《疏影》中的大量意象都是共同的：盛开的梅花、翠竹、美女、月光、长江以及春风吹落的花瓣。这些意象无疑增强了两篇作品的互补性。很明显，《暗香》开篇的"旧时月色"，也包括王昭君的魂魄回归南国的月夜。而《暗香》结尾随风飘落的梅花意象为《疏影》结尾处描写的梅花随波逐流的图景更添一缕伤心色。但是，无论这两篇作品如何互为补充，它们仍然呈现出两种完全不同的艺术模式。

让我们检视一首宋末的词作，其主题并非咏物，却以全新的咏物词的

---

❶ 黄兆汉，《姜白石词详注》，第317页。
❷ 同上。

美学模式结撰而成。词牌为《莺啼序》，由吴文英创制。

莺啼序

残寒正欺病酒，掩沉香绣户。燕来晚、飞入西城，似说春事迟暮。画船载、清明过却，晴烟冉冉吴宫树。念羁情游荡，随风化为轻絮。

十载西湖，傍柳系马，趁娇尘软雾。溯红渐、招入仙溪，锦儿偷寄幽素。倚银屏、春宽梦窄，断红湿、歌纨金缕。暝堤空，轻把斜阳，总还鸥鹭。

幽兰渐老，杜若还生，水乡尚寄旅。别后访、六桥无信，事往花委，瘗玉埋香，几番风雨。长波妒盼，遥山羞黛，渔灯分影春江宿，记当时、短楫桃根渡。青楼仿佛，临分败壁题诗，泪墨惨淡尘土。

危亭望极，草色天涯，叹鬓侵半苎。暗点检、离痕欢唾[1]，尚染鲛绡，亸凤迷归，破鸾慵舞。殷勤待写，书中长恨，蓝霞辽海沉过雁，漫相思、弹入哀筝柱。伤心千里江南，怨曲重招，断魂在否？[2]

吴文英乃南宋词人中的佼佼者。和姜夔一样，吴文英从未入仕，布衣终生。他曾为当朝显贵做过一段时间的幕宾。他似乎一生足迹未出今之江苏与浙江两省，在苏州和杭州这两个文化中心居留最久，以这些地区显贵们的资助为生。他也是为数不多的同时具有文学与音乐两种才华的词人之一。[3]吴文英的《莺啼序》分为四片，共240字，为现存的所有词作中最长

---

[1] "欢唾"可能引自李煜的《一斛珠》："绣床斜凭娇无那，烂嚼红茸，笑向檀郎唾。"显然，吴文英运用李煜这个调情女子的典故作为他与所爱欢会的一种象征。

[2] 杨铁夫，《吴梦窗词笺释》，陈邦炎、张奇慧校点，广州：广东人民出版社，1992年，第191—193页。

[3] 同上书，第1页。

的作品。

吴文英的词集中有很多作品均为纪念一个（或多个）女子而作；这些作品往往运用了相似的语言和意象。❶这促使一些中国现代学者去推测吴文英一生的恋情。不幸的是，这些学者的推测仅仅源自词作，并无任何其他更可靠材料的佐证。我们最多只能说，基于其共同的语言、意象和情绪，吴文英的很多词，包括《莺啼序》都表达了他对失去恋人的深情追忆。

现代学者刘永济认为，此词可能写于吴文英暮年，独自旧地重游，造访当年与恋人的居所。❷词中一些段落以及所描述的事件也可见于吴文英的很多恋情词，想必写于其人生的不同时期。可以想象，《莺啼序》是吴文英晚年的尝试，将其刻骨铭心的人生体验中的意象与表达都融入更为宏大的艺术设计之中。

这首鸿篇巨制包含了一系列的回忆，以空间图案的逻辑顺序排列。在四片中分别聚焦于四个主题：伤春之悲、欢聚之乐、分别之痛、悼亡之情。❸由始至终，它沿着一条迂回曲折之路揭示了词人复杂的内心状态。

正是暮春时节，早已"病酒"的词人忍受不了"残寒"，掩上了门户。这种春寒料峭令人难以忍受的情境在《风入松》一词中描写过，其起始句为"听风听雨过清明"。❹闭门不出，陷入回忆也是《风入松》和《惜秋华》上半阕的主题，《惜秋华》的起句为："细响残蛩。"❺并且在另一首

---

❶ 关于吴文英《莺啼序》的阐释和其他有关材料多数来自笔者《南宋长调词中的空间逻辑》一文。

❷ 刘永济，《微睇室说词》，上海：上海古籍出版社，1987年，第58页。

❸ 前三个主题由民国时期的词论家陈洵在其《海绡说词》中提出，见《梦窗词集》（台北：世界图书出版公司，1967年，第8—9页）。奇怪的是，陈洵并没有谈及此词最后一片的主题。现代学者万云骏增加了"凭吊"为第四片的主题，但是他将第一片的主题改为"独游"，《论近人关于宋词研究的一些偏向》，见尹达等主编《纪念顾颉刚学术论文集》，上册，成都：巴蜀书社，1990年，第802页。我认为陈洵"伤春"的说法更为准确。

❹ 杨铁夫，《吴梦窗词笺释》，第185—186页。

❺ 同上书，第213—214页。

《莺啼序》中，开端为："横塘棹穿艳锦。"❶因而第一韵拍描绘了一再重复的某些行为，而非一个独特的事件。

第二韵拍谈到晚归的燕子，仿佛在宣布春天已逝。表面上，这可能是词人闭门后看见的室外景象，但是这里还有另一层更深的含义。吴文英的其他作品里常以"燕子"代指其恋人，例如《绛都春》序曰"燕亡久矣"，而词之起句为"南楼坠燕"。❷这个韵拍可能也是忆及与那个女子的初遇，词人哀叹与她相遇得太晚，而他们的浪漫情事（"春事"）又结束得太快。事实上，如果没有这深一层的含义，则伤春之说似乎毫无意义。同样地，第三韵拍也包含两层含义。毫无疑问，这句词可以解读为荡舟西湖的即时经验，但是仅仅囿于这种阐释就忽略了它们可解释的深度。吴文英也许回忆起无数次与恋人从杭州至苏州同舟共乘的经历。无论如何，"晴烟冉冉吴宫树"这句似乎都不是形容西湖的景色。更确切地说，它使人想起《瑞鹤仙》中的如下词句：

瑞鹤仙

晴丝牵绪乱，
对沧江斜日，花飞人远。
垂杨暗吴苑。❸

尾拍从"晴烟"转到将羁旅之人的思绪比作随风飘荡的柳絮，这思绪自然充满了分离之恨，而感伤之情隐含在春天的消逝之中，此为第一片总的主题。至此已经很清楚了，要想充分理解第一片的丰富内涵，我们不能

---

❶ 杨铁夫，《吴梦窗词笺释》，第193—195页。

❷ 同上书，第210—211页。

❸ 同上书，第10—11页。

简单地随着每个韵拍依次展开而去理解这首词。我们必须认识到，词句通过某种方式将词人的内心状态外化，方法是将词句的表面意义与源于吴文英其他作品的句子与表达中的暗示意义相对举。词人的悲叹，一如他对往事以及与恋人同游的追忆，本身就是一种反复出现的心理活动。

第二片仍然为四韵，通过聚焦于四个中心，描写了相遇之欢。在第一片中尽管很多意象均与过去有关，但很明显其出发点为现在。相比之下，第二片完全是过去的吉光片羽。头三句描写了词人在杭州的浪漫生活："娇尘软雾"既描绘了西湖可爱的烟水迷离的景象，又指欢宴之人（特别是女性）所乘马车扬起的尘土。在另一首词《忆旧游》中吴文英曾写过类似的活动：

> 西湖断桥路，
> 想系马垂杨，
> 依旧敧斜。 [1]

第二韵拍，吴文英将其注意力集中于一次永志难忘的相遇，就在西湖附近，在那小河边，那个女子。同样在另一首词《渡江云三犯》，词人弃马登舟，被召唤至一个仙境般的处所。在那首词里有如下句子：

> 旧堤分燕尾，
> 桂棹轻鸥，
> 宝勒倚残云。 [2]

---

[1] 杨铁夫，《吴梦窗词笺释》，第336页。

[2] 同上书，第4—6页。

在《莺啼序》中，吴文英将自己的艳遇与其他众所周知的故事相提并论：其一，刘晨、阮肇在天台山遇到两个仙女并与之相爱的故事；其二，张逞与妓女杨爱爱的恋爱故事。"锦儿"为杨爱爱的侍女，是他们之间的秘密信使。❶就像姜夔在《疏影》里引用各种文本与历史典故一样，《莺啼序》中的历史人物与词人的个体经验之间也没有明确的比拟关系。接下来的两句词简明地描写了吴文英与恋人邂逅相遇之后的情爱经历。虽然象征着他们的爱与激情的"春"色无边，但是他们共同的"梦"——他们实际共处的时光——却是如此之短暂。"断红湿、歌纨金缕"可指恋人最后分别的情形，但并不确定。很可能那个歌伎演唱的正是《金缕衣》这首歌曲，在她表演时深深地意识到流光易逝，幽欢佳会不过如梦一场，因而潸然泪下。这一句词以这种方式预设了第三片中别离的主题。最后一个韵拍，吴文英以巧妙地描绘欢聚为第二片作结。当恋人们享受着两情相悦、卿卿我我，他们将美丽的夕阳还给"鸥鹭"，因为他们太专注于你依我依，根本无暇他顾。除了第一句"十载西湖"，整个第二片均由词人自己的生活和传说故事中的经验碎片所构成。将这些原本属于过去的经验片段并置，使它们实际上失去了过去属性，而呈现出即时性与无时间感，表达出词人的内心状态。

第三片从四个角度描述了分离后的深衷隐痛。从一个地方的景物写起——很可能是苏州——词人在与恋人分别后旅居于此。"水乡"更可能指苏州而非杭州，因为后者是繁华的南宋都城，以"乡"字来指称不太恰当。这个开头对第二片的起句"十载西湖"作一勾勒❷，同时也照应着此前的伤春之悲，流年似水与分离之痛，乃至自身的飘零客居之感等种种情绪。接下来的四句，吴文英运用了一系列倒叙手法回顾其重访故居与恋人亡故

---

❶ 杨铁夫，《吴梦窗词笺释》，第191页。

❷ 勾勒，原为绘画术语，指用线条画出轮廓，后词论家用作词学批评术语，指慢词中词意重复描述、提点或照应处。

之事。随即突然转向对爱人魅力的完美回忆，在春日河边共度的春宵。一方面，这个第三韵拍是对此前"招入仙溪"的补充。他初至香闺时对她的第一印象，他们的初夜还历历在目，鲜活如初。请注意这里的眼波眉黛并非陈词滥调，因为它们对吴文英而言是有特别含义的。在《琐窗寒》中有"一盼，千金换"这样的句子❶，该词详述了词人与这位非常重要的女子之初遇与诀别的一些细节。此外，另一首词《绛都春》描写遇到一个与其恋人十分相像的女子，吴文英这样写道：

> 别馆，
> 秋娘乍识，
> 似人处，
> 最在双波凝盼。❷

类似"渔灯分影春江宿"的写法也见于其他几首词。这类意象频频出现于吴文英的作品中，表明终其一生，它们一直是他痛彻心扉又至为重要的经历。当一个人处于回忆和追悼的情绪，这类意象就自然而然地浮现于脑海之中。而在这样回忆的时刻，从一个意象转换到另一个意象可能不会遵循任何逻辑和时间的顺序。吴文英词作的时空维度交织在一起，充分展现了他细致描绘其内心情感状态的精湛技巧。这几句词重述两人曾经夜宿春江之事，与第二片叙述其欢会的结拍平行。至第三片的结拍，词人径直描写分别之际的痛苦惨伤。"败壁"应该是指当年与恋人分别时，他曾题诗其上的墙壁如今已毁坏。这个结句熔铸了过去与现在。就像第二片一样，这一部分主要由过去经验中的一些意象组成。其中三个韵拍叙伤别，一个

---

❶ 杨铁夫，《吴梦窗词笺释》，第1—2页。

❷ 同上书，第210—211页。

韵拍忆欢会；这种结构布局恰好与第二片相反。

最后一片着力于悼亡的主题，并以之收束全篇。这一片的第一韵拍有力地照应了词之起句的闭门掩户，进而追怀往事。而这里，词人登上亭子"（惆怅地）望极"远方。对于吴文英而言，登上高亭，斜倚危栏，抑或只是静静地伫立，怅望斜阳或远方是一个独特而反复出现的主题。在《三株媚》一词中有"伫久河桥欲去，斜阳泪满"之句。❶另一首《夜合花》的结句为：

> 故人楼上，
> 凭谁指与，
> 芳草斜阳？❷

再次强调，我认为这些措辞并非毫无意义的陈言腐语，它们构成了词人生活经历中的一些形象，促使词人一而再、再而三地感到自己不得不返回这些形象。

第二韵拍让某一纪念物（鲛绡）登场，以睹物而思人。"离痕"与"欢唾"分别照应第二片所描写的伤别与第三片的欢会主题。吴文英用范泰《鸾鸟诗》的典故来暗喻自己的衰弱与孤独。❸第三韵拍，词人写道，欲对亡故的恋人殷勤叙写其"书中长恨"，却无由寄达，他只好将自己满腔哀感谱入筝曲之中。这首词调中的最长者，结拍引用了《楚辞·招魂》中的名句："目极千里兮，伤春心，魂兮归来，哀江南！"❹借以表达词人对其已逝恋人的深重悲悼。因为吴文英在其他作品里也提及《招魂》，所以这里既

---

❶ 杨铁夫，《吴梦窗词笺释》，第266—267页。

❷ 同上书，第286—287页。

❸ 刘永济，《微睇室说词》，第60页。

❹ 杨铁夫，《吴梦窗词笺释》，第192页。

指《楚辞》也指他自己的作品。这种同时引用两个典故的做法，与第二片中援引刘晨、阮肇故事的手法如出一辙。民国初年的学者陈洵敏锐地注意到这第四片最后一个韵拍和第一片的结拍相互照应。^❶ 词的结句——词人的心绪，词人正弹奏着的悲歌，以及徘徊于此的已故恋人的幽灵——均犹如"轻絮"随风飘散。第一片结拍与最后一片的结拍之间的隐含呼应至关紧要，因为它贻厥读者以强烈的悲剧意味与无可奈何之感。

从以上简短分析中我们可以看到，《莺啼序》有一个紧密编织的结构。词分为四大部分，每一部分各有其中心主题，并再依次细分为四个韵拍，而各个韵拍亦各有其特别关注点。在伤春之悲、欢聚之乐、分别之痛、悼亡之情的主题安排上，词作可以说是一个时间性的发展脉络。它始于词人当下的感想与行动，继而描写回忆中的欢会与离别，然后在结尾时回到眼下。但是描写吴文英当下思绪与行动的意象片段同时也出现在他书写前尘往事的其他作品中。更有甚者，这些主题和次主题并没有被编织成一个以时间为序的整体，而是犹如散落于画布上一般，并通过这些主题与次主题之间的相互平行、并置与对应来统摄全词。《莺啼序》为吴文英对其深爱女子的回忆呈现出一个广阔的空间图案。尽管这首词并非真正意义上的"咏物词"，但很明显他并没有遵循传统的直接抒情言志的模式，而是采取了姜夔《疏影》那种艺术表现手法。就其结构而言，吴文英的《莺啼序》是一首关于客体之词，这个客体即为其提笔创制这篇杰作之际，构成他内心状态的复杂的回忆过程。

推荐阅读

· 陈洵，《海绡说词》，见《梦窗词集》，台北：世界图书出版公司，1967年。

---

❶ 陈洵，《海绡说词》，第9页。

- 黄兆汉编著，《姜白石词详注》，台北：学生书局，1998年。

- 高友工，《小令在诗传统中的地位》，《词学》第九辑，1992年，第1—21页。

- 刘婉，《姜夔〈疏影〉词的语言内部关系及事典意义》，《词学》第九辑，1992年，第22—30页。

- 刘永济，《微睇室说词》，上海：上海古籍出版社，1987年。

- 万云骏，《论近人关于宋词研究的一些偏向》，见《纪念顾颉刚学术论文集》，成都：巴蜀书社，1990年。

- 杨铁夫，《吴梦窗词笺释》，陈邦炎、张奇慧校点，广州：广东人民出版社，1992年。

- Chang, Kang-I Sun, "Symbolic and Allegorical Meanings in the Yüeh-fu pu-t'i Poem Series, " in *Harvard Journal of Asiatic Studies* vol. 46, no. 2 (1986), pp. 353-385.

- Fong, Grace S., *Wu Wenying and the Art of Southern Song Ci Poetry*, Princeton, N. J.: Princeton University Press, 1987.

- Hightower, James R. and Florence Chia-ying Yeh, *Studies in Chinese Poetry*, Cambridge, Mass.: Harvard University Asian Center, 1998.

- Lin, Shuen-fu., "Space-Logic in the Longer Song Lyrics of the Southern Sung: Reading Wu Wenying's *Ying-t'i-hsü*, " in *Journal of Sung-Yuan Studies* vol. 25 (1995), pp. 169-191.

- ——, *The Transformation of the Chinese Lyrical Tradition: Chiang K'uei and Southern Sung Tz'u Poetry*, Princeton, N. J.: Princeton University Press, 1978.

- Owen, Stephen, "A Door Finely Wrought: Memory and Art, " in *Remembrances: The Experience of the Past in Classical Chinese Literature*, Cambridge, Mass.: Harvard University Press, 1986, pp. 114-130.

第16章

宋代诗歌

艾朗诺（Ronald Egan）

这一章所介绍的两宋诗歌，包括北宋和南宋。南宋始于1127年，由于女真人铁蹄的入侵，致使汉人朝廷南迁，宋的北方领土丢失，沦为其他民族统治。然而，我们讨论的重点并非宋朝军队的孱弱，而是此时期的中国，书籍印刷广为普及。职是之故，有宋一代三百多年间存留的作品数量超越此前的任一朝代；很可能超过了所有前代作品的总和。宋代诗歌的总量庞大得令人震惊——近万名作者的大约20万首诗留存了下来。至少就数量而言，诗是宋代文体的主要形式，这令后起的、彼时声望较低的宋词相形见绌。绝少有人能读完所有这些诗歌作品。宋诗的总量令人望而却步，以至于直到20世纪末始有人着手整理全部的宋诗。《全宋诗》这个项目需要举国之力，通过诸多学者的团队合作，耗时十年之久才编辑整理完成。❶

相较而言，唐代的诗歌更易整理也更加脍炙人口。《全唐诗》早在1776年就整理完成，且数量不足宋诗的四分之一。关于唐诗的文学史和批评已颇为成熟，而对宋诗的认真研究整体上尚处于起步阶段。

然而，自宋代以来就有一个长期流行的观念，即诗人和批评家均把宋

---

❶《全宋诗》共72册，计45698页，由北京大学出版社于1991—1998年出版。

诗当作风格上迥异于唐诗的作品，对其相较于前代作品的功过聚讼纷纭。唐代文学取得了辉煌的成就，生于其后的宋朝文人既幸又不幸。宋朝作者无论写什么，都不可避免地被拿来与文学史上较早的伟大时代相比较，结果往往对宋诗不利。不过声名卓著的唐诗同时也激励了宋代诗人们去探索新的诗歌表达方式，因而赋予宋诗独特的感觉。这些创新有很多方面，且朝向几个方向，其中一些似乎是相互矛盾的。这包括越来越关注日常生活的凡俗方面，期望诗歌用语无一字无来历，容纳大量理性的思想或内容，避免公开表达过分强烈的情感。宋诗的总体音调与唐诗比起来是如此独特，以至于在帝制时代晚期，贯穿明清两代的诗人和批评家们几乎都必须宣布，他们更喜爱唐音，还是更偏好宋调。尽管唐宋两个时期的丰富性使人们怀疑是否可以这样严格二分，特别是宋调的本质还很难精确地加以描述。

我在本章介绍的都是被广泛地收入各种选集的脍炙人口的诗歌，并点评那些通常被当作宋诗之代表性风格的方面。

山园小梅

众芳摇落独暄妍，占尽风情向小园。

疏影横斜水清浅，暗香浮动月黄昏。

霜禽欲下先偷眼，粉蝶如知合断魂。

幸有微吟可相狎，不须檀板共金尊。❶

此诗由林逋所作，是一首赞美梅花宁静之美的诗歌。作品的类别属于咏物诗，乃中国诗歌中很重要的一个门类。咏物诗追求的不仅是捕捉所咏之物的外形，更求其内在的意义与实质。很多这类诗歌最喜欢的主题在中国文化中都具有特殊意义，被视为人类之属性或价值观的体现，或至少令

---

❶《全宋诗》，第2册，卷二，第1217—1218页。

人联想起这些。梅花自然属于这一类。梅花是早春时节最早开放的花。中国的春天始于春节，按照农历会在一月底至二月底之间的任何一天。因此，在中国大部分地区，即使梅花绽放之后仍有降雪的情况也并非罕见。中国画家热衷于描绘枝头映衬着白雪的梅花精美的白色。作为"岁寒三友"之一，梅花长久以来被视为一种精致、清雅的美，不管其生存环境如何严酷，这种美都始终存在。事实上梅花摆脱了其他花树的艳丽颜色和浓重香气，为饱学之士所钟爱。梅花被视为朴素和自我克制品质的代表，成为文人学士们的理想。

林逋之诗强调了梅花普遍为人所赞赏的几个特征。它们是非凡的，在一年之中气候恶劣之际，其他花卉都无法展露其美，梅花却凌寒而开。而且，尽管节气寒冷，它们的清雅之美却令人联想起温暖和风情。不过，它们的外表并不华美或使人心醉神迷；它们的枝条"疏"落横斜，散发出的香气同样深细幽微。第二联使这首诗千古流传，通过对相关意象的描绘，诗句间接唤起了所咏之物的美感（清澈的水面上横斜的花影，空气中飘散出的暗香，远远的月亮高悬于天空）。梅花如此女性的风姿使得飞过的禽鸟也忍不住偷窥一眼；如果粉蝶（与花调情的男性恋人的常见形象）知道梅花已盛开，也会为其美丽而销魂荡魄。并且，禽鸟和蝴蝶都是白色的，与梅花相映衬。实际上，梅花是如此娴静、优雅，它们代表了另一类的女性陪伴，与那些酒宴歌席间的职业歌女迥然不同。诗人想要我们明白，音乐与美酒的快乐远不及观赏梅花所带来的愉悦。

林逋是一个小诗人的范本，因少数几首诗而对文学史乃至文化史产生了重大影响。由于《山园小梅》（其一）以及其他少数同类主题的作品，林逋在宋代及后世被当作咏梅诗的鼻祖。随后，他的影响超出了文学，梅花成为画家们的主题，并逐渐成为中国绘画的分支，即所谓花鸟画的常见题材。随着"墨梅"传统的发展，关于梅花的绘画臻于最精致的境界，艺术家们仅用黑色墨水画梅的技巧摹写出真实梅花的淡雅色泽——在白色背景上用墨水勾勒出其形状。至南宋初年，墨梅画在文人画家中备受推崇，他们竞相创作了越来越多精致独创的具有梅花朴素之美的形象。咏梅诗与墨梅画——无论所咏之梅是自然界的植物本身，还是艺术家所绘之梅——逐渐有成千上万的作者参与创作，因梅花的形象已成为文人理想的象征，与创作者的自我形象密不可分。在这个高度人格化的概念中，梅花体现了这个时期的美学与文化理想的一个方面。❶

　　林逋之诗同样令人想到宋代文化的另一个创新，即创造出诗歌批评的新形式——"诗话"。诗话是关于诗句的简短评论之汇编，评断诗句的技巧和优劣。这种诗歌鉴赏的形式源自那个时代颇有学养的个人之间有关文学的机智对话，最终诉诸文字。林逋之诗在好几个诗评中被论及，例如，批评家们表达他们对颔联的赏鉴，或者讨论这一联与其他同题之作的优劣。以下就是这类条目的示例：

　　　　王君卿在扬州同孙巨源、苏子瞻适相会。君卿置酒曰："'疏影横斜水清浅，暗香浮动月黄昏。'此林和靖梅花诗，然而为咏杏与桃李皆可用也。"东坡曰："可则可，恐杏李花不敢承当。"一座为之大笑。❷

悼　亡
其　一
结发为夫妇，于今十七年。相看犹不足，何况是长捐！
我鬓已多白，此身宁久全？终当与同穴，未死泪涟涟。

---

❶ 毕嘉珍（Maggie Bickford）的《墨梅：文人画类型的创造》一书十分详尽且非常高明地讨论过这个主题。参见 Maggie Bickford, *Ink Plum: The Making of a Chinese Scholar-Painting Genre*, Cambridge: Cambridge University Press, 1996。

❷ 《王直方诗话》第28则，见《宋诗话全编》，第2册，吴文治编，南京：江苏古籍出版社，1998年，第1147页。

其　二

每出身如梦，逢人强意多。归来仍寂寞，欲语向谁何？

窗冷孤萤入，宵长一雁过。世间无最苦，精爽此销磨。

其　三

从来有修短，岂敢问苍天？见尽人间妇，无如美且贤。

譬令愚者寿，何不假其年？忍此连城宝，沉埋向九泉！[1]

这三首组诗的作者梅尧臣以开拓了诗歌题材而著称，其入诗的材料涵盖了向被视为过于凡俗和"平常"的主题。同时他还开创了平淡的语言风格，与他经常写的主题类型相得益彰，相对摆脱了修饰或文学的虚浮。

组诗在中国诗歌中颇为常见，至少由两首诗组成，有时多达一百首。诗人们使用组诗的原因之一无疑在于，大多数中国诗歌的形式都很短（八句或更少），难以从一个以上的视角处理主题。组诗却使诗人可以做到这一点。在《悼亡诗》中，梅尧臣就充分利用了组诗的特点，每一首各有其侧重。第一首诗叙述了悲剧降临这个基本事实，他的思绪从妻子的早逝（他告诉我们，妻子去世时37岁，已嫁给他17年）转到自己的必死命运。第二首集中描写妻子离世后他的寂寞。事实上，当时梅尧臣与家人乘船从地方任上返回京城，其妻病逝于舟中。此后不久，梅尧臣的一个儿子也病逝，很可能是同样的疾病。第三首诗，诗人反思命运看似对妻子的不公。诗一开始认为追问苍天为何有人夭亡有人长寿是没有意义的，梅尧臣却并未止步于此。很明显，他仍然对她的去世不能释怀，也无法克服这种事本不该发生的感觉。最后1句的"连城宝"是指上古时期由卞和（约前6世纪）所打造的著名的连城璧。秦王因为太过垂涎连城璧，遂许以15座城池与邻国

---

❶《全宋诗》，第5册，卷十四，第2837—2838页。

赵国的国君交换它。

梅尧臣为亡妻撰写的这一组悼亡诗，是先前的诗人们早已做过的。最著名的先例为潘岳和元稹的作品，前者被选入影响深远的6世纪的文集《文选》之中，对照那些更早的作品阅读梅尧臣的诗歌颇有教益。潘岳和元稹都是过了一段时间才写作他们的悼亡诗。潘岳之诗明言他是在其妻亡故一年以后才写作该诗。一般认为，元稹之诗应是其妻去世后几年时间里完成的。这两组先前的悼亡组诗都与死亡即刻引起的悲痛保持了一定程度上的形式感和距离感，而这是梅尧臣诗中所没有的。早先的作品均具有高度文学性和完美度，引用了著名贤德女子的历史典故，同时涉及已故妻子所遗留的有关物品（诸如她的衣裳、针线），谈论她如何节俭和安于贫寒境遇。梅尧臣的作品避开了这些手法。梅诗的语言极其简单，他的很多陈述都出奇地直接。许多诗句（第三首诗的第3—4句）是如此直截了当，在先前的作品中显得方凿圆枘。最终，梅尧臣不满足于仅仅表达自己的丧妻之痛，他还描绘了一个不接受或曰无法应付丧痛的男子形象。他写于非常接近事件本身之时，也处于试图控制自己悲伤的最初阶段。

送参寥师

上人学苦空，百念已灰冷。剑头唯一吷，焦谷无新颖。

胡为逐吾辈，文字争蔚炳？新诗如玉屑，出语便清警。

退之论草书，万事未尝屏。忧愁不平气，一寓笔所骋。

颇怪浮屠人，视身如丘井。颓然寄淡泊，谁与发豪猛？

细思乃不然，真巧非幻影。欲令诗语妙，无厌空且静。

静故了群动，空故纳万境。阅世走人间，观身卧云岭。

咸酸杂众好，中有至味永。诗法不相妨，此语当更请。❶

---

❶《全宋诗》，第14册，卷十七，第9273页；《苏轼诗集》，第17册，第905—907页。

此诗作者苏轼，是北宋时期最伟大的文学天才。参寥是苏轼的几个僧人朋友之一。参寥是一位诗人，同时也是一个僧侣。事实上，参寥的创作以摒弃了佛教的空静寂灭、沉思冥想风格而闻名，并且与文人学士之诗（如苏轼）难分彼此。有几种不同的路径来阐释苏轼个人在这首诗中所持的见解。说来也怪，按照其中一种可能的解读，苏轼在劝告他的朋友写诗的时候应该更像个僧人，而无须被迫模仿那些苦于无法控制情绪的诗人。

　　诗之开篇描述了与僧人有关的理念。他的心怀应该是虚空的，即超脱了困扰着寻常人的焦虑。与吹管不同，吹剑首不会发出大声，烧焦的谷子也不会再发芽。僧人应同样地淡然无情。随后苏轼指出参寥的诗作背离了对僧侣的期望。诗歌接下来的部分概括了唐代伟大的文学家和政治家韩愈写给一个名叫高闲（9世纪时在世）的僧人之文。高闲上人是一个颇有抱负的书法家，但韩愈对他能否在艺术上有所建树不抱希望。韩愈的理据是，一个书法家要创造非凡的艺术，尤其是像高闲上人这样专攻奔放不羁的草书风格，他的作品应该源自强烈的情感。作为一个僧人，高闲上人却对外物以及它们所带来的情绪感觉了无挂碍、虚空静寂，因此他成为书法家的希望有点渺茫。文章结尾，韩愈稍微中和了一下他的悲观预言，曲终奏雅道，既然佛教徒通晓幻术，也许高闲上人不管固有的劣势如何，也能够获得某种成功。这是苏轼在此诗中所陈述的论点。

　　苏轼之诗的最后一部分提出了一种艺术创造力的理论，是韩愈所主张之外的另一种可能。韩愈所言有关书法，而苏轼所论却在诗歌这个事实无关紧要。问题在于艺术家的灵感和方向，无论他选择何种艺术形式。苏轼认定佛教徒的"空且静"同样可以达到艺术目的。他并不排斥强烈情感的艺术，只是提出尚有其他的艺术创造力的模式。他进一步解释道，空虚静寂对艺术气质贡献良多。艺术家可以平心静气地观察周围世界，对万事万物"了"然于心，且有更精准的自我反省。这种心态所对应的"味"并非某种标准味，所有味道的混杂平衡方为完美，"至味"之味使得所有其他的味道显得偏至与失调。"淡泊"恰恰比所有其他的风格更为优越和"真巧"，韩愈却误以为是寡淡无味。

大多数宋诗都好发议论，《送参寥师》一诗可为例证。当批评家们将"理趣"或"哲理"作为宋诗的特征，他们心中所想即是这个特质。像这样一首诗中包含的论证实在数量惊人，似乎苏轼对一种创造力理论进行总结，只是为了随后再对它表示不同意，并提出另外一种理论。

这首诗的要点与论说的表达方式相辅相成，一首富含"理趣"之诗将理性与感情相对立。宋代的审美普遍将"平淡"的境界提升至超拔的美学理想。在这首诗中，我们看到这种境界与知性或思想之间的关联，同时我们也看到这是在唐代情感强烈的艺术理论之外另辟蹊径。达到"平淡"境界的心灵增加了反省的能力，因为它不再为发自内心的主观感觉所困扰，换言之，不再为其所奴役。人们实际上并不能完全实现这种理想。很明显，这一系列品质与佛教的教义极其吻合，并且在很大程度上也归功于佛教的影响。

书湖阴先生壁

茅檐长扫净无苔，花木成畦手自栽。
一水护田将绿绕，两山排闼送青来。❶

实际上，七言诗句通常包含两个分离却又相关的陈述，例如，"茅檐长扫"，（因而地面）"净无苔"。翻译中的换行反映了王安石这首诗中一些句子的这种由两部分组成的结构。

湖阴先生就是杨德逢，是王安石退隐后所居金陵城外山中的邻居。诗题《书湖阴先生壁》（其一）告诉我们这首诗是诗人题写于邻居家墙壁上

---

❶《全宋诗》，第10册，卷二十九，第6700页。

的一首诗。要理解这种习惯做法，我们必须明白，就原初的题写而言，体现作者个性及学养的书法与诗歌本身的语言及含义，都同等重要。王安石在朝执政多年，位同宰相，为帝国最高的官阶，他劝说皇帝推行雄心勃勃且颇具争议的改革举措。写作此诗时他已致仕，差不多以隐居的方式住在山中。十有八九，杨德逢邀请他著名的邻居创作一首诗并题写于自家的墙壁上。由于这个请求，王安石不得不创作一首满足这一社交场合需要的诗，称赞邻居的住所以及他的生活方式。

诗的前两句强调杨德逢努力确保自己的住所得到很好的维护。因为经常打扫，在不该长青苔的地方就洁净无苔；成长中的花木不仅被安排得井井有条，且由屋主亲手种植。所有这些旨在说明杨德逢的严谨、节俭与勤劳。前两句恭敬有礼，但并不十分突出。如果整首诗都是由这样的诗句构成，应该不大会引起批评家的关注。

结尾两句却不同寻常。它们包含了刻意借自汉代历史文献中的短语，别具匠心地令其在每一句诗中只用作字面意义。"护田"一词是以一种复杂的方式衍生而来的语言，曾用于描述汉帝国于西域边境建立的国家农场（屯田）。屯田设于人烟稀少之地，由驻守在那里的兵士来护卫经营。除了为部队提供粮食外，屯田还十分有效地在内陆农耕地区和边境以外的游牧部族之间制造了一个缓冲地带。《汉书》原文及唐代笺注为："自敦煌西至盐泽，往往起亭，而轮台、渠犁，皆有田卒数百人，置使者校尉领护。"❶笺注解释最后一句提到了官员之作用，道："统领保护营田之事也。"值得注意的是，无论《汉书》还是唐代的笺注者都没有使用此诗第三句中的"护田"一词。❷两个出处都用了这两个字但并没有把它们直接连在一起。尽管如此，人们认为这两个字在上述早期文本中联系十分紧密，足以使后

---

❶《汉书》卷九十六上，第3873页。

❷ 颜师古，《汉书注》，北京：中华书局，2012年，第3319页。

人援例将二者连用，成为隐秘的典故。

诗的第4句借用的语言是袭自《汉书》的一个实际短语（在较早的《史记》的相关章节中同样也有）。❶汉朝开国皇帝刘邦登基后几年，其将领英布谋反。当时刘邦病重，闭宫谢客，仅有一个太监在照顾他。刘邦诏令群臣不得入内。群臣均谨遵圣谕，唯独鲁莽的樊哙不能忍受在主君需要的时候还与之隔绝。樊哙径直来到刘邦的房前"排闼直入"。刘邦因而结束了自我隔绝，病亦很快痊愈。

在中国诗歌中运用典故是十分常见的手法，且以不同方式与程度引用先前的文本。有时诗句中出现的典故语言似乎讲不通，除非准确意识到典故的有关来源。但王安石这两句诗中的典故并非如此。即使读者不懂这两个短语先前的文本出处，这两句诗也完美地表达了意义。读者依然会感知到诗句十分高明地呈现出拟人化手法：河流在"护田"，两山则"排闼"将青色送入门来。当然，一旦意识到这里是用典，诗句之高妙感会更加增强。首先，这种对典故的认知会在诗人读者之间创建新一层的沟通，读者明白他已经窥探到诗歌流露出来的微妙含义；他的发现同样表明，在这种情况下，至少他的学识没有辜负诗人对其读者的期望。诗人与读者现在分享着一个关于诗句的秘密，那些知识储备不足的读者将会错过的秘密。其次，组成典故的短语会被视为更加颇具匠心，因为这两句诗中短语的拟人化方面是诗人在先前的短语上特别添加的。原本，这些短语并无拟人化。"使者校尉"的字面意义即护卫（或曰监督）屯田区的士兵。同样，樊哙也是推门而入去接近他生病的主君。王安石挪用这些先前平常用法的短语，并通过将每一个无生命的语法上的主语——实际上它们都是风景的一部分——转换（为拟人的主体），实乃在他那个年代首次形成的"点铁成金"之诗歌理想的例证。这一理想源自炼金术士的概念，因为他们声称自己能

---

❶《汉书》卷四十一，第2072页；《史记》卷九十五，第2659页。

将普通金属变成黄金。

秋夜将晓，出篱门迎凉有感

三万里河东入海，五千仞岳上摩天。

遗民泪尽胡尘里，南望王师又一年。❶

　　此诗作者陆游在金朝军队攻打宋朝时年仅一岁，国都汴梁（开封）沦陷，当朝皇帝（宋钦宗）及其父亲（宋徽宗）乃至整个宫廷均沦为阶下囚，被掳至北方。这并非宋王朝的一时屈辱。新君撤退到长江以南，最终定都于临安（今杭州）。南宋最终与金朝签订和平条约，实际上割让了文化中心——长期为宋朝国都所在地的中原地区。南宋再无可能收复北方，尽管终陆游的一生，一直有失意的政治家周期性地呼吁试图那样做。1126年的灾难的影响一直持续到1270年，此时更大的打击降临，忽必烈率领蒙古大军进攻南宋。通过灭宋，忽必烈完成了自其祖父成吉思汗和其叔父窝阔台即已开始的蒙古人对东方（西辽、西夏和金）的征服，统合了原本在汉人治下的整个地区。等到汉人崛起，终结元朝的统治已是另一个百年之后了。1126年的入侵开启了中国北方长达两个半世纪的金人统治时期。

　　当宋高宗于1127年南遁，渡过长江，成千上万的官员及其家属，还有几乎任何能够想方设法离开北方之人纷纷效法。然而无数的汉人却被迫留下面临金人治下的新生活。（在1100年，宋朝的人口估计已有1亿，比整个欧洲的人口都多。）陆游诗中将这些人称作"遗民"（曾生活于前朝之人），而在中国的历史书写中，这是特指那些生于前朝，且对前朝保持忠诚之人。"遗民"通常被视为不幸的，而那些遭受金人统治的遗民恰好命途尤为多舛。

------

❶《全宋诗》，第39册，卷二十五，第24780页。

陆游在政治上是非常明确的主战派，终其一生他都力主收复北方。在他数量庞大（约近万首）的诗集中，两个常见的主题就是批评南宋朝廷占上风的主和政策，表达对北方民众的同情。陆游甚至不惜支持人们普遍不喜欢的韩侂胄这一派，后者于1206年发动了一次抗击金朝的失败战争。

绝句《秋夜将晓，出篱门迎凉有感》（其二）创作于1192年，当时陆游已退隐，居于浙江北部，不过很明显他仍然关注着国家的政治。题目前半句似乎暗示诗人彻夜未眠，也许在为国家的困境而忧思。他步出门外，迎面而至的沁凉空气似乎有双重作用：秋日的清晨提醒他一年将近（预示了第4句的思绪），并且也很可能令他想起北方的同胞，那里的气候更加寒冷。

诗歌开头的一联对仗呈现出北方风景中两个最引人注目的特征：黄河与华山。后者在五岳中地处最西，对中国文化来说也最重要。❶华山俯临黄河，位于古都洛阳与长安之间。由于华山毗邻中国文明的中心，自最为古老的年代开始，"华"字就是"中国"和"中国人"的指称，即使今天，这个字音依然出现在国家的正式称谓中。起始诗句的讽刺意味在于，黄河和华山，这些宏伟而永恒的象征，却早已不在汉人的治下。诗人仅能想象它们，而并不能真的望见它们。第一句具体写到河流的长度，诗人借以提醒读者沦为金朝统治下的土地之广。

第3句引出问题，从前宋朝的子民如今置身于"胡尘"之中，哪怕他们正住在黄河沿岸与华山脚下。泪尽，意即他们所能做的只是南望王师，那支从未能来解救他们的军队，收复对陆游而言本不应正式割让的土地。北方已被金人统治了60多年，但是陆游仍想让我们认为，每增加一年，对于那些等待拯救的人来说都充满了绝望。

接下来这首诗仍是陆游之作，呈现了迥然不同的情绪与主题：

---

❶ 大多数论者都认为第2句中的山岳是指华山，而非其他的四岳，或想象为五岳总体，因为陆游诗中经常将黄河与华山对举，也因为陆游在这里提到的山峰高度，与其早前的写作中提到的华山的高度相吻合。

游山西村

莫笑农家腊酒浑，丰年留客足鸡豚。

山重水复疑无路，柳暗花明又一村。

箫鼓追随春社近，衣冠简朴古风存。

从今若许闲乘月，拄杖无时夜叩门。❶

  此诗写于陆游闲居故里的1167年。此前一年他因支持抗金北伐［与《秋夜将晓，出篱门迎凉有感》（其二）那首诗的观念与行事如出一辙］而被罢黜归里，北伐以惨败而告终。直到四年后陆游才重获征召，再入仕途。从题目中我们可以看出，诗是陆游于早春时节偶然游览其故里的山区乡村所作。

  从起句开始，诗人就站在他行走其间的乡野农家的立场上，其中一些农人显然邀请他到家中做客，待之以酒食。他们收留这个陌生人，而他作为回报，就以颇具共情的眼光（并不假设他们会读到他所写之诗）书写他们的世界。诗人的注意力确实集中在他所来到的乡野之地。我们注意到，中间两联完全是关于他经过的风景以及他在那里所见到的农民的风俗。与大量唐代律诗不同的是，这两联关键的对仗句并不试图将诗人的个人生活及情感与眼前所见之景相融合。在很大程度上，陆游十分满足于将自己排除在他所描绘的这幅图画之外。因此，我们能够感觉到他对与己无关的生活方式的好奇，并且除了表达他对另外一种生活方式的欣赏以外，他不愿谈论任何自己的事情。

  第3—4句诗尤为闻名遐迩。这种诗意的句子颇有先例——在似乎无路可走的情况下突然出现的一条小径或出口——但是从来没有像陆游之诗那般匠心独运地有效组合在一起，宏观风景（山脉、河流）与微小的柳暗花

---

❶《全宋诗》，第39册，卷一，第24727页。

明之间的对比非常有特色，这些柳暗花明以某种方式将旅行者指向"又一村"。然而不仅于此。我先前已经论及宋诗之"理趣"。自陆游的时代迄今，千百年来很多批评家都将这句诗抽象地解读为唤起"真理"或曰"理"，只要我们坚持不懈地寻求答案，那些看似难以逾越的困难就终有解决的方案。这里我们再次窥见了宋诗中盛行的理趣，甚至哲学元素。有没有可能陆游写诗之时并非有意包含这些次要含义？是的，确实可能。然而事实仍然是，他以这种方式创作诗歌，因而有此解读，正如我们在渊博且负责任的批评家的评论中所看到的。

有人也许会对《游山西村》和《秋夜将晓，出篱门迎凉有感》（其二）这两首诗之间的关系感到奇怪。同样的作者怎能运用诗歌形式做如此大相径庭的表达，在前一首诗中展现出他只对家国忧患感到焦虑与关心，在这首诗中却只是简单的乡村生活？这并不一定是说陆游的观点在其一生中从一个时期到另一个时期有所改变。为了回答这个问题，我们必须明白诗歌在陆游一生中所扮演的角色。在他84年的漫长岁月中，陆游创作了近万首诗歌。诗歌于他而言是一种媒介，定格他无数个瞬间的思想和情感状态，一如很多中国诗人那样。对于这些时刻及其对应的诗歌而言，几乎没有什么是长久确定的。试图判定这些诗中的两种声音哪一种更真实或更代表本质上的陆游，是毫无意义的。两者都同样是他的一部分，如同他所写的无数其他的时刻和情绪。只有通过阅读了成百甚至上千首（以陆游为例）同一个中国诗人的作品，才能慢慢感觉到什么对他最为重要，他对事件有何反应，如何看待自己的世界。从那时起我们才开始认识到，他作为一个作家有何独特之处，他的特殊个性又是什么。不过所有主要的诗人，自然陆游也是其中之一，均通过他们的作品集展示给我们一系列的情感与观点。其范围可能惊人地广泛，很可能个别作品之间还包含着明显的矛盾。

以下诗歌是由陆游的同代人范成大所作，同样聚焦于乡村生活，却具有截然不同的调子：

四时田园杂兴·春

种园得果廑偿劳，不奈儿童鸟雀搔。

已插棘针樊笋径，更铺渔网盖樱桃。❶

四时田园杂兴·夏

千顷芙蕖放棹嬉，花深迷路晚忘归。

家人暗识船行处，时有惊忙小鸭飞。❷

四时田园杂兴·秋

新筑场泥镜面平，家家打稻趁霜晴。

笑歌声里轻雷动，一夜连枷响到明。❸

  这三首诗出自范成大所作的60首系列组诗，是关于其家乡平江府（邻近今苏州）乡村生活的绝句，是他最著名的作品之一。范成大以对乡村生活详细且诗意的描绘而著称，其关注点和风味都自成一格。从这些诗中我们看到，当诗人行走于乡间，他能够对自己所处的环境与情绪保持沉默。在组诗的序言里，他告诉我们这些诗写于其晚年，当时他沉疴稍愈，遂拜访自己的乡间旧居，并在那里漫步于田野之中，将即目所见创作为诗。❹范成大的田园诗因而背离了此前无数诗人（例如陶潜）的传统——这些诗人退隐乡间，在乡村隐居中书写他们的个人情怀。人们立刻会注意到范成大的观察十分敏锐。他的作品显示出他对农民的劳作、农业技术和农民的

---

❶《全宋诗》，第41册，卷二十七，第26002页。

❷ 同上书，第26004页。

❸ 同上书，第26005页。

❹ 范成大《四时田园杂兴》引："淳熙丙午（1186），沉疴少纾，复至石湖旧隐，野外即事，辄书一绝，终岁得六十首，号四时田园杂兴。"

传说都相当了解。这些诗歌同样显示出对终年在田间辛苦劳作的农民生活的兴趣。他的乡村生活画卷极不浪漫，明显比陆游《游山西村》少很多浪漫情调。当农户打谷之时，可能有很多笑声和歌声，但依然整夜都在劳作。农民生活的艰辛这个主题贯穿这些诗作。正因为在自己的果园里放了如此多的心血，第十首《春》里果园主人才对于布置荆棘可能扎到小孩子的赤脚毫无良心的谴责，那些孩子很可能会试图偷盗他的劳动成果。

范成大拒绝使他身边的农民生活成为感伤的对象，这一点通过其诗中另一个备受瞩目的主题表现出来：为完成政府要求的苛捐杂税而不断地挣扎求存。下面就是这组诗中具此特征的另一首：

四时田园杂兴·夏

采菱辛苦废犁锄，血指流丹鬼质枯。

无力买田聊种水，近来湖面亦收租。❶

这一系列诗中有几首都描绘到租税义务是农民生活中极为沉重的负荷。女子彻夜纺丝以应付催税（第29首）。❷经过千辛万苦，农作物终于收割了，却得一半用来偿债，一半用来交税（第41首）❸。在另一首诗中，一个农民看着他收获的如霜般雪白的稻米，正用船运送去政府的谷仓，他很高兴地想至少可留下一些混合着糠核（皮）的劣等米，不会让孩子忍饥挨饿（第45首）❹。组诗也写到地方官员的腐败，提及他们极力少算农民用来完税的稻谷数量的通常做法（第45首）。组诗还触及社会阶层的差别。有

---

❶《全宋诗》，第41册，卷二十七，第26004页。

❷ 原文为"小妇连宵上绢机，大耆催税急于飞。"

❸ 原文为"垂成穞事苦艰难，忌雨嫌风更怯寒。笑诉天公休掠剩，半偿私债半输官。"

❹ 原文为"租船满载候开仓，粒粒如珠白似霜。不惜两钟输一斛，尚赢糠核饱儿郎。"

一首诗描写七夕节的明显对照（第38首）。❶朱门富户的七夕节兴高采烈一派喜庆，女孩子们在夜里向天空中的织女祈求缝纫技巧。而农家却在黄昏时就紧闭门扉——因为每个人都十分疲累，无法熬夜。诗人观察到，这些家庭的女孩子早已知道如何缝纫，男孩子也都会放牛。他们没有时间去庆祝一年一度天上的织女和她的爱人牛郎的浪漫情事。

当然，描写普通民众的艰辛生活，甚至是由本应照拂他们的官员造成的艰辛生活，在诗歌中有着悠久传统。在范成大的诗中，我们发现这种诗歌模式在具体描写农民繁重艰辛的现实生活方面达到了非比寻常的程度。我们先前曾在梅尧臣身上看到过的书写家庭与日常生活经验的能力，在此得到了一种带有社会阶级意识和政治意识的不同表达。

推荐阅读

· 程千帆，《宋诗精选》，南京：江苏古籍出版社，1992年。

· 王水照，《宋代文学通论》，开封：河南大学出版社，1997年。

· 周裕楷，《文字禅与宋代诗学》，北京：高等教育出版社，1998年。

· 蔡义江、李梦生，《宋诗精华录译注》，上海：上海古籍出版社，1999年。

· Egan, Ronald C., *Word, Image, and Deed in the Life of Su Shi*, Harvard-Yenching Studies, vol. 39, Cambridge, Mass.: Council on East Asian Studies, Harvard University, and Harvard-Yenching Institute, 1994.

· Fuller, Michael A., *The Road to East Slope: The Development of Su Shi's Poetic Voice*, Stanford, Calif.: Stanford University Press, 1990.

· Lu Yu, *The Old Man Who Does as He Pleases: Selections from the Poetry and Prose of Lu Yu*, translated

---

❶ 原文为"朱门巧夕沸欢声，田舍黄昏静掩扃。男解牵牛女能织，不须徼福渡河星。"

by Burton Watson, New York: Columbia University Press, 1973.

- Yang Wan-li, *Heaven My Blanket, Earth My Pillow: Poems by Yang Wan-li*, translated by Jonathan Chaves, Buffalo, N. Y.: White Pine Press, 2004.

- Yang, Xiaoshan, *Metamorphosis of the Private Sphere: Gardens and Objects in Tang-Song Poetry*, Cambridge, Mass.: Harvard University Asia Center, 2003.

- Yoshikawa Kōjirō, *An Introduction to Sung Poetry*, translated by Burton Watson, Cambridge, Mass.: Harvard University Press, 1967.

元明清

第17章

元代散曲

连心达

元代，通俗文学蓬勃发展。一种与音乐、戏剧关系密切的新的诗歌形式"散曲"成为当时最有活力的诗歌体裁。

散曲属于歌诗传统，和"词"一样，最初也是配乐的歌词。不过由于受到不同时代各具特点之音乐的滋养，散曲所用的曲调与词中所用的不同。要理解这一点，我们只需指出，散曲这个体裁成长于北方。其源头至少可以追溯至流行于金代的具有独特地方色彩的民歌，当时北方正处于金人的统治之下。散曲的全面繁荣是在蒙古人治下的元朝，这一时期见证了传统中国文化与来自北部、西部的非汉族文化地区之间强烈的相互作用。

典型的散曲语言是北方白话文，浓郁的口语风味是其体裁特征。尽管当年活跃于街头巷尾和勾栏瓦肆的写手所作的曲子大多失传，流传至今的绝大多数作品出自文人之手，但在这些作品中随处可见的新鲜尖锐的俗语、辛辣恣肆的幽默和活泼的日常口语语流，都明白无误地表明了这一体裁的源头。故此，一位现代学者的看法似乎与事实相去不远："如果一支曲子的语言没有一点粗俗的话，人们就会觉得它不是这种体裁令人满意的例子。"❶

---

❶ 柯润璞（James I. Crump），*Song-Poems from Xanadu*, Ann Arbor: Center for Chinese Studies, University of Michigan, 1993, p. 10。

散曲的诗歌形式与杂剧曲词的诗歌形式基本相同，元杂剧同样也是在北方发展起来的。两种体裁的血缘关系，从"散曲"这个名称本身就可见一斑：散曲之"散"，就是与整套剧曲之"整"相对而言的。因此，元代大多数剧作家兼擅散曲创作，也就不足为奇了。

蒙元统治者并不热衷于中国传统道德价值，也无意推动严肃文学。反讽的是，他们对文化事务的忽视，反而成了散曲和其他通俗文学形式发展的幸事。作家受传统伦理规范的限制较少。而且，由于当时的政治形势，很多精通经学和文学的学者不能或不愿入仕，就将自己的才华转向了散曲和杂剧创作。❶

散曲风格多样、题材广泛，既表明了这一体裁的下里巴人源头，又反映了中国高雅文学强大的诗歌传统对该体裁的影响。在这个光谱的两端，一方面，散曲处理的是历史悠久的诗词中屡见不鲜的诗意主题，如怀古、伤春悲秋、对隐逸生活的歌颂，等等；另一方面，又有各种俏皮诙谐、戏谑嘲弄、轻松愉快的戏仿，以及荒唐无稽的玩笑。不过，各种类型的情诗之数量远超其他类别，它们往往充斥着陈词滥调，但有时也因大胆诙谐的表达、形象生动的描绘而活力四射。

音乐与格律

早期散曲是真正为合乐而作的"歌词"。随着时间的推移，曲调本身失传，留下来的只是歌词的字句声律格式，即所谓的"曲牌"。散曲的创作实

---

❶ 元朝统治下，百姓分为四等，其中北方的汉人和作为故宋臣民及其后代的南人处于社会底层，被剥夺了仕途上升的机会。一些学者认为，这种剥夺迫使很多受过教育的汉人把注意力转向了通俗文学。

践也就变成了根据现有曲牌填词的问题。每一曲牌都属于一种特定的宫调。调式与曲牌不同，后者指灌注了音乐旋律气质的格律模式，而前者则指音乐的调子或音调，反映音符的音高、音色和间隔模式等值，所有这些乐声因素被认为在体裁发展早期对散曲的基调和情绪产生了深刻影响，那时的散曲本是用来演唱的。现存的非戏剧性的散曲作品，计有曲牌200多种，但常用的宫调只有9种。用于散曲创作的相当数量的曲牌同时也见于元杂剧的曲词。

散曲分为只曲（小令）和套曲（散套）两种形式。只曲可以借助重复，或连缀不同曲牌的一两支只曲扩展为一个更大的单元。对散曲作者来说，用同一曲牌创作几支不同的只曲，冠以不同的标题，再松散地组合在一起，也是一种常见的做法。套曲则以一个标题统合若干首只曲，这些只曲采用同一宫调，押同一个韵脚。套曲中的只曲数量，少的只有两曲，多的可达二三十曲。每个散套通常有一二短章作为"引子"，最后以尾声结束。

为更好地理解散曲的格律，这里我们以两支散曲为例，审视其格律和押韵模式。首先是王和卿的《胖夫妻》：

【双调】拨不断·胖夫妻❶

一个胖双郎 △

就了个胖苏娘 △

两口儿便似熊模样 ▲

成就了风流喘豫章 △

绣帏中一对儿鸳鸯象 ▲

交肚皮厮撞❷ ▲

---

❶ 这支曲子是对据说发生在豫章的著名爱情故事的戏仿，诗人把原故事中情侣两人的名字"双郎""苏卿"派给了曲中的这对胖夫妻。参见James I. Crump, *Song-Poems from Xanadu*, p. 44。

❷《全元散曲》卷一，第43页。

这支曲子句式长短不一，很像从一首词中截取出来的一节。的确，它"听起来"也像词。我们在词中所见的长短句错落交替而产生的新奇韵律效果，在这支散曲中也能强烈感受到。如果忽略不计曲中的加点字，我们可以提取曲牌骨架如下：

｜　—　—▲

｜　—　—▲

（—）—（｜）｜　—　—　｜▲

（｜）｜　—　—　｜　｜　—▲

（—）—（｜）｜　—　—　｜▲

｜　—　—　　｜（四声）▲

曲中三字句、四字句和七字句的声调模式，与词的同样句式并无不同。事实上，这里的七字句类型与词中典型的七字句完全一样，而词的句式实则"承"自律诗。❶

不过，这种相似性并不总是见于散曲之中。马致远的《寿阳曲》就清楚地说明了这一点：

【双调】寿阳曲

心间事

说与他△

动不动早言两罢▲

罢字儿磣可可你道是要▲

---

❶ 对律诗和宋词声律的讨论，见本书第8、12章。

我心里怕那不怕^❶ ▲

同样，还是忽略下有重点号的文字不计，只提取曲牌骨架：

— — ｜

（｜）｜ — △

｜ —（—），｜ — — ｜（四声）▲

（—）— ｜ —（—）｜ ｜（三声）▲

｜ —（—），｜ — — ｜（四声）▲

第3、5句的声调模式"｜—（—），｜——｜（四声）▲"，以及第4句的声调模式"（—）—｜—（—）｜｜（三声）▲"，在散曲的七字句中很常见，但不见于词与律诗的七字句。人们不能不怀疑：是不是基于散曲音乐性的不同特点，才出现了这种新的七字句，其声调模式与律诗和词之规范大相径庭。

《寿阳曲》的押韵方式也值得注意。从上面这两个例子可以看出，一支散曲只能押一个韵。由于元散曲作家使用北方白话，他们不再遵循律诗和词所用的古韵谱，而是采用了一种更能准确体现活语言现实（其中最重要的是入声字的消失）的新系统。与律诗和词不同，散曲可以平仄通押。但这并不意味着散曲作家可以不顾平声字和仄声字之间的差异。正相反，有些曲牌严格规定了某些韵脚只能用某些特定的声调，如《拨不断》，最末一行的韵脚只能用四声；《寿阳曲》第3、5句的韵脚只能用四声，第4句的韵脚只能用三声。个中原因可能在于：仔细选择韵脚的声调，才能更好地配合曲牌背后的音乐。

---

❶《全元散曲》卷一，北京：中华书局，1964年，第247页。

上面两支散曲中，我们为了突出曲牌骨架而忽略不计的加点字，其实也不容忽视。它们是"垫衬的文字"，即"衬字"。正是从这些衬字上，我们看到了词句与曲文在节奏上的最大不同。散曲作家可以在每个句子中都加上衬字——几乎可以说是随心所欲，但极少加在句尾——从而进一步改变诗句的形态。添加多少衬字并无任何限制，如关汉卿《不服老》中的这一句：

我是个蒸不烂煮不熟锤不匾炒不爆响珰珰一粒铜豌豆。❶

只有前两个字和最后5个字"我是一粒铜豌豆"是曲牌本身的要求，其他16个字都是衬字。借助衬字，散曲作家就能模仿日常语言的自然流动以改变曲文的节奏和韵律。这或许可以部分解释何以散曲曲文比词句的句法结构更完整，读起来更像口语中的句子。诗词中有诗意的省略，散曲则常用衬字。

除了散曲语言的口语化特性，散曲体裁的音乐渊源也能帮助我们理解其对衬字的大量使用。由于曲牌是早先音乐的残留，所以很自然的，即便曲调本身失传，曲牌内在固有的音乐性也会促使后世的散曲作家填补旋律遗失后所留下的空白。

写景抒情之作

散曲偏好的主题是自然风景以及诗人对它的反思。以下范例恰好是一首最著名的散曲小令，其作者马致远可以说是最优秀的小令作家。马致远

---

❶《全元散曲》卷一，第173页。

是元杂剧四大家之一，也以散曲作品著称。《秋思》集中体现了他的散曲艺术成就，曲子用精心选择的一系列意象，构筑了诗歌的情绪氛围。他沉思隐居、静谧生活的散曲作品反映了道家思想的影响，很多人认为其作品风格过于悲观。马致远的散曲作品通常是更精致的文人风格的体现，但他的通俗之作也不乏清新活泼。

【越调】天净沙·秋思

枯藤老树昏鸦△

小桥流水人家△

古道西风瘦马▲

夕阳西下

断肠人在天涯❶△

这支曲子的意象性显而易见。原文除第4行最末一字"下"外，全曲没有动作动词，只有描写性的名词短语。然而，把它比作一幅画，还说"诗人像展开一幅中国画卷轴一样展开了一个场景"❷，很可能过分简单化了诗歌经验，也错失了作品的真正魅力。实际上，诗人并不鼓励读者像旁观者一样观看这幅秋夜旅人图，而是邀请读者认同旅人。如此，到了曲子的结尾，旅人的思乡之情带给读者的才不会是一种陈旧老套的感伤，而是一种令人心碎的新鲜的个体经验。

此曲前三行的句式结构完全相同，往往会使粗心的读者将之囫囵地读作一个并列的三联体。但细察嵌在这三行诗中的三组形象所承载的意义，即可发现，就诗歌叙述而言，第1、2行构成了一个主题单元，而第3行的

---

❶《全元散曲》卷一，第242页。

❷ James J. Y. Liu, *The Art of Chinese Poetry*, Chicago: University of Chicago Press, 1962, p. 42.

功能体现在另一个层面上。"枯藤""老树"和成群的乌鸦呈现出一种野性的、带排斥性的（如果不是威胁性的话）大自然，"人家""小桥"（作为人造物，这些形象唤起了人的日常活动）和桥下的潺潺流水，则营造了一种和谐融洽的氛围。不过，这两组意象相互对照的意义，只有当读者读到第3行时才完整地呈现出来。

相较于头两行中的具体形象（尽管并非没有象征意义），第3行中的形象不那么具体，而且看起来更有象征意味。古老的道路，某种实际上无法分辨的东西，带领读者超越眼下的场景，让他们用心灵之眼看到无尽的道路一直延伸到另外的空间和时间。"西风"不仅指一年中的时节，还暗含着这个衰飒时节所感受到的悲伤，即中国文学传统中秋天这个形象所承载的所有意味。最重要的是，用"瘦马"这一借代，反过来把读者放在疲惫旅人的位置上以感受他所经受的苦辛。因此，第3行使读者得以从旅人的视角来解读前两行所呈现的场景：第2行中家一般的景象如此诱人，仅仅是因为疲惫的旅人在一个陌生而又令人生畏的环境中（通过第1行中的形象呈现出来）看到了一个熟悉的场景。❶这个场景勾起了他对家的记忆，但悖论是，这个场景同时也提醒他：他自己的家和家的舒适在遥不可及的别处。

第1行行末的"昏鸦"已经点明这是一天中的黄昏时分，仿佛还嫌不够似的，第4行再次明确点明时间："夕阳西下"。这是曲中最短的一行，全曲唯一的动词也出现在这一行，其作用是以一种紧迫感和必然性传达出这一信息：一天快要结束了，一年也即将到尽头。也正是在这种时刻，旅人最强烈地感到自己应该回家了。但是，眼前所见的一切都告诉他，家在另一端的"天涯"。

下面这首散曲出自张养浩之手，他作为一个正直高官的名声可能遮蔽

---

❶ 施文林（Wayne Schlepp）注意到这支曲子，"没有动词，并不妨碍诗人对场景的解读"，"读者觉得自己能够直接体验（场景）"，参见 *Sanch'ü: Its Technique and Imagery*, Madison: University of Wisconsin Press, 1970, p. 125。

了其文学成就。张养浩丰富的个人经历，一方面使他的散曲作品能够洞悉历史和人类的苦难，另一方面又使他的退隐之作显得更真实、诚挚。

山坡羊·潼关怀古

峰峦如聚▲

波涛如怒▲

山河表里潼关路▲

望西都△

意踌躇△

伤心秦汉经行处▲

宫阙万间都做了土▲

兴

百姓苦▲

亡

百姓苦❶▲

诗人一开始就将读者的目光引向经行潼关的道路，潼关守卫着前往古西都的通道，见证了无数次血腥战斗。第1、2行所用的两个动词"聚""怒"，以拟人化的手法表现出地理上的险峻。静默的群山因而动了起来，奔腾的河流生动地展现出不可抗拒的力量，暗示历史上在这一地区登场的各种军事冲突之激烈程度。拟人化也让峰峦和波涛有了情感，乃至它们看似在回应诗人的深切凝视。第3行的"山河表里"出自经典《左传》，当时一位军事家曾用这个词来形容自己国家的天然屏障坚不可摧。这个典故赋予这些意象以两千年历史的沉重分量。正是它们，"山河"，见证了朝

---

❶《全元散曲》卷一，第437页。

代的兴亡。

"怀古"是古老的诗歌传统。无论张养浩之前还是之后，都有无数的怀古诗写作，但他这支素朴的曲子却脱颖而出，成为最常入选诗集的怀古作品之一。对此，一种可能的解释在于诗人的技巧，他有能力把散曲这种诗歌体裁形式上的限制转化为优势。八个短句（其中两句只有一个字），再加上三个长句，组成了一种有节奏的、易于记忆的音声流。最有力、最难忘的是末尾四行。"（王朝）兴""（王朝）亡"这两个单音节字构成的每行诗后面，都跟着同样一行重复的"百姓苦"。无论如何，如果诗人手边没有这种凝练对比的形式结构，百姓所受之苦难就不可能以如此清晰有力的方式表达出来。

考察张养浩其他八首同一曲牌、同一题材的散曲作品，我们更能清楚地看出《潼关怀古》的主题内容必然是以曲牌本身的形式属性作为支撑的。这八支曲子，每一首均以一个历史地名作为诗人沉思过去的立足点，每一首的结尾处也都利用了格律模式所要求的严格的对比结构来明确传达信息。下面这些例句展示了这些怀古之作是如何以"沉思过去"的同样方式结尾。其警示般的肯定语气，听天由命的意味，令人难以忘怀：

> 赢，都变做了土；输，都变做了土❶
> 疾，也是天地差；迟，也是天地差❷
> 君，干送了；民，干送了❸
> 功，也不久长；名，也不久长❹

---

❶《骊山怀古》，《全元散曲》卷一，第436页。
❷《咸阳怀古》，《全元散曲》卷一，第438页。
❸《渑池怀古》，《全元散曲》卷一，第436页。
❹《洛阳怀古》，《全元散曲》卷一，第437页。

张养浩对《山坡羊》这个曲牌的创造性使用，不过是散曲大家把体裁本身形式要件的限制转化为主题表达的有力手段的一个例子而已。后面我们还会回到这个问题上来。

隐士生活之作

现在，我们来看乔吉的两首散曲作品。乔吉是散曲大家，很重视散曲创作技巧。他最优秀的散曲作品清新秀丽、形象鲜明、表达新颖，其作品美学上的完成并没有牺牲自然的简约从容。

【正宫】醉太平·渔樵闲话

柳穿鱼旋煮▲

柴换酒新沽△

斗牛儿乘兴老樵渔

论闲言怅语▲

燥头颅束云担雪耽辛苦▲

坐蒲团攀风咏月穷活路▲

按葫芦谈天说地醉模糊△

入江山画图❶△

曲子开篇的这两个形象，渔夫从河里捕来的新鲜活鱼，樵夫用一天劳作换来的新酒，使人脑海中现出一幅与此二人身份相关的美好画面。他们的生活是自发、自由、自足的。不过，如果诗人不是巧妙暗示鱼之"鲜"、

---

❶《全元散曲》卷一，第574页。

酒之"新"，从而触发读者的味觉，拨动读者的心弦，这些形象就很有可能投射出截然不同的另一幅景象：两个可怜人苦苦支撑，只够勉强糊口。实际上，纵观整支曲子，正是由于诗人选择了坦率轻快的语调，才让读者从一个原本艰苦、匮乏的生活中看到了安逸满足。所以，即便把曲中两人不得不承受的艰辛与他们所享受的悠闲并置一处，读者也还是会觉得丰富的精神享受远远补偿了肉体上的痛苦。

如前所述，乔吉是有意识的文体家，重视写作技艺。据说他还为散曲创作制定了一些规则。在他看来，好的散曲作品应该是"凤头、猪肚、豹尾"❶，也就是说，开头要精彩，中间要言之有物，结尾要有力。以我们目前所见而言，这首《渔樵闲话》似乎开篇醒目，中间结实，那结尾又如何呢？

诗人以一段作者评论让自己的描写戛然而止，这个评论说，诗人所呈现的田园牧歌般的生活可以完美地画入一幅山水画。于是，他描绘的场景顿时就变成了画框中的对象，供人欣赏。以如此出人意料的方式结束全诗，确实像豹子一样有力。这迫使读者——现在也成了一幅画的观看者——退后一步，从远景来看樵夫和渔夫，然后意识到他们并不是什么普通的樵夫渔夫，而是值得郑重珍视的某种价值观的象征。

渔夫和樵夫长久以来一直被当作隐士的典型形象，也是元代散曲作家喜爱的一个主题。❷有意思的是，真正的渔夫和樵夫不会读写，也不懂身在"江山画图"之中究竟美在何处。受过教育的精英在他们创造的理想化的隐士形象中，自恋地看到的正是他们自己。

胡祗遹在写作渔樵题材的两支散曲时，心中一定亦作如是想。第一支曲子写的是一个受过教育的渔夫，第二支曲子写目不识丁的隐居的一渔一

---

❶ 乔吉的生平，参见《全元散曲》卷一，第573页。

❷ 对这个话题翔实、全面的讨论，见James I. Crump, "Tales by Woodsman for the Fisher's Ear, " in *Songs from Xanadu: Studies in Mongol-Dynasty Song-Poetry (San-ch'u)*, Ann Arbor: Center for Chinese Studies, University of Michigan, 1983, pp. 81-105。

樵。❶胡祗遹煞费苦心，想要写出两类隐士的不同之处。第一曲用语雅致，处处引经据典，予人以博学之感；第二曲的语气和句法结构都较为口语化，用了相当多的衬字，模仿平易的日常语言流。但除了语言，两支曲子并没有任何线索表明有文化的隐士与没文化的隐士何以大不相同。例如，第一支曲中有文化的渔夫与第二支曲中不识字的一渔一樵所做之事并无二致，全都忙着高谈阔论世事的沧桑变迁。诗人用两支曲子写了两类隐士，试图以渔樵为幌子，赋予士大夫隐士以某种合法性。但可以看出，不管受没受过教育，这两支曲子中的人物并不是真正的捕鱼人和砍柴人，而是诗人想象中的自我的形象变形。❷

在另一支歌颂隐士生活的曲子中，乔吉以"我"的声音言说：

【正宫】绿幺遍·自述

不占龙头选

不入名贤传▲

时时酒圣

处处诗禅△

烟霞状元

江湖醉仙△

笑谈便是编修院▲

留连△

批风抹月四十年❸△

---

❶ 胡祗遹《双调·沉醉东风》（其一、其二）："月底花间酒壶，水边林下茅庐。避虎狼，盟鸥鹭，是个识字的渔夫。蓑笠纶竿钓今古，一任他斜风细雨。""渔得鱼心满愿足，樵得樵眼笑眉舒。一个罢了钓竿，一个收了斤斧。林泉下偶然相遇，是两个不识字渔樵士大夫，他两个笑加加的谈今论古。"见《全元散曲》卷一，第69页。

❷ 胡祗遹是元代少数几个步入仕途并升任高官的汉人之一，指出这一点，可能并非无关紧要。

❸《全元散曲》卷一，第574—575页。

这支曲子热烈地称颂挣脱了官场束缚的自由，也属于隐逸文学传统。它展现出来的洒脱快活，在此前的同类作品中很少见到。● 曲子中的抒情主人公并不假装自己是渔夫或樵夫。相反，在这份个人履历幽默的诗歌版中，他毫不掩饰自己那令人印象深刻的教育背景。最有趣的是，为了表明对科举制度的拒斥，这位退隐的书生不得不借用这个制度的整套语汇。例如，为了表示自己对学术荣誉不屑一顾，他就夸口说没有这些荣誉才是一种荣誉。他给自己安上"烟霞状元"的头衔，只是为了表明自己在世俗生活中对状元头衔毫不在乎。即便醉酒，他也仍然保持清醒，自称"酒圣"，相信读者能够看出在儒家传统中"圣"这个负载很多之词的新义。

诗人的戏谑做法相当有效。用既定价值体系的话语来抨击这个体系本身，诗人十分清楚地表明了自己的的立场：公共生涯中的成就对他来说毫无意义，他只想过隐士的简单生活。当他说起很难在忙碌官场上得到的"处处诗禅"之乐时，我们很难怀疑他的真诚。不过，当他拿自己悠闲生活中的"笑谈"与翰林院编修的公务相比较时，问题来了：如果不把自己的闲适与公务职责相比较，诗人就根本不能享受自己生活的乐趣。最末一行更尖锐地暴露了这一点。即使"批风抹月"这个词是用来形容文人精英吟风弄月的自然雅兴之陈词滥调，"批""抹"（意思是"评论"）两个动词所揭示的动态细节，也因其与翰林院日常事务的上下文关联而得以重新激活。不可思议的是，如此了解批阅公文之快感的，竟然是诗人自己，而非现实生活中的官员。这个巧妙的比喻显明了他的态度，然而人们不禁要问，为什么要把风月的自然之美变成生趣全无的案牍劳形，才能说明隐者之乐呢？难道除了焦虑地关注那些他如此鄙夷的向上爬之人的所作所为，幸灾乐祸于他们的霉运外，诗人就没有其他别的办法来定义自己的人生吗？难道一个与名利场无关的真正的隐士，不该对自己清静朴素生活之价值更有

● 比较接近的大概要数宋代柳永的这几句词："未遂风云便，争不恣狂荡。何须论得丧。才子词人，自是白衣卿相。"见《全宋词》卷一，第57页。

信心，不必理会那个他觉得低级、不可取的世界吗？乔吉在《自述》中精心构筑的语义场，透露出了某种内在冲突：他无意识地执迷于他有意识地大力拒斥的那种价值观。

过分热心地探究一个自命不凡的隐士之内心现实，是有理由的。虽说中国文学中的隐逸传统历史悠久，但散曲中这类作品的数量还是多得不成比例，反映了元代士人发现的自身所处的尴尬境地。不同于之前的其他民族在控制中原腹地后接受了汉文化，蒙古统治者从没真正信任过汉人。元代儒生很难像他们的宋代前辈那样步入仕途，即便科举制度在长期中断后再度恢复。❶因此，对士人阶层的很多人来说，放弃入仕抱负，在平静的私人生活中安顿下来，与其说是一种选择，不如说是一种需要。那么，隐士生活的高尚理想被当时新的社会政治现实复杂化，也就不足为奇了。

情　诗

情诗在现存散曲作品中占有相当大的比例。除了更为大胆地描绘爱恋的感官愉悦（也因此招致淫亵之讥），散曲并没有比"花间"传统的词作提供更多关于爱情的倦怠感以及其他闺中情愫的信息。这类散曲作品之所以独树一帜，在于其鲜活的诗歌表达，令人忆及南北朝时期的民歌声音。下面要讨论的三首散曲作品都体现了这一民间传统的某种影响。

第一支曲子的作者关汉卿，通常被认为是最好的元剧作家，无疑也是最高产的元剧作家。他身为剧作家的技巧也可见于其众多散曲作品。他对离别和思念情景的描写，在最好的情况下，往往与对恋人内心生活的微妙

---

❶ 对这个问题的详细讨论，见 Frederick W. Mote, "China Under Mongol Rule," in *Imperial China*, *900-1800*, Cambridge, Mass.: Harvard University Press, 1999, pp. 474-513, 尤其是 pp. 474-477, 504-507。

揭示结合在一起。他对当时活话语的敏锐感知，使他能够以不同的声音来配合不同的诗意情境。

【仙侣】一半儿·题情（其二）

碧纱窗外静无人△

跪在床前忙要亲△

骂了个负心回转身△

虽是我话儿嗔△

一半儿推辞一半儿肯❶ ▲

通过运用剧作家的技巧，作者得以在这支曲子中以经济的手法营造出一个戏剧化的场景。曲中的人物没有解释为什么她的情人该被称为"负心"，可能她只是在跟他戏耍，好增加调情的乐趣；更有可能的是，她的情人有一颗善变的心，她才下决心不让他的轻浮逃脱惩罚。尽管如此，她发现自己还是很难拒绝他。

最后一行的对立统一结构，捕捉住了这种苦乐参半的爱恋体验。需要指出的是，这支曲子的曲牌［一半儿］，规定末句必须写作"一半儿××一半儿×"。实际上，关汉卿的《题情》共四支曲子，每曲描写复杂情事的一个方面。第一曲，曲中人称自己与她的"俏冤家"（这个词本身就是矛盾的"一半儿……一半儿……"的绝佳例子）的关系是"一半儿难当一半儿耍"。第三曲她抱怨说，因为情人不在身边，她的闺床"一半儿温和一半儿寒"，就像两人不稳定的关系一样。组曲的最后一首，她干脆承认自己没有办法知晓他的心意，因为"一半儿真实一半儿假"。❷

---

❶《全元散曲》卷一，第156页。

❷ 同上。

这里，我们看到了曲牌的形式特征如何成为散曲作品诗歌表达重要组成部分的又一例证。据统计数据，在现存的11位诗人所写的43首散曲［一半儿］中，39首都以爱情和闺情为题材。其中29首有标题，标题中用"情"字的有13首，在情色的意义上用"春"字的有7首，其余几首则涉及女性人物因落花或酒而引发的相思之苦，以及因手帕、书信等爱情信物而洒下的眼泪，不一而足。所有这些作品都充分利用了最末一行矛盾对立的"一半儿××一半儿×"句式，这是曲牌本身的规定，或者不如说是曲牌所确保的。这些按曲牌［一半儿］创作的作品，为散曲创作中主题内容与形式之间的互动提供了一个绝佳的，尽管可能有些过于特殊的例子。一方面，曲牌（源于音乐）的特殊之处，促使、鼓励作家在特定主题中使用该曲牌；另一方面，作家对曲牌有意识的实验，又深化了（或者，悖论是，在不那么成功的作品中，程序化或僵化了）这种特殊形式特征的表现力。

下面，我们要讨论的第二首情诗，作者是贯云石，也以其畏兀儿名字小云石海涯（Sewinch Qaya）为人所知，是几个非汉族散曲作家中最杰出的一个，其成就完全可与其他散曲作家相提并论。贯云石风格多样，在处理浪漫爱情、歌颂乡村生活这些常规题材时表现出了鲜明的个人特质。他对语言的把握，特别是以个性化的言说为戏剧化场景带来点睛之笔的能力，使其有别于其他散曲作家。

【双调】清江引·惜别（其四）

若还与他相见时 △

道个真传示 ▲

不是不修书

不是无才思 △

绕清江买不得天样纸[1] ▲

　　曲中人正在排练当她再次见到"他"时要说的话：她不写信给他，正是因为她太爱他了！她买不到一张大得足以写下她所有思念和感受的信纸。

　　女子的意思是，如果写信给他，她对他的爱就会变少吗？她这种说辞背后的逻辑似乎难以理解，但对恋爱中人而言，却完全说得通。"真传示"，意思是一封口头的"书"（口信）。在原文中，形容词"真"修饰"传示"。不是纸上毫无生气的墨迹，而是女子有魅力地亲口说出的鲜活话语，才是她真爱的表达。她真实鲜活的"书"，容纳了如此多的爱——如果她想买纸的说法可信的话——这份爱将会填满天地之间。女子的能言善辩本身，充分证明了她不是没有才思。可以想见，不管她的情人如何心存怀疑，在听到她的机智辩解后，他的心都会因为爱的喜悦而变得柔软起来。

　　这首《惜别》虽短，却极富表现力。每个字，每个形象，都很重要。如开篇的"若"字，表明事情还没有发生。这个"若"字，设置了一个生动的场景，我们看到女主人公时，她正在与情人进行着热切的精神交流。这也含蓄地证实了后面她的说辞之真实可信：虽然她不写信给他，但她一直都在想他。所以，最后一行中的"清江"不能简单读为一个专有名词。"清江"究竟是城镇名还是河水名，并不重要，这个形象如水晶一般清澈，连同明净的"天样纸"形象，都象征了女主人公的纯洁，因此也意味着贞洁。这两个明亮清澈的形象，最好地体现了曲子不加修饰的口语化语言和直接坦率的语气。

　　和关汉卿一样，下面这首情诗的作者白朴也是元代的大剧作家之一。他的描写性的散曲作品充满明快的色彩和清新的意象，而那些关于浪漫爱情题材的作品，则以日常用语描画出了活泼的戏剧化场景，同时又避免了同类散曲作品中常见的淫猥。

---

[1]《全元散曲》卷一，第370页。

【中吕调】阳春曲·题情

笑将红袖遮银烛 △

不放才郎夜看书 △

相偎相抱取欢娱 △

止不过迭应举 ▲

及第待何如❶ △

　　此曲英译用的是第一人称的女性口吻，但也有别的读法，因为原文没有任何人称代词，很难说这是"我的"故事，还是"他的"或"她的"故事。读者可以把前三行读为第三人称叙述，把最末两行读作直接引用女子的话，甚至还可以把整支曲子读作一个第三人称的故事，最后两行是诗人自己的作者评论。不管哪种读法，谁都不会错过这首轻松愉快的情诗所要传达的信息。

　　开篇女子的"笑"，为接下来发生的一切定下了基调。女子娇媚的这一"笑"，使得她不让情人读书、让他没有理由生气这些做法都成了一种爱的表达。这也在她不加掩饰地否定他的世俗进取心之际凸显了她的天真，让她的规劝听起来有些令人愉快。字里行间明显感知得到的女性角色的魅力和甜美，生动证明了爱的喜悦远比仕途成功更可取。从曲子中部爱情场面的热烈程度来看，"红袖"成功遮住了"银烛"（第1行）。

　　用来修饰"烛"的"银"字，可以指蜡烛的颜色、蜡烛的光照或烛台的材质。这里，唯一要紧的是"银"字的本义：银钱。"红袖遮银烛"的象征意义显而易见，故此，这个转喻代表了两种冲突的价值观。情人所读之"书"进一步复杂化了这种冲突，因为她必须要和它们争夺他的注意力。

　　这种碰撞可以用曲中可能的潜文本"书中自有颜如玉"来作解释，这

---

❶《全元散曲》卷一，第195页。

句俗语与汉语中最著名的童谣齐名，听起来像是对科举制度的讥讽："书中自有千钟粟，书中自有黄金屋，书中自有颜如玉。"而曲末的说法也出于同样的功利主义态度。不就是金钱和女人吗？能不能在书中找到这些东西还未可知呢。它怂恿道，看看近在咫尺的"红袖"吧，"颜如玉"的女子就在你眼前。所以，"及第待何如"？这个反问的要害在于，它有力地宣称了"红袖"重于"书"。（试想，如果把问题换成"落第待何如"，那就意味着成功才是第一选择，"红袖"不过是落第后得到的安慰补偿。）从这个角度看，除上面提到的种种解释外，《题情》或许还有另外一种读法。末尾两行可能是男性角色的感叹，刚刚那一番爱的教育让他幡然醒悟，想要永远抛开手边的书。

泼辣恣意的机智与放肆无忌的幽默

任何对有代表性的散曲作品的概览，无论篇幅多么短小，都不会忽略其诙谐幽默。下面这支曲子《咏大蝴蝶》的作者，就算随便浏览一下其作品标题也能轻松认出他的个人印记：《咏秃》《大鱼》《绿毛龟》《长毛小狗》《王大姐浴房内吃打》《胖夫妻》。其中的《胖夫妻》，本章引论部分谈到散曲格律问题时就曾以之为例。

王和卿的名气，基本上全都是因为他粗野奔放的幽默。他的琐碎、"粗俗"和淫亵题材的作品，值得纳入任何有关散曲的考察，因为这些作品讲述了那个时代的文化环境，并且最能提醒人们这个体裁起源于市井街巷和勾栏瓦肆。以下是一首关于大蝴蝶的散曲。

【仙吕】醉中天·咏大蝴蝶

蝉破庄周梦

两翅架东风△

三百座名园△一采一个空△

难道风流种▲

吓杀寻芳的蜜蜂△

轻轻的飞动▲

把卖花人扇过桥东❶ △

　　这支曲子是对咏物诗的戏仿。据逸事笔记记载，1260年初，大都（今北京）出现了一只其大异常的蝴蝶，据说诗人即以此为由创作了这支曲子。

　　诗人明确声称他笔下的这只蝴蝶是从庄子那个著名的梦中飞来，这便使我们有机会检视一首看似简单，用语平易日常，主题轻佻，迎合胸无点墨之俗人的小曲，却可以同时无句不用典，处处掉书袋，这是任何一个浸淫于传统古典诗歌的文化人都擅长的游戏。

　　在那个著名的蝴蝶梦中，哲学家庄周不知道究竟是自己梦为蝴蝶，还是蝴蝶做梦变成了庄子。故事原本的意思是真实与虚幻之间的界限并非泾渭分明，但随着时间的推移，蝴蝶梦成了一种寓言，提醒人们人生既虚幻又短暂，不过是梦一场。王和卿借用了庄子的这个有力形象，把它改造为一个关于两只翅膀的寻欢者的老套比喻；而两翅寻欢者本身，又暗指不计其数的"折花"诗，代表了中国版的 *carpe diem*（及时行乐）。❷ 就这样，王和卿凭着让人放松警惕的风趣为花花公子放浪的生活方式做了辩解；在简单而又通俗地解读庄子的哲学蝴蝶的同时，他也重申了这一格言：人生苦短，花开堪折直须折。

　　"两翅驾东风"的蝴蝶形象——"东风"的字面义指代春天——不仅意

---

❶《全元散曲》卷一，第41页。

❷ 这类诗歌的最好例子，是唐无名氏所作的《金缕衣》："劝君莫惜金缕衣，劝君惜取少年时。花开堪折直须折，莫待无花空折枝。"见《全唐诗》卷十一，第8862页。

味着采花的大好时机，也突出了"及时行乐"母题（motif）中的紧迫感。这一形象也意在传达蝴蝶"采空"群芳时所体验到的感官愉悦。蝴蝶空中姿态的那种兴奋自由感，让人联想到《庄子》中著名的大鹏形象，"其翼若垂天之云"，"培风""扶摇而上九万里"。巧合的是，大鹏形象出自《逍遥游》一章，"逍遥游"也成了一个固定短语，形容无拘无束的自由。散曲文本本身提供了足够的证据，让我们有理由用《逍遥游》的典故来解读王和卿的蝴蝶。大蝴蝶以它令人艳羡的壮举，"吓杀"❶了蜜蜂之类无足轻重的寻芳者，这也与《庄子》中的大鹏如出一辙：鹏鸟以它的体型和控天之势，挫退了小蜩、小鸠等小角色。

曲子结尾，王和卿看似毫不费力、顺水推舟，实则再次暗用前人文本。"卖花人"指宋人谢逸的《咏蝴蝶》诗，诗中卖花人在明媚春天热闹景象的催促下，"相逐……过桥"。❷在这个新语境下，卖花人扮演的角色发生了变化。他们是卖那种花的人——皮条客吗？"把卖花人扇过桥东"，诗人似乎又给了大蝴蝶一次机会，以"轻轻的飞动"来展示自己的能力：蝴蝶才不需要任何媒人掮客的帮忙呢。

这支曲子对《庄子》中形象的滑稽戏仿，全都是正面意味。诗人彻底改变了蝴蝶原本可鄙可恶的花花公子形象，让它焕发出庄子那只蝴蝶的洒脱风采以及同一文本中那只大鹏从容、优雅、睥睨一切的神气。我们可以给蝴蝶贴上"风流"的标签，但"风流"这个词本身，既可以指"荒淫""放荡"，也可以指"才华横溢""雅人深致"，甚至还可以指"英雄气概"，同样，蝴蝶的真正意涵也是开放的，言人人殊。从诗人表现蝴蝶的方式来看，在第4行起首之疑问的"难道"二字所表现出来的明显的迷茫困

---

❶ 第6行行首的这个动词"吓杀"，英译本中只有柯润璞的翻译（shames to death）译出了这个词的精髓，见 James I. Crump, in *Songs from Xanadu*, p. 14。

❷ 谢逸《咏蝴蝶》："狂随柳絮有时见，舞入梨花何处寻。江天春晚暖风细，相逐卖花人过桥。"见《全宋诗》卷二十二，第14858页。

惑，其实说明了诗人对自己创造的这个神奇生物的钦佩和惊叹。

　　蝴蝶的洒脱快活，还有诗人对此的钦慕之情，可以说，反映了散曲、杂剧这对姐妹体裁兴盛时期的文化环境。那些对这支曲子所传达的大胆信息感到惊讶的人，只需读读以下套曲《不服老》的部分选段，即可看出《大蝴蝶》的放肆无忌在当时那个时代绝非不正常。套曲《不服老》的作者正是关汉卿（相关讨论详见上文），那个时代最伟大的剧作家，也是王和卿的密友。

【南吕宫】一枝花·不服老

攀出墙朵朵花

折临路枝枝柳▲

花攀红蕊嫩

柳折翠条柔△

浪子风流△

凭着我折柳攀花手▲

直然得花残柳败休△

半生来折柳攀花

一世里眠花卧柳▲

【梁州】

我是个普天下郎君领袖

盖世界浪子班头△

……

你道我老也

暂休△

占排场风月功名首▲❶

---

❶《全元散曲》卷一，第172页。

可以说，曲中人是一只更大、脸皮更厚的蝴蝶。他肯定能"吓杀"那些小无赖：

【隔尾】

子弟每是个茅草岗沙土窝初生儿的兔羔儿乍向围场上走▲

我是个经笼罩受索网苍翎毛老野鸡踏踏的阵马儿熟△❶

此处未能全引的整个套曲纯为浪荡子的独白，没有编辑框架（editorial frame）和作者介入的调节。曲中也没有任何迹象表明这个人物是按照反派形象塑造的。相反，从他厚颜无耻的炫耀中流露出来的自信可以看出，他期望自己成为人人嫉妒、羡慕的对象。这种"反英雄"（antihero）形象在中国文学中从没出现过。❷

关汉卿的杂剧创作经验，一定程度上解释了他何以能够成功塑造一个有声有色、泼辣恣肆的痞子形象。散曲套曲的形制，与杂剧中作为基本结构单元的套曲相类似，有足够的空间供他来展开主题。限于篇幅，这里只节录了这支套曲的一小段。所以，试着想象一下，同样的自吹自擂、喋喋不休的声音是我们这里节选的5倍长，不停地告诉你他是一颗又老又硬的"铜豌豆"，蒸不烂、锤不扁，除非阎王爷来唤，否则，绝不会停止折柳攀花的勾当，绝不会不向烟花路儿上走。

推荐阅读

• 周德清，《中原音韵》，北京：中国戏剧出版社，1959年。

---

❶ 《全元散曲》卷一，第172—173页。
❷ "反英雄"，出自宇文所安对这支套曲的评论，见 *An Anthology of Chinese Literature*, p. 728。

- 王骥德，《曲律》，北京：中国戏剧出版社，1960年。

- 隋树森，《全元散曲》，北京：中华书局，1964年。

- 李殿魁，《元明散曲之分析与研究》，台北：中国文化学院，1965年。

- 郑骞，《北曲新谱》，台北：艺文印书馆，1973年。

- 唐圭璋，《元人小令格律》，上海：上海古籍出版社，1981年。

- 王力，《曲律学》，北京：中国人民大学出版社，2004年。

- 赵义山，《元散曲通论》，上海：上海古籍出版社，2004年。

- Crump, James I., *Song-Poems from Xanadu*, Ann Arbor: Center for Chinese Studies, University of Michigan, 1993.

- ——, *Songs from Xanadu: Studies in Mongol-Dynasty Song-Poetry (San-ch'ü)*, Ann Arbor: Center for Chinese Studies, University of Michigan, 1983.

- Johnson, Dale R., *Yüan Music Dramas: Studies in Prosody and Structure and a Complete Catalogue of Northern Arias in the Dramatic Style*, Ann Arbor: Center for Chinese Studies, University of Michigan, 1980.

- Liu, Wu-chi, and Irving Yucheng Lo, eds., *Sunflower Splendor: Three Thousand Years of Chinese Poetry*, Bloomington: Indiana University Press, 1975.

- Mair, Victor H., ed., *The Columbia Anthology of Traditional Chinese Literature*, New York: Columbia University Press, 1994.

- Nienhauser, William H., Jr., ed., *The Indiana Companion to Traditional Chinese Literature*, 2 vols, Bloomington: Indiana University Press, 1984.

- Owen, Stephen, trans. and ed., *An Anthology of Chinese Literature: Beginnings to 1911*, New York: Norton, 1996.

- Schlepp, Wayne, *San-ch'ü: Its Technique and Imagery*, Madison: University of Wisconsin Press, 1970.

- ——, "Yüan San-ch'ü," in *The Columbia History of Chinese Literature*, edited by Victor H. Mair, New York: Columbia University Press, 2001, pp. 370-382.

第18章

明清诗歌

方秀洁（Grace S. Fong）

明清两代的诗人继续使用的主要诗体形式是诗、词、曲。这两个朝代通常被称为帝国晚期。明清时期，诗歌创作在男性之中空前地普及，并且也在女性之中史无前例地普及。众多诗集得以出版，且大多留存至今。据记载，仅女性作者的诗集就有3000多种。[1] 现存的明清两代诗歌数量远远超过宋代的数量（约20万首），总计多达100多万首。像对待唐宋以及更早的朝代那样，编纂一部完整的总集，目前看来似乎是不可能完成的任务，迄今尚无人做此尝试。[2]

富庶繁华的16世纪至1644年明朝灭亡，商业印刷文化取得了显著发展，文化和教育在更多的民众中得到普及，跨越了此前较为严格的阶级和性别限制。[3] 读写能力的提高，以及写诗在越来越多的男性与女性群体中成

---

[1] 较为全面的目录是胡文楷编著的《历代妇女著作考》（上海古籍出版社，1985年）。相关数据库和414种诗集的电子版，参看加拿大麦吉尔大学与哈佛大学燕京图书馆联合开发的明清妇女著作网站，http://digital.library.mcgill.ca/mingqing。

[2] 明代诗歌的编纂工作始于1990年，《全明诗》迄今为止出版了三册（上海古籍出版社，1990年）。

[3] 高彦颐（Dorothy Ko）在她开创性的专著中讨论了这一时期出版的繁荣及其对读者之影响，参见 *Teachers of the Inner Chambers: Women and Culture in Seventeenth-Century China*, Stanford, Calif.: Stanford University Press, 1994, pp. 29-53。

为普遍的实践，将诗歌艺术转变成一种灵活的话语媒介，用于记录异常广泛的主题，诉说自我经历与日常生活经验。诗性媒介在清代持续的乃至愈发增长的生机，正是无数作为个体的男性与女性热衷于将诗歌视为一种自我呈现的技艺，一个交流和社会交往工具的结果。这些作品中的大多数必然不会成为公认的诗歌经典的一部分。然而，这是第一次女性个体的声音不再是孤立的特例，她们通过写诗将自我载入了史册而无法再被忽视。❶

在这个广泛参与诗歌创作的时期，虽然没有韵律形式上的创新，但明清两代却以文学理论和批评方面的活跃发展为显著特色。诗学理论的范畴从对形式主义的关注，主张宗唐或宗宋的诗歌模式，到强调风格和情感的自然流露，独抒性灵。最重要的诗人批评家的理论写作和诗歌实践，形成了他们所处时代及其后世颇具影响的文学潮流，而这些诗人反过来又被建构为文学史上的典范人物。❷虽然对于那个时期的杰出诗人，人们可能会达成一些共识，但诗歌的绝对数量及多样性却使其难以产生一份共同的"杰作"清单。由于要对这一相对而言有待探索，但又极其广阔丰富的领域进行公正的评价十分困难，本章分为两部分，旨在展示明清诗歌作为一种多层次、多方面文化实践的特点。首先，我将讨论一些特定诗论的主要倡导者的诗作，以此具体说明明清时期一些主要的诗歌潮流。其次，由于这一时期诗歌创作的多样性和普遍性已经远远超出了精英理论话语对诗歌艺术的论述，我将介绍重要的相关语境，使我们可以将诗歌当作男女生活中司空见惯的日常实践来阅读。这些语境包括个人诗集富有意味的组织编排，物质条件与历史特殊性对诗歌创作的启示。本章所选作品强调诗歌刻画人

---

❶ 迄今已有相当数量的学者研究明清时期女性的文学文化，查阅参考文献参见Wilt Idema与 Beata Grant, *The Red Brush: Writing Women of Imperial China*, Cambridge, Mass.: Harvard University Asia Center, 2004。

❷ 有关主要人物和理论的概述，参见James J. Y. Liu, *Chinese Theories of Literature*, Chicago: University of Chicago Press, 1975。

生经验的基本功能，选取了明清时期个人、社会、政治语境对比鲜明但又互有重叠的三种类型的诗作：其一，创作于17世纪中叶，明清易代社会失序时期中的作品❶；其二，体现在诗歌创作中，普遍存在的自传性冲动的诗例；其三，表现出对日常生活的个人体验有意进行记录的诗作。这些诗歌创作的语境凸显了作者的主体性和能动性。我们将看到，通过诗歌，男性和女性如何赋予自己行动的能力，即使这种行动可能仅限于自我抒发与记录的行为。

诗歌理论与创作实践

明代兴起的第一个重要的文学运动是以"前七子"和"后七子"为代表的"复古派"运动，他们中的不少人都是身居要职的士大夫。其影响主导了16世纪的诗坛，尤其是在国都北京。复古主义诗人提倡效法过去的，尤其是唐代的诗歌典范。当谈到诗歌的理想典范时，该运动最著名的领袖、"前七子"之一的李梦阳曾说过一句名言："文必秦汉，诗必盛唐。"❷他们摒弃了宋诗中的论理特性，寻求效法唐诗，尤其是在杜甫诗中发现的，在含蓄的措辞与感染力强大的意象中呈现出恢宏开阔的视野，强烈的情感，以及感性的品质。以下这首李梦阳的七律被各种诗选广为收录，体现了这方面的特点：

---

❶ 由于篇幅所限，本章不包括19世纪男性和女性所写的诗歌，此一时期由于内患和外侵引发了社会和政治的日益动荡，增强了诗歌之见证与个人记录的传统。

❷ 关于李梦阳的诗歌理论和实践，参看 Yoshikawa Kōjirō（吉川幸次郎），*Five Hundred Years of Chinese Poetry, 1150-1650: The Chin, Yuan, and Ming Dynasties*, trans. John Timothy Wixted, Princeton, N. J.: Princeton University Press, 1989, pp. 140-149.

秋　望

黄河水绕汉边墙，河上秋风雁几行。

客子过壕追野马，将军弢箭射天狼。

黄尘古渡迷飞挽，白月横空冷战场。

闻道朔方多勇略，只今谁是郭汾阳。❶

　　在盛唐诗歌中，伴随帝国的军事扩张，西北边塞成为一个常见的主题。在明代复古主义者推崇以唐诗为写作范本的运动中，边塞主题经常被男女诗人们当作一种习作，在某些情况下也成为真实征程经历的诗化记录。就主题而言，传统的边塞主题适宜于体现唐诗的雄浑气势与生动活力。此诗的标题《秋望》就建立了对季节景象的预期。李梦阳巧妙地运用唐诗的传统，再现了边塞地区寥廓广袤的景色。首联以黄河沿着汉代长城蜿蜒曲折而去的景象为开端，暗示了辽远广阔的地平线，运用了唐诗中惯用的以当下转换为过去时间的手法。大雁南迁的图像将人的视线引向天空，看上去宛如河流之上的远景线条。中间要求对仗的两联每一联都构成了句法、语义和声调上的完美对照。这些形式上的对称结构更进一步铺陈了边塞的细节。在一次攻击性的进犯中，游牧部落策马穿越防御壕沟进入国土。李梦阳巧妙地使用了"野马"一词，暗用"气"的典故❷，描绘出游牧部族攻击者驰骋穿越沙漠，烟尘飞扬的壮观场面。这次入侵遭到了汉将领的防御性反击，箭指"天狼"星，也就是"蛮族"。这一联所描写的场景虽然如此生动形象，仿佛诗人亲眼所见，但在时间意义上却是模糊的，悬浮在诗人想象中的过去与现在之间，它是诗人到达边塞时被触发的对过去战斗场景

---

❶ 沈德潜，《明诗别裁》，香港：商务印书馆，1961年，第717页。

❷ "野马也，尘埃也，生物之以息相吹也。"参见郭庆藩，《庄子集释·逍遥游第一》，第1册，北京：中华书局，1985年，第4页。

的想象。颈联中的"古渡"、永恒的月亮、凝固在历史中荒凉的战场，都更进一步强化了这种昔日感。只有在尾联的反问句里，诗人才遵循了律诗中所期望的情感模式，通过引用唐代朔方节度使郭子仪的典故，明确表达自己对大唐军事上辉煌荣耀的景仰，以及对当下形势的疑虑，因为诗人作诗之际正身在朔方。郭子仪是唐玄宗时期平定安禄山所发动的反唐叛乱的主要功臣之一。他因拯救大唐，功勋卓著而被封为汾阳王，被后世称为"郭汾阳"。这首诗是对唐诗的致敬效仿之作。

复古主义者意欲模仿唐诗的措辞和意象，但是其中诗人个体的声音往往被抑制，而不成功的尝试会导致过度修饰和缺乏创意的形式主义作品。逮至16世纪末，由于袁宏道及其兄弟袁宗道和袁中道的倡导，对复古主义写作的强烈反对开始兴起，因袁氏三兄弟为湖北公安籍而被称为"公安派"。袁宏道强调个性的表达与自然质朴的语言，他著名的宣言为，诗应"独抒性灵，不拘格套"❶。在强调以简单朴素的语言表达真情实感的同时，袁宏道肯定里巷歌谣与村坊小曲的价值，他还大力称扬被复古派所厌弃的宋诗。袁宏道所用的诗歌语言倾向于口语化和通俗化，措辞较少刻板凝重，很少用典，他寄给朋友的一首七律体现了这些特征：

偶作赠方子

一瓶一笠一条蓑，善操吴音与楚歌。

野鹤神清因骨老，鸳鸯头白为情多。

腰间佩玦千年物，醉后颠书十丈波。

近日裁诗心转细，每将长句学东坡。❷

---

❶ 袁宏道在描述其弟袁中道的诗歌时提出这一观点，参见《叙小修诗》，《袁宏道集笺校》卷一，上海：上海古籍出版社，1981年，第187页。
❷ 《袁宏道集笺校》卷二，第540页。

袁宏道所用的传统诗题《偶作》，使读者注意到创作契机的偶然随性。诗之开篇突出了一个心无挂碍的乡野之人的形象——穿蓑戴笠，饮酒作歌。"吴音与楚歌"正是他所推崇的"真人真声"的地方民歌与小调。即使袁宏道不得不遵从律诗格式所要求的，在第二、三联中平仄声调，句法与语义均须对仗的严格规则，他也避免使用古奥的语言和暗含典故的意象。相反，他借助于能够产生共同文化联想的鸟类，进一步突出他的自然倾向。作为长生不老象征的"野鹤"在这里是诗人的自我形象，年事已高却清醒练达。鸳鸯则是相亲相爱的象征，代表着诗人的深情与浪漫。第三联中，腰间挂着的年代久远的佩玦以及自由泼洒的书法都传达出袁宏道浸润其中的士人文化；他们独有的特色彰显出他的个人主义风格。在尾联，诗人明确地评论自己的诗歌实践，他转向宋代大诗人苏轼更为散文化的风格，而苏诗的标志之一是他超旷豪迈的态度以及无与伦比的机智。

尽管袁宏道的诗歌理论对复古派的影响是一个有力的反拨，但其诗歌实践却并没有受到后世批评家太多褒奖。清初批评家朱彝尊抨击了袁宏道抒发不羁倾向与感情的作品鄙俚、滑稽、浅率、轻俏。❶ 明末清初的诗人如陈子龙、钱谦益、吴伟业等，虽然并未完全超越宗派，但都是各有优长的多产诗人。陈子龙的诗充满强烈的情感，更似唐诗；钱谦益所作极其博雅艰深，其中有些令人联想到晚唐诗的密集含蓄、多用典故，有些则令人想起宋调；而吴伟业因其长篇叙事诗而备受推崇，其中流露出他对明朝覆灭的伤怀和愧悔之情。年青一代的王士禛，作为一位才华横溢的诗人和理论家，给他的同时代人留下了深刻的印象。由于对唐诗的偏爱，他的诗学开启了"神韵"的概念，将对直觉的唤起与个人的语气、安静的意象结合在一起，下面这首七绝即为例证，这是十四首组诗中的第一首：

---

❶ 朱彝尊，《静志居诗话》卷二，北京：人民文学出版社，1998年，第478—479页。

秦淮杂诗

年来肠断秣陵舟，梦绕秦淮水上楼。

十日雨丝风片里，浓春艳景似残秋。❶

　　诗人于1661年到访秦淮河，描绘了秦淮河春意盎然的景象。这里曾经是明朝南都南京富丽繁华的秦楼楚馆之所在，才华横溢的文人墨客与美丽的名妓歌女共同构成了晚明文化的辉煌灿烂。诗之开篇，诗人用古地名"秣陵"来指代这座命途多舛的城市，造成一种距离感和历史感。但在紧接着的第2句中，梦绕秦淮却暗示了情感上的依恋，一种对朝代更替的痛苦事实无法释怀之感。即使亭台楼阁、雕栏玉砌仍在，它们似乎只是诗人魂牵梦萦的，却已消失的过往残迹。这个浪漫之地已为满人所摧毁，但对失落世界的怀念却依然留存，虽然没有明白说出，却弥漫在这一场景中，就像薄雾将平时充满生机与希望的春天变成了枯萎萧瑟的残秋。在王士禛的诗歌建构中，大自然与人的情感和谐共振。

　　我们要读的最后一首诗是由大诗人、批评家袁枚创作的一首七绝。作为一位多产的诗人，袁枚在其漫长的一生中创作了4400多首诗。他鼓吹在诗歌中抒发自己的"性灵"。与正统批评家沈德潜强调诗歌的道德教化功能，并以唐诗为宗不同，袁枚倡导在诗歌创作中的自然天成和个人表达胜于对学问、形式及伦理的关注。于他而言，一个人所写的诗应该反映其真实的感情与个性，即一个人的"性情"。因而，与公安派的袁宏道相呼应，袁枚也赞赏质朴的民歌与自然、不加藻饰的语言。他鼓励女性创作，出版她们的诗作，以招收女弟子闻名而遭到了更多保守派批评者的反对。按照当代袁枚诗歌研究专家王英志的观点，袁枚的全部作品可说是其"诗写性

---

❶《渔洋精华录集释》卷一，第226—227页。

情"理论在写作实践中的体现。❶其结果往往是平易亲和的魅力与温文尔雅的幽默。

山行杂咏

十里崎岖半里平，一峰才送一峰迎。

青山似茧将人裹，不信前头有路行。❷

袁枚以一种写实而平易的风格记录了他在山区旅行的经历。为了传递出在山路上随着山峰的出现和消失而不断变换着的视野，他把它们比作朋友们一个接一个对自己高接远送。身处山间，袁枚用蚕被裹在茧中这个比喻来描写处于群山环绕中的体验，山中人就像蚕被紧裹，以至于他诙谐地宣称不相信前方有一个出口。袁枚倡导在诗歌中个人化、自发性和自然的表达，广泛鼓励了男女诗人们进行记录日常生活经验的写作实践。无论是旅行、居家、访友，还是进行其他任何活动，无论这些活动是世俗的、个人的，还是崇高的、珍贵的，一切都可以成为诗歌的题材。

诗歌作为日常实践

（一）暴力与失序时代的应时之诗

中国诗歌有记录兵燹造成的苦难与灾祸的悠久传统。早在公元前6世纪的《诗经》中就已经描写了从军远征的艰辛；由于士兵们常年离乡背井，征战在外，与亲人远隔一方，很多诗歌遂多怨怼之声。"汉乐府"民歌也

---

❶《袁枚全集》卷一，王英志编，南京：江苏古籍出版社，1993年，第4页。

❷ 同上书，第633页，这首诗的声律格式为变体二。

描写了这些反战抗议的声音。❶乐府诗在魏晋南北朝时期逐渐演变为古诗，延续了再现下层阶级苦难的创作倾向，尤其是在社会政治动荡混乱的时期。有些乐府旧题诗最初是合乐的声诗，这些旧题清楚地表明了战争和从军的主题，例如《战城南》、《从军行》和《饮马长城窟行》。乐府体裁中有一个确定的子类与战争主题有关。许多乐府诗题在后世被继续使用，它们往往成为诗歌主题的指引。❷杜甫的叙事诗如《兵车行》《三吏》《三别》，以及晚唐韦庄以女性角色口吻描写黄巢之乱所造成的劫掠的长诗《秦妇吟》，虽然从体裁上通常不被当作乐府诗，但都以乐府诗的写作传统为榜样，从普通民众的视角和经历来叙述战争所造成的毁坏。❸我们可以观察到中唐时期诗人中出现的明显转向，尤其是白居易和元稹，明确地将"新乐府"诗发展为一类致力于社会批判的诗歌。

记录作者自身战争经历的诗歌往往追溯到归属于女诗人蔡琰名下的《悲愤诗》。诗中的女性叙述者描述了东汉末年匈奴入侵造成的大肆杀戮，以及她被掳掠的经过。❹不过，使诗歌成为一种持续而有效的媒介，记录战争暴行中的个人经历和目击者叙述的诗人是杜甫。❺杜甫的长篇歌诗，以最著名的《北征》和《自京赴奉先县咏怀五百字》为例，这两首诗叙述了诗人自身以及在战乱中接触到的人们所经历的安史之乱造成的破坏。这

❶ Anne M. Birrell, "Anti-War Ballads and Songs" in *Popular Songs and Ballads of Han China*, London: Unwin Hyman, 1988, pp. 116-127.

❷ 参见宋人郭茂倩辑录的乐府诗歌总集《乐府诗集》。周文龙（Joseph Allen）在其著作中着重研究了乐府诗的内部互文性，参见 *In the Voice of Others: Chinese Music Bureau Poetry*, Ann Arbor: Center for Chinese Studies, University of Michigan, 1992。

❸ 韦庄《秦妇吟》由叶山（Robin D. S. Yates）翻译，见于 *Sunflower Splendor: Three Thousand Years of Chinese Poetry*, ed. Wu-chi Liu and Irving Yucheng Lo, Bloomington: Indiana University Press, 1975, pp. 267-281。

❹ 关于作者归属的讨论及翻译，参见傅汉思 "Cai Yan and the Poems Attributed to Her," *Chinese Literature: Essays, Articles, Reviews* 5, no. 2, 1983, pp. 133-156。

❺ 通过诗歌来对杜甫生平进行最全面研究的为洪业（William Hung），参见 *Tu Fu: China's Greatest Poet*, New York: Russell and Russell, 1969。

些诗是对战争暴行的强烈谴责。由于来自个人的亲身经历，这些诗显得更加有力，令人动容。对于亲身见证了战争的诗人们而言，杜甫或隐或显一直是启迪他们描写战争暴虐的典范。

17世纪中叶数十年间，明清易代之际广泛存在的暴力事件，不仅有满人征服时所犯下，还有当地的土匪、暴徒、起义军和散兵游勇等群体在暴乱时施行的攻击、掠夺、抢劫和破坏。不论阶级和地区，不计其数的男女老少流离失所，生活往往遭到毁坏。记录这一混乱时期逃脱清兵、明朝叛军与土匪暴力行为的共同经历，形成了一个诗歌主题的分支。很多诗歌在诗题中都明确使用"避乱"、"避兵"、"避寇"或"避虏"等词语来标识。这些诗题中很多采用干支纪年指明满人征服的甲申和乙酉两年。明朝覆亡这一不幸的消息最初从遥远的北京传出，随后又从南都南京传来，而当清军出现在南方城市的城门之下，甚至出现在诗人们的家门口时，噩耗真正成为现实。

著名戏剧家李渔逃亡至家乡兰溪的山中及浙江中东部临近金华的山区避难，经历了明清易代之际最艰难的岁月。❶他的诗集中有几首诗记录了他在这灾难的两年里经历的动荡与颠沛流离。即使是在描写这样一场陵谷沧桑的"民族"灾难之际，李渔这位热爱喜剧、始终不渝的个人主义者，仍然在其叙述中采用了他特有的嘲讽风格：

甲申纪乱

昔见杜甫诗，多纪乱离事。感怀杂悲凄，令人减幽思。

窃谓言者过，岂其遽如是。及我遭兵戎，抢攘尽奇致。

犹觉杜诗略，十不及三四。请为杜拾遗，再补十之二。

---

❶ 关于李渔的戏剧、小说和散文，参见 Patrick Hanan（韩南），*The Invention of Li Yu*, Cambridge Mass.: Harvard University Press, 1988。

有诗不忍尽，恐为仁者忌。❶ 初闻鼓鼙喧，避难若尝试。

尽日偶然尔，须臾即平治，岂知天未厌，烽火日已炽。

贼多请益兵，兵多适增厉。兵去贼复来，贼来兵不至。

兵括贼所遗，贼享兵之利。如其客不与，肝脑悉涂地。

纷纷弃家逃，只期少所累。伯道庆无儿，向平憾有嗣。

国色委菜佣，黄金归溷厕。入山恐不深，愈深愈多崇。

内有绿林豪，外有黄巾辈。表里俱受攻，伤腹更伤背。

又虑官兵入，壶浆多所费。贼心犹易厌，兵志更难遂。

乱世遇崔苻，其道利用讳。可怜山中人，刻刻友魑魅。

饥寒死素封，忧愁老童稚。人生贵逢时，世瑞人即瑞。

既为乱世民，蜉蝣即同类。难民徒纷纷，天道胡可避。❷

李渔在诗的起首明确提到杜甫有关战争的诗歌，以衬托当前形势的严重性。在和平时期，他原以为杜甫的诗夸大了安史之乱的动荡混乱。但是，李渔现在意识到他先前的解读是错误的。当李渔把所经历的周遭现实中的险境与杜甫的诗作相对照，他发现杜甫的诗还不足以表达战争的恐怖。李渔特别提出，战争伊始，自己和其他人对于留在原地还是外出避难如何犹疑不定，随后转而描述是什么促使人们做出逃离的决定，即由于士兵和贼人带来的同样猖獗且持续不断的暴力。"贼"和"兵"重复出现，强调了他们实为一丘之貉，以及暴力的反复发生。第37—46句中再次采取这种重复的模式，产生了一种整体的戏仿与戏剧性的效果。这首诗还强调在乱世中价值观的逆转和命运的扭曲。第31—32句中，伯道为晋朝人邓攸的字。

---

❶ 这一联诗的意思十分含混。李渔似乎在暗示，他现在明白了，那些"仁者"不忍心把战争的暴力和残忍用详尽、生动的细节记录下来。

❷ 钱仲联，《清诗纪事》卷四，南京：江苏古籍出版社，1989年，第2372—2373页。

永嘉年间，为了躲避叛军，邓攸带着小儿子和侄子从叛军中逃至山中，当他无法保全两个孩子时，大义无私地舍弃了自己的儿子。结果，他终生无子。子平即东汉学者向长的字，他照顾儿女至嫁娶之后，隐居遁世，肆意漫游，不知所终。李渔用这两个典故来说明规范价值观的颠倒：在这样一个暴力时代，最好根本不要孩子。接着的一联"国色委菜佣，黄金归溷厕"提供了社会和政治动乱时期，不幸降临到高尚之人与珍贵之物上的例子。即使在深山中也没有真正的安全，因为士兵和叛匪也渗透进了这些地区。最后，诗人只能以一种自嘲的口吻，采取冷酷而宿命的观点总结，乱世是天道运转的一部分，生逢乱世的不幸难民如同无足轻重的蜉蝣一样，避无可避。

与此形成对照的是绍兴女诗人、诗论家王端淑，完全以一种严肃的口吻记录了1645年清兵进逼之际，她随明军撤退时的艰辛。她在七言古体诗《苦难行》中生动地叙述了自己的悲惨经历：

苦难行

甲申以前民庶丰，忆昔犹在花锦丛。

莺啼帘栊日影横，慵妆倦起香帷中。

一自西陵渡兵马，书史飘零千金舍。

鬒鬓蓬松青素裳，误逐宗兄走村野。

武宁军令甚严肃，部兵不许民家宿。

此际余心万斛愁，江风括面焉敢哭。

半夜江潮若电入，呼儿不醒势偏急。

宿在沙滩水汲身，轻纱衣袂层层湿。

听传军令束队行，冷露薄身鸡未鸣。

是此长随不知止，马嘶疑为画角声。

汗下成斑泪成血，苍天困人梁河竭。

病质何堪受此情，鞋跟踏绽肌肤裂。

定海波涛轰巨雷，贪生至此念已灰。

思亲犹在心似焚，愿餐锋刃冒死回。

步步心惊天将暮，败舟错打姜家渡。

行资遇劫食不敷，凄风泣雨悲前路。

暗喜生从关上归，抱粮羞颜何所倚。

墙延蔓草扉半开，吾姊出家老父死。

骨肉自此情意疏，侨寓暂且池东居。

幸得诗书润茅屋，僻径无求显者车。

晓来梨雨幽窗洒，暮借残星补破瓦。

偶听云声送落鸿，哀其凄恻如象同。❶

诗的开篇是一幅诗人记忆中在满人征服前宁静、奢华生活的图景。女性角色被安置在闺房内，这是女性的空间位置，四周环绕着诸如"花锦丛""帘栊""香帷"等充满女性特质的意象，这种梦幻般的舒适生活被迫近的清军粗暴地打断了。诗的余下部分转向叙述诗人艰难躲避清军的过程，同样惨痛的回乡之旅，以及返乡途中目睹的满目疮痍。

王端淑与幼子和其他亲戚以及乡民一起，像逃犯一样被扔在了大路上。她记录了当清兵渡过钱塘江，于1645年7月占领绍兴和宁波时，他们怎样随着撤退的明朝军队逃亡。❷他们噩梦般的行进至定海（在浙江沿海的普陀岛附近）的历程。因为和军队一起行动，他们一路上露宿于野地和开阔的海滩。他们沿着北边的海岸线行进直至到达海岛。诗中提及她的鞋

---

❶ 王端淑，《吟红集》"歌行"，内阁文库藏本，第2—3页。

❷ 有关清军的进攻以及明朝军队的抵抗，参见 Lynn Struve（司徒琳），*The Southern Ming, 1644-1662*, New Haven Conn.: Yale University Press, 1984, p. 75。

子已在长途跋涉中被扯断了后跟，这一画面辛酸地提醒读者，行军对于缠足女性的艰难。诗人抵达定海之后，几乎失去了活下去的希望。从结构上讲，差不多刚好到诗的一半，叙述者被一种照顾父母的强烈孝心所驱策，又开始了冒死的返乡之旅。沿途某地，他们的船迷了路，在途中遭劫。王端淑大约于1646年的某个时刻回到家乡。❶然而，当她到家之后，才得知姐姐已经出家为尼，父亲王思任，作为忠贞不屈的士大夫已在北京自杀殉国。面对满清的征服，王端淑的姐姐和父亲都做出了忠于明王朝的遗民常见却激进的应对。在诗的结尾，作为一名博学能文的士绅阶层女性，即使在她支离破碎的生活中，王端淑能够从以《诗经》和《尚书》这些儒家经典为标志的中国文化遗产中找到慰藉和希望，这些文化遗产历经劫火与外族入侵而留存至今。尽管如此，最后一联中"落鸿"的意象还是注入了个人化的失落感。鸿雁按照队形飞翔，传统上用以形容兄弟姐妹之间的亲密关系与凝聚感。诗人认同孤鸿的哀鸣，表明它已失群。诗的收束刻画了王端淑作为一个王朝倾覆中的"遗民"和失去了父亲和姐姐的幸存者所经历的个人的丧失乱离之感。

痛失亲人和颠沛流离的经历是如此复杂和惨痛，以至于对于那些掌握方法和技巧的人来说，写作必定是一种治疗手段，能够让他们重获某些掌控感、秩序感和个人尊严。诗歌形式本身提供了结构、韵律和节奏等形式上的规则，使具有文学素养，又使饱受战争和暴力蹂躏的受害者，能够疏导自己的痛苦，并设法处理自己的创伤。

（二）生命史：作为自传的诗歌

在其他可资比较的文学传统中，没有任何一个会像中国那样，在正统

---

❶ 绍兴地方抵抗运动更有凝聚力，迅速驱逐了清军的占领，一两个月后，明王朝的复国运动在绍兴建立了以鲁王为监国的政权，因而开始了鲁王监国时期，参见 Lynn Struve, *The Southern Ming, 1644-1662*, p. 76。

诗歌观念中蕴含如此强烈的自传潜能。被明确表述为"言志"（"志"既包括私人情感，也包括道德抱负）的诗歌功能，促使诗歌形式的媒介发展为受过教育的男性以及明清时期女性自我书写与自我记录的多功能工具。这种抒情的表现力，通过口头传统中强烈的主体性，尤其是通过第一人称唱述的歌谣得以加强。自汉代起被尊为儒家经典的《诗经》包含了大量这样的作品。

正如宇文所安在他开创性的研究中剀切地指出，中国诗歌中自传性维度在诗歌传统的早期被陶潜，后又被杜甫推到了一个复杂的高度。❶在帝制中国，写诗与后来填词的训练和实践可以被视为一种话语体系，产生了某些个人主体性的发声。即使中国诗歌语言中习惯省略人称代词，但诗歌的作者和读者通常会假定存在一位体现在诗歌言说中的"个体抒情发言者"❷，即诗人在诗中扮演的角色和主体性，以确保诗歌中重要的个人与主体维度得以发展和持续。对于士绅家庭教养的男女成员而言，诗歌仍然是自我表达的最普遍媒介也就不足为奇了。

着眼于同时代与将来的读者群体，诗人置身于挥毫作诗的当下，通过缘情或言志以回应来自现实或文本的广泛经验，构建并记录多层面的生命史，其中往往包括作者本人在以往不同版本中的形象。作者可能会重读，有时会修订一些特定的诗作或诗作的部分内容，尤其是在付梓之际。随着时间推移，诗歌刻印过程中的材料累积就是个人"别集"的生成，可能会被编辑，按顺序整理，并塑造为一种松散的选择性的自我叙述形式。正如宇文所安观察到的，自9世纪以来，诗人们越来越多地开始编辑自己的诗

---

❶ Stephen Owen, "The Self's Perfect Mirror: Poetry as Autobiography, " in *The Vitality of the Lyric Voice: Shih Poetry from the Late Han to the T'ang*, ed. Shuen-fu Lin and Stephen Owen, Princeton, N. J.: Princeton University Press, 1986, pp. 71-102.

❷ Maija Bell Samei, *Gendered Persona and Poetic Voice: The Abandoned Woman in Early Chinese Song Lyrics*, Lanham, Md.: Lexington Books, 2004, p. 98.

集，创造出一种他称之为"内部历史"的种类，让一个人生故事在作者的一系列回应中得到展开。❶

在帝国晚期，无论男性还是女性都充分利用这种文本方式建构自我记录，包括其内心生活的抒情时刻，这种内心生活植根于外部的社会偶然事件中，或与外部事件并列。这些记录参与了一种高度形式化和常规化的诗歌语言的"语法"形成。正如我们在前几章中所看到的，至唐宋时期，有关诗和词这两大主要体裁已经形成了一套完整的基本形式与结构、核心词汇与体式。诗歌由标题给出语境，经常也由序言，甚至由诗人句行间的注释给出语境，诗歌的自我文本化构成了一个日常过程，并会随着作者生活行进而得以延续。在这种实践中，写诗的功能在某种程度上类似于保持写日记或札记。当这些诗作被收集，编辑整理为按时间顺序排列的整体时，所产生的文本将体现出一种生活史。

在诗集中，按照自我叙述的不同阶段，通过卷和册的划分，并将这些划分有意义地命名，自传性的叙述框架可以得到进一步加强。笔者以甘立嫒的诗集作为示范，以此来说明这种自传性的写作实践。甘立嫒是奉新县（今属江西省）士绅阶层出身的女性，生活于被称为盛清的和平繁荣年代。❷我将对其诗集的总体结构与通过诗歌形成生活史的关系进行讨论，并对所选诗作中的自传性声音进行解读。

甘立嫒诗集名为《咏雪楼稿》。作为女性作者有计划的、一生实践的自我呈现，这部诗集集中体现了清代许多自传性写作实践的特色。甘立嫒的自传性诗集与众多的男女诗歌文本既形成对比，又形成补充。无论篇幅较长还是极其短小，无论是完整的还是片段式的、尚未完成的作品，每个文

<hr />

❶ Stephen Owen, "Self's Perfect Mirror,"p. 73.

❷ 关于甘立嫒的自传性诗歌写作，参见方秀洁的专著，*Herself an Author: Gender, Writing, and Agency in Late Imperial China*, Honolulu: University of Hawaii Press, 2008, chap. 1。

本都试图表达和记录某种具有地方属性的主体意识。❶这部诗集的非凡之处，不仅在于展示了甘立媆在其漫长的一生中为书写自我所做的持续不懈的努力，还在于为了讲述自己的个人历史，她以一个前现代汉族女性的典型生命周期为时间框架来结构诗集。甘立媆敏锐地意识到自己一生中角色的变化，并认真地把这些变化记录在自己的诗歌中。

在73岁时为自己诗集所写的序言中，甘立媆表示，为了形成她所希望的，能让自己被后人所了解的文本，她是如何在自己一生的诗作中进行严格汰选。她声言已将自己的诗作删除了一半。这种自我选择和审查的过程，成为她塑造自我形象的一种有效的手段。

甘立媆将自己的诗作根据她人生的各个阶段分为四卷：作为家中幼女与父母兄姊一起生活的时期，作为贤惠妻子和孝顺儿媳的婚后时期，养育子女的孀居时期，以及最后作为惬心称意的母亲与功成名就的儿子住在一起安享晚年之际。她给每卷以相应的命名，始于《绣余草》（绣花之余草就之作），是她待字闺中时的诗作；随后是《馈余草》（烹饪之余草就之作），为其婚姻生活之诗作；《未亡草》（丈夫去世后她为未亡人草就之作）则是其孀居生活之诗作；最后是《就养草》（被儿子奉养时草就之作），写于她次子高中进士，任职县令后，与儿子一起生活时期之诗作。每一卷的题名都意在提取每个阶段最重要的女性"职责"或女性身份：刺绣是少女的工作，也是女红技能的训练；在日常生活和仪式性场合主馈炊爨乃是已婚妇女的职责，夫君去世后的孀妇自称为"未亡人"；而和儿子一起生活，安享晚年是老年妇人完满的人生历程。这本校订过的诗集收录了1000多首诗，

---

❶ 关于与男性诗人在其诗集中的自我叙述的比较，参见方秀洁，"Inscribing a Sense of Self in Mother's Family: Hong Liangji's (1746-1809) Memoir and Poetry of Remembrance," *Chinese Literature: Essays, Articles, Reviews* 27, 2005, pp. 33-58；自传性的冲动也在女性关于自杀的诗歌，以及与之相伴的自传体序言中有着强烈的表达，参见方秀洁，"Signifying Bodies: The Cultural Significance of Suicide Writings by Women in Ming-Qing China," *Nan Nü: Men, Women, and Gender in Early and Imperial China* 3, no. 1, 2001, pp. 105-142.

作为她日常生活和情感生活的自传性记录，见证了写作在一个女性一生中不同阶段所扮演的重要角色。

甘立媃诗集的第一首诗为七言绝句《咏圆月》。诗写于她7岁时，是在其父母兄姊提示下的练笔之作，后来可能经过父母和兄姊的修订与改进，是一首为诗人所珍视，并保存下来作为诗集开篇的作品：

> 谁使吴刚斧，分明削正圆。
> 如何望未久，缺处又成弦。❶

月亮作为诗歌传统中普遍存在的修辞形象，在甘立媃的整部诗集中反复出现。在她生命历程中的不同语境中，月亮在情感和文化上的效用也发生着变化。这里，在甘立媃为留存生命记录所做的初次努力中，孩子对月亮盈亏的好奇被神话人物吴刚砍伐月宫中5000尺高桂树的传说激发出来。❷

甘立媃快乐的童年和少女时期很快被家人一连串的相继死亡所摧毁。先是她的长兄在外地去世，接着过世的是她唯一的姐姐，随后是母亲在她18岁时辞世。她写了很多诗悲悼自己在人生旅途中失去了家人陪伴与姊妹亲密，更失去了母亲的指引和忠告。《哭姊》铭刻她与姐姐一起刺绣、写诗的回忆，刺绣、写诗也是精英家庭的闺中少女经常一起从事的两项活动。

> 清宵犹忆静谈时，生恐群分相聚稀。
> 闺阁哪知有死别，心情只管盼来归。
> 聊诗姊妹同良友，随伴朝昏共绣帷。
> 对镜惊看人独立，扑帘偏见燕双飞。❸

---

❶ 《咏雪楼稿》卷一，清道光二十三年半偈斋刻本，第1页。
❷ 关于吴刚和月亮的传说，见段成式《酉阳杂俎》，北京：中华书局，1981年，第9页。
❸ 《咏雪楼稿》卷一，第20页。

甘立媄原本只是担心婚姻生活将把她和姐姐分开，担心她们出嫁会离开娘家去各自的婆家生活。但是死亡带来的过早且永恒的离别更加沉痛。在回忆她们少女时期闺中做伴的情谊之后，诗以抒情主体独自凝视着镜中再也没有姐姐相伴的自我影像结尾。"燕双飞"的意象传统上表示爱侣，这里用来反衬抒情主体失去了同伴。

为母守丧三年后，甘立媄按照父母先前定下的亲事嫁与徐曰吕。对于一名年轻女子而言非同寻常的是，甘立媄创作了自己的催妆诗。催妆诗是一种庆贺诗体，通常是新娘从家中被接走时由贺者所作。作为即将被接走的新娘，甘立媄用这首婚礼之诗来记录自己对这一重要人生历程的体验。当穿上新娘礼服，戴上珠冠时，她悲叹母亲已不在人世，不能亲自为即将出嫁的女儿执行系结佩巾的仪式。❶

催　妆

珠冠象服骤加身，出阁辞家别所亲。

女道告终妇道始，奈无亲手结缡人。❷

婚后十年，甘立媄享受着志趣相投的婚姻生活。她生育了两儿两女。她不仅是得力的贤内助，而且尽心尽力侍奉公婆，堪称典范，并通过书信和诗歌与父亲和弟弟保持联系。当其夫君在家时，他们二人还一起创作了许多联句诗，作为这对年轻夫妇共同努力的成果。其中一首五律《闺夜》，展现了他们之间浪漫诗意的和谐状态。

---

❶ 这个仪式在《诗·豳风·东山》中提及："亲结其缡，九十其仪。"（译者按：缡，佩巾的带。古代风俗，嫁女的时候母亲要亲自为女儿结缡。象服：古代贵族妇女穿的一种礼服，上面绘有各种图形作为装饰。出自《诗·鄘风·君子偕老》："象服是宜。"）
❷《咏雪楼稿》卷二，第34页。

闺　夜

芳情传翰墨，良友擅诗词（拜璜）。

琴瑟鸣香韵，琳琅捧玉姿（如玉）。

钟声敲竹静，月影上帘迟（拜璜）。

欲竟千秋业，深宵未寐时（如玉）。❶

　　通过联句写诗，夫妻二人分享了很多婚姻生活中的时光，并将自己的字写在各自创作的诗句旁作为签名（分别为拜璜和如玉）。在诗的首联，丈夫展现了他对妻子能以娴熟的诗歌创作技巧传达爱意的欣赏。甘立媖回应的第一句运用"琴瑟"的形象强调他们夫妻之间的和谐与恩爱。在"琴瑟鸣香韵"这句诗中，视觉、听觉和嗅觉混同在一起，传达出他们夫妻关系的谐调美满。她的丈夫接着在下一联中描绘出他们独有的深夜世界，甘立媖则以夫妻二人共同为应试备学而至深夜不寐这一熟悉的主题收束全诗。此刻是孩子和老人就寝后，专属于夫妻陪伴彼此的宝贵时间。

　　不幸的是，她的丈夫在30岁外出求学时辞世，剩下甘立媖成为孀妇养育幼小的儿女，照顾婆婆。在三年守孝期间，她创作了很多诗歌悲悼丈夫。这些诗对过去的幸福生活与当前的孤独进行了鲜明的对比。《述怀》以富有情感表现力的"骚体"将守灵环境的外在凄凉与年轻孀妇内心的强烈悲痛融为一体：

述　怀

将欲黄昏兮寒侵肌，空房寂寞兮不胜悲。

倚闺凝望兮盼君归，出步庭阶兮凄风吹。

重入中堂兮倚灵帷，孤儿幼女兮泣牵衣。

---

❶《咏雪楼稿》卷二，第34—35页。

抱携归房兮灯影微，含悲伏枕兮泪暗垂。

恍惚梦君兮如昔时，醒赋鸡鸣兮奚不闻昧旦词。❶

　　黄昏时分，在空寂房中，年轻的孀妇和幼小的孩子一起在丈夫的灵位旁守灵，悲不自胜。她从屋内步入庭院又重新回到屋中的举动表明她的情绪状态焦虑不安。在最后一行诗中，甘立媃引用《诗经》中的《郑风·女曰鸡鸣》的首句"女曰鸡鸣，士曰昧旦"。这首诗赞美主妇贤德，夫妻和谐的生活意趣。但是甘立媃醒来"不闻昧旦"的声音，暗示夫君已经故去。她对他的渴盼思念只能在梦中追寻。

　　在经历了长年孀居的艰辛之后，甘立媃的次子在科举中考取进士而入仕。儿子的功名终于印证了她的妇德。在履行了自己所有的职责之后，甘立媃感到可以安于做自己了。从她这一时期的诗作可以看出，她开始享受晚年的悠闲生活，从自然的愉悦中得到乐趣，在文学艺术的实践中寻找创造力，在心灵的沉思冥想中获得宁静祥和。

偶　吟

闲披牙轴启窗扉，捧卷临风对夕晖。

放眼看来天地小，回头认到昨今非。

理禅始觉心无垢，书叶方知笔有机。

万籁寂时人意静，月移清影上屏帷。❷

　　《偶吟》中的文本主体表达了诗人对生活的哲学态度。一个人观点的变化，取决于此人如何看待各种现象。在诗人的老年日常生活中，佛教修行

---

❶《咏雪楼稿》卷三，第4页。

❷《咏雪楼稿》卷四，第27页。

帮助她认识到尘世间的误区，并使心灵变得纯净。随着年事增高，甘立媖转向了精神上的修行。

诗歌与日常生活的乐趣

明清时期，诗歌作为一种文化力量实实在在地渗透进具有文学修养的男性和女性的日常生活中。这一时期，诗集中大量有关日常生活乐趣的诗作充分体现了这一点。这些诗作与我们之前读过的记录暴力和乱离体验的诗歌形成了令人振奋的对比。本章最后就以两首女性诗作收尾。这两首诗分别写于不同的人生阶段，对中国诗歌话语中普遍存在的这个维度提供了一些见解。

夏日山居

山静偏宜暑，松风入梦清。

危岩飞雨色，古树咽蝉声。

刺绣年来课，看云物外情。

不知廛市远，聊为证无生。[1]

从诗歌技艺的美学角度判断，这首由年轻的颜柳所作的五律《夏日山居》明显既受到唐代诗人王维带有佛教色彩的"自然"诗作的启发，也体现出诗人的性别经验。颜柳当时正在学习刺绣和写诗，这是明清时期士绅家庭出身、有教养的年轻女性必备的两种技能。在形式层面上，习作的痕迹显而易见。这首诗有按照诗律要求的押韵和声调上的平仄相对；第二

---

[1]《国朝闺秀正始集》卷一，清道光十一年红香馆藏，第20页。

联和第三联的对仗主要体现在句法上，而非在语义和语法层面。颜柳自由地借用了王维著名律诗中为人熟知的词汇和句法："松风"的声音，"看云""物外"以及动词"咽"，包括诗中把"咽"字与主语"蝉声"的语法位置倒装。但是在这首诗中一个新出现的事物是刺绣的母题以及它在女性日常生活中看似自然的位置。这种日常生活毫无痕迹地将对自然的享受、诗的艺术、女性的工作以及精神上的沉思涵盖于一体。

同样地，在《病中咏》中，作为一个孀居大半生的满族女性，梦月在其自我再现中，充分利用了传统上与女性病痛相关联的女性特质以及闺阁的空间位置❶：

> 不觉指纤嫌尘重，哪知肩瘦讶衣长。
> 心虚淡嚼诗书味，室静频闻翰墨香。
> 琴怪出弦音自古，诗清下笔意多狂。
> 病中滋味得真趣，物外幽闲细细尝。❷

首联中对疾病的女性化特质的强调，并没有造成一个纤弱的美女在悲戚中日趋憔悴的形象。相反，诗中人物在一个安宁的环境中，以一种从世俗牵绊中解脱出来的心境，转而"淡嚼"《诗经》与《尚书》的意味。她的心思与才智通过味觉感性地呈现出来：她"咀嚼"经典，"病中滋味"让她受到启发，使她能"细细"品尝"幽闲"。当她蘸着香墨创作疏狂不羁的诗作时，通过味觉隐喻表现出的充满智慧的洞察力，与她的嗅觉以及书写的动作几乎融合在一起。她宣称这些"狂放"的诗句就像古老乐器上奏出的奇特音乐，并由此得出结论，通过疾病她获得了"真趣"与精神上的超

---

❶ 值得注意的是，在征服明朝后满族精英男女都积极参与了汉文化的诗歌创作。
❷《国朝闺秀正始续集》卷五，第17页。

脱——"物外幽闲"。这种态度使她超越了疾病的世俗体验，进入到日常生活的精神层面，这就是诗歌的转化力量。

推荐阅读

- 沈德潜，《明诗别裁》，香港：商务印书馆，1961年。

- 沈德潜，《清诗别裁》，上海：商务印书馆，1958年。

- 严迪昌，《清诗史》，杭州：浙江古籍出版社，2002年。

- 朱易安，《中国诗学史：明代卷》，厦门：鹭江出版社，2002年。

- 刘诚，《中国诗学史：清代卷》，厦门：鹭江出版社，2002年。

- Chaves, Jonathan, trans. and ed., *The Columbia Book of Later Chinese Poetry: Yuan, Ming, and Ch'ing Dynasties (1279-1911)*, New York: Columbia University Press, 1986.

- Idema, Wilt and Beata Grant, *The Red Brush: Writing Women of Imperial China*, Cambridge, Mass.: Harvard University Asia Center, 2004.

- Ko, Dorothy, *Teachers of the Inner Chambers: Women and Culture in Seventeenth-Century China*, Stanford, Calif.: Stanford University Press, 1994.

- Lin, Shuen-fu, and Stephen Owen, eds., *The Vitality of the Lyric Voice: Shih Poetry from the Late Han to the T'ang*, Princeton, N. J.: Princeton University Press, 1986.

- Liu, James J. Y. , *Chinese Theories of Literature*, Chicago: University of Chicago Press, 1975.

- Lo, Irving Yucheng, and William Schultz, eds., *Waiting for the Unicorn: Poems and Lyrics of China's Last Dynasty, 1644-1911*, Bloomington: Indiana University Press, 1986.

- Yoshikawa Kōjirō, *Five Hundred Years of Chinese Poetry, 1150-1650: The Chin, Yuan, and Ming Dynasties*, translated by John Timothy Wixted, Princeton, N. J.: Princeton University Press, 1989.

第 19 章

清代七绝

蒋　寅

　　七绝是南北朝时期形成的一种短小的诗体，四句七言共28字。到唐代随着近体诗格律的定型，七绝也形成分别由平平仄仄平平仄、仄仄平平仄仄平、平平仄仄仄平平、仄仄平平平仄仄四种律句开头的四种格律。由于唐代的流行歌曲经常取七绝诗为歌词，使得七绝一体在社会上广为传诵，脍炙人口的名篇也最多。名重一时的诗人如王维、王昌龄、李白、李益、刘禹锡、杜牧、李商隐等，都是善作七律的高手。宋代名诗人如苏轼、黄庭坚、范成大、杨万里、陆游、姜夔等，也都工于七绝，留下各有特色的作品。元明两朝，虽然七绝写作的成就不甚突出，没有公认的擅长此体的作者，但题画、咏史、咏物以及题咏地方名胜的七绝名篇络绎不绝，而咏物及以书写风俗民情为主的竹枝词更出现许多规模化的组诗，成为引人注目的现象，也为清代的七绝写作积累了多方面的艺术经验。清代七绝在全面继承前代遗产的基础上又有所开拓，在表达人生体验的深度、广度和探索艺术表现的可能性方面显示出自觉的创新意识，并付诸各种勤奋的实践。

　　作为中国历史上最后一个封建王朝，同时又是一个由少数民族统治的王朝，清代的政治制度、经济形态、社会结构和文化生活相比前代都格外复杂，士人置身于华夏与夷狄、新朝与故国、朝廷与盗寇、台阁与山林、清流与浊流等多重势力的冲突中，其生活经历和情感体验之复杂，充满矛盾，是前所未有的。从鼎革之初的亡国之音，反清复明的悲壮情怀，到康熙中叶逐渐认同新朝，接受改朝换代的事实；从康熙后期朝廷将实学风气重新引向艺文，到乾隆朝汉学的兴起，士人日渐沉溺于考证之学，使单纯从事文学创作的文人难于立身，备感生存的压力；从道光中列强入侵，经世之学借由今文经学的复兴蔚然成风；从咸同之际朝野竞讲新学到近代思想变革、社会文化转型，清代士人经历了中国历史上前所未有的政治动荡、思想裂变、传统解体和社会转型，观念和情感经受前所未有的激荡，这都在他们的生活和创作中留下了深刻的历史印迹。清代文学由此成为中国文学史上思想内容最复杂、情感体验最深刻、文化记忆最深厚的一个时期，它留下数量无比繁复的作品，至今尚未得到认真的清理，清诗的经典化也是很难在短时期内实现的目标。

尽管如此，凭借学界初步的研究和清代诗歌批评留下的丰富资料，我们还是可以对清代七绝的成就略作概括，指出一些超越前代作品的特色。首先是清代七绝的作者遍及社会各阶层，作品涉及的题材异常丰富，大到国仇家恨、社会动乱、天灾人祸，小到日常行处、人情往来、柴米油盐，深入社会生活的各个方面，构成清代七绝内容极为丰富的特点。其次是清代七绝清楚地显示出规模化的倾向，数十首乃至数百首的连章组诗，将原本短小的体裁联结为足以容纳丰富内容的强大阵容，不仅大大拓展了游览、悼亡、游仙、咏物、题画这些传统诗歌类型的容量，更发展到论政治，论诗文，论学问，论艺术，以组诗伸缩自如的体量尽情发挥作者对历史、社会的反思，对学问、艺术的理解和评论。其识见之高超，议论之犀利，充分显示了清代高度发展的学术、艺术文化所催生的理性和感性的飞跃。第三是清代七绝有力地拓展了人性和情感表现的深度和广度，由此表现为历史认知上空前的深刻，社会批判上空前的力度，生命体验上鲜明的个人化和近代性，较前代作品表现出更深刻的理性深度和情感厚度，同时在艺术技巧方面也显示出前所未有的精致程度和多方面的开拓。第四是有意识地提升写作难度，以避免日常化的写作状态所带来的经验陈熟化、平庸化的趋势。清代七绝作者和作品数量之众超过历史的总和，如何避免过量写作带来的"通货膨胀"是作者们必须思考的问题，他们经常采用的策略之一就是赋予题咏、咏物的对象以情境化的预设，使题咏对象不再是一般的事物和场所，而成为与某种特殊的时空、事件或人生情境相关联的事物和场所，甚至是虚拟的情境与经验，这就为题意的开掘提供了更为广阔的可能性，提升了作品表现人性和生命体验的深度和广度。第五是在清初七绝名家王士禛"神韵"论的鼓吹下，清代七绝形成一种以悠游含蓄、清空淡远为旨趣的美学追求，在怀古、游览、即事、风景等传统类型中显示出强烈的风格倾向，以至于一讲到"神韵"概念，就与七绝这种短小诗体轻灵流利的文体特征联系起来，给人以特定的风格联想，强化了"神韵"概念与中国古典诗歌美学精神的关系，使它成为最接近传统诗歌美学核心的概念。

　　根据近年学者们的考察，清代现存诗文别集多至四万余种，作者一万多人，相信除了少数专门体裁的别集（如五律、七律和乐府之类），绝大多数集子都包含七绝，竹枝词专辑更是全数为七绝，要全部加以考察短时间内是没有可能的。陈友琴先生所编《千首清人绝句》、王英志先生所编《清人绝句五十家掇英》，收录钱谦益、金人瑞、吴伟业、黄宗羲、周亮工、归庄、顾炎武、宋琬、龚鼎孳、吴嘉纪、施闰章、王夫之、朱彝尊、屈大均、王士禛、蒲松龄、洪升、孔尚任、查慎行、纳兰性德、赵执信、沈德潜、金农、厉鹗、郑燮、钱载、袁枚、蒋士铨、赵翼、姚鼐、高翥、洪亮吉、黎简、黄景仁、宋湘、张问陶、舒位、龚自珍、魏源、姚燮、郑珍、贝青乔、金和、黄遵宪、陈三立、康有为、丘逢甲、谭嗣同、秋瑾、苏曼殊等诗人的作品，对数量庞大的清代七绝做了初步的遴选，可以作为阅读清人七绝的入门。在有限的篇幅内，我们无法尽数介绍上述诗家的作品，而为了展示清代七绝情感内容的深刻性和艺术技巧的丰富性，我们还要遴选一部分超出上述作者之外的诗人的作品，通过阅读一些有代表性的作品来体认清代七绝作品的艺术魅力。

中国古典诗歌在漫长的历史中逐渐形成体裁和内容相对应的一种匹配关系，如长篇五言古诗、律诗适于表达总结、回顾生平经历，记述重大历史事件，寄予深沉的理性思索；七言歌行适于叙述故事性强的题材，描写奇异的自然山水和城市景观；五言八句适合写感怀、即事一类的抒情题材；七言八句适于题咏和交际应酬；七绝则最适于记录瞬间产生的哲理情思，触目所见引发的感动，往往记录了人们内心最隐秘、最深刻的理性反思和生命体验。明清易代之际，华夷、新旧、官寇多重矛盾交织在一起，给士人心灵带来前所未有的冲击，在诗歌中留下浓重的阴影。其中，对故国的哀悼，对昔日繁华的眷怀，成为清初最动人的主题，当时盛传一时的作品，都是以此取胜的佳作，而且聚焦于象征着晚明富奢繁华的都会——金陵，如钱谦益之诗：

后观棋绝句六首（选一）

寂寞枯枰响沉寥，秦淮秋老咽寒潮。

白头灯影凉宵里，一局残棋见六朝。❶

自从杜甫《秋兴八首》用"闻道长安似弈棋"比喻沧桑陵谷之变，后人递相沿袭，几成俗套。但钱谦益因其特殊的经历，以曾经的局内人而抽身做局外观，言下遂有无穷的感慨，形诸文字也更让人觉得有不同寻常的意味。诗起句就用"寂寞"和"沉寥"两个词勾画出一个局终人散的冷落

---

❶ 钱仲联主编，《清诗纪事·集部·诗文评类》顺治朝卷，南京：凤凰出版社，2004年，第323页。

环境，暗喻败亡的明朝。"沉寥"一词出自宋玉《九辩》"沉寥兮天高而气清"，本是形容天空高爽旷远，钱谦益却用来形容声响岑寂，平添一层冷清气息。正值秦淮秋深，不说秋尽而说秋老，自然地和人事形成对照。更续以"咽寒潮"三字，一股萧条衰飒之气弥漫全诗。第三句白头承"秋老"，凉宵承"寒潮"，令人联想到唐人司空曙的名句"雨中黄叶树，灯下白头人"。此联以上句的荒凉之景反衬出白头相对的温情，而钱谦益的"白头灯影凉宵里"却更渲染了一局残棋暗示的绝望。"六朝"这富含历史兴亡之感的名词，一方面提示了历史情境的反复相似，同时又寄寓了作者晚年洞悟的世事无常的佛教观念。全诗仅28个字，却蕴含着深厚的政治阅历和人生况味，无限感慨尽在言外。龚鼎孳的《上巳将过金陵三首》（选一）也是异曲同工之作：

上巳将过金陵三首（选一）

倚槛春风玉树飘，空江铁锁野烟销。

兴怀何限兰亭感，流水青山送六朝。❶

金陵作为六朝古都，从唐代就成为怀古诗偏爱的题材。到明清之交，它又作为明代盛世繁华的象征出现在诗歌中，成为过来之人凭吊亡明的寄托。龚鼎孳先降李自成，后再仕清，成为贰臣中更为人不齿的一类，虽然他平时竭力以诗征酒逐的热闹聚会冲淡独自面对内心耻辱的痛苦，但诗中还是挥不去给他人生带来巨大冲击的鼎革之变及相伴的世事沧桑之感。这首绝句仿佛是局外人以置身事外的超然态度，面对金陵历史上演出的一幕幕改朝换代的史剧。诗人以流水青山的永恒衬托人世的无常，反而更加重了王羲之《兰亭集序》那种"后之视今，亦犹今之视昔"的传统兴亡之感

---

❶ 徐世昌编，《晚晴簃诗汇·集部·总集类》卷二十，北京：中华书局，2018年，第604页。

的分量，因而传诵一时，脍炙人口。蒋超的《金陵旧院》用以小见大的笔法写出金陵历经沧桑的荒凉景象：

金陵旧院

锦袖歌残翠黛尘，楼台塌尽曲池湮。

荒园一种瓢儿菜，独占秦淮旧日春。❶

金陵旧院是江南歌舞声色场所的集中代表，也是晚明都会繁华的象征，明亡后更凝聚了孤臣孽子对故国梦华的追怀和想象。蒋超这首七绝，上联以歌伎流落、楼台荒圮正面描写旧院的残破衰败，下联以瓢儿菜独占春色，反衬秦淮两岸的萧条冷落，今昔盛衰的强烈对比折射出不胜唏嘘的哀思。曾经是锦袖舞雪、翠黛生春，楼台曲池、游人如织的旧院，如今只见一种极家常的瓢儿菜长满荒园，替换了旧日秦淮风情万种的春色！诗人无声的叹息，有多少无可奈何花落去的伤悼，抑或风雅沦为粗鄙的哀惋，真个是说不出的低回惆怅。

明清易代不同于以往改朝换代之处，在于满清入主中原不仅带来政治制度的改易，更伴有文化的凌躐，比如强制剃发易服。1644年，清军刚入关便颁发"剃发令"，攻占南京、江苏等地后，多尔衮再次颁令，全国官民自布告十日之内必须剃发。这便是史称"留头不留发，留发不留头"的剃发令。中国古代士人尊奉"身体发肤，受之父母，不敢毁伤，孝之始也"（《孝经》）的古训，以全发绾结为传统发式。因此清廷的剃发令对汉族士大夫来说，就绝不是一个简单的变易发式的问题，它触及了伦理的边际、文明的底线。于是遭到各地士民空前激烈的抵抗，甚至宁愿赴死，也决不屈服。钱澄之《留发生》记叙了山西黎城一个书生宁死不肯剃发的故事：

---

❶ 陈友琴校注，《千首清人绝句校注》，中册，杭州：浙江古籍出版社，2019年，第382页。

留发生

黎城城外痴男子，誓断此头发不毁。

一夜囹圄千载心，明朝裹帻赴西市。❶

为免遭剃发易服之辱，许多士人遁入寺庙为僧，几为一时风气。但本诗所写的黎城士人则甘愿"留发不留头"，不惜以身殉节。这类士人在当时只是少数，但在他们身上凝聚了民族和文化的气节。《留发生》的"生"原指书生，字面上与生死之生形成双关，于是留发生恰好意味着留发死，所以诗的首句称他为"痴男子"，用反语更加突出了留发生难得的志节。诗叙写的时点落在第三句，"一夜"和"千载"的巨大反差凸显了主人公从容赴死的决心，结句预想的"裹帻"，即结头巾的动作从容而安详，昭示了民族文化不屈的尊严。通篇没有赞叹，没有哀惋，纯为平静的叙事，但留发生从容赴死的姿态分明映照出苟活的耻辱，作者羞愧和崇敬交集的复杂情感也自然地溢于言表，令读者为之动容。这种志节不只表现在清初的遗民身上，到晚清仍闪耀在谋求变法的仁人志士的诗咏中。"戊戌六君子"之一的谭嗣同的《狱中题壁》诗写道：

狱中题壁

望门投止思张俭，忍死须臾待杜根。

我自横刀向天笑，去留肝胆两昆仑。❷

1898 年 9 月 21 日，慈禧太后发动政变，连发谕旨捉拿维新志士。谭嗣同闻讯，不顾自身安危，多方筹划，营救光绪皇帝，但不幸计划均告失败。

---

❶ 钱仲联主编，《清诗纪事·集部·诗文评类》明遗民卷，南京：凤凰出版社，2004年，第99页。

❷ 钱仲联主编，《清诗纪事·集部·诗文评类》光绪宣统朝卷，第3693页。

本有机会逃离的他，决心一死以殉变法事业，用生命做最后的抗争。他这样回答劝说他逃离的人：“各国变法无不从流血而成，今中国未闻有因变法而流血者，此国之所以不昌也。有之，请自嗣同始！”年轻的谭嗣同因此被梁启超称为“中国为国流血第一士”。这首狱中题壁之作，大义凛然，视死如归，同时也并不傲视流亡的友人，其光明磊落的节操和肝胆相照之情，今天读来仍震撼人心，令人热血沸腾。往古至今，这样的志士仁人，这样的诗歌，都是中华民族的脊梁和所有的希望。

但我们也应该看到，这一类作品在清代七绝中毕竟是不多的。文人在历史上始终都是政治旋涡中的漂流者，无法主宰自己的命运。在更多的时候，他们只能在诗中记录下悲惨的命运、不幸的经历和绝望的感觉。七绝体裁虽然短小，但清代诗人同样用它记录和表达那个时代文人特有的沉重的生命体验和抑郁的情感，尤其是常用组诗的形式集中书写生平经历的回顾，以寄托怀才不遇的悲慨，或追怀青春年华的恋爱经历。洪亮吉曾以组诗《云溪春词》书写记忆中少年时代的往事，其第一首写道：

云溪春词

敧枕蓬窗听雨眠，记来前事当游仙。
销魂一曲云溪水，坐阅春光十九年。❶

这组七绝共有40首，描写展现在诗人记忆中故乡云溪沿岸的世俗风情，贯穿其中的主线是儿女情事。作为组诗的第一首，本篇具有纲领性的意义。首句交代事由，雨夜泊舟云溪，“听雨”暗示了难眠；次句说记忆中的往事恍若游仙之梦，以唐人惯以“游仙”隐喻狎游的含义暗示少年旖旎的情事；三句写抚今追昔的惆怅，并扣题目与首句的泊舟；结句“春光”

---

❶《机声镫影集》卷第一，《洪亮吉集·集部·别集类》，北京：中华书局，2001年，第1919页。

回应"前事",寄托青春虚掷的感伤。全诗起于沉思,承以追忆,转而销魂,终以伤感,一句一层,一层一转,欲言不言,言已尽而又余意袅袅无穷,青春的苦闷和年华虚度的伤感交织在一起,构成本篇怀旧的主题,同时也定下了组诗的情绪基调。由于清廷对汉族士人始终怀有戒心,文人比在以往的时代感受更多的压抑,清代七绝所表达的文人心态也比前代更为复杂和深刻。黄景仁《癸巳除夕偶成二首》(选一)之所以成为最脍炙人口的清代七绝作品,与其中寄予的特殊心态大有关系:

癸巳除夕偶成二首(选一)

千家笑语漏迟迟,忧患潜从物外知。

悄立市桥人不识,一星如月看多时。❶

文人本是最敏感的,天注定他们要比常人经受更多的心灵痛苦。当有限的官职和有限的成功出路,使怀才不遇成为社会普遍的现实时,只有文人能将悲哀和绝望书写下来,为后人留下无数歌哭无端的诗篇。除夕之夜,家家都沉浸在年节的喜庆气氛中,25岁的黄仲则独自伫立在街市的小桥上,一种旷世的孤独感填满了胸臆。孤独,不是因为没有亲人在身边,而是内心的感受无人可诉说,像钱锺书《围城》里方鸿渐感觉到的那种"拥挤里的寂寞,热闹里的凄凉",或西洋哲人所谓的"众里身单"。他的感受过于独特,即使有人可诉说也无人能理解。在所有人期期守候岁除时刻到来之际,他对未来的岁月毫无期待,只有一股莫名的忧患,像来自第六感的不祥预感,隐然渗透到意识中。但这种忧患感,无论是像杜甫《同诸公登慈恩寺塔》式的盛世危言,吐露了某种对盛极衰来之危机的天才预感;还是为自己前途、命运的迷惑不测而焦虑,在这富庶的时世、祥和的佳节,终

---

❶ 钱仲联主编,《清诗纪事·集部·诗文评类》乾隆朝卷,第1859页。

究是无人可与诉说的。"万物有同命，先见为之悲。"（《杂诗》）先见者毕竟是少而又少的，于是独立市桥的诗人就只是个不合时宜的忧患者，一个人海中的孤独者。叔本华曾说过，"伟大人物命中注定要成为孤独者"。黄仲则心仪的前辈诗人李白，就是个伟大的孤独者，其举杯邀月的豪放不过是寂寞之极的自遣。当太白"挥杯劝孤影"之际，尚可以明月为友，一番澡雪胸臆的郁积。值此除夕之夜，空际无月，仲则又向谁诉说呢？无已，只好将一颗星星当作月亮来眺望，竟然痴看了许久。虽然人不识，月不见，这一颗星星似乎也慰藉了诗人孤独的心灵。古往今来，表现孤独感的名句知多少，但不知道有哪一句能如此让人黯然魂销，让人铭心刻骨。如果要说清诗有一些前人未到的境界，这首诗便是一个例子。18世纪的中国，正是由安定走向动荡，由富足走向贫弱的前夜，如果说黄景仁还只是以诗人的直觉朦胧感受到世变的临近，那么到龚自珍生活的时代，世道的变革已是无可阻遏的趋势，只不过昏聩的统治者还看不清世局，或不愿接受革新的命运。先知先觉的龚自珍在著名的组诗《己亥杂诗》（选一）中率先发出了渴望打破思想和制度禁锢的呼声：

己亥杂诗（选一）

九州生气恃风雷，万马齐喑究可哀。

我劝天公重抖擞，不拘一格降人才。❶

龚自珍是19世纪诗人中具有近代民主思想的第一人，1841年去世的他很自然地被视为旧时代终结的哀挽者，同时又是呼唤新时代的预言家。这组写作于鸦片战争爆发——这场战争被史家视为中国近代史的起点——前夕的七绝更成了新时代的号角。尽管时光过去一百多年，我们仍能感受到

---

❶ 钱仲联选、钱学增注，《清诗三百首》，长沙：岳麓书院，1986年，第393页。

诗人对古老帝国沉闷现实的无比厌倦和对社会变革的强烈渴望。近代以来，这首诗一直是清代诗歌中最激动人心的篇章，激励着一代又一代仁人志士挺身而出，走上推翻封建专制的革命道路。

然而，中国古代从秦建立封建王朝以来，一直以儒家伦理纲常约束人民的思想和行为，清朝统治者变本加厉，更以大大小小的文字狱清除异端思想，威慑文人的言论著述，实行思想和文化专制。文人畏忌朝廷的淫威，为了避免触犯时忌，常借怀古咏史之作来借题发挥，讽刺和抨击封建专制的邪恶、愚蠢和可笑。陈恭尹有一首以阅读《史记·秦始皇本纪》为题材的七绝：

读秦纪

谤声易弭怨难除，秦法虽严亦甚疏。

夜半桥边呼孺子，人间犹有未烧书。❶

关于秦始皇焚书坑儒和秦祚速绝的关系，唐人章碣《焚书坑》一诗其实已说得再透彻不过，"坑灰未冷山东乱，刘项原来不读书"，这是说知识垄断和思想禁锢是毫无意义的，摧毁暴政的力量不是读书人，乃是愤怒的民众。但后来的封建君主似乎仍不明白这一点，总是以各种手段禁锢思想和封锁言论，从宋代开始就文字狱不断，成为中国古代政治的一个特色。康熙二年（1663），湖州富商庄廷龙邀集学者编纂《明史》，触犯朝廷忌讳，导致庄氏全族和参与者70多人被戮，几百人流放充军，成为清初最大的文字狱案。这件事让著书和政治的关系再度成为人们关注的问题。陈恭尹这首《读秦纪》，虽是读史引发的感触，但主旨却是对历史和现实的反思：统治者可以压抑非议和不满的呼声，却无法消除民众内心的怨愤。历史的

---

❶ 陈友琴校注，《千首清人绝句校注》中册，第443页。

结局证明，即便在那个知识和信息传播都有很大局限的时代，秦始皇的焚书坑儒也是徒劳的，并不能避免覆亡的命运。这乃是显而易见的事，所以诗没有停留在这点上，而是举出圯上黄石公传张良兵书的故事，暗示"秦法虽严亦甚疏"的可笑乃至最终走向灭亡的结局，末句取意虽同于袁宏道《经下邳》"枉把六经灰火底，桥边犹有未烧书"一联，但精警胜过袁作，对封建统治者而言不啻是一记沉重的警钟！乾隆时代最具有浓厚叛逆色彩的文人袁枚，思想意识经常表现出逾越时代的超前性。他的七绝《马嵬》就是一个很好的例子，借怀古来抨击封建统治，闪耀着民权思想：

马 嵬

莫唱当年长恨歌，人间亦自有银河。

石壕村里夫妻别，泪比长生殿上多。❶

唐代诗人白居易《长恨歌》所歌咏的李、杨爱情传奇历来是文人津津乐道的佳话。以九五之尊，有三千佳丽而能爱心专一、钟情于一人者，古来的确鲜有其例。但袁枚的关注点不在这里，对李、杨故事中天人两隔的结局也不太在意，因为他看到了世间太多的生离死别，只消举出杜甫笔下石壕村老夫妇的遭遇，就显出李、杨的结局并不算什么悲剧。这种认识今天看来很平常，但在那个时代说出来，是多么难得啊！就差直说爱情面前人人平等，生死之间人人平等了。清代诗人不只借怀古咏史来抨击封建王朝，表达对民生、民权的关注，同时也常以古喻今，表达对自身命运的观照和反思。邓汉仪的《题息夫人庙》正是一首以对易代之际文人命运的冷峻反思而传诵一时的名作，借咏息夫人的故事寄托了当时人们对贰臣命运的一种感慨：

---

❶ 钱仲联选，钱学增注，《清诗三百首》，第382页。

题息夫人庙

楚宫慵扫黛眉新，只自无言对暮春。

千古艰难唯一死，伤心岂独息夫人。❶

　　息夫人忍辱偷生的故事在唐代就以鲜明的伦理色彩成为现实情境的参照。孟棨《本事诗》载："宁王曼贵盛，宠妓数十人，皆绝艺上色。宅左有卖饼者妻，纤白明媚。王一见注目，厚遗其夫取之，宠惜逾等。环岁，因问之：'汝复忆饼师否？'默然不对。王召饼师，使见之，其妻注视，双泪垂颊，若不胜情。时王座客十余人，皆当时文士，无不凄异。王命赋诗，王右丞维诗先成：'莫以今时宠，宁忘昔日恩。看花满眼泪，不共楚王言。'"到清初，邓汉仪用息夫人的身世来比拟贰臣的境遇及其难言的苦楚，既有本质的相似，又合乎香草美人的传统表现方式，所谓"微词胜于直斥，不著议论，转深于议论也"，因而在当时引起广泛的共鸣。在涉及此诗的议论中，"一死"和"息夫人"两个词一再出现，足见是与贰臣境遇及评价相关，构成特定诗性话语的关键词。后来吴本锡《读吴梅村诗有感》"一死可怜非易事，令人却忆息夫人"一联，即脱胎于邓汉仪诗。不过"千古艰难唯一死"在哂笑贰臣辈贪生畏死的同时，无形中也化解了死节的必然性和强制性，给当事人一个自我解嘲的借口，同时也给了旁观者一个宽容的理由。

　　由以上的作品不难看出，清人七绝无论是抒发世道沧桑之感还是个人生命体验，都显示出社会认知和自我意识两方面的理性深度，这是与清代浓厚的学术风气和文人群体追求学问的强烈兴趣密切相关的。渊博的学识和良好的判断力提升了诗歌的知性品格，表现为观察问题的洞察力和议论的犀利深刻。甚至洞悉人情物理，发为精辟议论也成为清代七绝的一个鲜

---

❶ 陈友琴校注，《千首清人绝句校注》中册，第428—429页。

明特色。我们先来看毛先舒的《吴宫词》：

吴宫词

苏台月冷夜乌栖，饮罢吴王醉似泥。

别有深恩酬不得，向君歌舞背君啼。❶

　　史称越为吴所灭，越王勾践以美女西施献吴，使迷惑吴王。西施果得
吴王夫差宠爱，吴王耽于声色，终致亡国。历来咏西施故事，主题或责夫
差沉湎酒色，或斥西施为女祸，毛先舒此诗别出新意，从揣度西施的心理
入手，写出了西施内心充满矛盾的两难心态。越国为吴所灭，西施深负亡
国之恨，被勾践献给吴王，本负有魅惑夫差，颠覆吴国的使命，但既入吴
国，深受吴王宠幸，不由得又对吴王产生感恩之情。每当夜深人静，吴王
烂醉如泥时，她便感到吴王一天天在对她的宠爱中堕落下去，于是复仇的
使命和感恩的负疚交战于胸中，最终感恩的愧疚甚至压过了复仇的使命，
以至于面对吴王的强颜欢笑，就伴随着背面的暗泣。这是前人没有触及
的一种心理分析，写出特殊历史情境中人物的独特心态，饶有新意。黄任
《彭城道中》是在怀古题中寄寓对刘邦杀戮功臣愚蠢行为的讽刺：

彭城道中

天子依然归故乡，大风歌罢转苍茫。

当时何不怜功狗，留取韩彭守四方。❷

　　汉高祖刘邦的《大风歌》，历来读者莫不赏其风云意气、豪迈情怀，黄

---

❶ 陈友琴校注，《千首清人绝句校注》中册，第359页。

❷ 周啸天主编，《元明清名诗鉴赏》，成都：四川人民出版社，2001年，第915页。

任道经徐州，追想高祖当年唱《大风歌》的情景，却别有解会，读出"歌罢转苍茫"的一层意味，即身边无人可用的凄凉。由是诗人冷语反诘：当时为何不珍惜为你立下汗马功劳的一干功臣呢，否则不就有人替你守土，堪为屏障了吗？据《史记·高祖本纪》载，诛韩信不过是前一年春天的事，夏间复诛彭越，逼得英布不得不反。高祖亲自引兵剿击，才于本年十月将其击溃。高祖班师过沛，宴父老而唱《大风歌》，在两句踌躇满志的高咏之后，第三句忽然想到功狗尽烹，左右再无可依赖之人，不由得又悲从中来。联想到高祖晚年欲立赵王如意而孤立无援的结局，黄任的诘问不能说没有道理。后来孙原湘《歌风台》就承此意，直接坐实了《大风歌》末句所回旋的悲慨余韵："韩彭戮尽淮南反，泣下龙颜慷慨歌。一代大风从此起，四方猛士已无多。"沈德潜《七夕辞四首》（选一）属于翻案之作，由世俗相沿的牛郎织女七夕相会传说生发出一个别开生面的议论：

七夕辞四首（选一）

璇宫莫怨渺难攀，地久天长往复还。

只有生离无死别，果然天上胜人间。 ❶

通常人们对牛郎织女的传说，要么为其一年只得一夕相聚而抱憾，要么为其长久离别而感伤，宋代秦观《鹊桥仙》词独作翻案之笔，以"两情若是久长时，又岂在朝朝暮暮"歌颂爱情的永恒，似已曲尽人情，使题无剩义。不料沈德潜又别出心裁，说牛郎织女虽有生离，然无死别，则神仙终究胜过凡人。单看这一首诗，可能会觉得它出语诙谐，令人莞尔。但参照钱锺书《谈艺录》的解读，就会同意说后两句和钱载《追忆》其二"来生便复生同室，已是何人不是君"异曲同工，堪为悼亡七绝两奇作。这组

---

❶ 潘务正、李言校点，《沈德潜诗文集》第1册，北京：人民文学出版社，2011年，第418页。

诗第一首的"自吟落叶哀蝉后，并忘仙家会合期"两句，确实是悼亡主题的明确表达。

自从杜甫《戏为六绝句》首开以诗论诗的风气，论诗绝句成为中国古代诗歌批评的一种独特形式。清人不仅喜欢以七绝组诗的形式来论诗，而且数量常多至几十篇。赵翼《论诗》是清代论诗绝句中最著名的篇章：

论 诗

满眼生机转化钧，天工人巧日争新。

预支五百年新意，到了千年又觉陈。

李杜诗篇万口传，至今已觉不新鲜。

江山代有才人出，各领风骚数百年。❶

赵翼这两首诗立意都很独到，前者痛切地表达了封建时代晚期诗人们对创新的一种根本的绝望，后者又在有限的时间范围内承认了代有人才，各领风骚的可能。从根本上说，赵翼认为自然是与人相待而交发其蕴的，诗人的创造必定日新无已。既然"化工日眼前，触处无非是"（《园中即事》），那么诗文也必日新月异，像陆游的作品那样"直罄造物无尽藏，不许天公稍自秘"（《读陆放翁诗题后》）。可是他不仅未激发起创造的自由和豪迈感，反而无奈地体认了艺术生命的短促及其悲剧性。因为"诗文无尽境，新者辄成旧"（《删改旧诗作》其二），在自然的"无尽藏"和创造的"无尽境"面前，个别作品的"新"终究是短暂而有限的。这样一种悲观意识在《论诗》中达到了顶峰，同时又使"新"变得愈益需要追求。正像当今时尚更替的速度加快，周期缩短以后，人们不是放弃追逐时尚，反而要

---

❶ 陈友琴校注，《千首清人绝句校注》下册，第649页。

制造更多的时尚。在袁枚颠覆所有文学经典的可模仿性之后，赵翼进一步对经典的永恒价值做了否定性的判决。后者乍看一派前无古人、舍我其谁的豪迈气概，细味之其实也夹杂一丝悲观、无奈的弦外之音：置身于生生不息的自然运化中，没有人能够永葆艺术生命常青，顶多只能引领一时的风骚而已。这听起来颇有点当下时尚理论的味道，的确，赵翼诗学的核心理念便是唯新，而唯新正是时尚的本质属性。如此说来，前现代的诗人赵翼，诗歌观念中已洋溢着一股现代的气息。清人不只是用七绝论诗，也用七绝组诗来论词曲，论书法，论画，论印，似乎一切艺能都可以用七绝来讨论。名列"扬州八怪"之首的画家郑板桥很喜欢在题画诗中述说自己的绘画心得，有时又在题画诗中寄托自己的人格理想，《竹石》便是一个很好的例子：

咬定青山不放松，立根原在破岩中。
千磨万击还坚劲，任尔东西南北风。❶

题画诗自宋代开始流行，作者不必善丹青，名画家也未必工诗文。元代以后，文人多兼擅绘事，书画家鲜不能诗文，于是诗、书、画"三绝"代有其人。郑板桥是清代中叶诗书画印俱臻极高造诣的全才，平生作有大量的题画文字，或寄托志趣，或论说艺道，言近旨远，深为后人宝重。这首题于自写竹石上的题画诗，一句写石，二句写竹，三四两句合写石竹，文字浅白，近乎口语，在对竹石顽强精神的赞美中，寄托了苏世独立、不从流俗的志向，而作者坚持自己的艺术追求，不趋附流俗的独立品格也跃然纸上。

清代七绝受王士祯提倡的神韵诗学的影响，在抒情、议论的深刻犀利之外，也逐渐形成对神韵之美的自觉追求。神韵本来就是适用于短诗的一

❶ 卞孝萱、卞岐编，《郑板桥全集·集部·别集类》，南京：凤凰出版社，2012年，第357页。

种美学风貌。王士禛承其家学，由盛唐王、孟一派的清雅诗风入手，中年出入两宋、金元诸家，最终以"神韵"为旨归，建立起中国诗学史上最后一个原创性的诗学理论体系。不仅借助于一系列诗话和评论传播于世，还通过自己富赡的创作实践树立典范，深刻地影响了以后的七绝写作。而王士禛本人的诗歌创作，最为人推崇的正是七绝，不仅达到清代的最高成就，对七绝的艺术表现能力也有所开拓。我们先来看他最被人传诵的一首七绝：

再过露筋祠

翠羽明珰尚俨然，湖云祠树碧于烟。

行人系缆月初堕，门外野风开白莲。❶

王士禛这首七绝在清代被"论者推为此题绝唱"，认为它好在"不即不离，天然入妙，故后来作者皆莫之及"（陆以湉《冷庐杂识》卷一）。这个评语稍嫌抽象了一点，不容易理解，质言之就是避免正面描写而多寓言外之意。怎么说呢？诗写了一个女子为避嫌疑不肯投宿人家，露宿野外被蚊虫叮咬致死的悲惨故事，这样的题材是很难下笔的：歌颂女子的贞节，本来就难免流于陈腐，更何况到了清代，以王士禛那么通达的人，也未必赞许她这种固执的念头；而哀叹年轻生命的凋零，赞美青春芳华，又容易显得轻佻，不够庄重，实在难于措辞啊！王士禛的策略是放弃叙述故事和议论评价，避实就虚，以象征性的景物描写营造神韵之美。因而仅在首句约略描写贞女塑像的庄重明洁，以见祠庙一直被人恭敬珍护，马上就将视线投向祠周的景色。湖上的云、祠外的树，用一个古代既可指绿又可指蓝的"碧"字着色，然后再以既无确定颜色也无确定形体的"烟"来做比较对

---

❶ 钱仲联主编，《清诗纪事·集部·诗文评类》顺治朝卷，第513页。

象，使本来明确的东西转而变得不明确起来，这就给读者设置了玩味的空间。第三句回到写实，将自己登舟与月初堕这一特定时刻相连接，突出了一种瞬间性，自然地引出仿佛是偶然一瞥所见的白莲。这个显然象征着明艳高洁的意象，为第一句的外貌描写注入了道德内涵。夜色中静开的白莲，正如这荒僻而孤独的贞女庙，在久远的岁月中淡化了故事的血腥色彩，只剩下一个贞静的形象供人凭吊。这个野风中的白莲很可能是虚构场景，现存明清之交的作者如谢肇淛、熊文举等人的作品都没有写到白莲，而自从王士禛诗成为此题绝唱，后人的诗思就常与白莲相连了。再看一首风景速写式的小诗：

真州绝句五首（选一）

江干多是钓人居，柳陌菱塘一带疏。

好是日斜风定后，半江红树卖鲈鱼。❶

　　王士禛任扬州推官期间经常到所辖各县巡察，留下不少描写江淮风物的诗词。像红桥修禊所作词句"绿杨城郭是扬州"（《浣溪沙》），至今仍是当地引以为豪的诗歌名片。真州濒临长江，江边人家多以渔业为生。这首七绝摄取黄昏时分江边鱼市的热闹景象，纯以白描之笔、写生之法，将触目所见娓娓道来，明白如话却情趣盎然，引人遐想。其实仔细玩味，看似自然随意的叙事中，也隐藏着细腻的诗心。比如第三句的"风定"就承首句"钓人"而来，不是吗？只有向晚风定才能下钓啊！而末句的"半江红树"又与第二句的"柳陌菱塘"红绿相映，让画面平添一层明艳之感。这红树大概不是枫树就是乌桕吧，明明是生长在江岸上，偏说是半江，无形中让人产生水中倒影的联想。静心回想，这种联想实在很无理，很不着边

---

❶ 陈友琴校注，《千首清人绝句校注》中册，第452页。

际，可它实实在在给画面增添不少美感，而且是合乎作者需要的美感。更奇特的是，这明艳的、沉静的景色偏偏又和卖鲈鱼这市井生活场景拼接在一起，似乎不太谐调，却又让人感觉异常优美。也许是"鲈鱼"的特写与半江红树的大背景构成了特殊的视觉张力吧？由此倒可以体会一下神韵诗的魅力。王士禛在出使和游览中也写作了不少怀古诗，《蟂矶灵泽夫人祠二首》（选一）是很受批评家青睐的一首：

蟂矶灵泽夫人祠二首（选一）

霸气江东久寂寥，永安宫殿莽萧萧。

都将家国无穷恨，分付浔阳上下潮。❶

作为神韵诗论的倡导者，王士禛的诗常给人以空灵澹远、不可凑泊的联想。他在《渔洋诗话》卷中曾记载："洪升（昉思）问诗法于施愚山，先述余夙昔言诗大指。愚山曰：'子师言诗，如华严楼阁，弹指即现；又如仙人五城十二楼，缥缈俱在天际。余即不然，譬作室者，瓴甓木石，一一须就平地筑起。'洪曰：'此禅宗顿、渐二义也。'"王士禛诗当时给人的印象就是如此，仿佛纯由天才而不靠功夫。这实在是一个错觉，后人看到渔洋手稿，发现涂乙满纸，因而感慨所谓五城十二楼实在也是一砖一瓦从平地筑起的。如果我们再细绎渔洋诗作，就会知道，不光写作过程贯注苦心，就是成篇以后，也看得出细针密线的作意。就像这首写灵泽夫人祠的七绝，粗看也没什么特别，但仔细一读，就见出诗心之微，非比寻常。孙夫人既是蜀汉刘备之妻，又是东吴孙权之妹，对她来说，吴为其家，蜀为其国，作品巧妙地抓住她系家国于一身的特殊身份来展开诗的意脉。首句先写"家"，用霸气寂寥形容孙吴霸业的消歇；次句写"国"，用永安宫荒废

---

❶ 钱仲联选、钱学增注，《清诗三百首》，第 371 页。

暗示刘蜀国祚久绝，一笔虚一笔实，写尽历史兴亡的感伤。后人游经此地，已感慨如此，那么身系家国双重之恨的孙夫人，又将何以为怀？三四两句诗人竟用一个奇想回答了这个难以设想的问题。自从李后主写出"自是人生长恨水长东"（《相见欢》），"问君能有几多愁，恰似一江春水向东流"（《虞美人》）的名句，将忧愁比作流水已成了俗套，但王士禛这两句紧扣灵泽夫人祠所在的位置，就赋予了这两句以独特的诗意。江东之家在长江下游，西蜀之国在长江上游，蟂矶正位于中间，在以往漫长的岁月里，孙夫人把家国之恨都付与了往来的潮水啊！这就是"上下潮"的意思。可为什么要提到"浔阳"呢？那就如清代诗论家沈德潜所说："浔阳以上为刘，浔阳以下为孙，夫人之恨，真无穷矣。"（《国朝诗别裁集》）诗人既临经长江边的灵泽夫人祠，即以流经吴、蜀两地的长江串联起家国，从而引出"浔阳上下潮"，以寄托孙夫人的"无穷恨"。构思取意可以说是巧妙到极点，不过倒也没给人流于尖新的感觉，沉重的历史感和通篇措辞的凝重，已奠定了作品的风格基调。

　　王士禛的神韵诗论和创作实践无不为诗坛树立了神韵的艺术典范，在他之后以神韵为艺术追求成为深入到人们七绝写作中的自觉意识，成功之作也不绝如缕。桐城派重要作家姚范有一首《山行》，很能体现追求神韵之美的特征：

山　行

百道飞泉喷雨珠，春风窈窕绿蘪芜。
山田水漫秧针出，一路斜阳听鹧鸪。❶

　　这是一首写山行触目所见的小诗，清新自然的景物描写和诗歌语言，

---

❶ 徐世昌编，《晚晴簃诗汇·集部·总集类》卷七十七，北京：中华书局，2018年，第3177页。

随处流露出作者悠然闲适的心境。诗中所写的景物虽很寻常，但写法却极用心思。首句形容百道山泉不用"泻"字而用一个"喷"字，想想都很传神。次句是个名词句，"窈窕"二字既是形容春风，又像是形容蘼芜；"绿"字既可认作名词定语，也可解作使动用法，都很耐人玩味。三句"山田"意外地接个"水漫"，水漫又不是使秧针"没"，反而是使秧针"出"，别趣横生。末句"一路"与"斜阳"相接，自然而洗练；"听鹧鸪"于叙事写实中暗寓思归之意，节奏舒徐，含蓄有味。纪昀诗取法晚唐，并不走神韵一路。但这组《富春至严陵山水甚佳四首》（选一）也写得很有神韵之美：

富春至严陵山水甚佳四首（选一）

浓似春云淡似烟，参差绿到大江边。

斜阳流水推篷坐，翠色随人欲上船。❶

富春江山水明媚，古来号为人间仙境。纪晓岚这首游览诗，以"绿"字贯穿全诗，引导视线由山色到江边，由江边到水流，由水流到欲上船，施施然写出沿江乘流而下的快适之感。结句"翠色随人欲上船"脱化自王维《书事》"坐看青苔色，欲上人衣来"，十分生动有趣。杰出女诗人汪端的《夜坐》也很能体现女性诗歌的神韵之美：

夜 坐

明河清浅浴疏星，风定珠栊度冷萤。

一剪秋花凉影瘦，月波扶上画罗屏。❷

---

❶ 徐世昌编，《晚晴簃诗汇·集部·总集类》卷八十二，第3430页。

❷ 汪端，《自然好学斋诗钞》卷二《古今体诗》，李雷主编《清代闺阁诗集萃编》，北京：中华书局，2015年，第3869页。

汪端虽然婚姻美满，但家庭生活颇多不幸：长子孝如早夭，丈夫仕途不顺，客死汉皋；次子身体孱弱，因丧父惊悸失常，久治不愈。这些人生的悲辛，不能不在她文雅悠闲的书香生活中投下一道阴影，在闺阁情境的描写中渗透一抹清冷失意的况味。这首七绝，首句描写星河虽极清丽明净，但次句"冷萤"二字立即打上幽冷的底色。三句取李清照"人比黄花瘦"之意而更加雕镂，用影代花而冠以凉字，再将动词"一剪"作名词用，就赋予这花枝图案一个剪影式的效果，很自然地引出第四句的"罗屏"，仿佛是为花枝配了个框，使它纤柔而寂寞的姿态在月光的映照下显现出来。"扶"字既点明月光的作用，又状出花枝的柔弱，异常生动而又极为自然。通篇给人的感觉是用字造语十分精致，有着玲珑剔透的美感，让人不能不佩服女诗人细腻的艺术感觉和精致的艺术表现力。

数量庞大的清代七绝绝非这二十多首作品可以概括其丰富内容，精彩纷呈的艺术表现也绝非这些作品可以尽显其多姿多彩的高超技巧。我只希望以它们为例，约略展示七绝这一短小的体裁在封建社会末期所爆发的多方面的创造力，让读者们看到，自民国以来逐渐被淡忘和边缘化的清诗并未堕落于平庸和琐屑的境地，而是结出了与世道的复杂变动相呼应的沉重的果实。那些最优秀的诗人，他们诗集中最优秀的作品也足以同辉煌的唐诗相媲美，为古典诗歌的历史画上一个完美的句号，也为诗歌进入现代性的过程中做好了思想和艺术两方面的准备。

推荐阅读

- 沈祖棻，《唐人七绝诗浅释》，上海：上海古籍出版社，1981年。
- 钱锺书，《谈艺录》，北京：中华书局，1984年。
- 钱仲联选、钱学增注，《清诗三百首》，长沙：岳麓书社，1985年。
- 王英志注译，《清人绝句五十家掇英》，太原：山西人民出版社，1986年。

- 刘世南，《清诗流派史》，台北：文津出版社，1995年。

- 朱则杰，《清诗史》，南京：江苏古籍出版社，2000年。

- 严迪昌，《清诗史》（修订本），杭州：浙江古籍出版社，2002年。

- 徐世昌编，《晚晴簃诗汇》，北京：中华书局，2018年。

- 陈友琴校注，《千首清人绝句校注》，杭州：浙江古籍出版社，2019年。

- Chaves, Jonathan, ed., *The Columbia Book of Later Chinese Poetry: Yüan, Ming, and Ch'ing Dynasties (1279-1911)*, New York: Columbia University Press, 1986.

- Lynn, Richard John, "Orthodoxy and Enlightenment: Wang Shih-chen's Theory of Poetry and Its Antecedents, " in W. T. de Bary, ed., *The Unfolding of Neo-Confucianism*, New York: Columbia University Press, 1975, pp. 215-269.

第20章

中国诗歌的节奏、韵律与意境

蔡宗齐

　　诗句构造与诗歌意境，可能是传统中国诗歌批评中最重要的两个研究专题。句法研究是对诗句构造的研究，本质上是分析单音节词和双音节词如何构成一行诗或一联诗，从而创造出某种独特的节奏与审美效果。诗意的视觉印象称为意象/意境，是指对外在和内在现实的高度呈现，其特征是这种那种的"外"（beyondness），诸如"言外之意""象外之象""景外之景"等。传统的诗歌意境研究，通常都是以高深精妙的美学术语对这种"外"进行印象式的描述。

　　具体的句法和诗歌的意境貌似截然分开的两部分，却不可避免地交织在一起。句法为意境提供基础，而意境则为诗句注入生命力，使诗句充满活力，引人入胜。中国传统的批评家很久以前就意识到了二者的联系。早在6世纪，钟嵘就已指出五言诗和新颖愉悦、味之不厌的诗歌滋味之间的关系。❶一千多年后，清代批评家刘熙载更进一步探索四言诗、五言诗和七言诗的内在节奏与不同意境之间的联系。❷某种程度上，我们对这本诗

---

❶ "五言居文词之要，是众作之有滋味者也"，参见钟嵘《诗品集注》，曹旭注，上海：上海古籍出版社，1994年，第36—39页。

❷ 刘熙载，《艺概》，上海：上海古籍出版社，1978年，第69—71页。

选中近200首作品的细读，也是对这上千年之久的批评传统的创新性延续。从现代语言学和美学理论出发，我们许多人都试图理解诗句以怎样的方式结构能产生难以言喻的审美体验。在此，笔者将综合我们的研究成果，为系统研究中国诗歌的节奏、句法与意境，提供一个大致的概要。

"句法"再考量：走向节奏与句法的整合

节奏与句法是汉语诗歌中关于诗句构造研究的两个主要议题。节奏主要涉及语音—听觉层面，句法则涉及词语排序的时空—逻辑层面。

在研究诗句构造时，传统的中国学者着重关注节奏而忽视句法。六朝批评家如挚虞和刘勰认识到主要的体裁及其体式各有独特的诗句类型。有一些诗歌使用固定长度的诗句（三言、四言、五言和七言等），另一些诗歌的句子则长度不等。这两大类诗歌分别被称为"齐言诗"和"杂言诗"。评论家们还认为，这些丰富多样的诗句类型，是由于人们努力使诗歌语言与外在不同的音乐节奏相协调的结果。❶自宋代始，批评家们注意到了诗句的内在节奏，这种节奏源于在单音节词和双音节词之间强制停顿的固定模式。这种内在节奏就作用而言是语义性的，因为它预先决定了如何将字符聚集起来产生意义。因此，它不仅强化了我们对声音的体验，也有助于感觉诗意。直到清代，刘熙载和其他批评家开始探索各种诗歌节奏的美学内涵，人们才明确地意识到语义的重要性。

中国批评家对句法的忽视跟汉语本身密切相关。句法（syntax）是源于西方语言学的一个概念，指的是词语排列的时空逻辑网格。汉语为非屈折语，其词汇不通过时态、语态及其他的屈折变化标记而铸成固定的时空

---

❶ 例如乐府诗、拟乐府诗与词的区别。

逻辑关系。汉语的句法连接是通过有序的、容易辨认的语义节奏，使用或不使用语法功能词（"虚字"）来实现的。这种语义节奏通常会给读者充分有用的提示，告诉他们文字如何聚词成句，形成有意义的句子。因此，汉语没有发展出建立在时空逻辑网格上的句法。因而顺理成章的是，中国传统学者也不会试图通过句法分析来探究诗歌意境产生的机制。

忽视句法分析是非常令人遗憾的。意境是一种强烈的心理体验，由文字和意象以非同寻常的形式铸造而成。因此，考察诗歌的句法，对于任何阐明意境内在机制的尝试都至关重要。自1898年马建忠的《马氏文通》出版以来，中国的语言学家们一直致力于构建基于句法的汉语语法体系。由于他们的努力，我们现在对汉语句法有足够的了解，可以帮助我们探究诗歌意境产生的语言基础。在此，笔者将结合传统的"句法"研究和现代句法分析，勾勒出中国诗歌的节奏与句法的演变进程[1]，并评估它们在唤起意境方面的功效。[2]

两种基本句法结构：主语—谓语和话题—评语

在普通言语与诗歌言语中，汉语词汇都遵循着时空逻辑和类比关联这两个相互竞争却又互为补充的法则来组成句子。

如果按照第一种法则组织句子，词语就会呈现出部分或完整的主语—谓语（subject+predicate）结构。主语—谓语结构（以下简称主谓结构）由一个施动者（主语）以及施动者的状态或行为（谓语）构成，可能有，也

---

[1] 高友工是第一个从这两种句法结构的运用角度来探讨汉语诗歌分析之可能性的学者，见其《中国美典与文学研究论集》，台北：台湾大学出版中心，2004年，第165—208页。

[2] 有关论文还可参看蔡宗齐《单音汉字与汉诗诗体之内联性》，载《岭南学报》第5期专辑《声音与意义：中国古典诗文新探》，2016年，第51—73页。

可能没有受动者（宾语）。一个完整的主谓结构的建立或暗示了从施动者
到其动作以及动作之接受者的时间—因果序列。在英语和其他西方语言中，
这种结构是诗歌言语和普通言语的主要框架。但是在汉语中，这种结构远
不如在英语中那么重要和普遍。尤其是在诗歌里，它只是词组织的两种方
式之一，有时甚至是很次要的一种。

　　需要注意的是，汉语中典型的主谓结构的限制性远远小于英语的相应
结构。汉语的主语和谓语在时间、空间上都不是固定的，并不像在很多西
方语言中那样在时态、大小写、数量、性别以及其他方面都有屈折变化的
标记。如此一来，无论是否借助语法上的虚词，读者都必须把上下文联系
起来。这种情境化的过程迫使中国读者强烈地参与到所描绘的现实中去，
并感觉它们仿佛真的就在他眼前展开。汉语的主谓结构由于没有屈折语的
变化而具有丰富的诗性潜力，这点并未被西方批评家忽视。这种语言结构
被美国两位著名的批评家欧内斯特·费诺罗萨（Ernest Fenollosa）和埃兹
拉·庞德（Ezra Pound）慧眼识珠，用以支持他们关于汉语作为诗歌媒介
之优越性的论断。❶

　　另一种句法结构被中国语言学者称作话题—评语（topic-comment）。❷
"话题"不是指一个对行动和情况负责的主动行为人，而是指"被动"观察
到的一个对象、场景或事件。"评语"则是指隐含着的观察者对话题的反
应。通常来说，这种反应更多地告诉我们观察者的心理状态，而非话题本
身。在话题和评语之间没有谓语动词，恰好强调了它们之间的非连续性和
非因果关系。非连续性的话题和评语被隐含的观察者通过类比或联想，在
某个电光火石的瞬间串联起来，其结果与线性认知过程的结果截然不同。

---

❶ Ernest Fenollosa, *The Chinese Written Character as a Medium for Poetry*, ed. by Ezra Pound, San Francisco: City Lights, 1936.

❷ 赵元任（Yuen Ren Chao），*A Grammar of Spoken Chinese*, Berkeley: University of California Press, 1968, pp. 69-72.

话题—评语结构（以下简称题评结构）倾向于在读者脑海中重新激活观察者先前经历过的图像和情感的"旋涡"。鉴于这种结构具有非凡的感召力，自《诗经》时代始，它成为抒情表达的首选也就不足为奇了。

中国诗歌的韵律和句法演进

每个主要诗体形式的诞生均以一个或更多独特的语义节奏的形成为标志。反过来说，全新语义节奏的出现，又导致了主谓和题评两种结构方式的重新组合。下面简要概述一下这两种结构方式在几千年里最重要的重新组合。

（一）四言诗

我们从早期四言诗的语义节奏和句法结构开始。如第1章所示，《诗经》主要由四字一行的诗句组成。一行四言诗几乎总是包含两个双音节部分。因此2+2节奏成为四言诗独特的语义节奏。这种2+2节奏根据选择的词语，可以是主谓结构，也可以是题评结构：

> 桃之夭夭，灼灼其华。
>
> 之子于归，宜其室家。

在《桃夭》的这一节中，第3句和第4句都各自包含了主谓结构。第3句引入了一个完整的陈述性语句（"之子于归"），而第4句省略了主语（之子），还是截短了的主谓结构（"宜其室家"）。第1句和第2句都采用了题评结构。在第1句中，"桃"是关注的话题，叠音联绵词"夭夭"构成了观察者关于桃树的评语。第2句显示了相同的结构，尽管"灼灼"这个说明被置于话题（"其华"）之前。

第1句和第2句诗体现了《诗经》所独创的题评结构的鲜明特点。它通常将外部事物和内在反应这两个完全不相干的部分衔接在一起，且无须任何连接词。还有一个特点就是大量使用叠音词作为说明。英语的叠音词经常是象声词，例如hush-hush（机密的）和ticktock（滴答声），有时是概念性的，例如hanky-panky（捣鬼）和helter-skelter（杂乱无章的），而《诗经》中的叠音词，主要是通过将外部现象转化为未被概念化的双声叠韵词，来表达观察者对外部现象的情感反应。这种对抒情叠音词的运用，对中国诗歌有着深远的影响。❶

（二）骚体诗

楚辞为我们提供了第一个重大的重塑题评结构的实例。早期楚辞的基本结构是3+2节奏。如以下引文所示，句子开头部分的三音节由一个单音节词和一个双音节词构成，并包含一个短暂的停顿（以。号表示）。因此，语义节奏可以细化为（1+2或2+1）+2。不过，总共5个词不能与一行诗句中实际的字符数（6个字）相混。早期楚辞的诗句中包含一个表示停顿的，置于句中第三个字之后的"兮"字。多数情况下，这种3+2的语义节奏产生了题评结构：

> 君。不行兮夷犹。
>
> 蹇。谁留兮中洲。
>
> 美。要眇兮宜修。
>
> 沛。吾乘兮桂舟。

---

❶ 有关论文还可参看蔡宗齐《古典诗歌的现代诠释——节奏·句式·诗境》，载《中国文哲研究通讯》第20卷第1期，2010年，第1—45页。

《湘君》的起始几行很明显是题评结构，以三音节部分为话题，双音节部分为评语。第4句虽然看起来像是主谓结构，但它还应该被当作题评结构。"兮"字所造成的长时间停顿使得"桂舟"更像是附加上去的，而非动词"乘"的宾语。将这些题评结构与《诗经》中的结构相比较，可以发现两个重要的变化，反讽的是，这似乎削弱了题评结构的感染力。

第一个变化是在话题部分多加了一个字。多加的这个字在话题和评语之间造成了不平衡感。所有这些诗句，都是话题从一个简单的对象扩展为一个独立的句法结构："君不行""蹇谁留"是一个微型的主谓结构，"美要眇"是一个微型的题评结构（"要眇"为叠韵词），"沛吾乘"又是一个主谓结构。这种扩展使得三音节部分本身成为集中表达情感之所在。

第二个变化是在话题和评语之间插入"兮"字。这样的停顿给予话题一种完结感，实际上，也让随后的评语沦为了附加部分。这种对评语的削弱还体现在它从情绪反应转到单纯补充信息上，如第2句诗的"中洲"所表明的。作为弱化的说明或一个单纯的附加部分，早期楚辞九歌体中的典型双音节部分往往可以忽略，而不会损害句意。例如，在《湘君》中，即使没有双音节部分，所有诗句仍然是完整连贯的。不过，就审美效果而言，这些双音节部分却不可或缺，因为它们有助于造成巫师祝祷和舞蹈的快速而有力的节奏，并增强情感的表达。

在后期的楚辞作品中，以《离骚》为代表，如以下节选诗句所示，"兮"字的位置改为两句之中第1句的末尾。这似乎是一个微不足道的变动，但它实际上在节奏和句法方面都带来了深刻的变化。

> 纷吾既有此内美兮，又重之以修能。
>
> 扈江离与辟芷兮，纫秋兰以为佩。
>
> 汩余若将不及兮，恐年岁之不吾与。

朝搴阰之木兰兮，夕揽洲之宿莽。

日月忽其不淹兮，春与秋其代序。

惟草木之零落兮，恐美人之迟暮。❶

    "兮"字已将句子的中间位置让给了连词"以""与""之""其"等。这创造了一个全新的3+1+2节奏，使得诗句变成真正的六音节。这种新的节奏比早期楚辞的节奏更为舒缓纡徐，力度要小，似乎反映了表现方式上从巫师表演到叙述描写的转变。

    对句子连接词"兮"字的替换带来了句法上的巨大变化。如前所述，"兮"字产生了长时间的停顿，有效地将一行诗分为不同的两部分（三音节话题与双音节评语）。相较之下，这些句法连词把三音节部分和双音节部分组合成一行不间断的句子。如果说以"兮"字分隔的一行诗默认是题评结构，那么这样以连词组成的一行诗几乎总是主谓结构。一个值得注意的例外是，一个扩展的名词短语成为一整行诗句。

    双音节部分的句法作用由它之前的连词所决定。一如节选段落所示，连词"之"大致相当于英语中的's（的），引入双音节部分作为及物动词的宾语。连词"其"通常引入双音节部分作为主动动词，而前面的三音节部分则为主语。连词"以"相当于英语中的in order to（为了，以便），几乎总是引入一个目的状语。楚辞中连词的使用种类很少，而同样的连词往往在像《离骚》这样的长诗中频繁地重复出现。虽然这些连词每一个都有助于形成一种特定类型的主谓结构，但它们有一个共同特征：它们都产生严格的、线性的单向性句子，不允许主语和谓语的顺序颠倒。这无疑有助于形成一种向前推进的势头，对于扩展的叙述或描写而言十分理想。或许正因为此，这类骚体诗的句式不仅在楚辞中大量使用，而且在后世的赋中也

---

❶《楚辞补注》，第3—47页。

被频繁地运用。

（三）赋

赋，主要有两个语义节奏：2+2节奏和3+1+2节奏，分别承自《诗经》和《楚辞》。汉赋文集中以这两种节奏居多并不令人惊讶，因为赋体的兴起被广泛归因于这两部古老诗集的影响。有些赋作，如司马相如《上林赋》普遍使用《诗经》的2+2节奏，辅以少量的《楚辞》3+1+2节奏。其他汉赋作品也是同时使用这两种节奏。这些赋作似乎也可以被称为"四六文"，这原本是对四言与六言句式交替出现的"骈文"的称呼。实际上，有些赋与骈文相类似，也经常被称作"骈赋"。汉赋作家在使用2+2和3+1+2的节奏时没有任何特别的创新。一个值得注意的变化是，汉赋作家倾向于使用一长串的2+2句型来罗列对象和事物，然后描写它们的状态与行动。举例而言，在《上林赋》中，我们一再看到繁称博引、不厌其烦的各种物品的名录，随后是对它们的外观和运动的详尽描写。

（四）五言诗

五言诗开启了东汉末期之前很少被有意识采用的2+3节奏。这种全新的节奏一经确立便迅速流行起来，成为自东汉末年以来发展的所有主要诗歌体裁的基本节奏。笔者已在第5章对这种节奏进行过技术分析，这里将探讨五言诗的节奏如何使得六朝和唐代的诗人重塑主谓和题评的结构。让我们从谢灵运《登池上楼》中著名的一联诗开始：池塘生春草，园柳变鸣禽。

这一联诗句的2+3节奏乍一看似乎是楚辞3+2节奏的无关紧要的颠倒。实际上，这种词序调换的意义怎么强调都不过分。句中的"兮"字（或其他任何连词）被消除，三音节部分和双音节部分互换位置之后，楚辞的这种头重脚轻的不平衡节奏得以被修正，产生出一个动态平衡的2+1+2或者

2+2+1节奏。实际上，在这种新节奏中，单一的那个字不再局限于三音节部分（像在楚辞3+2节奏的句子中那样），而是成为了整句诗的枢纽，使诗句的两部分动态地相互作用。

谢灵运这两句诗的节奏是2+1+2。两行诗中开头两个字和结尾的两个字都是双音名词词组，单一的那个字都是动词。看到这种连续的名词＋动词＋名词的句式，受制于我们的阅读习惯，我们几乎自然地会把这一联诗看成主谓结构，带有两个直接宾语：池塘岸边"生出了"春草，园中柳树"变成了"鸣叫的鸟儿。然而，我们的逻辑意识立刻使我们感到，这两个动词描写的是诗人颇富想象力的感觉，而非真实的自然现象。

这使我们看到，被称为形式主谓结构的下面，是一个真正的题评结构。"池塘"与"春草"，以及"园柳"与"鸣禽"是两个话题。置于它们中间的动词"生"和"变"为说明。这两个说明揭示了诗人的感知幻觉，这种幻觉源自于他遐想式的知觉中，时间戏剧性地被压缩了。将几个月里逐渐的季节变换（青草的生长，鸟儿的归来）压缩为一个令人吃惊的变化时刻，谢灵运愉快地幻想池塘岸边生出春草，园中柳树变成鸣禽。当我们再次体验谢灵运对物质现实的想象转变之时，我们不能不分享诗人对春天突然来临的欣喜和惊奇。此外，这种完全不相干的图像之间的蒙太奇——荒芜的池塘边与绿色的草，光秃秃的园中柳树与歌唱的鸟儿——带来了宇宙视野，一个以不断生长变化为特征的宇宙。确实，"生"和"变"这样的说明，正是《易经》所阐述的两个基本原则："生生不息之为变"，"一阴一阳之谓道"❶。

谢灵运构造这两句著名诗句的方式，预示着唐代诗人，尤其是盛唐名家将如何挖掘五言诗2+3节奏的表现潜力。像谢灵运一样，他们会不遗余力地

---

❶《系辞传》A4，A5，见《周易引得》，哈佛燕京学社引得编纂处编，特刊第十册，台湾：台北中文资料研究中心，1973年。

利用句法上的歧义来融合表层主谓结构和深层题评结构。他们也注重利用经常被称为"诗眼"的词语——一个灵动的且往往逻辑上不可能使用的动词，如同谢灵运诗中那样，以产生一种迷人的感知幻觉。

唐代律诗呈现给我们复杂程度不同的题评结构。杜甫之诗《江汉》的特征是相对简单的题评结构，其中话题（双音节部分）是一个名词词组，描绘了广阔场景，说明（三音节部分）则是一个微型的主谓结构，描绘诗人的身体和情感状态。由于笔者已在第8章的诗中讨论过这种结构的美学效果，让我们检视一个复杂的双重题评结构，其中的话题和评语又都是微型的主谓结构：感时花溅泪，恨别鸟惊心。

在杜甫《春望》这首著名的一联诗中，每一行都包含两个主语：在开头的双音节部分有一个隐含的主语（"感时"和"恨别"的主语），而随后的三音节部分有一个明确的非人类的主语（即那个"溅泪"和"惊心"的事物）。正如第8章所解释的，第一个主语的省略产生了句法上的歧义，使得这一联有四种不同的解读。这一联还引致一个复杂的题评结构，作为第五种解读：

感觉到时间——花朵溅泪，
厌恨着离别——鸟儿惊心。

这种读法的前提是故意延长停顿，打破了双音节和三音节之间的时空逻辑联系。当这样分隔时，双音节部分（感时、恨别）成为诗人思考的话题，三音节部分（花溅泪、鸟惊心）成为诗人借物对自己情感状态所做的评论说明。这些说明可以看作是诗人脑海中一闪而过的心像，揭示了他原本无法描述的情感。的确，在他强烈的自我反思中，这些心像使我们能够

重新体验到他蒙太奇式的思维跳跃。❶

（五）七言诗

"上四下三"是传统中国批评家用来描述七言诗的节奏特点时经常使用的短语。在传统中国的书写中，一页纸上的文字是从上到下垂直排列，一列文字则从右到左排列。因此"上四"表示开头的四音节部分，"下三"为随后的三音节部分。两部分加在一起就形成了4+3节奏。不过，对于很多现代学者来说，2+2+3是对这种节奏更为可取的描述，因为它更好地揭示了七言诗与2+3节奏的五言诗的内在联系，即使不说七言诗起源于五言诗。例如，王力认为七言诗句实质上是五言诗增加了两个字。因此，王力根据词类和增加的两个字的位置，将七言诗句主要分为七种类型。❷

笔者认为，4+3节奏和2+2+3节奏并不像通常认为的那样是同一个节奏，而是代表了七言诗的两种不同节奏。我将在下面证明，它们各自诞生于不同的句法类型，所产生的审美效果迥然有异。

2+2+3节奏由一个核心的2+3节奏和附加的双音节组成。前四个字中，其中哪两个被视为是附加的字符，有时可能是相当武断的认定。不过一个简单的规则在大多数情况下似乎都有效：辅助性的双音节应该是去掉以后，对一行诗的含义影响相对小的两个字。运用这一规则，我们可以辨认出下面李商隐之诗的每一行中附加的双音节：

隋　宫

（紫泉）宫殿锁烟霞，（欲取）芜城作帝家。

---

❶ 有关论文还可参看蔡宗齐《早期五言诗新探——节奏、句式、结构、诗境》，载《中国文哲研究集刊》第44期，2014年3月，第1—55页；《六朝五言诗句法、结构、诗境新论——"圆美流转"境界的追求》，载《上海师范大学学报》第5期，2018年，第108—123页。

❷ 王力，《汉语诗律学》，上海：上海人民教育出版社，1979年，第234—352页。

玉玺（不缘）归日角，锦帆（应是）到天涯。

（于今）腐草无萤火，（终古）垂杨有暮鸦。

地下（若逢）陈后主，（岂宜）重问后庭花。❶

以括号标出的附加的两个字出现在句子的开头或中间，形成了两种不同的节奏：（2）+2+3和2+（2）+3。如果没有附加的这两个字，这首诗基本上就是关于隋炀帝的一堆杂乱无章的描述性片段。借助这两个附加字，诗人设法建立起两个相互交织的框架之间的对比——过去与现在，现实与想象，所有的碎片在其中凝聚成一个整体。

现在让我们来看看这两个附加字是如何带来这种神奇转变的。在首联中，两个附加字包含一个名词，一个情态短语。在第1行诗中，"紫泉"为长安的一条河，很清楚地表明这座处于废弃状态的宫殿（"锁烟霞"）是在隋朝的国都长安的正式宫殿。第2行的情态动词"欲取"揭示了这座宫殿被废弃的缘由：隋炀帝"欲取芜城作帝家"。"芜城"指广陵，今长江边上的城市扬州；"帝家"是指隋炀帝为巡游江南而建在"芜城"的行宫。由于有了两个附加字，诗人把对这两座宫殿的客观描述变成了对隋炀帝的谴责。隋炀帝挥霍无度，不满足豪华的首都宫殿，还令人在远离国都的地方建造了另一座宫殿。隋炀帝放弃都城的宫殿而选择行宫，证明他嬉游无度，荒废国政。

额联中的附加字是一对连词，将两行诗编织成一个复杂的主谓结构。第一个连词"不缘"引入一个过去式的虚拟条件从句"玉玺不缘归日角"。在传统中国的相面术中，"日角"指某人前额上角状的突起。如果这个人有"日角"，将会成为天命所归的皇帝。这里"日角"代指李渊，他推翻了隋朝，建立了唐朝。第二个连接词"应是"帮助构建了过去式的虚拟

---

❶《全唐诗》，第16册，卷五三九，第6161页，声律格式为变体格式一。

结果从句"锦帆应是到天涯"。"锦帆"指隋炀帝巡游江南时所乘的巨大龙舟。条件从句讲述的是隋炀帝被李渊所取代，结果从句揭示了原因：隋炀帝追求享乐，纵逸无度。如果以隋炀帝的口吻，这一复杂的主谓结构也可以有不同的解读。在这种情况下，我们可以想象，在地下，隋炀帝悲叹地说道，如果他没有失去帝位，他的龙舟将行至天涯。无论以隋炀帝的口吻还是诗人的口吻解读，这两句诗都明白无误地对这位被废黜的皇帝的纵情酒色和极端昏庸进行了严厉的讽刺。

在颈联中，通过两个附加字构成的时间状语，使得主谓结构得以完成。这两个状语是用来连接过去和现在的。"于今"，将如今没有萤火虫和过去的传说联系起来：隋炀帝下令征集所有的萤火虫，以便为夜间出游时照明。而"终古"则从眼前古老的柳树追溯至隋炀帝命令沿着大运河种植柳树之际。这句诗也让我们想起了一个故事：隋炀帝把自己的姓氏赐给他最喜欢的柳树。这些曾经辉煌一时的树木如今只残存了栖息于树上的不祥的乌鸦。由于这两个状语的作用，这一联产生了目前的荒败（古树、乌鸦和暮色）与昔日帝王的穷奢极欲（夜游、两岸遍植柳树的大运河上的锦帆龙舟）之双重景象。通过这两个世界的并置，诗人增强了他对皇帝昏庸愚顽、自我毁灭式的寻欢作乐的嘲讽。

尾联中的两个附加字再次将两行诗句联结为一个复杂的主谓结构。"若逢"引出另一个虚拟从句"地下若逢陈后主"，而"岂宜"二字将第8句变成一个反问句。这个虚拟从句像颔联中的一样，把我们带入想象的领域。两位皇帝想象中的碰面是独具匠心的讽刺剧。因沉湎酒色、荒淫误国而臭名昭著的陈后主是陈朝的最后一位皇帝。他可能在地下遇见的新同侪不是别人，正是打败并推翻其帝国的隋炀帝。这里，读者可以设想陈后主关于这次会面得意地自言自语："我的征服者现在完全重蹈了我的覆辙，一样失去了他的帝国。"这出讽刺剧在下一行中继续："岂宜重问后庭花。"《后庭花》为陈后主创制的一首曲名，是公认的奢靡与荒淫无道的象征。诗人提出这个反问，意思是说，隋炀帝见到陈后主时，还是会向他讨教肉体满足的问题。由此可见，隋炀帝完全不知道自己的命运是多么地讽刺，完全不知悔改。虽然他在生前没能让自己的龙舟行至"天涯"，但他显然决心在阴间这么做。诗人通过这个尖锐的反问，把他对隋炀帝的嘲讽推向了高潮。

我们对《隋宫》的细读表明，就整首诗而言，附加的两个字绝非辅助性的。虽然对于单独一行诗的字面义而言，附加的两个字具有辅助性，但是它们在诗中复杂的主谓结构的句式构造中起着至关重要的作用。没有这些句子的助力，李商隐就无法在过去与现在、现实与虚构之间游刃有余，并且在此过程中，将叙事与评论融为一体，形成迷人的历史图景。

笔者认为，另一种七言诗的节奏是4+3，四言部分自成一体，可以与三言部分分离开来。这种句型构造给我们的印象是早期楚辞的3（＋兮）+2诗句的扩展版。的确，它也在声音和感觉上产生了头重脚轻的动感。两个自成一体的片段结合，使得四言部分和三言部分之间必然有相对长的停顿，比2+2和3之间的停顿长得多。当然这个停顿并没有像在楚辞中由指示词"兮"字所表示的那么长。不过这似乎足以对句法产生类似的影响：将句子分成起首的主要部分和随后的补充部分。以下诗作上半部分完全由4+3节奏的诗句组成：

过零丁洋

辛苦遭逢——起一经，

干戈寥落——四周星。

山河破碎——风飘絮，

身世浮沉——雨打萍。

惶恐滩头说惶恐，

零丁洋里叹零丁。

人生自古谁无死？

　　留取丹心照汗青。❶

　　此诗的作者文天祥为宋朝的忠臣，英勇抗击蒙古人后壮烈牺牲。诗的开头是一连串不同寻常的四个题评结构的诗句。如笔者所加的破折号所示，第1—4句诗的行中两部分在时间、空间和逻辑上都没有联系，必须依据题评结构来理解。沿着四言部分纵向地移动，我们看到诗人不断变换的话题，不断深化的反思：自己的仕宦生涯，近来的军事行动，国家以及他自己的现状。随着主题从过去转到现在，诗人的说明（三音节那一栏）变得越来越情绪化。第一个说明"起一经"主要是解释性的，告诉我们他的仕宦生涯始于学习儒家经典。其他三行诗中的说明则是通过蒙太奇式的跳跃转向一个具体形象。"四周星"主要指四年的时间跨度，在这四年里尽管全国性的军事抵抗逐渐消失，文天祥却依然不停地抗击蒙古人。它还承载着一种空间内涵——荒凉的战场上星光灿烂的天空。"风飘絮"将山河破碎的话题变为令人心痛神伤的画面。沉重的"山河"变成了柔软的、没有重量的"絮"，无可挽回地随风吹散。诗中的"雨打萍"也以同样的方式运作，将诗人身世浮沉的话题变为无根的、不断被摧残的植物这一悲哀的意象。

　　诗歌的后半部分变为主谓结构。后四行诗句的四言和三言部分合并为说明状态的陈述句。第5—7句是简单的主谓句，但是最后一句诗为复杂的双主谓结构。在第5句、第6句中，四言部分为扩展的地点状语，三言部分为核心的主谓结构。当状语从两个字（如在五言诗中那样）扩展为四个字，它变成了诗句的焦点。这种状语前置在诗篇这个关口发挥了完美的作用。"惶恐滩"位于江西省的赣江边，是文天祥1277年在与蒙古军队的战斗中

<hr>

❶《全宋诗》第68册，卷三五九八，第43025页。

败北、匆忙撤退时路经之处。所以，诗人并非在说现在，而是回忆自己以前在那个叫惶恐滩的地方诉说惶恐之事。而下一个状语则将时间拉回到现在。"零丁洋"正是两年后文天祥写作此诗时经过的海湾。再一次地名的情绪含义与诗人在那个地方的感受惊人地吻合。诗人被蒙古军队当作彻底征服宋朝的战利品押返北方，他感到屈辱与孤独，极度痛苦。尾联标志着诗人情绪的戏剧性转折。通过对生命意义激昂慷慨的反思，他将悲伤升华为英雄的反抗。第7句提出一个假设："人生自古谁无死？"第8句给出了结论："留取丹心照汗青。"自从文天祥慷慨就义后，这一联诗已成为中国最为脍炙人口的激励英雄行为与牺牲的座右铭。

笔者对这两首七言律诗的分析，显示了这两种七言诗句的节奏与某些句法结构之间的内在关系。2+2+3节奏通常与一个单独但发展充分的主谓句法结构同时出现，往往配有一个时间或地点状语。这种节奏并非特别有利于承载题评结构的诗句，事实上也较少这样使用。举例而言，李商隐的《隋宫》就一句题评结构的诗句都没有。反之，4+3节奏经常伴随着一个复杂的双主谓结构。只有当四言部分是扩展的状语或名词性短语时，我们才会在4+3节奏的诗句中看到简单的主谓的句法结构。由于在四言部分和三言部分之间长久的停顿，4+3节奏的诗句也很容易成为题评结构。如上所示的，文天祥《过零丁洋》的前半部分均由话题—说明结构的诗句组成。

（六）词

直到晚唐至宋代的词体兴起之前，诗歌中占主导地位的节奏（2+3、2+2+3和4+3）一直未受到任何挑战。与骚体诗、赋和诗歌等体裁不同，词并没有表现出整体上统一的韵律和语义节奏。大概有400首词牌，每一首均有固定的句子组合（大部分为不规则的），采用一套独特的韵律和语义节奏。这种统一性的缺失使得词人在语义节奏的运用上比诗赋作者更具创新性。在词句节奏的诸多新特征中，最值得注意的有两点：一是对已有的诗歌节奏的巧妙运用，再有就是全新的句子节奏的创造。对诗歌节奏最巧妙的运用在于，创造了在早期各种诗歌体裁中都很少使用的多行句法结构。李煜《乌夜啼》中的第4—7句词就是这种新颖结构的一个很好例子：

> 剪不断，
> 理还乱，
> 是离愁。
> 别是一般滋味在心头。

这四句运用了诗句的节奏：前三句词为三言的1+2节奏，第4句则是七言的4+3节奏，再加额外的双音节部分（"别是"）。虽然每一句都是一个微型的主语—谓语结构，但没有一句是独立运作的。相反，这些词句一起形成了一个扩大了的主谓结构。前两句词句构成主语，接下来的两句是双谓语。主谓的关系由第3句、第4句中的动词"是"清楚地加以强调。有趣的是，"是"字也可以被注释为指示代词"这个"，如此则为我们呈现出多行的题评结构。在这种解读中，头两句为话题，第3句为评语，而第4句则是对评语的进一步详述。

将一个长句拆解为多行词句，往往类似于西方诗歌中的跨行连续句。像跨行连句一样，一个多行的主谓结构，或者题评结构，试图颠覆句法结构中诗行与完整的句子之间既定的对齐排列。通常是在使用"领字"的情况下，为了达到特殊的效果，一行诗在句子的中间戛然而止（例如《赤壁怀古》的第3句和第13句）。这两种多行词句结构代表了对诗歌传统的革命性突破。所有早期的诗歌体裁和体式，包括杂言的乐府，几乎都是以行末停顿为特征。一行末尾停顿的诗句与另一行组成一联诗，成为一个更大的单位，有更强的收束感。几联诗相连又使整首诗得以完成。虽然这些诗句的构造原则在诗、骚、赋中被忠实地遵循着，但在词中却并不重要。词人在利用典型的诗句时（三言、四言、五言和七言，或是三言、四言和七言）经常像李煜在《乌夜啼》中所做的那样，打破两行一联的习惯，创作多达三行或更多的句子。

除了运用现成的诗句类型，词人还创造了单音节句和双音节句这两种新的词句类型。**❶** 很明显，早期各种诗体中缺乏单音节和双音节的句子，与根深蒂固的每句都是完整的主谓或题评结构的创作习惯有很大关系。单音节句和双音节句都太短，对于以上两个句法结构均不合适。一旦词人从这种句法中解脱出来，他们就自然而然地大量使用单音节句和双音节句，把它们置于一首词的关键位置上。**❷**

十六字令

天。

休使圆蟾照客眠。

人何在，

桂影自婵娟。**❸**

这首蔡伸创作的短短的词，展示了一个极端不平衡的题评结构。单音节句"天"构成了话题，为整首词的关键点。其余部分实际上是隐含观察

---

❶ 虽然在杂言乐府、骚体诗和赋中，有时也会出现单音节或双音节的句子，但它通常只是感叹句或连词，本身并无实质意义。

❷ 相关论文还可参看蔡宗齐的《小令语言艺术研究：句法之"破"与"立"》（载《中国诗学》第20辑，2015年，第109—123页），《小令语言艺术研究：结构与词境》（载《文学评论》2017年第2期，第189—201页），《领字与慢词节奏、句法、结构的创新》（载《北京大学学报》2017年第4期，第77—90页）。

❸《全宋词》卷二，第1030页。

者一系列充实的评语。首先，他对天言说，要求它阻止中国神话中月亮的象征"圆蟾"照耀他这个孤独的羁旅之人。在这个呼语之后是他简洁的独白："人何在，桂影自婵娟。"关于谁在望月，似乎故意含糊不清：主语可以是"我"、"她"或"我们各自"。经过精心设计的不平衡，这个题评结构产生了最大限度的陌生化的效果。单音节或双音节部分增至两倍或三倍常用于增加情感表达的强度。例如，细读一下李清照著名的词作《声声慢》非常有力的开篇：

> 寻寻觅觅，
> 冷冷清清，
> 凄凄惨惨戚戚。

词以两个拉长元音的叠音词开篇：寻寻觅觅，冷冷清清，紧随其后的是三个叠音词（凄凄、惨惨、戚戚）。这创造了一个史无前例的拖长的节奏：2+2，2+2/2+2+2，或简单地就是2+2+2+2+2+2+2。这种延宕的节奏有效地将诗人无尽的悲伤和渴望转化为一种强烈的听觉体验。尤其值得注意的是第3行中使用了三个叠音词。这样重复使用三个叠音词，以及任何语义或句法单位，在早期诗歌中是十分罕见的。在词中突然大量地使用叠音词，似乎是为了挑战所有早期诗体形式中突出的叠音词倾向。

（七）曲

元代散曲总集中约有160个固定的曲牌，其中常用的有50余个。很多曲牌的语义节奏大多与词小令相似。所有单只曲的曲牌（与散套中的曲子相对）也叫小令似乎不是巧合。虽然以类似的语义节奏创作，散曲作者还是创造出他们自己的新的句法结构。以下两个示例展示了如何运用同样的曲牌，形成了两个完全不同的题评结构。

【越调】天净沙·秋思

枯藤老树昏鸦，

小桥流水人家，

古道西风瘦马。

夕阳西下，

断肠人在天涯。❶

这首马致远的散曲与以上李清照的词《声声慢》在形式上非常相似。它也大量地使用了六言诗句。第1—3句均由六言诗句组成，每一句都是三个双音节名词词组，因此我们就有了一连串的10个双音节名词词组（第1—3句共9个加上第4句的一个）。这就产生了甚至比李清照词中的节奏更为延宕拖长的节奏。然而，审美效果却恰恰相反。在李清照的词中，所有的双音节部分都是充满感情的叠字重复。它们的快速演替加繁了节奏，增强了情感表达的强度。但在马致远的散曲中，所有十个双音节词都是物体或场景的名词。这些名词被依次放置，暗示一个羁旅行役之人在移动中慢慢变换的视角。首先，他看到了古道旁的"枯藤"。沿着藤蔓向上，他看到了老树和栖息于其上的乌鸦。接着，一座"小桥"映入他的眼帘，小溪蜿蜒而过，把他的目光引到了远处的村舍。最后，村庄被抛在身后，古道又出现了，一匹瘦马和一个旅行者在夕阳中艰难跋涉。所有这些图像，完全静态或缺乏强有力的运动，暗示了缓慢艰苦的旅程以及旅行者的疲惫感。转瞬即逝的宜人的乡村景色只会衬托出旅行者所面临的无尽荒凉和悲伤。从句法上看，这十个双音节词构成了多个观察的话题，而最后一行则是抒情者对所有这些话题的评语。这个头重脚轻的题评结构给我们的印象与我们在蔡伸《十六字令》中看到的正相反。蔡伸的词始于一个话题，随后是

---

❶《全元散曲》卷一，第242页。

多行词句的评语，而马致远的散曲由十个连续的话题组成，只有最后一行是评语。

同样曲牌乔吉所作的《天净沙》创造了一个更具创新性的题评结构，其中的说明已经在不知不觉中与话题融为一体：

【越调】天净沙·即事

莺莺燕燕春春，

花花柳柳真真，

事事风风韵韵。

娇娇嫩嫩，

停停当当人人。❶

将这首《天净沙·即事》与马致远的《天净沙·秋思》相比较，我们注意到在处理双音节词上有两个显著的差异。首先，乔吉的散曲全部都由双音节词组成，而马致远的散曲在最后一行有两个三音节（3+3节拍）。其次，双音节的构成亦有明显不同。在马致远的散曲中十个双音节词全都是名词性偏正词组，而乔吉的这首《天净沙·即事》中的14个双音节词全都是叠音词。

这14个叠音词在早期诗歌中很少使用，但乔吉与其他一些散曲作者却使用得相当频繁。叠音词最初被用作《诗经》所开创的话题—说明模式中的说明，千百年来，叠音词作为一种珍贵的情感表达方式，不断地被再创造再发明。在李清照的《声声慢》中，所有叠音词均产生于已有的双音节动词和形容词（寻觅、冷清、凄惨）。这类叠音词的构成与《诗经》里的叠音词的演变是完全相反的过程。《诗经》里很多的叠音词（如果不是全部的

---

❶《全元散曲》卷一，第592页。

话），可以视为对外界刺激的直接的、非概念式的反应，只是随着时间的推移，它们中的一些才被概念化，成为固定的形容词或副词。相比而言，李清照的全新叠音词的构成是一个"去概念化"（deconceptualization）的过程，即把一个双音节词分开，将两个字都变成叠音，从而创造出一系列有节奏的、有情感表现力的声音。如"寻觅"变成了"寻寻觅觅"，"冷清"变成了"冷冷清清"。

到了乔吉，这个去概念化的过程甚至变得更为极端。对他来说，似乎没有哪部分言语是不能解构，不能去概念化的。在《天净沙·即事》中，他将所有的词都变成了叠音词，无论这些词是单音节的（莺、人），还是双音节的（娇嫩），形容词（真）和名词（花、柳）。如果去除诗中这种极端的叠音词，我们可以看到一串题评结构：

莺和燕——春

花和柳——真

事——风韵

娇嫩

停当——人

这些话题是中国诗歌中常见的两类观察对象：春日里的动植物和一个美丽的女子。一如早期的诗人，乔吉将两者并列呈现，以达到相互辉映的最佳效果。大自然的光泽与美人的容光相融合，使各自都更加妩媚动人。评语部分都是相当普通的形容词。这里乔吉的做法本来可以跟李清照一样，将这些形容词去概念化，转换成叠音词，让话题保持常规的名词形式。那么，这首散曲就会呈现出《诗经》所独创的题评结构。但乔吉并没有选择这么做，为了达到戏剧化的新颖效果，他把每一个词，无论原本是话题还是评语，都变成了叠音词。由于话题也变成了充满感情的叠音词，它们与说明实际上合而为一了。因此，每一个词捕捉的不仅是诗人所见，还是诗人对其所见愉悦的反应。这首散曲奇特的句法显示出题评结构自《诗经》的原初形式以来，已经发展到了何种程度。

在这简短的一章里，笔者只能用最宽泛的笔触来描述汉语诗歌中句法与诗歌意境的演变过程。这五种主要诗体形式的主谓结构和题评结构的分布，比这里所呈现的要广泛得多。对这两种句法结构及其所体现出的诗歌意境之功效的详细探究，只能留待日后的有关专著。尽管如此，笔者希望本章之撮要举凡已足以激发对这一重要议题的严肃讨论。

推荐阅读

• 周法高，《中国古代语法·构词编》，"中研院"专刊39，台北："中研院"历史语言研究所，1962年。

• 王力，《汉语诗律学》，上海：上海教育出版社，1979年。

• 王力，《汉语史稿》，北京：中华书局，1980年。

• 高友工，《美典：中国文学研究论集》，北京：生活·读书·新知三联书店，2008年。

• 蔡宗齐，《语法与诗境——汉诗艺术之破折》（上下册），北京：中华书局，2021年。

• Liu, James J. Y., *The Art of Chinese Poetry*, Chicago: University of Chicago Press, 1962.

• Birch, Cyril, ed., *Studies in Chinese Literary Genres*, Berkeley: University of California Press, 1974.

• Chao, Yuen Ren, *A Grammar of Spoken Chinese*, Berkeley: University of California Press, 1968.

• Cheng, François, *Chinese Poetic Writing*, translated by Donald A. Riggs and Jerome P. Seaton, Bloomington: Indiana University Press, 1982.

• Owen, Stephen, *Traditional Chinese Poetry and Poetics: Omen of the World*, Madison: University of Wisconsin Press, 1985.

• Lin, Shuen-fu and Stephen Owen, eds., *The Vitality of the Lyric Voice: Shih Poetry from the Late Han to the T'ang*, Princeton, N. J.: Princeton University Press, 1986.

• Yu, Pauline, *The Reading of Imagery in the Chinese Poetic Tradition*, Princeton, N. J.: Princeton University Press, 1987.

入声字表

此表包含了近体诗中所使用的入声字，以及本书中的词韵。所有入声字都以不送气的辅音 p、t 或 k 结尾。虽然入声字在唐宋时期十分普遍，但在现代汉语普通话中已不存在，不过却仍然保留在广东话、客家话等许多方言之中。为保证字与音对照准确，本表保留繁体字，不做转化。

B

bǎi 白 baek❶

bǎi 百 paek

běi 北 pok❷

bì 必 pjit

bǐ 筆 pit

bì 壁 pek

bì 碧 pjaek

bié 別 bjet

bó 薄 bak

bù 不 pwot

C

chā 插 tsrheap❸

---

❶ ae 和 ea 的组合代表单个元音，听起来可能分别像是 bat 和 bet 中的 a 和 e。

❷ 字母 o 的发音听起来就像是 tug 中的短 u（并不像通常的英语中的字母 o）。

❸ 在辅音之后的字母 r 的发音为舌尖后音，也就是说，舌尖向后抵住硬腭。英语不使用这样的发音（部位），但在其他许多语言中都有这样的发音，包括现代汉语普通话（用拼音写就是 zh、ch、sh）。在中古汉语的韵书中，辅音之后的字母 h 为送气音（即发音时听得见伴随着的呼气声）。因此像 tsrh 这样的组合代表一个类似 ch 的辅音，它是舌尖后音（由 -r 来表示），是送气音（由 h 来表示），多多少少像是普通话拼音中的 ch 的发音。

chì 赤 tsyhek

chū 出 tsyhwit

D

dé 得 tok

dī 滴 tek

dí 笛 dek

dié 蝶 dep

dú 獨 duwk

F

fā 發 pjot

fà 髮 pjot

fú 幅 pjuwk

fù 復 bjuwk

fù 複 pjuwk

G

gé 閣 kak

gé 隔 keak

gé 閤 kop

gǔ 骨 kwot

guō 郭 kwak

guó 國 kwok

hé 合 hop

hè 壑 hak

hè 鶴 hak

hēi 黑 xok **❶**

J

jiáo 嚼 dzjak

jiē 接 tsjep

jié 傑 gjet

jī 汲 kip

jí 及 gip

jì 寂 dzek

jí 急 kip

jǐ 戟 kjaek

jī 積 tsjek

jī 跡 tsjek

jiá 蛺 kep

jiǎo 角 kaewk

jié 結 ket

jué 覺 kaewk

K

kè 客 khaek

---

❶ 一个字的开头为字母 x 表示类似于德语巴赫中的 ch 的发音。

L

là 臘 lap

lì 力 lik

lì 粒 lip

lì 笠 lip

lì 立 lip

lüè 略 ljak

luò 落 lak

lù 綠 ljowk

M

miè 滅 mjiet

mì 宓 mit

mì 覓 mek

mò 莫 mak

mò 墨 mok

mò 秣 mat

mù 目 mjuwk

mù 木 muwk

N

niè 嚙 nget

P

pì 僻 phjiek

pò 魄 phaek

Q

qiè 妾 tshjep

qī 戚 tshek

qī 七 tshit

qì 泣 khip

quē 缺 khwet

què 卻 khjak

què 雀 tsjak

quē 缺 khwet

qǔ 曲 khjowk

R

rì 日 nyit

rù 入 nyip

ruò 若 nyak

S

sà 颯 sop

sè 色 srik

sè 瑟 srit

shí 十 dzyip

shí 拾 dzyip

shí 識 syik

P

pū 撲 phuwk

pǔ 朴 phaewk

shì 室 syit

shù 述 zywit

shuò 朔 sraewk

shuō 說 sywet

sù 宿 sjuwk

T

tà 闥 that

tiě 鐵 thet

tuō 託 thak

W

wù 物 mjut

wū 屋 'uwk❶

X

xiē 歇 xjot

xí 席 zjek

xī 息 sik

xī 夕 zjek

xī 昔 sjek

xiá 狎 heap

xué 學 haewk

xuě 雪 sjwet

xuè 血 xwet

Y

yè 葉 yep❷

yè 業 ngjaep

yè 謁 'jot

yí 一 'jit

yǐ 乙 'it

yì 亦 yek

yì 憶 'ik

yù 欲 yowk

yuè 岳 ngaewk

yuè 嶽 ngaewk

yuè 月 ngjwot

yù 玉 ngjowk

---

❶ 字的开头用撇号 ' 表示这是塞音，也就是一些伦敦东区人在发像 bottle 这样的单词时喉头阻塞，而非 t 音。在语言学家使用的音标法中，它被写成 [ʔ]。大多数情况下，可以忽略它。

❷ 字母 y 打头的字是普通的 y 音，但是 sy 和 zy 的组合，其发音就分别类似于 sh 和 zh（其发音为 "pressure" 和 "pleasure" 中的元音之间的音）。同样地，tsy 即为 ch 的发音（不送气，如果是送气音，就写作 tsyh [例如 chì 赤 tsyhek]）。当 y 音出现在辅音开头或音节末尾时，根据语言学上的习惯它被写成 j。

Z

zhāi 摘 treak

zhé 折 dzyet

zhóu 軸 drjuwk

zhú 竹 trjuwk

zhù 築 trjuwk

zhuó 著 drjak

zhuó 啄 traewk

zú 足 tsjowk

zuó 昨 dzak

本书作者简介

罗秉恕（Robert Ashmore）

美国加州大学伯克利分校中国古典文学教授。1992年在北京大学获得硕士学位，1997年于哈佛大学获得博士学位。研究兴趣包括抒情诗、音乐表演以及3至12世纪的古典学。著有《阅读的狂喜：陶潜世界中的文本与理解（365—427）》（*The Transport of Reading: Text and Understanding in the World of Tao Qian [365-427]*，Cambridge，2010）。

蔡宗齐（Zong-qi Cai）

香港岭南大学、美国伊利诺伊大学香槟校区中国文学和比较文学教授。著有《汉魏晋五言诗的演变：四种诗歌模式与自我呈现》，陈婧译，北京大学出版社2015年版（*The Matrix of Lyric Transformation: Poetic Modes and Self-Presentation in Early Chinese Pentasyllabic Poetry*，Michigan，1996）；《比较诗学结构：中西文论研究的三种视角》，刘青海译，北京大学出版社2012年版（*Configurations of Comparative Poetics: Three Perspectives on Western and Chinese Literary Criticism*，Honolulu，2002）；主编《中国文心：〈文心雕龙〉中的文化、创造与修辞》（*A Chinese Literary Mind: Culture, Creativity, and Rhetoric in Wenxin diaolong*，Stanford，2001）；并主编《中国美学：六朝中的文学、

艺术与宇宙之序列》(*Chinese Aesthetics: The Ordering of Literature, the Arts, and the Universe in the Six Dynasties*，Honolulu，2004)。

易彻理（Charles Egan）

美国旧金山州立大学中国语言文学教授，中文课程负责人。1992年获得普林斯顿大学博士学位，曾在斯坦福大学和康涅狄格学院任教。发表若干有关乐府、绝句、口头诗歌与中国艺术方面的论文，翻译多部作品。

艾朗诺（Ronald Egan）

美国斯坦福大学中国文学教授。哈佛大学博士，曾任教于哈佛大学和韦尔斯利学院。曾任《哈佛亚洲研究》杂志执行主编。主要研究宋代诗歌、美学与文人文化。著有《欧阳修的文学著作》(*The Literary Works of Ouyang Hsiu*，Cambridge，1984)；《苏轼的言、象、行》(*Word, Image, and Deed in the Life of Su Shi*，Harvard，1994)；《美的焦虑：北宋士大夫的审美思想与追求》，杜斐然、刘鹏等译，上海古籍出版社2013年版（*The Problem of Beauty: Aesthetic Thought and Pursuits in Northern Song Dynasty China*，Harvard，2006)；《才女之累：李清照及其接受史》，夏丽丽、赵惠俊译，上海古籍出版社2017年版（*The Burden of Female Talent: The Poet Li Qingzhao and Her History in China*，Harvard，2013)。

方秀洁（Grace S. Fong）

加拿大麦吉尔大学东亚研究系主任、教授。研究兴趣包括中国古典诗歌与诗学理论，晚清与民国时期的性别、主体性与写作的交集。著有《吴文英与南宋词的艺术》(*Wu Wenying and the Art of Southern Song Ci Poetry*，Princeton，1987)；《作为作家的她自己：中华帝国晚期的性别、写作及能动性》(*Herself an Author: Gender, Writing, and Agency in Late Imperial China*，

Hawaii，2008）；与魏爱莲（Ellen Widmer）共同主编《跨越闺门：明清女性作家论》，北京大学出版社2014年版；联合主编《超越传统与现代：晚清中国的性别、体裁与世界主义》（*Beyond Tradition and Modernity: Gender, Genre, and Cosmopolitanism in Late Qing China*，Brill，2004）；同时主持麦吉尔大学与哈佛燕京图书馆数字化项目"明清女性著述数据库"及网站http:// digital.library.mcgill.ca/.mingqing。

康达维（David R. Knechtges）

华盛顿大学中国文学教授。著有《汉赋研究二则》（*Two Studies on the Han Fu*，University of Washington，1968）；《扬雄赋研究》（*The Han Rhapsody: A Study of the Fu of Yang Hsiung*，Cambridge，1976）；《〈汉书·扬雄传〉研究》（*The Han shu Biography of Yang Xiong*，Arizona State University，1982）；《汉代宫廷文学与文化之探微：康达维自选集》，苏瑞隆译，上海译文出版社2013年版（*Court Culture and Literature in Early China*，Aldershot，2002）；《赋学与选学：康达维自选集》，张泰平等译，南京大学出版社2019年版。翻译萧统《文选》，目前已出版三卷（Princeton，1982，1987，1996）；编选、合译龚克昌《汉赋研究》。与柯睿（Paul W. Kroll）合作主编《中国中世纪初期文学与文化史研究》（*Studies in Early Medieval Chinese Literature and Cultural History: In Honor of Richard B. Mather and Donald Holzman*，Utah，2003）；与范士谨（Eugene Vanc）合作主编《宫廷文化中的权利话语及修辞》（*Rhetoric and the Discourses of Power in Court Culture: China, Europe, and Japan*，University of Washington，2005）。

连心达

密歇根大学博士，丹尼森大学中文教授。著有《疏放与狷介：辛弃疾词中的自我表达》（*The Wild and Arrogant: Expression of Self in Xin Qiji's Song Lyrics*，New York，1999）。

林顺夫（Shuen-fu Lin）

密歇根大学中国文学教授。著有《中国抒情传统的转变——姜夔与南宋词》，张宏生译，上海古籍出版社2005年版（*The Transformation of the Chinese Lyrical Tradition: Chiang K'uei and Southern Sung Tz'u Poetry*，Princeton，1978）；中文演讲集《理想国的追寻》，东海大学出版社2003年版；与宇文所安合作主编《抒情诗的生命力：汉末至唐代的诗歌》（*The Vitality of the Lyric Voice: Shih Poetry from the Late Han to the T'ang*，Princeton，1986）； 与Larry J. Schulz合作翻译董说的《西游补》。

倪豪士（William H. Nienhauser Jr.）

威斯康星大学中国古典文学Halls-Bascom讲座教授。创办并主编《中国文学评论》（*Chinese Literature: Essays, Articles, Reviews*）； 一生著述颇丰，其中重要的成就为翻译《史记》，已出版一、二、五、七卷（Indiana University Press，1994，2002，2006）；著有《印第安纳中国古典文学指南》（*The Indiana Companion to Traditional Chinese Literature*，2 vols, Indiana University Press，1986，1998）。

钟梅嘉（Maija Bell Samei）

北卡罗来纳大学教堂山分校兼职教师，独立学者。密歇根大学中国文学博士。著有《性别化的角色和诗意的声音：中国早期词中的弃妇形象》（*Gendered Persona and Poetic Voice: The Abandoned Woman in Early Chinese Song Lyrics*，Lexington Books，2004）。

苏瑞隆（Jui-lung Su）

新加坡国立大学中国文学副教授。1994年获得华盛顿大学博士学位，先后任教于威斯康星大学（麦迪逊校区）和新加坡国立大学。主要研究赋与六朝文学。主编《二十一世纪汉魏六朝文学新论》（台北文津出版社，2003年）；著有《鲍照诗文研究》（中华书局，2006年）。

田菱（Wendy Swartz）

哥伦比亚大学中国文学教授。2003年在加州大学洛杉矶分校获得博士学位。主要研究领域为前现代的中国文学，尤其是六朝至唐代，传统与现代的文学理论与文学批评。已出版《陶潜》（*Tao Qian*）；《阅读陶渊明》，张月译，中华书局2016年版（*Reading Tao Yuanming: Shifting Paradigms of Historical Reception*, Harvard, 2008）。

田晓菲

哈佛大学东亚语言与文明系中国文学教授。著有《尘几录：陶渊明与手抄本文化研究》（*Tao Yuanming and Manuscript Culture: The Record of a Dusty Table*, University of Washington Press, 2005）；《烽火与流星：萧梁王朝的文学与文化》（*Beacon Fire and Shooting Star: The Literary Culture of the Liang*, Harvard Asia Center Press, 2007）；她近年来的中文著作有《秋水堂论金瓶梅》，天津人民出版社2003年版；《"萨福"：一个欧美文学传统的生成》，生活·读书·新知三联书店2003年版；以及有关西班牙摩尔人文学与文化之作；还发表了大量英语和中文的论文与书评，涉及中古初期的中国文学、中华帝国晚期的小说与戏剧、中国现代文学等方面。目前正在撰写一本英文专著，内容是有关中国古典文学视觉化及其不断变化的文化语境。

方葆珍（Paula Varsano）

美国加州大学伯克利分校中国文学教授。专攻六朝与唐代的古典诗歌与诗学，尤其对文学及其主体性、诗歌中空间描述的演变、传统诗学批评及历史，以及翻译的理论和实践有特别的兴趣。著有《寻迹谪仙：李白之诗及其批评接受史》（*Tracking the Banished Immortal: The Poetry of Li Bo and Its Critical Reception*，University of Hawaii Press，2003）。

吴伏生

美国犹他大学语言文学系教授。著有《颓废的诗学：南朝与晚唐的中国诗歌》（*The Poetics of Decadence: Chinese Poetry of the Southern Dynasties and Late Tang Period*，University of New York Press，1988）；《中国中世纪早期的应制诗》（*Written at Imperial Command: Panegyric Poetry in Early Medieval China*，State University of New York Press，2008）；发表关于中国文学与比较文学的论文若干。翻译出版若干文学、学术著作；合译《咏怀：阮籍的抒情诗》（*Songs of My Heart: The Chinese Lyric Poetry of Ruan Ji*，London：Wellsweep，1988）；《阮籍诗》（双语版），中华书局2006年版。

葛晓音

北京大学中文系教授、博士生导师。1982年获北京大学古典文学硕士学位后留系任教至今。担任中国唐代文学学会副会长，《中华文史论丛》《唐研究》《中国文化研究》《中国文学研究》等编委。主要著作有《山水田园诗派研究》（辽宁大学出版社，1992年）、《八代诗史》（陕西人民出版社，1989年；中华书局修订本，2007年）、《汉唐文学的嬗变》（北京大学出版社，1998年）、《唐诗流变论略》（商务印书馆，2017年）、《先秦汉魏六朝诗歌体式研究》（北京大学出版社，2012年）、《山水·审美·理趣》（香港三联书店，2017年）等。

蒋　寅

　　原中国社会科学院文学研究所研究员，现为华南师范大学特聘教授。1988年获南京大学文学博士学位，同年进入中国社科院文学研究所工作，1996年破格晋升为研究员。曾任日本京都大学研究生院中国文学专业客座教授。担任《文学评论》编委、中国古代文学理论学会副会长等。主要著作有《大历诗人研究》（中华书局，1995年）、《王渔洋与康熙诗坛》（中国社会科学出版社，2001年）、《古典诗学的现代诠释》（中华书局，2003年）、《清诗话考》（中华书局，2005年）、《清代文学论稿》（凤凰出版社，2009年）、《清代诗学史》（第1卷，中国社会科学出版社，2012年）、《中国诗学之路：在历史、文化与美学之间》（商务印书馆，2021年）等。